STEFÁN MÁNI

Das Schiff

STEFÁN MÁNI

Das Schiff

Roman

Aus dem Isländischen
von Tina Flecken

Ullstein

Die Originalausgabe erschien 2006 unter dem Titel *Skipið* bei JPV útgáfa, Reykjavík.

Da sich alle Isländer üblicherweise mit dem Vornamen anreden und duzen, wurde in dieser Übersetzung die Du-Form beibehalten.

ISBN 978-3-550-08740-0

Gesetzt aus der Sabon
Satz: Leingärtner, Nabburg
Druck und Bindearbeiten: CPI – Clausen & Bosse, Leck
Printed in Germany

DAS SCHIFF

Der rostbraune Schiffsrumpf ruht auf dem Felsriff im Eismeer, hinten um dreißig Grad und an Backbord um fünf Grad geneigt, so dass der Bug aus dem Eis ragt und das Heck über dem stockdunklen Abgrund schwebt. Ganz hinten kippt das sechsstöckige Deckshaus zur Seite, erhebt sich aus den unergründlichen Tiefen wie ein Geisterhaus. Die leeren Fenster der Kommandobrücke starren ins Nichts. Bei gutem Wetter sickert bläuliches Licht durch das Eis in die Tiefe, wo neugierige Seehunde das Wrack umschwimmen, das ab und zu in der Meeresströmung schaukelt und unter langgezogenem Quietschen und dumpfem Knallen einen dicken Ölteppich ausstößt, der in dem schwachen Licht grün, hellrot und violett schimmert und unter die Eisschicht schwappt wie flüssiges Nordlicht.

Was ewig schläft, ist nicht tot …

I

MONTAG, 10. SEPTEMBER 2001.

Es ist vier Minuten vor acht, und in einer engen Küche in Þingholt isst eine dreiköpfige Familie Kohlrouladen mit geschmolzener Butter und Kartoffeln.

Vor dem Fenster herrscht herbstliche Dunkelheit und Kälte, aber in der Küche der jungen Familie ist es hell und warm.

»Eigentlich wollte ich heute was Besonderes für dich kochen, Sæli«, sagt die Frau, während sie ihrem dreijährigen Sohn das Hackfleisch kleinschneidet.

»Das hier ist genau das Richtige, Lára«, entgegnet Sæli lächelnd und nimmt sich nach. »In den nächsten vier Wochen kriege ich nichts als Steaks mit Soße oder Eintopf.«

»Du Armer«, sagt Lára grinsend.

»Ach, du weißt doch, wie ich das meine«, erwidert Sæli und zwickt sie neckend in die Seite.

Sæli ist Erster Matrose auf einem Frachtschiff, und Lára arbeitet als Friseurin im Zentrum von Reykjavík.

»Hab ich dir schon von der Wohnung im Framnesvegur erzählt?«, fragt Lára, während sie das Gesicht ihres Sohnes von den gröbsten Ketchupspuren befreit. »Heute waren Fotos davon in der Zeitung.«

»Äh, nee ... hab ich nicht gesehen«, murmelt Sæli seufzend. »Wollten wir nicht noch warten mit den Wohnungsbesichtigungen?«

»Schadet doch nichts, sich schon mal umzuschauen«, entgegnet Lára eine Spur gereizt.

»Ja, ich weiß, ich meine ja nur ...« Sæli legt seine rechte Hand auf ihre linke. »Wir haben im Moment schon genug Kosten und ...«

»Aber wir können nicht ewig hier wohnen bleiben«, sagt Lára und lächelt liebevoll ihren Sohn an, der gierig Wasser aus seinem verschmierten Glas hinunterstürzt. »Wenn erst mal das … du weißt schon.«

»Ich weiß«, murmelt Sæli und stochert in seinem Essen herum.

»Lass uns darüber reden, wenn du wieder zurück bist, ja?«, sagt Lára mit einschmeichelnder Stimme.

Sæli nickt und schaut der Frau, die er liebt, ergeben in die Augen, bis plötzlich sein Handy in der Jackentasche draußen im Flur klingelt. Erschrocken fährt er zusammen.

»Musst du unbedingt rangehen?«

»Ich mache es kurz«, entgegnet Sæli und springt vom Tisch auf. Er fischt das Handy aus der Innentasche seiner Jacke und wirft einen Blick auf das erleuchtete Display: *Unbekannte Nummer*

»Hallo?«

»Hier ist Satan.«

Sæli hat nicht die geringste Ahnung, wer der Mann ist, aber mit diesem unheimlichen Spitznamen hat er sich schon vorgestellt, als er vor ein paar Tagen zum ersten Mal angerufen hat.

»Ach, hallo«, entgegnet Sæli prompt und senkt dann die Stimme: »Ich rufe dich später zurück … ruf nicht noch mal an. Ich melde mich, okay?«

»Jetzt hör mir mal zu«, sagt die ruhige, eisige Männerstimme am anderen Ende der Leitung.

»Nein, du hörst mir …«

»Ich bin ganz in der Nähe«, fährt Satan eindringlich fort, »willst du mich nicht reinbitten?«

»Nein, ich …« Sæli späht in die Küche, wo Lára so tut, als würde sie nicht zuhören. »Was willst du?«

Sæli geht auf Zehenspitzen zur Wohnungstür, schaut verstohlen aus dem Fenster neben der Tür und sieht einen bordeauxroten 750er BMW, der quer auf dem Gehsteig der gegenüberliegenden Straßenseite parkt. Der Motor schnurrt im Leerlauf, und am Steuer sitzt ein junger Mann von der Statur eines heranwachsenden Bären.

Ist er das? Ist das dieser Satan?

»Du hast Schulden«, sagt die Stimme am Telefon.

»Ich weiß«, entgegnet Sæli und kratzt sich hektisch am Kopf. »Und ich werde …«

»Niemand hat dich gezwungen, mit diesen Typen zu pokern«, sagt die Stimme mit demselben mechanischen, frostigen Tonfall.

»Nein, ich …«

»Ihr lauft doch heute Nacht aus, oder?« Satan wartet die Antwort gar nicht erst ab. »Mein Auftraggeber hat Kontakte in Kolumbien. Seine Leute werden da unten ein Päckchen mit deinem Namen abgeben, sobald ihr im Hafen seid. Sie kennen das Ankunftsdatum und den Namen von deinem Schiff. Dieses Päckchen wirst du mit zurückbringen. Hast du das kapiert?«

»Schmuggel?«, flüstert Sæli in den Hörer und wird immer heiserer, weil sein Mund so trocken ist.

»Die erste Ratenzahlung für deine Schulden«, entgegnet Satan gelassen.

»Die erste Ratenzahlung?«, wispert Sæli und läuft rot an. »Dafür kann ich in den Knast kommen! Wer … was ist in diesem …?«

»Du fährst los und holst das Päckchen. Basta«, sagt Satan schroff. »Ich kümmere mich darum, dass deiner Frau und deinem Sohn in der Zwischenzeit nichts passiert. Verstanden?«

»Wenn du … wag es bloß nicht …«

»Du bringst mir das Päckchen«, unterbricht ihn Satan mit der Überzeugung desjenigen, der die Macht hat. »Ich kümmere mich um deine Familie. Basta.«

»Was … wie … hallo?«, ruft Sæli, aber die Leitung ist tot – nichts als gespenstische Stille und das Echo seines eigenen Herzschlags. Er späht wieder durch das Fenster und sieht den bordeauxroten BMW vom Gehweg rollen und in einer Wolke von Auspuffgasen um die nächste Ecke verschwinden.

»Ich wüsste ja mal gerne, was es kostet, jemanden umbringen zu lassen«, murmelt Sæli vor sich hin, während er sein Handy zurück in die Jackentasche schiebt.

Sæli hat einen Kumpel seines Vetters mit Verbindungen zur Unterwelt kontaktiert und ihm von seinen Problemen erzählt, in der Hoffnung, der Mann könne ihm einen guten Rat geben oder die Sache für ihn klären. Aber als der Typ, der sich bestimmt nicht so leicht einschüchtern lässt, den Namen Satan hörte, hat er Sæli einen schönen Tag gewünscht und aufgelegt.

Was soll Sæli jetzt tun? Was hat er überhaupt für Möglichkeiten?

Er versucht zu schlucken, aber es ist, als hätte er eine Kartoffel im Hals stecken. Dann strengt er sich an, alle Befürchtungen und dunklen Gedanken wegzuwischen, dreht sich um und geht zurück in die Küche zu seiner Frau und seinem Sohn.

»Wer war das?«, fragt Lára, und in ihren Augen spiegelt sich der Verdacht, es könne eine andere Frau im Spiel sein. Ihr Mann verschwindet nämlich manchmal für mehrere Stunden oder sogar einen ganzen Tag, wenn er Landurlaub hat.

Was soll sie denn glauben?

»Das war nur Rúnar«, antwortet Sæli und räuspert sich, als er wieder am Tisch Platz nimmt. Dann lächelt er gezwungen, streicht seinem Sohn über den Kopf und blickt seiner Frau, die versucht, ihren Verdacht im Keim zu ersticken, in die Augen.

»Ist alles in Ordnung?«, fragt Lára vorsichtig.

»Ja, es ist nur …« Sæli seufzt. Der Bootsmann hat ihn vorher schon einmal angerufen und ihn gebeten, sich mit ihm und drei anderen aus der Crew zu treffen, bevor sie an Bord gehen.

»Er hat mich nur an dieses Treffen erinnert, von dem ich dir erzählt hab.«

»Ach so«, murmelt Lára mit einem bemühten Lächeln.

Etwa eine Stunde später sitzt Sæli am Bett seines Sohnes und liest ihm im Schein der Nachttischlampe ein Märchen vor.

»Du weißt ja, dass Papa gleich losmuss«, sagt er, als die Geschichte zu Ende ist.

»Aufs Meer?«

»Hm.«

»Darf ich mit?«, fragt Egill eifrig, aber ohne wirkliche Überzeugung.

»Nein, mein Junge.« Sæli lächelt, obwohl er besorgt ist und seinen Sohn jetzt schon schmerzlich vermisst. »Du musst für mich auf Mama aufpassen.«

»Na gut.« Der Junge zieht sich die Decke hoch bis zum Kinn.

»Papa denkt an dich«, sagt Sæli, gibt seinem Sohn einen Kuss auf die Stirn und schaltet das Licht aus. »Ich hab dich lieb.«

»Ich dich auch«, ertönt Egills Stimme im Dunkeln. Sæli drückt die kleine Hand, während sich ihm der Magen zusammenzieht und salzige Tränen wie Tautropfen über seine Wangen laufen.

Als der Junge eingeschlafen ist, setzt sich Sæli zu Lára aufs Sofa. Sie breitet eine Decke über sie beide und schmiegt sich wie eine verschmuste Katze in seine Arme.

Kerzen flackern unter der Dachschräge im Wohnzimmer. Auf dem Fernseher glimmt ein Räucherstäbchen, und aus dem tragbaren CD-Player klingt leise die Filmmusik von *Twin Peaks*.

Sæli starrt in die ruhigen Kerzenflammen und spielt nachdenklich mit Láras Haar, das wie Seide über ihren Rücken fließt.

»Ich muss Rúnar und die anderen vorher noch treffen«, sagt Sæli sanft und spürt sofort, wie sich Lára unter der Decke verkrampft.

»Warum eigentlich?«, fragt sie kühl.

»Ich weiß es nicht«, seufzt Sæli. »Hat irgendwas mit der Arbeit zu tun.«

»Kann das nicht warten?«, fragt sie.

»Anscheinend nicht«, murmelt Sæli und seufzt wieder.

»Lass dich von denen bloß nicht zu irgendeiner Dummheit überreden.« Lára setzt sich auf und schaut ihm in die Augen.

»Nein, natürlich nicht.« Sæli ist auf einmal ganz ängstlich und verunsichert. »Wir müssen nur was besprechen.«

»Kommst du nachher noch mal wieder?«

»Nein«, antwortet Sæli und spürt ein Ziehen im Magen. »Wir nehmen danach alle zusammen ein Taxi zum Schiff.«

»Ich werde dich vermissen«, sagt Lára mit einem Glänzen in den Augen. »Ich meine, mehr als sonst … du weißt schon.«

»Ich weiß.« Sæli legt eine Hand auf ihren Bauch, wo etwas Kleines, Lebendiges in einem warmen Ozean umherschwimmt. »Wenn ich zurück bin, hast du vielleicht schon ein Bäuchlein.«

»Vielleicht.« Lára lächelt matt. »Wann sollen wir es Egill sagen?«

»Wenn ich wieder da bin«, beschließt Sæli. »Dann sagen wir es ihm. Zusammen.«

»In Ordnung.« Mit verträumtem Gesichtsausdruck beugt sich Lára vor, um ihren Mann zu küssen, der sie auf sich zieht und vorsichtig mit ihr auf den Boden rollt.

»Bin ich die Einzige?«, flüstert sie zwischen den Küssen.

»Die Allerallereinzige.«

Draußen wird der Westwind stärker, die Vorhänge bauschen sich auf, die Kerzen flackern, und fette Regentropfen klatschen im Takt zu ihren leidenschaftlichen Küssen, ihrem wilden Herzschlag und der melancholischen Musik gegen die dunkle Fensterscheibe. Die Flammen zischen, spucken Wachs und ersterben. Die Glut erlischt, blauer Rauch wirbelt wie ein Fisch durch die Dunkelheit und verschwindet in der Tiefe.

Kein Glück ist unendlich, doch das Böse währt bis in alle Ewigkeit …

II

Es ist stockfinster, doch dann flackern die Deckenleuchten in der Doppelgarage auf und springen eine nach der anderen an. Schritte hallen von den Wänden wider, als eine junge Frau in hochhackigen Lederstiefeln über den Betonboden eilt. Sie trägt einen Minirock und eine dünne Bluse und hat ihre zweijährige Tochter auf dem Arm.

»Mamas Auto«, sagt das Mädchen, als sie an einem zweitürigen Mercedes Cabrio vorbeigehen.

»Papas Auto«, plappert die Kleine weiter, als ihre Mutter einen silbernen Range Rover Vogue mit der Fernbedienung entriegelt.

»Ja, ja, sei jetzt ruhig.« Ungeduldig schnallt die Mutter ihre Tochter im Kindersitz auf der Rückbank des neuen Jeeps an, der noch nach Lederfett, Gummi und Reinigungsmitteln riecht. Die Achtzylindermaschine brummt sonor unter der Motorhaube, das Garagentor schwingt nach oben, und die Frau setzt den Wagen rückwärts aus der Garage und an zwei steinernen Löwen vorbei auf die Straße. Die Garage befindet sich unter einem zweistöckigen Einfamilienhaus, das in der kalten, dunklen Herbstnacht hell erleuchtet ist. Die Fenster glühen wie die roten Augen einer argwöhnischen Sphinx. Das Garagentor schließt sich wieder, der Motor heult auf, und der Range Rover verschwindet wie ein kastenförmiges Raumschiff in der Dunkelheit des Staða-Viertels in Grafarvogur, einem der am dünnsten besiedelten Vororte der Stadt.

»Wohin fahren wir?«, fragt die Kleine auf dem Rücksitz. Sie trägt einen Schlafanzug und Wollsocken und hat noch vor wenigen Minuten fest geschlafen.

»Zu Oma«, antwortet ihre Mutter kurz angebunden und tritt noch fester aufs Gaspedal.

Nach dreiminütiger Fahrt hält sie vor einem Mehrfamilienhaus im Rima-Viertel.

»Ich will mit«, sagt das Mädchen und reibt sich die Augen.

»Nein, warte hier. Es dauert nicht lange«, antwortet ihre Mutter, ohne sich nach ihr umzusehen. Sie springt aus dem Jeep und lässt ihn im Leerlauf auf dem dunklen Parkplatz stehen.

»Mama!« Das Mädchen schaut seiner Mutter hinterher, die zum Haus läuft und durch ein offenes Erdgeschossfenster hineinklettert.

Die alte Frau wacht auf, als das Licht im Schlafzimmer angeht. Auf dem dunklen Holzregal über ihrem Bett steht ein siebenarmiger goldener Kerzenleuchter, und an der Kante des Regals hängt ein poliertes Kupferschild mit der Inschrift: *Höre, Israel! Jahwe, unser Gott, ist der einzige Jahwe!*

»Wo ist die Tasche?«, fragt ihre Schwiegertochter, die in dünner Bluse, Rock und hochhackigen Lederstiefeln am Kopfende des Bettes steht.

»Lilja?« Die alte Frau richtet sich auf. »Was machst du denn hier? Ist was passiert? Wie bist du reingekommen? Wo ist Jón Karl?«

Die alte Frau ist schlank und rüstig, hat braune Augen und dunkles Haar. Sie bewegt sich wie eine junge Ballerina und spricht mit starkem deutschem Akzent.

»Wo ist die Tasche?«, faucht Lilja. »Er hat mich geschickt, um die Tasche zu holen. Wo ist sie?«

»Die Tasche? Welche Tasche denn, Liebes?« Die Alte schlüpft aus dem Bett und zieht einen Morgenmantel über ihr Nachthemd.

»Die rote Reisetasche«, stößt Lilja zwischen zusammengepressten Zähnen hervor. »Die Tasche, die du für ihn aufheben solltest.«

»Ach die!« Die alte Frau mustert ihre Schwiegertochter ratlos und argwöhnisch zugleich. »Die hätte ich fast weggeworfen. Ich hab keine Lust, Sachen aufzubewahren, wenn ich nicht weiß, was drin ist. Und jetzt willst du die Tasche auch noch mitten in der Nacht abholen! Ich hab euch seit über einer Woche nicht gesehen und werde einfach so geweckt, als ob …«

»Die Tasche! Sofort!« Lilja ballt die Fäuste. »Ich hab nicht die ganze Nacht Zeit!«

»Das ist doch unglaublich.« Die Schwiegermutter schmiegt sich enger in ihren Morgenmantel. »Da wird man mitten in der Nacht aus dem Schlaf gerissen und beschimpft und …«

»Jetzt sei endlich still!« Lilja packt die alte Frau bei der Schulter. »Sara ist draußen im Wagen. Willst du, dass ihr was zustößt?«

»Das Kind ist draußen?«, fragt die alte Frau mit erstickter Stimme. »Bist du verrückt geworden? Warum hast du sie nicht mit reingebracht? Ist was passiert? Wo ist Jón Karl?«

»WO IST DIE VERDAMMTE TASCHE?«, brüllt Lilja und schüttelt ihre Schwiegermutter so fest, dass der Ärmel des Morgenmantels einreißt.

»In der Waschküche. Nicht …«, sagt die alte Frau mit schwacher Stimme und verstummt, als ihre Schwiegertochter sie loslässt.

»Wo genau?«, fragt Lilja, nachdem sie das Licht in der Waschküche eingeschaltet hat.

»Unterm Tisch. Hinter dem Wäschekorb.« Die alte Frau ist ihr aus dem Schlafzimmer in den Flur gefolgt.

»Hier ist sie ja.« Lilja zerrt eine rote Reisetasche hervor und versucht, sie zu öffnen, aber sie ist abgeschlossen, und Lilja kennt die Kombination des Zahlenschlosses nicht.

»Wo ist Jón Karl?« Die alte Frau folgt ihrer Schwiegertochter zur Wohnungstür. »Wo ist mein Sohn? Hat er irgendwas angestellt?«

»Misch dich nicht in Dinge ein, die dich nichts angehen«, entgegnet Lilja und stolziert in die Nacht hinaus, beide Hände fest um den Griff der Tasche gekrallt.

Sie öffnet die Heckklappe des Range Rovers, stellt die Tasche hinein, klemmt sie fest und schließt den Kofferraum wieder.

»Oma!«, ruft das Mädchen aus dem Auto.

»Ach, mein kleiner Schatz«, sagt die Großmutter mit tränenerstickter Stimme und klopft mit zitternden Fingern gegen das Autofenster, hinter dem das Gesicht des Mädchens zu sehen ist.

»Hau ab!« Lilja stößt die alte Frau in ein Blumenbeet und steigt in den Jeep. Dann setzt sie schwungvoll zurück, bremst abrupt, legt den Vorwärtsgang ein und biegt auf die Straße.

»Wo ist Oma?«, fragt die Kleine vom Rücksitz.

»Wieder ins Bett gegangen«, entgegnet ihre Mutter barsch und zündet sich eine Zigarette an.

»Mama, nicht rauchen …«

»Misch dich nicht in Sachen ein, die dich nichts angehen«, stößt ihre Mutter hervor und öffnet das Fenster auf der Fahrerseite einen Spalt.

Nach ungefähr zwei Minuten sind sie wieder im Staða-Viertel, wo die Häuser, an denen der röhrende Jeep vorbeisaust, alle gleich aussehen.

An der Einfahrt zu ihrem Haus wachen die steinernen Löwen, und die ebenerdigen Fenster leuchten wie die Augen einer Kreatur, die weder alt noch jung, weder real noch irreal ist.

Lilja parkt den Range Rover halb auf dem Gehsteig, stellt die Automatikschaltung in den Leerlauf und überlegt, ob sie hupen soll. Aber die Nacht ist wie elektrisiert, wie ausgestorben. Sie hupt nicht.

»Mama …«

»Pst!« Lilja beobachtet das Haus, knabbert gedankenverloren an ihrer Unterlippe und schnippt die Asche ihrer brennenden Zigarette aus dem offenen Fenster.

Dann wirft sie einen raschen Blick auf die Uhr am Armaturenbrett: 01:13.

Plötzlich verdunkelt sich das Haus wie auf Knopfdruck. Etwa fünfzehn Sekunden später zerreißen drei Schüsse die zerbrechliche Stille. Mündungsfeuer erleuchten das Haus wie Blitze, ein Wohnzimmerfenster zersplittert, und Glasscherben prasseln in die Einfahrt.

Das Mädchen auf dem Rücksitz kreischt, Lilja wirft ihre Zigarette aus dem Fenster, stellt die Automatikschaltung auf *Drive* und tritt das Gaspedal bis zum Anschlag durch. Der Range Rover setzt sich ruckartig in Bewegung, schießt mit durchdrehenden Reifen vom Gehsteig und verschwindet dröhnend in der Nacht.

»Mama«, schluchzt das kleine Mädchen, als sie die Hälfte der Strecke nach Mosfellsbær zurückgelegt haben. »Wohin fährst du?«

»Ins Sommerhaus«, murmelt ihre Mutter und zündet sich mit zitternden Händen eine neue Zigarette an. Als ein paar Regentropfen auf der Frontscheibe landen, schaltet sie die Scheibenwischer ein.

Es sind nur wenige Autos unterwegs, und der düstere Vesturlandsvegur verschmilzt mit der kalten Nacht.

»Wo ist Papa?«, fragt die Kleine und starrt aus dem Fenster.

»Der kommt nach.« Ihre Mutter lächelt ihr im Rückspiegel verkrampft zu. »Versuch einfach, zu schlafen, Schatz.«

»Ja«, sagt das Mädchen und betrachtet die Lichter, während sie mit über hundert Stundenkilometern durch Mosfellsbær rasen.

In der Nähe des Abzweigs nach Þingvellir wird der Jeep von einem schweren Schlag erschüttert und schlingert auf der nassen Straße hin und her, bis Lilja ihn wieder unter Kontrolle bekommt.

»Mama?« Das Mädchen ist aus einem leichten Schlaf hochgeschreckt.

»Alles in Ordnung«, sagt ihre Mutter und umkrallt das Lenkrad mit ihren schlanken Fingern.

Der rechte Scheinwerfer ist zerbrochen, und über die Frontscheibe ziehen sich ein langer Riss und ein dunkler Streifen Blut.

Lilja sprüht aus der Waschanlage Zitronenreiniger auf die Scheibe und stellt die Scheibenwischer schneller. Sie vermischen das Blut mit dem Regen und verteilen es so, dass es kaum mehr zu sehen ist.

»O mein Gott«, flüstert Lilja und blinzelt die Tränen aus ihren Augen, aber anstatt anzuhalten, beschleunigt sie wieder und braust mit fast zweihundert Stundenkilometern in die regennasse Nacht.

Wie hypnotisiert starrt sie geradeaus, doch das Einzige, was sie sieht, ist das Gesicht des Mannes, den sie angefahren hat. Es ist in einem bestimmten Moment erstarrt. Kurz nachdem der Mann im Lichtkegel aufgetaucht ist und kurz bevor der Jeep ihn erfasst hat. Ein aschgraues Gesicht. Wie hauchdünnes Papier.

Eine Totenmaske.

In ihr Gehirn gebrannt …

III

Durch schwermütige Bluesmusik, Stimmengewirr und beißenden Qualm dringt ein schrilles Läuten, wie von einem Schiff, das im Nebel vor der Küste eines unbekannten Landes herumirrt.

Ein düsteres Läuten, das die Schwelle zum Unterbewusstsein der Stammgäste überschreitet und ihnen kalten Schweiß auf den Rücken treibt: ein Déjà-vu.

»In einer Viertelstunde ist Schluss!«, ruft der Wirt und lässt das Band am Klöppel der alten Bronzeglocke los, die einst auf einem holländischen Handelsschiff Dienst getan hat.

In der unteren Etage der Kneipe sitzen Männer an Tischen, rauchen und trinken, einige spielen Schach oder Whist, andere unterhalten sich mit ihren Nachbarn, wieder andere sitzen allein an der Theke und konzentrieren sich auf ihr eigenes Elend und den Alkoholrausch.

So wie der Typ in den Jeansklamotten, der mit glasigen Augen den letzten Rest Bier in seinem verschmierten Glas fixiert und dann auf seine Armbanduhr schaut, die ihm sagt, dass es Viertel vor eins in der Nacht ist, an einem Dienstag: 00:45.

Er trinkt den letzten Schluck aus seinem Glas, drückt die halbgerauchte Zigarette aus und steigt vom Barhocker. Dann torkelt er zu dem runden Tisch hinüber, wo fünf Männer sitzen und trinken, klopft den beiden, die ihm am nächsten sind, auf den Rücken, beugt sich zwischen sie und verzieht das Gesicht mit dem ungepflegten Vollbart zu einem anbiedernden Grinsen.

»Könnt ihr mir einen Zehner leihen, Jungs?«, fragt er und räuspert sich. »Muss mal telefonieren, hab kein Kleingeld.«

»Lass uns in Ruhe, Mann!«, sagt einer der beiden, rammt ihm den Ellbogen in den Bauch und stößt ihn vom Tisch weg.

Der Besoffene taumelt zwei Schritte zurück, bleibt dann stehen, kommt mit steifen Bewegungen wieder ins Gleichgewicht und starrt verzückt vor sich hin.

Es ist, als schlafe seine Seele, als habe der Mann seinen betrunkenen Körper verlassen. Die Augen trüben sich und sinken in ihre Höhlen, der Mund steht offen, und einen Moment lang ist kein Leben mehr in dem leichenblassen Gesicht. Nur noch ein mit Haut überzogener Schädel. Der Mann ist leblos, zu einem Geist oder Wiedergänger geworden, aber nur für diesen kurzen Moment. Dann ist es, als greife eine unsichtbare Hand in einem dunklen Traum nach einem silbernen Faden …

Die Lungen saugen sich voll Luft, die Augen treten wieder vor, die Finger zucken, und die Zunge in dem offenstehenden Mund rührt sich.

Die Seele ist erwacht, das Herz schlägt, und seine Persönlichkeit flackert wie ein Kerzenlicht hinter den glasigen Augen.

»Fünf, fünf, fünf ... ein Schiff«, nuschelt der Besoffene, schwankt über den Holzboden, greift dann nach dem Treppengeländer und torkelt hinauf in die obere Etage der Kneipe.

»Ob der Typ schon mitgekriegt hat, dass er an Land ist?«, fragt einer der Männer. Seine Kumpel lachen. Aber sie lachen nur kurz, denn sie müssen eine ernste Sache besprechen. Und sie haben nicht die ganze Nacht Zeit.

»Zurück zu diesen Kapitalisten«, sagt ein anderer und umschließt mit seiner Riesenpranke ein kleines Whiskyglas. »Ich hab von meinen Informanten in der Reederei gehört, dass der Bareboat-Chartervertrag für unser Schiff gekündigt werden soll.«

Derjenige, der das sagt, ist der selbsternannte Sozialistenführer Jóhann »der Riese« Pétursson, Maschinenmeister auf einem großen Frachtschiff, das vor zehn Jahren in China gebaut wurde, einer Investmentgesellschaft aus Malaysia gehört, in Monrovia registriert ist und während der letzten fünf Jahre von der isländischen Frachtfirma Pólarskip gechartert wurde.

»Was heißt das, Bareboat-Charter?«, fragt Ási, der Koch, und zündet sich eine Zigarette an.

»Dass der Charterer alles zahlt«, antwortet Rúnar Hallgrímsson, der Bootsmann.

»Versicherungen und Instandhaltung und alles?«, fragt der Koch.

»Sag ich doch«, entgegnet Rúnar, der eben den Besoffenen vom Tisch weggestoßen hat.

»Und was dann?«, fragt Ársæll Egilsson, genannt Sæli.

»Diese Kapitalistenschweine besorgen sich einfach ein neues Schiff«, sagt Jóhann der Riese und kneift die Augen zusammen wie ein schläfriger Bär. »Und eine neue Crew.«

»Jetzt hör mal auf mit deiner andauernden Nörgelei von wegen Kapitalisten!«, protestiert Ísak Sigurðsson, Erster Steuermann und der einzige der fünf Männer, der »von oben«, also von der Kommandobrücke kommt. »Die Sache hat nichts mit Politik und Parteiquerelen zu tun.«

»Eine neue Crew?« Sæli hat einen ganz trockenen Mund und Kopfschmerzen wegen all der Probleme in seinem kleinen Leben.

»Eine, die zum Schiff gehört«, entgegnet Jóhann der Riese seelenruhig.

»Irgendwelche Reisfresser mit Jahresverträgen«, wirft der Erste Steuermann ein und fingert an einem schweren Goldring mit Freimaurersymbol herum, der lose an seinem linken Mittelfinger steckt. »Die dann ein Jahr später von neuen Reisfressern abgelöst werden.«

»Das gibt's doch gar nicht!« Der Bootsmann Rúnar schlägt mit der geballten Faust auf den Tisch.

»Jungs, wir sind eine aussterbende Art«, sagt Jóhann und leert sein Whiskyglas. »Die Riesenalken der isländischen Seefahrt.«

»Eigentlich müssten wir ...«, setzt Sæli an.

»Wir müssten uns weigern, heute Nacht loszufahren«, schneidet Ási ihm das Wort ab und drückt umständlich seine Zigarette aus. »Es diesen Schreibtischtätern heimzahlen!«

»Korrekt!«, sagt Sæli.

»Nein. Das ist doch genau das, was sie wollen«, widerspricht Jóhann, dieser Fels von Gibraltar in Menschengestalt, der nie eine Miene verzieht. »Dann haben sie einen Grund, uns alle rauszuschmeißen, ohne Rücksicht auf irgendwelche Kündigungsfristen oder vertraglichen Rechte.«

»Und was schlägst du vor?«, fragt Ási und schiebt sich ein Streichholz zwischen die Zähne.

»Warum wolltest du uns treffen«, fragt Sæli, »und warum gerade uns?«

»Den anderen traue ich nicht über den Weg«, antwortet der Riese und beugt sich über den Tisch. »So einfach ist das.«

»Jóhann, Rúnar und ich haben uns schon mal getroffen«, sagt Ísak Sigurðsson, »und wir glauben, dass wir mit eurer Unterstützung rechnen können.«

»Ich denke, Jónas könnte man auch trauen«, meint Ási.

Sæli nickt zustimmend.

»Ich will kein Risiko eingehen. Jónas ist meiner Meinung nach nicht hundertprozentig vertrauenswürdig. Und vergesst nicht, dass der neue Matrose sein Schwager ist«, erklärt Jóhann. »Über den wissen wir gar nichts.«

»Stimmt«, murmelt Sæli.

»Außerdem hat Jónas fast immer zu diesen Verrätern gehalten, zum Beispiel damals, als sie die Crew um vier Mann reduziert haben«, sagt Ísak. »Habt ihr das schon vergessen?«

»Nee«, nuscheln Sæli und Ási.

»Er ist dem Alten immer in den Arsch gekrochen, er tut alles, was der ihm sagt. Und der Alte ist nichts anderes als das Sprachrohr der Reederei«, fügt Jóhann hinzu. »Keine Ahnung, ob man die beiden schon informiert oder ihnen einen anderen Job angeboten hat, aber der Alte weiß ja immer alles, was die im Büro wissen. Also wird er versuchen, die Mehrheit der Crew auf seine Seite zu ziehen, wenn sich die kapitalistischen Intrigen des Vorstands rumgesprochen haben.«

»Keine Politik!«, mahnt Ísak mit erhobenem Zeigefinger.

»Es sei denn, es passt euch Konservativen in den Kram, oder was?« Jóhanns bärtiges Gesicht läuft rot an. »Immer dieses verdammte Faschistengelaber!«

»Was haben wir besprochen?«, tönt der Bootsmann und haut erneut mit der Faust auf den Tisch. »Hört auf mit eurer bescheuerten Streiterei! Wir müssen zusammenhalten!«

»Und der Heizer?«, fragt Ási mit einem Seitenblick auf Jóhann und kaut auf seinem Streichholz herum.

Der Heizer heißt eigentlich Óli Johnsen und ist Jóhanns Zuarbeiter.

»Der Heizer schaufelt nur für den Teufel persönlich Kohlen«, entgegnet Jóhann der Riese mit schiefem Grinsen und erntet von seinen Kumpels Gelächter. »Solange ich Maschinenmeister bin, spielt es keine Rolle, was der Heizer denkt – Hauptsache, er tut, was ich ihm sage.«

»Genau!« Der Koch zermalmt das Streichholz mit seinen kaputten Backenzähnen.

»Wir sind schon zu fünft«, sagt Sæli. »Das ist bei neun Leuten die Mehrheit.«

»Eben.« Jóhann grinst triumphierend. »Jetzt können sie die Suppe auslöffeln, die sie sich selbst eingebrockt haben, als die Crew damals verkleinert wurde.«

»Und wenn's sein muss, setzen wir uns eben mit Gewalt durch.« Der Bootsmann räuspert sich und stößt Ísak mit dem Ellbogen an.

»Immer mit der Ruhe«, murmelt der und streicht unauffällig über seine Reisetasche.

»Was schlägst du vor?«, fragt Ási, an Jóhann gewandt.

»Jetzt spuck's schon aus, Mann«, sagt Sæli mit verängstigtem Gesicht. »Die Zeit läuft, und ich will alles über irgendwelche Protestaktionen wissen, bevor wir auslaufen.«

»An Land haben wir keine Chance«, erklärt Jóhann und faltet die riesenhaften Hände vor sich auf dem Tisch. »Wenn wir aktiv werden, bevor das Schiff den Hafen verlässt, schmeißen sie uns einfach von Bord und heuern andere Männer an. Hier gibt's ja genug arbeitslose Seeleute. Aber auf See haben wir alles unter Kontrolle – sogar den Motor und das Steuer. In einer Woche sind wir genau zwischen unserem Heimathafen und dem Zielhafen. Dann ist es für den Alten zu spät, um kehrtzumachen oder Hilfe zu holen. Ich schlage vor, dass wir dann zur Tat schreiten.«

»Was sollen wir tun?«, fragt Sæli mit leiser Stimme. »Bei einer Meuterei mache ich jedenfalls nicht mit, damit das klar ist.«

»Es muss ja nicht unbedingt eine Meuterei sein.« Jóhann holt tief Luft. »Aber der Motor könnte zum Beispiel kaputtgehen.«

»Und was dann?«, fragt Ási.

»Wir könnten dem Alten klarmachen, dass es nur eine Sache gibt, die den Motor wieder in Gang bringt: ein Fax vom Reedereivorstand, aus dem klar und deutlich hervorgeht, dass sämtliche Pläne bezüglich einer Kündigung des Chartervertrags und der Crew ad acta gelegt werden«, erklärt Jóhann. »Von allen Vorstandsmitgliedern samt Vorsitzendem unterschrieben.«

»Wenn du meinst«, murmelt Ási und spuckt aus, was von dem Streichholz übrig geblieben ist.

»Aber das ist doch eine Meuterei, Jóhann«, wirft Sæli seufzend ein, »und ich bin einfach …«

»Ja und nein«, erwidert Jóhann und zündet sich eine Zigarre an. »Diese menschenverachtenden Pläne der Reederei sind nichts anderes als Machtmissbrauch und ein Angriff auf den isländischen Seemannsstand.«

»Genau!«, ruft Rúnar. »Ich bin jedenfalls dabei. Da gibt's doch überhaupt nichts zu überlegen, Jungs!«

»Glaubst du, dass wir damit Erfolg haben?«, fragt Ási.

»Natürlich«, antwortet Rúnar. »Sie werden alles tun, um den Zeitplan einzuhalten. Die können es sich gar nicht erlauben, diesen Aluminiumriesen zu versetzen. Wenn das Aluminiumoxid nicht rechtzeitig in die Schmelze kommt, verlieren sie den Auftrag.«

»So ist es.« Jóhann pafft seelenruhig seine Zigarre.

»Das ist einfach eine Frage der Eigenverantwortung«, sagt Ísak. »Es geht um unser Recht, als Individuen …«

»… im Interesse der Gemeinschaft zusammenzuarbeiten«, ergänzt Jóhann und lacht schallend.

»Ihr seid schrecklich.« Sæli schüttelt den Kopf. »Was meint ihr denn, wie's dann oben auf der Brücke abgeht? Ísak?«

»Lass die Brücke mal mein Problem sein«, antwortet der Erste Steuermann ruhig und fährt sich mit den Fingern durch das blonde, wohlfrisierte Haar. »Ihr kümmert euch um eure Bereiche und ich mich um meinen. Dann klappt das schon.«

»Da bleibt uns wohl keine andere Wahl, was?« Sæli lässt seinen Blick durch die Runde schweifen. »Ich weiß ja nicht, wie's bei euch aussieht, aber ich darf jetzt auf keinen Fall meinen Job verlieren. Ich muss diese Tour hinter mich bringen und …«

»Wir müssen jetzt und hier eine Entscheidung treffen«, sagt Jóhann und legt die Zigarre weg. »Für den Maschinenraum stimme ich zu.«

»Die Küche ist auch dabei, wenn Rúnar mitmacht«, sagt Ási und sieht den Bootsmann fragend an.

»Ich übernehme die Verantwortung für meine Männer«,

sagt Rúnar, der den beiden Matrosen vorsteht und als Verbindungsglied zwischen der Crew und der Brücke fungiert. »Wir sind dabei.«

»Na gut«, brummt Sæli.

»Fehlt nur noch die Brücke.« Jóhann fixiert Ísak.

»Eigenverantwortung über alles«, sagt der und strafft seinen langen Oberkörper. »Ich hab meine Leute noch nie im Stich gelassen.«

»Gut.« Rúnar klopft ihm auf die Schulter.

»In Ordnung«, sagt Jóhann grinsend. »Dann reden wir erst mal nicht weiter über die Sache und treffen uns bei einer guten Gelegenheit wieder, wenn wir auf See sind.«

»Einverstanden«, sagt der Bootsmann und leert sein Bierglas. »Sollen wir ein Taxi bestellen und uns auf den Kahn schwingen?«

Die anderen stimmen zu, und Ísak holt sein Handy heraus, um die Taxizentrale anzurufen.

»Letzte Runde!« Der Wirt läutet dreimal die alte Bronzeglocke, so dass es durch die rauchgeschwängerte Kneipe hallt.

Ein paar Minuten später steigen die fünf Männer mit ihren Seesäcken und Taschen in ein Großraumtaxi, das vor der Kneipe in der Reykjavíker Innenstadt wartet.

»Wohin soll's gehen?«, fragt der Taxifahrer, als alle im Wagen sind.

»Nach Grundartangi«, antwortet Ísak, der neben dem Fahrer sitzt.

»Grundartangi«, wiederholt der Taxifahrer und fährt los.

Bis auf das Sinfoniegeplärre im Radio ist es ganz ruhig im Wagen. Die fünf Männer starren schweigend aus den Fenstern auf die vorbeirauschenden Autos, Häuser und Lichter der Stadt. Nur noch ein paar Stunden, dann wird der endlose Ozean für die kommenden zwei Wochen das Einzige sein, was sie sehen. Deshalb saugen sie alles in sich auf, was sich auf dem Weg zum Hafen vor ihren Augen ausbreitet. Sie sammeln spärliche Erinnerungen, die ihnen im Nachhinein wertvoll erscheinen werden. Kleine Lichtblitze, die sie an die Heimat und die Menschen, die zu Hause auf sie warten, erinnern.

Als sie durch Mosfellsbær fahren, fängt es an zu regnen. Erst fallen nur vereinzelte Tropfen auf die Frontscheibe des Taxis, dann wird der Regen stärker, und als sie den letzten Kreisverkehr passieren, bewegen sich die Scheibenwischer in regelmäßigem, schnellem Takt.

»Seht mal!«, sagt Ísak plötzlich und zeigt durch die Windschutzscheibe auf einen dunkelgekleideten Mann, der mit erhobenem Daumen wie ein Tramper rückwärts am Straßenrand entlanggeht. »Ist das nicht der Typ aus der Kneipe?«

»Der Typ, der Kleingeld schnorren wollte?«, fragt Ási vom Rücksitz.

»Ja«, sagt Ísak, und als das Taxi an ihm vorbeirauscht, erhascht er durch das Seitenfenster einen kurzen Blick auf den Mann. »Vielleicht sollten wir ihn mitnehmen.«

»Soll ich anhalten?«, fragt der Taxifahrer und verlangsamt das Tempo.

»Nee, kommt nicht in Frage«, sagt Rúnar. »Das ist irgend so ein verdammter Schnorrer. Der macht nur Ärger.«

»Was hat er noch mal gesagt?« Sæli schaut durch die Heckscheibe nach hinten. »Irgendwas mit einem Schiff. Fünf Männer auf einem Schiff. Was hat er damit gemeint?«

»Der war doch besoffen«, murmelt Rúnar gereizt.

»Ja, vergesst ihn«, sagt Ísak und späht in den Seitenspiegel, aber er sieht nichts außer dem regennassen Straßenrand, der mit der Dunkelheit verschmilzt.

Nach und nach werden die Lichter und die Gebäude weniger. Als sie den Hvalfjörður erreichen, ist überall tiefschwarze Nacht.

»Nimm den Tunnel, Kollege«, sagt Jóhann und schlägt dem Taxifahrer kräftig auf die Schulter. »Wir zahlen die Gebühr.«

»In Ordnung«, entgegnet der Fahrer und nickt.

Aus dem Radio dringen die leisen A-Dur-Klänge des stimmungsvollen Adagio cantabile aus Beethovens achter Klaviersonate *Pathétique*, die zu einem eintönigen Rauschen werden, als das Taxi in den düsteren Hvalfjörður-Tunnel fährt …

IV

Das schwarze Telefon, das bei Jónas Bjarni Jónasson, dem Zweiten Steuermann des Frachtschiffes *Per se*, auf einem Häkeldeckchen auf dem Telefontisch im Flur steht, klingelt. Jónas wohnt in einer ziemlich neuen Doppelhaushälfte in Mosfellsbær. Es ist zehn Minuten vor ein Uhr in der Nacht, und das Klingeln schrillt unangenehm laut durchs Haus. In den meisten Zimmern brennt Licht, und alle Gardinen sind sorgfältig zugezogen.

Jónas steht, nur mit einer Unterhose bekleidet, wie angewurzelt da und starrt mit ausdruckslosen Augen das Telefon an, so als sei er sich nicht sicher, ob es wirklich klingelt oder ob er sich das Geräusch nur einbildet.

Als das Telefon fast eine Minute lang geklingelt hat, legt Jónas den klebrigen Vorschlaghammer auf den Telefontisch und nimmt mit blutverschmierten Fingern den Hörer ab.

»Hallo?«

»Jónas, bist du das?«, fragt eine Stimme am anderen Ende der Leitung. Eine lallende Stimme, die sich an einem Ort befindet, wo dröhnende Musik Fußboden und Wände erschüttert und sich mit lautem Stimmengewirr vermischt.

»Wer ist da?«, fragt Jónas.

»Dein Schwager Kalli.«

»Was willst du?«, fragt Jónas leise.

»Sag mal, du nimmst mich doch gleich mit, oder?«, fragt Kalli.

»Nein. Ruf dir ein Taxi.« Jónas sieht sich im Spiegel über dem Telefontisch, blutverschmiert von der Brust bis zu den Unterschenkeln. Mit Blut, das nicht von ihm stammt. Blut, das schon schwarz geworden ist und beginnt einzutrocknen.

»Ich hab nicht genug Geld«, sagt Kalli. »Ich kann doch mit dem Taxi zu dir kommen, und dann nimmst du mich mit, oder?«

»Okay, aber wenn ich schon weg bin, musst du ein Auto anhalten.«

»Bist du im Stress?«

»Nein.« Jónas räuspert sich. »Ich muss jetzt aufhören.«

»Wo ist meine Schwester?«, fragt Kalli unbekümmert.

»Sie ... sie hat sich hingelegt«, antwortet Jónas leise.

»Ach so. Hör zu, ich wollte nur ...«, setzt Kalli an, aber Jónas legt auf, bevor er weiterreden kann.

Jónas nimmt den Hörer wieder ab, lauscht auf das Freizeichen und wählt dann eine Nummer.

»Mama? Hier ist Jonni«, sagt er, als seine betagte Mutter abnimmt.

»Ach, Jonni, ist alles in Ordnung?«, fragt sie mit müder Stimme.

»Entschuldige, Mama, ich wollte dich nicht wecken.« Jónas räuspert sich. »Ich wollte dir nur Bescheid sagen, dass María die Kinder morgen nicht abholen kann.«

»Nein?«, fragt seine Mutter verwirrt. »Warum denn nicht?«

»Es ist was dazwischengekommen«, sagt Jónas und holt tief Luft. »Sie muss für ein paar Tage wegfahren. Vielleicht sogar für eine Woche.«

»Eine ganze Woche?«, fragt seine Mutter verwundert. »Aber dein Vater und ich fliegen in drei Tagen auf die Kanaren. Wir können nicht ...«

»Mama! Ich bin spät dran. Ich hab jetzt keine Zeit für Diskussionen«, sagt Jónas mit bebender Stimme. »Ich erklär's dir später. Ich kann jetzt nicht ...«

Jónas legt den Hörer auf und zieht das Telefonkabel aus der Steckdose. Dann wischt er sich den Schweiß von der Stirn und schmiert sich dabei Blut ins Gesicht.

Auf dem Fußboden im Schlafzimmer liegt María nackt auf einer ausgebreiteten Zeltplane. Sie liegt auf dem Rücken in einer klebrigen Blutlache und starrt mit leeren Augen an die Decke.

Jónas zieht die blutigen Bettbezüge ab und deckt damit den auskühlenden Körper seiner Frau zu. Am Kopfende der Matratze auf ihrer Bettseite prangt ein tellergroßer Blutfleck. Sie hat geschlafen, als er ihr mit dem Hammer auf den Kopf geschlagen hat. Jónas holt ein sauberes Handtuch und breitet es über den Fleck. Dann wickelt er die mit den Bettbezügen zugedeckte Leiche in die Zeltplane und bindet alles mit den Schnüren zu, die an der Plane befestigt sind und spezielle Schlaufen für die Heringe haben.

Nachdem er sich das Blut unter der heißen Dusche abgewaschen und sich sorgfältig vom Scheitel bis zur Fußsohle abgetrocknet hat, bezieht Jónas die Bettdecken und Kissen neu. Dann steckt er alles, was mit dem Blut seiner toten Frau in Berührung gekommen sein könnte, in eine Plastiktüte: den Hammer, das Telefon, das Häkeldeckchen vom Telefontisch, die Seife aus der Dusche und das Handtuch, mit dem er sich abgetrocknet hat. Er tunkt einen Lappen in heißes Wasser und wischt unsichtbare Fingerabdrücke und imaginäre Blutflecken vom Fußboden, von Türgriffen, Türrahmen, Wänden, Nachttischchen und Bettpfosten. Anschließend wandert der Lappen in die Tüte zu dem Hammer und den übrigen Sachen. Er verknotet die Tüte und steckt sie in eine zweite Tüte, die er ebenfalls mit einem Knoten verschließt. Dann zieht er Hose, Hemd und eine leichte Jacke an und schleift die Leiche zum Jeep.

Der Wagen ist ein zehn Jahre alter weißer Cherokee mit zusätzlichen Frontscheinwerfern und einem Skiträger auf dem Dach. Jónas fährt rückwärts vom Parkplatz neben der Doppelhaushälfte und beobachtet dabei die Straße in dem friedlichen Wohnviertel. Nirgends Licht in den Fenstern, keine Menschenseele unterwegs. Jónas stellt die Automatikschaltung auf *Drive* und fährt langsam die Straße entlang. Plötzlich bremst er scharf, legt den Rückwärtsgang ein und setzt zurück bis zu seinem Haus. Am Rückspiegel hängt ein Rosenkranz mit einem schwarzen Kruzifix aus Holz, das gemächlich vor und zurück baumelt.

Hat er auch wirklich alle Lampen im Haus ausgeschaltet?

Ja. Hinter den Gardinen liegen die Zimmer im Dunkeln. Hat er daran gedacht abzuschließen? Verdammt, das spielt doch keine Rolle! Jónas stöhnt und fährt wieder los, biegt einmal links ab und zweimal rechts, und dann ist er schon auf dem Vesturlandsvegur, der Nationalstraße Nummer eins. Als

Jónas an dem Abzweig ins Mosfellsdalur und nach Þingvellir vorbeifährt, fängt es an zu regnen. Erst landen nur ein paar Tropfen auf der schmutzigen Windschutzscheibe, dann werden es immer mehr. Jónas schaltet die Scheibenwischer ein, die mit ihrer porösen Gummibeschichtung die Regentropfen verteilen und eingetrockneten Dreck auf der Scheibe verschmieren. Jónas versucht, Reinigungsflüssigkeit auf die Scheibe zu spritzen, aber der Tank der Waschanlage ist leer. Dabei fällt Jónas' Blick auf die Nadel, die die Füllhöhe des Hundert-Liter-Benzintanks anzeigt. Sie befindet sich schon ganz unten im roten Bereich, Jónas weiß jedoch aus Erfahrung, dass die etwa zwanzig Liter, die noch im Tank sind, locker bis ans Ende des Hvalfjörðurs oder sogar noch weiter reichen. Als Jónas rechts blinkt und Richtung Hvalfjörður abbiegt, ist aus dem Regen ein Wolkenbruch geworden. Die Scheibenwischer peitschen über die Frontscheibe, und die dicken, eiskalten Regentropfen haben fast den gesamten Dreck von der Scheibe gespült. Jónas klammert sich mit den Händen ans Lenkrad, der Motor schnurrt unter der Haube, die Scheibenwischer schlagen in schnellem Takt, die Heizung bollert, und seine müden Augen starren in die Finsternis, die den Jeep anzieht wie ein schwarzes Loch.

Nachdem Jónas bei der alten Walfangstation im Vierradantrieb zum Strand hinuntergefahren ist, holt er eine Schaufel aus dem Kofferraum und gräbt seiner Frau beim Licht der Autoscheinwerfer ein feuchtes Grab im schwarzen Sand. Dampfwölkchen steigen von Jónas auf, der mit dem einbrechenden Sand und dem hineinströmenden Wasser zu kämpfen hat. In der Ferne brechen Wellen mit dumpfen Schlägen und wühlen Kies und Tang auf. In wenigen Stunden wird die Brandung das Grab überspülen, das langsam tiefer wird und sich allmählich mit Meerwasser und Regen füllt. Jónas schleudert die Schaufel weg und hastet zum Jeep, um die Leiche zu holen. Das Paket ist klobig und unhandlich und wird mit jedem Schritt schwerer. Jónas' Füße versinken im weichen Sand, und der Regen prasselt auf die zerknautschte Zeltplane. Als er die Last in das Loch fallen lässt, spritzt Wasser nach allen Seiten. Er schichtet vom Meerwasser geschliffene Steine auf die Leiche, bevor er das Grab zuschaufelt. Riesige Flohkrebse zappeln im nassen Sand. Leichenblasse, fast durchsichtige Vielfüßler, die sich von totem Fleisch ernähren. Heißhungrige Nachkommen der Millionen Flohkrebse, die sich zur Zeit des isländischen Walfangs hervorragend vermehrt haben.

Jónas stützt sich auf die Schaufel und kotzt lauwarmes Bier und giftgrüne Galle auf das flache Grab. Dann geht er völlig durchnässt zum Jeep, der oben am Strand im Leerlauf surrt.

Als er zu dem Abzweig kommt, der an der Nordseite des Hvalfjörðurs nach Grundartangi führt, ist es sieben Minuten vor drei. Er biegt links ab und fährt den Hang hinunter, und im selben Moment beginnt die Benzinanzeige auf dem Armaturenbrett zu blinken. Er lässt den Jeep über die Straße segeln wie ein kleines Boot auf einem Fluss, der in einer breiten Mündung im Meer endet.

Als er auf den Kai fährt, wo das erleuchtete Schiff vertäut ist, warten der Bootsmann Rúnar und der Erste Matrose Sæli an der Landgangsbrücke und winken ihn heran.

»Ist was?«, fragt Jónas, nachdem er auf der Fahrerseite das Fenster heruntergekurbelt hat. Sein Herz schlägt ihm bis zum Hals, und seine blutleeren Hände krallen sich um das Lenkrad.

»Hast du deinen Schwager nicht mitgebracht?«, fragt Rúnar.

»Kalli? Nein.« Jónas räuspert sich, um Spucke in seinem trockenen Mund zu sammeln. »Ist er noch nicht da?«

»Nee«, sagt Rúnar barsch, »sonst wären wir ja nicht hier.«

»Er ist bestimmt getrampt«, murmelt Jónas und blinzelt mit den Augen.

»Du musst noch mal los, ihn suchen.« Rúnar schnippt seine brennende Kippe in die Dunkelheit. »Wir legen in fünf Minuten ab – mit oder ohne ihn!«

»Ich muss rauf zur Brücke. Meine Wache fängt um vier Uhr an.« Jónas schaltet in den Leerlauf und nimmt den Rosenkranz mit dem Kruzifix vom Rückspiegel, bevor er aussteigt. »Kannst du noch mal eben zurückfahren? Er kommt bestimmt zu Fuß vom Abzweig hier runter.«

»In Ordnung«, murmelt Rúnar und steigt in den Jeep. »Wo soll ich die Kutsche abstellen?«

»Irgendwo.« Jónas zuckt mit den Schultern. »Ist mir völlig egal.«

»Okay.« Rúnar fährt mit dem fast leeren Tank los.

»Ist der Alte schon da?«, fragt Jónas zerstreut und zündet sich eine Zigarette an, während er die Landgangsbrücke hinaufgeht.

»Klar«, antwortet Sæli und zieht den Reißverschluss seiner Kapuzenjacke bis zum Hals hoch. Es hat aufgehört zu regnen, aber die Nacht ist immer noch kalt und feucht.

Sæli, die Hände in den Jackentaschen und die Kapuze tief ins Gesicht gezogen, ruft Jónas etwas hinterher.

Am Ende der Landgangsbrücke dreht sich der Zweite Steuermann um: »Was ist?«

»Hast du keinen Seesack oder irgendwelches Gepäck dabei?«, fragt Sæli und zuckt mit den Schultern. »Du weißt schon – Klamotten, Zigaretten und so?«

»Nein«, antwortet Jónas nur und blickt hinauf in den schwarzen Himmel, als erwarte er irgendeine Antwort von dort oben. »Ich … ich hab's vergessen.«

»Vergessen …?«, sagt Sæli grinsend.

»Ja«, antwortet Jónas mit hohler Stimme und springt an Bord.

»Wenn du meinst. Wir sehen uns dann gleich!«, ruft Sæli, bevor Jónas hinter dem Deckshaus verschwindet. Sæli hat von drei bis sechs Nachtwache und darf Jónas' Gesellschaft noch bis zum frühen Morgen genießen.

Der Westwind frischt auf, der mächtige Schiffsrumpf steigt tänzelnd nach oben, so dass sich die kräftigen Taue immer wieder straffen, erzittern, sich um die Stahlpoller spannen und Regenwasser und brackiges Meerwasser ausspeien.

Es scheint ganz so, als versuche das hundert Meter lange und viertausend Tonnen schwere Frachtschiff, sich von seinen Fesseln zu befreien …

V

Durch schwermütige Bluesmusik, Stimmengewirr und beißenden Qualm dringt ein schrilles Läuten, wie von einem Schiff, das im Nebel vor der Küste eines unbekannten Landes herumirrt.

»In einer Viertelstunde ist Schluss!«, ruft der Wirt und lässt das Band am Klöppel der alten Bronzeglocke los, die einst auf einem holländischen Handelsschiff Dienst getan hat.

An der Theke sitzt ein bärtiger Mann in Jeansklamotten, der mit glasigen Augen den letzten Rest Bier in seinem verschmierten Glas fixiert und dann auf seine Armbanduhr schaut, die ihm sagt, dass es Viertel vor eins in der Nacht ist, am elften Tag des Monats. Es ist Karl Guðjónsson, ein arbeitsloser Schreiner um die vierzig auf dem Weg zu seiner ersten Fahrt als Zweiter Matrose auf einem Frachtschiff, das am Kai im Hafen von Grundartangi vertäut ist – abfahrbereit nach zwei Tagen Ladestopp, an denen der Frachtraum mit einer Saugpumpe geleert wurde.

In einer Viertelstunde ist Schluss.

Bis in alle Ewigkeit.

Ein Déjà-vu.

Er trinkt den letzten Schluck aus seinem Glas, drückt die halbgerauchte Zigarette aus und steigt vom Barhocker. Dann torkelt er zu dem runden Tisch hinüber, wo fünf Männer sitzen und trinken, klopft den beiden, die ihm am nächsten sind, auf den Rücken, beugt sich zwischen sie und verzieht das Gesicht mit dem ungepflegten Vollbart zu einem anbiedernden Grinsen.

»Könnt ihr mir einen Zehner leihen, Jungs?«, fragt Karl und räuspert sich. »Muss mal telefonieren, hab kein Kleingeld.«

»Lass uns in Ruhe, Mann!«, sagt einer der beiden, rammt ihm den Ellbogen in den Bauch und stößt ihn barsch vom Tisch weg.

Karl taumelt zwei Schritte zurück, bleibt dann stehen, schwankt und kommt wieder ins Gleichgewicht.

Er wird von Dunkelheit und Stille erfüllt, in seinem Kopf blasen kalte Winde, und einen Moment lang scheint er in einen tiefen Schlaf zu fallen. Ein Schlaf, der schwarz ist wie der Taumel der Nacht, tief wie ein Koma und ebenso kalt wie der ewige Winter.

Dumpf wie der Hall einer Basstrommel:

Bumm, bumm, bumm …

Ein Moment, dann ist es vorbei.

»Fünf, fünf, fünf … Schiff«, nuschelt Karl, schwankt über den Holzboden, greift dann nach dem Treppengeländer und torkelt hinauf in die obere Etage der Kneipe, wo eine abgetakelte Band schwerfällige Bluesrhythmen für die trübseligen, verhärmten Säufer spielt, die an Tischen sitzen, an Wänden oder an der Theke lehnen, fast unsichtbar in dem heißen, dichten Zigarettenrauch.

Ich muss irgendwie zu diesem Schiff kommen …

Nach einem elegischen Gitarrensolo und einem trägen Paukenschlag scheint die Band die Inspiration zu verlieren, aber kurz bevor das Zusammenspiel ganz versiegt, kommt der Schlagzeuger wieder zu sich und schlägt ganz leicht auf die Snare-Drum, der Bass nimmt den Takt auf, die Gitarre heult auf, und der langbärtige Sänger zieht einen sentimentalen Text aus dem Tränental seiner Seele:

»Before I sink into the big sleep, I want to hear the scream of the butterfly …«

Karl streckt die tabakbraunen Finger nach einem Fünfzigkronenstück aus, das in einer schwarzen Lache schwimmt, wischt den Dreck ab und steckt es dann in den Schlitz eines Münztelefons am Ende der Theke.

Er zieht einen zerknitterten Zettel aus der Brusttasche seiner Jeansjacke und lässt seine Augen über die Nummer wandern, die mit der Hand auf den Zettel geschrieben ist: 555-7547. Dann wählt er die Nummer, presst den Hörer gegen sein rechtes Ohr und hält sich das linke mit der anderen Hand zu.

»Hallo?«, meldet sich eine misstrauische Stimme.

»Jónas, bist du das?«, fragt Karl und drückt den Hörer noch fester ans Ohr. Er lässt seine Stirn an der Wand neben dem Münztelefon ruhen und spricht laut, aber seine Stimme ertrinkt im Lärm der Band.

Als Jónas aufgelegt hat, bleibt Karl am Münztelefon stehen, fischt eine dünne Geldbörse aus seiner Hosentasche, öffnet sie wie einen Umschlag und inspiziert ihren mageren Inhalt. Ein Tausendkronenschein. Und ein Fünfhundertkronenschein. Insgesamt tausendfünfhundert Kronen.

»Willst du noch was trinken?«, fragt der Wirt, als Karl wieder auf den Barhocker in der unteren Etage geklettert ist, auf dem er schon den ganzen Abend gesessen hat.

Der Wirt, ein großer, dicker Mann, trägt ein aufgeknöpftes Hemd mit hochgekrempelten Ärmeln. Auf seiner behaarten Brust baumelt eine Kette mit einem goldenen Kreuz. Seine glattrasierten Wangen sind rot und feucht vor Schweiß, seine Augen liegen tief in dem aufgedunsenen Gesicht, und das, was von seinem dunklen Haar noch übrig ist, hat er sorgfältig in den feisten Nacken gekämmt.

»Ja, noch einen Whisky«, antwortet Karl, drückt auf seiner zerknitterten Zigarettenpackung herum und zieht die drittletzte Zigarette heraus. »Und ein Päckchen Camel.«

»Kommt sofort.« Der Wirt füllt das klobige Glas mit billigem Whisky.

Karl zündet sich die Zigarette an und zieht den schmutzigen Aschenbecher zu sich herüber.

»Zahlst du dann?«, sagt der Wirt, während er die Zellophanhülle und das Aluminiumpapier von der neuen Camel-Packung entfernt.

»Wie viel?«, fragt Karl seelenruhig.

»Das macht ...« Der Wirt nimmt die letzte Bestellung mit auf die Rechnung, bevor er alles zusammenzählt. »Macht insgesamt siebentausendneunhundert Kronen.«

»Kannst du mir das anschreiben?«, fragt Karl und nippt vorsichtig an seinem Whisky.

»Bis wann?«, fragt der Wirt, und seine blutunterlaufenen Augen verengen sich.

»Ich steche heute Abend in See. In zwei Wochen bin ich wieder da.« Karl saugt den heißen Rauch ein und stößt ihn dann durch die Nase wieder aus.

»Wär' besser, wenn du jetzt zahlen würdest.« Der Wirt legt seinen muskulösen Unterarm vor Karl auf den Tresen, einen Unterarm, der vom Ellbogen bis zum Handgelenk mit einer breiten Narbe verziert und auf den mit blauer, unter der wettergegerbten Haut verlaufener Tinte ein mächtiger Anker tätowiert ist.

»Verstehe«, murmelt Karl und schlägt die Asche von seiner Zigarette, als sein Blick auf drei gerahmte Fotos fällt, die unter der Schiffsglocke an der Wand hängen.

Auf dem untersten Foto ist die erste *Dettifoss* der Frachtfirma Eimskip zu sehen, die 1930 neu nach Island kam und im Februar 1945 vor der irischen Küste von einem deutschen U-Boot versenkt wurde.

Das Bild in der Mitte stammt von der zweiten *Dettifoss* von Eimskip, die 1949 vom Stapel gelassen und zwanzig Jahre später ins Ausland verkauft wurde.

Das oberste Bild schließlich zeigt die dritte *Dettifoss*, die 1970 nach Island kam und der Frachtfirma Eimskip neunzehn Jahre lang diente, bis sie 1989 verkauft wurde.

»Warst du auf der *Dettifoss*?«, fragt Karl und nickt mit dem Kopf in Richtung der Schwarzweißfotos.

»Ja, warum?«, fragt der Wirt argwöhnisch.

»Auf der dritten?«

»Ich war Steuermann auf der dritten, ja«, antwortet der Wirt und schaut kurz zu dem obersten Bild. »Lange Zeit Zweiter Steuermann und kurz vor dem Verkauf Erster Steuermann.«

»Und dann?« Karl nippt erneut an seinem Whisky. »Bist du danach nicht mehr zur See gefahren?«

»Was soll die Fragerei?« Der Wirt schaut Karl, der arglos mit den Schultern zuckt, vorwurfsvoll an.

»Mein Alter war auch Steuermann«, sagt Karl nach einer kurzen Pause. »Die meiste Zeit auf Fischerbooten. 1970 hat er aufgehört. Hat sich in eine Reederei eingekauft und an Land gearbeitet.«

»Schön für ihn«, murmelt der Wirt und wischt die Theke mit einem feuchten Tuch ab. »Aber willst du nicht mal zahlen? Wir schließen gleich.«

»Die Arbeit an Land war nichts für ihn«, sagt Karl und zieht nachdenklich an seiner Zigarette. »Anfang '73 war die Reederei so gut wie pleite, da hat er wieder angeheuert.«

»Jetzt hör mal zu, Freundchen«, sagt der Wirt mit geballter Faust. »Ich will die Lebensgeschichte von deinem Vater nicht hören. Jedenfalls nicht jetzt!«

»Das Schiff«, sagt Karl und drückt in aller Ruhe seine Kippe im Aschenbecher aus, »das war die *Sjöstjarnan* aus Keflavík.«

»Die *Sjöstjarnan*?«, fragt der Wirt, auf einmal ganz hellhörig. »Was hast du gesagt, in welchem Jahr war das? '73?«

»Ja«, antwortet Karl und nickt.

»War er an Bord, als sie …?« Der Wirt beugt sich zu Karl hinüber.

»Als sie am 11. Februar '73 von den Färöerinseln nach Island in See gestochen ist?«, fragt Karl zurück und fixiert mit einem fernen Leuchten in den Augen irgendeinen Punkt hinter dem Wirt. »Ja. Er war an Bord. Das Schiff war repariert worden, und sie hatten es eilig, in heimatliche Gewässer zu kommen.«

»Ich war genau zu der Zeit auf der *Dettifoss*!« Der Wirt reißt seine müden Augen auf. »Wir kamen gerade von Leith in Schottland zurück. Ich war oben auf der Brücke, als Kapitän Erlendur den Notruf empfing. Die *Sjöstjarnan* war gerade gesunken, und die Männer saßen in den Rettungsbooten.«

»Echt?« Karl schaut dem Wirt, der sich den Schweiß von der Stirn wischt, direkt in die Augen.

»Ja«, antwortet der und zündet sich eine Zigarette an. »Zwanzig Minuten später kam der Notruf noch mal, wir konnten aber kein Wort verstehen. Wir haben versucht, die Schiffbrüchigen zu orten, aber das Wetter war extrem schlecht. Heftiger Sturm und zehn Menschenleben in Gefahr. Die Nacht vergesse ich nie. Niemals.«

»Nur ein Mann wurde gefunden«, murmelt Karl seufzend. »Eine Leiche, meine ich.«

»Ja.« Der Wirt schenkt sich selbst einen Whisky ein und füllt anschließend Karls Glas bis zum Rand. »Neunzehn Tage später. Nach einer der umfangreichsten Suchaktionen in der Geschichte der isländischen Seefahrt. War es dein …?«

»Mein Alter? Nee.« Karl schüttelt den Kopf. »Der wurde nie gefunden. Gott hab ihn selig.«

Der Wirt hebt sein Glas. »Trinken wir auf deinen Vater. Prost!«

»Ja. Prost!« Karl lächelt versonnen, dann stoßen sie an und trinken. Karl leckt sich über die Lippen und hofft, dass der Wirt ihn nicht weiter nach dem berühmten Schiffsunglück ausfragt, das er nur aus den Geschichten kennt, die ihm sein Schwager Jónas bei ihren zahlreichen Sauftouren in den letzten Jahren mehr als einmal erzählt hat.

»Und du bist auch Seemann?« Der Wirt zieht an seiner Zigarette.

Karl nickt scheinheilig. »Gegen den Willen meiner Alten.«

»So ist das nun mal«, murmelt der Wirt und gibt einem ungeduldigen Gast ein Zeichen zu warten. »Hör zu, ich schreibe für dich an. Du zahlst einfach, wenn du das nächste Mal an Land bist, okay?«

»Danke«, sagt Karl mit einem breiten Grinsen und steckt die Camel-Packung in die Innentasche seiner Jeansjacke. »Kannst du mir vielleicht ein Taxi rufen?«

Der Wirt entgegnet, das sei doch selbstverständlich, und winkt Karl mit seiner schwieligen Seemannspranke hinterher, bevor er sich den letzten Gästen des Abends zuwendet.

Karl geht zum Ausgang, knöpft seine Jeansjacke zu, schlägt den Kragen hoch und tritt hinaus in die kalte Nacht.

»Letzte Runde!«, ruft der Wirt und läutet dreimal die alte Bronzeglocke, so dass es durch die rauchgeschwängerte Kneipe hallt. Dann schließt sich die Tür hinter Karl, und im selben Moment wird das laute Stimmengewirr zu einem leisen Murmeln, wie Geschrei von einem entfernten Vogelfelsen.

Das Taxi lässt nicht lange auf sich warten. Karl setzt sich auf die Rückbank und bittet den Fahrer, ihn nach Mosfellsbær zu fahren.

»Hast du Hjarðarland gesagt?«, fragt der Taxifahrer kurze Zeit später.

»Was? Ja.« Karl öffnet die Augen. Er ist auf dem weichen Rücksitz eingeschlafen. Es ist warm im Wagen, und ihm ist ein wenig übel.

»Welche Nummer?«, fragt der Fahrer und drosselt das Tempo.

»Ist schon in Ordnung. Ich steige hier aus«, antwortet Karl, nachdem er aus dem Fenster geschaut und das Haus seines Schwagers auf der gegenüberliegenden Straßenseite entdeckt hat.

»Okay.« Der Taxifahrer hält an und schaltet die Innenbeleuchtung ein. »Das macht tausendvierhundert Kronen.«

»Stimmt so«, sagt Karl und reicht dem Mann seine komplette Habe.

»Danke.« Der Fahrer nimmt die zerknitterten Scheine entgegen. »Und gute Nacht.«

Karl wünscht ihm ebenfalls eine gute Nacht und schlägt die Autotür hinter sich zu.

Das Haus seiner Schwester María liegt im Dunkeln, und als Karl klingelt, kommt niemand zur Tür. Die Garage ist ebenfalls dunkel, und Jónas' Jeep scheint weg zu sein.

»Scheiße«, flucht Karl, als er von der Schubkarre steigt, die er neben der Garage umgedreht hat, um durchs Fenster schauen zu können.

Vor dem Garagentor liegt eine weiße Mülltüte. Karl hebt sie auf und stopft sie in die Mülltonne, bevor er sich zu Fuß auf den Weg zur Nationalstraße Nummer eins macht.

Es sind kaum Autos unterwegs, und aus dem tiefschwarzen Himmel fallen eiskalte Regentropfen. Karl verpasst knapp zwei Lkws, und während der wenigen Minuten, die er am Straßenrand kauert, fahren zwei Pkws an ihm vorbei, ohne auch nur das geringste bisschen langsamer zu werden. Der Regen wird stärker, und die kalten Tropfen rinnen in den Kragen seiner Jeansjacke, die sich allmählich mit Wasser vollsaugt. Karl geht in östliche Richtung und dreht sich jedes Mal mit ausgestrecktem Daumen um, wenn er ein Licht näherkommen sieht oder ein Motorengeräusch hört.

Ein Großraumtaxi braust vorbei und scheint dann das Tempo ein wenig zu drosseln. Karl geht schneller und winkt dem Wagen, der die Finsternis am Abzweig nach Þingvellir mit seinen roten Bremslichtern erhellt. Er hat durch das Fenster auf der Beifahrerseite das Gesicht eines Mannes gesehen. Ein Gesicht, das ihm bekannt vorkommt. Und er hat den Eindruck, dass der Beifahrer ihn auch erkannt hat. Woher sie sich kennen, weiß Karl nicht, aber das spielt auch keine Rolle. Er rennt dem Taxi hinterher, das plötzlich wieder schneller wird und in der stockfinsteren Regennacht verschwindet.

Karl bleibt stehen und schnappt nach Luft, völlig durchnässt, frierend und mit einem stechenden Schmerz in der Brust von dem Sprint.

Die Kneipe. Der Mann war in der Kneipe. Der Mann in dem Taxi. Das Gesicht im Seitenfenster.

»Ist ja auch egal«, murmelt Karl. Er steht vornübergebeugt an einem Hinweisschild nach Þingvellir, die Hände auf die nassen Knie gestützt, als er einen scharfen Blutgeschmack im Mund spürt.

Das war's, denkt er. Ich schaffe es nicht mehr rechtzeitig nach Grundartangi. Das Schiff fährt ohne mich los.

Doch dann erscheint ein weißer Lichtkegel auf dem nassen Asphalt, ein sattes Motorengeräusch nähert sich, und die breiten Radialreifen eines silbernen Range Rover Vogue lassen das Regenwasser hochspritzen.

Karl richtet sich auf, macht zwei Schritte auf die Straße, dreht sich um, streckt seinen rechten Arm aus und reckt den blaugefrorenen Daumen gen Himmel.

Die Hightech-Xenon-Scheinwerfer blenden ihn einen kurzen Moment, dann küsst der Jeep seine Wange. Ein kalter Kuss, der Knochen brechen lässt, Fleisch aufreißt und Eingeweide sprengt. Alles im Bruchteil einer Sekunde. Und der ihn bäuchlings in den Straßengraben schleudert. Wo er krampfartig zuckt, halb in einer bräunlichen Schlammpfütze liegend. Vor Schock gelähmt. Bewusstlos.

Doch der brummende Jeep verschwindet mit über hundert Stundenkilometern in der Nacht, mit zerbrochenem Frontscheinwerfer, zersprungener Windschutzscheibe und einem Streifen Blut vom rechten Kotflügel bis hinauf zum Dach.

Kein Licht außer dem gelblichen Schein der Laternen. Kein Laut außer dem Prasseln des Regens.

Nichts zu sehen außer einer Leiche im Straßengraben.

Ein Schuh am Straßenrand.

Und Blutstropfen auf dem nassen Asphalt.

VI

In einem fensterlosen Kellerraum liegt ein nackter Mann auf einer Lederbank und umfasst eine Stahlstange, die einen halben Meter über seinem Kopf in den Vertiefungen eines Eisengestells ruht. Er spannt Brust- und Rückenmuskeln an, drückt die Fersen in den Boden, hebt das Gesäß leicht von der Bank und wuchtet die Stange aus der Verankerung. Seine Augen sind auf die Mitte der Stange gerichtet. Er atmet tief ein und hält die Luft an, während er die Stange auf seinen Brustkorb sinken lässt. Als der kalte Stahl die angespannten Muskeln berührt, stemmt er die Stange wieder in die Höhe und atmet aus, sobald das Gewicht über den schwierigsten Punkt hinweg ist. Dies wiederholt er viermal, langsam und konzentriert, aber mit zunehmender Anstrengung, erhöhtem Blutdruck und verkürztem Atem. Am Ende fällt die Stange wieder auf das Eisengestell, und das Gewicht der Hanteln lässt Boden und Wände vibrieren.

Im Raum wird es mit jeder Minute wärmer; die stickige Luft riecht nach saurem Schweiß und scharfem Testosteron, was an den Gestank von Katzenpisse erinnert.

Der Mann setzt sich auf der Hantelbank auf, schließt für einen Moment die blauen Augen und dreht den Kopf, erst im Uhrzeigersinn, dann gegen den Uhrzeigersinn, während er nach Luft ringt. Abgesehen von dem gotischen S auf der rechten Brust ist der sonnengebräunte Körper des Mannes nicht tätowiert. Narben hat er jedoch in allen erdenklichen Längen und Breiten, so viele, dass man sie kaum zählen kann. Dasselbe gilt für Schrammen, alte Brandwunden und Dellen von verheilten Eiterbeulen. Die meisten Verletzungen stammen von Motorrad- und Autounfällen, aber diverse Extremsportarten, Schlägereien, ein paar Messerstechereien und Schusswechsel haben ebenfalls ihre Spuren in seinem Fleisch hinterlassen. Neben diesen äußerlichen Blessuren sind die Knochen mit Verwachsungen, Narben und Knoten übersät, und der Körper wird von einem Dutzend Stahlstiften und Drähten sowie zwei künstlichen Gelenken zusammengehalten. Die gesamte Körperbehaarung ist mit Creme oder Wachs entfernt worden, bis auf die Schamhaare, die auf drei Millimeter gestutzt sind. Das lange Kopfhaar fällt ihm gleichmäßig auf den Rücken, ist rabenschwarz gefärbt und mit roten und blauen Strähnen durchzogen. Der Mann trägt keinen Schmuck an den Händen, auch nicht um den Hals, aber in den Ohrläppchen hat er dicke Kreolen aus verziertem Silber. Es sind Schlangen, deren Hinterteile in den geöffneten Mäulern verschwinden, und dieser handgearbeitete Ohrschmuck verleiht dem entschlossenen, aber vertrauenerweckenden Gesicht einen zweifelhaften Anstrich.

Das ist Jón Karl Esrason, ein sechsundzwanzigjähriger Seemannssohn, der in den verschiedensten Bereichen und Jobs tätig ist und über einen Zeitraum von etwas mehr als zehn Jahren ein beachtliches Strafregister mit über dreißig Anzeigen und einem Dutzend Verurteilungen angesammelt hat – sein Curriculum Vitae.

»Lilja?«, ruft Jón Karl, als er barfuß den mit Teppich ausgelegten Flur entlanggeht, ohne mit einer Antwort zu rechnen oder darauf zu warten. Er weiß, dass Lilja zu Hause ist. Und er weiß, dass sie weiß, dass er weiß, dass sie zu Hause ist. Deshalb antwortet sie ihm nicht.

Er hat eine schwarze Jogginghose angezogen und sein Haar im Nacken mit einem Gummiband zusammengebunden.

In der großzügigen, hellen Küche gibt er Milch, Bananen und kohlehydrathaltiges Molkeproteinpulver mit Erdbeergeschmack in ein Mixgerät. Anschließend schluckt er eine Handvoll Vitamintabletten und trinkt den nahrhaften Shake in langen Zügen.

Jón Karl dreht den Heißwasserhahn am Spülbecken auf, stellt das Mixgefäß unter den Wasserstrahl und schaut aus dem Fenster, während es vollläuft. Am Ende der Straße befindet sich die Grundschule des Viertels und daneben ein eingezäunter Basketballplatz, wo pickelige Jugendliche jeden Abend bis es dunkel wird auf netzlose Körbe zielen. Aber jetzt ist es Nacht, und der Platz liegt verlassen da. Keine Bewegung. Nichts als Finsternis. Nur ein winziges Leuchten hinter der Frontscheibe eines parkenden Autos, so als würde jemand rauchen, auf der Fahrerseite.

Jón Karl bewegt sich schnell und systematisch; er dreht das heiße Wasser zu und schaltet das Licht in der Küche aus. Seine Pupillen weiten sich, ebenso wie seine Nasenlöcher und seine Arterien. Er beugt sich über das Spülbecken, so dass seine rechte Wange die kalte Fensterscheibe und seine linke Wange die Gardine berührt, und starrt schräg aus dem Fenster, reglos wie ein Löwe, der seine Schnauze am Rand der Steppe durch ein Gebüsch steckt. Jetzt kann er in der kalten Herbstnacht, die jenseits der Straßenlaternen stockfinster ist, besser sehen. In der Parklücke am Ende des Basketballplatzes steht ein schwarzer Lieferwagen halb auf dem Gehsteig. Er könnte natürlich auch braun, blau oder dunkelgrün sein, aber in der Dunkelheit ist er schwarz. Im Inneren des Wagens ist jetzt kein Glühen mehr zu sehen, keine Bewegung, gar nichts. Hat er sich vertan, oder hat die Person ihre Zigarette ausgedrückt, als er das Licht ausgeschaltet hat? Oder leidet Jón Karl unter Verfolgungswahn?

Das Lachen zweier Teenager durchbricht die Stille; sie tänzeln leichtfüßig von rechts ins Sichtfeld, gleiten über den Gehsteig auf der gegenüberliegenden Straßenseite und bringen Jón Karl dazu, seine wachsamen Augen von dem schwarzen Lieferwagen zu lösen und sein lüsternes Interesse auf ihre knackigen Hintern, ihr pubertäres Auftreten und ihre schlanken Beine zu richten.

Er kennt sie, die beiden, sowohl als Typen wie auch als Individuen. Sie wohnen in der Nachbarschaft von Jón Karl und seiner Familie, so wie sie in allen Städten dieser Welt in jedermanns Nachbarschaft wohnen: Sechzehnjährige Mädchen, die gerade erst Drogen, Schwanzlutschen und ihre eigene Anziehungskraft entdeckt haben und in der wundersamen Illusion leben, dass die Jugend ewig währt, dass das Einkaufszentrum das Universum ist, ihre Mösen dessen Mittelpunkt, und dass das Leben nichts anderes ist als eine rosa Kaugummiwolke, die man aufblasen kann, bis sie zerplatzt.

»Diese kleinen Schlampen«, zischt Jón Karl. Sein Atem beschlägt die Scheibe, während Blut in seinen Schwanz strömt, der sich wie eine Schlange in der Jogginghose windet, bis er das rechte Hosenbein gefunden hat.

Jón Karl klopft gegen sein linkes Hosenbein, entdeckt ein zerknittertes Zigarettenpäckchen und holt die letzte Zigarette heraus. Er zündet sie mit einem Gasfeuerzeug an und zieht an ihr, bis die Glut knistert. Er bläst den Rauch durch die geblähten Nasenlöcher wieder aus und glotzt weiter die Mädchen an, während er darüber nachdenkt, worauf zum Teufel er eigentlich wartet. Anstatt immer noch dazustehen und wie eine Memme aus dem Fenster zu starren, sollte er längst am Steuer des Range Rovers sitzen und auf die Straße zurücksetzen. Ein Tritt aufs Gaspedal und hundert Meter weiter – schon würde er neben den Mädchen anhalten.

»Wohin des Wegs, ihr Süßen?«

Sie würden vielleicht einen Moment zögern, denn ihr Selbstbewusstsein ist lediglich eine Hülle aus modischen Klamotten und Schminke. Sie würden sich einen verschämten Blick zuwerfen, kichern und erröten, und bevor ihnen die Situation richtig klar wäre, hätte Jón Karl ihnen schon befohlen, in den Wagen zu steigen. Wie ein autoritärer Lehrer oder ein strenger Vater.

»Ich bringe euch hin, Schätzchen. Ehrlich!«

Wu-Tang Clan oder Eminem im CD-Player, die Anlage

voll aufgedreht und das Gaspedal durchgetreten. Das silberne Piratenschiff würde, erfüllt von dumpfen Basstakten, in der Nacht verschwinden. Wohin? Kein besonderes Ziel, einfach nur fahren. Richtung Innenstadt, wo Jón Karl in der obersten Etage eines modernen Wolkenkratzers im schicken Skugga-Viertel ein Apartment gemietet hat. Dort würde er eine Runde Koks schmeißen und die beiden Füllen so lange vögeln, bis ihnen der Saft aus den tränennassen Augen flösse.

Und warum ist er dann noch nicht losgefahren? Zu alt geworden? Zu müde? Keine Lust mehr auf so was? Drüber hinausgewachsen?

»Fuck!«

Sie sind so gut wie in der Dunkelheit verschwunden.

Jón Karl schnippt seine Kippe ins Spülbecken und dreht den Hahn kurz auf. Dann schaut er schnell aus dem Fenster, wie aus einer Vorahnung oder aus alter Gewohnheit, und sieht, dass der schwarze Lieferwagen nicht mehr am Ende des Basketballplatzes steht.

Die sorgfältig frisierten Haare in Jón Karls Nacken richten sich auf, und seine Hände werden kalt. Es ist, als irritiere ihn die Abwesenheit des schwarzen Lieferwagens mehr als seine Anwesenheit. Was vielleicht merkwürdig oder sogar unlogisch erscheint, doch das ist es nicht. Eine Frau, die in ihrem Zimmer eine Spinne entdeckt, bekommt ein mulmiges Gefühl, denn die Spinne hat nicht dort zu sein. Wenn die Spinne dann verschwindet, verwandelt sich das mulmige Gefühl in Furcht, denn die Frau weiß nicht, wo die Spinne ist, was bedeutet, dass sie überall sein kann. Und diese Tatsache wirft die unangenehme Frage auf, was die Spinne dort, wo sie niemand sieht, gerade macht. Eine Spinne, in der aufgeklärten Welt des Verstandes einfach nur ein achtbeiniges Insekt, ist in den dunklen Wäldern des Unterbewusstseins zu einem intelligenten Monster geworden.

Was war das für ein schwarzer Lieferwagen? Wer hat dringesessen? Was hat er da gemacht? Und wo ist er jetzt?

»Lilja!«

Jón Karl stürzt zurück ins Wohnzimmer und lässt seine Fingergelenke und Halswirbel knacken.

»Steh auf, Frau! Nimm die Kleine, fahr zu meiner Mutter und hol die Tasche!«

»Was soll das? Welche Tasche?«, fragt Lilja und steht vom Sofa auf.

»Mutter weiß schon, welche Tasche«, sagt Jón Karl und schiebt Lilja vor sich her, stößt sie fast hinaus in den Flur.

»Das Kind schläft, Jón!« Lilja schaut dem Vater ihres Kindes verwirrt in die Augen. Er ist in Rage, und sie weiß, dass er sich dann nicht aufhalten lässt.

»Jetzt hör mir mal zu!« Jón Karl stößt sie gegen die Wand und hält sie fest, während er redet. »Nimm die Kleine, fahr zu meiner Mutter und hol die verdammte Tasche! Dann kommst du zurück, und wir fahren alle zusammen rauf ins Skorradalur. Hast du das kapiert?«

»Ja, hab ich«, murmelt Lilja und weicht seinem stechenden Blick aus. »Aber warum müssen wir an den Borgarfjörður fahren? Was ist denn passiert? Welche Tasche …?«

»Hör auf mit der Fragerei!«, sagt Jón Karl und lässt sie los. »Hol den Jeep und tu, was ich dir sage.«

»Ja, ich …«

»Und, Lilja?« Jón Karls Gesicht wird ernst, so als wüsste er, dass etwas Schlimmes passieren wird.

»Ja?«, sagt Lilja leise und mit einem flauen Gefühl im Magen.

»Wenn irgendwas nicht stimmt, wenn du zurückkommst … wenn irgendwas, auch nur die kleinste Kleinigkeit, nicht so ist, wie sie sein sollte … dann fährst du ohne mich an den Borgarfjörður und bleibst dort, bis du von mir hörst. Hast du das verstanden?«

»Ja.«

»Keine Telefonate, keine Gäste, keine Panik … Alles klar?«, sagt Jón Karl mit einer Stimme, die so kühl ist, dass seine Frau erschauert.

»Alles klar«, flüstert sie und hastet ins abgedunkelte Kinderzimmer, wo ihre zweijährige Tochter schläft. Währenddessen geht Jón Karl ins Schlafzimmer und zerrt Unterwäsche, Socken, T-Shirts, Schuhe, einen halbleeren Karton mit Prince-Zigaretten und einen grünen Seesack aus den Schubladen und Regalfächern des Kleiderschranks und wirft alles zusammen auf das gemachte Bett. Er zieht schwarze Sportsocken an, ein schwarzes T-Shirt und schwarze Springerstiefel, die er bis oben zuschnürt. Den Rest der Klamotten stopft er in den Seesack. Durchs Schlafzimmerfenster sieht er Lilja mit dem Range Rover losfahren und in der Nacht verschwinden.

Im Wohnzimmer schiebt Jón Karl einen großen Schrank zur Seite und tippt einen siebenstelligen Code in das Elektronikschloss eines in die Wand eingelassenen Stahltresors.

Im Tresor liegen eine Million Kronen in neuen Fünftausenderscheinen, ein Revolver in einem Wadenholster, ein Päckchen .38er Munition, die Reisepässe der Familie, ein Jagdmesser in einer Lederscheide, Wertpapiere, Aktienbriefe, verschiedene Dokumente sowie drei Sparbücher aus der Schweiz und aus Luxemburg. Der Revolver ist ein Smith & Wesson, Jahrgang 1970, Kaliber .38 mit kurzem Lauf und fünfschüssiger Trommel. Er sitzt fest in einem maßgefertigten Holster, das Jón Karl mit einem Klettverschluss oben an seinem rechten Springerstiefel befestigt. Dann schiebt er die übrigen Dinge, die noch im Tresor liegen, in den Seesack und zieht das Band zu. Alles, bis auf die Papiere, die er »diverse Unterlagen« nennt. Die wirft er in den Kamin und zündet sie an.

Jón Karl steht vor dem Kamin und beobachtet, wie sich die Flammen in das Papier fressen, es versengen und in schwarze Kohleblättchen verwandeln, die zerfallen, umherwirbeln, langsam zu Asche und dann zu Nichts werden. Der Rauch steigt in den Schornstein hinauf, das Feuer prasselt, und der rötliche Schein spiegelt sich in seinen weit aufgerissenen Augen, die verzückt in die tanzenden Flammen starren, in sie hinein und noch etwas weiter, tiefer.

Ein magisches Feuer. Wie eine offene Tür. Und ein schleichender Schatten.

Wolfsgeheul …

Jón Karl dreht sich um und wirft einen schnellen Blick auf die Glastür, die auf die Sonnenterrasse hinter dem Haus führt, aber dort ist nichts. Kein Schatten, keine Bewegung, kein Geräusch.

Doch etwas irritiert Jón Karl. Etwas, das nah genug ist, um unsichtbare Saiten anzuschlagen und die Alarmglocken in seinem Unterbewusstsein schrillen zu lassen.

In der Ferne ertönt ein leises Ächzen oder Knarren.

Und eine Sekunde später ist, wie auf ein Fingerschnipsen, die Stromzufuhr im ganzen Haus unterbrochen.

Finsternis. Bis auf das Feuer im Kamin, das tanzende Schatten auf Wände, Boden und Decke wirft.

Das Einzige, was Jón Karl in diesem Moment sicher weiß, ist, dass die Zeit knapp ist. Dass etwas Übles im Anzug ist, hat jetzt keine Priorität. Das Wesen und die Absicht dieses Übels in Menschengestalt sind im Moment noch absolut nebensächlich. An erster, zweiter und dritter Stelle steht, auf die Ankunft dieses Übels vorbereitet zu sein, wie es auch heißen mag.

Jón Karl bückt sich, löst mit der rechten Hand den Revolver aus dem Holster und holt mit der linken Hand das Patronenpäckchen aus dem Seesack. Nachdem seine Finger das Päckchen betastet haben, reißen sie es auf und ergreifen eine Handvoll Patronen. Routiniert löst Jón Karl die Trommel des Revolvers, schiebt sie zur Seite, dreht sie, lädt eine Kammer nach der anderen, schiebt die Trommel zurück und spannt den Hahn, den Zeigefinger reglos an dem sensiblen Abzug. Das alles dauert keine zehn Sekunden.

In seiner linken Hand befindet sich immer noch eine Patrone. Jón Karl rollt sie zwischen den feuchtkalten Fingern hin und her, während er lauscht. In der Diele knarren leise die Türangeln, und jemand schleicht schnell durch den mit Teppich ausgelegten Flur. Jón Karl schleudert die Patrone ins Feuer und huscht dann gebückt in den dunklen Teil des Wohnzimmers, wo er sich hinter einem wuchtigen Ledersessel versteckt.

In dem Moment, als die Patrone explodiert, springt der ungebetene Gast ins Wohnzimmer, dreht sich im Kreis, zielt mit seiner abgesägten Schrotflinte in alle Richtungen und schreit:

»DU BIST EIN TOTER MA…!«

Jón Karl zielt und feuert zwei Schüsse ab, die im Zimmer widerhallen, es zweimal aufleuchten lassen und den Eindringling zum Schweigen bringen:

PENG … PENG!

Der erste Schuss verfehlt sein Ziel und zerschmettert die Scheibe des Wohnzimmerfensters, das zur Einfahrt hinausgeht, während der zweite den ungebetenen Gast an der rechten Schulter trifft.

»Hilfe!«, schreit der Mann und sinkt auf die Knie. Er greift sich mit der linken Hand an die verwundete Schulter und versucht, mit der anderen Hand die Schrotflinte auszurichten, doch seine zitternden Finger geben nach, und die Flinte fällt auf den Boden.

Hilfe? Sind es mehrere?

Jón Karl kommt aus seinem Versteck und spannt den Revolver zum dritten Mal, mit Blutgeschmack im Mund, wie wahnsinnig tobenden Gedanken im Kopf und eiskaltem Glänzen in den wachsamen Augen.

»Nein!« Der Mann kriecht über den Boden. Sein Gesicht ist von einer dunkelblauen Skimaske verdeckt, und er krabbelt vorwärts wie ein verletzter Käfer und hinterlässt dabei Blutflecken auf dem Teppich.

»Wer hat dich geschickt?«, fragt Jón Karl und tritt langsam auf den rechten Fußknöchel des Mannes. Er späht in der Dunkelheit umher und lauscht nach weiteren Angreifern, während er sich gleichzeitig hinunterbeugt, den Revolver auf den Bauch des Mannes richtet und mit der linken Hand die abgesägte Schrotflinte packt.

»Niemand«, antwortet der Mann heiser und starrt den Hausherrn mit Todesangst in den aufgerissenen Augen an.

»Wer bist du?«, fragt Jón Karl leise und stößt dem Mann, der vor Schmerz aufschreit, den Revolver in den Brustkorb.

»Niemand«, sagt der Mann wieder, blutverschmiert und nach Luft ringend.

Jón Karl lässt die abgesägte Schrotflinte los, rammt dem Eindringling mit voller Wucht das Knie in den Bauch und reißt ihm mit der linken Hand die Maske vom Gesicht.

Im selben Moment wird er von einem heftigen Schlag am Hinterkopf getroffen. Knochen krachen, Muskeln erschlaffen, und alles wird schwarz …

Es ist merkwürdig, bewusstlos transportiert zu werden. Ein Vor-und-zurück-Schlingern wie auf einer Schaukel, nur langsamer, aber auch unangenehme Seitwärtsbewegungen, und dabei immer dieses komische Gefühl, dass der Schwung nach unten länger und tiefer ist als der Schwung nach oben, als stürze der kraftlose Körper eine Art Abhang hinunter, wie in Zeitlupe, wieder und wieder. Es ist auf meditative Weise beruhigend, aber vor allem ein unendlich lethargisches Gefühl, das immer unwirklicher wird, je länger man in dieser schwülen Leere schwebt, die nach feuchtem Blut riecht und genauso groß oder klein ist wie der menschliche Geist, genauso tief wie der Hall der langsamen Trommelschläge im Kopf:

Bumm, bumm, bumm …

Der Innenraum des Krankenwagens ist schwarz. Jón Karl trägt hellblaue und weiße Matrosenklamotten und liegt festgebunden auf der Trage. Der Arzt, der bei ihm sitzt, ist ein Krakenmann mit Albert-Einstein-Maske vor dem Gesicht.

Wenn ich sage: Es fängt grandios an, prescht dann weiter, hebt in der Mitte ab, aber das Ende versteht keiner. Wovon spreche ich dann?

Ist es ein Kinofilm?

Ja, aber ich spreche nicht von einem Kinofilm.

Ist es vielleicht ein Buch?

Ja, aber ich spreche nicht von einem Buch.

Ist es diese Seereise?

Ja, aber ich spreche von etwas Mächtigerem, Größerem.

Der Krankenwagen fährt über einen holprigen Weg, und die Schläge hallen in einem Metallkasten wider, der so groß ist wie der Laderaum eines Schiffes:

Bumm, bumm, bumm …

Der Schmerz ist nahezu überwältigend, doch gleichzeitig süß wie Honig, warm und schön wie ein Sonnenstrahl. Der Schmerz ist ein Weggefährte des Bewusstseins, und das Bewusstsein ist mit dem Leben selbst verknüpft. Schmerz ist Leben, und Leben ist Schmerz.

Noch nicht tot, denkt Jón Karl hinter geschlossenen Lidern, mit gebrochenen Knochen und geschundenem Körper.

Er tut so, als wäre er immer noch bewusstlos, während er versucht, sich über seine Umgebung klar zu werden, über die Umstände und über den Zustand seines Körpers.

Er sitzt auf einem Stuhl und kann sich nicht bewegen. Seine Fußgelenke sind an den Vorderbeinen des Stuhls festgebunden, seine Handgelenke hinter der Rückenlehne gefesselt. Der Stuhl ist in einem kalten, feuchten Raum unter einer nackten Glühbirne im Boden verankert. Die Augen sind geschwollen, die Nase lädiert und der Kiefer übel zugerichtet, vielleicht sogar gebrochen. Die Rippen brennen, und das linke Schlüsselbein ist angebrochen oder gebrochen. Der Hinterkopf schmerzt, die Eingeweide sind zerschlagen, und die meisten Gelenke gezerrt oder verrenkt nach dieser schlimmen Marter. Jón Karl nimmt den Geruch von Blut, Zigarettenqualm und stinkendem Schweiß wahr. Er erkennt drei Stimmen, kann aber wegen des Rauschens in seinen Ohren kein Wort verstehen. Da die drei Männer weder flüstern noch leise sprechen, weiß Jón Karl, dass er sich an einem »sicheren« Ort befindet, irgendwo weit weg, wo es keine Hilfe gibt.

Das sind Profis.

»Wach auf, verdammt noch mal!«, sagt einer der Männer und schlägt Jón Karl mit einem Gummiknüppel auf den rechten Oberschenkel, unmittelbar oberhalb des Knies.

Jón Karl hebt den Kopf und öffnet die Augen. Er weiß, dass

sie nicht aufhören werden, ihn zu schlagen, wenn er nicht zu sich kommt und mit ihnen redet. Er weiß nicht, was sie wollen, aber er weiß, dass sie ihn erst laufenlassen, wenn sie haben, was sie wollen, was auch immer das sein mag. Falls sie ihn überhaupt noch mal laufenlassen. Das Einzige, was Jón Karl interessiert, ist, wie zum Teufel er lebend hier rauskommen soll, und zwar ohne ihnen irgendwas über irgendwen zu sagen.

»Wo ist die Spielhölle?«

Spielhölle? Was denn für eine Spielhölle? Und er dachte, sie wären hinter der roten Tasche mit dem ... mit dem Geheimnis her.

Der Fragende ist in einen flimmernden Dunst gehüllt und steht breitbeinig direkt vor Jón Karl, der die geschwollenen Augen zusammenkneift und darauf wartet, dass die wirren Farben und vibrierenden Konturen ein klareres Bild ergeben.

»Wo ist sie?«, fragt der Mann mit tiefer Bassstimme und versetzt Jón Karl mit seiner bärentatzengroßen Hand eine Ohrfeige.

Die Ohrfeige ist erfrischend wie ein kalter Wasserstrahl. Sie trifft auf Fleisch und Knochen, erschüttert den ganzen Körper und reißt Jón Karl aus seinem lethargischen Knockout-Zustand. Das Blut in seinen Adern beginnt wieder zu pochen, seine Muskeln schwellen an, und in seinem Kopf toben Feuer der Wut, Rache und Mordgier. Die Plastikschnüre schneiden ihm in Fuß- und Handgelenke, der Boden und der darin verankerte Stuhl knarren, seine Zähne knirschen, und seine blutunterlaufenen Augen springen fast aus ihren Höhlen.

»Ich bringe euch alle um«, knurrt Jón Karl und spuckt Blut und einen abgebrochenen Zahn auf den blanken Holzboden.

»Du bringst heute keinen um«, sagt der Mann mit der tiefen Stimme und zündet sich seelenruhig eine billige Zigarre an.

Jón Karl kommen die Stimme und die verschwommenen Umrisse des Mannes bekannt vor. Er starrt in den flimmernden Dunst und versucht, aus seinem benommenen Hirn Informationen abzurufen, während die Umrisse allmählich menschliche Gestalt annehmen.

Schwarze Lederjacke, schwarzes Haar und Augen wie

schwarze Löcher in einem Gesicht, das an einen grimmigen Wachhund erinnert.

Der Mann ist kein anderer als Óðinn R. Elsuson: Mitte dreißig, ein Mythos der Reykjavíker Unterwelt, bei weitem der älteste und gefährlichste von allen Schlägern und Geldeintreibern, die noch Einfluss haben, ein richtiger Dreckskerl, ein gnadenloser Schuft, der niemandem traut, nichts fürchtet und nach dem perfiden Motto lebt: »Gesegnet sei derjenige, der Leichen als Freunde und Dämonen als Feinde hat.«

Hinter Óðinn sind Schatten von Männern, die in der Finsternis mit den dunklen Wänden verschmelzen.

»Ich dachte, ich hätte Wolfsgeheul gehört«, murmelt Jón Karl.

»Was hast du gesagt?«, fragt Óðinn barsch, während er Jón Karls Revolver aus der Tasche seiner Lederjacke zieht.

»Nichts«, nuschelt Jón Karl und zieht Blut die Nase hoch.

Óðinn ist untersetzt wie ein junger Bulle, ein dunkler Typ, der so hässlich ist, dass er fast schon wieder attraktiv wirkt. Sein Haar ist sorgfältig nach hinten gekämmt, und seine braunen, weit auseinander stehenden Augen liegen tief in dem grobkantigen, brutalen Gesicht, das – je nach Lichteinfall – an ein junges Tier oder einen alten Mann erinnert.

Jón Karl gesteht es sich nicht ein, aber in dem Moment, als er den Mann erkennt, erlischt die Hoffnung wie eine Kerzenflamme in seiner Brust. Doch im Schatten der Hoffnungslosigkeit erwacht das Böse aus einem tiefen Schlaf, und das Böse kümmert sich nicht um Leben oder Tod. Es nährt sich selbst und räumt alles andere aus dem Weg. Es verhält sich wie das Feuer, das wächst und wächst, bis es so groß und mächtig ist, dass es sich selbst verschlingt und zu Nichts wird.

Das Böse ergreift Besitz von Jón Karl. Es rumort in seinem Kopf, pumpt schwarzen Eiter in sein Blut, dringt in jeden Nerv und will wachsen und gedeihen, sich ausbreiten und erblühen wie ein infernalischer Geist in dem Körper, der das Böse beherbergt, ungeachtet der Folgen.

Das Böse ist von Natur aus unsterblich und hat deshalb auch nichts zu gewinnen und nichts zu verlieren …

»Hübsche Knarre«, sagt Óðinn und hantiert fachmännisch mit dem Revolver herum. Er kaut auf seiner brennenden Zigarre, lässt die Trommel des Revolvers rotieren, stoppt sie mit dem Daumen seiner rechten Hand, spannt den Hahn, stößt den Lauf gegen Jón Karls rechtes Knie und drückt ohne zu zögern ab:

Klick!

Der Hahn trifft auf die leere Trommel, nichts passiert.

Jón Karl zuckt zusammen, sein Herz setzt aus und beginnt dann wie wild in seiner Brust zu hämmern, seine Muskeln werden hart, Venen, Nasenlöcher und Pupillen weiten sich, kalter Schweiß tritt ihm ins Gesicht und auf den Rücken.

»Du bist bekannt dafür, ein Glückspilz zu sein«, sagt Óðinn und legt den Revolver auf ein rostiges Ölfass. Er nimmt Jón Karls Seesack, kippt den Inhalt auf den Fußboden und beginnt, darin herumzuwühlen.

Salziger Schweiß rinnt Jón Karl in die Augen; er blinzelt und schaut sich hektisch im Raum um. Sie sind zu dritt: Óðinn und zwei Handlanger, beide dunkel gekleidet und einander ziemlich ähnlich. Einer der beiden sitzt gekrümmt auf einem Hocker und hält sich mit zitternder Hand die blutige Schulter. Es ist der Typ, den Jón Karl im Wohnzimmer erwischt hat. Der zweite steht neben Óðinn und hat einen Gummiknüppel in der Hand. Die Jungs sind kaum zwanzig. Jón Karl meint den, den er angeschossen hat, zu kennen, aber er kann sich nicht erinnern, wer er ist und wie er heißt – was einiges über den Ruf dieser Möchtegerne aussagt. Sie sind nur irgendwelche verdammten Nobodys namens Geri oder Freki, die Óðinn mit halbseidenen Versprechungen angelockt oder für ihre zeitweilige Unterstützung bezahlt hat. Irgendwelche Junkies, die davon träumen, in der Unterwelt berühmt zu werden, aber irgendwann erschossen oder erstochen in einem Kellerloch, auf dem Meeresgrund oder in einer Lavaspalte enden, wo sie niemals gefunden werden.

»Soll's auf eine Reise gehen?« Óðinn blättert in den Pässen und zerreißt sie dann. »Wohl eher nicht.«

»Du bezwingst niemanden, der sich nicht bezwingen lässt«, sagt Jón Karl und inspiziert weiter den Raum, solange ihm noch Zeit dafür bleibt.

Es handelt sich um eine Art Schuppen, eine alte Hütte, Garage oder Abstellkammer. Die Wände sind aus Holz, mit Sperrholz oder Wellblech verkleidet und von innen mit Steinwolle gedämmt. In den Fenstern und an der Innenseite der Tür ist ebenfalls Steinwolle. Bei der Tür steht eine Holzkiste mit Werkzeug. Der Stuhl, auf dem Jón Karl sitzt, ist an allen Verbindungen mit Eisenwinkeln verstärkt, aber schon so alt, dass er trotzdem knarrt. Auf dem Boden und an den Wänden sind schwarze Flecken, Spritzer und Striemen – eingetrocknetes Blut, ein unschönes Zeugnis der Geschehnisse in diesem unwirtlichen Raum.

»Spar dir deine Weisheiten.« Óðinn holt Jón Karls Million aus dem Umschlag und steckt sich die Scheine lose in die Tasche. »Damit kannst du mich nicht beeindrucken.«

»Ich hab ja auch nicht mit dir geredet«, sagt Jón Karl. Er versucht, ruhig zu atmen, sich zu lockern und klar zu denken, was ihm in Anbetracht der Umgebung und der Gesellschaft nicht gerade leichtfällt.

Er ist barfuß, und sein Oberkörper ist nackt. Die Plastikschnüre schneiden ihm in Fuß- und Handgelenke, und Jón Karl weiß aus Erfahrung, dass es fast unmöglich ist, sie zu zerreißen, ohne sich Fleisch und Sehnen zu zerschneiden.

Was kann er tun?

»Dann wollen wir mal«, sagt Óðinn, während er das Jagdmesser ansetzt und Jón Karls rechtes Hosenbein vom Knöchel bis übers Knie aufschlitzt. »Bringen wir es hinter uns.«

Er nimmt eine blaue Einlitergasflasche mit Brenner und dreht das Ventil halb auf.

»Jetzt grillen wir deinen Fuß ein bisschen.« Óðinn nimmt die brennende Zigarre aus dem Mund. »Das stinkt furchtbar und wird dir höllische Schmerzen bereiten. Aber wenn du redest, kommst du mit dem Schrecken davon. Also, wo ist die Spielhölle?«

»Südlich vom Himmelreich?«, entgegnet Jón Karl, um irgendwas zu sagen. Er kann schließlich nicht wie ein Weib losheulen, nur weil jemand seinen Fuß grillen will. Er muss an seinen guten Ruf denken. Ohne seinen Ruf ist er hinüber.

»Falsche Antwort«, sagt Óðinn und hält die Zigarre an die Tülle des Gasbrenners. Nichts passiert.

»Das war eine Frage, keine Antwort«, murmelt Jón Karl mit zusammengebissenen Zähnen.

»Spar dir deine Witze.« Óðinn riecht an der Tülle und schleudert den Brenner in die Ecke. »Das Gas ist alle!«

»Ich wusste nicht …«, stammelt Freki starr vor Angst.

»Halt's Maul!« Óðinn stößt ihn gegen die Wand neben der Tür. »Hol mir die verdammte Bohrmaschine!«

»Hier.« Freki reicht ihm eine schnurlose Bohrmaschine mit eingespanntem Stahlbohrer.

»Verdammte Scheiße!«, ruft Óðinn, als er den Schaltknopf drückt und nur ein leises Surren ertönt. Der blutverklebte Bohrer dreht sich ein paarmal, dann gibt die Maschine mit einem erbärmlichen Kreischen ihren Geist auf.

Óðinn wirft sie von sich und boxt Freki so fest in den Bauch, dass dieser röchelnd zu Boden geht.

»Ihr wartet hier! Ich hole neues Gas«, sagt Óðinn zu Geri, der immer noch dasitzt und sich die Schusswunde hält.

»Können wir nicht einfach das Messer oder die Knarre nehmen?«, fragt Geri und reißt die blutleeren Augen auf. »Oder ihm einen Finger oder Zeh abschneiden?«

»Heute Nacht wird gegrillt«, sagt Óðinn ruhig und tätschelt Geri den Kopf.

»Aber ich muss zum Arzt!«, jammert Geri und zeigt dem Boss die blutige Innenfläche seiner linken Hand.

»Nicht, bevor ich die Kugel rausgeholt hab.« Óðinn öffnet die Tür des Schuppens. »Beiß die Zähne zusammen. Bin gleich zurück.«

Óðinn verschwindet durch die Tür, wirft sie hinter sich zu und verschließt sie, falls Jón Karl richtig hört, von außen mit einem Vorhängeschloss. Kurz darauf knallt eine Autotür, eine Zündung schnarrt, ein Keilriemen kreischt, und ein Achtzylindermotor setzt sich draußen in der Dunkelheit in Gang.

Kies knirscht unter den breiten Reifen, und das dröhnende Motorengeräusch entfernt sich.

»Dieses Arschloch!«, wimmert Freki, der gekrümmt auf dem Boden liegt. Er ringt nach Luft und verzieht vor Schmerz das Gesicht.

»Sei still, Mann!« Geri wirft seinem Kumpel einen grimmigen Blick zu.

»Sorry«, sagt Freki und rappelt sich mühsam auf.

»Er kommt nicht zurück«, sagt Jón Karl mit eiskaltem Grinsen.

»Halt verdammt noch mal das Maul!«, schreit Geri und droht Jón Karl mit der geballten Faust, zuckt bei der Bewegung aber vor Schmerz zusammen.

»Klar kommt er zurück«, murmelt Freki und setzt sich stöhnend auf die Holzkiste bei der Tür. »Natürlich kommt er!«

»Habt ihr den Umschlag nicht gesehen?« Jón Karl nickt in Richtung der Sachen aus dem Seesack, die auf dem Boden verstreut sind. Zuoberst auf dem Haufen liegt ein cremefarbener Umschlag, immer noch ausgebeult von der Million.

»Was ist damit?« Frekis Blick wandert von dem Umschlag zu Jón Karl.

»Hör nicht auf ihn!«, ruft Geri und stampft mit dem Fuß auf.

»Riech mal dran«, sagt Jón Karl und schaut aufmerksam in Frekis verwirrte Augen.

»Nicht dran riechen!«, warnt Geri.

»Schon gut«, murmelt Freki.

»In dem Umschlag waren fünf Millionen.« Jón Karl grinst schief mit seinem zerschlagenen Gesicht. »Óðinn hat sie eingesteckt, als ihr nicht hingeguckt habt. Der Umschlag riecht bestimmt noch nach der Kohle. Es waren nagelneue Fünftausender.«

»Warum sollten wir dir das glauben?«, sagt Freki mit zusammengekniffenen Augen.

»Warum sollte ich einen leeren Umschlag dabeihaben?«, fragt Jón Karl immer noch grinsend zurück.

»Er verarscht uns, Mann! Hör nicht auf ihn!« Geri wirft Jón Karl einen vernichtenden Blick zu. »Wenn du nicht das Maul hältst, sind wir gezwungen, dich zum Schweigen zu bringen.«

»Er kommt nicht zurück.« Jón Karl blickt Freki, der offenbar nicht mehr weiß, wem er glauben soll, väterlich in die Augen. »Er hat gekriegt, was er wollte. Es gibt keine Spielhölle. Was soll das denn für 'ne Spielhölle sein? Wisst ihr das?«

»Du weißt genau, welche Spielhölle er meint.« Geris Stimme zittert mehr aus Angst als vor Wut. »Du treibst doch das Geld für die ein!«

»Nein, tue ich nicht«, sagt Jón Karl mit Nachdruck. »Du weißt ja gar nicht, wovon du redest.«

»Halt's Maul!«, sagt Geri und schaut zu Freki, der mit den Achseln zuckt, den Umschlag aufhebt, vorsichtig daran riecht, ihn dann zusammenknüllt und wegwirft.

»Und?«, fragt Geri, zermürbt von den Schmerzen.

»Riecht nach Geld«, murmelt Freki und wiegt sich hin und her.

»Hab ich's nicht gesagt?«, fragt Jón Karl seelenruhig.

»Das tut überhaupt nichts zur Sache.« Freki räuspert sich.

»Nee, das tut nichts zur Sache.« Jón Karl grinst. »Ihr kriegt nämlich keine einzige Krone ab, ihr Deppen!«

»Stopf ihm das Maul!«, ruft Geri.

»Sollen wir nicht auf Óðinn warten?«, fragt Freki leise.

»Na gut«, sagt Geri gereizt, »aber ich glaub diesem Idioten kein Wort.«

»Ihr seid doch Schwuchteln!« Jón Karl spuckt Blut auf den Fußboden. »Widerliche Schwuchteln seid ihr!«

»Stopf dem Schwein endlich das Maul!«, brüllt Geri mit schmerzverzerrtem Gesicht.

»Okay.« Freki steht mit dem Gummiknüppel in der rechten und einer Rolle Klebeband in der linken Hand auf. »Wird auch langsam Zeit.«

»Satan, Teufel, Luzifer«, murmelt Jón Karl beschwörend vor sich hin, bündelt seine Kräfte und schürt das Feuer in seinem Inneren mit Hass, Rachegefühlen und bestialischen Gedanken, »vereinigt euch in mir!«

Da schlägt Freki Jón Karl mit dem Knüppel so fest ins Gesicht, dass Blut aus seinem Mund spritzt. Jón Karl stößt einen röchelnden Laut aus, verdreht die Augen und lässt den Kopf nach hinten sinken. Daraufhin legt Freki den Gummiknüppel weg und zieht einen Streifen Klebeband ab. Er beugt sich über Jón Karl und macht Anstalten, ihm den silbernen Streifen quer über den Mund zu kleben.

Kurz bevor das stark riechende Klebeband Jón Karls Lippen berührt, öffnet er wutschnaubend die Augen, wirft den Kopf nach vorn, reißt den Mund auf und gräbt seine Zähne in Frekis linke Hand.

»HILFE!«, brüllt Freki und lässt das Klebeband fallen, während die blutigen Zähne sich in seinen Handrücken graben. Er schlägt mit der anderen Hand um sich und wirft sich auf Jón Karl, der sich im selben Moment nach hinten stemmt.

»NEIN!!!«, schreit Geri, springt auf und beobachtet entsetzt, wie der Stuhl unter dem Gewicht der beiden Männer zusammenbricht.

Jón Karl landet auf dem Rücken, gibt Frekis gebrochene Hand frei und schafft es, ihn mit den Füßen nach hinten zu stoßen. Dann schiebt er seine gefesselten Hände am Rücken entlang nach unten und schlüpft mit angewinkelten Beinen samt abgebrochenen Stuhlbeinen hindurch. Er kommt auf die Füße, springt auf Freki und trampelt ihn in den Boden. Frekis Rippen brechen wie rohe Spaghetti, seine Gelenke werden auseinandergezerrt, sein Schädel wird zermalmt und platzt auf, bis nur noch das Weiße in den blutunterlaufenen Augen zu sehen ist.

Als Jón Karl sich umdreht, hält Geri den Revolver in der zitternden, blutverschmierten linken Hand. Bevor er es schafft, zu zielen oder abzudrücken, hat Jón Karl ihm einen Schlag auf den Kopf versetzt, ihn zu Boden getreten und ihm die Waffe abgenommen.

SATAN, TEUFEL, LUZIFER …

Jón Karl knurrt und dreht sich wild im Kreis, während ihm Blut und Schleim aus der Nase rinnen. Er sieht immer noch rot, hört immer noch das Feuer in seinem Kopf wüten, wittert

Asche und Blut. Er versetzt Geri und Freki weitere Tritte, kann sich kaum im Zaum halten, nicht klar denken.

... VEREINIGT EUCH IN MIR!!!

Als der Feuersturm in seinem Kopf abgeflaut ist, beginnt Jón Karl, mit dem Jagdmesser seine Plastikfesseln durchzuschneiden. Anschließend schlüpft er mit bloßen Füßen in die Springerstiefel, befestigt das Wadenholster und streift unter Mühen sein schwarzes T-Shirt über, das am Ausschnitt und unter einem Ärmel eingerissen ist. Er klaubt die zerrissenen Reisepässe und seine übrigen Habseligkeiten auf und stopft sie zurück in den Seesack – alles, bis auf den Revolver, den er in der rechten Hand hält.

»Hör zu, du Idiot!«, sagt Jón Karl und schlägt Geri mit dem Revolverschaft auf den Kopf.

Geri zuckt zusammen und kriecht wimmernd zur Wand.

»Was?«, fragt er mit tränenden Augen.

Jón Karl nutzt die Gelegenheit und schiebt ihm den Revolverlauf in den Mund.

»Hör zu«, flüstert er, während er vorsichtig den Hahn spannt.

Bitterer Blutgeschmack breitet sich in Jón Karls Mund aus, sein Kopf wird heiß, seine Pupillen weiten sich. Ein rauschhaftes Fieber strömt ihm in die Adern, eiskaltes Fieber, das den Schmerz betäubt, den Geist in blauen Glanz hüllt und alle Gefühle abtötet.

Geri wird steif wie eine Leiche, stößt ein monotones Geheul aus, sabbert sich das Kinn voll und macht sich in die Hose.

Klick!

Der Hahn trifft auf die leere Trommel, nichts passiert.

Jón Karl blinzelt und zieht den feuchten Revolverlauf aus dem Mund von Geri, der weiterheult wie ein kleines Mädchen.

»Jetzt hab ich genug«, sagt Jón Karl, schließt für einen kurzen Moment die Augen und holt tief Luft. Er steht ruhig auf, hängt sich den Seesack über die linke Schulter, löscht das Licht, indem er die Glühbirne zerschlägt, und tritt dann die Tür des Schuppens ein.

Das Vorhängeschloss wird in die Nacht hinausgeschleudert, und die Tür zerbricht in zwei Teile.

Jón Karl streckt den rechten Arm aus, zielt mit dem Revolver auf nichts Konkretes, beißt die Zähne zusammen und geht mit schnellen Schritten in die Dunkelheit.

Der Schuppen steht auf der Vatnsendi-Anhöhe, in einem düsteren Sumpfgebiet am Stadtrand, westlich der Pferdestallungen. Jón Karl läuft in Richtung Selja-Viertel, das am Fuß eines niedrigen Hügels die Nacht erhellt. Er läuft über Heideland, Moorwiesen und Geröll, steigt über einen Zaun, schleicht zwischen zweistöckigen Einfamilienhäusern hinab ins Tal und geht dann rasch durch eine kurze Einliegerstraße runter zur Jaðarsel. Dort versteckt er sich im Wartehäuschen einer Bushaltestelle, beobachtet die menschenleere Straße und ringt nach Atem.

Nach ein paar Minuten taucht aus südlicher Richtung ein Pkw auf, der schnell näher kommt. Dem lauten Motorengeräusch und den dumpfen Bässen nach zu urteilen, handelt es sich um einen leistungsstarken Sportwagen.

Jón Karl tritt auf die Straße und streckt den linken Arm aus. Der Fahrer bremst abrupt, krallt sich mit den Händen am Lenkrad fest und starrt mit offenem Mund durch die Windschutzscheibe, erst auf das geschwollene, blutverkrustete Gesicht des schwarzgekleideten Mannes, der ihm den Weg versperrt, dann auf den Revolver, den dieser mit ausgestrecktem Arm auf ihn richtet.

»Steig aus!«, befiehlt Jón Karl und geht einen Schritt nach rechts, ohne den Fahrer aus den Augen zu lassen. Er öffnet mit der linken Hand die Fahrertür und wartet darauf, dass der leichenblasse, erstarrte Prolet aus seinem hochgetunten Subaru Impreza steigt.

»Ich, äh …«, stammelt der Mann und versucht mit zitternder Hand, den Sicherheitsgurt zu lösen.

»LOS, BEEIL DICH!« Jón Karl stößt ihm den Revolverlauf

ins linke Ohr, so dass er zusammenzuckt und es endlich schafft, sich abzuschnallen.

Jón Karl packt ihn mit der linken Hand an der Schulter, zerrt ihn aus dem Wagen und schleudert ihn auf die andere Straßenseite.

»Nicht meinen Wagen ... nicht«, jammert der Besitzer des frisierten Impreza, auf allen vieren krabbelnd.

»Halt's Maul!« Jón Karl wirft den Seesack in den Wagen, setzt sich auf den Fahrersitz und schlägt die Tür zu. Er legt den Revolver auf den Beifahrersitz, macht die Musik aus und schaltet in den ersten Gang. Doch kurz bevor er losfährt, hört er ein dröhnendes Motorengeräusch, das er sofort wiedererkennt. Die Haare in seinem schmerzenden Nacken sträuben sich.

Er schaut in den Rückspiegel und sieht einen schwarzen Lieferwagen, der sich mit orkanartiger Geschwindigkeit nähert.

»Verdammt!«, stößt Jón Karl hervor, steigt aufs Gaspedal und braust mit durchdrehenden Low-Profile-Reifen los. Er ist kaum vom Fleck gekommen, als der Lieferwagen gegen das Heck des Impreza prallt. Der Wagen kommt ins Schlingern, zerbrochene Scheinwerfer, Lacksplitter und Plastikstücke fliegen in alle Richtungen, blauer Gummirauch wirbelt auf, und die Motoren heulen um die Wette.

Jón Karl bekommt den Sportwagen wieder unter Kontrolle und jagt zur Kreuzung Jaðarsel/Breiðholtsbraut, der schwarze Lieferwagen, nach dem Aufprall verbeult und einäugig, bleibt ihm dicht auf den Fersen. Er biegt nach rechts in die Breiðholtsbraut und beschleunigt vor dem Kreisverkehr am Suðurlandsvegur auf zweihundert Stundenkilometer. Der Lieferwagen fällt auf der Strecke ein Stück zurück, aber Jón Karl wäre es lieber, das gespenstische Vorderlicht würde ganz aus seinem Rückspiegel verschwinden. Es grenzt an ein Wunder, wie schnell und sicher Óðinn die vierhundert PS starke schwarze Kiste fährt.

Der Impreza schießt mit über hundert Sachen gegen die Fahrtrichtung durch den Kreisverkehr, dann auf den Suðurlandsvegur Richtung Norden und beschleunigt bergab, runter zum Vesturlandsvegur, wieder auf zweihundert Stundenkilometer. Die harten Reifen jaulen in jeder Kurve auf, und die Bremsscheiben glühen hinter den offenen Alufelgen. Es ist so gut wie kein Verkehr, und als Jón Karl den Vesturlandsvegur erreicht, treibt er den Sportwagen auf dem feuchten Asphalt zur Höchstgeschwindigkeit an. Auf der Höhe von Kelduholt fährt er mit zweihundertfünfunddreißig Sachen, die er bis zum ersten Kreisverkehr in Mosfellsbær beibehält. Unter der Haube kreischt der Motor bei sechstausend Umdrehungen, die Scheibenwischer schlagen im Takt und kämpfen mit dem eiskalten Regen, der auf die Windschutzscheibe hämmert, blutige Hände umkrallen das Lenkrad, der Schein der Frontleuchten prallt gegen eine dichte Regenwand, es ist, als stürze der Wagen mit rasendem Tempo in einen bodenlosen Abgrund, Pupillen weiten sich wie schwarze Löcher in aufgerissenen Augen, und im Rückspiegel ist nichts als Dunkelheit.

An der Nordseite des Kollafjörðurs landet Jón Karl hinter einem Lkw mit Anhänger, der mit der erlaubten Geschwindigkeit vorwärts schleicht und schmutziges Regenwasser auf den Sportwagen spritzt. Ein paar Fahrzeuge kommen ihnen entgegen, und als Jón Karl den Lkw endlich überholen kann, sieht er im Rückspiegel einen einäugigen Wagen über die Brücke am Ende des Fjords rasen.

»Dieser Scheißkerl!«, zischt Jón Karl und jagt den Motor auf siebentausend Umdrehungen, bevor er wieder in den fünften Gang schaltet. Kurz darauf fällt sein Blick auf die Benzinanzeige, und er sieht, dass der Tank so gut wie leer ist.

»Ich fasse es nicht!« Jón Karl schlägt mit der geballten Faust auf das Armaturenbrett, während er mit etwa zweihundert Stundenkilometern in den Hvalfjörður-Tunnel fliegt, wo er wegen des Verkehrs, der Enge und der Radarkontrollen gezwungen ist, das Tempo zu drosseln.

Als Jón Karl den Tunnel am nördlichen Ende verlässt, hat es fast aufgehört zu regnen. Er hält hinter einem Pick-up und wartet, während der Fahrer die Gebühr bezahlt und von dem Mann in dem beleuchteten Häuschen die Quittung entgegennimmt. Dann fährt er ohne zu bezahlen weiter, überholt den

Pick-up, schaltet schnell hoch und braust in östlicher Richtung am Ufer des Hvalfjörðurs entlang. Der Mann in dem Zahlhäuschen hat bestimmt die Polizei informiert, die umgehend einen Streifenwagen aus Borgarnes schicken wird. Wenn das Benzin reicht und Jón Karl Glück hat, sollte er es trotzdem bis ins Skorradalur schaffen, ohne von der Polizei angehalten zu werden.

Aber nach nur drei Minuten Fahrzeit entlang des dunklen Fjordufers beginnt der Motor zu stocken, der Wagen wird immer langsamer und geht nach etwa zweihundert Metern aus.

»Scheiße«, murmelt Jón Karl, während er den Impreza an den Straßenrand rollen lässt. Er schaltet das Licht aus, steckt den Revolver ins Wadenholster, legt den Leerlauf ein, nimmt den Seesack und steigt aus dem Wagen, der langsam weiterrollt und dann mit der Schnauze im Graben landet.

Jón Karl wirft sich den Seesack über die Schulter und geht zu Fuß weiter Richtung Osten. Er schaut sich häufig um, bereit, sich zu verstecken, sobald der Einäugige sich blicken lässt. Die Erregung der Autojagd fällt langsam von ihm ab, gleichzeitig kommen die Schmerzen zurück. Jón Karl hat jede Menge Prellungen, vielleicht sogar Brüche, sein ganzer Körper bereitet ihm Qualen, Sehnen zucken, Muskeln ziehen sich zusammen, Knochen lösen starke Nervenimpulse aus, und Gelenke knirschen wie verrostetes Eisen.

Es ist kalt, und der eiskalte Wind zerrt an ihm und lässt seine Hände und sein Gesicht brennen wie höllenblaues Feuer.

Plötzlich wird Jón Karl von Fernlicht geblendet. Er schirmt die Augen ab und tritt an den Straßenrand. Ein weißer Jeep nähert sich aus östlicher Richtung, wird langsamer und scheint anhalten zu wollen. Jón Karls Herz zieht sich zusammen. Er rechnet damit, jeden Moment Blaulicht zu sehen, aber als der Fahrer des Jeeps das Fernlicht ausschaltet, sieht er, dass es kein Polizeiwagen, sondern ein alter, lädierter Cherokee mit zusätzlichen Frontscheinwerfern und einem Skiträger auf dem Dach ist.

»Karl!«, ruft der Fahrer und streckt Gesicht und Ellbogen aus dem heruntergekurbelten Seitenfenster.

»Ja?« Jón Karl starrt den Unbekannten an.

»Ich bin Rúnar, der Bootsmann«, sagt der Cherokee-Fahrer und winkt Jón Karl heran. »Steig ein, Mann! Wir sind schon viel zu spät!«

Viel zu spät wofür?

Jón Karl weiß nicht, wie er reagieren und was er von dem Unbekannten halten soll, aber als er ein gespenstisches Autolicht in westlicher Richtung erblickt, wird die merkwürdige Aufforderung, in das fremde Auto zu steigen, zu einem echten Angebot.

»Ich komme.« Jón Karl humpelt über die Straße und klettert in den Jeep, der riecht, als wären Tierkadaver darin transportiert worden.

»Was ist denn mit dir passiert, Mann?«, fragt Rúnar, als er Jón Karls Gesicht sieht. Jón Karl beißt die Zähne zusammen und wischt sich den kalten Schweiß von der Stirn, während Rúnar den Jeep wendet. Der einäugige Lieferwagen kommt rasch näher, und Jón Karl wird starr vor Angst.

Beeil dich, beeil dich, denkt er und drückt sich an die Beifahrertür.

»Ich … äh …«, murmelt er, nur um irgendwas zu sagen, denn er hat keine Ahnung, was er mit diesem Unbekannten reden soll, der so tut, als würde er ihn kennen.

»Bist du angefahren worden?«, fragt Rúnar und fährt in östliche Richtung los.

»Nee, ich, äh … bin von der Straße abgekommen.« Jón Karl beobachtet den Lieferwagen im Seitenspiegel.

»Bist du in Ordnung?«, fragt Rúnar und blinkt rechts. »Ich meine, bist du fit genug, um mitzufahren?«

Wohin denn mitzufahren?

»Ich bin schon okay«, murmelt Jón Karl, der im Spiegel sieht, wie der Lieferwagen langsamer wird und an der Stelle, wo der Impreza im Graben liegt, anhält. Verdammt! Er hatte gehofft, dass Óðinn den Sportwagen nicht bemerken und einfach weiterfahren würde. Jetzt würde er bestimmt eins und eins zusammenzählen und dem weißen Jeep folgen.

Doch als Rúnar plötzlich das Tempo verringert und nach

Grundartangi abbiegt, muss Jón Karl sich über andere Dinge Gedanken machen. Neue Befürchtungen und Zweifel schießen ihm durch den Kopf.

»Was … wohin?« Jón Karl ist sich sicher, dass Óðinn ihn dort hinunter verfolgen und schließlich einholen wird, denn dieser Weg ist definitiv nur ein Abzweig. Er endet bei der erleuchteten Aluminiumfabrik, die unter gelblichen Rauchwolken in der pechschwarzen Nacht wie ein alptraumhaftes Schloss glüht.

»Sie warten am Kai auf uns«, sagt Rúnar und fährt einen steilen Abhang hinunter.

Am Kai? Fit genug, um mitzufahren? Zu spät?

Jón Karl starrt durch die Windschutzscheibe und sieht ein klobiges Frachtschiff, das an einem langen Hafendamm unten am Fjordufer schaukelt. Gelbe Scheinwerfer beleuchten die Kommandobrücke, der Wind heult in Masten und Antennen, und ein gräulicher Salzschleier liegt über dem Ganzen und verleiht der Szenerie einen schaurigen Anstrich. Im Seitenspiegel nähert sich ein gespenstisches Scheinwerferlicht, wie die Öllampe in den knochigen Händen des schwarzgekleideten Gesandten des Todes.

In der Trommel sind immer noch zwei Patronen, aber Jón Karl ist vor Schmerzen steif, fahrig und müde – und Óðinn hat den Ruf, unsterblich zu sein. Natürlich ist biologisch betrachtet niemand unsterblich, aber wenn es um Óðinn R. Elsuson geht, kommt man mit den Gesetzmäßigkeiten dieser Welt nicht weit. Er ist ein lebender Mythos, ein Mann, den nur wenige kennen, über den viele reden und den alle fürchten, ohne genau zu wissen, warum. Óðinn R. Elsuson ist kein sterblicher Mensch, er ist das fleischgewordene Grauen.

»Tja, wenigstens sind sie nicht ohne uns losgefahren, was?«, sagt Rúnar, als er Sæli sieht, der auf dem Kai steht und sich frierend die Arme reibt.

Jón Karl weiß nicht, was er tun soll; sein Mund ist ausgetrocknet, und er fühlt sich innerlich ganz taub. Jedenfalls nicht in der Lage zu irgendwelchen körperlichen Anstrengungen.

»Dein Schwager hat gesagt, ich soll den Jeep parken, wo ich will«, sagt Rúnar, während er neben einem Container auf dem Kai anhält und den Motor ausschaltet.

Mein Schwager?

Jón Karls Blick fällt auf die Benzinanzeige des Jeeps: Der Pfeil ist ganz unten in dem roten Feld. Mit diesem Wagen kann er jedenfalls nicht weiter flüchten.

Verdammt!

»Wir müssen uns beeilen.« Rúnar steigt aus, und Jón Karl tut es ihm nach. Was soll er auch sonst machen? Rúnar schließt den Jeep ab und geht vor Jón Karl her zum Schiff, das immer wieder tief hinabsinkt, an den kräftigen Tauen zerrt, quietschend gegen die Reifen am Kai prallt, schwarzen Rauch in den Himmel bläst und brodelnde Gischt weit auf den betonierten Hafendamm spritzen lässt.

»Hallo, ich bin Sæli.« Der Matrose streckt Jón Karl seine kräftige Hand entgegen.

»Hallo«, murmelt Jón Karl, während er mit angstvollem Blick beobachtet, wie der schwarze Lieferwagen das Tor zum Hafengebiet passiert.

»Was ist denn mit dir los?«, fragt Sæli und mustert Jón Karls Gesicht.

»Ich, äh …« Jón Karl bleibt zögernd auf dem feuchten Betonboden stehen, und der salzige Wind treibt ihm Tränen in die Augen.

»Nicht jetzt!«, ruft Rúnar, der schon von der Landgangsbrücke an Bord gesprungen ist. Er streckt Jón Karl die Hand entgegen und hält sich mit der anderen an der Reling fest.

Der schwarze Lieferwagen kommt näher, und Jón Karl erkennt die Umrisse von Óðinns Gesicht hinter der schmutzigen Frontscheibe. Er denkt an den Revolver und krümmt die Finger seiner rechten Hand, die sich wie steife, gefrorene Hummerschwänze anfühlen.

Jetzt heißt es an Bord gehen oder …

Jón Karl dreht sich um und läuft die Landgangsbrücke hoch. Er wirft den Seesack hinter Rúnar, tritt mit dem linken Fuß auf die Kante des Wetterdecks und greift nach der ausgestreckten Hand des Bootsmanns, der ihn durch einen Einlass in der Reling an Bord des Schiffes zieht.

»Verdammt windig!«, schreit Rúnar gegen den grauenerregenden Gesang des seelenlosen Windes an.

Wohin die Fahrt wohl geht? Nach Ísafjörður? Oder nach Amsterdam? Egal. Jón Karl wird im nächsten Hafen von Bord gehen, und wenn es ein ausländischer Hafen ist, ruft er einfach Lilja an und lässt sich von ihr Geld für ein Flugticket nach Hause schicken.

»Komm mit!«, ruft Rúnar und marschiert eine Eisentreppe hinauf und dann auf der Steuerbordseite nach hinten, wo man ins Innere von Deck B gelangt. Dort gibt es eine Kombüse, einen Stromverteilerraum und eine Toilette, außerdem zwei Speiseräume oder Messen, einen für die Vorgesetzten und einen für die Crew.

»Alle Mann an Bord!«, ruft Sæli in ein Funkgerät und wartet auf Antwort.

»Bugleine los!«, entgegnet Kapitän Guðmundur durch das knisternde Gerät.

»Bugleine los!«, wiederholt Sæli und führt das Kommando aus. Er stemmt sich gegen den immer stärker werdenden Wind, kneift die Augen in der salzigen Luft zusammen, löst die Leine vom Poller und wirft das schwere Seil ins Wasser, von wo es an Bord gezogen wird.

»Bugleine klar!«

Óðinn steigt aus dem schwarzen Lieferwagen und beobachtet, wie Sæli die Achterleine losmacht und dann an Bord des Schiffes geht, das sich gemächlich vom Ufer entfernt und Kurs auf West hinaus in den brodelnden Hvalfjörður nimmt.

Das Meerwasser kocht hinter dem riesigen Schiff hoch, und die schweren Schläge des Hauptmotors hallen wie dumpfe Trommeln durch den tiefen Fjord.

Das Letzte, was Óðinn R. Elsuson sieht, bevor das Frachtschiff in der düsteren Unwetternacht verschwindet, ist der Name, der mit weißer Schrift auf den schwarzen Achtersteven gemalt ist: *Per se*.

»Fahr zur Hölle!«

Er spuckt die erloschene Zigarre aus, kratzt sich nachdenklich an der Nase und setzt sich wieder in den Lieferwagen, der im Leerlauf tuckert und auf dem Hafendamm wie ein Boot hin und her schaukelt.

VII

»Im Breiðafjörður und in der Faxaflói-Bucht zieht starker Westwind oder Sturm auf …«

Guðmundur Berndsen, Kapitän des Frachters *Per se*, sitzt allein zu Hause am Küchentisch, trinkt schwarzen Kaffee und schaut aus dem Fenster, während er einen Umschlag auf dem Tisch hin und her schiebt und dem Wetterbericht aus einem kleinen Transistorradio lauscht. Doch seine Gedanken schweifen ab, und die einschläfernde Stimme des Radiosprechers dringt nicht mehr zu ihm durch.

Das Wetter ist ihm eigentlich egal; sein Schiff ist so groß, dass es bei jedem Wetter fährt – falls der Kapitän es sich zutraut. Und nach dreißig Jahren auf der Kommandobrücke ist Guðmundur Berndsen an alles gewöhnt. Dennoch gehört es zu seinen alten Gewohnheiten, sich den Wetterbericht anzuhören, bevor er in See sticht, und sei es nur, um sich seelisch auf die lange Trennung von seiner Frau und von zu Hause vorzubereiten, sich gedanklich auf das Meer einzustellen, das ihn erwartet, in Schweigen und Mystik gehüllt, anregend und gefährlich zugleich – ein riesiges Herz, das sich in einer kalten Brust hebt und senkt und ihn anlockt wie eine einsame Geliebte.

Und wie jede Geliebte hat sich das Meer zwischen Guðmundur und seine Frau Hrafnhildur gestellt und ihre Beziehung getrübt. Die lange Abwesenheit, die anfangs wie Öl aufs Feuer der Liebe und des Verlangens wirkte, ist zu einer kalten Ödnis geworden, die kein Leben aushält; die leidenschaftlichen Abschiedsstunden haben sich nach und nach in schweigsame Übereinkünfte verwandelt, und die Vorfreude auf das Wiedersehen ist zu einer quälenden Furcht geworden, die sich wie eine Schlange in ihren Herzen windet, ihr Blut mit Zweifeln vergiftet und an den wackeligen Stützen ihrer Ehe nagt.

Aber im Grunde ist es nicht das Meer, das sie voneinander trennt, sondern der Tod. Der Tod ihrer Tochter. Das Meer ist nur ein Symbol für die düstere Ödnis, die der Tod in ihrem Leben hinterlassen hat, als er ihr ungeborenes Mädchen zu sich holte. Für die düstere Ödnis, die seit jenem Tag zwischen ihnen liegt, ob sie nun das Bett miteinander teilen oder auf verschiedenen Erdhälften schlafen.

Sie haben noch einen Sohn, der geboren wurde, als Hrafnhildur gerade neunzehn war und Guðmundur zweiundzwanzig. Er ging mit zwanzig Jahren von zu Hause weg, um in Wien als Pferdetrainer zu arbeiten – ein halbes Jahr bevor seine Schwester tot auf die Welt kam. Durch seine Mutter hatte er begonnen, sich für die Stadt zu interessieren, denn sie hatte eine Vorliebe für Opernmusik und wollte immer nach Wien fahren, um dort Gesangsstunden zu nehmen. Daraus ist nie etwas geworden, doch ihr Sohn hat seinen Traum verwirklicht, und seitdem sind dreizehn Jahre vergangen. Er lebt immer noch in Österreich, zusammen mit Frau und Kind, während Guðmundur und Hrafnhildur Berndsen in einem zweistöckigen Einfamilienhaus wohnen und die Stille, die Trauer und jene düstere Ödnis miteinander teilen.

Hrafnhildur hat in Island singen gelernt, bei zahlreichen Opernaufführungen mitgewirkt und bei verschiedenen Gelegenheiten Soli und Duette gesungen. Sie liebte das Singen und die Musik und ließ sich die Befriedigung, die sie bei ihren Auftritten empfand, weder durch unzureichende Bezahlung noch durch unregelmäßige Arbeitszeiten verderben. Als sie das Kind verlor, hörte sie für ein paar Jahre ganz mit dem Singen auf, bis ihr Mann Guðmundur Hilfe bei Priestern und Psychologen suchte. Er bekniete seine Frau lange, wieder zu arbeiten, den Kontakt zu anderen Menschen und die Freude, die ihr das Singen stets bereitet hatte, wieder aufleben zu lassen.

Schließlich begann Hrafnhildur erneut zu singen, aber nach

ihren eigenen Vorstellungen. Die Trauer hatte sich ihrer bemächtigt, und von dem Tag an, als ihre schöne Sopranstimme wieder erklang, sang sie ausschließlich auf Beerdigungen, in ein langes schwarzes Kleid und derart frommen Glanz gehüllt, dass die schönsten Kirchen daneben erblassten und die eisernsten Männer zusammenbrachen und wie Kinder weinten. Dort, im Angesicht des Todes und inmitten der Trauer ergriffener Angehöriger, fand Hrafnhildur wieder einen Sinn und eine Aufgabe.

Guðmundur freute sich, als seine Frau die Enge des Hauses verließ, um für Menschen zu singen, bereute es aber schon bald, sie dazu gedrängt zu haben. Das Singen half ihr nicht über ihren Kummer hinweg, sondern führte dazu, dass sie sich noch mehr in die Trauer hineinfallen ließ. Sie ist genauso unglücklich wie zuvor, wenn nicht gar noch unglücklicher. Wenn Guðmundur von seinen langen Seereisen heimkehrt, ist das Haus abgedunkelt, die Fenster sind verschlossen, die Luft ist stickig und kein Leben zu spüren. Dann steht er oft reglos da und lauscht der Stille, während ihm der Name seiner Frau wie eine Kartoffel im Hals stecken bleibt. Später schwebt Hrafnhildur dann an ihm vorbei wie ein Geist, in ihr schwarzes Kleid gehüllt, geschminkt wie eine Leiche, weltentrückt und eilig unterwegs zu einer Verabredung mit dem Tod.

Guðmundur hasst das schwarze Kleid, diese maßgeschneiderte Todeshülle, die seine Frau umgibt, jegliche Kraft und jegliches Licht aus ihr saugt, sie in eine Wiedergängerin verwandelt, sie von ihm und ihn von ihr entfernt. Er glaubt, dass Hrafnhildur es schaffen kann, mit dem Singen bei Beerdigungen aufzuhören und ihre Trauer zu besiegen – dass sie es nur nicht will. Seiner Meinung nach ist sie abhängig von der Trauer, zur Sklavin ihres eigenen Elends geworden.

Und er ist abhängig vom Meer – ein alter Seemann, der mit dem Leben und mit sich selbst nur klarkommt, wenn die Welt unter seinen Füßen schwankt und ihm aus allen Himmelsrichtungen Unendlichkeit entgegenstarrt. Das Abwesendsein ist seine ewige Umarmung, das Sehnen seine leidenschaftlichste

Liebe und das brennende Heimweh die Kraft, die sein Leben im Gleichgewicht hält. Aber Hrafnhildur fällt es schwer, das zu verstehen.

Wahrscheinlich wollen sie sich im Grunde beide mit ihrem jeweiligen Schicksal und miteinander versöhnen, aber sie haben zu lange geschwiegen, und nichts wiegt so schwer wie langes Schweigen.

Sie sehnen sich danach, miteinander zu reden; die Worte liegen in der Luft, aber keiner bringt es fertig, den Mund aufzumachen. Oder sein Herz zu öffnen.

So ist es seit neun Jahren.

Neun Jahre.

Kapitän Guðmundur seufzt und tippt mit dem Zeigefinger auf den Umschlag, der vor ihm auf dem Tisch liegt. Dann trinkt er einen Schluck von dem mittlerweile kalten Kaffee und blickt aus dem Fenster, tief in Gedanken versunken.

Aber er schaut nicht durchs Fenster hinaus, sondern auf sein Spiegelbild in der dunklen Scheibe. Er sieht einen bärtigen Mann mit Halbglatze, der in den Fünfzigern ist, aber so aussieht, als wäre er schon längst in Rente.

Er verzieht das Gesicht zu einem schwachen Lächeln, seine Augen verengen sich, werden zu schmalen Schlitzen und sinken in die faltige Haut, die an altes Leder erinnert.

Eine Zeitlang hat er sich ernsthaft überlegt, Hrafnhildur zu verlassen. Diese ewig währende Zeit der Kälte, der Dunkelheit und des Schweigens zu beenden. Das Eis, das Schweigen und das Versprechen, das er ihr vor Gott und den Menschen gegeben hat, zu brechen. Die Scheidung einzureichen, aus dem gemeinsamen Haus auszuziehen und noch einmal ganz von vorne anzufangen.

Das war vor zwei Jahren. Damals hat er Hrafnhildur geradezu gehasst. Doch der Hass hat sich nach und nach in Mitleid verwandelt, das Mitleid in schlechtes Gewissen und das schlechte Gewissen in Selbstverachtung.

Noch einmal von vorne anfangen?

Er ist ein alter, hässlicher Seebär, der dazu verdammt wäre, allein und verlassen in irgendeinem Kellerloch zu sterben, wo seine Leiche wochenlang vor sich hin faulen würde, bis die Nachbarn endlich den Geruch wahrnähmen.

Es ist nicht die Furcht vor einem Mangel an Liebe, vor der Einsamkeit und dem Tod, die Guðmundur davon abgehalten hat, seine Pläne in die Tat umzusetzen – so selbstsüchtig und feige ist er nicht. Nein, es ist die Liebe, die den Zweifel, den Überdruss, den Hass und das schlechte Gewissen besiegt hat. Die Liebe zu der Frau, die er geheiratet und der er Treue in guten wie in schlechten Zeiten gelobt hat, der Frau, die sich zu ihm bekannt hat, einem jungen, stolzen Steuermann, der ihr nichts bieten konnte als ebenjenes Gelöbnis.

Er liebt Hrafnhildur, und er möchte ihr seine Liebe gestehen, das Gelöbnis und die Hochzeitsnacht erneuern. Er möchte noch einmal von vorne anfangen – mit ihr zusammen. Er möchte sie in den Arm nehmen, sie leidenschaftlich küssen und nie mehr loslassen. Aber das Leben ist nicht so einfach.

Guðmundur schaut auf die Uhr, eine goldene Armbanduhr, die ihm die Reederei zu seinem fünfzigsten Geburtstag geschenkt hat. Es ist fünf nach halb zwölf; nur noch eine Viertelstunde, bis irgendeine Landratte von der Reederei kommt, um ihn abzuholen.

Diese verdammten Idioten! Sie wollen den Chartervertrag mitsamt der kompletten Crew kündigen. Sie haben ihm einen Job auf einem anderen Schiff angeboten, aber er hat abgelehnt. Die bevorstehende Fahrt wird seine letzte sein.

Guðmundur Berndsen steht vom Küchentisch auf und geht mit schleppenden Schritten ins Schlafzimmer, schnauft dabei wie ein Wal und dreht den Umschlag zwischen seinen Fingern, die schweißig, stark behaart und rau wie Treibholz sind.

Am Kopfende des Bettes steht seine Tasche, die Kapitänsmütze liegt in einer Schutzhülle auf dem gemachten Bett, so wie die Uniform, die frisch aus der Reinigung kommt, während die blankgeputzten Schuhe in einem Schuhbeutel auf dem Fußboden neben der Tasche stehen. Hrafnhildur hat die ganzen Jahre über für ihn gepackt. Sie hat für seine erste Fahrt als Frachtschiffkapitän gepackt, ebenso wie für die letzte. Aber sie weiß nicht, dass dies seine letzte Fahrt ist. Er traut sich nicht, es ihr zu sagen – dazu ist er zu abergläubisch. Er hat ihr nie versprochen, wieder nach Hause zu kommen. Ein Seemann kann so etwas nicht versprechen. Ein Seemann verabschiedet sich von seinen Liebsten jedes Mal, wenn er in See sticht, als ob es das letzte Mal wäre. Dann vertraut er auf Gott und das Glück und freut sich bei jeder Heimkehr so, als wäre es die letzte.

Zur See zu fahren ist, wie mit dem Tod zu tanzen. Und derjenige, der mit dem Tod tanzt, verspricht niemandem den nächsten Tanz. Man fordert den Tod nicht heraus, und man reizt das Schicksal nicht – so einfach ist das.

Guðmundur stellt die schwere Tasche im Flur ab, legt die in Plastik gehüllte Uniform darauf, stellt die Schuhe auf die Uniform und legt die Mütze ganz obendrauf. Bleibt nur noch, sich von seiner Ehefrau zu verabschieden, die unter einer Wolldecke auf dem Sofa im Wohnzimmer liegt und fernsieht.

»Hrafnhildur.«

Sie versteift sich und hält die Luft an, als er sie anspricht, so als würde sich seine Stimme wie eine eiskalte Hand um ihren Hals legen.

»Ja«, sagt sie, ohne den Blick vom Bildschirm abzuwenden, wo verzweifelte Schauspielerinnen verzweifelte Hausfrauen mimen. Guðmundur hat sich noch nie Fernseh- oder Kinofilme angeschaut. Das Einzige, was er dabei sieht, sind unterschiedlich begabte Schauspieler, die – von Kameras, Mikrofonen, einer Kulisse aus Pappe und einer Vielzahl von Helfern und Technikern umringt – versuchen, Geld zu verdienen.

Vorsichtig legt er seine Hand auf ihre Schulter. Sie entkrampft sich und atmet ruhig aus, so lebendig und warm ist seine Hand. Guðmundur Berndsens Hände sind immer warm. Seine großen Handteller umschließen Kinder- und Frauenhände wie die fleischgewordene Sicherheit.

Sie schaut ihm kurz in die Augen, und ein Strom fährt durch seinen Körper. Ein Gefühl erwacht, das er lange nicht mehr empfunden hat. Auf einmal möchte er seine Frau liebkosen, sich mit ihr vereinigen, sich mit ihr dem heißen Rausch der Liebe hingeben.

Und er weiß, dass sie es auch will. Er spürt es. Er muss sich nur zu ihr hinunterbeugen und sie auf den Mund küssen, ihre Hand nehmen, ihr ein Kosewort ins Ohr flüstern und sie ins Schlafzimmer führen.

Aber es ist schon so lange her. Unergründliche Tiefen trennen sie voneinander, ein stockdunkler Schlund aus Schweigen, Kälte und Untätigkeit.

Eine Leere, die sich mit einem Wort, einer Berührung, einem Kuss zerstören ließe.

Wann, wenn nicht jetzt?

In der Einfahrt vor dem Haus hupt ein Auto, Guðmundur zögert, und Hrafnhildurs Blick wandert wieder zum Bildschirm.

Verdammt, ist er schon da?, denkt Guðmundur und schaut auf die Uhr. Er könnte ihn bitten, in einer Stunde wiederzukommen. Davon ginge die Welt nicht unter. Was könnten sie schon machen? Ihn feuern?

»Ich könnte ihn bitten …«, murmelt Guðmundur, schafft es aber nicht, den Satz zu Ende zu bringen.

»Musst du dich nicht beeilen?«, fragt Hrafnhildur und räuspert sich. Sie mag keine Abschiede. Und ihm fallen sie auch nicht gerade leicht.

»Ich, äh …« Guðmundur dreht den Umschlag zwischen seinen fleischigen Fingern. »Ich wollte dir was hierlassen … für dich.«

Was denn? Hrafnhildur richtet sich auf und durchbohrt den Umschlag in Guðmundurs Händen mit panischem Blick. Was ist das? Scheidungsunterlagen? Eine Krankheitsdiagnose? Ein Testament?

»Es ist ein Ticket«, sagt Guðmundur und starrt auf den Teppich.

»Ein Ticket?«, fragt Hrafnhildur mit leiser Stimme.

»Ich möchte, dass du mich in zwei Wochen abholst.« Guðmundur holt tief Luft. »Ein Kollege kommt mich ablösen. Die Reederei hat eingewilligt. Ihr fliegt zusammen runter, du und Kapitän Trausti. Wenn du willst. Er fährt das Schiff dann nach Hause. Erinnerst du dich noch an Trausti?«

»Und dann?«

»Denk einfach drüber nach, Hrafnhildur.« Guðmundur reicht ihr den Umschlag. »Wir könnten was zusammen unternehmen, irgendwohin fahren. Du und ich. Wenn du willst. Es ist nur …«

Der Chauffeur hupt wieder.

»Du rufst doch an, oder?« Hrafnhildur legt sich wieder hin und wendet sich dem Fernseher zu.

»Ich rufe an«, murmelt Guðmundur. Er steht ein paar Sekunden reglos da, beugt sich dann hinunter und küsst seine Frau linkisch auf die Wange.

»Gute Fahrt«, murmelt sie, ohne zu ihm hochzuschauen. Mit aufgerissenen Augen starrt sie auf den Bildschirm, der sich in schwülen Dunst verwandelt und sich mit salzigem Wasser füllt, mit dem riesigen Ozean und dem Schlund, der Guðmundur anzieht und die beiden voneinander trennt.

Die Leere wird mit jedem unausgesprochenen Wort größer, mit jeder nicht ausgeführten Berührung, mit jedem ungeküssten Kuss.

Die Dunkelheit ist wie eine Wand, die Heizung bläst auf Hochtouren, und kalte Regentropfen klatschen gegen die Windschutzscheibe.

Guðmundur sitzt auf der Rückbank des Wagens und betrachtet die vorbeirasenden Lichter und Schatten durch das Seitenfenster. Die Lichter werden immer weniger, und die Schatten verlängern sich, bis sie zu einer einzigen dunklen Fläche geworden sind.

»Ein Sturm zieht auf«, sagt der Fahrer, als sie den Hvalfjörður-Tunnel am westlichen Ende verlassen. Die Autoscheinwerfer erleuchten den Regen, der im Takt mit den zuckenden Scheibenwischern auf den Wagen trommelt.

»Ja«, sagt Guðmundur nur. Er kann es kaum erwarten, an Bord zu gehen, die Leinen zu lösen und sein Haus, die Lieblosigkeit und jenen stillen Schmerz hinter sich zu lassen. Doch wenn der Schmerz aufhört, fängt die Furcht an.

Wird sie kommen, um ihn abzuholen?

Vielleicht spielt es wirklich keine Rolle mehr. Ihre Ehe ist kaum noch zu retten. Es bedarf wohl wirklich eines Wunders, um das, was schon so lange tot ist, wiederzubeleben.

Zumindest bedarf es Willenskraft. Ihrer beider Willen, den Teufelskreis zu durchbrechen und noch einmal von vorn anzufangen.

Aber sie hat sich noch nicht einmal richtig von ihm verabschiedet. Sie hat so getan, als hätte sie ihn gar nicht gehört, gesehen oder wahrgenommen. So als gäbe es ihn gar nicht. Allem Anschein nach ist sie bereits aus seinem Leben entschwunden.

Hat ihn verlassen.

»Gute Fahrt!« Der Chauffeur reicht Guðmundur seine Mappe mit Frachtpapieren, Auftragsbestätigungen, Abnahmebescheinigungen und anderen Unterlagen für die Fahrt.

»Danke.« Guðmundur Berndsen räuspert sich. Er steigt aus dem Wagen, einem schwarzen Mercedes, und saugt die frische Seeluft ein.

Mit gegen den Regen zusammengekniffenen Augen schaut er dem Benz hinterher, wie er über den feuchten Hafendamm rollt, nicht größer als eine Ratte neben dem Frachter, der sich am Kai hebt und senkt wie ein schwimmendes Pferd und mit der Dunkelheit im Osten und Westen verschmilzt.

Scheinwerfer beleuchten die Vorderseite des Steuerhauses, die Landgangsbrücke und das Wetterdeck, die Generatoren unten im Maschinenraum arbeiten auf Hochtouren, und aus dem Schornstein dringt graublauer Dieselqualm.

»Grüß dich, Ási!«, ruft Guðmundur in die Kombüse, wo der Koch bei laufendem Radio Schmalzgebäck und Kuchen auf einen großen Teller schichtet. »Sag Jóhann bitte, er soll ungefähr in einer Stunde bei mir klopfen.«

»Wird gemacht, Sir!«, entgegnet Ási, ein Streichholz zwischen den Zähnen. Er schlägt die Hacken zusammen, legt zwei Finger an die Schläfe und zwinkert dem Kapitän zu, der sein tropfnasses Haar schüttelt und mit Tasche und Mappe in der einen, Uniform, Schuhen und Kapitänsmütze in der anderen Hand die steile Treppe hinaufsteigt.

Ihm nach springt der Schiffshund, ein schwarzer mittelgroßer Mischlingsrüde, der den Namen Skuggi trägt. Er hält sich meistens in der Nähe des Kapitäns auf, nur wo er sich nachts herumtreibt, weiß niemand, und darüber hat sich auch noch nie jemand Gedanken gemacht.

Die Kapitänskajüte befindet sich auf der Steuerbordseite von Deck F, auch Kapitänsdeck genannt. An der Backbordseite liegt die Kajüte des Maschinenmeisters, des zweitwichtigsten Mannes an Bord. Deck F ist die fünfte Etage des Deckshauses, wenn man davon ausgeht, dass Deck B die erste Etage ist. Ganz oben befindet sich die Kommandobrücke oder Deck G mit einem Ausblick wie vom Balkon eines Hochhauses, während Deck A das Unterdeck ist.

Die Kajüte ist nicht abgeschlossen. Guðmundur tritt ins Düstere und schaltet die Deckenlampe ein, indem er mit dem Ellbogen auf den Schalter neben der Tür drückt, die sich automatisch hinter ihm schließt. Er stellt die Tasche neben das zweisitzige Sofa, legt die Mappe auf den davor stehenden Tisch, die Kapitänsmütze kommt sofort in ein Fach im Kleiderschrank, die Uniform an die Stange darunter und die Schuhe auf den Schrankboden. Guðmundur trägt die Uniform nur, wenn er an Land oder in einem ausländischen Hafen offizielle Verpflichtungen hat.

Er zieht Schuhe, Socken und Jacke aus, geht ins Bad, spritzt sich warmes Wasser ins Gesicht, prüft, ob im Spiegelschrank über dem Waschbecken genug Seife ist und genug Klopapier, setzt sich dann aufs Klo und pinkelt, wobei ihm einfällt, dass er noch Handtücher, Waschlappen und Bettbezüge aus der Wäschekammer holen muss, bevor er schlafen geht.

Es ist üblich, dass der Kapitän in See sticht, die Hafenbehörden über die Abfahrt informiert und den Kurs angibt, aber Guðmundurs eigentliche Schicht fängt erst morgen früh um acht Uhr an, wenn er den Zweiten Steuermann Jónas B. Jónasson ablöst. Bis dahin wird er höchstens drei bis vier Stunden geschlafen haben. Bei einer langen Fahrt gibt es allerdings genug Gelegenheit, kleine Schlafdefizite auszugleichen.

Guðmundur öffnet den Kasten unter dem an der Wand befestigten Bett und zieht eine Bettdecke und zwei Kissen heraus. Dann legt er sich mit der Mappe aufs Bett, schaltet die Nachttischlampe ein, setzt seine Lesebrille auf, löst das Gummiband von der Mappe und blättert zerstreut in den Papieren, während das Schiff an den Leinen zerrt und den Kapitän durch das rhythmische Rattern der Generatoren, das Rauschen der Klimaanlage und den frostigen Trauergesang des Windes vor dem salzverkrusteten Fenster langsam in den Schlaf wiegt.

Gegen halb zwei klopft es an der Tür der Kapitänskajüte, und Guðmundur schreckt hoch.

»Gummi?«, ruft Jóhann Pétursson durch die Tür.

»Moment!«, ruft Guðmundur zurück. Er schwingt sich aus dem Bett, legt die Papiere und die Lesebrille beiseite, stapft über den Teppichboden und öffnet die Tür.

»Du wolltest mich sprechen?« Jóhann verschränkt die muskulösen Arme vor seinem rotkarierten Hemd, das nach Ruß, Schweiß und Öl riecht. Es ist bis zum Brustbein aufgeknöpft, und die Ärmel sind hochgekrempelt. Mitten über die Brust des Maschinenmeisters zieht sich die senkrechte Narbe einer Herzoperation, wulstig, einen Zoll breit und rotviolett.

»Ja, ich wollte nur wissen, ob alles bereit ist«, sagt Guðmundur und reibt sich die müden Augen. »Sind alle Tanks voll?«

»Alles bereit«, sagt Jóhann ziemlich schroff.

»Du startest doch gleich, nicht wahr?«

»Ich starte.« Jóhann nickt mit düsterer Miene.

»Ja, gut«, murmelt Guðmundur kleinlaut. »Ich möchte lieber nicht, dass … du weißt schon.«

»Guck mich doch nicht so an!« Jóhanns tiefe Stimme wird lauter. »Ich hab den Scheißkerl schließlich nicht eingestellt!«

»Ja, nee«, sagt Guðmundur und grinst verlegen, »aber du weißt doch, wie das ist. Das entscheiden die Landratten.«

»Ja, die entscheiden so einiges, die Landratten«, entgegnet Jóhann und schaut dem Kapitän herausfordernd in die Augen, woraufhin dieser noch verlegener wird und den Blick abwendet.

Der Schiffsrumpf knarrt wütend, als die *Per se* in ihrem fortwährenden Kampf mit dem Wind, dem Meer und den Seilen gegen die Kaimauer gedrückt wird.

»Wird ganz schön stürmisch da draußen.« Guðmundur legt den Kopf schief, als würde er lauschen.

»Gibt's irgendwas, was du mir sagen willst?«, fragt Jóhann, während er die Arme sinken lässt und die riesenhaften Hände in die Taschen seiner dunkelblauen Arbeitshose steckt.

»Ich rufe gegen halb drei unten an«, sagt Guðmundur und räuspert sich.

»In Ordnung.« Jóhann nickt, dreht dem Kapitän seinen breiten Rücken zu und geht dann langsam die Treppe hinunter. Guðmundur schaut ihm kurz hinterher, bevor er die Tür schließt.

Etwas, was ich ihm sagen will? Was hat er damit gemeint? Er weiß doch wohl nichts von den drohenden Kündigungen? Und wenn doch – was dann?

Guðmundur öffnet den Bettkasten, bückt sich, tastet mit der rechten Hand und zieht eine Flinte heraus, die die Reederei dem Schiff für diese Fahrt zur Verfügung gestellt hat.

Es ist eine tiefschwarze Mossberg-Pumpgun Kaliber 12 mit Visier und verkürzten Einstecklàufen. Im Kleiderschrank liegen zwei Zwanzigerpäckchen scharfe Magnum-Schrotpatronen.

Guðmundur lädt die Flinte, fünf Patronen ins Röhrenmagazin und eine in den Lauf, sichert sie und steckt zusätzlich fünf Patronen in spezielle Clips an der linken Seite der Waffe. Dann stellt er sie mit dem Lauf nach oben in den Schrank und verdeckt sie mit der Uniform, bevor er den Schrank wieder schließt.

Aus der Tischschublade holt Guðmundur Berndsen eine abgegriffene Bibel, die er sich mit der linken Hand vor die Brust hält, während er sich mit der rechten bekreuzigt. Anschließend senkt er den Kopf, schließt die Augen, faltet die Hände auf der Heiligen Schrift und spricht ein stilles Gebet.

»Vater unser …«

Um fünf nach halb drei läutet das Telefon in der Steuerkabine des Maschinenraums.

»Ja?« Jóhann Pétursson sitzt auf seinem abgenutzten Stuhl vor der Motorschalttafel.

»Motor starten«, sagt der Kapitän am anderen Ende der Leitung. »Halbe Stunde bis zur Abfahrt.«

»Motor starten«, wiederholt Jóhann und legt auf. Er erhebt sich, stülpt sich den Ohrenschutz über und öffnet die Tür zum Maschinenraum, wo die stickige Luft nach Schmiermitteln riecht und der Lärm der zwei 700-PS-Generatoren genauso ohrenbetäubend ist wie das Klingeln eines Weckers in einem Blecheimer.

Jóhann steigt rückwärts die Eisenleiter hinunter, die zum eigentlichen Hauptmotor des Schiffes führt: ein neunzylindriger Viertaktmotor des Fabrikats MAN B&W, ein kupferfarbener Metallberg, der das Schiff mit gigantischer Kraft antreibt. Der Motor ist über zwei Meter hoch, und der Maschinenmeister steigt auf eine Plattform, die um die Mitte herumführt wie ein Gerüst um ein Haus. Er geht von einem Zylinder zum nächsten, prüft Kühlwasser und Spiel der Ventile und schließt die Deckel der Messgeräte, die den Verbrennungsdruck und die Abgastemperatur anzeigen.

Im Schiff gibt es zahlreiche Tanks, darunter vier große Schweröltanks für den Hauptmotor, der siebzehn Tonnen Öl am Tag verbrennt, zwei Dieseltanks für die Generatoren, die eine Tonne am Tag verbrennen, zwei Vierzigtonnenwassertanks, Schmieröltanks und Vorratstanks.

Alles, was mit Motoren und Brennstoffen zu tun hat, gehört in den Verantwortungsbereich des Maschinenmeisters, außerdem die Stromerzeugung und der Betrieb von Dampfheizung und Brennern sowie allgemeine Wartungsarbeiten und Reparaturen.

Auf Deck D, dem unteren Kajütendeck, öffnet Ísak Sigurðsson eine Tür und lässt Jón Karl eintreten. Ísak macht die Tür weit auf und schiebt den daran befestigten Dorn in eine Klemme an der Wand.

»Im Bettkasten sind zwei Kissen und eine Bettdecke«, sagt er und schaltet das Licht in der Kajüte ein. »Bettbezüge und Handtücher kriegst du unten in der Wäschekammer. Da gibt's auch Klopapier und Seife und so.«

»Ja«, sagt Jón Karl, lässt den Seesack auf den Boden fallen und setzt sich aufs Bett.

»Im Badezimmerschrank sind Tabletten gegen Seekrankheit«, fügt Ísak grinsend hinzu.

»Ja«, sagt Jón Karl wieder und nickt.

»Du kannst gleich runterkommen; es gibt Kaffee und Kuchen und so«, sagt Ísak, während er die Tür aus der Sicherungsklemme löst.

»Ja.«

»Du fängst dann morgen früh um neun an. Ihr Matrosen arbeitet von neun bis fünf. Der Bootsmann Rúnar und ihr beiden habt immer drei mal drei Stunden Wache, von neun Uhr abends bis Mitternacht, von Mitternacht bis drei Uhr morgens und von drei bis sechs. Jeder rückt täglich um eine Wache vor. Rúnar erklärt dir das noch genauer. Irgendwelche Fragen?«

»Nee.« Jón Karl verdreht die Augen wie ein trotziger Schuljunge.

»Na, dann ist ja alles klar«, sagt Ísak, geht hinaus und schließt die Tür hinter sich.

Ási schaltet das Radio aus, wirft den Filter mit dem Kaffeesatz in den Mülleimer und löscht das Licht. Dann nimmt er zwei Zehnliterplastikeimer mit frisch verarbeiteten Innereien, in dem einen Blutwurst und in dem anderen Leberwurst, und geht damit hinunter zur Kühlkammer auf Deck A.

Die Kühlkammer liegt auf der Backbordseite an einem kurzen Gang, der komplett mit rostfreiem Stahl ausgekleidet ist. Gegenüber der Kühlkammer befindet sich das Lebensmittellager und am Ende des Gangs ein begehbarer Gefrierraum.

Ási stellt die Eimer ab, öffnet die Kühlkammer, indem er an einem langen Griff zieht, und geht dann hinein. In den Regalen sind zweihundert Liter Milch, hundert Liter Sauermilch, zehn Liter Sahne und zweihundert Becher Joghurt, eine Kiste Butter und zwei Kisten Margarine, hundert Kilo Eier, zehn Liter Lebertran, fünfzig Kilo Hartkäse, zwanzig Kilo Schmierkäse, zehn Kilo Mayonnaise, zehn Brote und zwanzig Kuchen, ein Regalmeter Kaffee und eine Kiste Tee, hundert Liter Fruchtsaft und weitere hundert Liter Softdrinks, zwei Kisten Kekse, Säcke mit Kartoffeln, Rüben, Möhren, Zwiebeln und anderem Gemüse, Kisten mit Obst sowie zehn verschiedene Brotbeläge, Stockfisch, Salzfisch, Räucher- und Kochfleisch und eine Tonne Pökelfleisch.

Im Lebensmittellager gibt es Weizenmehl, Roggenmehl und Zucker in Säcken, Milch- und Eipulver in Zehnlitereimern, ein paar Kisten Müsli und Trockenfrüchte, viele Regalmeter mit großen Konservendosen, literweise Speiseöl, Gewürze in Dosen, getrocknetes Gemüse in Tüten, Fleischbrühe, Vitamintabletten und so weiter.

Im Gefrierraum sind etwa dreihundert Kilo Lamm-, Kalb- und Schweinefleisch, dreißig Hähnchen, zwei Kalbszungen und zweihundert Kilo Fisch, fünfzig Brote, fünfzig Kuchen, Großpackungen Wurst und Hotdogs sowie zwanzig Liter Sahneeis in vier verschiedenen Geschmacksrichtungen verstaut.

Ási schließt den Gefrierraum und klopft gegen die Temperatur- und Feuchtigkeitsmessgeräte, die anzeigen, ob hier unten alles nach Plan läuft. Als er sich umdreht, sieht er den Maschinisten Óli Johnsen, den Heizer, der auf dem Weg nach oben ist, nachdem er sich aus der Wäschekammer auf der Steuerbordseite von Deck A Bettbezüge und Handtücher geholt hat.

Óli Johnsen wird der Heizer genannt, weil er vom Teufel und all seinen Dämonen besessen ist. Er ist um die fünfzig, hochgewachsen und dunkelhaarig. Er hat einen leichten Buckel, seine großen Hände erinnern an Vogelfüße, und unter den langen, hässlichen Fingernägeln sind dicke Trauerränder. Seine Nase ist krumm, seine Zähne sind entweder gelb, braun oder gar nicht vorhanden, sein Mund ist zu einer sarkastischen Fratze erstarrt, sein Bart schwarz, lang und ungepflegt, und seine stechenden Augen haben sich im Laufe der Zeit in dunkle Kohlestückchen verwandelt.

»Stimmt es eigentlich, was alle sagen?«, fragt der Heizer und glotzt dem Koch ins Gesicht. »Dass da drinnen im Gefrierraum deine Alte liegt? Schön in Stücke geschnitten und in Säcke verpackt?«

»Ja, mein Freund«, antwortet Ási lachend. »Und ihre Schenkel gibt's am Sonntag zum Mittagessen.«

»Haha, hab ich's doch gewusst! Du verdammter Sadist!«, ruft der Heizer und versucht, Augenkontakt mit Ási aufzunehmen, der dem Blick der lebendigen schwarzen Löcher geschickt ausweicht. »Das glaub ich dir! Ich hab doch schon immer gewusst, dass für dich ein Extraplatz an der Höllentafel reserviert ist!«

»Ich leih dir gerne Shampoo, mein Freund, falls du mal ein Bad nehmen willst«, entgegnet Ási mit seiner hellen Tenorstimme und springt leichtfüßig vor Óli Johnsen die Treppe hinauf.

Nicht alle an Bord sind so geschickt darin, den Fängen des Heizers zu entkommen, dieses stinkenden Beelzebub, der sich jedes Mal, wenn man sich über ihn aufregt oder versucht, Böses mit Bösem zu vergelten, teuflisch amüsiert.

Oben in der Brücke ist es stockdunkel, bis auf die trüben Lämpchen der Steuergeräte und den rot leuchtenden Knopf der Kaffeemaschine an Backbord.

Guðmundur Berndsen schenkt frischen Kaffee in einen Becher mit dem Schriftzug der Reederei und wandert dann zur Steuerbordseite, von wo aus man die schwach beleuchtete Außenbrücke überblickt.

»Alle Mann an Bord!«, hört er Sæli durchs Funkgerät rufen.

»Bugleine los!«, sagt der Kapitän in ein Mikrofon, das am Revers seiner Jacke klemmt.

»Bugleine los!«, ruft Sæli zurück.

Unten im Maschinenraum hat Jóhann den Hauptmotor angeworfen, der schwerfällig in Gang kommt und sich warmläuft.

»Bugleine klar!«

»Achterleine los!«, sagt der Kapitän ins Mikro, während er den Bug des Schiffes mittels einer elektrischen Schraube vom Kai wegmanövriert.

»Achterleine los!«, ruft Sæli zurück.

Guðmundur nimmt den Telefonhörer und ruft unten im Maschinenraum an.

»Achterleine klar!«

»Langsame Fahrt!«, sagt der Kapitän ins Telefon.

»Langsame Fahrt!«, wiederholt der Maschinenmeister.

Die Schiffsschraube hinten am Heck beginnt sich zu drehen, und der Kapitän lenkt den schweren Schiffskörper hinaus auf den Fjord.

Nachdem er Kurs genommen hat, ruft er wieder im Maschinenraum an.

»Volle Fahrt voraus!«

»Volle Fahrt voraus!«, wiederholt der Maschinenmeister und führt dann den Befehl aus.

Als der Motor die Höchstdrehzahl erreicht und das Schiff volle Fahrt aufgenommen hat, ungefähr dreizehn Knoten pro Stunde, informiert der Kapitän die Hafenbehörden über Abfahrt und Reiseziel.

»Einar, Lárus, Whisky, Q, zwei ruft Küstenstation«, sagt Guðmundur langsam und deutlich ins Funkgerät. E.L.W.Q.2 ist der Erkennungscode des Frachtschiffes *MS Per se*.

»Einar, Lárus, Whisky, Q, zwei«, meldet die Küstenstation zurück. »Küstenstation hört, over.«

»Laufen aus von Grundartangi, Kurs Surinam«, sagt Guðmundur in das Funkgerät, »over.«

»Laufen aus von Grundartangi, Kurs Surinam«, meldet die Küstenstation zurück, »over und aus.«

Guðmundur nimmt auf dem Kapitänsstuhl Platz, trinkt einen Schluck schwarzen Kaffee und schaut mit verträumtem Gesicht aus dem Fenster, wo ihn der stockdunkle Ozean mit offenen Armen empfängt.

Das Schiff kriecht aus dem Fjord hinaus, bäumt sich gegen eine mächtige Welle auf und stürzt dann mit dem Bug wieder hinab. Der Schlag zieht sich durch das ganze Schiff bis hinauf zur Brücke, die Welle bricht, und weiße Gischt spritzt auf das geschlossene Wetterdeck und läuft durch Rinnen an den Seiten wieder ab.

Das Schiff steigt und fällt, die Welle bricht, und der Schlag zieht sich durch das ganze Schiff:

Bumm, bumm, bumm …

Wieder und wieder, bis in alle Ewigkeit.

VIII

Das Frachtschiff *Per se* fährt mit voller Kraft auf dem dunkelblauen, aufgewühlten, in alle Himmelsrichtungen endlosen Atlantik Richtung Süden, begleitet von schwarzen Wolken, Donner und Blitzschlag. Das Schiff bäumt sich gegen eine mächtige Welle auf dem offenen Meer auf und stürzt dann langsam, aber entschlossen mit dem Bug wieder hinab. Der Schlag zieht sich durch das ganze Schiff bis hinauf zur Brücke, die Welle bricht, und weiße Gischt spritzt auf das geschlossene Wetterdeck und strömt in schäumenden Bächen durch Rinnen an den Seiten wieder hinunter.

Das Schiff steigt und fällt, die Welle bricht, und der Schlag zieht sich durch das ganze Schiff:

Bumm, bumm, bumm …

Wieder und wieder, bis in alle Ewigkeit.

Durch das viereckige Schiffsfenster dringt ein Blitz, der das Innere der Kajüte auf der Backbordseite von Deck D hell erleuchtet. Dann wird wieder alles schwarz, und der Donner dröhnt düster in der Ferne. Der Regen peitscht gegen das Fenster, das nicht ganz geschlossen ist, so dass durch einen schmalen Spalt Wasser eindringt. Draußen pfeift der Wind mit den Windhutzen auf dem Bootsdeck um die Wette – Zuluftkanälen, die Wind in den Maschinensaal blasen. In der Kajüte rauscht die Klimaanlage, die warme Luft mit leichtem Dieselgeruch in die Räume pumpt.

Ein weiterer Blitz, und alles wird weiß. Starrende, gespenstische Gesichter schweben durch den Raum, dann Dunkelheit und brüllender Donner, das Schiff steigt und fällt, die Welle bricht, und der Schlag zieht sich durch das ganze Schiff bis in die Knochen der Menschen, er hallt in Jón Karls Kopf wider, der sich auf dem Bett hin und her wälzt, sich vor Schmerzen windet und mit der geschwollenen Zunge im ausgetrockneten Mund schmatzt.

Er hat Fieber und weiß nicht, wo er ist. Er weiß nur, dass sein Bett aufs Meer hinaustreibt. Manchmal wird es zu einem kleinen Boot oder einem Waschzuber. Unter der Bettdecke bewegt sich etwas, aber es ist schwierig, die Umrisse des Biests auszumachen. Jón Karl hebt die Bettdecke an, und das Biest verschwindet in einem schwarzen Loch. Ihm schwindelt, und sein bleischwerer Kopf fällt auf das schweißnasse Kissen, während die Decke vom Bett gleitet und in der Dunkelheit versinkt.

Es ist windstill, der Himmel ist heiter und blau, kein Geräusch zu hören außer dem Plätschern des Wassers. Jón Karl schließt wieder die Augen, und der Geruch von Salz, feuchtem Holz und Sonnenschein steigt ihm in die Nase. Nichts passiert, bis sein Schiff gegen eine kleine Boje stößt.

Da öffnet er die Augen.

Die Boje schaukelt vor und zurück, und das Bett dreht sich langsam im Kreis. Rostige Ketten scheppern und rasseln. Die Boje ist eine Schicksalsnorne, ein Skelett ohne Hände mit einem schwarzen Schleier über dem Kopf.

»Fünf tote Männer …«, sagt sie, ohne den Mund zu öffnen. »Davon vier auf einem Schiff.«

Dann verwandelt sie sich wieder in eine normale Boje, die immer kleiner wird, bis sie verschwindet, denn Jón Karls Schiff fährt weiter und weiter aufs endlose Meer hinaus.

Die Wellen werden größer, und das Schiff wird kleiner, er

hört Stimmen, versteht aber nicht, was sie sagen. Dann kommt Nebel, wie ein grauer Waschlappen, die Sonne verschwindet, und es wird kalt, so kalt. Der Waschzuber kentert, und Jón Karl fällt rücklings ins Wasser und sinkt hinab in die dunkelblaue Stille. Jemand packt seine Füße, ein anderer seine Hände und ein dritter drückt mit voller Wucht auf seinen Brustkorb. Presst Sand heraus, Männer aus Stein, und die Boje schaut zu. Er kann sich nicht bewegen und nicht atmen, wird auf etwas Trockenes, Hartes gedrückt. Mund und Augen füllen sich mit Staub, der Druck ist so stark, dass das Fleisch von den Knochen gerissen wird und die Knochen wie Kekse zerbrechen, Zahnräder drehen sich rasend schnell, Funken sprühen wie Lichtmesser in alle Richtungen.

Jón Karl brüllt aus Leibeskräften, tritt um sich, reißt sich aus diesem Höllengriff los und schlägt mit der geballten rechten Faust gegen die Wand über seinem Bett.

Er kommt zu sich, ringt nach Atem, setzt sich in dem schweißnassen, blutverschmierten Bett auf und starrt seine zitternde Hand an. Der Schmerz ist fast unerträglich. Die Haut ist von den Knöcheln gerissen, und Blut läuft zwischen den gebrochenen Fingern hindurch. Oder sind sie nur verstaucht? Er stolpert nackt aus dem Bett und wankt durch die Kajüte ins Bad. Er hat hohes Fieber, rasende Kopfschmerzen, die Knochen tun ihm weh, und ihm ist schlecht.

Er lässt Wasser über seine bleiche Hand laufen, wäscht schwarzes Blut ab und bewegt die steifen, geschwollenen Finger unter dem kalten Strahl, bis die Schmerzen erträglicher werden. Dann will er im Stehen ins Klo pinkeln, verliert aber das Gleichgewicht, schlägt mit dem Kopf auf die Türschwelle und wird bewusstlos.

Das Schiff steigt und fällt, die Welle bricht, und der Schlag zieht sich durch das ganze Schiff:

Bumm, bumm, bumm …

Wieder und wieder, bis in alle Ewigkeit …

Jón Karl sitzt nackt auf dem Sofa in seiner Kajüte und starrt die Zigarette in seiner rechten Hand an. Er ist blass und hat stumpfe Augen, seine Haare sind schweißverklebt, einzelne Muskeln zittern, und sein Bauch ist so eingefallen, dass er nur noch aus einem Loch besteht.

Durchs Fenster dringt gräuliches Licht, Lärm von den Windhutzen auf dem Bootsdeck und ein frischer Luftzug mit Salzgeschmack.

Auf dem Tisch vor dem Sofa hat Jón Karl den Inhalt seines Seesacks ausgebreitet: drei Paar Socken, drei Unterhosen, zwei T-Shirts, ein Jagdmesser in einer Lederscheide, zehn Patronen, zerrissene Reisepässe, Aktienbriefe, Sparbücher und neun Päckchen Prince-Zigaretten. Er hat zweihundert Zigaretten und kein einziges Streichholz.

Die Klamotten, die er anhatte, liegen auf einem Haufen auf dem Boden. Er steigt mit nackten Füßen auf den Haufen und spürt die Kanten des Revolverholsters unter der Fußsohle. Alles an seinem Platz.

Das Einzige, was fehlt, ist Feuer. Und vielleicht etwas zu essen. Aus dem Kaltwasserhahn im Bad fließt trinkbares Wasser, aber gegessen hat Jón Karl schon lange nichts mehr.

Sein Magen krampft sich zu einem harten Knoten zusammen, Schweiß tritt ihm auf Brust und Rücken, und sein Herz pumpt nährstoffarmes Blut in den schwindelnden Kopf.

Wie lange er wohl geschlafen hat? Vierundzwanzig Stunden? Oder länger? Und auf was für einer apokalyptischen Fahrt befindet er sich eigentlich?

Jemand muss zu ihm in die Kajüte gekommen sein, denn er kann das zusätzliche Brett wohl kaum selbst am Bett befestigt haben. Vielleicht war es der Kerl, der ihn aufgegabelt und mit an Bord des Schiffes genommen hat. Oder der Junge vom Kai. Oder der Typ, der ihn zur Kajüte gebracht hat. Aber sie haben seine Sachen nicht durchsucht – der Revolver ist an seinem Platz, und alles andere auch. Das heißt entweder, dass sie ihm vertrauen, oder dass sie Angst vor ihm haben, oder dass sie keine Ahnung haben, wer er ist. Zumindest hat niemand irgendeine Bemerkung über seine Anwesenheit gemacht. Sah sogar fast so aus, als hätte das Schiff samt Besatzung den ganzen Abend und die halbe Nacht auf ihn gewartet. Als würde sich diese Seefahrtsmaschinerie nur um Jón Karl und nichts anderes drehen, darum, ihn an Bord zu bringen und mit ihm irgendwohin zu fahren … irgendwohin.

Was soll er machen? So tun, als sei alles in Ordnung? Sich einfach treiben lassen und das Beste hoffen?

Oder fragen, was zum Teufel eigentlich los ist? Was er hier macht, ob sie wissen, wer er ist, und wohin die verdammte Reise geht?

Nein, wahrscheinlich ist es am besten, erst mal die Lage zu checken, bevor …

Feuer!

»Ich brauche Feuer«, murmelt Jón Karl heiser und starrt mit blutunterlaufenen Augen die Zigarette an, die zwischen den geschwollenen Fingern seiner rechten Hand zittert wie die Nadel eines Seismographen.

Im selben Moment, in dem er den Satz ausgesprochen hat, klopft es an der Kajütentür.

Das Schiff steigt und fällt, die Welle bricht, und der Schlag zieht sich durch das ganze Schiff:

Bumm, bumm, bumm …

Es klopft wieder.

Jón Karl blinzelt, strafft den Rücken und versucht, klar zu denken, aber es ist, als wisse er nicht mehr, wo er sich befindet und wie er dorthin gelangt ist.

Allmählich verfestigen sich seine Gesichtszüge, die Augen werden klarer und erlangen ihr übliches kaltes Aussehen zurück, die Zigarette in der rechten Hand hört auf zu zittern, und die linke Hand schiebt das Jagdmesser unauffällig unter den leeren Seesack, bevor der Gast in den dämmerigen Raum gebeten wird.

»Herein!«

IX

Donnerstag, 13. September 2001.

»People are strange when you're a stranger, faces look ugly when you're alone ...«

In der Mannschaftsmesse sitzen Bootsmann Rúnar, Matrose Sæli und der Heizer an einem Tisch mit hoher Kante und grüner Plastikdecke und trinken ihren Morgenkaffee aus weißen Bechern mit der Aufschrift *Pólarskip*. In dem alten Kassettenrekorder leiert die Doors-Kassette, die sich schon so lange Runde um Runde und Seite um Seite dreht, wie die ältesten Crewmitglieder denken können. Seit langem ist es Tradition, dass keiner daran denkt, eine neue Kassette vom Landurlaub mitzubringen, und die Abneigung gegen die alte ist der stillen Übereinkunft gewichen, sie so lange weiterlaufen zu lassen, wie sie es eben tut. Zwar haben die Männer die Musik, die sie auf jeder Fahrt wieder und wieder hören, schon längst über, aber die eigentlich guten Songs sind zu einem unbewussten Teil der Geräuschkulisse geworden, ebenso wie der langsame Rhythmus des Hauptmotors, das Rasseln der Generatoren, das Rauschen in den Windhutzen, das Summen der Klimaanlage, das Schlingern, das Schaukeln und die Schläge der harten Wellenküsse, die das ganze Schiff erbeben lassen.

»When you're strange, faces come out of the rain. No one remembers your name, when you're strange ...«

»Kannst du mal gucken, ob Jónas drüben ist?«, fragt Rúnar und rührt Zucker in seinen schwarzen Kaffee. »Ich muss mit ihm reden.«

»Hm«, murmelt Sæli. Er steht mit seinem Kaffeebecher in der Hand auf und schlurft träge hinaus auf den Gang, am Krankenzimmer, am Computerraum und an der Kombüse vorbei zur Messe an Backbord, wo Jónas allein sitzt, offenbar tief in Gedanken versunken.

»Kommst du mal rüber, lonesome Cowboy?«, fragt Sæli und lehnt sich in den Türrahmen. »Rúnar will mit dir reden.«

Jónas hebt langsam den Kopf, sieht Sæli an, nickt dann und folgt ihm auf die andere Seite des Schiffes.

»*When the still sea conspires an armour …*«

»Jónas!«

»Was!?«, entfährt es dem Zweiten Steuermann. Er schreckt aus einem surrealen Tagtraum hoch, in dem Flohkrebse in der Größe von Forellen im schwarzen nassen Sand umherkrabbeln, der sich in seinem Kopf ausbreitet und wie Sirup aus seinen Augen in den pechschwarzen Kaffee tropft.

»Gib mir mal das Brot, Mann«, sagt Rúnar, der dafür bekannt ist, frühmorgens alles andere als gut gelaunt und zuvorkommend zu sein.

»Tschuldigung«, murmelt Jónas und reicht ihm das Tablett mit den Butterbroten.

»Bist du irgendwie krank?«, fragt Sæli, der schmatzend auf seinem Roggenbrot mit Rollwurst herumkaut. »Du bist ganz bleich. Hast den Stock irgendwie nicht so tief im Arsch stecken wie sonst.«

»Nee, ich weiß nicht …«, nuschelt Jónas, seufzt und trinkt einen Schluck kalt gewordenen Kaffee. Der Spruch mit dem Stock als Anspielung auf seine emotionale Verstocktheit ist schon so alt, dass Jónas ihn gar nicht mehr hört. Er ist genauso bedeutungslos wie das Geplärre des seligen Jim Morrison.

»Die kurzen Tage fangen an, dem Burschen zu schaffen zu machen«, sagt der Heizer und stiert dämonisch vor sich hin. »Dunkelheit, Depression … und Wahnsinn. Die dunkle Macht bezwingt sogar …«

»Hör auf!«, fährt Rúnar dem Heizer über den Mund und wirft ihm einen bösen Blick zu, während er eine Scheibe Brot mit Leberpastete auf seinen Teller legt. »Handelt sich wohl eher um irgendwelche familiären Probleme.«

»Familiäre Probleme?«, wiederholt Jónas die Worte des Bootsmanns und blinzelt mit blutunterlaufenen Augen, die zwischen violettroten Lidern und schwarzblauen Augenringen wie Murmeln in ihren Höhlen sitzen.

»Stimmt«, wirft Sæli schulterzuckend ein, »dein Schwager hat sich immer noch nicht blicken lassen.«

»Äh, was …?« Jónas räuspert sich. »Ich hab ganz vergessen …«

»Hast du etwa noch nicht nach ihm geguckt?«, fragt Rúnar empört.

»Nee, ich …« Jónas scheint völlig durcheinander zu sein.

»Ich dachte, du kümmerst dich um ihn.« Rúnar schüttelt den Kopf.

»Du bist doch der Bootsmann«, murmelt Jónas und sackt auf seinem Stuhl zusammen, als würde alle Kraft aus ihm weichen.

»Immerhin ist er dein Schwager«, entgegnet Rúnar.

»Der war total mitgenommen, Mann«, sagt Sæli und nimmt sich einen Schmalzkringel.

»Mitgenommen?«, fragt Jónas blinzelnd.

»Ja, ist von der Straße abgekommen oder so«, erklärt Rúnar und schenkt sich und Sæli Kaffee nach.

»Aber Kalli hat gar kein Auto.« Jónas strafft seinen krummen Rücken.

»Nee, jetzt nicht mehr«, entgegnet Rúnar grinsend.

»Wir müssen unbedingt nach ihm sehen.« Sælis Blick wandert von Jónas zu Rúnar, der nickt.

»Keine Ahnung, mit was für einem Wagen er gefahren ist«, nuschelt Jónas, der von Minute zu Minute angeschlagener und fahriger wirkt. »Aber er hat kein Auto, jedenfalls kein eigenes, glaub ich …«

»Natürlich hat er ein Auto!« Rúnar lacht dem Zweiten Steuermann kalt in das gespenstische Gesicht. »Sonst hättest du ihn doch in deinem verdammten Jeep mitnehmen müssen, ha!«

»Er hat mich nicht drum gebeten, ihn mitzunehmen«, murmelt Jónas, während er in seinen Kaffeebecher starrt und ihn zwischen den zittrigen Fingern hin und her dreht.

»Verdammter Jeep, verdammter Jeep …«, sagt der Heizer grinsend. »Wie in dem Film *Christine* … der Wagen war vom Teufel besessen, ist von einem Geist gefahren worden. Dem Geist des früheren Besitzers, der …«

»Halt's Maul!«, herrscht Rúnar den Heizer an und droht ihm mit der geballten Faust.

»Ist ja gut.« Das dämonische Grinsen verschwindet aus

dem Gesicht des Heizers, und er sackt auf seinem Stuhl zusammen. In Anwesenheit des Bootsmanns hält er sich lieber zurück, denn der zögert nicht, ihn wie einen räudigen Hund zu schlagen.

»Sollen wir mal nach ihm sehen?«, fragt Sæli und klopft dem Bootsmann auf den Rücken.

»Ja«, antwortet Rúnar. Er leert seinen Kaffeebecher und zeigt dann anklagend auf den Zweiten Steuermann. »Und du kommst mit.«

»Ja, aber, ich …«, stammelt Jónas.

»Kein Aber!«, befiehlt der Bootsmann und gibt ihm ein Zeichen, dass er sofort aufstehen soll.

Der alte Rekorder klackt, als die Kassette abgelaufen ist. Der eine Antrieb stoppt, der andere beginnt zurückzuspulen, und Seite A setzt sich mit dem dazugehörigen Summen in Gang.

»Strange days have found us. Strange days have tracked us down …«

Oben auf Deck D öffnet Rúnar die Tür zur Plattform hinter dem Deckshaus. Wind und Regen schlagen den drei Männern entgegen, und sie sehen einen tiefbewölkten Himmel, berghohe grauschwarze Wellen und brodelndes Kielwasser, das sich wie aufgeschäumte Milch in der wogenden Finsternis erstreckt.

»SCHEISSE, IST DAS DUNKEL!«, schreit Rúnar in den Wind und versucht gleichzeitig, die schwere Holztür zu bändigen.

»MACH ZU, MANN!«, ruft Jónas, dessen Lebensgeister erwacht zu sein scheinen, und schirmt die Augen vor dem peitschenden Regen ab.

»HEUTE ARBEITEN WIR LIEBER NICHT DRAUSSEN!«, brüllt Sæli, der den Kopf durch den Türrahmen steckt.

»Nee!«, entgegnet Rúnar lachend und sperrt Wind und Regen wieder aus. »Dabei wollte ich doch auf der Hinfahrt Ruß und Flecken von der Reling kratzen.«

»Bringt doch sowieso nichts, diesen gottlosen Kahn auszubessern«, murmelt Jónas fröstelnd, während ihm die kalten Regentropfen über das knochige Gesicht in den Hemdkragen laufen. »Der ist doch nichts anderes als 'ne Blechbüchse mit Motor und Steuer, die Wind und Wetter ausgesetzt ist.«

»Was meinst du damit?«, fragt Rúnar kühl und tritt ganz nah an Jónas heran. Der entzieht sich dem scharfen Blick des Bootsmanns und weicht zurück, bis er mit dem Rücken gegen einen an der Wand befestigten Feuerlöscher stößt.

»Du redest schon wie der verdammte Heizer«, sagt Sæli und macht eine abwehrende Handbewegung. »Welcher Seemann, der noch ganz bei Trost ist, redet denn so schwarzseherisch?«

»Gute Frage«, pflichtet Rúnar ihm bei und droht dem Zweiten Steuermann mit der geballten Faust.

»Was hast du denn?« Jónas reibt sich die Hände wie ein alter Mann. »Das hab ich doch nur so gesagt. Ich hab das nicht so gemeint. Ich nehm's zurück, okay?«

»Hast du vielleicht irgendwas mitgekriegt, wovon ich nichts wissen soll?«, fragt Rúnar und bohrt Jónas einen Zeigefinger in die Brust.

»Nein!« Jónas schaut dem Bootsmann verzweifelt in die Augen. »Was soll das denn sein? Ich hab keine Ahnung, wovon du redest!«

»Vielleicht nicht«, murmelt Rúnar und geht zwei Schritte zurück.

»Weißt du denn was?«, fragt Jónas verwirrt.

»Worüber?«

»Keine Ahnung.« Jónas zuckt mit den Schultern. »Über das Schiff, nehme ich an. Oder über die Reederei. Wollen die vielleicht den Chartervertrag kündigen?«

»Du bist gar nicht so dumm, wie du aussiehst«, sagt Rúnar mit düsterer Stimme. »Und wenn sie den Vertrag kündigen, werden wir gefeuert, stimmt's?«

»Ich weiß nicht.«

»Nee, du mit deinem erleuchteten Hirn, du hast nämlich von nichts 'ne Ahnung«, sagt Rúnar kopfschüttelnd. »Oder hast du jetzt deinen Verstand *und* deinen Glauben verloren?«

»Soll ich anklopfen?«, fragt Sæli und räuspert sich vernehmlich, um dem Streit zwischen den beiden Männern ein Ende zu bereiten. Er steht vor der Kajütentür des Zweiten Matrosen und hebt zögernd die Faust.

»Ja, klopf an«, antwortet Rúnar, zieht Regenwasser die Nase hoch und dreht Jónas den Rücken zu.

»Du Gottloser«, flüstert der und wischt sich unsichtbaren Staub von den Hemdsärmeln.

Sæli klopft, aber es kommt niemand zur Tür.

»Probier mal den Griff«, befiehlt der Bootsmann, und der Erste Matrose gehorcht.

»Es ist offen.« Sæli öffnet die Tür der dunklen Kajüte, und warme, abgestandene Luft schlägt den drei Männern entgegen. »Hallo! Ist da jemand?«

»Jetzt geh schon rein, Junge«, sagt Rúnar und versetzt Sæli einen leichten Stoß, so dass er als Erster in die Kajüte stolpert. Der Bootsmann schaltet das Licht ein und kneift die Augen zusammen, während er sich an die Helligkeit gewöhnt.

»Teufel noch mal!«, stößt er hervor, als er sieht, in welchem Zustand der Matrose ist.

Jón Karl liegt nackt auf dem Fußboden vor dem Bett, bleich, voller Schrammen und mit faustgroßen blauen Flecken übersät. Sein Mund steht offen wie bei einem Fisch auf dem Trockenen, und er starrt mit dem Weißen in den Augen in die Luft.

»Ist er tot?«, flüstert Sæli.

»Das will ich nicht hoffen«, sagt Rúnar schwer seufzend. »Komm schon, legen wir ihn aufs Bett.«

Rúnar greift Jón Karl unter die Achseln, während Sæli seine Füße packt. Dann wuchten sie den Körper mit aller Kraft hoch, schaffen es aber nur, ihn ein kleines Stück vom Boden zu heben.

»Jónas!«

Sie können den nackten Körper nicht mehr halten, die feuchte Haut gleitet ihnen aus den Fingern, Jón Karls Kopf schlägt auf den Boden, eine Wunde öffnet sich, und Blut spritzt heraus.

»Jónas, verdammt noch mal!«

Rúnar ist feuerrot vor Wut und ballt seine sehnigen Hände zu Fäusten, während er den Zweiten Steuermann anbrüllt, der wie versteinert an der Tür zum Bad steht und den nackten Mann auf dem Kajütenboden anglotzt.

»Kannst du vielleicht mal helfen?!«

Das ist nicht sein Schwager Kalli. Wo ist Kalli? Was ist hier los? Ist Jónas verrückt geworden, oder …?

»Bist du total durchgeknallt, oder was?!«

Aber er weiß, wer das ist. Er weiß, wer da auf dem Fußboden in Kallis Kajüte liegt. Er kennt das Gesicht von den Verbrecherfotos, die regelmäßig in *DV* und *Mannlíf* erscheinen. Er erinnert sich an das gotische S, das auf die muskulöse Brust tätowiert ist. Er weiß nicht, wie dieses Scheusal heißt, aber er erinnert sich gut, unter welchem Namen es in der Unterwelt bekannt ist. Der Name ist ebenso abstoßend wie bezeichnend für den Charakter des Mannes.

»Hallo?!«

Aber was macht dieser menschliche Teufel an Bord der *Per se*?

»Jónas?!«

Und wo ist Kalli? Was ist passiert?

»Was ist los mit dir, Mann?«, schreit Rúnar, während er über Jón Karl steigt, auf Jónas zumarschiert und ihm mit der flachen Hand fest auf die linke Wange schlägt.

»Äh, was …?« Jónas richtet sich auf, mit einer zitternden Hand auf seiner feuerroten Wange, mit bebender Unterlippe und unverhohlener Angst in den Augen.

»Hilf uns, du verdammter Idiot!«, brüllt Rúnar dem Zweiten Steuermann ins Ohr und packt ihn an der Schulter.

»Ja, ich …« Jónas folgt dem Bootsmann zum Bett.

»Eins, zwei …«, zählt Jónas, als sie den hustenden und mit den Beinen zuckenden Jón Karl gepackt haben, »drei und los, Jungs!«

Es gelingt ihnen, Jón Karl halb auf die Bettkante zu stemmen, dann rollen sie ihn wie eine Tonne auf die Matratze, wo er auf dem Rücken zu liegen kommt, die linke Schulter an die Schiffswand unter dem Fenster gequetscht.

»Mann, ist der Typ schwer«, hechelt Rúnar.

»Bestimmt über hundert Kilo«, entgegnet Sæli und wischt sich den Schweiß von der Stirn.

»Ja«, murmelt Jónas, der nicht weiß, was er sagen, denken oder tun soll. Soll er ihnen anvertrauen, dass sich ein Fremder an Bord befindet? Soll er auf dem Festland anrufen und checken, was mit Kalli passiert ist?

Oder soll er einfach so tun, als wisse er von nichts, und das Beste hoffen?

Was, wenn Kalli Verdacht schöpft, dass seine Schwester verschwunden oder tot ist? Was, wenn Kalli zur Polizei geht?

»Der macht bestimmt Bodybuilding.«

Beruhen Kallis Abwesenheit und die Anwesenheit dieses Mannes auf einer Laune des Schicksals, reinem Zufall oder dem Eingreifen höherer Mächte?

Die Launen des Schicksals sind eine Erfindung des Aberglaubens, und Zufall existiert nur, wenn man wie der Nihilismus den Zusammenhang von Ursache und Wirkung verleugnet, was also heißt, dass Gottes Hand …

»Jónas?«

»Gott ist mein Hirte …«, sagt Jónas mit mechanischer Stimme und blinzelt den Bootsmann an.

»Was für ein Hirte, verdammt noch mal?«, fragt Rúnar und schnippt vor Jónas' Gesicht mit den Fingern.

»Äh, was …?« Jónas schnappt nach Luft, so als habe man ihn gerade aus dem Wasser gezogen.

»Verdammt, bist du überhaupt noch bei uns, Mann?«, sagt Rúnar. »Du bist ja schlimmer als ein Handy ohne Empfang.«

»Wirklich?« Jónas räuspert sich.

»Allerdings«, sagt Sæli grinsend. »Ich glaub, bei dir im Kopf stimmt was nicht.«

»Ich muss mich nur einen Moment ausruhen«, sagt Jónas und setzt sich auf den Bettrand zu Jón Karl, der weiter mit dem Weißen in den Augen in die Luft starrt.

Jónas betrachtet den muskelbepackten Stellvertreter seines Schwagers, stöhnt und freut sich insgeheim über das unerwartete Glück, dem Bruder seiner Schwester nicht auch noch in die Augen schauen zu müssen – zusätzlich zu all den schwermütigen Gedanken, die ihn wach halten und sein Herz aushöhlen wie ein Wurm einen Apfel.

»Ruh dich aus, Junge«, sagt Jónas väterlich und legt seine zitternde Hand auf die kochend heiße Stirn des Matrosen. »Wir reden später, wenn …«

Jónas verstummt, als Jón Karl sich unvermittelt im Bett aufrichtet und mit der Stirn gegen Jónas' Gesicht prallt.

»Rúnar!«, ruft Sæli und packt Jón Karl am Arm, doch der schleudert ihn wie einen Lappen aufs Sofa.

»Verdammte Scheiße!«, flucht der Bootsmann, springt Jón Karl an, packt ihn an den Schultern und drückt ihn zurück aufs Bett.

Alle drei Männer werfen sich auf Jón Karl und versuchen, ihn unten zu halten, bis er aufhört, um sich zu schlagen. Dem Zweiten Steuermann, der wimmernd auf den Beinen des Angreifers hockt, tropft Blut aus der Nase.

»Alles in Ordnung«, sagt Rúnar und gibt Jón Karls Hals frei. »Versuchen wir, den Kerl loszulassen.«

»Ist sie gebrochen?«, fragt Sæli, nachdem sie sich in sichere Entfernung zum Bett begeben haben. Rúnar holt das Extrabrett aus dem Bettkasten und steckt es fest, damit der Matrose nicht noch mal rausfällt.

»Ich glaub schon«, heult Jónas, betastet seine geschwollene Nase und zieht das Blut, das aus ihr herausläuft, hoch.

»Komm, wir sehen uns das unten im Krankenzimmer genauer an«, sagt Rúnar und legt den Arm um Jónas' Schultern. »Dein Schwager kann von mir aus hier verrecken.«

»Ich guck später noch mal nach ihm«, murmelt Jónas und wirft, bevor sie die Kajütentür hinter sich schließen, einen Blick zurück auf den fremden Mann. »Am besten kümmere ich mich selbst um ihn.«

»Wenn du meinst«, sagt Rúnar und knallt die Tür zu.

Bumm, bumm, bumm …

Der Schlag hallt in Jón Karls Kopf wider. Er krampft sich zusammen, als würde Strom durch seinen Körper gejagt, stößt einen röchelnden Schrei aus und schlägt die geballte Faust mit voller Wucht gegen die Wand über dem Bett.

X

Jónas fühlt sich innerlich leer. Kalt und leer. Wie ein Geisterschiff, das mit Motorschaden hinaustreibt in eine Nacht, die nie wieder zum Tag wird.

Vor fünf Jahren hat er sich heftig in María verliebt, sich in ihren Augen verloren, war hypnotisiert von ihrem Lachen. Nur sieben Monate nach ihrer ersten Begegnung stand sie im weißen Kleid neben ihm vorm Altar und gab ihm vor Gott, seinen Eltern und Freunden das Jawort. Ein Jahr später kam ihr erstes Kind zur Welt, ein weinerlicher Junge, der völlig auf seine Mutter fixiert war. Zwei Jahre darauf wurde ihre Tochter geboren, Papas Liebling.

Dann, ohne bemerkt zu haben, wann das Himmelreich geendet und die Hölle angefangen hat, rast er auf einmal mit Marías Leiche im Kofferraum durch die eiskalte Nacht. Mit der Leiche seiner Ehefrau. Der Leiche der Mutter seiner Kinder. Die Frau, die Jónas liebt, ist tot. Ermordet von dem Mann, der ihr ewige Treue lobte, in guten wie in schlechten Zeiten. Bis dass der Tod euch scheidet. Und nun scheidet sie der Tod.

Aber im Grunde hat nicht der Tod sie voneinander getrennt. Der Tod ist unumgänglich, er arbeitet im Verborgenen nach Gesetzen und Regeln, die niemand versteht. Wenn er einen Menschen zu sich holt, scheint seine Wahl meist unabhängig von den Umständen des Daseins zu erfolgen. Doch Marías Tod beruht nicht auf irgendeinem beliebigen Zufall, sondern auf Jónas' ausdrücklichem Willen. In einem Strudel von Verzweiflung, Neid und Eifersucht hat er die Kontrolle über seine Gedanken, Worte und Taten verloren. In den dunklen Abgründen seines Geistes hat er alles Gute und Schöne vergessen, das María und ihn vereinte, und sich ganz von dem wenigen Hässlichen, das sich in ihrer Beziehung festgesetzt hatte, blenden lassen. Dieses Hässliche, mit dem er am Anfang begierig geliebäugelt hatte, das er mitverfolgt hatte wie ein kleiner Junge, der mit dem Feuer spielt. Dieses Hässliche, das ihn später wie ein böser Geist durchdrungen hat. Dieses Hässliche, das María wieder und wieder getan hat. Dieses Hässliche, das er nicht mehr ertragen konnte. Dieses Hässliche, mit dem María nicht aufhören wollte. Oder nicht aufhören konnte, wenn man sie beim Wort nahm. Aber das spielt jetzt keine Rolle mehr. Sie ist tot, und das Hässliche mit ihr. Sie kann dieses Hässliche nie mehr tun. Nie mehr.

Es fing alles mit einem harmlosen Flirt bei einer ausgelassenen Party an. Die Männer umschwärmten María, und Jónas erregte das. Er konnte sich selbst nicht vorstellen, für den Rest seines Lebens mit derselben Frau zu schlafen. Am Anfang war María nicht besonders begeistert von der Idee einer offenen Beziehung. Sie flirtete gerne, war aber nicht unbedingt der Meinung, dass ein Flirt immer zu mehr führen musste. Jónas wusste jedoch, was er wollte, und María wollte ihrem Ehemann in nichts nachstehen. Nachdem sie zwei Wochenenden hintereinander einfach so mit einem fremden Mann ins Bett gegangen war, begannen Zweifel an Jónas zu nagen. Er war nämlich nicht so begehrt bei den Frauen wie María bei den Männern. Und seine Anspannung wegen Marías Abenteuern führte dazu, dass er sich unmöglich auf seine eigenen Bedürfnisse konzentrieren konnte, diese nach und nach unterdrückte, und letztlich gereizt und unbefriedigt war. Wenn Jónas von seinen Fahrten nach Hause kam, wurde er von María stets liebevoll empfangen, aber hinter ihrem warmen Lächeln und ihren leuchtenden Augen verbarg sich das zerstörte Selbstbild einer Frau, die von der Aufmerksamkeit und der Begierde der Männer, die sie ein- oder zweimal vögelten und dann auf Nimmerwiedersehen verschwanden, abhängig war. Sie war zu einer Nymphomanin geworden, die übers Internet und über Kontaktanzeigen Männer kennenlernte, die sie mittags oder abends traf, im Auto am Stadtrand, in einer geeigneten öffentlichen Toilette oder einem billigen Hotelzimmer. Diese zahllosen Affären waren leidenschaftlich und aufregend, aber im Grunde alle gleich. Jedes Mal folgte eine Phase der Niedergeschlagenheit und der Reue, unterschiedlich lange Zeiten der Depression, die María mit Beruhigungstabletten und Alkohol überstand.

An dem Abend, bevor Jónas wieder in See stach, versuchten sie, miteinander zu schlafen. Die Kinder waren bei seiner Mutter, wie schon so oft, damit sie sich in Ruhe voneinander verabschieden konnten. María wollte, dass er sich entspannte, streichelte und massierte ihn, flüsterte ihm Liebesschwüre ins Ohr und bearbeitete seinen Penis langsam und sanft mit der Zunge. Aber es nutzte alles nichts. Er bekam keine Erektion. Er war zu nervös, zu durcheinander, zu besorgt. Er stieß María weg, ging ins Wohnzimmer und schaltete den Fernseher ein. Als er zwei Stunden später wieder ins Schlafzimmer ging, lag sie nackt im Bett. Hatte jede Menge Beruhigungstabletten mit Wodka hinuntergespült. Sie schlief so tief und fest, dass Jónas sie nicht wach bekam. Daraufhin ging er in die Garage und holte den Hammer. Er wusste nicht genau, warum. Es war einfach etwas, das er glaubte tun zu müssen. Ein Schlag, und sie war tot. Ein Schlag, und sein Leben war am Ende.

Er atmet, und sein Herz schlägt, aber er ist genauso leblos wie die arme María, die schlafend in ihrem kalten Grab liegt und nie mehr zum Leben erwachen wird. Er fühlt sich kalt und leer, ein menschliches Wrack aus Fleisch und Knochen, von einem bösen Geist besessen, von der Erinnerung an jene Person in Bewegung gehalten, die es nicht mehr gibt.

Das Schiff steigt und fällt, die Welle bricht, und der Schlag zieht sich durch den ganzen Schiffskörper.

Jónas sitzt auf dem Bettkasten in seiner Kajüte auf Deck E und starrt finster ins Leere, während er sich mechanisch hin und her wiegt, im Takt mit den langsamen, geradezu anmutigen Bewegungen des Schiffes, den schweren, rhythmischen Wogen, die ihm so vertraut sind wie eine alte Tanzpartnerin.

In der rechten Hand hält er den Rosenkranz mit dem Kruzifix. Er drückt die schwarzen Perlen, bis seine Fingernägel in die Handfläche schneiden und seine Knöchel weiß werden. Das Kreuz pendelt zwischen seinen Beinen und zählt still die Sekunden.

Quer über der gebrochenen, geschwollenen Nase des Zweiten Steuermanns klebt ein braunes Heftpflaster mit einer Gazebinde. In seinen Nasenlöchern sind Blutkrusten, in seinem Kopf schwillt der Schmerz im Takt mit seinem Herzschlag an und ebbt wieder ab, und in seinem Magen rumort es. Jónas hat einen trockenen, säuerlichen Geschmack auf der Zunge, weil er den ganzen Tag durch den Mund geatmet hat.

Auf dem Tisch liegen drei Gasfeuerzeuge, zwei Päckchen Streichhölzer und ein leeres Zippo, aber er hat keine einzige Zigarette gefunden. Scheiß auf Wechselklamotten, auf Waschutensilien und Lesestoff, aber wie zum Teufel soll er die Fahrt ohne Zigaretten überstehen?

»Mist!«

Er ist seit ungefähr drei Tagen und Nächten ununterbrochen wach und weiß schon nicht mehr, ob er denkt oder träumt, wacht oder schläft, tot oder lebendig ist.

Im Liegen oder Sitzen jagt ihn sein Geist durch Regionen düsteren Grauens, blutiger Raserei und quälender Alpträume, aber wenn er versucht herumzulaufen, um die schrecklichen Gedanken abzuschütteln, scheinen sich seine Füße in ein Wildpferd zu verwandeln, das unkontrolliert mit ihm durchgeht, während er wie im Rausch dahingleitet, als befände er sich außerhalb seines Körpers, und sich kraftlos am Zügel der Vernunft festhält, um nicht hinunterzufallen.

»Gott ist mein Hirte.«

Gott hat einen Fremden an Bord des Schiffes gesandt. Jónas ist sich nicht sicher, ob der Fremde ihm den Weg zurück ins Licht zeigen oder ob er den Fremden anleiten soll – um Gottes Vergebung als Lohn zu erhalten.

Er ist das Licht, das den Weg weist.

»Er ist das Licht.«

Aber warum er ihm ausgerechnet diese Person geschickt

hat, ist Jónas schleierhaft. Gottes Wege sind tatsächlich unergründlich.

»Gottes Wege.«

Nach den Gesetzen der Menschen hat sich Jónas eines Verbrechens schuldig gemacht. Eines Verbrechens, das auch von Gott verurteilt wird, wie die Geschichte von Mose und den Steintafeln bezeugt.

Du sollst nicht töten.

»Nicht töten.«

Wie weit er schon vom Weg abgekommen ist! Gibt es ein Lamm in der Herde des Schöpfers, das sich weiter verirrt hat als derjenige, der seiner Ehefrau, der Mutter seiner Kinder, das Leben genommen hat?

»Ich bin ein verirrtes Lamm.«

Jónas ist schuldig, und die Schuld erdrückt ihn. Jónas ist sündig, und die Sünde zieht ihn wie ein schwerer Stein um den Hals in die Tiefe.

Aber er hat nicht gestanden und sich nicht gestellt. Er ist vom Tatort geflüchtet. Er hat sich versteckt und versucht, die Spur des Bösen zu verwischen.

Er tritt in die Fußspuren Kains, des Urbilds aller Mörder aus Leidenschaft. Er hat kriminelles Gespür, beseitigt Indizien und behindert den Lauf der Gerechtigkeit. Er hat die Leiche der Verstorbenen geschändet.

Aber Gott hat Kain vergeben! Gott hat sich mit ihm versöhnt! Gott hat Kain ein Schutzzeichen gewährt!

Im ersten Buch Mose heißt es: »Jahwe aber sprach zu ihm: Jeder, der Kain tötet, an dem soll man es siebenfach rächen. Und Jahwe machte an Kain ein Zeichen, damit ihn nicht jeder töte, der ihn fände.«

Jónas ist Kain, und Gott liebt Kain!

Aber was bedeutet das? Wird Jónas die Verantwortung für seine Taten übernehmen, sich stellen und seine Schuld bekennen, diese schwere Bürde ablegen?

»Gott ist mein Hirte!«

Nein! Was würde das denn ändern? María wäre dennoch tot! Jónas würden Festnahme, Untersuchungshaft und endlose Verhöre bevorstehen, nur um Licht auf ein Verbrechen zu werfen, das der Mörder selbst nicht versteht – und dann ein harter Prozess und eine lange Gefängnisstrafe.

Wozu?

Damit er nicht noch einmal ein Verbrechen begeht? Um andere abzuschrecken? Um das Gewissen der Gesellschaft zu beruhigen? Um den Leuten einen dramatischen Nervenkitzel zu bieten?

María ist zwar tot, aber sie ist auch frei. Frei vom Joch der Sünde. Nun wird sie ruhen, bis sie reingewaschen und frei von Sünde am Tag des Jüngsten Gerichts vom Tode aufersteht.

»Am Tag des Jüngsten Gerichts!«

Dann werden sie sich wiedersehen und vor Gott vereinigen.

Jónas hat im Gefängnis der Menschen nichts verloren. Er ist ein verirrtes Lamm aus der Herde Gottes des Allmächtigen, des Schöpfers von Himmel und Erde. Ein Lamm, das heimkehren und seine Seele demjenigen darreichen will, der sie zu Anbeginn in einer vergänglichen Welt in vergängliches Fleisch gehaucht hat.

Im Lukas-Evangelium heißt es: »Denn während du noch mit deinem Widersacher zur Obrigkeit unterwegs bist, bemühe dich, auf dem Wege von ihm loszukommen, damit er dich nicht vor den Richter schleppe und der Richter dich dem Schergen überantworte und der Scherge dich in den Kerker werfe.«

Jónas hat sich gegen Gott versündigt und will sich mit ihm versöhnen, anstatt im Rechtssystem der Menschen zugrunde zu gehen.

Gott allein entscheidet, ob diese kümmerliche Flamme eine Lampe bekommt, in der sie bis in alle Ewigkeit leuchten kann, oder ob sie ausgeblasen und ihr fauler Rauch von ewiger Dunkelheit verschlungen wird.

»Gott allein!«

Gott, der ihn an Bord des Schiffes und weit hinaus aufs Meer geführt hat; Gott, der ihm einen fremden Begleiter gesandt hat; Gott, der will, dass er …

»Ruhe!«

Jónas hält sich die Ohren zu und geht in seiner Kajüte auf und ab, so konfus und verwirrt, dass es an Wahnsinn grenzt.

Er muss mit dem Mann reden, bevor jemand anders es tut. Bevor der Mann mit einem Crewmitglied spricht.

Er muss wissen, was der Fremde an Bord zu suchen hat.

Er muss den Willen Gottes, der ihm diesen Höllenengel geschickt hat, so schnell wie möglich ergründen.

Wird der Mann inkognito bleiben? Oder dem Kapitän eine Erklärung für seinen Aufenthalt an Bord liefern?

Er darf sich nicht zu erkennen geben! Dann würde er … alles in Gang setzen. Wie ein Stein, der in einen stillen See fällt, würde das plötzliche Wissen der Kameraden um die Identität des Zweiten Matrosen Schwingungen in alle Richtungen auslösen, unnötige Aufmerksamkeit erregen, Fragen aufwerfen, nach Reaktionen verlangen und …

»Ich muss mit ihm reden«, murmelt Jónas und trommelt mit der geballten Faust gegen seinen Oberschenkel, während er in der düsteren Kajüte im Kreis herumläuft. »Er darf sich nicht zu erkennen geben!«

Jónas möchte nach Südamerika gelangen, ohne dass die Crew von dem Verbrechen erfährt, das er erst vor wenigen Stunden begangen hat.

Dort wird er untertauchen. Dort wird er nach Zeichen suchen und geduldig auf Anweisungen höherer Mächte warten. Dort wird er sich demütig und bescheiden auf Gottes Wege begeben, bis er entweder stirbt oder das Licht wiederfindet.

Dort wird er zu Staub zerfallen oder wiedergeboren werden zum ewigen Leben in der gnädigen Umarmung Gottes des Allmächtigen, des Sohnes und des Heiligen Geistes. Amen.

»Amen.«

Jónas hält inne und holt tief Luft. Dann öffnet er die Tür und geht erhobenen Hauptes und mit zielstrebigen Schritten auf Deck D, wo er an die Kajütentür des Zweiten Matrosen klopft.

»Gott ist mein Hirte, meine Stütze, mein Licht«, murmelt Jónas vor der Tür.

Keine Antwort. Er klopft erneut:

Klopf, klopf, klopf …

Jónas lässt die Hand sinken und umfasst den Rosenkranz. Er neigt den Kopf, schließt die Augen und spricht wieder und wieder dieses schlichte Gebet, während er darauf wartet, dass sein Klopfen gehört und die Tür geöffnet wird.

Gott ist mein Hirte, meine Stütze, mein …

»Herein!«

XI

Jónas greift nach der Klinke, öffnet die Tür und betritt in Chefmanier die Kajüte des Zweiten Matrosen. Der sitzt nackt auf dem Sofa hinterm Tisch und mustert seinen Gast mit den kalten Augen eines Mannes, der niemandem traut und mit allem rechnet.

»Grüß dich.« Jónas räuspert sich. »Ich heiße Jónas Bjarni Jónasson und bin der Erste Steuermann. Als dein Vorgesetzter heiße ich dich an Bord willkommen.«

Dein Vorgesetzter?

»Hast du Feuer?«, fragt der Matrose seelenruhig. Er winkt mit einer Zigarette, die zwischen den Fingern seiner rechten Hand steckt, und taxiert Jónas. Der zögert und lässt seinen flackernden Blick durch die Kajüte schweifen.

»Ja … klar.« Er klopft seine Hosentaschen ab, bis er in der linken Gesäßtasche ein Streichholzbriefchen findet.

»Danke.« Jón Karl nimmt die Streichhölzer entgegen.

»Darf ich?« Jónas zeigt auf das offene Prince-Päckchen auf dem Tisch.

»Sure«, antwortet Jón Karl, zündet seine Zigarette an, lehnt sich auf dem Sofa zurück, schließt die Augen und zieht, bis die Glut knistert.

»Hab vergessen, Kippen mitzunehmen«, brummelt Jónas mit der Zigarette zwischen den Lippen. Er reißt ein Streichholz aus dem Briefchen, zieht es über die Reibefläche, schirmt die Flamme mit der linken Hand ab und führt sie vorsichtig ans Ende der Zigarette, den baumelnden Rosenkranz zwischen den zitternden Fingern.

»Was willst du?«

Jón Karl beäugt den unausgeschlafenen, ausgemergelten Mann mit der gebrochenen Nase und dem Dreitagebart, der nach saurem Schweiß riecht und sich an einen Rosenkranz klammert.

Fucking loser!

»Was ich will?«, fragt Jónas verständnislos. Er hustet und wedelt mit dem Streichholz, bis die Flamme ausgeht.

»Wie viele Steuermänner hat denn so ein Schiff?« Jón Karl stößt den Rauch durch die Nase aus, während er seinen linken Arm vorsichtig auf die Rückenlehne des Sofas legt.

»Wie viele? Zwei«, antwortet Jónas, zieht an seiner Zigarette und zuckt mit den Schultern. »Warum ...?«

»Und wer ist dann der Zweite Steuermann?«, fragt Jón Karl. Er weiß, dass bei Gesprächen dieselben Regeln gelten wie bei Schlägereien: Wer seinen Gegner zuerst trifft, gewinnt die Oberhand und bestimmt den weiteren Kampf.

»Der Zweite Steuermann?« Jónas räuspert sich. »Niemand. Oder, also ... genau genommen bin ich der Zweite Steuermann, aber weil der zweitwichtigste Mann nach dem Kapitän auch Obersteuermann genannt wird, bin ich ...«

»Setz dich.« Jón Karl zeigt aufs Bett, das immer noch ungemacht und mit Blutflecken übersät ist.

»Ja ... danke«, murmelt Jónas. Er entfernt das zusätzliche Brett, bevor er sich vorsichtig auf den Rand der blaugestreiften Matratze setzt. »Also, ich bin in meiner Funktion als Chef der Kommandobrücke hergekommen, um ...«

»Jetzt halt mal die Klappe, Mann!« Jón Karl schnippt die Asche seiner Zigarette auf den Boden, ohne den Blickkontakt zu Jónas zu unterbrechen, der feuerrot anläuft und wie ein Papagei mit den Augen zwinkert.

»Ich lass mir nicht …«

»Noch ein Wort, Freundchen«, droht Jón Karl und fuchtelt mit dem Finger vor der gebrochenen Nase des Steuermanns herum, »und ich geb dir dermaßen eins aufs Maul, dass du mit deinem dämlichen Rosenkranz in null Komma nichts in der Hölle landest!«

»Ich hab noch nie …« Jónas bricht mitten im Satz ab, als er das Böse in den Augen dieses Mannes, den Könige und Handlanger der Unterwelt wie den Tod fürchten, einem blinden Drachen gleich erwachen sieht.

»Erstens«, sagt Jón Karl, »was mache ich auf diesem Schiff?«

»Alle glauben, du wärst mein Schwager«, murmelt Jónas und zieht an seiner Zigarette. »Aber es ist nicht so, dass du … ich meine, niemand hat dich gebeten …«

»Zweitens«, Jón Karl verschlingt den Zigarettenrauch geradezu, »wie lange bin ich schon hier?«

»Drei Tage«, antwortet Jónas, »also, heute Nacht werden es …«

»Fuck! Und drittens«, sagt Jón Karl und zündet sich an der Glut seiner Kippe eine neue Zigarette an, »wo fahren wir hin?«

»Nach Surinam.« Jónas grinst zögernd, als er sieht, wie sich das Gesicht des Fremden in ein einziges großes Fragezeichen verwandelt.

»Suri-was?«

»Wir fahren einmal im Monat nach Südamerika und holen achttausend Tonnen Aluminiumoxid«, erklärt Jónas. »Surinam grenzt an Brasilien, Guyana und Französisch-Guayana und hat die größten Bauxitminen der Welt, soweit ich weiß.«

»Bauxit?«

»Ja, oder Aluminiumoxid.« Jónas zieht an seiner Zigarette und redet weiter, als er merkt, dass der Matrose immer noch nichts begreift. »So ein weißes Zeug, das in der Aluminiumschmelze in Grundartangi mittels Elektrolyse zu reinem Aluminium verarbeitet wird.«

»Wie lange fährt man denn nach, äh … dahin?«

»Hin und zurück jeweils zwei Wochen, mit Zwischenstopp«, antwortet Jónas schulterzuckend. »Also, wenn alles nach Plan läuft. Wir müssen auf einem Fluss ins Landesinnere fahren, und es kommt drauf an …«

»Verdammte Scheiße!«, flucht Jón Karl. »Ich muss unbedingt an Land. Kann mich nicht jemand abholen? Kann man nicht ein Schnellboot oder einen Hubschrauber bestellen? Oder den nächsten Hafen anlaufen?«

»Erstens haben wir bereits ungefähr tausend Seemeilen zurückgelegt und befinden uns auf einer internationalen Seestraße«, erklärt Jónas wichtigtuerisch, »zweitens wird nur Hilfe gerufen oder der nächste Hafen angelaufen, wenn es wirklich wichtig ist – bei Schäden am Schiff, wenn jemand ernsthaft krank ist oder so. Und drittens bist du der Zweite Matrose und hast gewisse Pflichten zu erfüllen.«

»Spiel dich hier bloß nicht so auf«, sagt Jón Karl barsch und zeigt mit der brennenden Zigarette auf Jónas. »Wenn ich sage, ich muss an Land, dann gehe ich an Land, ob du willst oder nicht. Kapiert?«

»Und wer bist du, wenn ich fragen darf?« Jónas räuspert sich, inzwischen etwas selbstsicherer, aber von der Gegenwart dieses nackten Wahnsinnigen immer noch ziemlich eingeschüchtert.

»Jón Karl Esrason«, antwortet Jón Karl und zieht theatralisch an seiner Zigarette.

»Besser bekannt als … Satan«, ergänzt Jónas und duckt sich instinktiv, als erwarte er einen Angriff.

»Stimmt genau.« Jón Karl grinst kalt und reißt die Augen auf.

»Ich hab ein Foto von dir gesehen …«

»Weiß sonst noch jemand, wer ich bin?« Jón Karl lehnt sich wieder auf dem Sofa zurück.

»Nein, und ich …«

»Und du willst nicht, dass es sich rumspricht.«

»Das wäre ziemlich schlecht für mich, weil ich jemanden für den Job angeheuert hab«, murmelt Jónas und räuspert sich, bevor er dem dunklen Fürsten der isländischen Unterwelt kurz in die Augen schaut. »Und für dich wär's noch schlechter, wenn die Crew die Wahrheit rausfindet.«

»Aha?«

»Schlimm genug, einen Mann an Bord zu haben, der nicht offiziell zur Mannschaft gehört«, erklärt Jónas und drückt seine Kippe unter der Tischkante aus. »Noch schlimmer ist es aber, wenn dieser Mann ein bekannter Verbrecher ist.«

»Ich bin weder angeklagt noch zur Fahndung ausgeschrieben«, entgegnet Jón Karl und bläst Jónas Rauch ins Gesicht.

»Wie du meinst«, sagt Jónas und strafft den Rücken. »Dann rufen wir eben Hilfe oder bringen dich zum nächsten Hafen – der ist wahrscheinlich irgendwo in Neufundland. Aber ich kann dir nur wünschen, dass du eine plausible Erklärung für deine Anwesenheit an Bord parat hast – und natürlich Kreditkarten oder Bargeld, einen Personalausweis oder Reisepass.«

»Wird denn nach dir gesucht?«, entgegnet Jón Karl mit einem kalten Grinsen.

»Nach mir … warum?«

»Du kommst ohne Kippen an Bord, obwohl du so eine lange Tour vor dir hast.« Jón Karl drückt seine Zigarette auf dem Tisch aus. »Und so wie du aussiehst, hast du weder saubere Klamotten noch Waschzeug dabei. Du musst es verdammt eilig gehabt haben. Und wo ist dein geheimnisvoller Schwager? Wart ihr zusammen auf Sauftour? Hast du ihn vielleicht abgemurkst? Huch, wie konnte das nur passieren? Und jetzt willst du, dass ich mich für ihn ausgebe, damit niemand Verdacht schöpft.«

»Denk doch, was du willst«, murmelt Jónas und steht auf. »Aber das ändert nichts an deiner Lage. Du bist Zweiter Matrose auf diesem Schiff, und ich empfehle dir, deinen Job ernst zu nehmen.«

»Ich lasse mir von niemandem sagen, was ich zu tun habe.«

»Wir sind acht gegen einen. Und du bist verletzt.« Jónas steckt das Streichholzbriefchen wieder in seine Gesäßtasche. »Und der Kapitän hat ein Gewehr.«

»Schön für ihn«, brummt Jón Karl. Als er sich über den

Tisch beugt, zuckt er vor Schmerz zusammen. »Hast du was dagegen, wenn ich die Streichhölzer behalte?«

»Wenn ich dafür ein Päckchen Zigaretten kriege«, entgegnet Jónas und fischt das Streichholzbriefchen wieder aus der Hosentasche.

»Okay.« Jón Karl wirft dem Steuermann ein angebrochenes Päckchen zu.

»Ich will ein ganzes.«

»Kommt nicht in Frage.« Jón Karl streckt seine zitternde Hand aus.

»Wir haben heute Nacht zusammen Wache auf der Brücke«, sagt Jónas, während er das Streichholzbriefchen über den Tisch reicht. »Du kommst um drei, löst Rúnar ab und bleibst mit Ísak bis um vier. Dann löse ich Ísak ab.«

»Gibt's auf der Brücke ein Telefon?«, fragt Jón Karl und öffnet ein neues Päckchen Zigaretten.

»Ja.«

»Und wo kriege ich was zu essen?« Jón Karl klopft ein paar Zigarettenenden aus der Packung.

»Unten in der Kombüse.« Jónas steckt sein Päckchen Prince-Zigaretten in die Brusttasche seines Hemdes. »Um sechs gibt's Essen. Du isst in der Mannschaftsmesse an Steuerbord.«

»Acht gegen einen ist lächerlich«, sagt Jón Karl, während er eine Zigarette aus der Packung zieht. »Ab sechzehn Mann fange ich überhaupt erst an, mich ins Zeug zu legen.«

»Das ist doch idiotisch.« Jónas geht in Richtung Tür. »Überleg's dir gut, bevor du irgendwas machst, was du nachher bereust. Du hast hier keinen Heimvorteil.«

»Für fünf Millionen bin ich dein Schwager.« Jón Karl steckt sich die Zigarette in den Mund. »Das ist ungefähr der Betrag, der mir diesen Monat durch die Lappen geht.«

»Wir reden heute Nacht weiter«, murmelt Jónas und öffnet die Tür.

»Exakt.« Grinsend zündet sich Jón Karl mit dem drittletzten Streichholz aus dem zerknitterten Briefchen die Zigarette an. Dann zuckt er plötzlich zusammen, stößt einen erstickten Schrei aus und lässt das brennende Streichholz auf den Teppich fallen. Von seinem gebrochenen Schlüsselbein zieht sich ein lähmender Schmerz quer über die Brust bis in die Arme und in den Rücken.

»Spar dir die Mühe«, sagt Jónas und grinst hämisch.

»Welche Mühe?«, fragt Jón Karl heiser, während er das brennende Streichholz mit dem nackten Fuß austritt.

»Du hast eh keine Chance.« Jónas lacht trocken. »Wir sind acht gegen einen.«

XII

Freitag, 14. September 2001.

»Herein!«

Bootsmann Rúnar greift nach der Klinke, öffnet die Tür und betritt auf leisen Sohlen die Kajüte des Ersten Steuermanns, der ihm zunickt und ihm mit einer gebieterischen Geste bedeutet, die Tür zu schließen.

»Und mach die Haspe zu«, sagt Ísak mit gedämpfter Stimme. Die Haspe ist ein an das Türblatt geschraubtes Eisenteil, in das sich ein am Türrahmen befestigter Pin einhaken lässt, so dass die Tür nur ein paar Zentimeter aufgeht.

»Alles in Ordnung auf der Brücke?«, fragt Ísak.

Ísak Sigurðsson und Rúnar Hallgrímsson haben eigentlich gemeinsam Wache auf der Brücke, aber die ist während des geheimen Treffens unbemannt.

»Ja«, sagt Rúnar und schaut auf die Uhr. Es ist zwanzig Minuten nach Mitternacht.

»Wir haben knapp fünfzehn Minuten Zeit, bevor der Totmannwarner losgeht.«

Der Totmannwarner ist ein Gerät, das den Kapitän durch eine Warnlampe und ein Signal alarmiert, wenn die wachhabenden Männer auf der Brücke und im Maschinenraum nicht in viertelstündlichen Abständen auf einen Knopf drücken. Es ist schon vorgekommen, dass Leute in Maschinenräumen bewusstlos geworden und an giftigen Dämpfen gestorben sind. Totmannwarner sollen solche Unfälle vermeiden helfen.

Ísak und Rúnar haben ihre Nachtwache um Mitternacht, wobei Rúnar eine Stunde früher als Ísak, um drei Uhr, vom Zweiten Matrosen abgelöst wird. Erster Steuermann und Zweiter Steuermann haben feste Nachtwachen, Ísak von Mitternacht bis um vier und Jónas von vier bis acht. In der Kajüte des Ersten Steuermanns hat sich bereits Maschinenmeister Jóhann Pétursson eingefunden, der gerade von seiner Abendwache kommt und auf einer erloschenen Zigarre herumkaut.

Die Kajüte ist ein Abbild ihres Bewohners. Alles ist sauber und adrett, nirgends liegen Sachen herum, alle Dinge haben ihren Platz und sind ordentlich eingeräumt, ob es sich um Kleidung, Bücher oder Waschutensilien handelt. Nichts fehlt, und nichts ist überflüssig. Auf dem Tisch liegen ein Berichtbuch und ein Kugelschreiber, sonst nichts. Das Badezimmer sieht aus, als sei es noch nie benutzt worden.

Ísak Sigurðsson ist fast zwei Meter groß, dunkelblond, schlank, grobknochig und stark. Für seine wenigen Bekannten ist er ein netter Kerl und treuer Freund – nicht besonders mitreißend, aber auch nicht unbedingt langweilig. Das Schlimmste, was man ihm nachsagen kann, ist, er sei ein »verdammter Faschist«. Auf See ist es üblich, extremen Anschauungen keine große Beachtung zu schenken, sich höchstens darüber lustig zu machen. Wenn man aufeinander angewiesen ist, hat man nur begrenztes Interesse daran, sich mit Diskussionen und hitzigen Streitereien über Religion, Politik oder sexuelle Orientierungen herumzuschlagen.

Ísak gehört zu jenen Menschen, die privat ganz anders sind als bei der Arbeit. Auf See, in seiner Funktion als Erster Steuermann, ist er schweigsam, verschlossen und ernst, ohne auf das »Volk« hinunterzuschauen oder vor dem »König« zu kuschen. Er ist einfach Tag und Nacht mit den Gedanken bei der Arbeit. Aus Verantwortungsgefühl und Besorgnis erlaubt er sich keine Entspannung und kein Vergnügen, solange das Schiff unterwegs ist. An Land wird all das von völliger Gleichgültigkeit abgelöst. Die Kollegen haben keine Ruhe vor Ísak Sigurðsson, weil er zu jeder Tages- und Nachtzeit versucht, sie zu Sauftouren zu überreden.

Eine Sauftour mit Ísak läuft immer gleich ab, und niemand hat Lust, das mehr als ein- oder zweimal mitzumachen. Erst erzählt er endlos Schwulen-, Neger- und Judenwitze, dann lästert er über die »verdammten Weiber« und gibt ein paar Blondinenwitze zum Besten, bevor er den Spieß umdreht und Island, das nordische Volk, Einar Ben und Hannes Hafstein preist. Das waren seiner Meinung nach wahre Unabhängigkeitskämpfer – im Gegensatz zu irgendwelchen »gottverdammten Demokraten, die man lieber erschießen sollte«. Wenn er mit seinem Chauvinismus fertig ist, folgt ein langer Vortrag über die Seefahrt, die Navigation und die Verantwortung von Vorgesetzten, der stets in eine hasserfüllte Tirade darüber mündet, dass »diese Juden« ihn nicht zum Kapitän befördert haben. Die Firmenleitung von Pólarskip bezeichnet Ísak immer nur als »diese Juden«.

Laut Vorschrift hätte der erfahrene, zuverlässige Ísak Sigurðsson schon längst Kapitän sein sollen, doch die Jahre vergehen, und die meisten, wenn nicht gar alle seiner alten Kameraden sind befördert worden, alle außer Ísak, und diese unangenehme Tatsache erweist sich mittlerweile als ziemlich heikel – sowohl für Ísak selbst als auch für diejenigen, die mit ihm zusammenarbeiten. Aber etwas stimmt nicht mit Ísak Sigurðsson, etwas, das die Leute spüren, wenn sie es vielleicht auch nicht benennen können, und dieses Etwas ist der Grund dafür, dass ihm der äußerst anspruchsvolle Kapitänsjob nicht anvertraut wird. Er ist zweimal geschieden, beide Male im Zusammenhang mit einer Entziehungskur, er ist pleite, er ist ein »verdammter Faschist«, und er hat etwas Merkwürdiges an sich. Keiner, der Ísak kennt, würde geradeheraus behaupten, er sei verrückt, dennoch sind seine Kollegen sich darüber einig, dass Ísak etwas Verrücktes an sich hat.

»Also, Jungs, es wird ernst.« Ísak gibt Jóhann dem Riesen und Rúnar ein Zeichen, ihm zum Bett zu folgen. Er holt seine Reisetasche aus dem Bettkasten und stellt sie auf das gemachte Bett. Aus der Tasche nimmt er ein schweres längliches Päckchen, etwas, das in Segeltuch eingewickelt und fest verschnürt ist. Ísak stellt die Tasche zurück in den Bettkasten, dreht dann das Päckchen der Länge nach um, löst die Schnur und schlägt behutsam das Tuch auseinander. Es klappert dumpf, als Eisen auf Eisen, Eisen auf Holz und Holz auf Holz trifft.

»Na, was sagt ihr dazu?«, fragt der Erste Steuermann und tritt einen Schritt zurück. Jóhann und Rúnar treten vor, so dass sie rechts und links neben Ísak stehen.

Alle starren ehrfurchtsvoll auf die dunklen Schmiedestücke, die nebeneinander auf dem Tuch liegen und nach Ruß und Öl riechen. Es sind drei auseinandergebaute Waffen: eine Savage-Büchse Kaliber 22 mit Bolzenverschluss und zwei Schrotflinten mit Doppellauf – eine alte Remington mit nur einem Abzug und nebeneinanderliegenden Läufen und eine Ruger mit Doppelabzug und übereinanderliegenden Läufen.

»Meine Schnuckelchen.«

»Ich weiß wirklich nicht, ob das eine gute Idee ist«, seufzt Jóhann.

»Ohne Waffen keine Revolution, mein lieber Che«, entgegnet Ísak und klopft dem Maschinenmeister auf den breiten Rücken.

»Da wird's einem echt ganz anders«, sagt Rúnar und räuspert sich.

»Vergesst nicht, dass der Alte bewaffnet ist!« Ísak nimmt den Büchsenlauf in die Hand und pustet vorsichtig ein unsichtbares Haar oder Staubkörnchen weg.

»Das ist doch nur wegen der Versicherung«, wirft Jóhann ein. »Irgendwelche internationalen Vorschriften wegen Seeräuberei.«

»Außerdem gehört die Waffe zum Schiff und nicht dem Kapitän persönlich«, gibt Rúnar zu bedenken. »Eine Schrotflinte, die die Reederei angeschafft hat.«

An Bord wird die Frachtgesellschaft Pólarskip immer nur »die Reederei« genannt.

»Genau, eine Flinte, die die Reederei angeschafft hat!« Ísak lacht gehässig. »Eine Flinte, die nichts anderes ist als ein Werkzeug, um die wenigen, die das Sagen haben, von den vielen, die nichts zu sagen haben, abzuschotten. Ein Werkzeug, über das ein einziger Mann bestimmt, und das ist natürlich der Kapitän persönlich, der im Grunde auch der einzige Untergebene der Reederei an Bord ist. Denkt doch mal nach! Wir anderen sind seine Untergebenen; nur der Kapitän beugt sich dem Willen dieser Juden.«

»Du redest schon wie ein fanatischer Linker«, sagt Jóhann breit grinsend. »Wie ein nationalistischer Sozialist, also ein Nationalsozialist.«

»Aber er hat recht«, krächzt Rúnar. »Mit dem, was er über die Reederei sagt.«

»Natürlich hab ich recht.« Ísak legt den Büchsenlauf wieder auf das Segeltuch. »Und da bin ich nicht erst gestern draufgekommen.«

»In einem stimme ich dir jedenfalls zu«, sagt Jóhann und kaut auf seiner erloschenen Zigarre herum. »Waffen sind Werkzeuge. Und wie bei allen Werkzeugen verfügt derjenige darüber, der sie in der Hand hält. Es kommt nicht darauf an, ob jemand bewaffnet ist, sondern darauf, was er mit der Waffe in seiner Hand tut. Versteht ihr?«

»Klar«, murmelt Ísak gleichgültig.

»Ich sehe das so: Wenn sie wissen, dass wir Waffen haben, werden sie ihre eigenen nicht benutzen«, erklärt Rúnar und holt ein Päckchen Zigaretten und ein Feuerzeug aus der Tasche. »Eine Waffe hebt die andere Waffe auf, so dass es im Grunde keine Waffen mehr gibt. Eine Art Waffenpause. Oder?«

»Warum sagst du *sie*, wenn du eine bestimmte Person meinst?« Ísak packt den Bootsmann am Arm. »Der Feind hat eine Waffe, und dieser Feind ist unser Kapitän. Hier wird nicht geraucht!«

»Lasst uns nicht von Feinden reden«, wirft Jóhann ein und kratzt sich am Bart. »Ich stimme Rúnar zu. Der Sinn dieser Waffen ist es, unsere Position zu stärken und die Partie auszugleichen. Bei einer ausgeglichenen Partie unterdrückt kein Gegner den anderen. Auf die Art werden wir die Differenzen schnell beilegen können.«

»Der Kapitän ist nicht allein«, murmelt Rúnar und steckt

Zigaretten und Feuerzeug wieder ein. »Die Leute neigen dazu, sich hinter den zu stellen, der die Macht hat.«

»Wahre Worte!« Ísak klopft dem Bootsmann erneut auf den Rücken. »Und diese Waffen sichern uns die Macht über diejenigen, die uns unterdrücken wollen.«

»Ja, aber ich denke, wir sollten die Waffen weiterhin verstecken.« Rúnar räuspert sich. »Sie erfüllen schon ihren Zweck, wenn wir wissen, dass sie da sind.«

»Diese Gewehre«, sagt Ísak feierlich und lässt den Blick über die zerlegten Waffen schweifen wie ein Priester über seine Gemeinde, »diese Gewehre garantieren uns, dass unser Protest nicht im Sande verläuft und unser Ruf und unsere Ehre keinen Schaden nehmen. Diese Gewehre bestimmen über Sieger und Besiegte. Sie sind vielleicht nicht das Licht, das uns den Weg weist, aber sie werden uns begleiten und alle Hindernisse aus dem Weg räumen.«

»Amen«, seufzt Rúnar. Er lacht nervös auf, wie ein Mann, der siegen will, aber gleichzeitig Angst hat, dass der Sieg bitter sein könnte.

»Jungs, vergesst nicht, dass so eine Meuterei schlimm enden kann«, warnt Jóhann und schaut die anderen ernst an.

»Wir können in den Knast kommen, verdammt noch mal«, pflichtet Rúnar ihm bei und kratzt sich am Kopf.

»Ich weiß ja nicht, wie ihr das haltet, Leute«, sagt Ísak mit vor der Brust verschränkten Armen, »aber ich gehe nicht zum Arbeitsamt.«

»Das will ja keiner«, brummt Jóhann der Riese.

»Bringen wir's zu Ende, Waffenbrüder«, sagt Rúnar. »Ich muss jetzt echt eine rauchen.«

»Ich auch«, murmelt Jóhann und spuckt ein Stück nassen Tabak aus. »Wer kriegt welche Knarre?«

»Am besten nehme ich das Gewehr – das ist ziemlich schwer zusammenzubauen«, sagt Ísak, während er seine Hände wie ein Zauberer über die Einzelteile der Waffe gleiten lässt. »Die Schrotflinten muss man nur zusammenstecken.«

»Ich nehme die hier«, sagt Rúnar und greift nach der Doppelflinte mit den übereinanderliegenden Läufen.

»Das ist das Rückteil«, sagt Ísak. Er reicht Rúnar den Rahmen mit dem lackierten Holzschaft.

»Dann bleibt mir die.« Jóhann nimmt die andere Schrotflinte, die älter und abgenutzter aussieht.

»Die Besprechung ist beendet«, verkündet Ísak und wickelt sein Gewehr wieder in das Segeltuch. »Und jetzt versteckt die Waffen in euren Kajüten, entweder im Bettkasten oder im Schrank. Ich gehe rauf zur Brücke.«

»Was ist mit Munition?«, fragt Rúnar.

»Gebe ich euch bei Gelegenheit«, antwortet Ísak. »Ihr lauft besser nicht schwerbewaffnet rum.«

»Nee, stimmt«, sagt Rúnar schulterzuckend.

»Das werde ich noch bereuen«, murmelt Jóhann der Riese. Er löst die Haspe, öffnet die Kajütentür, tritt dann beiseite und lässt Rúnar den Vortritt in den engen Gang.

»Danke.« Rúnar marschiert los, die Einzelteile der Schrotflinte senkrecht in der rechten Hand, und läuft Jón Karl, der auf dem Weg zur Brücke ist, direkt in die Arme.

»Scheiße!«, stößt Jóhann hervor, als er den Matrosen sieht, und schließt hastig wieder die Tür.

»Was …?« Rúnar weicht zurück und prallt gegen die geschlossene Tür. Er erstarrt und schaut den Matrosen, der keine Miene verzieht und die Flinte nicht zu bemerken scheint, verwirrt an.

»Guten Abend«, sagt Jón Karl und nickt dem Bootsmann zu, der von einem Bein aufs andere tritt und versucht, die Flinte hinter seinem Rücken zu verstecken.

»Hm, 'n Abend, ich …« Rúnar räuspert sich, aber Jón Karl geht einfach an ihm vorbei die Treppe hinauf, ohne sich noch einmal umzusehen.

XIII

Wie in einer geschlossenen Tonne über einen großen Fluss zu schlingern …

Jón Karl steht breitbeinig in der Duschkabine, stützt sich

an der glitschigen Wand ab, schließt die Augen und lässt sich eiskaltes Wasser über Kopf, Brust und Rücken laufen. Er beißt die Zähne zusammen und zählt leise bis hundert.

Und in kaltem Feuer zu verbrennen …

Nach dem Besuch des Zweiten Steuermanns hat er sich hingelegt, aber er weiß nicht, wie lange er geschlafen hat. Draußen ist es stockdunkel und gewittrig – schwer zu sagen, wie spät es ist. Seine Armbanduhr und sein Handy liegen zu Hause in Grafarvogur.

Kälte, Dunkelheit und ewige Nacht …

Ohne technische Messgeräte oder den Stand der Sonne existiert die Zeit nur als relatives Erleben, als subjektive Schätzung oder als Traum.

Und die Träume sind Wahnsinn …

Es ist merkwürdig, auf einem Schiff zu schlafen. Ein Vor-und-zurück-Schlingern wie auf einer Schaukel, nur langsamer, aber auch unangenehme Seitwärtsbewegungen, und dabei immer dieses komische Gefühl, dass der Schwung nach unten länger und tiefer ist als der Schwung nach oben, als stürze das Schiff eine Art Abhang hinunter, wie in Zeitlupe, wieder und wieder. Es ist auf meditative Weise beruhigend, aber vor allem ein unendlich lethargisches Gefühl, das immer unwirklicher wird, je länger man in dieser schwülen Leere schwebt, die nach lauwarmem Öl riecht und genauso groß oder klein ist wie der menschliche Geist, genauso tief wie der Hall der langsamen Trommeltakte des Motors:

Bumm, bumm, bumm …

Der Herzschlag des Alptraums …

In einem kleinen Erste-Hilfe-Kasten im Badezimmerschrank hat Jón Karl ein Fläschchen Paracodin gefunden – zehn weiße Tabletten mit bitterem Nachgeschmack, die er mit Leitungswasser hinuntergespült hat. Vielleicht nicht unbedingt ein Frühstück, das das Gesundheitsamt empfehlen würde, aber die betäubende Wirkung des Medikaments ist eine willkommene Abwechslung zu den stechenden Kopfschmerzen, der rumorenden Übelkeit und den ständigen Schmerzimpulsen der angegriffenen Nervenenden.

Hundert Sekunden unter einer Betäubungsdusche …

Jón Karl dreht den Kaltwasserhahn zu, öffnet die Augen, verharrt mit klappernden Zähnen, zuckenden Muskeln und schlotternden Gliedmaßen auf der Stelle und starrt auf den durchsichtigen Strudel, der im Abfluss verschwindet. Seine Haut ist feuerrot und gefühllos, Finger und Zehen sind fast erfroren, und die Muskeln sind so starr vor Kälte, dass Jón Karl kaum aus der Duschkabine steigen und vom Bad bis zum Bett gehen kann.

Nacht der lebenden Toten …

Aber am Ende gelingt es ihm. Er kriecht nass unter die kühle Bettdecke, kauert sich in Embryostellung zusammen und wartet darauf, dass das Schlottern, die stechende Kälte in den Fingerspitzen und das heftige Muskelzucken vorübergehen, dass das starke Schmerzmittel seine Wirkung vollends entfaltet. Die Kälte ist angenehm, aber sie betäubt die höllischen Schmerzen nur begrenzt.

»Komm schon.«

Die Zunge schwillt an, die Lippen trocknen aus, und ein flauschiges Medizingrau macht sich im Kopf breit …

Es ging ihm gar nicht so schlecht nach dem langen Schlaf oder dem Koma oder was auch immer es war, solange er einfach nur dasaß, aber der Besuch des Zweiten Steuermanns hat ihm mehr zugesetzt als drei Stunden intensives Bodybuilding. Während Knochen, Fleisch und Sehnen kurieren, hat man keine überschüssige Energie. Man kann sich nur ausruhen, Kräfte sammeln und auf grünes Licht aus der körpereigenen Reparaturabteilung warten.

Atmen und warten.

Millionen Trillionen Sekunden in einer juckenden Flauschwolke …

Ein Blitz zerreißt die Dunkelheit wie ein krachendes Stromschwert, das das Schädelinnere spaltet.

Stille …

Und der Donner geht durch Mark und Bein, grollt und bolzt gegen den Stahl wie ein Straßenjunge, der im Rinnstein eine Blechdose entdeckt …

Wieder Stille …

Das Schiff schwebt einen kurzen Moment frei in der Luft … bis es auf die mächtige Welle prallt …

Bumm, bumm, bumm …

Jón Karl zuckt zusammen, öffnet die Augen und greift ins Leere …

»Stopp!«

Er setzt sich im Bett auf, ballt die Hände zu Fäusten und starrt in die Dunkelheit, während das Herz in seiner Brust hämmert und die Lunge abgestandene Luft durch die geweiteten Nasenlöcher pumpt.

»Stopp«, röchelt er, ringt nach Atem wie ein Sterbender und sinkt zurück auf das schweißnasse Kissen.

Hinab in die stockdunkle Flauschwolke …

Alle Lampen sind eingeschaltet, das Fenster steht halb offen, und Jón Karl hat Hose, Socken und T-Shirt angezogen. Er sitzt, eine brennende Zigarette zwischen den Lippen und den Revolver in der Hand, mit kalt glänzenden Augen auf dem Sofa.

Er überprüft alle beweglichen Teile der Waffe zweimal, schiebt dann die Trommel zur Seite und leert sie. Zwei leere und drei unversehrte Patronenhülsen fallen auf die Tischplatte. Er reibt mit den Fingern Ruß ab, pustet Pulverreste aus dem Lauf und lädt den Revolver neu, wobei acht Patronen übrig bleiben. Er steckt sie in eine Socke, die er anschließend zusammenrollt und in seine linke Hosentasche stopft.

Die zerrissenen Reisepässe, die Sparbücher und Aktienbriefe legt er zuunterst in den Seesack und packt dann seine Klamotten obendrauf.

Er schnürt die Springerstiefel zu, schnallt den Revolver an den rechten Stiefel, steckt das Jagdmesser in den linken Stiefel und zieht die Hosenbeine darüber. Das linke Hosenbein, das

Óðinn aufgeschlitzt hatte, hat Jón Karl mit Nähzeug aus dem Erste-Hilfe-Kasten wieder zusammengenäht. Er steht auf, schnippt die brennende Zigarette aus dem Fenster und schleudert den Seesack in den Kleiderschrank.

Die angebrochene Zigarettenpackung steckt er in seine rechte Hosentasche, ebenso wie das Briefchen mit dem letzten unversehrten Streichholz. Die ungeöffneten Zigarettenpackungen reiht er im Badezimmerschrank auf.

Dann schließt er den Schrank wieder und betrachtet sich im Spiegel.

»Rock 'n' Roll«, sagt Jón Karl und presst ein Lächeln hervor, während er sich mit den Fingern durch die fettigen, verklebten Haare fährt, sich zuzwinkert und dann das Licht im Badezimmer ausschaltet.

Er dreht eine Runde durch die Kajüte und mustert alles aufmerksam. Sein Blick fällt auf die leeren Patronenhülsen, und er schnippt sie wie Kippen aus dem Fenster. Er schließt das Fenster und schaltet sämtliche Lampen aus, bevor er die Tür zum Gang öffnet und zum ersten Mal die schlichte Kajüte verlässt, die weder Gefängniszelle noch Hotelzimmer, ganz bestimmt kein Zuhause, aber dennoch eine Mischung aus allen dreien ist.

Auf dem Weg zur Brücke begegnet er diesem Rúnar, der ihn im Jeep mitgenommen und an Bord gebracht hat. Er kommt mit einer zerlegten Schrotflinte in der Hand aus einer Kajüte auf Deck E. Als er Jón Karl sieht, wird er ganz hektisch. Der hat allerdings genug Lebenserfahrung, um zu wissen, wann man so tun muss, als sehe man nicht, was der andere einen ganz offensichtlich nicht sehen lassen will.

»Was ...?«, stammelt Rúnar, weicht zurück, prallt gegen die geschlossene Kajütentür und versucht, die Waffe hinter seinem Rücken zu verstecken.

»Guten Abend«, sagt Jón Karl mit unbewegter Miene und geht weiter, die steile Treppe hinauf.

Gut, dass er bewaffnet ist und mit allem rechnet auf diesem verfluchten Schiff, wo Männer mit zerlegten Gewehren herumschleichen, wenn sie meinen, unbeobachtet zu sein.

Aber Jón Karl macht sich über die Geheimnistuerei des Bootsmanns keine großen Gedanken. Er will, dass sich die anderen nicht um ihn und seine Machenschaften kümmern, und deshalb schert er sich auch nicht um sie, solange sie ihn in Ruhe lassen.

Im Treppenhaus auf Deck G gibt es drei Türen. Geradeaus führt eine Tür mit Glasfenster auf die Plattform der stählernen Außenleiter an der Rückseite des Deckshauses, rechts ist eine Toilette und links geht es zur Kommandobrücke.

Bevor Jón Karl die Tür zur Brücke öffnet, tritt er hinaus auf die Plattform hinter dem Deckshaus. Mit großen Augen blickt er von der schwankenden Anhöhe hinab, lässt sich den Wind um die Nase wehen und das Gesicht vom Regen peitschen. Das Meer ist tiefschwarz und aufgewühlt. Es brodelt hinter dem Achtersteven wie der schäumende Pfuhl unter einem Wasserfall. In der Ferne erhellen Blitze die wolkenverhangene Finsternis, deren Unendlichkeit überwältigend ist. Jón Karls Beine werden weich, er schwankt, hält sich an der eiskalten Geländerstange fest, tritt dann rückwärts durch die Tür und sperrt den heulenden Sturm aus.

In der Kommandobrücke ist es dunkel, keine Menschenseele zu sehen. Kein Geräusch, bis auf das leise Ticken der Instrumente und das Knarren des Mobiliars. Wenn auf den Anzeigen der Navigationsgeräte keine gelben und grünlichen Lämpchen leuchten würden, könnte dies ebenso gut ein Geisterschiff sein.

»Hallo?«, ruft Jón Karl und geht am Kartenraum auf der Steuerbordseite vorbei zur Mitte der Brücke, wo ein verlassener Kapitänsstuhl auf einem hohen Drehsockel leicht vor und zurück schaukelt.

Keine Antwort.

»Jónas?«

»Jónas kommt erst um drei«, sagt eine Stimme hinter ihm. Dann fällt die Tür mit leisem Klicken ins Schloss. »Und du bist erst um vier dran.«

Jón Karl dreht sich um und mustert den Ersten Steuermann forschend. Der schaut misstrauisch zurück.

»Und wie viel Uhr ist es jetzt?«

»Fünf nach halb eins«, antwortet Ísak, nachdem er auf seine Uhr geschaut hat. Dann geht er mit schnellen Schritten an Jón Karl vorbei und drückt auf den Totmannwarner – ein simples Gerät, so groß wie die Fernbedienung für ein Garagentor.

Wie unpraktisch, keine Uhr zu haben …

»Ja, ja … dann gehe ich mal wieder und …« Jón Karl bricht mitten im Satz ab, denn seine Beine versagen plötzlich. Er verdreht die Augen und fuchtelt mit den Armen herum, auf der Suche nach etwas, woran er sich festhalten kann, um seinen Körper vor dem Fall zu bewahren.

»Um Himmels willen!« Ísak macht einen Satz nach vorn und fängt Jón Karl auf, bevor dieser geradewegs aufs Gesicht fällt. Jón Karl hält sich am Arm des Ersten Steuermanns fest, lässt Kopf und Schulter an dessen Brust sinken, schnappt nach Luft und kommt wieder auf die Beine.

»Bist du …?« Ísak lockert seinen Griff ein wenig.

»Ich bin … schon in Ordnung«, stammelt Jón Karl. Er richtet sich langsam wieder auf, ohne den Ersten Steuermann loszulassen. »Ich weiß gar nicht, was …«

»Das wird schon wieder«, sagt Ísak trocken und befreit seine Arme aus dem Griff des Matrosen. »Leg dich lieber bis zur Wache noch mal hin.«

»Ja, mach ich«, stöhnt Jón Karl. »Mir ist irgendwie übel.«

»Seekrank«, murmelt der Erste Steuermann, öffnet die Tür und wartet ungeduldig, bis Jón Karl die Brücke verlassen hat. »Da gewöhnst du dich dran. Gute Nacht.«

»Ja, klar.« Jón Karl lächelt dumpf.

Ísak schüttelt den Kopf und schließt die Tür hinter dem schwankenden Matrosen, der mit beiden Händen das Geländer umfasst und rückwärts die steile Treppe hinuntersteigt.

»Idiot«, sagt Jón Karl, als er auf Deck F angelangt ist, und lacht leise. Er zieht die goldene Uhr des Ersten Steuermanns aus seinem Hosenbund, schnallt sie sich um das linke Handgelenk und begutachtet das mit Diamanten verzierte Weißgoldgehäuse.

Eine Rolex. Nicht schlecht. Er persönlich steht eher auf Breitling.

Auf Deck D bleibt er stehen und denkt nach: Soll er weiter runtergehen und in der Kombüse nach etwas Essbarem suchen oder gleich in seine Kajüte zurückkehren und sich bis zum Beginn der Wache hinlegen?

Bevor sich Jón Karl für die zweite Möglichkeit entscheidet, kommt unerwartet eine dritte hinzu. Durch eine Kajütentür an Steuerbord dringt ein schwacher Duft, der ihn Hunger und Müdigkeit vergessen lässt. Der süßliche, schwere Geruch von erstklassigem Haschöl.

Die dritte Möglichkeit ist: Soll er an die Kajütentür klopfen und darauf bestehen, dass deren Insasse dieses stärkste Produkt der *Cannabis sativa*, der einzig wahren Hanfpflanze, mit ihm teilt?

Ja!

Jón Karl klopft mit angewinkeltem Zeigefinger dreimal leicht an die Tür.

Keine Antwort.

Er klopft mit zwei angewinkelten Fingern dreimal fest.

Dann drei schwere Schläge mit der geballten Faust.

Darauf kommt endlich eine Reaktion.

Die Tür öffnet sich einen winzigen Spalt, und das Gesicht des Maschinisten erscheint halb in der Türöffnung.

»Was ist?«

»Lass mich rein«, sagt Jón Karl mit der Stimme und dem Gebaren eines Mannes, der weiß, was er will, und keine Lust auf dummes Geschwätz hat. »Ich will was mit dir rauchen.«

XIV

»Hier kommt nie jemand rein«, sagt der Heizer, als er Jón Karl in den dämmrigen Raum lässt, der ein spiegelverkehrtes Ebenbild von dessen Kajüte an Backbord ist.

»Exakt«, murmelt Jón Karl und mustert den heruntergekommenen Seemann, der nur mit einem braunen Bademantel bekleidet ist und sich flink und rastlos bewegt. Er wirkt abgemagert, hat einen Buckel und eine Halbglatze und stinkt wie ein Straßenköter. In seinem bärtigen Gesicht mit dem irritierenden Totenschädelgrinsen flackern nervöse Rabenaugen. Er hat Löcher in den Ohrläppchen, trägt aber keine Ohrringe.

»Du siehst ja aus wie ein Penner, Mann«, sagt Jón Karl mit gerümpfter Nase. »Glaubst du, es bringt dir was, wenn du riechst wie ein Bettler in Indien?«

»Ich habe über wichtigere Dinge nachzudenken«, nuschelt der Heizer und schaut Jón Karl schräg von der Seite an wie ein geprügelter Hund sein neues Herrchen. »Du bist also der Neue.«

»Hm.« Jón Karl lässt den Blick durch die Kajüte schweifen.

Auf dem Tisch liegen Berge aufgeschlagener und zugeklappter Bücher, aus denen an allen Ecken und Enden Zettel und Zeitungsschnipsel ragen. Zwischen den Büchern befindet sich diverser Krimskrams, darunter eine Haschpfeife, aber am auffälligsten ist eine schwarze Blechdose mit schwarzen Kerzen und Kerzenstummeln. In der Mitte des Tisches stehen fünf brennende Kerzen, die der Heizer mit schwarzen Wachsklumpen am Deckel der Dose befestigt hat.

Die flackernden Kerzenflammen sind die einzigen Lichtquellen in der Kajüte.

Auf dem ungemachten Bett liegt eine alte, abgenutzte Ledertasche mit Büchern, Zeitschriften und losen Blättern, und über dem Kopfende hängt ein Bild – die einzige Dekoration in der Kajüte. Es ist eine altmodisch wirkende Bleistiftzeichnung auf dickem Pappkarton, die in einem geschnitzten Holzrahmen steckt. Sie zeigt eine Art Ungeheuer, das gleichzeitig ein Mensch ist. Das Wesen trägt vornehme viktorianische Kleidung, aber sein kahler Kopf ähnelt einem Kraken. Das Gesicht ist ohne Nase und Mund und hat einen langen Bart aus weichen Tentakeln. Die Augen sind klein und schwarz und schauen den Betrachter furchtlos an, so dass dieser geradezu gezwungen ist, die herablassende Erscheinung des Ungetüms zu bewundern. Es verschränkt wie ein Diktator die Arme und schämt sich offenbar weder für seinen seltsamen Kopf noch für seine verkrüppelten Hände, die wie lange Seehundsflossen aus den Ärmeln ragen.

»Cthulhu, der König der Unterwelt«, sagt der Heizer und knetet seine Hände. »Der nicht lebt und dennoch träumt.«

»Wer?« Jón Karl löst seinen Blick von der Zeichnung.

»Hab ich im Internet gekauft«, murmelt der Heizer mit geheimnisvoller Miene und zeigt auf das Bild. »Eine unschätzbare Kostbarkeit, die die zivilisierte Welt nicht zu würdigen weiß.«

»Nee, klar.« Jón Karl setzt sich aufs Sofa.

Eine unschätzbare Kostbarkeit? Meint er das Bild als solches oder das abartige Motiv? Soll das so was sein wie dieser berühmte Elefantenmensch? Wenn Jón Karl etwas nicht leiden kann, dann sind es nicht zu Ende erzählte Geschichten. Wenn jemand was zu sagen hat, dann soll er es sagen – oder den Mund halten.

»Das einzige wirkliche Manko der Schöpfung ist meiner Ansicht nach die Unfähigkeit der Menschen, den großen Zusammenhang zu erkennen und zu begreifen«, sagt der Heizer. Er versucht, den fremden Gast mit seinem Scharfsinn zu beeindrucken. »Wir leben auf einer friedlichen Insel der Unwissenden inmitten eines düsteren, unendlichen Ozeans. Wir sind nicht dazu bestimmt, unseren Lebensraum zu verlassen. Die Wissenschaften, die in ihren jeweiligen Nischen verharren, haben uns bisher nichts Böses getan. Aber eines Tages werden sich Wissensbruchteile, die nur eine Anhäufung unzusammenhängender Fakten zu sein schienen, auf neue, unerwartete Weise zusammenfügen und uns Einblick in eine grauenerregende Wirklichkeit gewähren, die uns entweder in den Wahnsinn treibt oder uns vom Licht der Wahrheit wegführt in eine Ära der Verleugnung, Dummheit und Stagnation. Man könnte sie das neue dunkle Mittelalter nennen.«

»Ich wollte eigentlich nur was rauchen«, sagt Jón Karl gereizt, »und mir keinen Vortrag über die ausladenden Unterhosen deiner Großmutter anhören.«

»Du rauchst also«, sagt der Heizer mit einem infantilen Grinsen.

»Sonst wär' ich ja nicht hier.« Jón Karl gähnt vor Müdigkeit, Desinteresse und Langeweile. »Ich bin echt nicht scharf drauf, so einen Wirrkopf wie dich kennenzulernen.«

»Ich brauche keine Freunde.« Der Heizer zieht den verschlissenen Bademantel aus und wirft ihn aufs Bett. Darunter trägt er eine graue Baumwollhose, die oberhalb der Knie abgeschnitten und in zerlumpte Shorts verwandelt worden ist. »In meinen privaten Räumen meide ich menschliche Gesellschaft.«

»Verstehe«, sagt Jón Karl. Er mustert den behaarten, knochigen, hässlichen Körper, der im trüben Schein der Kerzen vor ihm steht.

Der Bauch ist eingefallen und von einer Y-förmigen Narbe entstellt. Die Brust besteht fast nur aus Knochen, und die dünnen Arme sind mit selbstgestochenen Tätowierungen übersät – umgedrehte Kreuze, fünfzackige Sterne und Ziffern oder Formeln. Zwischen den Tätowierungen sind wulstige Narben von Schnitten oder Brandwunden.

»Das hab ich mit glühendem Draht gemacht.« Der Heizer grinst triumphierend, als er merkt, dass sich der Gast für seinen diabolischen Körperschmuck interessiert.

Er streckt den linken Arm aus und zeigt Jón Karl einen Schriftzug, der von der Brust bis zum Ellbogen reicht. Es ist ein Satz, der offenbar mehrmals in das verschrumpelte Fleisch gebrannt wurde:

Was ewig schläft, ist nicht tot.

Die Buchstaben, zum Teil spiegelverkehrt oder auf dem Kopf, sind stark aufgeworfen und rosa oder feuerrot.

»Hast du das vorm Spiegel gemacht?«, fragt Jón Karl trocken.

»Ja.« Der Heizer setzt sich an den Tisch und schiebt ein aufgeschlagenes Buch beiseite, woraufhin ein Taschenmesser, angesengte Alufolie, Butterbrotpapier mit Haschöl und Tabak zum Vorschein kommen. »Auge in Auge mit …«

Er verstummt, räuspert sich und schaut Jón Karl mit seinem zur Fratze erstarrten Totenkopfgrinsen an.

»Von mir aus kannst du jede Nacht nackt mit dem Teufel

tanzen«, sagt Jón Karl ächzend, während er ein schwarzes Gasfeuerzeug zu sich herzieht und es unauffällig in der Hosentasche verschwinden lässt. »Ist mir so was von egal.«

»Alle nennen mich Heizer«, sagt der Maschinist und schabt ein wenig dickflüssiges Haschöl vom Butterbrotpapier. »Sie sagen, ich schaufle Kohlen für den Teufel persönlich.«

»Da schaufelst du wohl vergeblich«, entgegnet Jón Karl und lacht leise. »Zumindest glaube ich nicht, dass der Kerl besonders gut zahlt, falls er überhaupt existiert.«

»Der Teufel existiert – als Schatten oder Gegenentwurf des Göttlichen im christlichen Weltbild und nicht zuletzt als geistige Urgestalt der Menschheit.« Der Heizer hält die Gasflamme unter das Messer und lässt das Öl von der Messerspitze auf den Tabak tropfen. »Satan ist ein treuer Gefährte, aber er ist nicht Anfang oder Ende der diabolischen Unordnung hinter der brüchigen Kulisse, in der die Menschen tanzen.«

»Du bist genau wie diese verdammten Jesus-Freaks!« Jón Karl lacht dem Heizer hämisch ins Gesicht. »Du hast nur alles auf den Kopf gestellt. Derselbe Fanatismus, derselbe leere Blick, derselbe arrogante Tonfall, derselbe naive Glaube, dem Tod zu entgehen, während alle anderen irgendwann ins Gras beißen.«

»Du verstehst einfach nicht …«, setzt der Heizer an und legt Gasfeuerzeug und Messer beiseite.

»Was ich weiß, ist, dass das Leben keinen Sinn hat und mit dem Tod aufhört«, fällt Jón Karl seinem Gastgeber ins Wort. »Gut und Böse sind nur Hirngespinste, genau wie Gott und der Teufel. Das, was wir sehen, ist das Einzige, was existiert, darüber hinaus gibt's nichts … absolut nichts. Noch nicht mal Dunkelheit oder den Tod.«

»Okay, okay.« Der Heizer grinst wie ein Lehrer, der seinen Schüler bewusst anstachelt, um ihn aus der Reserve zu locken. »Aber kann Nichts ohne Substanz gedeihen? Ist es wissenschaftlich möglich, dass ein *Nichts* ein *Sein* ablöst, ohne dabei ein Dasein zu erlangen, also ohne zu etwas zu *werden*?«

»Ich hab keine Lust, mit Leuten zu diskutieren, die …« Jón Karl schiebt ein paar englische, deutsche und französische Bücher mit abgerissenen Buchdeckeln zur Seite, »... mit Leuten, die nichts anderes tun, als irgendwelche verdammten Bücher zu lesen.«

»Nichts, oder das, was *nicht* ist, kann nur als Schatten von etwas, was *ist*, gedeihen«, erklärt der Heizer und beginnt, den Tabak über einer der Kerzenflammen zu erhitzen. »Wenn etwas, das *ist*, verschwindet, bedeutet das nicht, dass es von etwas, das *nicht ist*, abgelöst wird, denn das *Nichts* verschwindet ebenfalls. Das Nichts existiert nur als uneigenständiges Phänomen auf der Oberfläche oder im Schatten des Seins.«

»Jetzt sprich mal isländisch, Mann!« Jón Karl gehen die Augen über, als die Tabak-Haschöl-Mischung auf der Alufolie heiß wird.

»Das *Dasein* verleiht dem *Nichts* seine Existenz«, sagt der Heizer, während er den duftenden Tabak mit seinen schmierigen Fingern verteilt.

»Da hast du dir ja richtig Gedanken gemacht«, murmelt Jón Karl.

»Ja«, sagt der Heizer grinsend.

»Wenn das *Nichts* vom *Dasein* abhängt«, sagt Jón Karl nach kurzer Bedenkzeit, »müsste man umgekehrt auch sagen können, dass das *Dasein* vom *Nichts* abhängt. Ich meine, sonst wär's ja kein *Dasein*. Das *Nichts* hindert das *Dasein* daran, du weißt schon ... *nicht* zu sein, oder?«

»So ungefähr ...«, nuschelt der Heizer und zuckt mit den nackten Schultern.

»Ich meine«, sagt Jón Karl gedehnt und streckt sich, »das Einzige, was das Dasein zum *Dasein* macht, ist, dass es nicht *Nichts* ist.«

»Jaaa«, brummt der Heizer und versucht nachzudenken, während er anfängt, den Tabak und das Öl über der Flamme zu vermischen. »Vielleicht ...«

»Also existiert das Nichts!« Jón Karl grinst breit. »Eigentlich ist es die Grundlage von allem. Wenn etwas, das *ist*, verschwindet, verschwindet auch das *Nichts*. Das hast du selbst gesagt. Und was verschwinden kann, kann auch *sein*. Ich meine, sonst könnte es ja nicht verschwinden. Wenn also das, was wir sehen und als Welt bezeichnen, das einzig wahre *Dasein* ist, dann muss das *Nichts* in seinem Schatten leben; es *ist* sein Schatten und herrscht jenseits von ihm, neben ihm, überall drum herum. Da, wo dieses *Dasein*-Zeugs endet, schließt das *Nichts* an. Und jetzt halt die Klappe!«

»Ja, aber ...« Der Heizer räuspert sich. »Aber trotzdem verschwindet auch das Nichts, wenn das Dasein verschwindet.«

»Und was bleibt dann übrig?«, fragt Jón Karl. »Nichts?«

»Das ist unlogisch«, sagt der Heizer seelenruhig. »Und es zeigt uns, dass die Grundlage des Daseins nicht verschwinden wird. Sie kann es nicht, philosophisch gesehen. Aber sie wird sich verändern. So wie der Tag zur Nacht wird, wird ...«

»Und solange das, was existiert, *ist*, existiert das *Nichts* auch.« Jón Karl lehnt sich mit triumphierendem Lächeln auf dem Sofa zurück. »Wie die zwei Seiten einer Münze. End of story!«

»In Ordnung«, sagt der Heizer. »Aber wenn du eine bestimmte Weltsicht akzeptierst, die einerseits aus dem Dasein und andererseits aus dem Nichts besteht, musst du auch einen Sinn akzeptieren, der ...«

»Das Leben hat keinen Sinn!« Jón Karl bringt den Heizer mit einem warnenden Blick und einer drohenden Handbewegung zum Schweigen. »In der Natur gibt's nichts, was einen tieferen Sinn hätte. Sinn ist nur ein leeres Wort, das die Menschen erfunden haben, um ihre Taten zu entschuldigen. Punkt.«

»Das ist vielleicht ein bisschen zu einfach. Dein Blickwinkel ist beschränkt, deine Meinung engstirnig und dein Weltbild schwarzweiß ... aber du bist gar nicht so dumm.« Der Heizer setzt wieder sein übliches Grinsen auf. »Mir ist direkt dieses Glänzen in deinen Augen aufgefallen. Etwas, das ...«

»Bleib mal locker, Junge!« Jón Karl steht vom Sofa auf und schnippt vor dem Gesicht des Heizers mit den Fingern. »Vergiss es! Nicht diese Ich-und-du-Tour, klar?«

»Bleib doch selber locker«, entgegnet der Heizer kleinlaut. Er wischt das Grinsen von seinem Gesicht, tut so, als sehe er seinen Besucher gar nicht, und konzentriert sich wieder darauf, den heißen Tabak und das geschmolzene Haschöl zu vermischen.

»Äh, sag mal …« Jón Karl räuspert sich. »Wann hast du eigentlich angefangen, dich für diesen ganzen … magischen Kram zu interessieren?«

»Wann?« Der Heizer fixiert sein Gegenüber mit misstrauischen Rabenaugen.

»Ja.« Jón Karl gähnt teilnahmslos.

»*Ja, diese Nacht – sie bleibe unfruchtbar! Nicht steige auf in ihr ein Jubellaut!*«, rezitiert der Heizer mit bebender Stimme und theatralischem Tonfall. »*Verwünschen sollen sie die Tagverflucher, die es verstehn, Leviathan zu reizen!*«

»Aha.« Jón Karl trommelt mit den Fingern gegen die Tischkante.

Warum musste er auch unbedingt fragen?

»So spricht Hiob im Alten Testament«, erklärt der Heizer, während er das Tabak-Öl-Gemisch in eine kurze schwarze Holzpfeife stopft. »Leviathan, den er in seinem Klagelied erwähnt, in dem er die Nacht seiner Geburt verflucht, ist die hebräische Bezeichnung für Tiamat – die Wasserschlange oder der Drache aus den Untiefen des Meeres, von den Anhängern Cthulhus seit Jahrtausenden verehrt.«

»Klar«, sagt Jón Karl und nickt.

»Seit ich in diese Welt hineingeboren wurde, bin ich einer der wenigen, die gegen die Überzahl kämpfen«, sagt der Heizer und presst seinen Daumen auf den Pfeifenkopf. »*Dieser Tag werde Finsternis* – das war wieder Hiob –, denn denen, die die Wahrheit kennen und das Lügennetz der Menschheitsgeschichte durchschauen, folgt nichts als Unglück und Elend!«

»Willst du nicht mal anzünden, Mann?«, fragt Jón Karl, der schon eine ganz trockene Kehle hat und sich vor und zurück wiegt.

»Du hast doch gefragt.« Der Heizer drückt den Daumen fester auf den Pfeifenkopf und schaut seinem Gast ruhig in die Augen. Der ist kurz davor, die Geduld zu verlieren.

»Ich kann dir von uralten Mächten erzählen, die lange vor den Tagen der Kabbala und des Urchristentums verehrt und zur Zusammenkunft mit dem Menschengeschlecht geladen wurden. Ich kann dir von den Urgöttern aus den heiligen Schriften der Sumerer erzählen, dem ältesten Kulturvolk der Welt, das sein Reich in Sumerien errichtete, dem heutigen Irak und früheren Mesopotamien. Aus diversen Gründen verschwand dieses beeindruckende Volk von der Erdoberfläche, wie weggewischt, aber seine Zunge flüstert noch im Verborgenen, jenseits der Zeit, und in abgelegenen Winkeln der westlichen Zivilisation kann man uralte Handschriften finden. Sie berichten von gottlosen, grausamen Mächten, die hinter dem Tor warten, bereit, es zu durchbrechen und die Macht wieder an sich zu reißen.«

»Ja, ja.« Jón Karl schnippt mit den Fingern. »Jetzt zünd endlich die verdammte Pfeife an!«

»*All good things for those who wait*«, sagt der Heizer mit einem verschmitzten Grinsen. »Hannibal Lecter diesmal, nicht Hiob.«

»Ich warne dich!« Jón Karl droht ihm mit dem erhobenen Zeigefinger.

»Immer mit der Ruhe, sonst spucke ich in die Pfeife, anstatt sie anzuzünden«, sagt der Heizer, nach außen hin selbstbewusst, aber mit zitternder Stimme. Er holt tief Luft und strafft den Rücken, wie ein Mann, der dem Tod aufrecht entgegentritt.

»Dann reiße ich dir den Kopf ab und werfe ihn in die Hölle!« Jón Karl schlägt mit der Faust auf den Tisch, so dass die Bücher hochspringen und die Kerzen flackern.

»Und in der Hölle lodert die Freude.« Grinsend entzündet der Heizer ein Streichholz. »Weil ich so fleißig für den Chef Kohlen geschaufelt hab.«

»Zünd einfach die Pfeife an. Dann kannst du von mir aus so lange in der Hölle Kohlen schaufeln, bis sich Gott den Arsch am Feuer verbrennt.«

»Haha, der war gut!« Der Heizer führt die Flamme an die Pfeife und die Pfeife an seine Lippen, saugt dann die Flamme in den Tabak und den Rauch in seine Lungen. Zwischendurch stößt er immer wieder heisere Lacher aus. »Gottes Arsch! Haha! Das Feuer reicht bis zum Himmel! Haha!«

»Ist ja gut.« Genervt streckt Jón Karl die Hand aus. »Jetzt gib mir mal die Pfeife.«

»Haha! Auch wenn es der Kirche gelungen ist, das Ganze auf den Kopf zu stellen und die Massen glauben zu machen, der Teufel sei geringer als Gott, er befinde sich *dort unten*, nur ein Schatten des Göttlichen, das die Aufgabe hat, die Menschen in Versuchung zu führen und zu strafen – die Wahrheit ist eine andere«, sagt der Heizer und reicht Jón Karl die heiße Pfeife. »Die Schöpfungsgeschichte der Sumerer erkennt die Personifizierung des Bösen als ältesten aller Urgötter an. Aber das Christentum lehrt uns, dass Luzifer ein Aufrührer im Himmelreich war, der bei Gott in Ungnade gefallen ist. Dass Gott ihn auf die Erde hätte schicken sollen, um ihn zu bestrafen und zu belehren.«

»Genau«, murmelt Jón Karl abwesend, während er den dichten, schweren Rauch einatmet, der ihn wie eine heiße Wolke ausfüllt.

»In Wahrheit hat sich der zukünftige Schöpfer des Himmels und Gottvater der Menschheit gegen die alten Götter aufgelehnt, den ältesten Urgott getötet und die Welt aus dessen Körper erschaffen, dem Körper einer riesengroßen Schlange«, fährt der Heizer fort und bläst Rauch durch die Nase aus. »Das bestätigt unsere isländische Edda, die von der Tötung des Riesen Ymir durch Bors Söhne berichtet. Sie warfen Ymirs Körper in die Kluft Ginnungagap und formten daraus die Erde. Ymirs Blut wurde zu Meeren und Seen und seine Knochen zu Gebirgen. Dann hauchten sie dem toten Fleisch Atem ein und kneteten zwei lebendige Figuren, Mann und Frau, das gesamte Menschengeschlecht.«

»Das tut gut …« Jón Karl schließt die Augen und lässt den Rauch wie eine kopflose Schlange aus seinem Mund entweichen.

»Deshalb befindet sich die Menschheit bis in alle Ewigkeit in einem Dilemma. In unseren Adern fließt das Blut der Feinde, jener boshaften, furchtbaren Urgötter, die nicht leben, aber dennoch träumen, während unsere Seele ein Geschenk der alten Götter ist, der Schöpfer des Universums, der Führer und Beschützer der Menschheit, der törichten Abkömmlinge des Bösen und des Heiligen Geistes.«

»Hier.« Jón Karl gibt dem Heizer die Pfeife zurück.

»Und die Schlange, die nicht lebt, aber dennoch träumt, versteckt sich im unendlichen Kosmos und in den dunklen Abgründen, die die Humanwissenschaften das Unterbewusstsein nennen.« Der Heizer nimmt die Pfeife entgegen und zieht wieder daran. »Der böse Drache windet und dreht sich wie eine Spirale … wie Milchstraßen im Universum … wie die Schlange, die sich in uns allen windet und von den Biologen Code des Lebens genannt wird … die DNA.«

»Ja, ja, mein lieber, verfluchter Freund. Quatsch nur, solange es in deinem Kopf lodert«, sagt Jón Karl lallend und streckt erneut die Hand nach der Pfeife aus. Dann lehnt er sich auf dem Sofa zurück und inhaliert den zähen Rauch, der sich wie eine Spirale windet und dreht und zu einer Schlange wird, einem bösen Drachen, unendlichen Milchstraßen … die sich im Feuer kräuseln, mit den wirren Geschichten des Heizers verschmelzen, neue Formen annehmen und mit ihren eigenen Schatten an der Decke der Kajüte tanzen …

»… und die Geschichte beginnt in den dichten Wäldern der menschlichen Seele, schlängelt sich durch düstere Wellentäler und endet im Kontinent des ewigen Winters, wo seit vierzig Millionen Jahren der Tod herrscht und die mächtigen Berge im gespenstischen Schein der Dämmerung verlassenen Königsschlössern ähneln …«

»Hör auf zu reden …«, nuschelt Jón Karl und legt die Pfeife auf den Tisch. Sein Kopf ist von heißer Dunkelheit erfüllt, und sein kraftloser Körper verschmilzt mit dem Sofa. Der Rauch fließt als glühender Sirup in sein Blut, bleischwer und braun wie geschmolzene Schokolade … und alptraumhafte, chaotische Bilder von seiner Frau und seiner Tochter greifen seinen Geist an wie Moskitos in der fiebrigen Schwüle Asiens … verdorbenes Fleisch und fauliges Blut und bakterienverseuchte Augen, die Eisensplitter weinen …

»Doch ihr Tag wird kommen. Der Tag, an dem sich das Tor öffnet und die todgeweihte Menschheit endlich die fürchterliche Wahrheit begreift. Dann werden die kurzsichtigen Menschen von einem bösen Traum erwachen, denn das Schiff, das sie in eine bessere Zukunft führen sollte, fährt seit vielen tausend Jahren im Kreis. Es ist ein Schiff der Toren, von Toren gesteuert, die in die Sterne schauen und die Strömungen im Meer der Ewigkeit ignorieren – und erst dann werden neue Steuermänner aus den Irrenhäusern und Gefängnissen der Metropolen geholt, aber dann ist es zu spät!«

»Äh … welches Schiff?« Jón Karl öffnet halb die Lider.

»Sie sind dort, immer … bis in alle Ewigkeit«, flüstert der Heizer und kichert in seinen Bart. »Und Cthulhu ruft!«

»Ich hasse dieses Schiff«, murmelt Jón Karl und schließt wieder die Augen.

»Auf dem Schiff lastet ein Fluch«, sagt der Heizer mit lauter Stimme. »Ursprünglich hieß es *Noon*. Unter diesem Namen war es berüchtigt. Die Polizei hat im Zusammenhang mit zwei Morden und drei Selbstmorden ermittelt, die innerhalb von zwei Jahren auf dem Schiff begangen wurden.«

Schweigen.

»Ursprünglich war es im Besitz von Juden, aber jetzt gehört es Muslimen.«

Schweigen.

»Der vierzehnte Buchstabe des hebräischen Alphabets ist N oder *Nun*. *Nun* entspricht der dreizehnten Trumpfkarte im Tarot, denn die erste Trumpfkarte trägt die Zahl Null. In der Kabbala bezeichnet der Buchstabe *Nun* den einen Fisch, der im großen Ozean schwimmt und sämtliche Geschöpfe in seinem Bauch hat, und die dreizehnte Trumpfkarte ist der Tod.«

»Ich muss los.« Jón Karl richtet sich auf dem Sofa auf. »Muss mich hinlegen … fühle mich nicht gut … hab nichts gegessen seit …«

»Das Schiff ist vielleicht nicht per se böse«, sagt der Heizer grinsend. »Aber es ist vom Bösen geschwängert!«

»Scheiße, was bist du für ein Langweiler«, murmelt Jón Karl und schaut auf die Uhr. Es ist drei Minuten vor zwei. Dann rutscht er zum Rand des Sofas vor und steht auf.

Aber er muss sich an der Tischkante festhalten, um nicht hinzufallen, als das Schiff tief hinabsinkt:

Bumm, bumm, bumm …

»Wenn man dir so lange zugehört hat, braucht man echt eine kalte Dusche.« Jón Karl hält sich wie ein Betrunkener an Kanten und Wänden fest, während er Richtung Tür wankt.

»Hör mal, Kollege«, sagt der Heizer und nimmt die Pfeife vom Tisch. »Ich hab dich noch gar nicht nach deinem Namen gefragt.«

»Du hast meinen Namen bereits dreimal genannt. Er wird dir schon von selbst einfallen.«

»Hä? Was?« Der Heizer ist auf einmal ganz hellhörig und kratzt sich an seinem struppigen Kopf. »Welcher Name?«

Aber die Antwort ist nur ein Knallen, mit dem Jón Karl die Kajütentür hinter sich zufallen lässt.

XV

04:10

Jónas ist ganz bleich im Gesicht, fast blau. Seine Augen sind schon so lange offen, dass sie starr in ihren Höhlen sitzen wie glotzende Glaskugeln bei einem ausgestopften Tier.

»Was soll das?«, fragt er heiser, als Jón Karl sich endlich in der Kommandobrücke blicken lässt. »Es ist zehn nach vier! Du hättest pünktlich um drei zur Wache antreten müssen. Ísak war stinksauer. Der will dir den Lohn kürzen!«

»Bleib mal locker, Mann«, nuschelt Jón Karl. Er tastet sich durch das Dämmerlicht, rotäugig und mit wankenden Schritten. »Hab mich nur kurz hingelegt. Sag bloß, wir sind mit einem Eisberg zusammengestoßen?«

»Sehr witzig! Wir sind drauf angewiesen, dass alle …«

»Gibt's hier was Essbares?«, fragt Jón Karl und hält sich an dem Griff vor den Navigationsgeräten in der Mitte der Brücke fest.

»Mann, riechst du nach Dope!« Jónas hebt abwehrend die Hände. »Warst du beim Heizer?«

»Keine Ahnung.« Jón Karl grinst über das ganze Gesicht. »Oder in der Hölle. Bin mir nicht sicher.«

»Na, dann ist der ja jetzt unten im Maschinenraum gut zugedröhnt«, seufzt Jónas.

»Darf man hier etwa kiffen?«, fragt Jón Karl, verwundert über die unaufgeregte Reaktion des Zweiten Steuermanns.

»Das Schiff gehört Arabern. Hasch ist okay, Alkohol ist verboten«, erklärt Jónas achselzuckend. »Aber das heißt noch lange nicht, dass man bekifft zur Wache erscheinen darf.«

»Go muslims!« Jón Karl lacht leise.

»Es gibt Kaffee und Kekse.« Jónas deutet mit dem Kopf in eine dunkle Ecke im hinteren Teil der Brücke. »Werd erst mal wach.«

»Darf man hier kein Licht anmachen?« Jón Karl tastet sich an der Wand entlang zur Backbordseite der Brücke, die so groß ist wie ein kleines Apartment.

»Nee.« Jónas setzt sich auf den Kapitänsstuhl. »Sonst können wir draußen nichts mehr erkennen.«

An der Kaffeemaschine, die an der Wand neben einem kleinen Spülbecken befestigt ist, leuchtet ein rotes Lämpchen. In der Glaskanne ist heißer Kaffee.

»Perfekt«, sagt Jón Karl. Er gießt einen sauberen Becher halbvoll mit dampfendem Kaffee, fügt zehn Stück Würfelzucker hinzu und füllt den Becher mit Milch aus einem kleinen Kühlschrank unter der Anrichte auf. Dann holt er eine Packung Butterkekse aus dem Schrank über der Spüle.

Auf einem langen Tisch schräg gegenüber der Kaffeeecke befinden sich zwei dunkle Monitore, zwei Tastaturen, zwei Drucker, drei imposante Funkgeräte, ein Langwellenradio und eine Art Telefon, das wie die Monitore und Funkgeräte in ein maßgefertigtes Armaturenbrett aus lackiertem Holz eingebaut ist.

»Ist das ein normales Telefon?« Jón Karl deutet mit dem Kinn auf den schwarzen Hörer, während er mit dem Kaffeebecher in der einen und der Kekspackung in der anderen Hand versucht, das Gleichgewicht zu halten.

»Satellitentelefon und Telex«, antwortet Jónas und blinzelt mit den trockenen Augen. »Wir sind auch übers Nordisk Mobilnetz zu erreichen, aber das funktioniert nicht immer.«

»Erinner mich dran, dass ich nachher zu Hause anrufe«, sagt Jón Karl. Er stellt den Becher und die Kekspackung auf den Fenstersims an Backbord. Von dort überblickt man das erleuchtete Wetterdeck und den Bug des Schiffes, das hinabprallt, die Welle bricht und die Gischt hoch in die Luft schleudert:

Bumm, bumm, bumm …

Das Salzwasser spritzt über das ganze Schiff, vom Bug bis zum Achtersteven.

»Übrigens«, sagt Jónas geschäftig, rutscht vom Sitz und zieht ein Scheckheft aus der Brusttasche seines Hemdes. »Ich hab dir einen Scheck ausgestellt.«

»Einen Scheck?« Jón Karl setzt sich auf einen Stuhl am Fenster.

Auf dem Sims steht ein kleiner Wackel-Jesus mit Spiralfuß, wippt mit ausgebreiteten Armen und geöffneten Handflächen vor und zurück und starrt aus schwarz aufgemalten Plastikaugen durch die Fensterscheibe.

»Ja«, antwortet Jónas und reißt einen Scheck aus dem Heft. »Über fünf Millionen. Oder sollte das nur ein Witz sein?«

»Nee.« Jón Karl nimmt den Scheck entgegen, begutachtet ihn, faltet ihn zusammen und steckt ihn in seine rechte Hosentasche. »Aber Schecks sind kein besonders sicheres Zahlungsmittel.«

»Wie soll ich denn jetzt zur Bank kommen?«

»Du könntest anrufen«, erwidert Jón Karl. Er reißt die Kekspackung auf. »Es überweisen lassen.«

»Ich muss dafür mein Haus verkaufen.« Jónas stöhnt. »Du kannst den Scheck erst einlösen, wenn wir zurück in Island sind.«

»Ist schließlich in deinem Interesse«, entgegnet Jón Karl, bricht einen Butterkeks in der Mitte durch und tunkt die eine Hälfte in den süßen Milchkaffee. »Dass er nicht platzt.«

»Lass das mal meine Sorge sein«, brummt Jónas. Seine Augen verdunkeln sich.

»Hast du ihn umgebracht?« Jón Karl steckt sich den mit Kaffee vollgesogenen Keks in den Mund.

»Wen?« Jónas erstarrt.

»Deinen Schwager«, antwortet Jón Karl schmatzend.

»Nein … ich …«, stammelt Jónas. Er wird kreideweiß und dann violett, so als wäre er kurz davor zu ersticken.

»Bleib mal locker, Mann!« Jón Karl lacht kalt. »Als ob mir das nicht scheißegal wäre.«

»Ich bin nur ein schwacher Mensch«, röchelt Jónas, »aber du bist der Teufel in Menschengestalt.«

»Whatever.« Jón Karl taucht die andere Kekshälfte in den Kaffee. »Ich muss jedenfalls nicht mein Haus verkaufen, um Leute zum Schweigen zu bringen, die noch nicht mal wissen, worüber sie eigentlich schweigen sollen, ha!«

»Du …«, beginnt Jónas, aber es mangelt ihm an Fantasie und Kraft, eine sinnlose Diskussion mit einem Mann zu führen, der sich um nichts und niemanden schert.

»Hast du nicht gesagt, wir wären unterwegs nach Sumerien?« Jón Karl bricht einen weiteren Keks in zwei Hälften.

»Surinam.« Jónas reibt sich die geschwollenen Augenlider.

»Exakt.« Jón Karl schaut geistesabwesend aus dem Fenster in die Dunkelheit, während er den Keks in den trüben Kaffee tunkt. »Sieht aber verdammt noch mal nicht so aus, als wären wir auf dem Weg irgendwohin.«

»Hör zu.« Jónas räuspert sich. »Ich geh mal aufs Klo. Du bleibst ganz ruhig hier.«

»Total ruhig«, bestätigt Jón Karl schmatzend.

»Du darfst nur den Totmannwarner nicht vergessen«, sagt Jónas und zieht einen alten Parka mit der Aufschrift *Pólarskip* an. »Das ist das Einzige.«

»Exakt.« Jón Karl macht weiter: Keks zerbrechen, Keks tunken, Keks essen.

»Das ist dieses Gerät hier.« Jónas zeigt auf den kleinen grauen Sender. »Wenn das Licht blinkt und es piept, musst du innerhalb von fünfzehn Sekunden auf den Knopf drücken. Sonst weckst du den Kapitän.«

»Exakt.« Jón Karl steht auf, um sich Kaffee nachzuschenken.

»Das hier.« Jónas deutet weiter auf das Gerät.

»Gehst du etwa zum Scheißen nach draußen?«, fragt Jón Karl, als er den Zweiten Steuermann endlich ansieht.

»Was?«

»Die Jacke«, entgegnet Jón Karl grinsend.

»Ja«, sagt Jónas und räuspert sich. »Vielleicht schaue ich unterwegs mal nach dem Wetter.«

»Dann hau endlich ab!« Jón Karl setzt sich wieder ans Fenster. »Von deinem Gelaber kriegt man ja graue Haare. Du bist noch langweiliger als der bekiffte Maschinist.«

»Denk bloß an den Totmannwarner.« Jónas zieht den Reißverschluss seines Parkas hoch. »Er piept in zehn Minuten.«

»Exakt.« Jón Karl bricht einen Keks in zwei Hälften.

»Ich geh dann mal.« Jónas verschwindet im Dämmerlicht, und die Tür zur Kommandobrücke schließt sich klackend hinter ihm. Als er die Tür zur Plattform hinter dem Deckshaus öffnet, knarrt es, und ein Windstoß fegt ins Treppenhaus.

Jón Karl sitzt am Fenster der Brücke, trinkt Kaffee, isst Kekse und verfolgt das Steigen und Fallen des Schiffes auf seiner Fahrt in die wogende Dunkelheit, die sich nicht verändert und doch niemals gleich ist.

Die dunkle Nacht, das offene Meer und die aufziehenden Wolken – dieses teuflische Schauspiel wird zu einem einzigen stockfinsteren, brodelnden Ganzen. Von der Brücke aus ähnelt es einem vertikalen Strudel, der sich gegen den Uhrzeigersinn Runde um Runde dreht, weder größer noch kleiner, weder seichter noch tiefer wird.

Die Bewegungen des Schiffes sind beruhigend – das Zusammenspiel von Naturgewalten, Motorendröhnen und vielen tausend Tonnen Stahl. Der schwerfällige, gleichmäßige Rhythmus hat etwas Hypnotisierendes. Er treibt den gemächlichen Tanz ins Unendliche voran, ohne auch nur ein einziges Mal dieselbe Variation der klassischen Melodie zu wiederholen.

Die durch das Schiff wogenden Schläge, wenn der Bug die Welle küsst, hallen nicht länger im Kopf nach, sondern pumpen im Takt mit dem leblosen Motorherz salziges Blut:

Bumm, bumm, bumm …

Und noch bevor die Fahrt zu Ende geht, werden die Schläge von der Oberfläche der Wahrnehmung schwinden und mit dem leisen Ticken der Lebensuhr verschmelzen.

Jón Karl sitzt ruhig da und starrt schweigend aus dem Fenster, wie ein Adler auf einem hohen Berg. Oder wie der Berg selbst. Es ist mindestens zwanzig Jahre her, dass er so still und tatenlos dagesessen und seinen Gedanken freien Lauf gelassen hat. Er kann noch nicht mal in Ruhe einen Film anschauen, ohne zwischendurch ein paar Telefonate zu führen, sich was zu essen zu machen, aufs Klo zu gehen, zu essen, zu trinken und irgendwelche Gespräche im Geiste noch mal im Schnelldurchlauf abzuspulen.

Es ist wirklich imposant, in der dämmrigen Kommandobrücke zu sitzen und hinunterzuschauen auf das riesige Schiff, das in die Nacht hineinfährt wie ein Forscher, ein Astronaut oder Gott der Allmächtige, unterwegs durch die unergründlichen Tiefen des Geistes, jenseits von Raum und Zeit.

Jón Karl lässt sich vom Schiff in den Rausch des Augenblicks wiegen, die Seele erwacht und schwebt immer höher nach oben, während der erschöpfte Körper immer tiefer sinkt. Es ist ein wahres Glücksgefühl, wachend zu schlafen und träumend zu wachen, und Jón Karl könnte die ganze Nacht lang so sitzen, das ganze Leben lang, bis in alle Ewigkeit.

Aber nach vier Minuten fängt er an, sich zu langweilen.

Kapitän Guðmundur liegt rastlos unter der Bettdecke in seiner Kajüte, schnauft wie ein Walross und wälzt sich in regelmäßigen Abständen von einer Seite auf die andere.

Er hat das Licht im Bad brennen und die Tür offen stehen lassen, um die Dunkelheit ein wenig aufzuhellen, die sich wie dickflüssiges Öl auf ihn legt und seinen Kopf mit trüben Gedanken füllt. Er muss sowieso jede halbe Stunde pinkeln, ob er nun schläft oder nicht – da kann er das Licht ebenso gut brennen lassen.

04:27

Der Wecker starrt ihn mit roten Digitalziffern an, die aussehen wie zerbrochene Buchstaben und erst eine Bedeutung bekommen, wenn 06:59 auf 07:00 umspringt.

Dann wird Kapitän Guðmundur Berndsen aufstehen, heiß duschen und sich rasieren, gleichgültig, ob er Schlaf gefunden hat oder nicht.

04:28

Jedes Mal, wenn Guðmundur die Augen schließt, taucht das Gesicht seiner Frau Hrafnhildur vor ihm auf. Sie schaut ihn an und wartet darauf, dass er etwas sagt. Was soll er sagen? Oder will sie ihn darauf aufmerksam machen, dass er etwas vergessen hat. Was hat er vergessen?

Hat er ihr einen Abschiedskuss gegeben? Er kann sich nicht erinnern. Es war alles so merkwürdig, kompliziert. Hat er ihr den Umschlag gegeben?

Ja, er hat den Umschlag dagelassen.

Hat sie etwas gesagt? Sie hat nichts gesagt. Oder doch?

Ob sie wohl kommt? Wahrscheinlich nicht. Ob sie zu Hause sein wird, wenn er von der Fahrt zurückkehrt? Oder wird sie ihn verlassen haben? Wird das Haus erleuchtet oder dunkel sein? Er hofft, dass es erleuchtet sein wird, zweifelt aber daran.

04:29

Die Stille ist unerträglich. Sie ist mehr als unerträglich – sie macht einen verrückt.

Was würde er dafür geben, wenn sie jetzt bei ihm wäre. Was würde er geben, wenn er sie jetzt küssen könnte. Oder einfach nur ihre Hand berühren. Ihren Atem spüren. Ihre Wärme.

Wenn er doch nur ihre Stimme hören könnte. Selbst wenn sie ihn nur beschimpfen würde.

Wie wundervoll es wäre, wenn sie ihn jetzt beschimpfen würde.

»Ich muss morgen zu Hause anrufen.« Guðmundur ächzt, als er sich auf die andere Seite dreht.

Direkt morgen früh.

04:30

An der Wand der Kajütentür blinkt eine rote Lampe, dann beginnt eine laute Sirene im Abstand von drei Sekunden Alarm zu schlagen: Die Brücke ist unkontrolliert. Wenn jemand unten im Maschinenraum nicht ganz bei der Sache ist oder das Bewusstsein verliert oder wenn der Hauptmotor ausfällt, schrillt der Alarm im Abstand von einer Sekunde.

Und wenn ein Feuer ausbricht, gehen alle Sirenen auf dem Schiff gleichzeitig los.

»Was zum Teufel!«, entfährt es Kapitän Guðmundur. Er schreckt im Bett hoch und mustert forschend das unbewegte Antlitz des Weckers:

04:30

»Was denkt sich Jónas nur dabei?« Guðmundur schleudert die Decke weg und springt in Unterwäsche aus dem Bett. Bisher hatte er noch keine Energie, seine Tasche auszupacken, aber sein Kulturbeutel ist ausgeräumt, und sein Morgenmantel hängt im Bad.

»Dieser verdammte Idiot!« Guðmundur zieht fluchend den Morgenmantel über, findet seine Hausschuhe nicht und läuft barfuß hinauf zur Kommandobrücke.

»Hallo!«, ruft er, als er in die Brücke stürzt, aber niemand antwortet. Zielstrebig geht er zum Totmannwarner und drückt auf den Knopf. Die Lampe hört auf zu blinken, und die Sirene verstummt.

»Verdammte Scheiße noch mal!« Guðmundur ist rot angelaufen und so wütend, dass seine Hände zittern und sich sein Mund ganz trocken anfühlt.

Er wirft einen Blick auf die Navigationsgeräte und kontrolliert Kurs und Geschwindigkeit des Schiffes. Der Kurs stimmt, der Hauptmotor läuft mit voller Kraft, keine Signallämpchen leuchten, aber was ist das?

Der Radarschirm ist schwarz wie die Nacht.

»Wer zum …« Guðmundur atmet hektisch durch die Nase. Er klopft gegen den Monitor, drückt sämtliche Knöpfe und dreht den Beleuchtungshebel im Uhrzeigersinn bis zum Anschlag. Nichts passiert. Dort, wo sich ein Leuchtstrahl mit einem grünen Schimmer im Schlepptau Runde um Runde um das imaginäre Schiff drehen sollte, ist nichts zu sehen, außer der dunklen Glasscheibe mit Staubkörnchen und Fingerabdrücken.

Was ist passiert?

»Das gibt's doch nicht …« Guðmundur fährt sich mit der verschwitzten Hand durchs Haar, löst dann seinen starren Blick vom verdunkelten Radarschirm und richtet ihn auf das GPS-Gerät. Es hat die Größe eines Radioweckers und zeigt die Position des Schiffes mit roten Ziffern auf einem schwarzen Monitor präzise an:

55° N 32° W

»Also, zumindest sind wir …« Guðmundur atmet wieder etwas ruhiger, verstummt aber mitten im Satz, denn die roten Ziffern verschwinden plötzlich vom Monitor des GPS-Geräts.

»Was zum …?« Guðmundur spürt ein Stechen im Herz. Er klopft gegen das Gerät, dreht die Schalter in beide Richtungen, zerrt an den Kabeln, schnippt gegen den Bildschirm, aber die Ziffern tauchen nicht wieder auf.

Was ist hier los, verdammt noch mal?

»Jónas!« Guðmundur schlägt mit der geballten Faust auf das Steuerpult, erhält aber keine Antwort.

Der Kapitän atmet tief durch, versucht, sich zu beruhigen, wiegt den Kopf hin und her und zählt im Geiste bis fünfzig. Er geht hinüber nach Backbord, gießt schwarzen Kaffee in seinen Becher, fügt Milch hinzu und setzt sich anschließend auf den Kapitänsstuhl. Er wippt auf dem Sitz vor und zurück und trommelt mit den Fingern auf die Armlehne, während er an dem lauwarmen Kaffee nippt.

»Teufel noch mal! Ich muss jemanden wecken, der mich ablöst«, sagt Guðmundur nach einigen Minuten des Abwartens zu sich selbst. Er steigt vom Stuhl, hält dann inne und lauscht, denn die Tür öffnet sich, und jemand betritt die Brücke. Jemand, der beim Kartenraum verschnauft, heftig niest und dann Rotz und eiskaltes Regenwasser die Nase hochzieht.

»Wer ist da?«, fragt der Kapitän barsch und tritt mit einem gefährlichen Glitzern in den aufgerissenen Augen zwei Schritte vor.

XVI

04:17

Jónas öffnet die Tür zur Plattform hinter dem Deckshaus, kneift die Augen zusammen und weicht zurück, als der Wind ihn erfasst und Regen gegen seinen Körper klatscht. Er greift mit der einen Hand nach dem Türrahmen, hält sich mit der anderen am Türgriff fest, steigt über die Schwelle auf die Plattform und schafft es beim dritten Anlauf, die Tür hinter sich zuzuwerfen.

Es ist einfacher, auf der Eisenplattform zu stehen als in der Zugluft im Türrahmen, dennoch hat der Zweite Steuermann erhebliche Schwierigkeiten, sich gerade zu halten. Er muss das kalte, nasse Geländer kurz loslassen, um seine Kapuze zuzuziehen, verliert dabei das Gleichgewicht, fällt nach hinten und schlägt mit dem Hinterkopf gegen das Deckshaus.

»Heilige Mutter Maria …«, murmelt Jónas und rollt sich auf alle viere. Durch den Lochboden blickt er auf die eiserne Wendeltreppe, die sich bis hinunter zu Deck B windet. Aus den Augenwinkeln sieht er den Achtersteven wie einen Topfdeckel über dem Meer schweben, in dem es brodelt wie in einem Hexenkessel.

Er kommt wieder auf die Beine, hält sich am kalten Geländer fest und steigt die Leiter hinauf bis aufs Dach der Kommandobrücke. Das spiegelglatte grün gestrichene Eisendach ist von einem ähnlichen Geländer umgeben wie die Plattformen hinter dem Deckshaus.

Ganz hinten steht ein zwölf Meter hoher Signal- und Radarmast mit zwei Radarscannern, drei Antennen für Mobiltelefone und Funkgeräte sowie den vorgeschriebenen Scheinwerfern. Weiter oben an dem dreieckigen, schmal zulaufenden Mast befinden sich zwei Plattformen mit Geländer. Die untere ist ziemlich geräumig, die obere nur noch etwa halb so groß. Jónas klettert vorsichtig die steile Eisenleiter in der Mitte des Mastes hinauf und versucht, möglichst nicht nach unten zu schauen. So hoch oben sind die Bewegungen des Schiffes extrem stark. Jónas schwingt so schnell vor und zurück, dass er Ameisen im Bauch hat und eine heiße Welle in seinen Kopf steigt. Die Seitwärtsbewegungen sind derart heftig, dass er auf dem nassen Eisen fast den Halt verliert, und wenn das Schiff in ein Wellental fällt, ist es, als würde ihm die Haut von den Knochen gerissen und alles Blut in die Beine schießen. Jónas steigt weiter hinauf, bis kurz unterhalb der ersten Plattform, traut sich aber nicht, draufzuklettern. Der Regen schlägt ihm wie ein nasser Lappen ins Gesicht, und der Wind zerrt an seinem durchnässten Parka und drückt ihm Wasser in Augen und Nase. Die Hose klebt an seinen Beinen, die Schuhe sind voller Wasser, die Hände feuerrot und die Finger steif wie Gummischläuche. Auf Jónas' Höhe befinden sich zwei waagerechte Eisenrohre, aus denen isolierte Kabel nach oben führen: zum Nebelhorn, zu den kleinen roten Blinklichtern am Mast, zu den Radarscannern, die sich Runde um Runde im Wind drehen, und zu den Antennen, die wie lange Nadeln in den schwarzen Himmel ragen. Jónas schlingt den linken Arm um den Tragpfeiler des Masts und zieht eine große Kneifzange mit gelbem Griff aus der Parkatasche.

Jónas will nur die Antennen kappen, aber er weiß nicht, welche Kabel mit ihnen verbunden sind, deshalb ist er gezwungen, sicherheitshalber alle Kabel zu durchtrennen, obwohl das Schiff eigentlich auf den Kontakt zu den Funksta-tionen angewiesen ist. Die Kabel sind hart und nass, und die Zange liegt steif und glitschig in seiner feuchten, kalten Hand. Jónas kneift die Augen zusammen und konzentriert sich. Er darf die Zange nicht verlieren, und er darf den Mast nicht loslassen. Die Kabel springen eins nach dem anderen auseinander, Jónas' Finger rutschen immer wieder von dem nassen Eisen ab, seine Augen sind blind vom Regen, aber am Ende hat er alle Kabel durchgeschnitten. Sie baumeln lose herunter wie Lakritzschlangen mit Kupferfüllung.

Jónas steckt die Zange in die Jackentasche zurück und steigt die steile Leiter langsam wieder hinunter. Als seine Schuhsohlen das Dach berühren, wird er von einem närrischen Glücksgefühl erfasst. Aber das war noch nicht alles. Er muss noch die Kabel des Radarempfängers kappen, der weißen Kuppel, die auf einem schmalen Eisenfuß ganz vorne auf dem Brückendach steht und etwa so groß ist wie der Rumpf eines großen Schneemanns. Jónas steht reglos da und hält sich am Mast fest, während er sich vom Klettern erholt. Rechter Hand befindet sich der Schornstein des Schiffes, ein viereckiger Schlot, aus dem vier gebogene Auspuffrohre ragen. Schwarzer Qualm steigt auf und verschmilzt mit der Dunkelheit, schlägt Jónas ab und zu ins Gesicht, so dass er keine Luft mehr bekommt und von dem beißenden Schwerölruß husten muss.

Vorne auf dem Brückendach gibt es außer dem Radarempfänger noch ein paar Belüftungsrohre. An Steuerbord steht ein Sockel mit einem Eisscheinwerfer und in der Mitte, auf einem mannshohen Podest, ein in grünes Segeltuch verpackter Magnetkompass. Aber der Großteil des Daches ist leer – nur grün gestrichenes Eisen, überzogen mit einer schmierigen Schicht aus Salz, Ruß, Öl und Wasser.

Das Schiff erklimmt langsam den Wellenkamm und neigt sich ein wenig nach Backbord, am Horizont kriecht eine Wolkendecke Richtung Osten, und auf einmal glänzt etwas wie Gold am Himmel.

Es ist der Mond, der wie eine Wiege auf den sich auftürmenden Wolken ruht.

Jónas starrt den Mond an und vergisst für einen Augenblick alles um sich herum. Er lässt den Mast los, um die Augen gegen den Wind abzuschirmen. Im selben Moment taucht das Schiff hinab, der Wind prallt gegen Jónas' Rücken, er verliert das Gleichgewicht, fällt vornüber, rutscht in rasantem Tempo auf dem Bauch übers Dach und kommt erst an der vorderen Reling zum Halt.

Seine rechte Wange knallt gegen das kantige Eisen, seine rechte Schulter wird von einem Schlag getroffen, sein Brustbein glüht vor Schmerz, und ein leises Zischen ertönt, als seine linke Hand den kochendheißen Scheinwerfer am Rand der Brücke berührt.

Jónas schreit und windet sich vor Schreck und Schmerz, aber der Wind verschlingt seine Schreie. Die Reling rettet ihn vor dem tödlichen Sturz vom Dach.

»O mein Gott!«, stößt Jónas hervor und klammert sich ans Geländer. Er traut sich nicht, loszulassen, und braucht ein paar Minuten, bevor es ihm gelingt aufzustehen. Die Nacht ist wieder finster wie ein Kohlenkeller, kein einziger Lichtschimmer am Himmel.

Schritt für Schritt arbeitet sich Jónas zum Radarempfänger vor. Wenn sich das Deckshaus nach hinten neigt, hängt er an der nassen Reling und blickt panisch ins Leere. Wenn es sich vorneigt, werden seine Knochen gegen das kalte Eisen gedrückt, und er starrt entsetzt aufs Wetterdeck, das sich unter ihm auftut wie Ackerland bei einem Flugzeug, das zur Landung ansetzt. Zwischendurch, wenn das Deckshaus relativ gerade ist, nutzt Jónas die Gelegenheit und hastet übers Dach wie ein Pinguin, der übers Eis watschelt.

Nachdem er seinen linken Arm um den Sockel des Radarempfängers geschlungen hat, holt er mit der rechten Hand die Kneifzange aus der Jackentasche. Er setzt sie an dem dicken Kabel an, das sich ein Stück aus der Kuppel herauswindet, bevor es in einem weiß gestrichenen Eisenrohr am Sockel verschwindet, und drückt mit beiden Händen den Zangengriff zusammen.

Seine Knöchel werden weiß, die Zähne der Zange graben sich langsam in das isolierte Kabel, Jónas verzieht das Gesicht und winselt vor Anstrengung, das Schiff kippt nach vorn, und der Bug küsst die mächtige Welle:

Bumm, bumm, bumm …

Das Kabel reißt auseinander, und Jónas fällt die Kneifzange aus der Hand. Sie entgleitet seinen starren Fingern, prallt aufs Dach und rutscht dann an Backbord über den Schiffsrand.

»Mist!« Jónas lauscht, aber er hört die Zange nirgendwo aufschlagen – kein Knall, kein Klappern, nichts. Wahrscheinlich ist sie direkt ins Meer gefallen, und da ist sie auch am besten aufgehoben.

Jónas packt mit beiden Händen die Reling und schnappt nach Luft. Er grinst übers ganze Gesicht, zieht Regenwasser die Nase hoch und lacht leise.

Er hat es geschafft!

Jetzt ist das Schiff vom Joch und von den Verlockungen der Kommunikationstechnik befreit. Niemand kann Kontakt zu ihm aufnehmen, und auch das Schiff kann zu niemandem mehr Kontakt aufnehmen. Es hat keinen Empfang. Es fährt ruhig und friedlich aufs Meer hinaus, wie es Schiffen bestimmt ist.

Jetzt ist Jónas ungestört auf seinem Weg zu Gott und ins Ungewisse, frei von Sorgen über die Einmischung der Behörden, den Druck der Medien, verstörte Verwandte und trauernde Freunde.

Psychologisch gesehen ist es zwar ziemlich übel, dass sowohl das Radar als auch das GPS-Gerät ausgefallen sind, aber im Grunde ist es egal. Der Kurs kann mit einem Kompass gehalten werden, und die Position lässt sich bei gutem Wetter mit Hilfe eines Sextanten bestimmen. Wenn man das früher geschafft hat, sollte es schließlich auch heutzutage möglich sein. Das Radar verfolgt den Kurs sich nähernder Schiffe, aber da die anderen Fahrzeuge die *Per se* weiterhin auf ihrem Radarschirm sehen können, besteht so gut wie keine Gefahr einer Kollision, jedenfalls nicht im Hellen.

Jónas steigt rückwärts die Leiter zur Plattform hinter dem Deckshaus hinunter, packt das Geländer, eilt zur Tür und greift nach der Klinke.

»Um Himmels willen!«, japst er, als der Wind die Tür nach

innen aufschlagen lässt und ihn wie eine Stoffpuppe über die hohe Türschwelle schleudert. Er verliert das Gleichgewicht, lässt den Türgriff jedoch nicht los. Mit seinem ganzen Gewicht stemmt er sich gegen die Tür, und auf diese Weise gelingt es ihm schließlich, den heulenden Wind und den peitschenden Regen auszusperren.

Stille. Eiskaltes Regenwasser strömt in den Kragen seines Parkas, läuft ihm über Brust und Rücken. Seine Hände zittern, und seine Zähne klappern.

Jónas knöpft den Parka auf und zieht sich die tropfnasse Mütze vom Kopf, bevor er die Tür zur Kommandobrücke öffnet. Er macht sie hinter sich wieder zu, verschnauft beim Kartenraum, niest heftig und zieht dann Rotz und Regenwasser die Nase hoch.

Der Mann aus der Unterwelt schläft doch nicht etwa?

»Wer ist da?«, fragt jemand barsch und tritt im Dämmerlicht zwei Schritte vor. Jónas sieht das gefährliche Glitzern in den aufgerissenen Augen, von denen er weiß, dass er sie erkennen sollte.

»Hä? Was?« Jónas erstarrt, als ihm klar wird, dass der Kapitän persönlich ihn in der ansonsten menschenleeren Brücke in Empfang nimmt.

»Wo ist … der Matrose?«, fragt Jónas, nur um etwas zu sagen. Jón Karls Abwesenheit wundert und ärgert ihn, aber die Anwesenheit des Kapitäns jagt ihm eine Heidenangst ein.

»Es ist ja wohl nicht an mir, diese Frage zu beantworten!« Guðmundur ist so wütend, dass es ihm schwerfällt, deutlich zu sprechen. »Du bist der wachhabende Steuermann!«

»Er wollte nur kurz aufs Klo.« Jónas versucht, sich irgendeine glaubwürdige Geschichte einfallen zu lassen.

»Das Radar ist ausgefallen!« Der Kapitän schlingt den Morgenmantel fester um seinen Körper. »Und das GPS ist auch weg!«

»Was? Ja, also, ich wollte gerade danach sehen …«, Jónas räuspert sich und zieht erneut die Nase hoch, »aber es ist Wahnsinn, im Moment da raufzuklettern. Völlig verrücktes Wetter und …«

»Du hast die Brücke im Stich gelassen?«, knurrt Guðmundur. Er atmet tief ein und stößt die Luft anschließend durch die Nase wieder aus.

»Ja, das Radar war ausgefallen und …«

»Du hast gesagt, der Matrose ist aufs Klo gegangen«, Guðmundur macht eine verächtliche Handbewegung, »und dann spielst du da draußen den Helden, ohne irgendjemanden zu informieren! Bei dem Wetter!«

»Ja, also, ich …«

»BIST DU NOCH GANZ DICHT?«, brüllt Guðmundur, so dass dem durchnässten Steuermann mit Kaffee vermischte Spucke ins Gesicht spritzt.

»Doch, ja, äh, also …«, murmelt Jónas und fährt sich mit der Hand durch das nasse Haar. Er hat keine Ahnung, was er sagen soll – und was er besser nicht sagen sollte.

»Jónas?« Kapitän Guðmundur tritt ganz nah an Jónas heran, der vor Erschöpfung, Müdigkeit und Übelkeit fast zusammenbricht. »Gibt es etwas, das du mir …«

Guðmundur bricht mitten im Satz ab, als jemand die Tür öffnet und die Kommandobrücke betritt.

»Schönen guten Abend, die Herren!« Jón Karl wirft die Tür hinter sich zu. »Was ist denn hier los?«

Jónas schweigt, und der Kapitän mustert forschend den Matrosen, dessen Gesicht gerötet und nass ist, so als käme er geradewegs aus dem Unwetter.

XVII

04:22

Jón Karl verlässt die Brücke und klopft an die Klotür auf Deck G, hinter der er Jónas vermutet.

»Ich gehe mal kurz runter!«

Anschließend macht er sich auf den Weg zur Kombüse. Die Treppe ist steil, und Jón Karl kommt außer Atem. Die wunden Stellen an seinem Körper erwachen und senden stille Notsignale aus, die wie kleine Blitzlichter in seinem Kopf blinken.

In der Kombüse brennt eine Lampe, und auf dem Tisch steht ein Teller mit Butterbroten, die der Koch mit Frischhaltefolie abgedeckt hat. Jón Karl löst die Folie vom Teller, isst drei Scheiben Roggenbrot mit Leberpastete und spült mit kalter Milch direkt aus der Tüte nach. Dann stellt er die leere Milchtüte zurück in den Kühlschrank und wirft die Tür in die Verriegelung.

»Hallo, Kerlchen«, sagt Jón Karl, als Skuggi seinen schwarzen Kopf aus der Tür der Offiziersmesse steckt. Sie schauen sich kurz in die Augen, dann wendet sich der Hund ab und verschwindet wieder in dem dämmrigen Raum.

An dem Flur zwischen der Kombüse und der Mannschaftsmesse liegt der Arzneiraum, an den sich ein Zimmer mit Krankenbett und eigener Belüftung anschließt, falls jemand unter Quarantäne gestellt werden muss. Jón Karl betritt den Arzneiraum, schaltet das Licht ein und schließt die Tür hinter sich. Er findet starke Schmerztabletten und schluckt ein paar davon. Dann entdeckt er ein Kästchen, in dem Ampullen mit Morphiumsulfat, Spritzen und Nadeln aufbewahrt werden. Er nimmt eine Ampulle, eine Spritze und ein paar Nadeln, wickelt alles in eine Mullbinde und klebt sie mit Heftpflaster zu. Dann fischt er das Zigarettenpäckchen aus seiner rechten Hosentasche, klopft die vier letzten Zigaretten auf ein Stahltablett, stopft das Bündel in die leere Packung und schiebt sie wieder in die Hosentasche.

Er steckt sich zwei der Zigaretten hinters linke Ohr, eine zwischen die Lippen und die vierte hinters rechte Ohr, schaltet dann das Licht im Arzneiraum aus und tritt hinaus auf den Flur. Dort zündet er sich die Zigarette an, die zwischen seinen wulstigen Lippen klebt, bläst den Rauch durch die Nase aus und denkt einen Moment nach, bevor er zu Deck A hinunterschlendert, um sauberes Bettzeug zu holen.

Dort unten ist es düster und eng, die Luft ist stickig und riecht nach Seife und Schmieröl, auf dem Boden liegen rutschige Matten, und an Backbord flackert ganz hinten im Flur eine trübe Glühbirne, die jeden Moment den Geist aufzugeben scheint. Jón Karl stützt sich an der schmutzigen

Wand ab und folgt dem Seifengeruch. Am Ende des Flurs an Steuerbord sieht er eine verschlossene Eisentür mit der Aufschrift *ELECTRIC WORKSHOP*. Rechts daneben führt eine offene Tür in die Wäschekammer, wo sich in langen, über zwei Waschmaschinen und zwei Trocknern angebrachten Regalen saubere Laken stapeln. Jón Karl sucht sich Bettwäsche heraus, die möglichst wenig verschlissen ist, außerdem vier schneeweiße Handtücher – zwei große und zwei kleine –, ein paar Waschlappen, ein Laken zum Wechseln und zwei zusätzliche Handtücher als Fußmatten fürs Bad. Er verlässt die Kammer mit dem Wäschestapel unter dem linken Arm und geht durch den dämmrigen Flur zurück zur Treppe. Sie führt nicht nur nach oben zu Deck B, sondern auch hinunter zum Maschinenraum, wo das Herz des Schiffes schlägt, das bebende Stoßwellen und kochend heißen Atem von sich gibt.

Jón Karl bleibt stehen und schaut nach unten auf die Tür zum Maschinenraum, die ums Schloss herum schmutzig und mit schwarzen Fingerabdrücken übersät ist. Kurz darauf greift er nach der Klinke. Hitze schlägt ihm entgegen wie ein erstickend heißer Windhauch am Strand, aber auf dem Boden des Schiffes gibt es keine Meeresbrise und keinen Pflanzenduft, sondern nur ekelhaften Ölmief, vermischt mit scharfen Putzmitteln, Ammoniak und beißenden Giftdämpfen.

Und der Lärm ist gewaltig, geradezu infernalisch.

Erst geht man durch eine Art Kabuff, in dem an Haken Overalls, Helme und Gehörschütze hängen. Auf dem Boden liegen dicke Gummimatten, auf denen Seifenkanister, Eimer, Schrubber und drei Paar abgetragene Holzschuhe stehen. Von dem Kabuff führen zwei Stufen hinunter in den eigentlichen Maschinenraum, einen großen Saal, der durch einen Gitterboden in zwei Ebenen unterteilt ist. In der Mitte liegt der riesige Hauptmotor wie ein gestrandeter Pottwal, der bläst und schnauft und mit der schweren Flosse in den Sand schlägt. Jón Karl betritt den Gitterboden und schaut hinunter auf den neunzylindrigen Motor, der zweihundertsiebzig Umdrehungen in der Minute macht, siebzehn Tonnen Schweröl am Tag verbraucht und fünftausenddreihundert PS leistet – Stunde um Stunde, Tag für Tag, Woche für Woche, ohne ins Schwitzen zu kommen. Hinter dem Motor befindet sich ein angehängter Generator, der Strom für den täglichen Gebrauch produziert.

Die Steuerkabine des Maschinenraums liegt an Steuerbord – ein weißer fensterloser Kasten von der Größe einer Garage. Jón Karl inhaliert den Zigarettenrauch, geht mit schnellen Schritten hinüber, öffnet die Tür und schlüpft hinein.

Stille! Was für eine Erleichterung! Wobei es etwas übertrieben ist, von Stille zu sprechen, aber die Wände der Steuerkabine sind schallisoliert, so dass nur noch ein Rauschen hineindringt, das im Vergleich zu der kakophonischen Weltuntergangssinfonie im Maschinenraum himmlischem Frieden gleicht.

Jón Karl nimmt die Zigarette aus dem Mund, schnippt die Asche weg und lässt den Blick durch die Steuerkabine schweifen. Sie hat Türen an beiden Enden, und die Längsseiten sind vom Boden bis zur Decke voller Instrumente. An der rechten Wand zucken in einer Vielzahl von Messanzeigen Nadeln, knacken Zähler und rotieren Spulen, während sich an der linken Wand das mächtige Steuerpult befindet. Am oberen Teil sind ein paar Dutzend Messgeräte, Schalter, Warnlampen, kleine Monitore und ein Datenschreiber angebracht, der alle Informationen aufzeichnet, die ihm vom Hauptmotor übermittelt werden. Auf dem unteren Teil des Steuerpults, das ein wenig vorsteht, liegen aufgeschlagene Berichtsbücher, es gibt ein Telefon, ein Mikrofon, weitere Schalter und Lampen, einen Totmannwarner und die eigentliche Motorsteuerung. Auf Regalen über dem Steuerpult werden Mappen aufbewahrt, darunter sind Schubladen und Fächer, und auf einem bequemen Stuhl davor sitzt der Heizer und schnarcht mit verschränkten Armen und Beinen, den Kopf auf die linke Schulter gesackt.

»Verdammter Kiffer.« Jón Karl lacht leise vor sich hin. Dann lässt er die Kippe auf den Boden fallen und tritt sie aus. Er legt die Wäsche aufs Steuerpult und betrachtet einen Zeitungsausschnitt, den jemand zwischen zwei Messanzeigen geklebt hat. Auf dem Foto sieht man ein paar Vertreter der Island-Palästina-Vereinigung vor dem Parlamentsgebäude protestieren. Die meisten tragen Schilder mit handgeschriebenen Parolen, alle wirken ernst und langweilig, einige haben Palästinensertücher um den Hals geschlungen. Jón Karl mustert die naiven Gesichter, bis er eins von ihnen erkennt. Es ist Jóhann, der große Kerl, der die Tür auf Deck E zugemacht hat, als der Bootsmann mit der Schrotflinte versuchte, rückwärts in die Kajüte zu gehen.

»Verdammte Kommunisten«, murmelt Jón Karl. Er spuckt auf den Zeitungsausschnitt, reißt ihn ab, knüllt ihn zusammen und wirft ihn auf den Boden.

Im selben Augenblick beginnt die rote Lampe am Totmannwarner zu blinken, woraufhin der Heizer aufhört zu schnarchen, den Kopf von der Schulter hebt und die Augen halb öffnet. Dann macht er eine leichte Drehung mit dem Stuhl, drückt mit dem rechten Zeigefinger auf den Knopf am Totmannwarner und schläft gleich wieder ein.

»He, du!« Jón Karl schnippt mit den Fingern vor der Nase des Heizers herum, der auf dem Stuhl zusammengesackt ist und erneut zu schnarchen begonnen hat.

»Hätte nie gedacht …«, murmelt Jón Karl achselzuckend. »Wie macht er das bloß?«

Jón Karl schüttelt den Kopf, nimmt die Wäsche, dreht sich um und will die Tür zum Maschinenraum öffnen, hält jedoch inne, als er das Bild an der Tür sieht.

Es ist das Aufmacherfoto eines dänischen Männermagazins: Miss September 2001. Das Mädchen heißt Eva und sitzt mit gespreizten Beinen und verträumtem, sinnlichem Blick auf einem Stuhl vor einem Fenster. Sie trägt weiße Netzstrümpfe und einen weißen Spitzenbody, der an den Seiten durchsichtig ist und vorne Löcher hat, durch die ihre üppigen Brüste quellen. Ihre linke Hand liegt auf ihrer Hüfte, während die rechte an einer langen weißen Perlenkette nestelt. Evas Lippen sind rot geschminkt, ihre Zähne blitzen, das blonde Haar fällt ihr bis auf die Schultern, blauer Lidschatten gibt ihr einen nuttigen Anstrich, und das Höschen ihres Bodys ist im rasierten Schambereich weit ausgeschnitten.

»Du kommst mit, Süße.« Jón Karl nimmt das Bild ab, faltet es zusammen und steckt es in seine rechte Hosentasche. Dann öffnet er die Tür zum Maschinenraum, eilt an den Generatoren vorbei und über den Gitterboden zurück zum Kabuff am Ende des Raums. Aber anstatt die Treppe wieder hinaufzugehen, die er heruntergekommen ist, wendet er sich geradewegs in Richtung Heizraum, wo im ölgeschwängerten Dämmerlicht zwei Dieselölbrenner für die korrekte Temperatur und den korrekten Druck in einem großen Dampfkessel sorgen, der die Aufgabe hat, die Räume des Schiffes zu beheizen und die Heißwasserversorgung zu gewährleisten. Im Heizraum ist es wärmer als im Maschinenraum. Jón Karl bricht der Schweiß aus, und er atmet hektisch durch die Nase. Am Ende des Raums leuchtet eine grüne Lampe, und dort entdeckt Jón Karl eine steile Eisentreppe, die aus diesem stickigen Heizofen hinausführt.

Oben angekommen, gelangt er in einen engen, dunklen Gang. Jón Karl weiß, dass er wieder auf dem Unterdeck ist, und zwar auf der Steuerbordseite, so dass er sich nur noch nach Backbord hinübertasten muss, um irgendwo eine Tür zu finden, die ins Licht führt.

Und tatsächlich!

Es dauert nicht lange, bis er über einer massiven Eisentür mit drei Haspen eine trübe Lampe sieht. Die Tür befindet sich auf der rechten Seite des Gangs, müsste sich also zum Bug des Schiffes öffnen, was Jón Karl unlogisch erscheint, da er glaubt, sehr weit vorne auf dem Deck zu sein. Die Tür sollte sich eigentlich links befinden und zur Deckmitte führen, zum Beispiel zu dem Flur, an dem die Vorratsräume und die Wäschekammer liegen. Aber diese Tür ist die einzige Tür im Gang, und der Gang endet dort.

»So ein Mist«, murmelt Jón Karl und klemmt sich die Wäsche fest unter den linken Arm, während er mit der rechten Hand die Haspen löst. Das Lampenglas über der Tür ist gesprungen und schmutzig, so dass die Birne nur ein fahles gelbliches Licht spendet. Trotz der schwachen Beleuchtung kann Jón Karl die weißen Buchstaben auf der roten Tür lesen:

HOLD.

»Wieso *hold*? *Hold it*?« Er öffnet die zweite und dritte Haspe. Den Roststellen, dem Quietschen und der Schwergängigkeit der Haspen nach zu urteilen, ist die Tür lange nicht mehr geöffnet worden. Als Jón Karl es endlich schafft, sie aufzuwuchten, schlagen ihm düstere Leere und stickige Kälte entgegen. Im selben Moment, als er die Tür loslässt, taucht das Schiff hinab und prallt auf einen mächtigen Brecher:

Bumm, bumm, bumm …

Jón Karl verliert das Gleichgewicht, stößt sich die Zehen an der hohen Türschwelle, fällt vornüber durch die Türöffnung und schlägt einen Purzelbaum. Noch im Fallen bekommt er mit der linken Hand etwas Kaltes, Hartes zu fassen, während das Bettzeug, die Handtücher und Waschlappen wie Gespenster durch die Luft fliegen und im klammen Abgrund verschwinden.

Jón Karl hängt mit einer Hand an einer Art Geländer und schlägt gegen eine kalte Eisenwand, umgeben von Dunkelheit und grässlicher Leere. Er dreht sich, greift auch mit der anderen Hand nach dem Geländer, tastet mit den Füßen umher und findet auf einem Vorsprung oder einer Stufe Halt. Nachdem er sich vorsichtig weitergehangelt hat, stellt er fest, dass er auf einer eisernen Wendeltreppe steht, die tief hinunter in den Frachtraum des Schiffes führt – ein gigantischer Container, ebenso breit, lang und tief wie das gesamte Schiff, ein dunkler, kalter, viereckiger Tank.

Jón Karl steigt die Treppe hinauf und setzt sich, die Füße auf der obersten Stufe, in die Türöffnung. Er fasst an seinen Kopf und ertastet hinter jedem Ohr eine Zigarette, also hat er bei der Turnübung nur eine verloren.

»Glück gehabt«, murmelt er und zündet sich eine der Zigaretten an. Er bläst den Rauch aus, hält sich am Türrahmen fest und schaut schweigend in den leeren Frachtraum. In die

Decke sind vier Ladeluken eingelassen, groß wie Basketballplätze. Sie sind zwar in der Dunkelheit nicht zu erkennen, aber Jón Karl hat sie von der Kommandobrücke aus gesehen. Wenn er es nicht besser wüsste, würde er meinen, in die wirkliche Nacht anstatt in einen dunklen Raum zu schauen.

Er sitzt eine ganze Weile da, qualmt seelenruhig vor sich hin und starrt teilnahmslos in diese viereckige Ewigkeit, diese bodenlose Leere, die natürlich weder ewig noch bodenlos ist, auch wenn es den Anschein hat.

Tief unten schlägt der Motor seinen endlosen Takt, und das Schiff steigt und fällt, schaukelt und wippt auf der weiten Tanzfläche des Ozeans. Das Schiff atmet, das Schiff bewegt sich, das Schiff stößt langgezogene Quietsch- und Knarzlaute aus, und im leeren Frachtraum verwandeln sich die Geräusche in todgeweihte Stimmen, die sich in ewigen Qualen winden, die wie Säuglinge weinen, wie ferne Ungeheuer brüllen und ein seelenloses Seufzen erzeugen, das von den Eisenwänden widerhallt und sich im Kopf des Mannes in wehleidiges Schluchzen verwandelt. Reglos sitzt er da und hört die Fäden seines gesunden Menschenverstands reißen wie die Saiten einer Gitarre, von gesichtslosen Ungetümen zerfetzt.

Die Dunkelheit ist einfach nur dunkel, wie eine schwarze Öffnung oder ein lebloser Abgrund, aber dann taucht urplötzlich ein Lichtschein auf und blendet Jón Karl für einen Moment. Er beleuchtet das schneeweiße Gesicht seiner Tochter. Sie stößt einen unmenschlichen Laut aus, sieht ihren Vater hilflos an und verschwindet gleich darauf wie ein Funke in einem bleischweren schwarzen Loch in seinem Kopf.

»Ich hasse dieses verfluchte Schiff«, murmelt Jón Karl und schnippt die brennende Kippe ins Leere. Dann steht er auf, steigt über die Schwelle, macht die massive Tür zu und schließt die Haspen so schwungvoll, dass Rost von der Decke rieselt.

Leise fluchend geht er durch den Gang zurück zur Treppe,

die in den Heizraum führt. Doch als er sich umdreht, um sie rückwärts hinunterzugehen, fällt sein Blick auf die Wand an Steuerbord.

Da ist ein türloser Durchgang direkt am Treppenabsatz! Er bemerkt ihn erst jetzt, weil es dahinter stockdunkel ist. Anstatt die Treppe in den Heizraum hinabzusteigen, geht Jón Karl durch den Durchgang und tastet sich in der Finsternis vorwärts, bis er an der rechten Wand auf einen Lichtschalter stößt.

Er macht das Licht an und steht in einem kleinen Raum mit Arbeitstisch, Stuhl und langen Regalen, die voll kleiner Plastikfächer mit Ersatzteilen und Elektrozubehör sind. Jón Karl durchquert den Raum, öffnet eine Tür und findet sich im Flur des Unterdecks wieder. Linker Hand liegt die Wäschekammer, und am Ende des Flurs bei der Treppe zu Deck B flackert die Glühbirne, so als würde sie jeden Moment ihren Geist aufgeben.

Jón Karl schließt die Tür hinter sich und liest die weiße Aufschrift: *ELECTRIC WORKSHOP*.

Er holt sich erneut frische Wäsche und geht dann hinauf in seine Kajüte, wirft die Laken auf das zerwühlte Bett und hängt die Handtücher ins Bad. Die Luft in der Kajüte ist stickig, und Jón Karl beschließt, das Fenster weit zu öffnen; dafür muss er vier große Schraubenmuttern lösen und ebenso viele Bolzen zur Seite schieben. Frische Nachtluft, kalte Regentropfen und der Lärm der Windhutzen dringen in den Raum.

Jón Karl steht gebückt auf dem Bett, steckt den Kopf durchs Fenster nach draußen und lässt sich den Wind um die Nase wehen. Irgendwo leuchtet ein trüber Lichtschein. Jón Karl entdeckt die Umrisse eines großen Rettungsboots aus orangefarbenem Plastik, das mit dem Bug nach oben und dem Heck nach unten auf einem weißen Eisengestell neben dem Deckshaus steht.

»Wahnsinn.« Er schnieft Regenwasser durch die Nase, zieht dann den Kopf zurück, steigt vom Bett, schaltet das Licht in der Kajüte aus und wandert wieder hinauf zur Brücke.

Kurz bevor er nach der Klinke greift, hört er durch die geschlossene Tür eine laute Stimme:

»BIST DU NOCH GANZ DICHT?«

Jón Karl grinst breit und legt das Ohr an die Tür, doch die Stimmen sind jetzt leise und undeutlich, so als hätten sich die Männer urplötzlich wieder abgeregt.

Was ist denn da los?

Jón Karl ist zu neugierig, um weiterzulauschen, ohne ein Wort verstehen zu können.

»Schönen guten Abend, die Herren!«, sagt er und wirft die Tür hinter sich ins Schloss. »Was ist denn hier los?«

Vor ihm stehen zwei Männer – der Zweite Steuermann und ein älterer Typ im Bademantel.

Die Atmosphäre in der dämmrigen Brücke ist so elektrisiert, dass es fast knistert.

Der Zweite Steuermann schweigt, während der Typ im Bademantel Jón Karl forschend mustert, denn sein Gesicht ist gerötet und nass, so als käme er geradewegs aus dem Unwetter, was ja auch stimmt – zumindest teilweise.

»Wo warst du?«, fragt der Mann im Bademantel mit eisiger Stimme.

»Das ist der Kapitän«, erklärt Jónas und schaut Jón Karl um Unterstützung heischend an. »Ich hab ihm gesagt …«

»Jónas!«, unterbricht ihn der Kapitän. »Lass mich mit dem Mann reden!«

»Ja, ich …«

»Schluss jetzt!«, herrscht der Kapitän den Zweiten Steuermann an und wendet sich wieder an Jón Karl. »Wo warst du?«

»Hab mir nur Bettzeug geholt«, antwortet der grinsend, während er sich die Zigarette, die hinter seinem rechten Ohr klemmt, zwischen die Lippen steckt. »Aber auf dem Weg nach unten hab ich an die Klotür geklopft und ihm gesagt, er soll sich beeilen.«

»Wer war denn jetzt auf dem Klo?«

»Na, er.« Jón Karl zündet die feuchte Zigarette an, die seltsam riecht. »Er hat bestimmt eine Viertelstunde auf dem Scheißhaus gesessen.«

»Hast du nicht gesagt, der Matrose war auf dem Klo?«, fragt der Kapitän Jónas, der feuerrot anläuft und nach Luft schnappt wie ein Fisch auf dem Trockenen.

»Ja, nein. Nein. Keineswegs.« Jónas räuspert sich und zeigt auf Jón Karl. »Er hat die Brücke im Stich gelassen. Du hast doch gehört, was er …«

»Bla, bla«, murmelt Jón Karl und zieht an der Zigarette, bis die knisternde Glut den nassen Tabak bezwingt.

»Du trägst die Verantwortung!«, blafft der Kapitän, wobei dem Zweiten Steuermann eine Duftmischung aus Kaffee und Magensäure entgegenschlägt.

»Ja, darüber bin ich mir vollkommen im Klaren …«

»Kein Wort mehr!« Der Kapitän macht eine abweisende Handbewegung und geht zur Tür. »Das klären wir morgen!«

In dem Moment, in dem er die Tür hinter sich zuschlägt, taucht das Schiff tief hinab und prallt auf eine sich auftürmende Welle:

Bumm, bumm, bumm …

XVIII

11:19

Als Jón Karl aufwacht, ist es neunzehn Minuten nach elf. Er liegt komplett bekleidet auf dem gefalteten Bettzeug und der zerknüllten Decke und starrt auf die Vorhänge, die sich in der kühlen Brise aufbauschen und blauweißes Licht in die dämmrige Kajüte lassen.

Sein Körper fühlt sich steif an, und er ist immer noch müde, obwohl er ungefähr fünf Stunden geschlafen hat.

Falls man das Schlaf nennen kann. Bewusste Bewusstlosigkeit würde es eher treffen.

Er hat verdammt noch mal genug von diesem Schiff! Und von den Männern an Bord! Er hat genug von diesem scheiß Durcheinander! Was macht er überhaupt hier? Was hat er sich dabei gedacht, diese Millionen Tonnen schwere Waschschüssel zu betreten? Und was haben diese ganzen Steuermänner, Maschinisten und wie sie alle heißen eigentlich für Probleme?

Erst zwingen sie ihn förmlich, an Bord zu gehen, und verfrachten ihn in diese Kajüte, als wäre es das Selbstverständlichste von der Welt. Dann kommt der Zweite Steuermann und erklärt ihm, alle an Bord hielten ihn für seinen Schwager, und er solle lieber so tun, als sei er das tatsächlich. Der Typ zahlt ihm fünf Millionen, damit er diese dämliche Rolle spielt. Mehrere Männer schleichen nachts mit zerlegten Schrotflinten durchs Schiff, während sich andere das Hirn wegrauchen und über alte Götter und das Schicksal der Menschheit dozieren. Der Kapitän erscheint im Bademantel auf der Brücke, weil er wissen will, wer wann auf dem Klo war. Als ob Jón Karl die Kindergartenvorschriften in diesem gestrandeten Sandkasten nicht scheißegal wären. Aber dass das verdammte Satellitentelefon nicht funktioniert – gerade als er endlich daran denkt, zu Hause anzurufen –, ist ihm nicht egal. Und nicht nur das Telefon ist tot, sondern auch irgendein bescheuertes Navigationsgerät und der Funk. Alles wegen irgendwelcher Antennen, die unerklärlicherweise beschädigt sind.

Und so weiter und so fort.

Es ist Jón Karl verdammt unangenehm, auf dem Schiff festzusitzen – mit lauter Männern, die er nicht kennt und die in philosophischen Irrlehren gefangen sind, von Zweifeln über das eigene Seelenheil geplagt nachts umherschleichen und sich gegenseitig des Betrugs, der Unehrlichkeit und Verantwortungslosigkeit bezichtigen. Wobei das ausgerechnet diejenigen sind, die das Schiff steuern und die Verantwortung für die Maschinen tragen. Zu allem Überfluss funktioniert das Schiff nicht so, wie es soll, es hat keine Verbindung mehr zur Außenwelt und ist vom Radar abgeschnitten, oder das Radar ist von ihm abgeschnitten oder was auch immer. Und das alles, weil vielleicht irgendwas passiert ist, als jemand auf dem Klo war. Oder *nicht* auf dem Klo war? Ändert auch nichts an den Tatsachen.

Obwohl.

Ob der Zweite Steuermann an den Geräten rumgespielt hat, als er angeblich auf dem Klo war? Um zu verhindern, dass jemand … zum Festland telefoniert? Oder will er nicht, dass jemand auf dem Schiff anruft? Aber wer? Seine Frau? Sein Schwager? Die Polizei? Er will verhindern, dass die Polizei mit dem Schiff Kontakt aufnimmt, weil … er seinen Schwager umgebracht hat!

»Ich bring diesen Dreckskerl um, diesen Jónas …«, murmelt Jón Karl. Er setzt sich im Bett auf, zuckt jedoch zusammen, als er plötzlich einen stechenden Schmerz im Nacken, in der Brust, in der geschwollenen Hand und im geprellten Schlüsselbein spürt. Die Turnübung im Frachtraum hat nicht gerade zu seiner Genesung beigetragen.

»Fuck!«

Ja, ja, er wird diesen Jónas umbringen, aber vielleicht nicht heute. Eher morgen. Er bringt ihn einfach morgen um.

Oder übermorgen.

»Verfluchte Scheiße!«

Übermorgen wird er Jónas und all die anderen Arschlöcher an Bord umbringen und das Schiff seinen verdammten Weg alleine fahren lassen! Früher oder später wird es schon irgendwo auf Land stoßen, und dann springt Jón Karl einfach ins Wasser und schwimmt die letzten zwei, drei Kilometer. Das Schiff strandet, und er ist frei. Ganz einfach.

Warum nicht?

Jedenfalls besser, als einen ganzen Monat mit diesen verstockten Seebären zu verbringen, die genauso kaputt sind wie der Kahn, auf dem sie fahren.

Jón Karl steht auf und betrachtet seufzend das Bett. Er hatte vor dem Schlafengehen keine Lust, das Laken auf die Matratze zu spannen und das Kissen und die Decke mit frischem Bettzeug zu beziehen, und er hat auch jetzt keine Lust dazu.

Nachdem er gepinkelt und sich kaltes Wasser ins Gesicht gespritzt hat, nimmt er ein ungeöffnetes Zigarettenpäckchen aus dem Badezimmerschrank und schlendert über den Flur zur Plattform hinter dem Deckshaus. Der Himmel ist immer noch dicht bewölkt, und der Wind hat sich noch nicht ganz gelegt, aber es hat aufgehört zu regnen und ist nicht mehr so kalt wie in den letzten Tagen. Das dunkelblaue Meer brodelt hinter dem Schiff, das sich auf einen hohen Wellenkamm stemmt und allmählich in südlichere Gefilde vordringt, wo Tag und Nacht gleich lang sind und an den Berghängen Cocasträucher wachsen.

Jón Karl wiegt sich im Takt mit dem mächtigen Wellentanz, reißt das Zigarettenpäckchen auf, schnippt dagegen und steckt sich dann die Zigarette an, die am weitesten herausragt. Er bläst den heißen Rauch durch die Nase und schaut hinaus aufs Meer, das in der Ferne grau und am Horizont schwarz ist, das aufsteigt und abfällt wie ein Gebirgszug im Kopf eines träumenden Schöpfers. Am Himmel schwebt ein einsamer Albatros. Jón Karl folgt ihm mit den Augen, bis er so hoch fliegt, dass er in den dunkelgrauen Wolken verschwindet.

»Glückspilz«, murmelt Jón Karl, und sein Blick fällt auf das Rettungsboot, das er schon durchs Kajütenfenster gesehen hat. Es ist groß genug für die ganze Crew, hat einen Aufbau mit Fenster für den Steuermann und erinnert an ein riesiges Spielzeug. Ein solches Boot ist bestimmt unsinkbar, denkt er, außer es bricht durch. Er tritt näher heran, klopft gegen den Unterboden und überlegt, wie man das Boot wohl vom Gestell losmacht, damit es hinter dem Schiff ins Wasser fällt. Es sitzt fest auf einem Eisenhaken, der mit einem zylindrischen Stahlpflock hinter der Antriebsschraube verbunden ist. Man muss das Boot aufbocken, bis sich der Stahlpflock von dem Haken löst – wahrscheinlich lässt sich das nur durchführen, wenn man im Boot ist.

Jón Karl beugt sich übers Geländer und schaut an dem Rettungsboot, das fast senkrecht dreißig oder vierzig Meter über der Wasseroberfläche schwebt, vorbei nach unten. Ziemlich tief, der Aufprall ist bestimmt nicht ohne. Plötzlich taucht unten auf Deck B das Gesicht eines Mannes auf. Er beugt sich wie Jón Karl übers Geländer an der Rückseite des Deckshauses, nur dass er nach oben schaut. Sein Kopf hebt sich vom aufgewühlten Meer ab, und als er Jón Karl erblickt, wirkt er erstaunt, so als besitze er eine Exklusiverlaubnis, den Kopf hinten aus dem Deckshaus zu stecken.

»WAS GIBT'S?«, ruft Jón Karl dem Mann zu, der glattrasiert und pausbäckig ist, einen Lockenkopf hat und sehr sympathisch wirkt, sogar aus der Entfernung und aus diesem merkwürdigen Blickwinkel.

»KOMM UND HOL DIR EINE PORTION FISCH AB, MEIN FREUND«, ruft der Mann zurück. Ein Lachen breitet sich auf seinem kindlichen Gesicht aus, dann verschwindet er wieder im Deckshaus.

Jón Karl grinst, schnippt die Zigarette über Bord und öffnet die Tür zum Flur. Er ist hungrig – so hungrig, dass sein Magen knurrt, aber er muss auch aufs Klo. Er geht in seine Kajüte, schaltet das Licht im Bad ein und zieht die Hose runter.

Er hat schon immer gerne im Flugzeug seinen Darm entleert, aber auf einem Schiff ist es noch besser. Die mächtigen Auf- und Abwärtsbewegungen helfen dem Darm bei seiner Arbeit und beleben diese ansonsten wenig abwechslungsreiche Tätigkeit. Als ob das Schiff selbst scheißen würde.

Das Schiff holt tief Luft, erklimmt einen Wellenkamm und spannt die Bauchmuskeln an, dann lässt es sich hinunterplumpsen, eins, zwei und:

Bumm, bumm, bumm …

Jón Karls Hintern wird auf den Sitz gedrückt, sein Darm öffnet sich und entledigt sich eines harten Gesellen in Wurstgröße.

»Das war gut«, seufzt Jón Karl. Er klopft auf seine Hosentaschen und geht im Geist deren Inhalt durch. In der linken ist eine Socke mit Patronen, das Morphium und die Spritze, und in der rechten ein Päckchen Zigaretten, ein Scheck über fünf Millionen und das Foto von der hübschen Miss September.

Jón Karl klopft in Wadenhöhe auf seine Hosenbeine, ertastet den Revolver und das Messer und überlegt, ob er die Waffen in der Kajüte lassen soll. Wahrscheinlich ist es sicherer, sie dabeizuhaben. Dann fragt er sich, ob er das Morphium probieren soll. Nein, das hat noch Zeit. Erst essen. Er wischt sich den Hintern ab, drückt die Spülung, wäscht sich die Hände und schaut sich im Spiegel über dem Waschbecken in die Augen.

Er ist nicht mehr müde. Zumindest nicht todmüde. In seinen Augen ist wieder ein lebhafter Glanz, durch seine harten Muskeln strömt Blut, und in seinem animalischen Grinsen liegt Selbstsicherheit. Er sieht schon ganz anders aus. Wieder ein bisschen wie Satan, mit seiner diabolischen Ausstrahlung, die fast greifbar ist, die wie elektrischer Strom vibriert und sein Gegenüber gleichermaßen ängstigt und bannt.

»Wer ist der König?«, fragt Jón Karl und blinzelt seinem Spiegelbild zu. Dann lachen sie über ihren eigenen Witz, Jón Karl und sein Spiegelbild: »Ha, ha, ha!«

Das Lachen geht ihnen durch Mark und Bein, es huscht über das Gesicht im Spiegel wie ein Blitz, der die Regenwolken auseinanderreißt und dem Donner Durchlass gewährt.

Stille.

Jón Karl wischt sich das teuflische Grinsen aus dem Gesicht, schaltet das Licht im Bad aus und verlässt die Kajüte.

Das Treppenhaus ist frisch geputzt und riecht nach Ammoniak und grüner Seife. Jón Karl stützt sich am Geländer ab und überspringt in jedem Stockwerk die untersten Stufen.

Der Geruch von gebratenem Fisch und Knoblauchbutter schlägt ihm entgegen, so dass ihm das Wasser im Mund zusammenläuft.

XIX

08:27

Kapitän Guðmundur sitzt auf seinem Stuhl in der Kommandobrücke und schaut düster durch die salzverkrusteten Fenster. Das Wetter ist etwas besser geworden, es regnet nicht mehr, und der Wind hat sich gelegt, aber vor ihnen sind eine dichte Wolkenwand und hoher Wellengang und starke Strömungen, was nichts Gutes verheißt. Es ist zeitraubend und gefährlich, bei schlechtem Wetter zu fahren; außerdem steigt der Ölverbrauch um mehrere Tonnen täglich.

Skuggi liegt dem Kapitän zu Füßen und schaut mit verträumtem Gesicht zu ihm auf.

Doch Guðmundur denkt nicht an den gestiegenen Ölverbrauch. Eher macht er sich Sorgen, dass sie sich aufgrund des Unwetters verspäten könnten. Vor allem ärgert er sich jedoch darüber, dass er nicht zu Hause bei Hrafnhildur anrufen kann.

Was sie wohl denkt, wenn sie nichts von ihm hört?

So komplett von der Außenwelt abgeschnitten zu sein macht den Kapitän wahnsinnig. Noch nie während seiner langen Laufbahn hat Guðmundur Berndsen erlebt, dass mehrere Geräte gleichzeitig ausgefallen sind: Radar, Satellitenempfänger und Funk. Auf See kann natürlich alles passieren, aber hier ist irgendwas faul. Die Störung ist einfach zu umfangreich, das hätte sich doch vorher ankündigen müssen. Wenn das Schiff zum Beispiel von einem Blitz getroffen wird, merken es alle. Ein Schlag, ein Blitz, eine Flamme, und dann ist die Stromversorgung eine Zeitlang unterbrochen oder der Motor vorübergehend lahmgelegt. Ebenso, wenn irgendwas mit dem Schiff kollidiert – ein kleines Flugzeug, ein großer Vogel oder Treibgut. Eine solche Kollision würden entweder alle mitkriegen, oder sie hätte nur begrenzte Folgen. Nein! Im Kopf des erfahrenen Kapitäns schrillen kleine Warnsirenen. Es handelt sich nicht nur um eine umfangreiche Störung, man könnte sie auch als sehr spezielle Störung bezeichnen, da nur die Kommunikationsanlagen des Schiffes betroffen sind. Zufall? Einbildung?

Nein, zum Teufel! Etwas ist nicht so, wie es sein sollte.

Guðmundur nimmt den Hörer vom Steuerpult und ruft im Maschinenraum an.

»Ja, Jóhann hier«, antwortet Jóhann der Riese kurz angebunden.

»Hier ist der Kapitän. Es gibt ein Problem. Ich halte um elf Uhr eine kleine Besprechung ab.«

Stille.

»Was für ein Problem?«

»Satellitenempfänger, Radar und Funk sind ausgefallen. Kannst du um elf raufkommen und Ísak mitbringen?«

»Ja.« Jóhanns Stimme wird lauter. »Wer noch?«

»Rúnar soll gleich aufs Dach klettern«, sagt Guðmundur. »Er stattet uns dann Bericht ab.«

»In Ordnung.« Jóhann räuspert sich. »Wir sehen uns also um elf.«

Guðmundur legt auf und lehnt sich auf dem Stuhl zurück. Das Meer am Horizont ist inzwischen blauschwarz, der Wind wird langsam wieder stärker, und tiefschwarze Wolkenbänke rücken näher wie der Staub unter den Hufen des feindlichen Heers. Am besten schickt er Rúnar sofort aufs Dach. Der Kapitän schaut auf seine Uhr. Es ist fast zwanzig vor neun. Die Wache der Matrosen beginnt um neun, und kurz danach kommt Rúnar normalerweise in die Brücke, um nach dem Wetter zu sehen und einen Kaffee zu trinken. Guðmundur steigt vom Stuhl und geht mit langsamen Schritten nach Backbord.

Am besten, er kocht frischen Kaffee, bevor der Bootsmann auftaucht.

08:45

Jóhann der Riese drückt auf den Knopf am Totmannwarner, bevor er den Maschinenraum verlässt, und stapft hinauf zu Deck E, wo er an die Kajütentür des Ersten Steuermanns klopft.

»Wer ist da?«, fragt Ísak. Er öffnet die Tür so weit, wie es die Sicherung zulässt.

»Ich bin's.«

Ísak schließt die Tür wieder und hakt die Sicherung aus. »Komm rein.«

»Ich dachte, du schläfst.« Der Maschinenmeister fischt eine angekaute Zigarre aus der Packung in seiner Brusttasche, steckt sie aber wieder zurück, als ihm einfällt, dass in Ísaks Kajüte Rauchverbot herrscht.

»Was willst du?« Ísak ist nicht nur wach, sondern auch frisch geduscht und rasiert, trägt eine gestärkte Hose und ein gebügeltes Hemd, ist sorgfältig gekämmt und duftet nach Aftershave und Haarwasser.

»Der Alte hat eben angerufen.« Jóhann holt tief Luft. »Er sagt, der Satellitenempfänger ist ausgefallen. Radar und Funk auch.«

»Was sagst du da?« Ísak bleibt vor Verblüffung der Mund offen stehen. »Und jetzt?«

»Wir sollen um elf Uhr in die Brücke kommen«, sagt Jóhann schulterzuckend. »Rúnar schaut auf dem Dach nach und kann uns dann hoffentlich Genaueres sagen.«

»Heißt das, das Schiff hat keine Verbindung mehr nach draußen?«, fragt Ísak nachdenklich.

»Ja, davon gehe ich aus.«

»Das ist ja sehr merkwürdig!« Ísaks Augen werden eiskalt. »Zwei Tage bevor wir den Motor abwürgen wollen, fallen sämtliche Kommunikationsgeräte aus. Das bedeutet, dass der Alte nicht bei der Reederei anrufen kann, wenn es so weit ist.«

»Worauf willst du hinaus?«, fragt Jóhann argwöhnisch.

»Sie sind hinter unseren Plan gekommen.« Ísak holt tief Luft, so dass sich seine Nasenflügel weiten. »Das ist ihre Art, uns zu entwaffnen. Diese verdammten Juden!«

»Willst du etwa behaupten, der Alte lügt?«, fragt Jóhann und winkt ab. »Du kannst mir nicht erzählen, dass er die Geräte selbst beschädigt hat. Das kann einfach nicht sein.«

»Sonst kommt doch niemand in Frage.« Ísak krempelt sich die Ärmel hoch. »Jemand hat dem Alten oder der Reederei von unserem Plan erzählt, und sie haben beschlossen, den Spieß umzudrehen. Aber damit kommen sie nicht durch!«

»Wer soll uns denn verraten haben?«, fragt Jóhann skeptisch. »Außerdem will der Alte Rúnar aufs Dach schicken. Und Rúnar ist auf unserer Seite.«

»Er wird durchgeschnittene Kabel finden«, sagt Ísak seelenruhig.

»Wie kannst du dir da so sicher sein?« Jóhann runzelt die Stirn. »Oder bist du etwa dafür verantwortlich?«

»Bist du verrückt, Mann?« Ísak verzieht das Gesicht. »Was hätte ich denn davon? Nichts! Aber es gibt Leute, die was davon haben, und wir wissen beide, wer das ist, stimmt's? Ich weiß nur nicht, wer genau es war. Aber die Kabel sind durchgeschnitten worden, glaub mir.«

»Ja, vielleicht, ich weiß nicht«, murmelt Jóhann und tritt von einem Fuß auf den anderen. »Äh, sag mal, wie spät ist es eigentlich?«

Ísak schaut automatisch auf sein linkes Handgelenk, aber da ist nichts. »Ich hab die verdammte Uhr verloren. Hab schon überall gesucht. Keine Ahnung, was ich damit gemacht hab.«

»Ich dachte, du verlierst nie was.« Jóhann grinst verstohlen.

»Ich weiß …«, seufzt Ísak, während er sein linkes Handgelenk massiert.

»Ich muss wieder runter.« Jóhann geht zur Tür. »Wir sehen uns dann um elf.«

»Warte mal!« Ísak hört auf, sein Handgelenk zu massieren. »Wir lassen uns von der Sache nicht aus dem Konzept bringen. Wir halten an unserem Plan fest.«

»Und legen den Motor lahm?« Jóhann dreht sich noch einmal um, die linke Hand an der Türklinke.

»Ja.« Ísak nickt. »Je früher, desto besser.«

»Aber …«

»Kein Aber!« Ísak reckt das Kinn und verschränkt die Hände hinter dem Rücken. »Der Alte kann unsere Forderungen im Namen der Reederei gegenzeichnen. Ein solches Dokument wird vorm Seegericht anerkannt, wenn es hart auf hart kommt.«

»Mal sehen«, murmelt Jóhann und packt die Türklinke fester. »Ich lege den Motor nur lahm, wenn das Wetter gut ist. Es ist wirklich nicht ratsam, ein Schiff von dieser Größe bei schlechtem Wetter treiben zu lassen.«

»Ich weiß nicht, was es für einen Unterschied machen soll, ob der Schrotthaufen geradeaus fährt oder abdriftet«, stößt Ísak hervor. »Wenn du klein beigeben willst, dann sag's lieber gleich.«

»Ich will nicht klein beigeben«, erwidert Jóhann und bekommt hektische Flecken im Gesicht. »Aber wenn Wasser in den Maschinenraum eindringt, kann es sein, dass der Motor nicht wieder in Gang kommt. Begreif das doch!«

»Ich gehe jedenfalls nicht zum Arbeitsamt«, sagt Ísak und starrt in die Luft, als wäre er allein in der Kajüte. »Nur, damit das klar ist.«

»Wir sehen uns um elf«, brummt Jóhann der Riese, reißt die Tür auf und verschwindet im Flur.

09:17

»Na, wie sieht's aus?«, fragt Bootsmann Rúnar, als er die Kommandobrücke betritt.

»Guten Morgen erst mal«, entgegnet Kapitän Guðmundur und dreht sich auf dem gepolsterten Lederstuhl um. »Möchtest du frischen Kaffee?«

»Ja, danke«, antwortet Rúnar und geht rüber zur Kaffeemaschine. »Ich hatte gehofft, wir könnten heute draußen arbeiten.«

»Ich glaube, wir steuern direkt auf ein neues Unwetter zu«, entgegnet Guðmundur und dreht den Stuhl wieder nach vorn.

»Dann fangen wir am besten damit an, die Treppe zu putzen.« Rúnar gießt kochend heißen Kaffee in einen sauberen Becher. »Und wenn ich *wir* sage, meine ich Sæli und mich. Der Neue lässt sich nämlich nicht blicken.«

»Vergiss ihn«, seufzt Guðmundur. »Vergiss ihn ... erst mal.«

»Sind wir nun drei Matrosen an Bord oder nicht?« Rúnar klopft eine Zigarette aus seinem Päckchen und steckt sie sich zwischen die Lippen. »Wenn Sæli und ich die ganze Arbeit alleine machen, ist es ja wohl selbstverständlich, dass wir uns den Lohn des dritten Matrosen teilen, oder?«

»Ich habe eine kleine Aufgabe für dich«, sagt Guðmundur leise und trommelt mit der flachen Hand auf die Stuhllehne.

»Ach ja?« Rúnar zündet seine Zigarette an.

»Ja.« Guðmundur schaut zerstreut aus dem Fenster, wo die wogende Wolkendecke in etwa fünfzig Seemeilen Entfernung das Tageslicht aufzufressen scheint. »Ich möchte dich bitten, aufs Dach zu klettern, bevor wir wieder mitten im Sturm sind.«

»Aufs Dach? Wozu?« Rúnar nippt an seinem Kaffee.

»Das bleibt erst mal unter uns …«, antwortet Guðmundur und fixiert Rúnar. »Verstanden?«

»Ja, kein Problem.« Rúnar nickt, die Zigarette im rechten Mundwinkel. »Du kannst mir vertrauen.«

10:11

Guðmundur sitzt allein in der Brücke, die Arme auf den Stuhllehnen, und schaut wie hypnotisiert aus dem Fenster.

Vielleicht weiß die Crew von den drohenden Kündigungen. Zumindest ahnt sie etwas. Aber es ist noch keine beschlossene Sache. Der Direktor der Reederei hat von einer Eventualität gesprochen. Eine Notlösung, um den Betrieb zu retten.

Verdammt noch mal! Als hätte er nicht andere Probleme. Als hätte er nicht schon genug Sorgen.

Die Mannschaft ist sauer, unzufrieden, und das kann sich zu einer richtigen Meuterei auswachsen, wenn es lange genug unter der Oberfläche brodelt. Was soll er tun? Ihnen die Wahrheit sagen? Ihnen drohen? Ihnen etwas versprechen, das er nicht halten kann?

Oder einfach so tun, als sei alles in Ordnung?

Was ist, wenn das Schiff absichtlich beschädigt wurde? Soll er dann einen Sündenbock suchen, um die Mannschaft zu beruhigen? Und wen? Den Neuen?

Oder warten sie vielleicht nur darauf, dass er genau das tut? Wollen sie, dass er einen Fehler macht und den Falschen beschuldigt, damit sie ihn als Tyrannen hinstellen können? Soll das der Tropfen sein, der das Fass zum Überlaufen bringt?

Jetzt heißt es, Ruhe bewahren und sich von Problemen, Widerständen und Forderungen nicht aus dem Konzept bringen zu lassen.

Erst mal wird es am vernünftigsten sein, einfach nichts zu tun. Zeit zu gewinnen. Die Reaktion der Crew zu beobachten.

Sie haben den Kapitän an die Wand gestellt. Ihm aus unerwarteter Richtung Paroli geboten. Okay. Aber eins sollen sie wissen: Er wird so lange warten, wie er es für richtig hält, bevor er auf die Drohungen des unsichtbaren Gegners reagiert.

10:13

»Soll ich mitkommen?«, fragt Sæli und stellt den Eimer mit dem heißen Putzwasser ab. Er stützt sich auf den langen Stiel des Schrubbers und wischt sich den Schweiß von der Stirn. Er hat bereits die Brücke und die Treppe nach unten gewischt und begonnen, den Fußboden auf Deck F nass zu machen.

»Nee, kommt nicht in Frage«, sagt der Bootsmann und zieht den Reißverschluss seines gefütterten Overalls bis zum Kinn hoch. »Der Alte hat mich gebeten, das nicht rumzuerzählen.«

»Was glaubst du denn, was passiert ist?«, fragt Sæli leise, während er den nassen Lappen flach auf den grau gesprenkelten Boden klatschen lässt. »Was meinst du, was du da oben findest?«

»Ich weiß nicht.« Rúnar setzt eine dunkelblaue Wollmütze auf. »Und du erzählst niemandem was davon!«

»Ja, schon klar«, sagt Sæli und putzt weiter. »Aber was, wenn es Sabotage ist?«

»Keine Ahnung.« Rúnar zündet sich eine Zigarette an. »Wenn es wirklich Sabotage ist, will ich gar nicht wissen, wer das war. Ich meine, wir würden so ein Schwein doch sofort über Bord werfen, oder?«

»Ja«, murmelt Sæli und schiebt den nassen Lappen mit dem Schrubber vor sich her. »Aber dann würden vorm Seegericht wir in die Zange genommen, nicht der Schuldige.«

»Das ist genau das, was ich befürchte«, sagt Rúnar, während er sich dicke Lederhandschuhe überstreift. »Aber kein Wort mehr davon. Ich gehe jetzt rauf.«

»Warte mal«, ruft Sæli, als Rúnar schon fast auf dem Brückendeck ist.

»Ja?« Rúnar kneift ein Auge zu und dreht sich mit der brennenden Zigarette im Mund um.

»Sei vorsichtig«, sagt Sæli und zieht die Nase hoch.

»Klar.« Der Bootsmann stapft die restlichen Stufen hinauf. »Putz einfach weiter.«

10:33

Rúnar steht ganz vorne auf dem Dach der Brücke und hält sich mit beiden Händen an der nassen Reling fest. Das Schiff stürzt von einer riesigen Welle, nur um sogleich die nächste zu erklimmen. Im Süden türmen sich tiefschwarze Wolkenbänke am Himmel auf, brüllen wie Stiere und feuern Blitze in alle Richtungen. Der Wind peitscht gegen das Schiff, durchwühlt das Meer und treibt dem Bootsmann, der sich an dem eiskalten Eisen festkrallt und ins Leere starrt, salzige Tränen in die Augen.

»Warum bin ich nicht Zimmermann geworden?«, fragt er sich seufzend, aber der Wind nimmt ihm die Worte aus dem Mund und fegt sie weg.

»WARUM?«

Es tut gut zu schreien, wenn einen niemand hört. Rúnar steht auf dem Gipfel des sichtbaren Daseins und lacht dem wilden Sturm ins Gesicht, der über die Wasseroberfläche fegt und in ungefähr einer Stunde auf das Schiff treffen wird.

Eigentlich ist Rúnar gar nicht nach Lachen zumute. Dennoch kann er nicht anders. Das ist das einzig Mögliche. Entweder lachen oder den Verstand verlieren bei all den wirren Gedanken, die sich wie Gewitterwolken in seinem Kopf auftürmen und zerstörerische Energien sammeln. Lachen löst die Spannung und hindert das Nervensystem daran durchzudrehen.

Er hat gefunden, wovor er sich am meisten gefürchtet hat.

Durchgeschnittene Kabel.

Der Funkmast und der Radarempfänger wurden mutwillig beschädigt.

Ein Verräter ist an Bord. Ein Schuft. Ein Saboteur.

Aber wer kann das sein?

»Verdammte Scheiße!« Rúnar hält sich krampfhaft fest, als das Schiff einen Wellengipfel erklimmt, der so hoch ist wie

Reykjavíks Hausberg Esja. Für einen kurzen Moment flaut der Wind ab, aber als der höchste Punkt der Welle erreicht ist, fegt er dem Bootsmann frontal gegen die Brust. Rúnar schaut am Schiff hinunter und entdeckt Roststellen an der Reling, an den Verbindungsstellen und auf den Ladeluken. Sie konnten schon lange nicht mehr draußen arbeiten, und die Naturgewalten gewinnen schnell Oberhand, wenn sich die Instandhaltung verzögert. Wenn der Frachter nicht aussehen soll wie ein russisches Geisterschiff, muss er so bald wie möglich in die Reparaturwerft. Rúnar nimmt die rechte Hand von der Reling und betrachtet die Innenfläche seines Lederhandschuhs. Er ist rot vor Rost. In ein paar Wochen wird das ganze Schiff mehr oder weniger die Farbe von welkem Laub haben.

Aber die Malerarbeiten müssen warten. Ein Sturm ist im Anzug, und die Crew hat andere, schwerwiegendere Probleme.

An Bord ist ein Verräter. Ein fauler Apfel in einer rostigen Tonne.

XX

11:09

»Ist jemand im Maschinenraum?« Kapitän Guðmundur durchbricht die Stille, die sich während Rúnars Bericht vom Zustand auf dem Brückendach über die Männer gelegt hat.

»Ich hab den Heizer runtergeschickt«, murmelt Jóhann der Riese und stiert geistesabwesend in seinen Kaffee.

»Was spielt das für eine verdammte Rolle, ob jemand auf seinem Arsch im Maschinenraum sitzt oder nicht?«, schimpft Ísak und ballt die blutleeren Fäuste. »Wir haben einen Saboteur an Bord!«

»Was machen wir jetzt?«, fragt Rúnar leise. Er beugt sich vor, stützt sich mit den Händen am Fenstersims ab und schaut mit leerem Blick hinaus auf die dunkelgraue Wasseroberfläche.

Kapitän Guðmundur sitzt mit gerunzelter Stirn auf dem Lederstuhl und dreht einen leeren Kaffeebecher in seinen verschwitzten Händen. Jóhann steht breitbeinig an Steuerbord und stöhnt immer wieder auf, während Ísak entweder von einem Bein aufs andere tritt oder unruhig durch die Brücke marschiert.

»In erster Linie müssen wir Ruhe bewahren«, sagt Guðmundur und wirft Ísak einen kurzen Blick zu. »Die Kabel sind zwar durchtrennt worden, aber das heißt noch lange nicht, dass es einer von uns war.«

»Wie bitte?« Ísak macht eine abwehrende Handbewegung. »Was hast du gesagt?«

»Jemand könnte sie angeritzt haben, als das Schiff am Kai lag, damit sie unterwegs auseinanderreißen«, sagt Guðmundur bedächtig. »Falls es Vorsatz war. Also Sabotage. Zum jetzigen Zeitpunkt können wir auch andere Möglichkeiten nicht ausschließen.«

»Und welche Möglichkeiten sollen das sein?«, fragt Ísak hämisch. »Dass Ratten die Kabel angenagt haben oder irgendwas in der Art? Vielleicht sind Möwen dagegengeflogen?«

»Ísak!«, ermahnt Jóhann den Ersten Steuermann.

»Sie sind durchtrennt worden«, sagt Rúnar und dreht sich zu den anderen um. »Ich hab's mit eigenen Augen …«

Der Bootsmann verstummt, als direkt vor ihm etwas gegen die Fensterscheibe prallt. Die Scheibe zerspringt wie splitterndes Eis, und Rúnar weicht zurück. Die Männer sind sprachlos.

»Was war das?« Guðmundur starrt ungläubig auf das vierte Fenster an Backbord, das zwar noch im Rahmen sitzt, aber in tausend Stücke zersplittert ist und aussieht wie ein schlecht gesponnenes Spinnennetz.

Draußen heult der Wind, das Schiff erklimmt eine gigantische Welle, und in den tiefschwarzen Wolken dröhnt der Donner.

»Eine Schnecke!« Rúnar geht ganz nah an das gesprungene Glas heran und starrt auf die zerbrochene Schale und den gräulichen Brei, der von außen an der Scheibe hinunterläuft.

»Eine Schnecke ist gegen die Scheibe geflogen! Das gibt's doch nicht!«

Das Schiff neigt sich nach Steuerbord und stürzt wie im freien Fall von einer Welle, das Meer kräuselt sich im peitschenden Wind, und das Wetterdeck verschwindet in grauem Nebel, der aussieht wie ein waagerechter Wasserfall. Die Männer in der Brücke halten sich irgendwo fest und trauen ihren eigenen Augen kaum, als die Fenster alle gleichzeitig von sandiger Gischt bedeckt werden, die wie schwarzer Hagel gegen das Schiff prallt.

»Jetzt regnet es schon Sand, Tang und Schalentiere«, murmelt Jóhann, als sich das Schiff wieder einigermaßen ausbalanciert hat.

»Das ist Frontalsturm«, sagt der Kapitän, schaltet den Autopiloten aus und dreht das kleine Steuerrad mehrmals gegen den Uhrzeigersinn. »Haltet euch fest, Männer! Kurze Wende über Backbord. Ich versuche, das Schlimmste zu umfahren.«

»Frontalsturm oder nicht – das spielt doch keine Rolle«, sagt Ísak, der sich an der Wand hinter dem Kapitän am Geländer festhält. »Es ist ein Verbrecher an Bord, ob man den Tatsachen nun ins Auge sehen will oder nicht. Jemand hat unsere Verbindung zur Außenwelt gekappt, und wenn ich *jemand* sage, meine ich keine Möwe und keine Schnecke, sondern einen Menschen aus Fleisch und Blut.«

»Solange wir Sturm haben, hat die Sicherheit des Schiffes und der Besatzung absolute Priorität!« Guðmundur lenkt das Schiff in einem langen, tiefen Wellental, das rechts und links von ihnen wie eine unüberwindliche Felswand aufragt, nach Osten.

»Solange sich der Kapitän weigert, der wirklichen Gefahr ins Auge zu sehen, ist die Sicherheit der ganzen Besatzung gefährdet«, entgegnet Ísak mit eiskalter Überzeugung. »Solange der Übeltäter frei rumläuft, drohen weitere Sabotageschäden.«

»Wenn es nach dir ginge, Ísak, hätten wir wieder Hexenverbrennungen«, sagt der Kapitän. Er lenkt das Schiff aus dem Wellental heraus und fährt schräg vor dem Wind. »Der Kapitän muss die Interessen der gesamten Mannschaft vertreten und darauf achten, dass sich keine Grüppchen bilden. Wenn ein Verbrecher unter uns ist, werde ich ihn ausfindig machen, und zwar auf meine Art.«

»Und was für eine Art soll das bitte schön sein?«, fragt Ísak argwöhnisch.

»Erst mal rede ich mit den wachhabenden Männern«, antwortet Guðmundur und schaltet den Autopiloten wieder ein, denn der Sturm ist für einen Moment abgeflaut. »Also mit denjenigen, die Brückenwache hatten, als die Verbindung abgebrochen ist.«

»Als ich die Brücke verlassen hab, war der Neue jedenfalls noch nicht da«, sagt der Bootsmann und holt sich Kaffee nach.

»Und als ich um halb fünf hierherkam, war überhaupt niemand in der Brücke«, sagt Guðmundur mit düsterer Miene.

»Was sagst du da?«, fragt Jóhann.

»Was wolltest du denn hier?«, fragt Ísak.

»Ich bin vom Totmannwarner geweckt worden«, murmelt Guðmundur. Abwesend schaut er durch das schmutzige Fenster auf die Unwetterwolken, die langsam wieder heranziehen.

»Und dann?«, fragt Jóhann.

»Wo waren die beiden?«, fragt der Bootsmann.

»Und wann sind sie zurückgekommen?«, fragt Ísak.

»Während ich hier war, ist das Radar ausgefallen«, sagt Guðmundur, ohne auf die Fragen der drei Männer einzugehen. »Und dann hab ich gesehen, wie das GPS ausgefallen ist …«

»Da war dieser Schuft auf dem Dach!« Ísak schlägt die geballte Faust in seine linke Handfläche.

»Kurz darauf kommt Jónas rein, triefend nass«, sagt Guðmundur und räuspert sich. »Behauptet, das Radar kontrolliert zu haben.«

»Und lässt die Brücke unbewacht zurück, oder was?«, fragt Jóhann.

»Wo war dieser Schwager von ihm?«, fragt Rúnar.

»Ja, wo war der?«, fragt Ísak kühl.

»Das muss ich noch klären«, antwortet Guðmundur. »Sie waren sich nicht ganz einig, wer von ihnen die Brücke unbewacht zurückgelassen hat. Aber der Schwager war auch nass, allerdings nicht ganz so nass wie Jónas. Ich weiß nicht. Warum sollte jemand das Schiff, mit dem er unterwegs ist, beschädigen?«

»Wann willst du die beiden endlich zur Rede stellen?«, fragt Ísak. »Wenn sie sich gemeinsam eine Geschichte ausgedacht oder sich noch mehr in Lügen verstrickt haben?«

»Ich glaub nicht, dass Jónas was damit zu tun hat«, murmelt Jóhann.

»Dann bleibt nur der andere«, sagt der Bootsmann und schaut zu Ísak, der nickt.

»Ich rede mit Jónas, wenn er heute Nachmittag um vier seine Wache antritt.« Guðmundur schaltet den Autopiloten wieder aus und steuert das Schiff weiter Richtung Osten. »Danach habe ich von sechs bis zwölf Abendwache mit seinem Schwager und höre mir dessen Version an. Aber …«

»Willst du nicht gleich warten, bis wir in Surinam sind?«, fällt Ísak dem Kapitän ins Wort. »Oder bis wir wieder zu Hause sind und …«

»Aber …«, Guðmundur wirft dem Ersten Steuermann einen wütenden Blick zu und fährt fort: »… ich betone, dass niemand unter Verdacht steht, niemand! Ist das klar?«

»Ja, ja.« Jóhann zuckt mit den breiten Schultern.

»Ja, natürlich«, murmelt der Bootsmann schniefend.

»Ísak?«, fragt der Kapitän, ohne den Blick von dem düsteren Meer abzuwenden.

»Wenn du meinst.« Ísak räuspert sich. »Aber eigentlich liegt es auf der Hand, wenn du mich fragst.«

»Ich frage dich aber nicht und auch sonst niemanden«, sagt Guðmundur bestimmt. »Ich allein trage die Verantwortung für die Sicherheit an Bord dieses Schiffes. Und ich verbitte mir jegliche Spekulationen, jeglichen Klatsch und jegliche Verdächtigungen. Seeleute müssen einander vertrauen, besonders, wenn Gefahr droht. Ich vertraue euch und verlange, dass ihr mir auch vertraut. Wenn das Vertrauen zwischen dem Kapitän und der Mannschaft zerbricht, ist das nichts anderes als der erste Schritt zur Meuterei.«

»Verstehe«, sagt Ísak und nickt. »Und jetzt frage ich dich, wo du gerade von Vertrauen redest, ob du über die Pläne der Reederei, der Crew zu kündigen, informiert bist?«

Stille.

»Können wir sicher sein, dass du uns über den Stand der Dinge unterrichtest?« Ísak macht einen Schritt auf Guðmundur zu. »Oder willst du uns diesen Stand der Dinge lieber nicht anvertrauen?«

»Ich diskutiere während der Fahrt nicht über irgendwelche Absichten der Reederei«, antwortet Guðmundur kurz angebunden. »Die Reederei heuert die Crew an. Meine Aufgabe ist es, das Schiff zu steuern und die Sicherheit der Mannschaft, egal welcher, zu gewährleisten.«

»Die Antwort lautet also nein?«, fragt Ísak.

»Die Antwort lautet nein«, antwortet Guðmundur, ohne die anderen anzuschauen. »Wenn ich Kenntnis von geplanten Kündigungen hätte, dürfte ich mich dazu nicht äußern. Sonst würde ich das Vertrauen meiner Vorgesetzten missbrauchen.«

»Uns soll also gekündigt werden?«, fragt Jóhann der Riese.

»Ich fasse es nicht!«, stößt Rúnar hervor.

»Ich habe nie gesagt, dass euch gekündigt werden soll!« Guðmundur schaltet den Autopiloten erneut ein. »Ich habe nur gesagt, dass ich nicht darüber reden *dürfte*, wenn ich Kenntnis davon *hätte*. Ist das klar?«

»Du hast sowieso schon genug gesagt.« Ísak grinst kalt.

»Ísak!« Kapitän Guðmundur dreht sich mit dem Stuhl um. »Ich muss dich ja wohl nicht daran erinnern, dass du der Erste Steuermann bist, oder?«

»Wir könnten natürlich einfach bei der Reederei anrufen und nachfragen.« Ísak schaut gleichmütig in die blutunterlaufenen Augen des Kapitäns. »Ach, nee. Können wir ja gar nicht. Die Kabel sind ja gekappt!«

»Ísak!« Jóhann legt dem Ersten Steuermann die Hand auf die Schulter. »Hör auf damit!«

»Die Besprechung ist beendet«, sagt der Kapitän. Er wirft Ísak einen bösen Blick zu, bevor er sich mit dem Stuhl wieder umdreht. »Geht jetzt an eure Arbeit.«

Dann fügt er mit sanfterer Stimme hinzu: »Und Gott sei mit euch.«

Die Crew verlässt die Brücke, während der Kapitän auf seinem Stuhl sitzen bleibt und mit gerunzelter Stirn aus dem Fenster schaut. Der Sturm lässt sich nicht abwenden, aber der Kampf ist erst mal aufgeschoben.

11:50

In der Kombüse wendet der Koch die letzten Schellfischstücke in gequirltem Ei und Semmelbröseln. Dann legt er sie in eine Pfanne, die in einem Gitter auf dem mächtigen Herd klemmt. Die Fischstücke schwimmen in einer brodelnden Suppe aus Kräuteröl und Margarine, im Topf daneben kochen Pellkartoffeln, und in einer Schmorpfanne brutzeln fünf grobgeschnittene Zwiebeln in Butter-Öl-Soße.

Ási hält die Küchengegenstände, die er schon benutzt hat, kurz unter den Wasserhahn und räumt sie anschließend in die Spülmaschine. Dann wischt er seine mit Eiresten verklebten Finger an der Schürze ab, verknotet die Mülltüte und nimmt sie mit nach draußen, wo vier große aneinandergekettete Müllcontainer stehen. Er öffnet den vordersten Container und wirft die Tüte hinein, zündet sich dann eine Zigarette an und schaut nach dem Wetter. Als er sich mit der linken Hand an der Reling abstützt, stößt er mit dem Fuß gegen etwas: eine große Kneifzange mit gelbem Griff.

»Was machst du denn hier?« Ási nimmt die Zigarette aus dem Mund, bückt sich und hebt die kalte, nasse Zange auf. Er betrachtet sie schulterzuckend, aber dann kommt er auf die Idee, einen Blick über die Bordwand nach oben zu werfen. Vielleicht hat ja jemand das Werkzeug verloren.

Und tatsächlich!

Da ist jemand, der nach unten schaut. Ási kennt das Gesicht nicht, es muss also dieser Neue sein, Jónas' Schwager.

»WAS GIBT'S?«, ruft der Mann, der an dem großen Rettungsboot herumlungert.

»KOMM UND HOL DIR EINE PORTION FISCH AB, MEIN

FREUND«, ruft Ási zurück und lächelt dem Neuen zu, bevor er den Kopf wieder zurückzieht.

»Komischer Vogel«, murmelt er, nimmt einen letzten Zug von seiner Zigarette, drückt sie aus, steckt dann die Zange in die Schürzentasche und geht zurück in die Kombüse.

Ási wendet die Fischstücke in der Pfanne und füllt selbstgemachte Remoulade aus einer Rührschüssel in zwei kleinere Schüsseln. Er nimmt die Pfanne mit der Zwiebelsoße vom Herd und gießt das Kartoffelwasser ab. Dann öffnet er den Backofen und zieht ein Blech mit gebratenem Fisch heraus, den er im Ofen warm gehalten hat. Insgesamt muss er vier Pfannen Fisch für die Mannschaft zubereiten.

»Also dann, Jungs«, sagt er, als die ersten Gesichter in der Tür erscheinen. Es ist Punkt zwölf Uhr, und alles ist fertig: Fisch, Kartoffeln, Zwiebelsoße und Remoulade. Die Crew bildet eine Schlange, und die Männer füllen selbst ihre Teller, während Ási kaltes Wasser in Kannen füllt und zwei Milchtüten holt.

»Riecht gut, Ási«, sagt Jóhann der Riese, der als Erster in der Schlange steht. Er nimmt sich vier Stücke Fisch, ein paar Kartoffeln, einen ordentlichen Klecks Zwiebelsoße und ertränkt anschließend alles in lauwarmer Remoulade.

Der Nächste ist Sæli, dann kommt Bootsmann Rúnar, hinter ihm Kapitän Guðmundur und als Letzter Ísak. Der Heizer bleibt im Maschinenraum, bis Jóhann ihn in einer halben Stunde ablöst. Oben in der Brücke sitzt Jónas, der angeboten hat, das Steuer zu übernehmen, während der Erste Steuermann zu Mittag isst. Jón Karl ist noch nicht heruntergekommen.

»Es ist genug da, Jungs«, sagt Ási und steckt sich einen Zahnstocher in den Mund.

Sæli und Rúnar setzen sich einander gegenüber an den Tisch in der Mannschaftsmesse, wo die Doors-Kassette in dem alten Rekorder vor sich hin leiert, während Jóhann, Guðmundur und Ísak in die Offiziersmesse gehen. Jóhann und Ísak setzen sich nebeneinander, und der Kapitän nimmt am Tischende Platz, mit dem Rücken zur Tür.

»You're lost, little girl. You're lost, little girl …«

»Hat er was gesagt?«, fragt Sæli leise und trinkt einen Schluck Wasser.

»Nein«, antwortet Rúnar und zermatscht Fisch, Kartoffeln, Zwiebeln und Remoulade. »Er meint, er kann uns nicht sagen, ob wir gefeuert werden sollen. Angeblich darf er nicht drüber reden.«

»Scheiße, Mann!« Sæli schiebt ein Stück Fisch auf seine Gabel. »Und was ist mit dieser Sabotagegeschichte?«

»Der Alte will es irgendwie nicht wahrhaben«, erklärt Rúnar und teilt den Fischbrei in gleich große Häppchen auf. »Aber Ísak hat den Neuen in Verdacht.«

»Jónas' Schwager?« Sæli schiebt sich die Gabel vorsichtig in den Mund, so als wäre es ein Löffel mit bitterer Medizin.

»Tja, ist nicht schön, den Verwandten eines Kollegen zu verdächtigen«, sagt Rúnar schulterzuckend. »Aber er ist der Einzige, den wir nicht kennen.«

»Glaubst du, dass er ein Betrüger ist?«, fragt Sæli und spült den Fisch mit kaltem Wasser hinunter.

»Keine Ahnung. Ich weiß nicht, was ich davon halten soll. Aber der Mann ist nicht gerade sympathisch, wenn du verstehst, was ich meine.«

»Ist er nicht einfach nur ein Idiot?« Sæli legt sein Besteck auf den Tisch. Er hat einen Knoten im Magen und keinen großen Appetit.

»Kann sein.« Rúnar legt das Messer weg und beginnt, sich den Fischbrei mit der Gabel in den Mund zu schaufeln.

»Und der Alte will nichts sagen.« Sæli stöhnt. »Das bedeutet, wir kriegen die Kündigung, oder?«

»Sieht so aus«, brummt Rúnar und verzieht das Gesicht, den Mund voller Fischbrei.

»Und die Sache mit dem Motor?« Sæli trinkt noch einen Schluck Wasser. »Ist das weiterhin geplant?«

»Anscheinend.«

»Ich würde so gerne zu Hause anrufen.«

»Ich auch.« Rúnar schluckt den letzten Rest Fischbrei hinunter und spült mit einem kräftigen Schluck Milch nach. »Vielleicht können wir die Funkantenne reparieren.«

»Meinst du?«

»Ja, wir sehen uns das mal an, wenn das Wetter besser ist. Vielleicht geht's aber auch nicht, man kann nie wissen.«

»Ich halte das nicht mehr aus«, jammert Sæli und verbirgt sein Gesicht in den Händen.

»*You're lost, tell me who are you?*«

»Gibst du mir bitte mal das Salz, Ísak?«, sagt Kapitän Guðmundur, während er Skuggi, der unter dem Tisch sitzt, einen Fischhappen vor die Nase hält.

»Klar.« Ísak reicht ihm den Salzstreuer.

»Wie entwickelt sich der Sturm?«, fragt Jóhann der Riese schmatzend.

»Wir werden ihm wohl kaum ausweichen können«, sagt Guðmundur und salzt sein Essen nach.

»Jedenfalls können wir nicht endlos weiter nach Osten fahren«, meint Ísak. Er schneidet seinen Fisch in Stücke und schichtet auf jeden Bissen ein paar Zwiebeln.

»Ich schlage vor, dass wir den Sturm umfahren.« Guðmundur trinkt einen Schluck Wasser. »Besser, wir machen einen kleinen Umweg, als dass wir in Wirbelstürme, gefährliche Unterströmung und Sturzwellen geraten.«

»Das ist doch kein Sturm«, brummt Ísak. »Nur ein kleiner Schauer.«

»Wir gehen lieber kein Risiko ein«, sagt Jóhann und steckt sich eine ganze Kartoffel in den Mund.

»Vorsicht ist die Mutter der Porzellankiste«, pflichtet Guðmundur ihm bei und fängt an zu essen.

»Verdammtes Gewäsch!«, stößt Ísak mit einem gehässigen Grinsen hervor. »Wir sitzen hier rum und reden übers Wetter, anstatt auszusprechen, was wir wirklich denken. Der Crew droht die Kündigung, und an Bord läuft ein Saboteur frei rum!«

»Tja«, stöhnt Jóhann und wischt sich mit den Fingern Remoulade aus den Mundwinkeln.

»Ein Sturm im Wasserglas hat noch kein Schiff versenkt.« Guðmundur räuspert sich. »Und damit meine ich diese angeblichen Kündigungen. Aber Sabotage wird natürlich nicht geduldet – das muss ich ja wohl nicht extra betonen.«

»Das sind doch nur Ausflüchte!« Ísak wird weiß vor Wut. »Ich habe eben kurz mit Jónas gesprochen. Sieht ganz so aus, als hätte er Angst vor seinem Schwager. Er will nicht über ihn reden und weicht aus, wenn man ihn drauf anspricht. Wir sollten diesen Typ endlich zur Rede stellen.«

»Alles zu seiner Zeit.« Guðmundur holt tief Luft.

»So ein Schwachsinn!« Ísak prustet Fischstückchen über den Tisch. »Ich bin mir sicher, dass er ein Kundschafter der Reederei ist, und du weißt das.«

»Was willst du damit andeuten?« Guðmundur schaut den Ersten Steuermann wütend an.

»Du weißt mehr als wir«, entgegnet Ísak und weicht Guðmundurs Blick aus. »Da bin ich mir sicher.«

»Ich denke, wir sprechen lieber weiter übers Wetter«, bemerkt Guðmundur mit ernster Stimme, umkrallt sein Besteck und isst weiter.

»Der Sturm wird schon wieder abziehen – wie alle anderen vor ihm auch«, murmelt Jóhann und schaufelt weiter Essen in sich hinein.

»Wenn ich hier das Sagen hätte, dann wäre dieser Halunke …«, setzt Ísak an und will mit der Faust auf den Tisch hauen, hält jedoch mitten im Satz inne, als Jón Karl mit einem gehäuften Teller und einem Glas Wasser in der Messe erscheint.

»Welcher Halunke?«, fragt er und setzt sich dem Maschinenmeister gegenüber an den Tisch. Ísak ist zu verdutzt über das plötzliche Auftauchen des Zweiten Matrosen, um auch nur ein einziges Wort herauszubringen.

Dasselbe gilt für Guðmundur und Jóhann, die erst einander und dann Jón Karl anschauen. Der lässt sich jedoch nichts anmerken.

»Meinst du zufällig mich?« Jón Karl grinst dem Ersten Steuermann wie eine Hyäne direkt ins Gesicht. Ísak blinzelt mit seinen wasserblauen Augen und weicht dem Blick des

Matrosen aus, entdeckt dann aber plötzlich seine goldene Uhr an dessen muskulösem Unterarm.

»Meine Uhr!« Ísak versucht, den Matrosen am Handgelenk zu packen, aber der ist wesentlich schneller, und Ísak greift ins Leere.

»Was willst du, Mann?« Jón Karl salzt sein Essen, als wäre nichts gewesen. »Wenn du eine Uhr hättest, würdest du sie doch tragen, oder? Das ist meine Uhr – ich hab sie nämlich am Arm, kapiert?«

»Das ist meine!«, ruft Ísak und schaut hilfesuchend zum Kapitän.

»Du brauchst ihn gar nicht so anzugucken«, sagt Jón Karl und grinst dem Kapitän ins Gesicht. »Oder ist er vielleicht dein Papi? Soll Papi dem bösen Jungen die Uhr abnehmen und sie dir geben?«

»Bist du verrückt, Mann?« Ísak schlägt mit der Faust auf den Tisch. »Du hast die Uhr irgendwo gefunden. Aber das ist meine Uhr, und ich will sie sofort zurückhaben!«

»Ísak.« Der Kapitän sieht den Ersten Steuermann väterlich an. »Jetzt beherrsch dich mal.«

»Sag mal, hast du dich irgendwie verlaufen?«, wirft Jóhann der Riese ein und leckt sich die Lippen. »Das hier ist die Offiziersmesse.«

»Sag mal, hast du irgendwie die Nase voll vom Leben?«, fragt Jón Karl grinsend zurück. »Die Narbe von deiner Herz-OP ist noch nicht mal richtig verheilt, und du schaufelst dir Remoulade rein, als wär's Quark.«

»Ich weiß wirklich nicht, was das mit ...«, nuschelt Jóhann.

»Gib mir die Uhr!«, befiehlt Ísak und funkelt den Matrosen an. Der lächelt nur und beginnt, seinen Fisch zu essen.

»Ist das ein Freimaurerring?«, fragt Jón Karl beiläufig, ohne das massive Schmuckstück am linken Ringfinger des Ersten Steuermanns anzuschauen. »Bist du Freimaurer?«

»Das geht dich gar nichts an!«

»Du bist kein Freimaurer. Der Ring passt dir doch noch nicht mal.« Jón Karl isst seelenruhig weiter. »Du hast ihn nur irgendwo gefunden und tust so, als wärst du Freimaurer, damit die Leute glauben, du wärst was Besseres. Du hättest den Ring schon längst enger machen lassen, wenn du nicht Schiss hättest, dass es rauskommt. Der Goldschmied könnte ja Freimaurer sein, nicht wahr? Oder der Ring als gestohlen registriert sein. Sehr unwahrscheinlich natürlich, aber wenn man ein schlechtes Gewissen hat, kann man vor lauter Panik nicht mehr logisch denken.«

»Du spinnst doch«, murmelt Ísak. Er versucht, ein unnahbares Grinsen aufzusetzen, zuckt aber nur mit den Lippen und zwinkert hektisch mit den Augen.

»Ist dir bewusst, dass das hier die Offiziersmesse ist?«, fragt Kapitän Guðmundur bedächtig.

»Das ist mir so was von egal«, entgegnet Jón Karl. »Aber eure Gesellschaft ist nicht gerade die beste. Beim nächsten Mal esse ich vielleicht lieber mit den Niggern. Die Typen da drüben wirkten nur irgendwie so deprimiert.«

»Hier entscheidet keiner selbst, wo er sitzt«, sagt Jóhann und krampft seine rechte Pranke um das Wasserglas. »Du bist hier nicht willkommen, also geh lieber nach Steuerbord.«

»Sag mal, Kapitän«, Jón Karl steckt sich ein großes Stück gebratenen Fisch in den Mund und spricht schmatzend weiter, »stimmt es, dass du eine Schrotflinte hast?«

»Ja, das stimmt.« Guðmundur räuspert sich. »Aber es wäre korrekter zu sagen, dass sich eine Waffe an Bord befindet, die in meiner Obhut ist. Das entspricht einer Vorschrift der internationalen Versicherungsgesellschaften …«

»Und ist das die einzige Waffe an Bord?«, fällt Jón Karl dem Kapitän ins Wort. Dann schaut er kurz zu Ísak und Jóhann hinüber, die auf einmal ganz blass werden.

»Ja. Warum fragst du?«, entgegnet Guðmundur trocken und schiebt seinen Teller weg.

»Ach, nur so.« Jón Karl zuckt mit den Schultern. »Mir war so, als hätte ich gestern Abend Männer mit Waffen gesehen, aber das kann natürlich auch ein Traum gewesen sein.«

»An Bord sind keine weiteren Waffen erlaubt«, erklärt Guðmundur stirnrunzelnd. »Falls du Kenntnis von anderen Waffen hast, bist du verpflichtet, mir das zu melden.«

»Wie gesagt«, Jón Karl trinkt einen Schluck Wasser, »ich hab das anscheinend nur geträumt.«

»Junger Mann«, Guðmundur stützt sich auf die Ellbogen, »ich weiß nicht, was Jónas sich dabei gedacht hat, dich als Matrosen für dieses Schiff zu empfehlen, aber wenn deine Frechheiten nicht aufhören, werde ich dafür sorgen, dass du ...«

»Jetzt frag ihn schon nach der Sabotage!«, fällt Ísak dem Kapitän ins Wort und haut auf den Tisch. »Frag ihn, wo er war, als ...«

»ÍSAK!«, brüllt Guðmundur. Sein Blick verdüstert sich, er deutet mit dem Zeigefinger auf den Ersten Steuermann und will etwas sagen, als ihm Jón Karl das Wort abschneidet. Der Matrose tippt mit seinem Messer dreimal gegen ein leeres Glas und steht auf:

Kling, kling, kling!

Er erntet Totenstille und die ungeteilte Aufmerksamkeit der drei Männer.

»Am besten, wir stellen mal ein paar Dinge klar, meine Herren«, sagt Jón Karl und stützt sich mit den Fingerkuppen auf dem Tisch ab. »Dieser Jónas ist nicht mein Schwager. Ich hab ihn noch nie vorher gesehen. Ich bin kein Matrose und kein Saboteur. Aber ich bin ein Krimineller, nur damit ihr es wisst. Ich schlage gegen Bezahlung Leute zusammen, ich deale mit Drogen, und ich steche jedem ein Messer in den Rücken, der so dumm ist, ihn mir zuzudrehen. Ich heiße Jón Karl Esrason, und man nennt mich Satan.«

12:29

Satan verlässt die Offiziersmesse und schlendert mit einer Tasse heißem Kaffee in der einen und einer brennenden Zigarette in der anderen Hand, einem versteckten Revolver an der rechten und einem versteckten Jagdmesser an der linken Wade zu Deck D hinauf.

XXI

Jóhann der Riese, Bootsmann Rúnar, Matrose Sæli und der Erste Steuermann Ísak stehen dicht beieinander auf dem vibrierenden Gitterboden im heißen, stickigen Maschinenraum und brüllen gegen den Lärm des Hauptmotors an. Der Koch ist noch nicht zu diesem geheimen Krisentreffen »der Fünf« erschienen – dem ersten seit der Zusammenkunft in der Bar am Abend vor der Abfahrt.

»Was? Er ist nicht Jónas' Schwager?«, fragt Rúnar.

»Nee!«, entgegnet Jóhann.

»Wer ist er dann?«, fragt Rúnar.

»Er behauptet, man nennt ihn Satan!«, antwortet Ísak.

»Satan?«, fragt Rúnar.

»Er hat Satan gesagt!«, antwortet Jóhann.

»Bist du sicher?«, fragt Sæli.

»Ja!«

»Ich fasse es nicht! Er verfolgt mich! Was will der eigentlich von mir?«, sagt Sæli.

»Was redest du da?«, fragt Jóhann.

»Kennst du den Mann?«, fragt Ísak.

»Ja! Nein! Ich weiß nicht! Wahrscheinlich nicht! Ich bringe da nur was durcheinander, ich weiß nicht ...«, stammelt Sæli.

»Er ist ein Spion der Reederei, da bin ich mir sicher!«, behauptet Ísak.

»Meinst du wirklich?«, fragt Rúnar.

»Natürlich! Der Mann benimmt sich, als würde ihm das ganze Schiff gehören und als bräuchte er nicht zu arbeiten! Als hätte er nichts zu befürchten! Diese verdammten Juden haben ihn an Bord geschleust!«, sagt Ísak.

»Aber wozu?«, fragt Rúnar.

»Um die Kommunikationsgeräte auszuschalten! Um uns einen Strich durch die Rechnung zu machen! Um dem Kapitän den Rücken zu stärken! Um gegen uns auszusagen, wenn's hart auf hart kommt!«

»Scheiße, Mann!«, stößt Sæli hervor.

»Und was machen wir jetzt?«, fragt Rúnar.

»Ich sage euch, was wir jetzt machen!«, sagt Ísak.

Die Männer drängen sich dicht aneinander und stecken die Köpfe zusammen, um Ísak besser hören zu können. Hinter dem Hauptmotor trottet der Heizer vorbei, mit Gehörschutz auf dem Kopf, einem schmutzigen Lappen in der einen und einer Ölspritze in der anderen Hand. Er füllt die Schmierbehälter des angehängten Generators auf und fragt sich, was die vier Männer auf dem Gitterboden wohl zu besprechen haben.

»Jóhann und ich lösen den Heizer und Jónas ab und schicken sie zum Essen. Anschließend nimmt der Heizer seine Wache wieder auf, während Ási Jónas in der Offiziersmesse in ein Gespräch verwickelt. Wo ist der eigentlich?«, fragt Ísak.

»Der kommt gleich«, antwortet Rúnar.

»Rúnar, du holst Jóhanns Flinte von Deck F und nimmst sie mit in deine Kajüte. Dann holst du mein Gewehr und bringst es auch in deine Kajüte«, fährt Ísak fort.

»Ísak, meinst du wirklich …?«, setzt Rúnar an.

»Wir haben keine andere Wahl«, erwidert Ísak.

»Von welchen Gewehren redet ihr eigentlich?«, fragt Sæli.

»Das erklär ich dir später. Lass Ísak ausreden«, sagt Rúnar.

»Sæli, du wartest auf Deck D und bewachst Satans Kajüte, damit er uns nicht entwischt«, fährt Ísak fort.

Der Heizer steckt seine Nase in die Runde und nimmt den Gehörschutz ab.

»Wer ist Satan?«, fragt er.

»Fahr zur Hölle, du Idiot! Siehst du nicht, dass wir was zu besprechen haben?«, herrscht Jóhann ihn an.

»Dann geh ich jetzt essen«, entgegnet der Heizer.

»Ja, hau schon ab!«, sagt Jóhann.

»Wenn der Heizer zurück ist, kommst du zu mir auf die Brücke, Jóhann. Dann gehen wir zusammen auf Deck D, und Sæli geht rauf zur Brücke und hält Wache, bis ich zurück bin«, erklärt Ísak.

»Und was dann?«, fragt Rúnar.

»Wir drei holen die Waffen, nehmen diesen Satan fest und sperren ihn in die Back«, erklärt Ísak.

»Ach, du lieber Himmel!«, stößt Rúnar hervor.

»Und der Kapitän?«, fragt Sæli.

»Der ist ein Verräter! Eigentlich sollten wir ihn gleich mit einsperren«, sagt Ísak.

»Ich weiß nicht. Wir bräuchten einen eindeutigen Beweis. Irgendwas Konkretes«, gibt Jóhann zu bedenken.

Ási kommt in den Maschinenraum und stellt sich zu ihnen. Dann zieht er die Kneifzange aus seiner Schürzentasche und reicht sie Jóhann.

»Die gehört bestimmt hierher.«

»Eine Zange«, ruft Ísak.

»Wo hast du die denn gefunden?«, fragt Jóhann.

»Draußen bei den Müllcontainern. Als wär' sie vom Himmel gefallen! Und als ich hochgeguckt habe, war da dieser Neue. Er hat beim Rettungsboot rumgeschnüffelt.«

»Satan«, sagt Rúnar.

»Was hat er denn da gemacht?«, fragt Sæli.

»Wollt ihr noch mehr Beweise?«, fragt Ísak.

»Nein.«

»Ási, wir brauchen die Kette, mit der du die Müllcontainer festmachst«, sagt Ísak.

»Wozu? Wovon redest du?«, fragt Ási.

Der Heizer steht hinter der geöffneten Kabufftür und späht in den Maschinenraum. Die fünf Männer sind nur drei Meter von ihm entfernt und reden in der Lautstärke eines Männerchors miteinander, aber ihre Worte werden vom Lärm der Generatoren verschluckt. Der Heizer sieht, wie sich ihre Lippen bewegen, versteht aber nicht, was sie sagen.

»Satan«, brummelt er, während er seinen Gehörschutz aufhängt. »Das ist sein Name! Er heißt Satan! Natürlich! Er IST Satan!«

Der Heizer grinst bis über beide Ohren, so dass seine verfaulten Weisheitszähne zu sehen sind.

XXII

Sæli lehnt sich auf Deck D an die Tür zur Plattform hinter dem Deckshaus und trommelt leicht mit den Fingerspitzen dagegen. Falls jemand durchs frisch geputzte Treppenhaus geht, ist er hier sicher. Die Tür zu Satans Kajüte ist nur zwei Meter entfernt. Wo sonst sollte der Mann, der jeder Arbeit aus dem Weg geht, sich aufhalten?

Aber was will dieser Satan an Bord? Er hat Sæli befohlen, irgendein verdammtes Paket von einem Kontaktmann in Surinam in Empfang zu nehmen, und ihm gedroht, andernfalls seiner Familie etwas anzutun.

»*Du bringst mir das Päckchen*«, hat dieser Dreckskerl am Telefon gesagt. »*Ich kümmere mich um deine Familie.*«

Alles wegen dieser scheiß Spielschulden! Erst eine Million Kronen im Minus, dann zwei Millionen im Minus, dann drei und vier und fünf, wie ein Loch, das immer größer wird, obwohl man versucht, es zu stopfen, und bevor Sæli gemerkt hat, dass er abstürzt, anstatt zu fliegen, hat sich die Zahl im Minus in ein seelenloses Ungeheuer mit einem Riesenmagen verwandelt, in den eine ganze Wohnung im Þingholtviertel passt.

Aber was macht dieser Verbrecher an Bord, wenn Sæli doch das Päckchen holen soll? Wie will er sich *um die Familie kümmern*, wenn er gar nicht in ihrer Nähe ist?

Sæli findet allein keine Antworten, aber wenn dieser Satan an Bord ist, dann müssen seine Frau und sein Sohn zu Hause doch in Sicherheit sein, oder?

Er muss Gewissheit haben! Er will Antworten auf seine Fragen! Er kann nicht so tun, als sei nichts passiert! Als wisse er nicht, wer dieser Mann ist. Es ist der Dreckskerl, der Sælis Leben in einen Alptraum verwandelt hat! Ein Teufel, der sich bisher auf der Schattenseite des Lebens gehalten und nur als dumpfe Stimme am Telefon existiert hat. Aber jetzt ist er hier! Der Mann in der Kajüte ist Satan in Person, Sælis fleischgewordener Feind. Der Schrecken der Unterwelt ist in eine enge Kajüte gesperrt, wie eine Maus in einen Schuhkarton.

Sæli hat nichts zu befürchten. In ein paar Minuten werden drei bewaffnete Männer die Kajüte stürmen und den Schurken überwältigen. Aber bevor sie ihn fesseln und in die Back sperren, sollte Sæli kurz mit ihm reden – unter vier Augen. Nach Antworten verlangen, bevor es zu spät ist. Bevor der Mann merkt, dass er nichts anderes ist als eine Maus in einem Schuhkarton. Wenn Ísak, Jóhann und Rúnar ihn überwältigt haben, wird er sich womöglich weigern, irgendwas zu erklären. Solche Typen sind nicht gerade bekannt dafür, dass sie beim geringsten Widerstand zusammenbrechen und anfangen zu heulen.

Jetzt oder nie.

»Verdammte Hacke«, murmelt Sæli und räuspert sich. Er geht ein paar Schritte vor, dreht sich nach links und holt tief Luft, bevor er dreimal kurz an die Tür klopft:

Klopf, klopf, klopf …

Satan sitzt auf dem Sofa, trinkt Kaffee und raucht eine Zigarette, als es an der Tür klopft. Auf dem Tisch vor ihm liegen die Ampulle mit dem Morphiumsulfat, Spritze und Nadel. Er lechzt danach, sich den göttlichen Stoff in die Vene zu spritzen und in einen Schlaf zu gleiten, der tiefer, länger und dunkler ist als jeder andere. Aber in den Fängen des Morphiumrauschs ist man wehrlos, und in Anbetracht der Lage an Bord hält er es für sehr unwahrscheinlich, dass er von einer Märchenprinzessin mit einem sanften Kuss wieder zum Leben erweckt wird. Anders als die sieben Zwerge, die Schneewittchen in einem wundervollen gläsernen Sarg zur Ruhe betteten, würden ihn diese Idioten bestimmt kopfüber ins Meer werfen, wenn sie ihn bewusstlos in der Kajüte fänden. Und dann wäre das Märchen zu Ende.

Wieder klopft es an der Tür.

»Augenblick!« Satan legt die brennende Zigarette auf die Tischkante, wickelt dann Ampulle, Spritze und Nadel wieder in die Mullbinde, stopft alles in die leere Zigarettenpackung und schiebt sie in seine rechte Hosentasche.

Er trinkt einen Schluck lauwarmen Kaffee, zieht an der Zigarette, stützt sich auf die Ellbogen und beobachtet die Tür. Er stampft leicht mit den Fersen auf den Boden, um ein Gefühl für den Revolver und das Messer zu bekommen, die in den Wadenholstern vibrieren und Nervenimpulse in sein Gehirn und von dort in seine Fingerspitzen senden.

Er ist auf alles vorbereitet.

»Herein!«

Sæli öffnet die Tür und betritt zögernd die Kajüte.

»Was willst du?«, fragt Satan und schnippt die Zigarettenasche auf den Tisch.

»Ich? Ich will wissen, was du hier machst.« Sæli räuspert sich. »Ich will wissen, warum du mich nicht in Ruhe lässt.«

Satan sieht Sæli an, als wisse er nicht, wovon der Matrose redet, und als sei es ihm auch völlig egal. Er weiß wirklich nicht, wovon Sæli redet, und es ist ihm völlig egal.

»Du bist Satan, stimmt's? Das hast du den anderen doch eben gesagt, oder?« Sæli tritt in der Mitte der Kajüte von einem Bein aufs andere. »Bis jetzt hab ich nur am Telefon mit dir geredet. Vielleicht hast du mich noch nie gesehen, zumindest nicht in echt. Ich bin Sæli – der mit den Schulden. Ársæll Egilsson.«

Satan zieht an seiner Zigarette, lehnt sich wieder auf dem Sofa zurück und mustert Sæli von Kopf bis Fuß, während er den Rauch teilnahmslos durch die Nase entweichen lässt. Er sagt kein Wort.

»Warum sagst du nichts, Mann?« Sæli läuft vor Wut rot an. »Du drohst meiner Familie, befiehlst mir, irgendein Päckchen zu überbringen, und ich weiß nicht, was sonst noch alles! Und wenn man dir dann gegenübersteht, kriegst du kein Wort raus! Ich will einfach nur wissen, was du hier zu suchen hast. Verfolgst du mich? Traust du mir nicht zu, das Päckchen zu schmuggeln? Bist du hier, um mich kaltzumachen? Ha? Wird man wegen mickriger elf Millionen umgebracht? Oder sind es zwölf? Wer hat dich geschickt? Der Besitzer der Spielhölle? Wie heißt der noch mal? Sverrir?«

Als Sæli die Spielhölle erwähnt, weiten sich Satans Augen.

Er setzt sich auf, stützt sich auf die Ellbogen, nimmt die Zigarette aus dem Mund und kneift die Lider zusammen.

»Verdammt noch mal!« Sæli gestikuliert wild und ächzt wie eine alte Frau. »Du willst also nicht reden, okay! Aber sag mir wenigstens eins! Ist meine Familie außer Gefahr? Ich hab Schulden, nicht sie! Sind sie außer Gefahr? Antworte!«

»Welche Spielhölle meinst du?« Satan macht mit seiner linken Hand eine Kreisbewegung, wie um Sælis Redeschwall ein Stück zurückzuspulen. »Du hast gesagt, du würdest irgendeiner Spielhölle Geld schulden.«

»Ja. Der in Dugguvogur«, entgegnet Sæli und schaut verstohlen zur Tür, während er sich den Schweiß von der Stirn wischt. »Jetzt tu nicht so, als wüsstest du von nichts! Du treibst für diese Schweine Geld ein! Du bist Satan!«

»Jetzt bleib mal ruhig, Junge.« Satan drückt seine Kippe auf dem Tisch aus. »Du hast Schulden bei einer Spielhölle in Dugguvogur, und ein gewisser Satan treibt das Geld ein. Korrekt?«

»Aber das bist doch du«, sagt Sæli schulterzuckend. »Ich meine, wenn du's nicht wärst, dann wärst du doch nicht hier.«

»Hast du diesen Geldeintreiber gesehen?« Satan steht vom Sofa auf und geht auf Sæli zu, der in Richtung Tür zurückweicht. »Kannst du mir sonst noch was über den Typen erzählen?«

»Jetzt verarsch mich nicht, Mann!« Sæli wird bleich vor Angst. »Du kannst mich nicht länger verarschen. Ich lasse mir das nicht mehr bieten …«

Bevor Sæli den Satz zu Ende bringen kann, schlägt ihm Satan mit der flachen Hand ins Gesicht. Der Schlag ist so fest, dass dem Matrosen schwarz vor Augen wird und Blut aus seinen Nasenlöchern quillt. Er lehnt sich gegen die Wand und versucht, auf den Beinen zu bleiben, aber der Schmerz ist so überwältigend, dass er auf die Knie sinkt.

»Ja, ich *bin* Satan«, sagt Jón Karl und spuckt Sæli auf den Kopf. »Satan gibt sich aber nicht mit Wichten wie dir ab! Wenn ich solche Weicheier nur anfassen muss, kriege ich vor lauter Ekel schon das Kotzen. Ich treibe für niemanden Schulden ein, außer für mich selbst, und ich drohe auch keinen Familien!«

»Ich verstehe nicht ...«, stammelt Sæli, versucht, sich das Blut abzuwischen, verteilt es aber nur im ganzen Gesicht.

»Wer hat dich angerufen?« Satan hockt sich neben Sæli und packt ihn mit der rechten Hand am Kragen.

»Er hat gesagt, er heißt Satan«, krächzt Sæli und zieht Blut die Nase hoch. »Ich hab ihn nie gesehen, nur sein Auto. Ein großer BMW, bordeauxrot.«

»Verdammte Scheiße!« Satan lässt ihn los und richtet sich auf. »Wir werden verarscht, Junge!«

»Was meinst du damit?« Sæli kommt hustend wieder auf die Beine.

»Ich hab dich weder angerufen, noch hab ich Geld von dir verlangt«, erklärt Satan und zündet sich eine Zigarette an. »Dieser Idiot gibt sich für mich aus – oder er weiß nicht, wer ich bin. Scheiße! In der Branche altert man schnell. Nach zehn Jahren ist man für den Nachwuchs schon ein Dinosaurier. Und dann sitzt man auf einmal auf einem Schiff fest, das einen in die Hölle befördert.«

»Ich verstehe nicht.« Sæli zuckt mit den Achseln. »Wenn du mich nicht angerufen hast, wer ist dann ...?«

»Was für ein Päckchen sollst du abholen?«, unterbricht ihn Satan. Er bläst Rauch durch die Nase aus, während er die halbvolle Zigarettenpackung und das Gasfeuerzeug in seine linke Hosentasche zu dem Socken mit der Munition stopft.

»Ich soll ein Paket von Surinam nach Island schmuggeln«, brummt Sæli. »Wahrscheinlich Drogen. Irgendwas aus Kolumbien. Um die Schulden zu bezahlen, verstehst du?«

»Ich sag dir, was wir machen«, entgegnet Satan und fischt Jónas' Scheck aus seiner Gesäßtasche. »Wir holen das Päckchen und kaufen so viel Koks, wie wir kriegen können. Hast du Bargeld oder eine VISA-Karte oder so was dabei? Nimm den Scheck hier als Pfand. Du besorgst einen Haufen Peseten oder Schillinge oder was auch immer die da drüben haben, ich kümmere mich um das Koks. Du versteckst das Zeug, ich bringe es in Island auf den Markt, und wir teilen uns den Gewinn. Das gibt eine Riesensumme! Was sagst du dazu?«

»Äh, ich …« Sæli nimmt den Scheck. »Dieses Päckchen. Das gehört mir ja nicht. Und Satan, dieser *andere* Satan, der hat meiner Familie gedroht, und er ist in Island und …«

»Es gibt nur *einen* Satan! Damit das klar ist!« Jón Karl tätschelt Sælis Wange, die feuerrot ist und immer noch höllisch schmerzt. »Deine Familie ist so lange in Sicherheit, bis diese Typen das Päckchen ausgehändigt kriegen, stimmt's?«

»Ja, wahrscheinlich«, murmelt Sæli. Er räuspert sich, faltet den Scheck zusammen und steckt ihn in die Tasche seiner Arbeitshose.

»Und so lange wir Kumpel sind, hat deine Familie nichts zu befürchten«, fügt Satan grinsend hinzu. »Ich bringe dieses BMW-Arschloch um die Ecke, sobald ich wieder auf dem verdammten Eiswürfel bin. Der Typ ist so gut wie tot, kapiert? Er *ist* tot, er weiß es nur noch nicht!«

»Ja, okay. Aber eins verstehe ich immer noch nicht«, stöhnt Sæli. »Was machst du hier auf dem Schiff?«

»Gute Frage.« Satan hört auf zu grinsen. »Man könnte sagen, dass ich auch wegen dem Mann hier bin, der dich angerufen und deiner Familie gedroht hat. Als er so dreist war, sich Satan zu nennen, sind in der Unterwelt ein paar Steine ins Rollen gekommen. Aber ich glaube, in erster Linie bin ich hier, weil ich zwei kleine Schlampen, die ich vögeln wollte, nicht gevögelt hab. Ich hab gezögert …«

Satan zieht nachdenklich an seiner Zigarette, geht dann ans offene Fenster und schnippt die brennende Kippe nach draußen.

»Jetzt kapiere ich gar nichts mehr.« Sæli lächelt verlegen, aber das zarte Lächeln erstirbt und verzerrt sich zu einer Fratze, als jemand von außen kräftig an der Türklinke ruckelt.

Satan dreht sich blitzschnell um und sieht, wie die Tür aufgeht und drei bewaffnete Männer in die Kajüte stürmen.

Als Erster kommt Ísak, das Gewehr im Anschlag. Dann folgen Jóhann der Riese und Rúnar, die nicht wissen, wo ihnen der Kopf steht, und die mehr mit verirrten Schneehuhnjägern als mit einem bewaffneten Überfallkommando gemein haben.

Satan bückt sich und führt die rechte Hand blitzschnell zum Revolverholster, aber Ísak richtet sein Gewehr auf ihn, den gekrümmten Finger am Abzug, so dass Satan seinen Trumpf doch nicht ausspielt, sondern nur ganz langsam wieder hochkommt und sich mit den Fingern durchs fettige Haar fährt.

Es hätte schlimmer kommen können. Das sind doch nur nervöse Amateure mit Waffen, die bei Gefechten in engen Räumen nichts taugen.

»Entschuldige, ich … sie …«, stammelt Sæli und schaut zwischen Satan und Ísak, die einander nicht aus den Augen lassen, hin und her.

»Keine Bewegung!« Ísak richtet den Gewehrlauf auf Satans Brust. »Wag ja nicht, dich an der Nase zu kratzen!«

»Sæli!«, ruft Rúnar und lässt den Lauf seiner Schrotflinte sinken. »Wie siehst du denn aus, Junge? War er das?«

»Ja, aber, äh …« Sæli schaut zu Satan, der ihm mit einem breiten Grinsen zublinzelt.

»Dieser Dreckskerl!« Jóhann packt seine Flinte fester und richtet den Lauf an die Decke.

»Der krümmt niemandem mehr ein Haar«, sagt Ísak und bläht die Nasenflügel. »Und der richtet auch keinen Schaden mehr am Schiff an. Denk an meine Worte, du Schwein! Wir sorgen dafür, dass du erst in Surinam wieder Tageslicht siehst.«

»Ísak.« Sæli räuspert sich. »Er ist nicht der, für den ich ihn gehalten hab. Er …«

»Du hast Angst vor ihm, Sæli«, entgegnet Ísak, ohne Satan aus den Augen zu lassen. »Das verstehe ich gut. Er ist ein gefährlicher Mann, und er hat dich geschlagen. Aber jetzt ist es vorbei. Wir nehmen ihn mit, und alles wird gut. Hast du verstanden?«

»Ja, aber …« Sæli blickt zu Satan, der ihm ruhig in die verwirrten Augen schaut und langsam den Kopf schüttelt, als wolle er Sæli zu verstehen geben, es sei alles in Ordnung, er solle sich für ihn nicht in Schwierigkeiten bringen, ihre Absprache bleibe ihr Geheimnis, er habe vor diesen Männern und dem, was sie mit ihm vorhaben, keine Angst …

»Kein Aber!«, sagt Ísak energisch.

»Okay«, murmelt Sæli und schaut beschämt zu Boden.

»Geh rauf zur Brücke.« Ísak wirft Sæli einen kurzen Blick zu und deutet mit dem Kopf in Richtung Tür. Dieser unüberlegte Blick dauert nur knapp eine Sekunde.

Aber das ist genau die Zeit, die Satan braucht.

Er schnappt sich Sæli, zerrt ihn zu sich heran und springt hinter ihn. Dann schlingt er den Arm um seinen Hals, packt mit der linken Hand seinen rechten Oberarm und mit der rechten Hand seinen Nacken, so dass der junge Matrose in einem lebensgefährlichen Würgegriff steckt.

»Lass los!«, brüllt Ísak. Er weiß nicht, auf wen er sein Gewehr richten soll, und zielt schließlich auf Sæli, der feuerrot im Gesicht ist und ihn mit aufgerissenen Augen entsetzt anstarrt.

»O mein Gott!«, stößt Jóhann hervor. Rúnar zuckt nur mit den Schultern und tritt neben dem Ersten Steuermann von einem Bein aufs andere.

»Ísak, nicht …«, kann Sæli noch herauspressen, bevor Satan seinen Griff verstärkt. Sælis Halswirbel knacken, seine Luftröhre verengt sich, und seine Speiseröhre wird eingequetscht.

»Lass ihn los!«, ruft Ísak und versucht, Spucke in seinen ausgetrockneten Mund zu bekommen.

»Nur noch eine Frage, bevor ich dem Jungen das Genick breche«, sagt Satan seelenruhig, während er immer fester zudrückt, so dass Sæli blau anläuft und sich auf die Zehenspitzen stellen muss, um nicht stranguliert zu werden. »Was habt ihr vor? Was erwartet mich?«

Satan hat den dreiköpfigen Angriffstrupp so gut wie bezwungen. Das Einzige, was er noch tun muss – falls sie nicht so schlau sind, ihre Waffen wegzuwerfen und aufzugeben –, ist, sich mit Sæli auf die Knie sinken zu lassen und mit der rechten Hand den Revolver aus dem Holster zu ziehen. Bevor diese Idioten auch nur begriffen haben, dass er den Spieß umgedreht hat, sind sie bereits mausetot.

Aber ehe er das Leben dreier Männer auslöscht, möchte er wissen, ob es eine verlockendere Alternative gibt. Sobald Blut fließt, bricht auf dem Schiff das Chaos aus. Dann wird wahrscheinlich nichts aus dem geplanten Kokainschmuggel, und ein profitables Geschäft, das ohne übermäßigen Einsatz und allzu großes Risiko eine Riesensumme einbringen könnte, ist geplatzt. Und Satan ist kein Mann, der sich eine solche Gelegenheit entgehen lässt.

»Wir sperren dich ein«, sagt Ísak. Er schwankt vor Sæli und Satan hin und her und richtet das Gewehr dabei abwechselnd rechts und links neben Sælis Kopf. Der Matrose beobachtet panisch die albernen Bewegungen des Ersten Steuermanns. »Wir sorgen dafür, dass du nicht noch mehr Schaden anrichten kannst, als du schon angerichtet hast.«

»Ihr könnt mich gerne irgendwo einsperren«, lacht Satan. »Aber wenn ihr einen Saboteur sucht, seid ihr bei mir an der falschen Adresse, ob ihr's glaubt oder nicht.«

»Wir glauben dir nicht!«, sagt Ísak mit zitternder Stimme. »Lass den Jungen los, dann verschonen wir dich.«

»Er erstickt, Mann!«, ruft Rúnar, der beobachtet, wie Sæli blau und um die Augen herum schwarz anläuft.

»Ich halte das nicht aus!«, sagt Jóhann, japst wie ein asthmatisches Schaf und wischt sich den Schweiß von der kochend heißen Stirn.

»Lass los!«, brüllt Ísak erneut, so dass seine Spucke durch die ganze Kajüte sprüht.

»Kriege ich was zu essen und zu trinken?«, fragt Satan.

»Ja!«

»Und ich muss nicht arbeiten und Wache halten und so?«

»Nein!«

»Okay.« Satan lockert den Griff um Sælis Hals ein wenig, so dass dieser mit den Füßen den Boden berührt und etwas Sauerstoff einatmen kann.

»Lass ihn los!«, sagt Ísak noch einmal und packt das zitternde Gewehr in seiner Hand fester.

»Ruhig atmen«, flüstert Satan in Sælis rechtes Ohr. Schnarrend und mit krampfartigen Sauggeräuschen schnappt der

Matrose nach Luft. »Du befreist mich, bevor wir an Land gehen. Sonst befreie ich dich nicht von deinen Schulden. Kapiert?«

»Was redest du da?« Ísak hebt sein Gewehr. »Hör auf zu flüstern! Lass den Jungen los!«

»Lass ihn endlich los!«, ruft Rúnar.

»Kapiert?«, flüstert Satan Sæli zu, der nickt und nach Atem ringt.

»LASS LOS!«, brüllt Ísak. Er richtet sein Gewehr mitten in Sælis verzerrtes Gesicht. »LASS LOS, ODER ICH ERSCHIESSE EUCH BEIDE!«

»ÍSAK!«, brüllt Rúnar und greift nach dem Gewehrlauf.

»RÚNAR!«, kreischt Jóhann und packt Rúnars Hand, bevor der das Gewehr zu fassen bekommt.

»Jetzt kommt mal runter!«, herrscht Satan die drei Männer an. »Legt die Waffen weg, und ich lasse den Jungen los!«

»Ísak?«, fragt Rúnar zögernd.

»Wir tun, was er sagt«, brummt Jóhann und lässt seine Flinte sinken.

»Okay.« Ísak richtet den Gewehrlauf auf den Boden. »Aber nur, bis er ihn losgelassen hat. Passt auf, Jungs! Und du, lass ihn sofort los!«

Satan gibt Sæli frei. Der Matrose taumelt zwei Schritte nach vorne, kotzt auf den Fußboden und sucht dann Halt an der nächsten Wand.

»Ganz ruhig!« Ísak richtet das Gewehr auf Satans Brust. »Dreh dich um und nimm die Hände hoch!«

»Ja, ja, bleib mal locker, Mann! Du hast echt zu viele Krimis geguckt«, murmelt Satan, dreht sich um und verschränkt die Hände im Nacken. »Wo wollt ihr mich denn eigentlich einsperren?«

»Das wirst du schon sehen.« Ísak trocknet sich den Schweiß von der Stirn ab und schaut dann zu Sæli, der hustend und röchelnd Schleim aus den Nasenlöchern prustet. »Reiß dich zusammen, Junge! Und geh schnell rauf zur Brücke, bevor beim Alten der Alarm losgeht!«

Als Ísaks Blick wieder zu Satan wandert, geht der gerade in

die Knie und dreht sich gleichzeitig um. Satan greift mit der rechten Hand nach dem Gewehrlauf und schiebt ihn zur Seite. Der Zeigefinger des Ersten Steuermanns krampft sich um den Abzug, und ein Schuss geht los:

Peng!

Der Knall ist nicht besonders laut, kommt aber so unerwartet, dass er in den Ohren der Seeleute wie Kanonendonner klingt. Sie erstarren, schaudern und spüren bitteren Blutgeschmack im Mund, so als hätte ihnen der Tod in den Kragen gehaucht.

In der Wand über dem Kopfende des Bettes ist ein kleines Loch, die Luft riecht nach verbranntem Pulver, und der feine Rauch kitzelt den Männern in Nase und Augen.

»Eins solltet ihr wissen«, sagt Satan. Er hält den Gewehrlauf fest und schaut den Männern, die wie die Salzsäulen dastehen, einem nach dem anderen in die Augen. »Wenn ihr nicht beweisen könnt, dass ich der Saboteur bin, dann mache ich euch alle kalt!«

Keiner von ihnen bringt ein Wort heraus.

»Gehen wir.« Satan lässt das Gewehr los und dreht sich wieder um, breitbeinig, die Hände gewissenhaft im Nacken verschränkt.

Ísak räuspert sich, wechselt einen Blick mit Rúnar, der nur mit den Achseln zuckt und dann zum Maschinenmeister schaut. Jóhann der Riese reißt die Augen auf und stöhnt.

Vor den dreien steht ein Mann, der ihnen den Rücken zukehrt und die Hände im Nacken verschränkt hat, dennoch trauen sie sich kaum, den Mund aufzumachen und ihm Befehle zu erteilen. Sie wissen nicht mehr so recht, ob sie ihn gefangen genommen haben oder er sie.

»Willst du keinen Nachtisch? Eis vielleicht?«, fragt Ási, während er Jónas Kaffee nachschenkt.

Der Koch hat Ísak versprochen, den Zweiten Steuermann für zehn, fünfzehn Minuten in ein Gespräch zu verwickeln, bis die anderen diesen Satan unbemerkt in die Back gesperrt haben.

Aber der gesellige Goldjunge Ási, der mit jedem über alles reden kann, kriegt einfach keinen Draht zu Jónas, dem allerdings nachgesagt wird, mundfaul zu sein. Mittlerweile ist es schon so, dass man keinen vernünftigen Satz mehr aus ihm herausbekommt, und wenn er seine Kollegen mal ansieht, was selten genug vorkommt, scheint er sie gar nicht zu erkennen, oder er blickt einfach durch sie hindurch in eine andere Welt.

»Nein, danke«, murmelt Jónas und steht vom Tisch auf, ohne den Kaffee anzurühren.

»Wie du meinst«, sagt der Koch und räumt die letzten Teller und Bestecke vom Tisch. »Aber im Kühlschrank ist noch Käsekuchen. Der sehnt sich nach der Gesellschaft von heißem Kaffee.«

»Vielen Dank«, sagt Jónas und verlässt die Messe. Er geht mit schweren Schritten, gram- und schmerzgebeugt, die Treppe hinauf.

Als er etwa auf halber Höhe ist, hört er von unten Geräusche. Er bleibt stehen, hält sich am Geländer fest und lauscht. Er kann die Schritte mehrerer Männer ausmachen, die wie Soldaten hintereinander die Treppe hinuntermarschieren, ohne zu lachen, zu fluchen oder sich zu unterhalten.

Jónas spürt, dass etwas nicht stimmt. Seeleute gehen in der Regel nicht in stillen Formationen. Er schleicht zurück zu Deck D, späht ins Treppenhaus und sieht Jóhann und Rúnar gerade noch um die Ecke verschwinden, stocksteif, mit ernsten Gesichtern und Schrotflinten vor der Brust.

Was geht da vor?

Jónas schleicht ihnen hinterher und erspäht den ganzen Trupp, bevor er von Deck B nach draußen aufs Wetterdeck marschiert und aus Jónas' Blickfeld verschwindet. Vorne geht Satan mit erhobenen Händen, gefolgt von Ísak, mit einem Gewehr im Anschlag.

Um Himmels willen!

»Ruhig bleiben«, murmelt Jónas, holt tief Luft und reibt seine kalten Hände.

Sie haben Satan festgenommen. Das bedeutet, dass sie glauben, *er* hat die Kabel durchgeschnitten – gut! Aber was, wenn dieser Verbrecher die Katze aus dem Sack lässt? Was, wenn er ihnen erzählt, dass er nicht Jónas' Schwager ist? Was denken sie dann über Jónas, der die Sache vertuscht hat? Warum sollte er so etwas vertuschen? Was, wenn Satan ihnen erzählt, dass Jónas ihm fünf Millionen für sein Schweigen gezahlt hat? Was, wenn er ihnen den Scheck zeigt? Was kann Jónas dann noch sagen?

Dass Satan ihm gedroht hat? Dass er Satan bezahlt hat, um sich zu schützen? Um sein Leben zu retten?

Jónas stürmt hinauf in Satans Kajüte. Der Geruch von verbranntem Pulver liegt in der Luft, in der Wand über dem Bett ist ein Einschussloch, und auf den Boden vor der Badezimmertür hat sich jemand übergeben.

Es muss etwas passiert sein!

Jónas sucht überall nach seinem Scheck. Wenn er ihn findet, kann er sich leicht irgendeine Geschichte zurechtlegen. Dann sagt er einfach, Satan hätte ihm gedroht. Er hätte gedroht, ihn umzubringen, falls er ihn verrät.

Im Kleiderschrank entdeckt er den Seesack und kippt den Inhalt auf den Boden. Er durchwühlt die Klamotten und findet die Pässe, die Sparbücher und die Aktienbriefe, aber keinen Scheck. Er stopft die Klamotten wieder in den Sack und nimmt die Papiere an sich. Im Badezimmerschrank sind jede Menge Zigaretten. Jónas klaut ein Päckchen und sucht weiter nach dem Scheck. Er findet ihn nirgends, nicht unter der Matratze, nicht auf dem Sofa, nicht im Bettkasten, nicht hinter, in oder unter irgendetwas. Er ist nicht in der Kajüte.

Dieser Schuft trägt ihn bei sich!

»Scheiße!« Jónas setzt sich aufs Sofa und zündet sich eine Zigarette an.

Er muss etwas tun. Sich etwas einfallen lassen. Etwas Geniales. Dramatisches. Etwas, das die Aufmerksamkeit der anderen von den offensichtlichen Tatsachen und dem logischen Zusammenhang der Dinge ablenkt.

Es geht um Leben und Tod!

Jónas drückt die Kippe aus, löscht das Licht in der Kajüte, geht hinaus und schließt die Tür hinter sich. Er lauscht auf Schritte, kann aber nichts hören. Er öffnet die Tür zur Plattform hinter dem Deckshaus. Der Sturm ist wieder näher gerückt, das Tageslicht wird schwächer, der Wind stärker, und das Meer ist aufgewühlt und grau. Jónas hält sich mit einer Hand am Geländer fest und schleudert Satans Papiere über Bord. Der Wind erfasst die zerrissenen Reisepässe, die Sparbücher und Aktienbriefe, wirbelt seine Beute durch die Luft, trägt sie hoch über das Schiff und zerstreut sie dann in alle Richtungen.

Je weniger Satan besitzt, desto besser. Kein Ausweis, keine Familie, keine Papiere, gar nichts.

Wer glaubt einem Mann, der nicht beweisen kann, wer er ist?

Ein Lächeln huscht über Jónas' Gesicht, aber dann wird er wieder ernst, denn er muss noch den schwierigen Teil seines Plans ausführen. Er hat Satans Glaubwürdigkeit untergraben, nun muss er auch dessen Grausamkeit beweisen. Wenn die Crewmitglieder sehen, was Satan ihm angetan hat, werden sie nicht am wahren Charakter dieses Schurken zweifeln. Sie werden von seiner Schuld überzeugt sein. Und der Scheck wird keine Rolle mehr spielen – ob er nun entdeckt wird oder nicht.

Jónas klettert über das Geländer und lässt sich an der Außenbordseite nach unten gleiten, bis seine Beine frei in der Luft baumeln. Das Schiff steigt und fällt, so dass Jónas erst gegen das kalte Eisen gedrückt wird und dann in der Luft über dem Kielwasser schwebt, das fünfzehn Meter unter ihm brodelt.

Nach einer halben Minute brennen seine Hände vor Schmerz. Das kalte Eisen ist glitschig und salzverkrustet, und seine steifen Finger verlieren nach und nach den Halt. Jónas atmet schnell und versucht, klar zu denken, während er die Bewegungen des Schiffes ausbalanciert. Er darf weder im Wasser noch auf dem Geländer des unter ihm liegenden Decks landen. Es ist eine Frage des richtigen Timings – er muss genau in dem Moment loslassen, wenn sich das Schiff nach dem Abtauchen wieder aufrichtet, aber nicht zu früh und auf gar keinen Fall zu spät …

Bumm, bumm, bumm …

Jetzt!

Jónas lässt das nasse Geländer los. Einen Moment lang scheint er in der Luft zu schweben. Dann saust Deck C an ihm vorbei, sein Magen füllt sich mit kalter Leere, sein Herz flammt auf, er spürt Blut in der Nase, und das Blut schmeckt wie verrostetes Eisen …

XXIII

Guðmundur Berndsen sitzt auf dem Sofa in seiner Kajüte auf Deck F und legt eine Patience. Wenn das Schiff steigt und fällt, verrutschen die Karten auf dem Tisch, aber Guðmundur legt schon seit zwanzig Jahren Patiencen auf See, und seine geschickten Finger haben die Karten bisher immer wieder gerade gerückt, ohne dass er es überhaupt wahrgenommen hat.

Aber so ist es nicht mehr.

Guðmundur fällt es schwer, sich zu konzentrieren, und es stört ihn, wenn das Spiel verrutscht. Seine Finger zittern, die Karten bleiben daran hängen, und nach und nach gerät die Patience in eine bizarre Unordnung.

»So ein Mist!«, flucht der Kapitän und sammelt die Karten ein.

Er denkt an Hrafnhildur, an die Sabotage, an die Moral an Bord und an den Sturm, den Ísak schon längst umfahren haben sollte.

»Zum Teufel mit diesem verdammten Schiff!« Guðmundur steht auf und holt den Cognac-Flachmann und ein klobiges Schnapsglas.

Normalerweise hat er keinen Alkohol dabei, aber das hier

ist schließlich seine letzte Fahrt. Wird er danach wirklich aufhören? Ja, zum Teufel, er hört auf!

»Nur einen für den Magen«, murmelt Guðmundur, während er den Flachmann aufschraubt und das Glas füllt. Dann kippt er den Cognac hinunter, schließt die Augen und lässt den weichen Geschmack auf der Zunge zergehen.

Schon besser!

Er mischt die Karten und legt eine neue Patience. Das Schiff schaukelt hin und her, der Westwind frischt auf, und das Tageslicht vor dem Fenster ist nur noch ein trüber Schein.

Was Hrafnhildur wohl gerade macht? Ob sie nach Surinam kommt? Ist er überhaupt noch ein verheirateter Mann? Oder ist Guðmundur Berndsen schon ein geschiedener alter Kauz?

»König auf Ass, Königin auf König«, brummelt Guðmundur, während er König und Königin anlegt und dann die nächsten Karten umdreht.

Guðmundur leckt sich seufzend die Lippen. Er gießt sich noch einen Cognac ein und leert das Schnapsglas in einem Zug. Nachdem er das Glas ein drittes Mal gefüllt hat, schraubt er den Flachmann wieder zu.

Früher hat er schallend gelacht, wenn sich Männer im besten Alter beklagten, wie deprimierend es sei, niemanden zu haben, mit dem man alt wird. Wie traurig es sei, womöglich einsam zu sterben.

Weicheier, hat er gedacht und die Weltuntergangsgedanken kerngesunder Männer als Gefühlsduseleien abgetan.

Aber jetzt hat er selbst Angst. Was, wenn Hrafnhildur ihn verlässt? Was soll er dann machen? Irgendwo eine Kellerwohnung mieten? Ein Apartment in einem Wohnblock kaufen? Und dann? Patiencen legen, bis er stirbt?

Wird er zu einem dieser Männer, die mit dem Fernsehsessel verwachsen und Herzflattern bekommen, wenn es an der Tür klopft? *Falls* es an der Tür klopft! Als wäre die zur Gewohnheit gewordene Stille aus hauchdünnem Glas, das bei der kleinsten Berührung zerbricht. Wird er zu einem dieser Kerle mit Mundgeruch, die in ungewaschenen Klamotten herumlaufen und zu jeder Mahlzeit eingelegte Innereien essen? Die in stinkenden Wohnungen hausen, die genauso düster und leblos sind wie sie selbst?

Wird er einsam und ungeliebt sterben, ohne Anteilnahme, ohne Beistand und ohne eine Hand, die ihn streichelt?

Das Schiff sinkt tief hinab, kippt nach Backbord und schlägt auf eine sich auftürmende Welle. Der Wind heult, der Schiffsrumpf bebt, das randvolle Glas wackelt und fällt um. Der Cognac läuft über die Karten und tropft vom Tisch auf den Teppich.

»Mist!« Guðmundur springt auf. Er schiebt die feuchten Karten zusammen, stellt das Glas wieder hin, wirft den Flachmann aufs Sofa und stürzt zum Fenster.

Draußen wirbelt die wogende Dunkelheit, sie zerfetzt das Meer, brüllt wie eine Bestie und feuert Blitze in alle Richtungen. Der Sturm hat das Schiff fast erreicht. Es kommt trotz Wind kaum vorwärts und scheint wie eine Gummiente in der Badewanne auf der Stelle zu treiben.

»Heilige Maria …«, stammelt Guðmundur und bekreuzigt sich beim Anblick der gesichtslosen Naturgewalten.

Das Meer ist mit langen weißen Schaumkämmen bedeckt, und überall durchpflügen Wellenberge die Gischt, die immer grauer und dunkler wird, je mehr sich die Sicht verschlechtert.

»… Mutter Gottes …« Der Kapitän atmet tief ein. Dann schreckt er zurück und erstarrt, denn etwas Nasses, Schweres prallt gegen das geschlossene Fenster.

Ein braunes ledriges Monstrum mit acht Armen und einem großen Kopf.

»… erbarme dich unser!« Entsetzt starrt der Kapitän das Ungetüm an.

Es ist ein Tintenfisch, der an der Scheibe klebt und den Kapitän mit einem toten Auge anglotzt …

Sæli steht am Fenster der Kommandobrücke und schaut hilflos in den Sturm, der von Westen heranbraust wie schwarzer Rauch von einem Ölfeuer. Sæli hat keine Steuererlaubnis, und obwohl er sich in der Lage fühlt, den Autopiloten auszuschalten und das Schiff durch den Sturm zu manövrieren, darf er die Navigationsgeräte nicht berühren.

Was soll er tun?

Die Wellen türmen sich immer höher, das Meer kräuselt und verdüstert sich, schwere Windböen treffen das Schiff wie unsichtbare Faustschläge, Holz- und Eisenteile ächzen und knarren, das Licht ist grau und dumpf. Das Schiff tanzt auf einem gigantischen Wellenkamm, und die Sicht wird von schäumendem Wasser getrübt, das gegen die Fensterscheiben spritzt.

»Was ist hier los?« Kapitän Guðmundur knallt die Tür hinter sich zu. Er stützt sich an Wänden und Möbeln ab und schwankt am Kartenraum vorbei zur Raummitte. »Wo ist Ísak?«

»Ísak?«, echot Sæli, der den obersten Mann an Bord ängstlich und erleichtert zugleich anschaut. Er hat Angst, weil er an einer geheimen Revolte teilnimmt, und ist erleichtert, weil jemand in die Brücke gekommen ist, um das Steuer zu übernehmen.

»Ich hab ihm gesagt, er soll Kurs auf Ost nehmen! Ein Sturm ist im Anzug, vielleicht sogar ein Orkan, Windstärke zwölf!« Guðmundur lässt sich auf den Kapitänsstuhl fallen. »Wo ist er?«

»Er ... er ...«, stottert Sæli und räuspert sich, bis er husten muss.

»Was ist los mit dir, Junge?« Guðmundur mustert den Matrosen eindringlich. Sæli ist leichenblass und offenbar sehr aufgewühlt, seine Hände zittern, seine glänzenden Pupillen sind geweitet, und der dunkle Fleck zwischen seinen Beinen deutet darauf hin, dass er sich in die Hose gepinkelt hat.

Was zum Teufel ist passiert?

»Wo ist Ísak Sigurðsson?«, brüllt Guðmundur, während er den Autopiloten ausschaltet und nach dem Steuerrad greift.

Der Kapitän muss die Antwort des Matrosen gar nicht erst abwarten, denn als er aus dem Fenster schaut, springen ihm die Tatsachen ins Auge.

Auf dem Wetterdeck gehen vier Männer im Gänsemarsch

zum Bug des Schiffes. Sie haben den halben Weg hinter sich gebracht – fünfzig Meter liegen hinter ihnen, weitere fünfzig vor ihnen. Als Erster geht der neue Matrose, dann kommt Ísak, dann Rúnar, und Jóhann bildet das Schlusslicht. Bis auf den ersten Mann, der die Hände erhoben und hinter dem Nacken verschränkt hat, sind alle bewaffnet. Rúnar hat eine lange Kette um die Schulter geschlungen, und Jóhann trägt einen Fünfliterwasserkanister. Sie balancieren eine hohe Welle aus und marschieren dann mühsam weiter, Knie und Rücken gebeugt, dem Wind ausgeliefert, von Regen und Meerwasser durchnässt.

»Was geht hier vor?«, brüllt Guðmundur und starrt durch die tropfnassen Fenster, als traue er seinen Augen nicht. »Was machen die da? Sind die bewaffnet?«

»Sie sperren ihn in die Back«, sagt Sæli.

Frechheit! Provokation! Meuterei!

»Ich fasse es nicht!«, schreit Guðmundur, während er den Autopiloten wieder einschaltet. Dann springt er vom Stuhl, stürmt in den Kartenraum und rollt die Seekarten zusammen, die auf dem Tisch liegen.

Hauptsache, die Aufrührer kriegen die Karten nicht in die Finger!

»Wo willst du hin?«, fragt Sæli. Er hält sich mit beiden Händen fest, als das Schiff tief hinabsinkt.

»Du bleibst hier, Junge! Und rühr bloß nichts an!« Guðmundur öffnet mit der linken Hand die Tür, während er mit der rechten die zusammengerollten Karten festhält. »Hast du verstanden, du Schafskopf?!«

»Aber der Sturm …«, krächzt Sæli mit Tränen in den Augen.

Guðmundur schaut den jungen Mann mit hochrotem Gesicht verächtlich an, sagt aber nichts. Dann tritt er über die Schwelle und wirft die Tür hinter sich ins Schloss.

Die wasserdichte Stahltür der Back ist mit drei Haspen verschlossen und rot angestrichen, so wie der gesamte Deckaufbau auf dem Vorschiff. An der Tür steht mit weißen Buchstaben: *FORECASTLE.*

»Mach auf!«, befiehlt Ísak und bohrt Satan, der breitbeinig vor der Tür steht, den Gewehrlauf in den Rücken.

Die Back ist ein abgeschlossener Raum im Bug des Schiffes, der zum vorderen Teil von Deck A gehört und meist als Abstellraum benutzt wird.

Bei diesem Wetter ist es sehr gefährlich, an Deck herumzulaufen, im Grunde Wahnsinn. Die vier Männer schwanken hin und her, rutschen aus, werden umgeblasen, stolpern über alles, was ihnen in den Weg kommt, krümmen sich nach vorn und nach hinten, halten sich überall fest, werden mehrmals auf das nasse, kalte Deck gedrückt oder schweben ein paar Zoll darüber frei in der Luft, wenn das Schiff in ein Wellental stürzt oder wie eine Rakete in den Himmel schießt.

Satan beugt sich um fünfundvierzig Grad vor, stützt sich mit der linken Handfläche an der Vorderseite der Back ab und löst mit der rechten Hand die Haspen. Die Tür ähnelt derjenigen, die in den finsteren Laderaum führt, aber die Haspen sind weniger starr, und wenn Satan sie kräftig anpackt, kann er sie mit einer Hand öffnen. Als die dritte und letzte Haspe aufspringt, wird der Bug in die Luft katapultiert, als wolle das Schiff in den Himmel fahren. Die Tür schwingt weit auf und schleudert Satan wie einen Lappen gegen Ísak, beide Männer rutschen aus und werden gegen eine Ladeluke geschleudert. Sie ist hoch genug, um zu verhindern, dass sie bis zum Deckshaus schlingern und über Bord gespült werden.

Jóhann gelingt es, seinen linken Mittelfinger in eine Eisenhalterung an der Vorderseite der Back zu krallen und mit der rechten Hand Rúnars Oberarm zu packen. Dann schweben beide in der Luft, bis das Schiff wieder in die Waagerechte kommt.

»Alle Mann rein!«, schreit Ísak, als das Schiff für einen Moment fast gerade liegt.

Eiskaltes Wasser strömt von Steuerbord nach Backbord quer übers Deck. Satan und Ísak rappeln sich auf und rennen in die Back, Jóhann zieht den Finger aus der Halterung und hilft Rúnar auf die Beine. Dann stützen sie sich gegenseitig, treten über die hohe Schwelle und verschwinden im Halbdunkel.

Die Scharniere quietschen, die Stahltür schwingt mit voller Wucht zurück und knallt zu:

Bumm!

Und in der engen Back ist alles schwarz, so als verberge sich ein bodenloser Abgrund in der Dunkelheit, ein Universum, das nirgends endet.

Angst ergießt sich wie kaltes Meerwasser über die Waffenbrüder, die ihre Gewehre an sich pressen und hilflos in die tiefschwarze Leere starren. Sie sind in einer dreieckigen Eisenkiste eingesperrt, die hüpft und ruckelt wie eine Blechdose auf der Ladefläche eines Lkws, der über einen löchrigen Kiesweg fährt. Und bei ihnen ist ein gefährlicher Mann, ein giftiger Skorpion, den sie nicht sehen und nicht orten können und von dem sie nicht wissen, was er als Nächstes tun wird.

»DAS LICHT! SCHALTET DAS LICHT EIN!«

»WO IST DER SCHALTER?«

»BEI DER TÜR, AN BACKBORD!«

»ÍSAK?«

»JA!«

»WO IST JÓHANN?«

»ICH BIN HIER!«

»ICH FINDE DEN SCHEISS SCHALTER NICHT!«

»WER IST AM NÄCHSTEN BEI DER TÜR?«

»ICH NICHT!«

»WER IST ICH?«

Das Schiff prallt auf eine schwere Welle, die Back vibriert wie eine Trommel, die Männer halten die Luft an, rutschen aus und fallen übereinander. Dann hebt sich der Bug, und die Tür schwingt wieder auf und lässt gräuliches Licht in den Raum.

»ICH HAB IHN!«, ruft Rúnar, springt auf die Füße und haut auf den Schalter. Hinter einem schmierigen Plastikschirm über der Tür flammt eine trübe Glühbirne auf.

Der Bootsmann hält sich an einem Querbalken an der Decke fest und schaut zu Jóhann, der in der Ecke auf dem Rücken liegt und den Ersten Steuermann ansieht. Ísak sitzt ganz vorne in der Back auf dem Hintern, das Gewehr auf den Gefangenen gerichtet. Satan steht an Steuerbord und hält sich lässig am Rand eines Eisenregals fest.

Jóhann drückt sich seine Flinte mit beiden Händen an die Brust, während Rúnars Waffe auf dem Boden zwischen Satan und ihm hin und her rutscht, ebenso wie die Kette und der Wasserkanister.

»Denk gar nicht erst drüber nach!«, droht Ísak und entsichert sein Gewehr.

»Bleib mal locker, Cowboy«, entgegnet Satan mit einem eisigen Grinsen. »Wenn ich gewollt hätte, wärt ihr alle längst tot.«

Er könnte ihnen natürlich auch einfach sagen, wer der Saboteur ist. Als Satan in die Kommandobrücke kam, um verspätet seine Wache anzutreten, behauptete dieser Jónas, er würde aufs Klo gehen, dann war er eine gute halbe Stunde weg und versuchte anschließend verzweifelt, Satan beim Kapitän anzuschwärzen.

Dabei war er derjenige, der völlig durchnässt, leichenblass und nervös war wie ein Huhn!

Können diese Männer eigentlich nicht zwei und zwei zusammenzählen?

Jónas hat seinen Schwager umgebracht und will nach Südamerika. Er hat dafür gesorgt, dass die Behörden keinen Kontakt zum Schiff aufnehmen können.

Das liegt doch auf der Hand!

Aber Satan ist das im Grunde auch egal. Das Einzige, wonach er sich im Moment sehnt, ist Ruhe vor diesem weinerlichen Pfadfinderclub, selbst wenn er dafür einen ungerechten Strafarrest in einer kalten Stahlkiste auf sich nehmen muss. Wenn er genug von der Back hat, sagt er ihnen einfach, wer der Schuldige ist. Falls sie bis dahin noch nicht selbst dahintergekommen sind.

Bis es so weit ist, kann er sich ein bisschen entspannen.

»Hier ist der Heizofen«, sagt Jóhann und zerrt eine kleine Elektroheizung aus einer Holzkiste, die an einem Pfosten in der Mitte der Back festgebunden ist. Er schiebt den Stecker in eine Steckdose am Pfosten und stellt die Heizung auf die niedrigste Stufe.

Das Schiff sinkt tief hinab, Stahl knirscht, Scharniere quietschen, und die Tür fällt lärmend ins Schloss. Rúnar nutzt die Gelegenheit und schließt eine Haspe von innen.

»Also dann.« Ísak rappelt sich hoch. »Bringen wir's hinter uns, bevor wir hier nicht mehr wegkommen.«

Der Erste Steuermann hält Satan mit seinem Gewehr in Schach, während Rúnar das eine Ende der Kette um dessen Hüften schlingt. Der Bootsmann steckt den Bügel des Vorhängeschlosses hinter Satans Rücken durch zwei Kettenglieder, zieht das andere Ende der Kette durch eine Eisenhalterung in der Wand, führt es dann ebenfalls durch den Bügel und verriegelt das Schloss.

»Perfekt«, sagt Ísak, nimmt den Schlüssel und steckt ihn sich in die Brusttasche. »Mach's dir bequem, Kamerad. Wir lassen natürlich das Licht brennen.«

»Verdammter Seemannsarsch!«, flucht Satan, der immer noch dasteht und wie ein Totenschädel glotzt, als die drei Männer die Tür hinter sich zuknallen und die Haspen von außen verschließen.

Diese Idioten geben sich der Illusion hin, das Böse gebannt und in einer Art dunklen Unterwelt eingesperrt zu haben, obwohl sie dem Fremden im Grunde ein Himmelreich bereitet und ihn von den Pflichten des Alltags befreit haben.

Kapitän Guðmundur lauert beim Deckshaus und wartet darauf, dass die drei Männer zurückkommen und die Eisentreppe vom Wetterdeck zu Deck B hinaufsteigen. Er trägt eine Daunenjacke, hat eine Mütze auf dem Kopf und hält die kurze Mossberg-Pumpgun senkrecht an die Brust gedrückt.

Nach ein paar endlosen Minuten taucht Ísaks Kopf auf der Treppe auf, dann kommt Rúnar und schließlich Jóhann. Die Männer klammern sich mit der einen Hand an ihre Waffen und mit der anderen ans Geländer, gehen gebückt, um den

Windwiderstand zu verringern, und wenden die verzerrten Gesichter von den salzigen Böen ab.

Wut steigt in Guðmundur hoch, als er seine langjährigen Kollegen, die nicht nur seine Anweisungen missachtet, sondern auch die Macht an sich gerissen haben, so schwer bewaffnet sieht.

Verbrecher! Verräter! Aufrührer!

Guðmundur versteckt sich hinter einem Vorsprung und verfolgt jeden Schritt der drei Männer. Ísak ist oben angelangt, hält sich am äußersten Rand der massiven Brüstung aus schwarz gestrichenem Stahl fest, die statt einer Reling um Deck B verläuft, und tastet sich langsam vorwärts. Rúnar steigt gerade aufs Deck und folgt Ísak, während Jóhann erst auf halber Höhe der Treppe ist.

Der Westwind heult, zersprengt die Wellen und peitscht gegen das Schiff, Blitze leuchten in den Wolken, und in der Ferne dröhnt Donner. Das Deckshaus schwankt wie eine Boje, und der schwarze Schiffsrumpf verschwindet immer wieder in den salzigen Wellen.

Als die *Per se* nach einem tiefen Fall wieder in die Waagerechte kommt, tritt der Kapitän aus seinem Versteck, hebt die Pumpgun, stößt dem Ersten Steuermann den Schaft gegen die linke Wange und rammt dem Bootsmann mit voller Wucht den Ellbogen in den Magen.

Ísak fällt kopfüber aufs Deck und verliert das Gewehr, während Rúnar auf die Knie sinkt, ohne den Rand der Brüstung und die Schrotflinte loszulassen.

»Nicht schießen!«, schreit der Maschinenmeister. Er schleudert seine Flinte über Bord und reißt dann, auf der obersten Treppenstufe stehend, den linken Arm hoch.

»Man sollte euch allesamt abknallen!«, brüllt der Kapitän. Er richtet die Flinte abwechselnd auf die drei Männer und kämpft damit, auf dem glitschigen Deck nicht den Halt zu verlieren.

»Ruhig, Mann!«, ruft Rúnar und schiebt seine Flinte durch eine Ablaufrinne unten an der Brüstung über Bord.

»Was macht ihr denn da?«, schreit der Erste Steuermann

seine Komplizen an und steht auf. Im selben Moment sinkt das Schiff tief hinab, er verliert das Gleichgewicht und wird auf die Brüstung geschleudert.

»ÍSAK!« Der Bootsmann stürzt nach vorn und bekommt die Wade des Ersten Steuermanns zu fassen, kurz bevor dieser über die Brüstung katapultiert wird.

»Alle Mann rein!«, ruft der Maschinenmeister, tritt aufs Deck und hangelt sich an der Brüstung entlang. »Alle Mann rein, bevor einer über Bord geht!«

Ísak kriecht auf allen vieren übers Deck und greift nach dem Gewehr, bevor es ins Heck rutschen kann. Jóhann hilft Rúnar auf die Beine und stützt ihn mit dem linken Arm.

»Lass die Waffe fallen!«, schreit der Kapitän, als Ísak mit dem Gewehr in der Hand aufstehen will, dann aber ausrutscht und vor Rúnar gegen die Brüstung prallt. Rúnar packt den Kapitän, so dass dieser versehentlich den Abzug berührt und einen Schuss in den tiefschwarzen Himmel feuert.

»Willst du uns umbringen?«, brüllt Ísak und schwenkt das Gewehr wie eine Streitaxt.

»Alle Mann rein!«, schreit Jóhann, aber Rúnar kommt nicht weiter, denn der Kapitän bewegt sich nicht von der Stelle.

»Wirf die Waffe über Bord!«, ruft Guðmundur, seine Flinte auf Ísak gerichtet, der vor Wut mit den Zähnen knirscht, die Augen weit aufreißt und die Nasenflügel bläht.

»Los jetzt!«, brüllt Rúnar. Er stößt Guðmundur an, aber der reagiert nicht. »Hier wird niemand erschossen!«

»Keiner geht rein, bevor die Waffe nicht über Bord ist!«, schreit der Kapitän.

»Immer mit der Ruhe!«, ruft Ísak. Er stützt sich mit dem rechten Ellbogen an der Brüstung ab, hält das Gewehr senkrecht in der linken Hand und löst mit der rechten den Bolzen.

»Was machst du da?«, brüllt Guðmundur, der schon ganz heiser ist.

»Das Gewehr ist ein Museumsstück«, erklärt Ísak, lässt den Bolzen auf den Eisenboden fallen und kickt ihn dann vom Deck. »Jetzt ist es zwar nutzlos, aber unbeschädigt. Ich werfe es auf keinen Fall über Bord!«

»Alle Mann rein!«, brüllt Jóhann wieder und stößt Rúnar an, der gegen Guðmundur prallt.

»Okay, verdammt noch mal!« Guðmundur sichert die Pumpgun. »Alle Mann rein!«

Sie tasten sich an der Brüstung entlang, an der großen Trossenwinde an Backbord vorbei nach hinten zum Achtersteven. Dort wartet Ísak auf eine gute Gelegenheit und springt dann mit drei großen Schritten über den regennassen Boden zum Deckshaus und durch die Tür von Deck B. Er legt das Gewehr weg und hält Guðmundur die Tür auf. Der rennt los und rutscht fast aus, als das Schiff von einem Schlag getroffen wird, schafft es aber gerade noch.

»Jetzt du!«, ruft Ísak Rúnar zu, der mit den Bewegungen des Schiffes mitgeht und versucht, den richtigen Moment abzupassen.

Zu viel Wind ... zu viel Schräglage ... zu viel Wasser ...

»Guck mal!«, brüllt Jóhann Rúnar ins Ohr, als dieser gerade die Brüstung loslassen und zur Tür laufen will.

»Was denn?« Rúnar hält sich mit beiden Händen an der Brüstung fest, denn in dem Moment sinkt der Achtersteven ins brodelnde Wasser wie ein Wal, der sich in die Tiefen stürzt.

»Da ist Jónas!« Jóhann der Riese zeigt mit zitternder Hand auf den Zweiten Steuermann, der rücklings auf dem Boden liegt und genau zwischen der großen Trossenwinde und der Brüstung an Steuerbord hin und her rutscht.

»Ist er tot?«, fragt Rúnar.

»Ich weiß nicht!«, ruft Jóhann. Er stößt Ísak an. »Komm, wir müssen ihn reinholen!«

Satan spannt die Kette, um seinen Bewegungsspielraum auszutesten. Er kann den Pfosten in der Raummitte berühren, aber mehr nicht. Die Tür ist Lichtjahre entfernt.

In den Fußboden sind offene Kästen eingelassen, die von der Vorderseite der Back rechts und links bis zum Bug reichen. An Backbord liegen Fender und Bojen und an Steuerbord Farbeimer, Verdünnungsmittel, Gefäße für Farbe, Malerrollen und Pinsel. In Schulterhöhe über den Kästen hängen

Regale mit hohen Kanten, in denen große Rollen Sackleinen und Segeltuch, fleckige Overalls und andere Sachen liegen. Sie sind mit grünen Netzen gesichert, die an kleinen Eisenhaken befestigt und über die Regale gespannt sind.

Es ist äußerst mühsam, sich in der Back auf den Beinen zu halten, aber wenn die Kette gespannt ist, man breitbeinig steht und sich mit mindestens einer Hand am Regal festhält, ist es keineswegs unmöglich.

Satan beginnt, die Malerutensilien am Bugende eines der Kästen aufzustapeln, löst dann ein Netz vom Regal und spannt es darüber. Anschließend bereitet er sich einen Liegeplatz, indem er Segeltuch und Sackleinen auf den Boden legt.

So wird der Kasten zu einem tiefen Bett.

Satan legt sich auf den Rücken hinein und hakt ein Kettenglied in einen Eisenhaken an der Wand, damit er bei hohem Seegang nicht rausgeschleudert wird.

»Könnte schlimmer sein«, nuschelt er, während er das zerknitterte Zigarettenpäckchen aus seiner rechten Hosentasche pult und die Ampulle, die Spritze und die Nadel aus der Mullbinde wickelt.

Er setzt die Nadel auf die Spritze, sticht sie durch den Gummideckel in die Ampulle und zieht das flüssige Morphium hinein. Dann wartet er ruhig ab, während das Schiff eine hohe Welle erklimmt. Als es auf dem Wellenkamm angelangt ist, ballt er die linke Hand zur Faust, rammt die Nadel in eine blaue Vene in der Armbeuge und drückt den Stoff mit dem rechten Daumen langsam und konzentriert hinein.

Das Schiff stürzt von der Welle, Satan spürt Schmetterlinge im Bauch und fällt in einen dunklen Abgrund …

XXIV

Samstag, 15. September 2001.

Ísak hält sich mit bloßen Händen an der Brüstung fest und tastet sich zur Treppe vor. Es ist ungefähr achtzehn Stunden her, seit sie den vermeintlichen Saboteur in die Back gesperrt haben, und das Unwetter tobt noch immer. Ísak trägt einen dunkelgrünen Regenmantel und schwarze Gummistiefel und steigt nun rückwärts die steile Treppe hinunter. Vorsichtig betritt er das Wetterdeck, das in der schäumenden Gischt und dem salzigen Wind kaum auszumachen ist.

Der Erste Steuermann sucht den Gewehrbolzen, hat aber kaum Hoffnung, ihn nach so langer Zeit wiederzufinden.

Früher hat er es jedoch nicht geschafft.

Nachdem sie den bewusstlosen Jónas ins Krankenzimmer getragen hatten, schickte Kapitän Guðmundur Ísak geradewegs zur Wache auf die Brücke – und die ging bis zehn Uhr abends. Dann war es zu dunkel, um bei Sturm aufs Deck zu gehen und auf einer so großen Fläche einen so kleinen Gegenstand zu suchen.

Solange Jónas bewusstlos ist, müssen sich der Kapitän und der Erste Steuermann mit den Brückenwachen abwechseln, die jeweils acht Stunden dauern. Der Kapitän hat Ísak um zehn Uhr abgelöst und macht bis sechs Uhr in der Frühe weiter. Dann hat er bis zwei Uhr mittags frei.

Es ist zwar schon sechs, aber Ísak geht erst rauf, um den Alten abzulösen, wenn er den Bolzen gefunden hat.

Er muss diesen verdammten Bolzen finden!

In dem Moment, als Ísak das Geländer loslässt, sinkt das Schiff hinab und kippt gleichzeitig nach Steuerbord. Ísak verliert das Gleichgewicht, fällt auf den Bauch und prallt gegen die hintere Ladeluke. Dann kommt das Schiff wieder in die Waagerechte, das Deck füllt sich mit Wasser, und Ísak wird nach Backbord und unter der Reling hindurch über Bord gespült.

»NEIN!«

Alles wird schwarz, eiskaltes Wasser dringt in sämtliche Körperöffnungen, und ein paar Atemzüge lang hört und sieht Ísak nichts.

Als würde er sinken, stürzen, im Kreis herumwirbeln und in der stockdunklen Leere verschwinden …

Was macht er nur? Warum ist er nur rausgegangen, um den Bolzen zu suchen? Weil das Gewehr ein Museumsstück ist?

Nein. Warum hat er das Gewehr mit an Bord genommen? Um die Machtverhältnisse auszugleichen? Um zu provozieren? Aus Angst, seinen Job zu verlieren? Er geht nicht zum Arbeitsamt! Was ist daran so schlimm? Könnte er nicht auf einem anderen Schiff anheuern, wenn er wollte? Ein Mann mit so viel Erfahrung! Warum hat er solche Angst davor, seinen Job zu verlieren? Wegen der Gehaltseinbußen? Aus verletztem Stolz?

Oder hat er Angst, endgültig die Kontrolle über den Alkohol zu verlieren? Angst davor, genug Zeit zu haben, um sich totzusaufen? Warum sollte er sich totsaufen?

Er weiß, dass es geschieht, und kann nichts dagegen tun! Natürlich kann er was dagegen tun! Er ruft einfach bei den Anonymen Alkoholikern an!

Nein. Bei denen ruft er garantiert nicht an. Oder?

Hat er das Gewehr mit an Bord genommen, weil er Angst hat zu sterben?

Oder weil er sich danach sehnt zu sterben?

Das Leben ist ein Seiltanz, und alle verlieren früher oder später das Gleichgewicht und stürzen in die stockdunkle Leere …

Ein paar Atemzüge lang wird alles schwarz und …

Ísak schlägt gegen den schwarzen Schiffsrumpf, sein Mund steht offen, und seine Lungen ringen nach Luft. Salziges Meerwasser läuft aus seiner Nase, und seine brennenden Augen öffnen sich weit. Die Finger seiner rechten Hand krallen sich an der untersten Sprosse der Reling fest, sein Arm glüht vor Schmerz, und der Schmerz erfüllt seinen Kopf wie ein mehrstimmiger Engelschor.

Er hängt am seidenen Faden seines eigenen Körpers …

Was für ein wundervolles Gefühl zu spüren, wie der Stahl an ihm reißt, Haut und Fingerknochen quetscht, an Nerven, Muskeln, Gelenken und Sehnen zerrt, ihm Pein verursacht!

Ísak schwingt nach vorn und bekommt die Reling mit beiden Händen zu packen. Dort hängt er, halb im Wasser, wenn das Schiff nach Backbord kippt, zappelnd wie eine Maus, die versucht, aus einem eisernen Waschzuber zu klettern. Er beißt die Zähne zusammen und wartet, bis das Schiff sich nach

Steuerbord neigt. Dann endlich zieht er sich hoch und schlüpft unter der Reling hindurch aufs Deck.

»O Gott!«, stöhnt Ísak, krabbelt auf allen vieren zur Treppe und klammert sich an die untersten Stufen.

Ási und Jóhann stehen im Krankenzimmer bei Jónas. Seine Augenlider flattern, und er scheint das Bewusstsein wiederzuerlangen.

Am Freitagnachmittag haben sie ihm erst Morphium gespritzt und dann seinen Körper unter die Lupe genommen und seine Wunden versorgt. Der linke Arm ist am Ellbogengelenk gebrochen, der linke Knöchel verstaucht oder ebenfalls gebrochen, ebenso wie das linke Knie und wahrscheinlich auch die Hüfte. Er hat schwere Verletzungen an Rücken und Hals, aber über innere Blutungen und eventuelle kleinere Brüche lässt sich nichts Genaues sagen.

Der Zweite Steuermann liegt auf dem Rücken, mit Schienen und Verbänden am linken Arm und Bein, einer Stützmanschette um den Hals und einem kalten Wickel auf der Stirn.

»Wasser«, wispert Jónas und leckt sich über die trockenen Lippen.

»Ja, du kriegst gleich was, Junge«, sagt der Koch. Er nimmt Jónas den Wickel ab – einen nassen Waschlappen, der nach wenigen Minuten auf der heißen Stirn schon lauwarm ist.

Jóhann der Riese hilft dem Verletzten, sich ein wenig aufzusetzen, und Ási hält ihm ein Glas kaltes Wasser an die Lippen.

»So, nicht zu viel.« Ási stellt das Glas ab und trocknet Jónas mit einem sauberen Tuch den Mund ab.

»Überanstreng dich nicht«, sagt Jóhann. Langsam lässt er Jónas zurück ins Bett sinken. »Du bist schwer verletzt.«

»Was ist eigentlich passiert?«, fragt der Koch, als Jónas die Augen ganz aufschlägt und den Blick durch das weiß gestrichene Zimmer schweifen lässt.

»Er hat mich gestoßen.« Jónas räuspert sich vorsichtig. »Er hat mich rausgezerrt und vom Deck geschmissen.«

»Wer?«, fragt Jóhann.

»Satan.« Jónas verzieht das Gesicht.

»Du hättest tot sein können, Junge!« Ási wischt ihm den Schweiß von der Stirn.

»Er wollte mich umbringen.« Jónas blickt seine Kollegen mit Tränen in den Augen an.

»Warum denn?«, fragt Jóhann.

»Er hat mir gedroht ... ich weiß, wer er ist.« Jónas schließt wieder die Augen. »Aber ich konnte nicht länger schweigen ... Nicht, nachdem er die Kabel gekappt hatte. Ich wollte ihn verraten! Deshalb hat er versucht, mich umzubringen!«

»Ganz ruhig«, sagt Ási und streicht dem Zweiten Steuermann über die Wange. »Wir haben den Kerl eingesperrt.«

»Das ist gut«, murmelt Jónas und lächelt schwach.

»Wann hat er dich denn runtergestoßen?« Jóhann kratzt sich am Bart. »Nach dem Mittagessen?«

»Also, ich ...«

»Muss wohl so gewesen sein«, sagt Ási und tätschelt Jónas wie einem kleinen Jungen den Kopf. »Er hat bei mir Fisch gegessen und ist dann gegen halb eins wieder gegangen.«

»Das passt nicht.« Jóhann schüttelt den Kopf. »Da hatte er sich ja schon zu erkennen gegeben. Warum hätte er Jónas dann noch zum Schweigen bringen sollen?«

»Er hat mich einfach angegriffen ...«, stöhnt Jónas.

»Der Mann ist doch völlig verrückt!« Ási befeuchtet den Waschlappen und legt ihn wieder auf Jónas' Stirn.

»Ja, aber das passt trotzdem nicht.« Jóhann tritt am Bettende von einem Fuß auf den anderen. »Als du nach dem Mittagessen raufgegangen bist, waren wir gerade dabei, den Kerl festzunehmen. Wann soll er denn da Zeit gehabt haben, dich von Deck zu stoßen?«

Jónas bewegt die Lippen, bringt aber nichts heraus. Dann gibt er einen langgezogenen Klagelaut von sich, der nach Verzweiflung klingt, im nächsten Moment jedoch nach starken Schmerzen.

»Ruhig, Junge, ruhig«, sagt Ási. »Du hast mehrere Knochen gebrochen. Ich gebe dir noch eine Spritze.«

»Ich komme dann gegen Mittag noch mal vorbei«, murmelt Jóhann und geht zur Tür.

»Hast du schon mit Ísak gesprochen?«, fragt Ási, während er eine neue Spritzenverpackung aufreißt.

»Nee, warum?«

»Wir canceln die Motorsache, oder?« Ási fischt eine unbenutzte Nadel aus einer Aluminiumdose. »Ich meine, das Wetter ist so, wie es ist, und ...«

»Ási!«, sagt Jóhann eindringlich und nickt in Richtung des Zweiten Steuermanns, der mit offenem Mund hektisch atmet und eingeschlafen zu sein scheint.

»Oh, entschuldige«, murmelt Ási und steckt die Nadel auf die Spritze. »Ich meinte nur, äh, die allgemeine Motorwartung und so ...«

»Ási?«, sagt Jóhann und öffnet die Tür zum Gang.

»Was?«

»Ich bin weg«, seufzt Jóhann.

»Kannst du die Kaffeemaschine anmachen?«, fragt Ási, während er Morphiumlösung in die Nadel zieht.

»Ja, mache ich.« Jóhann eilt hinaus, bevor der Koch dem Patienten die Spritze setzt.

Auf dem Flur trifft Jóhann den Ersten Steuermann, der gerade hereingekommen und von Kopf bis Fuß klatschnass ist.

»Wie siehst du denn aus, Mann?« Jóhann der Riese starrt seinen Kollegen mit offenem Mund an. »Was hast du gemacht?«

»Nur nach dem Wetter geguckt«, murmelt Ísak schniefend. Er ist rot im Gesicht, und seine linke Wange ist vom Zusammenstoß mit der Pumpgun des Kapitäns blauschwarz verfärbt, das Auge ist geschwollen, und die Zähne im Oberkiefer schmerzen.

»Solltest du nicht schon längst auf der Brücke sein?«

»Doch, ich gehe gleich hoch«, murmelt Ísak und zieht die Kapuze vom tropfnassen Kopf. »Ich hänge nur kurz meine Regensachen unten auf.«

»Mach das«, sagt Jóhann und betritt die Kombüse. Dann bleibt er stehen und ruft dem Ersten Steuermann hinterher: »Hör mal, Ísak!«

»Ja?« Ísak dreht sich auf der Treppe zu Deck A um.

»Dieser ganze Schwachsinn ist zu Ende, oder?«

»Welcher Schwachsinn?« Ísak reißt die vom Salzwasser geröteten Augen auf.

»Dieser ganze Waffenscheiß.« Jóhann räuspert sich vernehmlich. »Wir blasen die Sache ab und versuchen, uns mit dem Alten zu einigen, okay?«

»Hm, wär wohl besser.« Ísak weicht dem anklagenden Blick des Maschinenmeisters aus.

»Ich weiß wirklich nicht, was ich mir dabei gedacht habe. Aber von jetzt an mache ich bei solchem Schwachsinn nicht mehr mit. Wenn wir gekündigt werden, protestieren wir auf legale Weise mit Hilfe der Gewerkschaft. Bist du auch der Meinung?«

»Ja, bin ich«, brummelt Ísak mit gesenktem Kopf. Er trollt sich die Treppe hinunter, während Jóhann der Riese in der Kombüse verschwindet.

Nachdem Ísak unten in der Kammer seinen Regenmantel aufgehängt und seine Stiefel auf einen dafür vorgesehenen Ständer gestülpt hat, steigt er die Treppe wieder hinauf, mit nassen Füßen, an Beinen, Brust und Rücken feucht.

Er muss trockene Klamotten anziehen, bevor er den Alten in der Brücke ablöst.

Ísak Sigurðsson geht mit schweren Schritten, lange nicht so selbstbewusst wie sonst und geplagt von Gedanken, die so düster sind wie das Unwetter, das das Schiff umtost.

Vor zehn Minuten hat er noch in den mächtigen Wellen mit einer Hand am Schiff gehangen und dem Tod ins Auge geblickt. Auge in Auge mit dem Ende ist ihm etwas klar geworden:

Ohne Arbeit kann er nicht überleben.

Während der Landurlaube liegt er von Alkohol benebelt im Bett und schwebt durch die Weiten des Rauschs und der Alpträume. Wenn er zu sich kommt, greift er nach dem Glas auf dem Nachttisch und stürzt den Inhalt hinunter. Anschließend wankt er in die Küche und füllt es aufs Neue.

Halb mit Wodka, halb mit Cola.

Und stürzt den Inhalt hinunter. Dann muss er nur noch einmal einschenken und mit dem Glas zurück ins Schlafzimmer stolpern, bevor er wieder das Bewusstsein verliert.

Wenn er aufwacht, reckt er sich nach dem Glas auf dem Nachttisch und stürzt den Inhalt hinunter.

Manchmal muss er pinkeln. Manchmal muss er kotzen. Aber meistens wacht er nur auf, trinkt und schenkt sich wieder ein.

Und versinkt erneut in den Tiefen des Rausches:

Bumm, bumm, bumm …

Bis drei Tage vor der nächsten Fahrt. Dann läuten in seinem Kopf die Alarmglocken. Dann ist es an der Zeit, nüchtern zu werden.

Und dann kommen das Kotzen und das Heulen. Dann beginnt die wahre Hölle, die nicht enden will. Zittern, Krämpfe, Halluzinationen, Kälteschauer und Wahnsinn, der sich immer mehr festsetzt.

Aber er gibt nicht auf. Er wird zur Arbeit erscheinen. Er ist zu stolz, um so tief zu sinken, dass er sich Bacchus gänzlich unterwirft.

Bis zum nächsten Landgang.

Er ist schon mehrmals mit Alkoholvergiftung ins Krankenhaus eingeliefert worden und wochen- oder monatelang trocken geblieben, zweimal sogar länger als ein Jahr. Aber er hat nie wirklich aufgehört zu trinken. Er wollte aufhören. Er hat davon geträumt aufzuhören, dennoch hat er den Schritt nie ganz vollzogen.

Er hat nie den Mund aufgemacht und jene schweren Worte aus der Tiefe seines Herzens hervorgekramt:

»Ich heiße Ísak Sigurðsson und bin Alkoholiker.«

Warum eigentlich nicht?

Vielleicht ist er zu stolz, um sich und anderen diese Schwäche einzugestehen. Zu stolz, um Hilfe anzunehmen. Und vielleicht fürchtet er sich vor dem, was sich in den dunklen Winkeln seines Herzens verbirgt und was dann ans Licht kommen würde. Vielleicht fürchtet er sich vor dem, wovor er die ganzen Jahre weggelaufen ist:

Leere.

An Bord hat Ísak Sigurðsson Pflichten zu erfüllen. Er hat eine Aufgabe. Er weiß, was er tun muss und wie er es tun muss. Er ist Teil einer gut organisierten Einheit. Er hat die Aufgabe, einen bestimmten Raum auszufüllen, eine bestimmte Leere zu füllen.

Er ist Ísak, Erster Steuermann.

Aber ohne dieses viertausend Tonnen schwere Stahlungetüm ist er wie ein Zahnrad ohne Antrieb. Ein toter Gegenstand, der keinen Nutzen hat und keine Rolle spielt. So wie das Schiff ist er vielleicht selbst nur ein seelenloses Ungetüm, das nicht weiß, woher es kommt und wohin es fährt. Schiffe haben keinen eigenen Willen, und was keinen Willen und keine Vorstellungskraft hat, kommt nur ans Ziel, wenn es von jemandem gelenkt wird, der denkt und versteht.

Ísak steuert das Schiff, aber er hat keine Ahnung, wer ihn steuert. Jemand, der ihn vor dem Verderben retten will? Oder jemand, der ihn stranden lassen will?

Ist er ein Spielball böser Mächte? Ein Günstling der Engel? Oder nur ein Geisterschiff, das ziellos über den Ozean des Lebens treibt?

Er weiß es nicht.

Und vielleicht will er es gar nicht wissen.

Ísak bleibt vor seiner Kajütentür stehen und betrachtet die Finger seiner rechten Hand, die noch vor wenigen Minuten die Reling umfasst hielten und ihn vor dem sicheren Tod bewahrt haben.

Ein Zufall.

Er hat dem Tod ins Auge geschaut und überlebt!

Das war kein Zufall!

Jemand muss auf ihn aufgepasst haben! Jemand, der der Meinung ist, dass er leben soll!

Ísak Sigurðsson hat eine zweite Chance bekommen, und die wird er sich nicht aus der Hand nehmen lassen. Dafür steht zu viel auf dem Spiel.

Es geht um Leben und Tod, und es ist an der Zeit, dem Leben eine Chance zu geben.

»Ich heiße Ísak Sigurðsson«, sagt der Erste Steuermann laut, »und bin Alkoholiker.«

Er lächelt, greift nach der Klinke und drückt mit der rechten Schulter gegen die Tür, aber sie bewegt sich nicht.

»Verdammt!«

Er stemmt sich gegen die Tür und tritt mit dem Fuß dagegen, woraufhin sie sich einen Spalt öffnet und ein heftiger Windzug in den Flur jagt.

Hat er das Fenster offen gelassen?

Der Wind wirbelt durch die Kajüte und fegt alles durcheinander. Die Vorhänge sind zerrissen, überall liegen Glasscherben, und der Boden steht unter Wasser.

Ísak schlüpft in die Kajüte und lässt die Tür los, die sofort ins Schloss fällt.

»Was zum …?« Ísak blickt zum Fenster. Wie ein aufgerissenes Tiermaul sieht es aus, mit abgrundtiefem Schlund und dreieckigen Glassplittern als Zähnen.

Und das Tier zischt und bläst dem Ersten Steuermann Wind, Meerwasser und Regen ins Gesicht. Er kneift die Augen zusammen und läuft über den durchnässten Teppich.

Warum ist die Fensterscheibe zerbrochen?

Ísak zieht die nasse Tagesdecke vom Bett, knüllt sie zusammen und will sie ins Fenster stopfen, als sich ein Glassplitter aus dem Fensterrahmen löst und Ísak entgegenschießt. Er kann gerade noch die Augen schließen, bevor sich der Splitter in seine rechte Wange bohrt.

Ísak hält inne und tastet mit den Fingern nach dem Splitter. Er spürt, wie ihm Blut die Wange hinunterläuft, aber vom Wind zur Seite gedrückt wird, ins rechte Ohr hinein und weiter zum Haaransatz.

»O mein Gott«, murmelt Ísak und zwinkert mit den salzverklebten Augen. Er knüllt die Tagesdecke fester zusammen, quetscht das Bündel in die Fensteröffnung und schafft es, Wind und Regen auszusperren.

Stille.

Der Luftzug legt sich, es wird wärmer, die wirbelnden Vorhänge verlieren den Schwung, Blut fließt in seinen Kragen, und Wasser tropft von Regalen, Tisch und Schränken.

Ísak geht ins Bad und mustert sich im Spiegel. Der Glassplitter steckt tief in seinem Wangenknochen und ragt wie eine kleine Haifischflosse in die Luft.

Ísak zieht den Splitter heraus, desinfiziert die Wunde und klebt ein Heftpflaster drauf. Anschließend wäscht er das angetrocknete Blut mit einem heißen Waschlappen ab.

»Unglaublich«, murmelt er, während er sich im Badezimmer nackt auszieht. Zum Glück hängen die gebrauchten Klamotten von gestern noch am Haken hinter der Tür. All seine übrige Kleidung ist wahrscheinlich feucht oder nass – so wie die ganze Kajüte.

Der Erste Steuermann trocknet sich mit einem sauberen Handtuch ab, spritzt sich Rasierwasser ins Gesicht und zieht sich dann schnell an. Er kämmt sich, putzt sich die Zähne und schlüpft in seine Hausschuhe, bevor er das Bad verlässt und auf den klatschnassen Teppich tritt.

Betrübt schaut er sich in der Kajüte um, seufzt dann kopfschüttelnd, dreht sich um und greift nach der nassen, kalten Türklinke.

Die Innenseite der Tür sieht furchtbar aus. Sie ist voller Glassplitter, die wie Stacheln aus dem gesprungenen Holz ragen.

»Das kann ja wohl nicht wahr …« Ísak öffnet die Tür, hält jedoch mitten im Satz inne und bleibt kurz vor der Türschwelle stehen, denn er stößt mit dem Fuß gegen einen Gegenstand auf dem Boden.

Er schaut nach unten. Als er sieht, was dort auf dem nassen Teppich zwischen Glasscherben, Tangfäden, Sand und Steinchen liegt, setzt sein Herz einen Moment lang aus, und das Blut gefriert ihm in den Adern.

Da ist er. Der Gewehrbolzen.

»O mein Gott …«

Guðmundur Berndsen sitzt auf dem Kapitänsstuhl und starrt gedankenverloren durch die beschlagenen Fenster der Kommandobrücke. Er hat den Autopiloten eingeschaltet und hockt schon seit vier Stunden reglos da – seit er zwischendurch aufgestanden ist, um frischen Kaffee zu machen.

Der Kaffee hat sich längst in eine Teerbrühe verwandelt, ohne dass der Kapitän ihn auch nur angerührt hätte.

Rúnar ist pünktlich um drei Uhr zur Wache erschienen, aber Guðmundur hat ihn eine halbe Stunde später wieder runtergeschickt. Er ist nicht in der Stimmung, sich mit Leuten in einem Raum aufzuhalten, die seine Anweisungen nicht befolgen, geheime Treffen abhalten und die Macht an sich reißen, sobald ihr Vorgesetzter ihnen den Rücken zukehrt.

Übers Wetterdeck schwebt ein gelber Schleier, der an Trockennebel erinnert – ein Salzsturm, der im Licht der Scheinwerfer einen gespenstischen Anstrich bekommt. Das Schiff steigt, bleibt einen Moment in der Schwebe und stürzt wieder hinab. Der Kapitän wird wie schwerelos vom Stuhl gehoben oder fest in das knirschende Leder gedrückt, so dass ihm der Atem stockt.

Aber er lässt sich von den gewaltigen Bewegungen nicht beirren und steuert das Schiff nach Süden, ohne zu wissen, wo es sich gerade befindet. Solange das GPS nicht funktioniert, weiß er weder, wie schnell sie fahren, noch, wie weit sie vom Kurs abgekommen sind. Nach Süden zu fahren ist eigentlich nicht sinnvoll, wenn der Ausgangspunkt unklar ist – was er in der Tat ist.

Wenn sich der Sturm legt, kann der Kapitän die Position des Schiffes mit Sextant, Uhr und Taschenrechner bestimmen, aber bis dahin muss er Ruhe bewahren, auf seine Erfahrung vertrauen und das Beste hoffen.

Bei Unwetter zu fahren ist, wie blind zu fliegen. Die Umgebung verwirrt so lange die Sinne, bis die Fantasie das Kommando übernimmt.

Die Augen sagen dem Kapitän, dass sich das Schiff im Kreis dreht, aber der Kompass erzählt eine andere Geschichte. Das Schiff fährt eindeutig nach Süden. Wenn der Kapitän nicht mehr auf seine Urteilskraft vertraute, würde er den Kompass einfach für kaputt erklären und das Schiff im Kreis lenken.

Die Augen behaupten auch, dass das Schiff rückwärts und nicht vorwärts fährt. Das GPS könnte diesen Trugschluss in wenigen Minuten widerlegen, aber ohne Satellitennavigation muss der Kapitän sich auf seine Erfahrung mit früheren Unwettern auf dem offenen Meer verlassen.

Er vermutet, dass sie etwa fünf bis acht Seemeilen in der Stunde zurücklegen. Die Abdrift des Schiffes lässt sich schwer bestimmen, er hofft jedoch, dass sie nicht mehr als drei Seemeilen in der Stunde seitwärts treiben.

Möglicherweise treiben sie schneller seitwärts, als sie vorwärts fahren. Dann verlängert sich die Entfernung zum Ziel laufend, anstatt kürzer zu werden. Dann wäre es besser, an Ort und Stelle zu bleiben, im aufgewühlten Meer Wasser zu treten und sich in eine Art Pattsituation mit dem Sturm zu begeben.

Die Augen sagen dem Kapitän, dass das Schiff nicht vorwärts fährt, und vielleicht haben sie recht, aber wenn er auf das Flattern in seinem Bauch und das Schwindelgefühl in seinem Kopf hört, fliegt das Schiff mit dreifacher Höchstgeschwindigkeit über die Wellenkämme.

Der Kapitän weiß nicht mehr, was er glauben soll. Er ist zu dem Ergebnis gekommen, dass es am besten ist, gar nichts zu glauben. Wenn die Logik aussetzt, sagt einem die Vernunft, dass es am besten ist, gar nicht mehr zu denken. Unlogische Gedanken führen zu Einbildung, Fehlern und zeitweiligem Wahnsinn.

Wenn der Kapitän nichts tut, tut er auch nichts Dummes. Er fährt nach Süden, mehr nicht. Süden ist das einzig Sichere. Das ist nicht viel, aber es ist viel mehr als nichts.

Süden.

Der Kapitän starrt vor sich hin und denkt nur das, was er sieht:

Ein gelber Schleier liegt über dem Wetterdeck, salziger Nebel, der wie Trockeneis auf einer Rockbühne herumwirbelt und die Sicht in alle Richtungen versperrt.

»Hexenwetter«, murmelt Guðmundur Berndsen. Er blinzelt mit den Augen, die nach dem langen Wachsein und unentwegten Starren trocken und gerötet sind.

»Guten Morgen.« Ísak betritt die Brücke. Der Kapitän schaut zum ersten Mal seit langer Zeit auf seine Uhr. Es ist dreiundzwanzig Minuten nach sechs.

»Du bist spät dran.« Guðmundur steigt vom Stuhl und hält sich am Griff des Steuerpults fest, damit er nicht hinfällt, als das Schiff mit dem üblichen Knarren plötzlich nach Backbord kippt.

Der Erste Steuermann stützt sich am Sideboard beim Kartenraum ab und tastet sich nach vorne. Als das Schiff wieder in die Waagerechte kommt, nutzen die Männer die Gelegenheit. Sie schaffen es bis zur Mitte der Brücke, ohne aneinanderzustoßen oder sich gegenseitig über den Haufen zu rennen.

Guðmundur erreicht den Kartenraum, und Ísak steigt auf den Kapitänsstuhl.

»Der Autopilot ist an.«

»Das sehe ich.«

Sie blicken einander nicht in die Augen, spüren jedoch die unangenehme Nähe des anderen.

Guðmundur ist wütend, weil Ísak ihn hintergangen und provoziert hat, aber es tut ihm leid, den Ersten Steuermann mit dem Schaft des Gewehrs geschlagen zu haben, sehr leid.

Ísak verliert fast den Verstand vor Angst. Er hat Angst vor dem Gewehr, das in seiner Kajüte auf ihn wartet, denn er weiß, dass er es benutzen wird.

Er ist sich nur nicht sicher, ob er es gegen sich selbst oder gegen andere richten wird.

Im Geiste sieht er sich den Lauf in den Mund stecken, die Augen schließen und abdrücken.

Und diese Vorstellung macht ihm Angst, unglaublich große Angst.

Aber er sieht sich auch im Geiste den Lauf auf Guðmundurs Kopf richten, ganz ruhig abdrücken und das Machtgefühl genießen, mit einem teuflischen Grinsen und hasserfülltem Blick.

Und diese Vorstellung macht ihn wahnsinnig!

»Um zwei Uhr findet ein kleines Treffen in meiner Kajüte

statt«, sagt Guðmundur, die Hand an der Türklinke. »Ich, du, Rúnar und Jóhann.«

»In Ordnung.«

»Wir müssen das Kriegsbeil begraben.« Guðmundur öffnet die Tür. »So geht das nicht weiter.«

»Ich weiß.« Ísak blickt über die Schulter zurück. Im selben Moment sinkt das Schiff hinab, und er wird vom Stuhl hochkatapultiert.

Die beiden Männer sehen einander kurz in die Augen und stellen für den Bruchteil einer Sekunde eine Verbindung her – als Kollegen, als Kapitän und Erster Steuermann, als Blutsbrüder bei Flaute wie bei Sturm.

Alles wird gut, denkt Guðmundur. Wir reden miteinander, räumen die Probleme aus dem Weg und versöhnen uns!

Alles wird gut, denkt Ísak. Ich werfe das verdammte Gewehr einfach ins Meer! Oder?

Dann prallt das Schiff auf eine Welle, Ísak wird in den Sitz gedrückt, die Tür fällt knallend ins Schloss, Guðmundur lässt die Klinke los und stürzt auf die Knie:

Bumm, bumm, bumm …

Der Lärm ist so überwältigend, dass man meinen könnte, das Schiff breche auseinander. Es neigt sich so stark nach Backbord, dass es fast zu kentern scheint.

Doch die Männer auf der Brücke haben das alles schon gehört und gesehen; sie kennen ihr Schiff und zweifeln nicht daran, dass es auch diesmal gutgeht. Deshalb atmen sie noch nicht einmal erleichtert auf, als sich der mächtige Schiffsrumpf langsam aus dem Wellental erhebt und gemächlich wieder aufrichtet wie ein riesiger Wal nach einem Tauchgang.

»Also dann, bis später«, sagt Guðmundur Berndsen, steht wieder auf und öffnet die Tür zum Flur.

»Bis später.« Ísak rudert mit den Beinen und umklammert die Stuhllehnen, als sich das Schiff von einer weiteren Welle stürzt wie ein Wägelchen, das über die oberste Kante einer Achterbahn rollt.

Der Kapitän verlässt die Brücke und macht die Tür hinter sich zu, während der Erste Steuermann regungslos im Stuhl sitzt und gedankenverloren durch die salzverkrusteten Fenster starrt.

Über dem Wetterdeck liegt gelber Dunst …

XXV

Verdammt, wie ihn das nervt!

Ísak klopft zweimal an die Tür der Kapitänskajüte.

Seine Wange tut weh, er ist nach acht Stunden Brückenwache todmüde und hungrig und hat keine Lust, über ernste Dinge zu reden.

Worte können die Welt verändern, aber die Worte LASST UNS AUFBEGEHREN sind schon längst wertlos – ihr Verfallsdatum ist überschritten.

Sie haben Waffen mit an Bord genommen, um nicht reden zu müssen. Sie wollten Taten sprechen lassen.

Stimmt doch, oder?

Aber ihre Taten sind mehr oder weniger im Sande verlaufen. Sie waren zu voreilig, sind ein bisschen zu weit gegangen und haben vielleicht zu schnell aufgegeben, als es drauf ankam. Durch den »faulen Apfel« an Bord ist es der Reederei gelungen, Misstrauen zu säen und den Zusammenhalt der Mannschaft zu schwächen.

Die gesamte Energie der Aufrührer ist dafür draufgegangen, diesen gefährlichen Fremdkörper aufzuspüren und handlungsunfähig zu machen. Dadurch sind die Fünf viel zu früh aufgeflogen.

Solange der Saboteur frei rumlief, konnten sie sich nicht auf die Belange der Mannschaft konzentrieren, und als er überwältigt war, traten diese Belange in den Hintergrund, weil die Verschwörung entdeckt worden war.

Was auch immer sie getan haben – sie sind vom Gegner in die Ecke gedrängt worden und haben sich ins Narrenmatt gespielt.

Mit diesen verdammten Juden ist jedenfalls nicht zu spaßen!

Dass außer ihnen niemand von dem Vorhaben wusste, war der stärkste Trumpf der Fünf, und der wurde ihnen aus der Hand geschlagen. Ohne Tarnung ist es den Männern kaum möglich, sich den Machthabern entgegenzustellen.

Respekt vor dem Kapitän liegt Seeleuten einfach im Blut.

Jóhann weigert sich, den Motor lahmzulegen, und Rúnar, Sæli und Ási sind völlig verunsichert.

Die Meuterei wurde im Keim erstickt. Die Reederei hat gewonnen. Die Kündigungen werden durchgesetzt.

Oder?

»Herein!«

Ísak öffnet die Tür, atmet durch die geblähten Nasenflügel ein und betritt in kerzengerader Haltung die Kajüte.

Er wird sich möglichst unvoreingenommen anhören, was der Kapitän zu sagen hat, ist aber auch fest entschlossen, sich nicht von ihm überrumpeln zu lassen.

Eine Niederlage zu erleiden ist eine Sache, aber in Anwesenheit von Zeugen erniedrigt zu werden ist etwas ganz anderes.

»Setz dich.« Der Kapitän zeigt auf das Sofa, wo Jóhann und Rúnar schon sitzen.

»Wie sieht denn dein Gesicht aus, Mann?«, fragt Rúnar, als er das blutverschmierte Heftpflaster auf Ísaks rechter Wange sieht.

»Halb so schlimm«, murmelt Ísak und setzt sich in eine Ecke des Sofas. »Hab mich nur geschnitten.«

»Sieht nicht gut aus«, sagt Jóhann, der in der Mitte sitzt.

»Bevor ich heirate, ist das bestimmt verheilt«, entgegnet Ísak, berührt das hart gewordene Pflaster mit der Fingerspitze und zuckt vor Schmerz zusammen.

»Männer!« Guðmundur Berndsen räuspert sich. Er steht mit hinter dem Rücken verschränkten Händen vor dem Tisch und balanciert die Bewegungen des Schiffes aus. Hinter ihm sitzt Skuggi und legt den Kopf schief.

Die drei Seeleute schauen den Kapitän schweigend an. Er schiebt das Kinn vor und starrt beim Reden konzentriert auf die Wand über ihren Köpfen, so als spreche er zu einer großen Menschenmenge.

»Ich wünsche mir einfach nur eine konstruktive Zusammenarbeit, bis wir in Surinam sind.« Guðmundur beugt sich vor, um eine entgegengesetzte Bewegung des Schiffes auszugleichen. »Sobald wir dort anlanden, rufe ich zu Hause an und frage den Reedereichef nach den vermeintlichen Kündigungen. Falls sie wirklich beschlossene Sache sind, bestehe ich darauf, dass die Entscheidung überprüft wird.«

Er senkt das Kinn und blickt den drei Männern nacheinander respektvoll schweigend in die Augen, um seine Worte zu bekräftigen.

Sagt er die Wahrheit? Ja. Er wird anrufen und verlangen, dass die Entscheidung über die Kündigungen zurückgenommen oder zumindest aufgeschoben wird.

Aber glaubt er wirklich, dass er damit Erfolg hat? Nein. Er hat ja selbst gekündigt, und sein Wort hat in der Firma kein Gewicht mehr.

Bestenfalls hören sie ihm aus Höflichkeit zu. Schlimmstenfalls bestrafen sie ihn für die Einmischung, indem sie seinen Aufhebungsvertrag annullieren oder die Rentenzahlungen um ein paar Jahre hinauszögern.

Er erkauft sich schlicht und ergreifend Frieden – und das möglicherweise für teures Geld.

»Was ist, wenn sie sich weigern?«, fragt Ísak.

»Dann weigere ich mich, das Schiff zu beladen«, antwortet Guðmundur prompt.

»Und wenn sie dir mit Kündigung drohen?« Ísak lehnt sich auf dem Sofa zurück und spürt etwas Hartes in seinem Rücken.

»Dann kündige ich eben!«

»Und lässt das Schiff im Stich?«, fragt Ísak, während er mit der rechten Hand hinter den Sofakissen herumtastet.

»Ja.« Guðmundur nickt. Er hat schon so viel gelogen, dass er rot anläuft und ihm der Schweiß ausbricht.

»Und uns auch?« Ísak grinst breit, denn der Kapitän hat sich in seinen eigenen Aussagen verstrickt. Aber Ísaks kaltes

Grinsen erstirbt und wird von einem leeren, ängstlichen Gesichtsausdruck abgelöst, als seine Finger hinter den Kissen auf gewölbtes Glas stoßen.

»Wie bitte?«, fragt Guðmundur blinzelnd.

Mist! Er hat diese Unterredung im Geiste unzählige Male durchgespielt, hat Antworten auf alle nur denkbaren Fragen einstudiert, und jetzt hat ihn dieser verdammte Kerl trotzdem erwischt!

Schweigen.

Ísak kann nicht mehr klar denken. Er streicht mit der Hand über die Flasche und hört, wie die Flüssigkeit in einem schweren Glas gluckst, oder in seinem Kopf – das weiß er nicht so genau. Er sieht doppelt, riecht starken Alkohol, und sein Mund ist auf einmal wie ausgetrocknet.

»Ísak?« Jóhann stößt den Ersten Steuermann leicht mit dem Ellbogen an.

»Ja?« Ísak lehnt sich noch fester gegen die Kissen und drückt die Flasche mit der Hand an die Rückwand des Sofas.

»Du hast gefragt, ob er dann auch uns im Stich lässt.« Jóhann fixiert den Ersten Steuermann, dessen Gesicht abwechselnd rot und blass wird.

Schweigen.

»So weit wird es nicht kommen.« Guðmundur räuspert sich.

»Wie kannst du dir da so sicher sein?«, fragt Rúnar.

Guðmundur sagt etwas. Ísak sieht, wie sich seine Lippen bewegen, aber er hört nichts.

Er hört nur seine eigenen Herzschläge, die wie Trommelwirbel in seinem leeren Kopf hallen:

Bumm, bumm, bumm …

Er zieht den Flachmann hinter den Kissen hervor und steckt ihn hinten in seinen Hosenbund. Dann zupft er sein Hemd aus der Hose und verdeckt die Flasche damit.

Ist es Wodka? Rum? Gin? Whisky? Cognac?

Cognac.

Er ist sich sicher, dass es Cognac ist!

»Ísak?«

Schweigen.

»Ich will nur noch eins sagen, bevor ich diese Versammlung verlasse«, verkündet Ísak und erhebt sich vom Sofa. »Ich bin froh über das, was gesagt wurde. Guðmundur ist ein prima Kerl, und ich vertraue ihm. Mehr habe ich nicht zu sagen.«

Ísak Sigurðsson hat kaum zu Ende gesprochen, als das Schiff von einem schweren Brecher getroffen wird. Kapitän Guðmundur verliert das Gleichgewicht und schlägt der Länge nach hin. Jóhann und Rúnar werden vom Sofa geschleudert, stoßen mit den Beinen gegen die Tischkante und landen dann unsanft zwischen Sofa und Tisch auf dem Hosenboden.

Nur Ísak Sigurðsson rührt sich nicht. Er steht fest mit beiden Beinen auf dem Boden, den Rücken zur Tür, und beobachtet verwundert, wie die anderen durch die Kajüte purzeln. Als verstehe er gar nicht, warum sie sich so anstellen.

Es ist, als schwebe der Erste Steuermann in einer Art Vakuum, unberührt von allen physikalischen Gesetzmäßigkeiten.

Nach der Versammlung in der Kajüte teilt Ási Kapitän Guðmundur mit, dass Jónas ihn sprechen will. Der Kapitän bittet Rúnar, die Wache für ihn zu übernehmen, und besucht den Zweiten Steuermann im Krankenzimmer.

»Wie geht's dir?«, fragt Guðmundur, als er auf einem Hocker neben Jónas' Bett Platz genommen hat.

»Ach, mir tut alles weh. Die Medikamente helfen ein bisschen gegen die Schmerzen, aber …«

»Du wolltest mich sprechen?«

»Ja.« Jónas schließt für einen Moment die Augen, den Kopf auf dem verschwitzten Kissen. »Ich mache mir Sorgen wegen der Lage an Bord.«

»Da bist du nicht der Einzige«, seufzt der Kapitän. »Aber ich hatte gerade ein klärendes Gespräch mit der Mannschaft, und wie es aussieht …«

»Ich will, dass du das Schiff bewachen lässt«, fällt ihm der Zweite Steuermann ins Wort und schlägt die Augen wieder auf. »Ich will, dass du einen Mann im Maschinenraum und einen hier im Flur abstellst. Ich hab Angst, dass …«

»Aber der Saboteur sitzt doch hinter Schloss und Riegel«, sagt der Kapitän stirnrunzelnd.

»Ja. Vielleicht.« Jónas räuspert sich. »Man kann nie wissen. Ich traue niemandem, Guðmundur. Außer dir natürlich. Am allerwenigsten traue ich Ísak Sigurðsson, wenn ich ehrlich bin.«

»Genau dieses Misstrauen möchte ich aus dem Weg räumen«, entgegnet der Kapitän und holt tief Luft, um die Wut, die in ihm hochkocht, zu zügeln. »Es geht nicht an, dass hier keine Einigkeit herrscht und man sich hinter verschlossenen Türen zusammenrottet.«

»Ja, aber …«

»Wen soll ich denn als Wache postieren, wenn man niemandem trauen kann? Und wer soll das Schiff steuern, wenn sich alle gegenseitig bewachen?«

»Ich hab nur Angst vor weiterem Ärger, das ist alles«, sagt der Zweite Steuermann mit zitternder Stimme. »Du könntest Sæli und Rúnar von ihren täglichen Pflichten befreien und sie den Motor und den Flur bewachen lassen. Dann könnten wir sicher sein, dass …«

»Diesen Unsinn höre ich mir nicht länger an.« Der Kapitän steht auf. »Warum sollte ich den Motor bewachen lassen?«

»Ísak ist alles zuzutrauen.« Jónas schließt wieder die Augen. »Ich weiß, wie er wirklich ist. Er hat nicht aufgehört, glaub mir.«

»Ich kümmere mich schon um Ísak. Denk jetzt einfach nur an dich«, murmelt der Kapitän und verlässt das Krankenzimmer.

Warum nicht?

Auf dem Tisch in der Kajüte des Ersten Steuermanns steht ein Flachmann mit Cognac, der wie Gold glänzt, wie geistiger Honig, ein strahlender Kelch voll fleischlicher Wärme und traumhaftem Licht! Diese Flasche ist das einzig Gute auf dem ganzen verdammten Schiff, wenn nicht in der ganzen Welt!

Ísak Sigurðsson sitzt auf einem gefalteten Handtuch auf dem nassen Sofa und starrt den Flachmann an. Er sammelt Spucke im Mund und leckt sich mit der feuchten Zunge über die ausgetrockneten Lippen.

Handtücher auf dem Fensterbrett, Handtücher auf dem Fußboden, überall in der Kajüte liegen klatschnasse Handtücher, und alles ist feucht und riecht faulig. Es ist lediglich eine Frage der Zeit, wann dieses Loch aufgrund von Schimmel und Bakterien unbewohnbar sein wird.

Im zerbrochenen Fenster hängt der durchnässte Bettüberzug wie totes Fleisch und sperrt das Licht aus, lässt aber den Wind herein. Schlimmer könnte es gar nicht sein. Ísaks Wange schmerzt, er bibbert vor Kälte, er hat Hunger, er ist müde, und er fühlt sich miserabel.

Verglichen mit diesem Horrorbild mutet der Flachmann wie der Heilige Gral an, wie zarter Kerzenschein in einer Welt voll Dunkelheit, Kälte und Wirbelstürmen.

Ein Leuchtfeuer? Ein Irrlicht?

Ísak Sigurðsson weiß nicht, was er tun soll, aber er weiß, was er tun *muss*. Er muss einen Schluck Cognac trinken, um Licht in die Brust zu bekommen, die Kopfschmerzen zu betäuben und die Qualen für einen Moment zu besänftigen. Allein bei dem Gedanken daran fühlt er sich schon besser, also bleibt ihm nichts anderes zu tun, als einen Schluck zu nehmen, damit der Gedanke Wirklichkeit wird und nicht einfach verschwindet wie irgendeine verdammte Halluzination.

Warum nicht die Chance nutzen, die Stimmung ein wenig zu heben, wenn einen nichts als Unwohlsein erwartet? Unwohlsein ist die Abweichung von einem natürlichen Zustand, während Wohlsein ein natürlicher Zustand ist.

»Ich brauche ein Glas«, murmelt Ísak und steht vom Sofa auf.

Ich brauche ein Glas! Wie war noch mal die Frage?

Er hat weder beschlossen, sich einen Schluck zu genehmigen, noch abgestritten, dass er einen Schluck braucht, weil er weiß, dass er einen Schluck trinken wird, ohne sich wirklich darüber bewusst zu sein, dass er das weiß.

Der Erste Steuermann geht ins Bad, wo ein Glas mit Zahnbürste und Zahnpastatube in einem Wandhalter neben dem Waschbecken steckt.

Er legt die Zahnbürste und die Tube ins Waschbecken und spült das Glas erst mit heißem, dann mit kaltem Wasser aus.

Es ist mittelgroß und hat einen dicken Boden.

Ísak trocknet das Glas mit einem sauberen Handtuch ab, hält jedoch inne, als ihm plötzlich die Psychopharmaka einfallen, die er morgens und abends mit einem Schluck Wasser aus ebendiesem Glas herunterspült.

Verdammt! Hat er heute Morgen eine Tablette genommen? Und gestern Abend? Wann hat er die letzte Tablette genommen? Gestern Morgen? Oder vorgestern? Vorvorgestern? Hat er gar keine Medikamente mehr genommen? Ist er so vergesslich? Oder täuscht ihn sein Kurzzeitgedächtnis? Nimmt er die Tabletten, ohne sich daran erinnern zu können?

Ísak stellt das Glas ab, öffnet den Schrank über dem Waschbecken und nimmt die Medikamentenpackung heraus.

Lithiumcitrat, 500 mg, zweimal täglich eine Tablette, fünf Streifen in einer Packung, zwanzig Tabletten in einem Streifen, insgesamt hundert Tabletten.

Im ersten Streifen fehlen acht Tabletten, aber die anderen vier sind noch nicht angebrochen.

Acht Tabletten, vier Tage. Wann hat er mit der Packung angefangen? Zwei Tage vor der Abfahrt? Vier?

Lithiumcitrat ist ein starkes Psychopharmakon, das extremen Wellengang im Kopf lindern soll – eine Art chemischer Jesus, der den Gedankensturm beruhigt, die Schwankungen zwischen Hyperaktivität und Depression ausgleicht und auf diese Weise eine Art Windstille auf dem Ozean der Seele auslöst.

Aber diese seelische Windstille ist teuer erkauft. Gängige Nebenwirkungen des Medikaments sind Übelkeit, Durchfall, gesteigerter Harndrang, Durst und ständige Müdigkeit, ganz zu schweigen von der Erniedrigung, die mit der Einnahme von Psychopharmaka einhergeht, so als wäre man irgendein armer Irrer.

»Verdammtes Gift!«, flucht Ísak. Er spült die Tabletten eine nach der anderen hastig in den Abfluss und legt die leere Packung zurück an ihren Platz im Schrank, wie um das »Verbrechen« zu verdecken oder jemanden zu täuschen.

Wen?

Als Ísak Sigurðsson den Schrank zumacht und sein Gesicht im Spiegel erscheint, schaut er schnell weg, aber nicht schnell genug.

Er hat das Blitzen in seinen Augen gesehen – und den Abgrund dahinter.

Aber er tut so, als habe er weder das Irrlicht noch die bodenlose Dunkelheit bemerkt. Er geht mit dem Glas in der Hand aus dem Bad, steuert mit unbeteiligter Miene auf den Tisch zu und setzt sich aufs Sofa, ohne den Flachmann eines Blickes zu würdigen.

Er gibt vor, nicht zu wissen, was er gleich tun wird, pfeift sogar eine kleine Melodie, um den Selbstbetrug zu verstärken.

Wie bitte? Darf man etwa nicht pfeifen?

Er beobachtet seine Hände, als habe er keine Kontrolle über sie und im Grunde keine Ahnung, was sie da tun.

Ach, sieh mal einer an! Sie schütten Cognac ins Glas! Für mich!

Ebenso gut könnte er vor dem Spiegel stehen und beobachten, wie der Gewehrlauf im Mund seines Spiegelbilds verschwindet und der gespiegelte Zeigefinger abdrückt, so als würde er zu Hause im Wohnzimmer sitzen und sich im Fernsehen einen Krimi anschauen.

Er lacht über diesen kindischen Vergleich.

»Haha!«

Das Lachen ist so freudlos, dass es fast schaurig wirkt.

Es *ist* schaurig.

»Lang lebe das Lachen!« Ísak Sigurðsson hebt das Glas, während er über seinen eigenen Witz lacht. »Ein Prosit auf das Lachen!«

Prost!

Wer hat da Prost gesagt?

»Hast du Prost gesagt?«, fragt Ísak, stellt das Glas ab und leckt sich über die feuchten Lippen. »Wer bist du? Na?«

Er wiegt seinen Oberkörper vor und zurück und starrt in das Glas, das leer ist, bis auf einen kupferfarbenen Tropfen, der innen hinabrinnt, sich dann ausbreitet und irgendwie am Boden des Glases zu Nichts wird.

Na, so was!

»Wer hat denn das Glas leer getrunken?« Ísak lässt sich den süßen Nachgeschmack des Cognacs auf der Zunge zergehen. »Hab ich das Glas leer getrunken? Machst du Witze? Wer macht Witze? Ha?«

Was ist los? Wird er verrückt? Oder von einem Schluck betrunken?

Nein! Er war eigentlich schon betrunken, *bevor* er den Schluck getrunken hat!

»Du wirst nicht verrückt«, murmelt Ísak schniefend, während er das Glas aufs Neue füllt.

Nur der falsche Mann zur falschen Zeit am falschen Ort! Genau, der falsche Mann! Nicht verrückt! Vielleicht ein kleines bisschen verrückt, so ein bisschen dumm, aber nicht verrückt im Sinne von geistesgestört, wie?

»Dumm? Ich? Das glaub ich aber nicht!«, sagt Ísak und räuspert sich.

Kriegt er etwa Halsschmerzen? Das geht nicht! Cognac tötet die Bakterien, das ist medizinisch bewiesen!

Am besten …

»Na hör mal!« Ísak beugt sich vor und mustert forschend das Glas.

Leer! Schon wieder leer! Ist die verdammte Kajüte verhext? Trinkt einem hier jemand was weg?

»Weißt du, was die eine Mauer zur anderen sagt?«, fragt Ísak und füllt das Glas zum dritten Mal.

Nee. Keine Ahnung.

»Du weißt es nicht?«, fragt Ísak grinsend.

Wer weiß es nicht? Die Mauer?

»Wir treffen uns an der Ecke!«, sagt Ísak und leert das Glas in einem Zug.

Dann erst scheint er den Witz zu verstehen, der Cognac steigt ihm in die Nase und spritzt durch die Nasenlöcher raus.

»Hahaha!«

Wir treffen uns an der Ecke! An der Ecke! Zwei Mauern! Hihihi!

»Was für eine Scheißparty!« Ísak wischt sich mit dem Handrücken Rotz und Sabber aus dem Gesicht.

Apropos Scheißparty. Da liegt ja der Gewehrbolzen!

»Du verdammter Racker!« Ísak streckt die Hand nach dem in ein sauberes Schnupftuch gewickelten Bolzen aus.

Er faltet das Tuch auseinander und nimmt den Bolzen in die Hand. Er ist kalt und schwer, aber immer noch wie neu.

»Du brauchst nur ein bisschen Öl«, murmelt Ísak, während er den Bolzen in alle Richtungen dreht und das eingetrocknete Salz mit dem Schnupftabakstuch abwischt.

Er legt den Bolzen beiseite, steht auf und geht mit schwankenden Schritten zum Kleiderschrank.

»Was für ein Seegang«, murmelt er und stützt sich an der rechten Schrankseite ab, während er die linke öffnet.

Er holt das Gewehr, ein Päckchen Munition und ein kleines Fläschchen Waffenöl heraus, schließt den Schrank und wankt dann über feuchte Handtücher und durchnässten Teppichboden zurück zum Sofa.

Die Bewegungen des Ersten Steuermanns sind bedächtig und präzise. Seine Finger umspielen die Patronen mit der Sanftheit und Geschicklichkeit eines Taschenspielers, seine Pupillen weiten sich wie die Linse einer Kamera und schweifen keinen Millimeter ab, sein Mund steht halb offen, die Zungenspitze liegt reglos auf der Unterlippe.

Doch als die letzte Patrone an ihrem Platz ist, verschwindet Ísak Sigurðssons sonderbar konzentrierter Ausdruck, ein Ausdruck, der auf merkwürdige Weise aufrichtig ist und dem sowohl die Willenskraft eines Verbrechers als auch die Naivität eines Zurückgebliebenen innewohnt.

So!

Ísak grinst, hantiert wie ein eitler Soldat mit der Waffe herum und legt sie dann aufs Sofa.

Ein Clown mit Schrotflinte reicht noch lange nicht, um einen echten Kerl zu entwaffnen! Ha!

Darauf trinken wir!

Nein! Hallo! Jetzt hör aber mal auf!

»Bin ich etwa dabei, den Verstand zu verlieren?« Ísak nimmt das Glas in die eine und den fast leeren Flachmann in die andere Hand.

Er trinkt die letzten ein, zwei Tropfen aus dem Glas und schüttelt den Flachmann.

Was ist das denn? Zwei Gläschen? Drei? Hat er etwa die ganze Flasche leer getrunken?

»Die war ja nicht ganz voll«, murmelt Ísak und kippt die Hälfte von dem, was noch im Flachmann ist, ins Glas.

Sie war vielleicht halb voll, höchstens. Der Alte hat sich ordentlich einen hinter die Binde gekippt, ha! Schmuggelt Alkohol an Bord! Hat in ein paar Tagen eine halbe Flasche gesoffen!

»Prost auf den Alten!« Ísak hebt das Glas, schaut niemandem in die Augen und nickt einem unsichtbaren Saufkumpan zu, bevor er den Cognac hinunterkippt.

Prost auf dich!

Prost!

Nein. Warum sollte er auf diesen Dreckskerl trinken? Auf den Alten? Der ist doch ein Fossil! Ein armes Schwein! Ein Judenfreund! Tut so, als würde er zur Unterstützung der Crew selber kündigen!

Dann gehe ich von Bord! Bla, bla, bla!

Fahr zur Hölle, du Lügner! Ha!

»Verdammter Lügner«, murmelt Ísak und schüttet den restlichen Cognac ins Glas.

Er lehnt sich auf dem Sofa zurück und atmet aus, als sein Rücken das feuchte Leder berührt.

Seine Augen blitzen nicht mehr. Sie starren ins Nichts, wie leere Höhlen.

Was?

»Ach nichts.«

Sollte man nicht am besten den Hauptmotor beschädigen, um die Crew wachzurütteln und ordentlich Chaos zu stiften, dem Kapitän dann den Kopf wegblasen, seine Leiche über

Bord werfen und die Gewalt über das steuerlose Schiff an sich reißen?

»Was?«

Ach nichts.

Was ist in dem Glas? Das Glas ist leer. Wer hat das Glas leer getrunken?

Warst du das?

»Ich war's.«

Der Flachmann liegt offen auf dem Tisch. Er ist leer. Er ist voller Nichts. Ísak Sigurðsson liegt auf dem Sofa. Seine Augen sind offen, aber er ist nicht wach.

Er sieht schwarz, er denkt schwarz, er ist schwarz.

Blackout, Mann!

»Ha?«

Und er glotzt wie ein Totenschädel.

Auf der Uhr in der Kombüse ist es elf Minuten nach fünf. Es ist Samstagnachmittag. Ási, Jóhann der Riese, Rúnar und Sæli sind zusammengekommen, um Informationen auszutauschen und den Stand der Dinge zu besprechen.

»Ich hab mit diesem Satan geredet, bevor ihr ihn in die Back gesperrt habt«, erzählt Sæli, der sich am Herdgitter festhält. »Er hat nichts mit der Reederei zu tun, das ist schon mal klar. Das Schiff interessiert ihn überhaupt nicht, deshalb glaube ich auch nicht, dass er die Kabel gekappt hat. Warum sollte er das tun, wenn er nichts davon hat?«

»Schwer zu sagen«, murmelt Rúnar. Er steht im Türrahmen und passt auf, dass niemand lauscht. »Mal ganz abgesehen davon frage ich mich, warum Jónas nichts gesagt hat, wenn der Typ gar nicht sein Schwager ist.«

»Gute Frage«, sagt Ási, der am Kühlschrank lehnt und ein Streichholz von einem Mundwinkel in den anderen schiebt. »Ich glaube, Jónas hat was zu verbergen. Da stimmt was nicht mit seinem merkwürdigen Unfall. Irgendwas passt da nicht zusammen.«

»Jónas hat definitiv was zu verbergen«, stimmt Jóhann zu und hält sich an der Tischkante fest, als das Schiff nach unten sackt. »Aber ich hab keine Ahnung, was das sein könnte. Wenn dieser Satan nicht der Saboteur ist, wer hat dann die Kabel durchgeschnitten? Jónas?«

»Kann ich mir irgendwie nicht vorstellen«, seufzt Rúnar.

»Jemand muss es schließlich getan haben«, sagt Sæli schulterzuckend. »Jeder könnte es gewesen sein, aber die Frage ist doch, warum?«

»Ísak meint, die Reederei steckt dahinter«, gibt Ási zu bedenken. »Er sagt, nur die Reederei hat was davon, wenn das Schiff von der Außenwelt abgeschnitten ist. Solange man nichts von uns hört, können wir auch keinen Ärger machen.«

»Apropos Ísak«, sagt Rúnar und wirft Jóhann einen Blick zu. »Was hat der sich heute bei dem Treffen eigentlich gedacht?«

»Weiß nicht«, murmelt der Maschinenmeister kopfschüttelnd. »Ich hab eben bei ihm geklopft, aber er hat nicht geantwortet.«

»Was war denn los?«, fragt Sæli.

»Ísak war auf einmal wie weggetreten«, antwortet Jóhann. »Als wäre er plötzlich ganz woanders.«

»Vielleicht hat jemand seine Kabel gekappt«, sagt Ási grinsend.

»Und dann ist er einfach gegangen«, erzählt Rúnar. »Er ist aufgestanden, hat dem Kapitän volle Unterstützung zugesichert und ist gegangen!«

»Das war irgendwie merkwürdig«, brummt Jóhann. »Dass er einfach aufsteht und dem Alten sein Vertrauen ausspricht – nach allem, was passiert ist. Ich fand das ehrlich gesagt nicht sehr überzeugend.«

»Er war wie betrunken«, murmelt Rúnar.

»Genau«, pflichtet Jóhann ihm bei. »Genau das hab ich auch gedacht. Der Typ ist doch besoffen!«

»War er besoffen?«, fragt Sæli.

»Nee.« Rúnar schüttelt den Kopf. »Aber irgendwas hat nicht gestimmt mit ihm.«

»Wem kann man denn überhaupt noch trauen?«, fragt Sæli seufzend.

Stille.

»Ich schlage vor, dass wir dem Alten vertrauen.« Jóhann räuspert sich. »Wie's im Moment aussieht, ist das wohl das Beste, was wir tun können.«

»Und die Kündigungen?«, fragt Sæli.

»Wie gesagt«, erwidert Jóhann, »ich glaube, wir müssen dem Alten vertrauen. Bei irgendwelchen Protestaktionen mache ich jedenfalls nicht mehr mit!«

»Ich auch nicht«, seufzt Rúnar. »Jóhann hat recht. Wir hören mit diesem Mist auf und unterstützen den Alten.«

»In Ordnung«, murmelt Sæli und zieht die Nase hoch.

»Ási?« Jóhann schaut fragend zum Koch.

»Ich hab Guðmundur immer vertraut«, sagt Ási und kaut auf dem Streichholz herum. »Ich hab nur was gegen die Reederei.«

»Dann sind wir uns ja einig.« Jóhann nickt. »Ab jetzt halten wir zum Alten und konzentrieren uns darauf, das Schiff heil in den Hafen zu bringen.«

Die Worte des Maschinenmeisters werden mit bedeutungsvollem Schweigen quittiert.

»Ich wünschte, wir wären schon in Surinam«, seufzt Rúnar nach einer Weile.

»Da bist du nicht der Einzige«, sagt Jóhann und räuspert sich.

»Und ich wünschte, wir wären nie losgefahren«, murmelt Sæli schniefend.

Stille.

»Wisst ihr noch, was er gesagt hat?« Sæli wirft den anderen einen verstohlenen Blick zu. »Der Besoffene in der Kneipe?«

»Der Kleingeld von uns schnorren wollte?«, fragt der Koch.

»Ja, genau der.«

»Der hat gar nichts gesagt«, entgegnet Rúnar und schneidet eine Grimasse. »Zumindest nichts Vernünftiges.«

»Er hat uns angeguckt und gesagt ›fünf tote Männer‹«, entgegnet Sæli mit weit aufgerissenen Augen. »›Fünf tote Männer auf einem Schiff‹ – das hat er gesagt!«

»Echt?«, fragt Ási.

»Nein«, Rúnar schüttelt den Kopf, »er hat nichts dergleichen gesagt.«

»Doch, natürlich hat er das!« Sæli schaut den Bootsmann mit einem ängstlichen Glänzen in den feuchten Augen an. »Und dann haben wir ihn noch mal gesehen … wir sind in Mosfellssveit an ihm vorbeigefahren. Wir hätten ihn mitnehmen sollen! Vielleicht hat er uns verflucht! Vielleicht ist er ein Zigeuner oder so! Wir hätten …«

»Denk so was nicht, Sæli«, sagt Ási beschwichtigend. »Niemand kennt sein Schicksal, bevor es zu Ende geht. Zerbrochene Spiegel und schwarze Katzen ändern nichts am Gang der Gestirne.«

»Das war doch nur irgendein Besoffener.« Rúnar tätschelt Sæli den Rücken.

»Vielleicht«, murmelt der Matrose. Er hält die Luft an, wie um ein Schluchzen zu unterdrücken. »Wenn ich meinen Jungen nicht mehr wiedersehe, dann …«

Stille.

Von der Mannschaftsmesse tönt leise der letzte Song von *Strange Days* herüber:

»When the music is over … turn out the lights, turn out the lights …«

»Also dann!« Ási klatscht in die Hände, öffnet den Kühlschrank und holt Hackfleisch, Eier, Butter, Milch, Tomatenmark und ein paar Zwiebeln heraus. »Jetzt muss ich euch bitten, das Schlachtfeld zu verlassen – ich muss mich nämlich um den Hackbraten kümmern. Untergebene, Vorgesetzte, Betrüger, Lügner, Saboteure und blinde Passagiere – alle müssen essen, meine Lieben!«

Ísak steigt die Treppe von Deck E zur Brücke hinauf. Er trägt eine tiefschwarze Ray-Ban-Sonnenbrille, hat Schweißperlen auf der Stirn und eingetrocknete Zahncreme in den Mundwinkeln. Sein Kopf ist wie zubetoniert, und in dem Beton dröhnt ein lautes Brummen, das jegliche Gedanken übertönt.

Seine überempfindlichen Fingerspitzen berühren das eiskalte Geländer, und seine schweren Füße schleppen sich vorsichtig von einer Stufe zur nächsten. Der Erste Steuermann fühlt sich leer und zerbrechlich – ein schwebender Glasballon, angefüllt mit Finsternis, Rauch und Übelkeit. Sein halboffener Mund röchelt wie ein verstopfter Luftansauger an einem alten Motor. Seine Nase ist heiß wie ein Auspuffrohr, voller Qualm, Ruß und Rostgeruch.

Rostgeruch? Wie riecht denn Rost?

»Himmel …«

Er wird nie wieder trinken.

Nie mehr!

Zumindest keinen Cognac …

»Verdammter Mist«, murmelt Ísak und zwingt ein halbherziges Lächeln auf sein leichenblasses Gesicht, ein Lächeln, das zu einer Fratze erstarrt, als die Übelkeit in seinem Magen hochsteigt wie Milch kurz vorm Überkochen.

Jetzt nur nicht an überschäumende Milch denken!

Ísak streckt den steifen Arm aus und öffnet die Tür zur Kommandobrücke.

Das Schloss klackt, und das metallische Geräusch echot wie ein Schuss in seiner pochenden Schädeldecke.

»Ich wünschte, ich wäre tot«, murmelt Ísak und schließt für einen Moment die Augen.

»Was?«

»Äh, ich hab nur guten Abend gesagt.« Ísak holt tief Luft, strafft den Rücken und betritt mit langsamen, gemessenen Schritten die dämmrige Brücke.

»Du bist spät«, entgegnet Kapitän Guðmundur. Er schaut auf die Uhr und dreht sich mit dem Stuhl um. »*Sehr* spät! Es ist vier Minuten vor elf!«

»Ist Sæli nicht hier?«

»Nein. Ich hab ihm um drei Uhr freigegeben. Warum?«

»Ach, nur so«, murmelt Ísak und ringt nach Atem, als das Schiff so plötzlich hinabstürzt, dass er das Gefühl hat, ihm würde der Boden unter den Füßen weggezogen.

»Wie siehst du denn aus, Mann!« Guðmundur steigt vom Stuhl. »Trägst du immer im Dunkeln eine Sonnenbrille?«

»Ja, ich …« Ísak räuspert sich umständlich. »Ich hab was

ins Auge gekriegt. Hat sich irgendwie entzündet. Sand oder so.«

»Kannst du mich dann überhaupt ablösen?«

»Ja, wird schon gehen.« Ísak tastet sich durch die Brücke. »Die Sonnenbrille hilft, und nachher kommt doch Rúnar, oder?«

»Um Mitternacht«, antwortet Guðmundur und mustert Ísak unauffällig. »Tja, also, dann lasse ich dich mal alleine, was?«

»Ja, ja, ich komm schon zurecht.« Ísak setzt sich auf den Kapitänsstuhl. »Mach dir wegen mir keine Gedanken.«

»Also dann, gute Nacht«, sagt Guðmundur und öffnet die Tür zum Flur.

Ísak wünscht dem Kapitän ebenfalls eine gute Nacht, lehnt sich auf dem weichen Stuhl zurück und schließt hinter den dunklen Brillengläsern die Augen.

Mach dich vom Acker, Alter!

Die Tür geht zu, der Frachter prallt gegen eine Welle, und der Schlag zieht sich durch den ganzen Schiffsrumpf:

Bumm, bumm, bumm …

Kaffee.

Er hätte vielleicht einen Kaffee trinken sollen.

Ísak Sigurðsson öffnet die Augen, sieht aber nur schwarz. Er setzt die Sonnenbrille ab und schaut ein paar Minuten reglos aus dem Fenster.

Übers Wetterdeck schwebt ein gelber Schleier …

Die Lider senken sich. Ísak zuckt zusammen und schreckt von einem kurzen Nickerchen hoch.

»Kaffee«, seufzt er. Er muss einen Kaffee trinken, wenn er nicht einschlafen will.

Er geht hinüber nach Backbord, wo zwei Stunden alter Kaffee in einer Glaskanne auf der heißen Platte allmählich dickflüssig und bitter wird.

»Ekelhafte Brühe«, murmelt Ísak, als er das Getränk in einen Becher kippt.

Der Geruch ist schon zu viel. Er kann das Zeug nicht trinken! Es ist wie verdünnter Teer.

Ísak schüttet den Kaffee ins Spülbecken, muss sich dann festhalten und ganz ruhig ein- und ausatmen, um die Übelkeit zu unterdrücken.

Ob er einen Schluck Wasser trinken soll? Nein, Wasser wird im Magen nur warm und verstärkt die Übelkeit.

Cola.

Er würde alles geben für eine Dose kalte Cola.

»Mehr will ich ja gar nicht.« Ísak geht in die Knie und öffnet den kleinen Kühlschrank.

H-Milch, H-Milch, H-Milch, ein Apfel, eine Orange, H-Milch, H-Milch, noch mehr H-Milch und dann im obersten Regal etwas Hartes, Kaltes.

Eine Dose!

»Bitte lass es Cola sein, bitte lass es Cola sein!« Ísak hat einen bitteren Geschmack im Mund. Er tastet mit den Fingern umher und kriegt die eiskalte Dose zu fassen.

So, jetzt, sie kommt, sie kommt!

Ísak zieht die Dose ins bläuliche Licht der Kühlschranköffnung.

Aber die Dose ist nicht rot, sie ist *nicht* rot, sondern grün, *verdammt* grün! Ist das Sprite? Bitte lass es nicht Sprite sein, nein, es ist nicht Sprite und auch nicht 7 Up …

»Heineken.« Ísak starrt die vereiste Dose an, die in seiner zitternden Hand herumrutscht.

Zum Teufel damit!

Ísak Sigurðsson steht auf, öffnet die Dose und nimmt einen langen, erfrischenden Schluck …

Jóhann der Riese schaut in der Steuerkabine des Maschinenraums auf die Uhr. Es ist zehn Minuten vor zwölf.

Um Mitternacht hat er frei, aber er hält es keine Minute länger aus.

»Scheiß drauf«, murmelt er, drückt auf den Totmannwarner, steht dann vom Stuhl auf, stülpt sich den Gehörschutz auf den Kopf und verlässt die Steuerkabine.

Er geht direkt zur Treppe, die zum Hauptmotor hinunterführt. Er will eine Runde um den Motor drehen, bevor er sich schlafen legt, über die Seiten streichen, gegen die Messgeräte klopfen und nach ungewöhnlichen Geräuschen lauschen.

Als er an Backbord am Motor entlanggeht, ist ihm, als sei da eine Bewegung auf dem Gitterboden bei den Generatoren an Steuerbord.

Der Schatten eines Mannes schleicht an der Wand entlang.

»Wer ist da?«, ruft Jóhann, doch seine Worte werden vom Maschinenlärm verschluckt, und das Schattenbild verschwindet in der Dunkelheit hinter der Steuerkabine.

War da jemand?

»Verdammt noch mal!«, flucht Jóhann, eilt hinter den Motor und hechtet von dort die Treppe zum Gitterboden hinauf.

Außer den beiden Maschinisten hat niemand etwas im Maschinenraum verloren, und wenn das der Heizer war, möchte Jóhann wissen, was er außerhalb seiner Arbeitszeit hier zu suchen hat.

Und wenn es nicht der Heizer war, will er erst recht wissen, warum sich zu dieser Uhrzeit jemand hier herumtreibt.

»Hallo!«, ruft Jóhann, als er an der Stelle angelangt ist, wo er vor zehn, fünfzehn Sekunden den Schatten gesehen hat, aber zwischen dem Kabuff und der Steuerkabine ist keine Menschenseele zu sehen.

Hatte er eine Halluzination? Oder spukt es im Maschinenraum?

»Wenn hier ein Geist ist …«, ruft Jóhann und droht mit der geballten Faust, »dann soll er sich …«

Er verstummt, als er auf etwas tritt, das unter seiner schweren Schuhsohle zerbröselt. Er bückt sich und stippt seinen rechten Zeigefinger in den weißen Sand oder das Pulver, das durch den Gitterboden rieselt und in der ölverpesteten Dunkelheit darunter verschwindet.

Was ist das? Salz?

Jóhann riecht an dem grobkörnigen hellen Zeug, aber es

scheint geruchlos zu sein. Er schmeckt mit der Zunge daran. Falls es irgendein Gift ist, kann er es einfach ausspucken und sich anschließend den Mund ausspülen.

»Das gibt's doch nicht«, murmelt der Maschinenmeister, nachdem er die groben Körner vorsichtig probiert hat. »Zucker!«

Zwei Minuten nach Mitternacht tritt Bootsmann Rúnar aus seiner Kajüte in den Flur.

»Wer ist da?«, fragt Jóhann der Riese auf halber Treppe von Deck B zu Deck C.

»Ich bin's, Rúnar«, antwortet der Bootsmann und schließt die Kajütentür hinter sich. »Wen suchst du denn?«

»Hast du jemanden raufgehen sehen?«, fragt Jóhann, als er auf Deck C angelangt ist. Er ist rot im Gesicht, außer Atem und verschwitzt.

»Nee.« Rúnar zuckt mit den Schultern. »Wen denn?«

»Ach, niemanden«, murmelt Jóhann und ringt nach Atem. »Ich dachte, ich hätte unten im Maschinenraum jemanden gesehen. Wahrscheinlich hab ich mich getäuscht.«

»Siehst du schon Gespenster?«, fragt Rúnar grinsend.

»Anscheinend«, seufzt Jóhann. »Wir Seeleute werden irgendwann doch alle mehr oder weniger bekloppt, oder?«

»Ja, vielleicht.« Rúnar holt eine Zigarette aus seiner Packung. »Gehst du nach oben?«

»Ja und nein«, antwortet Jóhann. »Ich lege mich gleich hin, aber ich muss mir noch saubere Bettwäsche holen.«

»Ich gehe rauf zur Brücke.« Rúnar zündet die Zigarette an. »Wir sehen uns dann morgen früh.«

»Ja, in Ordnung.« Jóhann kratzt sich am Kopf. »Hat Ísak Wache?«

»Ja.« Rúnar bläst den Rauch durch die Nase aus.

»Ja, ja«, murmelt Jóhann achselzuckend. »Dann grüß ihn mal von mir. Und halt ein Auge auf ihn.«

»Mach ich«, entgegnet Rúnar grinsend. Dann marschiert er die Treppe hinauf, während Jóhann hinuntergeht, um saubere Bettwäsche zu holen.

Als Rúnar die Brücke betritt, kann er niemanden sehen, weder Ísak noch sonst jemanden.

»Hallo!«

Stille.

»Was soll der Lärm?«, fragt Ísak und dreht sich mit einem breiten Grinsen im Gesicht und kraftlos von den Lehnen baumelnden Armen auf dem Kapitänsstuhl um.

Er ist so bleich, dass sein Gesicht im Dämmerlicht leuchtet, und aus der Entfernung sehen die Ray-Ban-Brillengläser aus wie schwarze Löcher.

»Mann, hast du mich erschreckt!«, sagt Rúnar und atmet auf. »Ich dachte, du wärst ein Gespenst.«

»Ein Gespenst?« Ísak hört auf zu grinsen.

»Was machst du denn mit dieser scheiß Sonnenbrille?«, fragt Rúnar und schnippt Asche von seiner Zigarette. »Und was läuft dir da übers Gesicht?«

»Äh, was?« Ísak Sigurðsson reibt sich die milchige Flüssigkeit von der Stirn. »Das ist nur Schweiß. Ich hab einen Virus oder so was. Brennt in den Augen.«

»Warst du zufällig eben unten im Maschinenraum?«, fragt Rúnar und verbirgt sein spöttisches Grinsen, indem er an der Zigarette zieht.

»Ich? Im Maschinenraum? Nee. Wieso?« Ísak glotzt wie eine Leiche, die noch für die Beerdigung präpariert werden muss.

»Ach, nur so«, murmelt Rúnar schulterzuckend. »Jóhann dachte, er hätte da unten einen Untoten gesehen.«

XXVI

SONNTAG, 16. SEPTEMBER 2001.

Es ist vier Minuten vor ein Uhr mittags, als Kapitän Guðmundur die Tür zur Außenbrücke öffnet und in Regenmantel und Wollmütze in das Unwetter hinaustritt. Er kneift die Augen zusammen, hält sich mit der linken Hand an der Kante einer hüfthohen Eisenwand fest und tastet sich mit einem Sextanten unterm Arm, der ein halbes Jahrhundert alt ist, zum äußersten Rand der Außenbrücke vor.

Dort bleibt er stehen, lehnt sich breitbeinig gegen die Eisenwand und richtet den Sextanten aus. In der letzten Stunde sind ab und zu Sonnenstrahlen durch die Wolkendecke gedrungen, und wenn sich der Kapitän nicht irrt, hat die Sonne ihren Höchststand, den Mittagsstand, erreicht – was auch immer von Menschen gemachte Uhrwerke sagen.

Das Schiff tanzt wie verrückt auf dem aufgewühlten Meer, so dass es fast unmöglich ist, den Sextanten zu bedienen. Guðmundur muss schätzen, wo genau der Horizont an die mächtigen Wellen grenzt. Die Sonne ist im Moment nicht zu sehen, aber sobald ihre Strahlen einen Weg durch die dunklen Wolken finden, wird der Kapitän versuchen, den Stand der feuerspeienden Lebensmutter zu bestimmen.

Mit steifen Fingern hantiert er an dem präzisen Messgerät herum, und seine nicht mehr ganz jungen Augen versuchen zu fokussieren. Seit Guðmundur an einem Schönwettertag vor gut drei Jahrzehnten auf der Terrasse der Steuermannsschule seine Prüfung abgelegt hat, musste er erst einmal mit einem Sextanten den Sonnenstand berechnen – und diese Fahrt versucht er seit dreißig Jahren zu vergessen.

Es funktioniert nicht.

Aber er muss es schaffen! Solange der Kapitän nicht die geringste Ahnung hat, auf welcher Position sich das Schiff befindet, kann die Mannschaft ihm nicht vertrauen, dass er sie heil nach Surinam bringen wird.

Guðmundur kneift das linke Auge zu und schaut mit dem rechten durch das kleine Teleskop. Er blickt durch den schrägen Horizontspiegel und den runden Filter, so dass der Horizont in der linken Hälfte seines Blickfeldes zu sehen sein müsste, während der Indexspiegel die Strahlen der Sonne durch ein Filterglas auf die rechte Hälfte des Horizontspiegels projiziert – sofern der Indexspiegel korrekt ausgerichtet ist.

Um den Sonnenstand zu messen, muss man den Sextanten auf den Horizont ausrichten und den Arm des Geräts so lange bewegen, bis das Licht vom Indexspiegel auf den Horizontspiegel projiziert wird. Dann muss man nur noch den Arm feststellen und die Gradzahl auf der Skala ablesen.

Technisch gesehen eine simple Methode, die aber auf hoher See kompliziert und schwierig zu bewerkstelligen sein kann.

»Na, komm schon!«

Um sieben Minuten nach eins tauchen im Süden erst zwei, dann drei kräftige Sonnenstrahlen auf. Der Kapitän versucht, die Bewegungen des Schiffes auszugleichen, indem er die Beine abwechselnd streckt und beugt. Er hält die Luft an und schafft es, sich lange genug zu konzentrieren, um den Stand der Sonne über dem Horizont ziemlich genau zu bestimmen. Dann verliert er das Gleichgewicht, stolpert und landet auf dem Allerwertesten, den Sextanten wie ein empfindliches Kunstwerk in der Hand.

Der Sextant *ist* ein empfindliches Kunstwerk, und wie es im Moment aussieht, sein tausendfaches Gewicht in Gold wert. Alle Satelliten dieser Welt sind nur verstaubter Elektrokram im Vergleich zu diesem kunstvollen Gerät, das eine Aura wissenschaftlicher Ästhetik, der Wahrheitssehnsucht der Menschheit und ihres unzerstörbaren Glaubens an die Vollkommenheit der Schöpfung besitzt.

An Land ein Werkzeug, auf See ein Lebensnerv.

Guðmundur rappelt sich mit dem Sextanten auf dem Arm wieder hoch, geht zurück in die Brücke und legt ihn im Kartenraum auf den Tisch, ohne die Einstellung zu verändern.

Aber warum ist der Tisch leer? Wo sind die Karten?

»Ach ja«, seufzt Guðmundur. Einen Moment lang dachte er, jemand hätte sämtliche Seekarten geklaut, doch dann fällt ihm wieder ein, dass er sie in seiner Kajüte im Kleiderschrank versteckt hat.

Der Kapitän sucht das Walkie-Talkie, schaltet es ein und stellt es auf offenen Kanal.

»Rúnar, kannst du mich hören? Hier ist der Kapitän. Rúnar, kannst du mich hören?«

Skuggi hebt den Kopf und schaut den Kapitän an. Im Handfunkgerät knistert es.

»Rúnar hier. Over.«

»Kannst du Ísak bitten, mich abzulösen? Over.«

Rúnar antwortet: »Gib mir zwei Minuten. Over und aus.«

Bootsmann Rúnar hängt seinen Blaumann ins Kabuff und schlendert dann mit einer brennenden Zigarette im Mund hinauf zu Deck E.

»Ísak?«, fragt er, als er an die Kajütentür des Ersten Steuermanns klopft.

Keine Antwort.

»Ísak!«

Der Bootsmann greift nach der Klinke und öffnet mit der linken Hand die Tür, während er mit der rechten höflich weiterklopft.

»Ísak! Bist du da?«

Der Erste Steuermann muss in seiner Kajüte sein, denn der Riegel ist eingehakt, und die Tür lässt sich nur ein paar Zentimeter weit öffnen.

»Ísak? Schläfst du?«

Keine Antwort.

In der Kajüte ist es stockdunkel, und ein merkwürdiger Geruch dringt in den Flur – eine Mischung aus dumpfer Feuchtigkeit, schlechtem Atem und säuerlichen Körperausdünstungen.

Der Bootsmann saugt an seiner Zigarette, verzieht das Gesicht und bläst den Rauch durch die Nase aus.

»Ísak!«

Immer noch keine Antwort.

»Du kannst mich mal!«, faucht Rúnar und zieht die Tür mit einem Knall zu.

Er zieht an seiner Zigarette, bis der Filter glüht, wirft die Kippe dann durch die Hintertür des Deckshauses nach draußen, sperrt den Wind wieder aus und geht hinauf zu Deck G.

»Wo ist Ísak?«, fragt Guðmundur, als Rúnar die Brücke betritt.

»Er hat mich nicht gehört«, sagt Rúnar, während er nach Backbord schwankt und sich einen Kaffee holt.

»War er nicht in seiner Kajüte?«

»Doch, der Riegel war vorgelegt.« Rúnar zuckt mit den Schultern und trinkt einen Schluck von dem verkochten Kaffee. »Anscheinend schläft er fest. Oder er ist krank. In der Kajüte stinkt es jedenfalls höllisch.«

»Er war gestern ein bisschen schlapp.«

»Ja, stimmt.« Rúnar nickt. »Wahrscheinlich hat er sich einen Virus eingefangen.«

»Mist«, sagt Guðmundur kopfschüttelnd. »Es ist so schon schwer genug, die Wachen zu besetzen.«

»Ich kann dich einen Moment ablösen.« Rúnar hält sich mit der linken Hand an einem Griff fest, als das Schiff nach Steuerbord kippt. »Was hast du vor?«

»Ich will in meiner Kajüte die Position bestimmen«, antwortet Guðmundur und nimmt den Sextanten wie einen Säugling in den Arm. »Die Karten und der Taschenrechner sind unten. Es dauert nicht lange.«

»Lass dir Zeit.« Rúnar steigt auf den Kapitänsstuhl. »Ich wollte gleich ein paar Lebensmittel ins Vorschiff bringen.«

»Hat der Mann nichts zu essen?«

»Nee, aber wir haben ihm Wasser dagelassen.«

»Das muss erst mal reichen. Kommt nicht in Frage, dass ihr da draußen bei diesem Wetter euer Leben riskiert.«

»In Ordnung«, murmelt Rúnar in seine Kaffeetasse.

»Lass uns heute Abend noch mal drüber reden«, sagt der Kapitän und öffnet die Tür. Skuggi steht auf.

»Okay?«

»Ja.«

»Gut. Ich bin in ein paar Minuten zurück«, sagt der Kapitän und verlässt mit Skuggi im Schlepptau die Brücke.

Ísak!

Ísak?

Wer ist Ísak?

Ist das der Mann, der mit dem Auto zu einer Einladung fuhr und aus Höflichkeit ein Glas Weißwein trank, dann noch eins und noch eins, aber trotzdem nur ein Glas, dasselbe Glas, wieder und wieder, und dann heimfuhr, um sich selbst zu beweisen, dass er nüchtern war, zumal er seit fünf Wochen nichts getrunken hatte, vier Wochen, drei, zwei …?

Nein! Wer will denn mit ihm reden?

Ísak bin ich.

Ich? Ja! Wer bin ich?

Der Erste Steuermann des Todes. Des Todes? Was redest du denn da?!

Klopf, klopf, klopf …

Herein!

Ich meine …

Ísak Sigurðsson öffnet den Mund, aber es kommen keine Worte über seine Lippen.

Kann man von einem Bier so betrunken werden? Das war doch nur ein kleiner Seelentröster. Ein Bier. Er war nüchtern, als er es getrunken hat, daran besteht kein Zweifel!

Das Bier muss schlecht gewesen sein. Wie lange es wohl im Kühlschrank gelegen hat? Ein Jahr? Zwei? Zehn?

»Ísak!«

Der Erste Steuermann liegt auf dem Rücken in der stickigen Dunkelheit und hört irgendwo in der Ferne jemanden rufen.

Ein schwarzer Totenschädel spricht durch gelben Dunst, der wie Nebel durch den Türspalt dringt. Hinter der Tür liegt ein dämmriger Saal voll Nichts.

Träumt er? Oder klopft jemand an die Tür? An welche Tür? Die Tür in seinem Kopf? Ist in seinem Kopf eine Tür?

Wo ist er? Außerhalb seines Kopfes? Klopft er? Oder hat er einen Brummschädel?

»Du kannst mich mal!«

Die Tür fällt knallend ins Schloss, der Totenschädel verschwindet, und die undurchdringliche Dunkelheit füllt sich mit fiebrigem Schweigen.

»Hallo?« Ísak macht einen schwächlichen Versuch, sich zu räuspern. Er ist heiser und versucht, seine ausgetrockneten Lippen mit der aufgedunsenen Zunge zu befeuchten.

Keine Antwort. Wer soll ihm denn antworten?

Ist sein Kopf leer? Keiner zu Hause?

Halt's Maul!

Er will die Augen aufschlagen, aber es geht nicht. Er kann die Augen nicht öffnen.

Sie sind zugeklebt!

»Verdammt noch mal«, flucht Ísak und betastet seine geschlossenen Augen. In den Wimpern hängen Lavabröckchen oder irgendwas Eingetrocknetes, das man abknibbeln, von den verklebten Härchen ziehen und wie Kuchenkrümel zwischen den Fingern zerbröseln kann.

Seine Augen brennen, ihm ist schlecht, und seine Nase ist verstopft.

»Zum Teufel«, murmelt Ísak und hört auf, die Lavabröckchen abzuknibbeln.

Er hat irgendeine verdammte Krankheit.

Einen Virus.

Er kann einfach nicht so betrunken sein!

Am besten, er schläft noch ein bisschen. Sammelt Kräfte. Wird gesund. Es kann ja noch nicht so spät sein.

Was hat er gestern gemacht? Wer? Hat er gestern was gemacht? Was denn?

Der Motor!

Er ist runter zum Motor gegangen! Oder nicht?

Ísak legt seine rechte Handfläche auf den Bettkasten. Durch Holz und Stahl spüren seine Fingerkuppen das Vibrieren des rotierenden Motors.

Ist er doch nicht runter zum Motor gegangen?

Er stöhnt und versucht, wieder einzuschlafen, aber er fühlt sich elend, und es ist schwer, sich zu entspannen, wenn die Gedanken zwischen Traum und Wachsein hin und her schweifen und der Magen wie ein Schlammpfuhl brodelt.

Finger greifen nach weißen Würfeln …

Auf einmal erinnert er sich an etwas! Er lässt seine rechte Hand wie eine Spinne in die Hosentasche krabbeln, und als seine zitternden Finger ganz unten auf einen harten Klumpen stoßen, setzt sein Herz einen Schlag aus und beginnt dann wild in seiner Brust zu hämmern.

Ein Zuckerwürfel!

Die Dunkelheit surrt wie eine riesige Fliege, die Adern in seinen Augenlidern leuchten auf wie glühende Drähte in einer Glühbirne, und die Temperatur in der Kajüte scheint um zwanzig Grad zu steigen.

»Shit!« Ísak versucht zu schlucken, aber sein Mund ist staubtrocken.

Das kann nicht stimmen!

Guðmundur Berndsen sitzt in seiner Kajüte am Tisch und starrt ungläubig auf die Seekarte, auf der sich weit entfernt von der beabsichtigten Route zwei Linien kreuzen:

33° W 7° N

Vielleicht ist dreiunddreißig Grad West der richtige Längenkreis. Guðmundur hatte gehofft, das Schiff wäre näher bei siebenunddreißig Grad West, wobei ein Abtreiben um vier Grad nach Osten nicht undenkbar ist, auch wenn es wesentlich mehr ist, als sämtliche Rechenformeln ergeben.

Aber sieben Grad Nord! Das kann einfach nicht stimmen!

Die *Per se* sollte sich eigentlich ostsüdöstlich von Neufundland befinden, irgendwo bei vierundvierzig Grad nördlicher Breite. Nach seiner Berechnung befindet sie sich jedoch nordnordöstlich von Brasilien!

Sieben Grad nördlich des Äquators!

Südlich vom Wendekreis des Krebses!

Das Schiff schwimmt direkt über dem bogenförmigen Mittelatlantischen Rücken, als wäre es mit dreifacher Geschwindigkeit an ihm entlanggebraust!

»Die Daten müssen falsch sein«, seufzt Guðmundur.

Und wenn sie doch stimmen? Können sie überhaupt stimmen? Nein, das ist unmöglich!

Oder?

Wenn diese Koordinaten korrekt sind, muss er den Kurs ändern und gen Westen nach Surinam fahren, das nur drei Tage entfernt liegt.

Aber wenn die Zahlen unsinnig sind, und er ihnen trotzdem Glauben schenkt und Kurs auf West nimmt, könnte er nach drei Tagen in New York landen, anstatt nach Südamerika zu fahren.

Und dann gibt es noch eine dritte Möglichkeit:

Die Koordinaten stimmen, aber er traut seinen eigenen Berechnungen nicht und beschließt, weiter Kurs auf Süd zu nehmen. Das würde bedeuten, dass erst Land in Sicht kommt, wenn das Schiff in zwei Wochen auf die Eisplatten der Antarktis trifft.

Bei diesen Wetterbedingungen hätte er den Sextanten besser nicht benutzt. Vor einer Stunde wusste er wenig, aber jetzt weiß er überhaupt nichts mehr.

»Verdammt!« Guðmundur rollt die Karte zusammen, schiebt den Sextanten zur Seite und schaltet den Taschenrechner aus.

Was soll er tun?

Der Kapitän löst den Gummiring von seinem Kartenspiel und legt eine Patience, um seine Nerven zu beruhigen und sich abzulenken.

Aber es klappt nicht.

Nachdem er den Faden verloren, sich verzettelt und siebenmal hintereinander vertan hat, ist die Patience nur noch ein unzusammenhängendes Muster. Da wirbelt Guðmundur die Karten wild durcheinander, stapelt sie anschließend wieder ordentlich und umspannt sie mit dem Gummiband.

Vielleicht sollte er lieber seine Tasche auspacken.

Guðmundur Berndsen steht auf, holt seine Reisetasche und stellt sie auf das gemachte Bett. Als er die gebügelten, zusammengefalteten Kleidungsstücke sieht, muss er unwillkürlich an Hrafnhildur denken.

Was sie wohl gerade macht?

Denkt sie immer noch darüber nach, ob sie nach Südamerika fliegen soll, um ihren Ehemann zu treffen? Hat sie vielleicht schon angefangen, zu packen? Ist im Geiste schon losgeflogen?

Oder hat sie das Flugticket in den Mülleimer geworfen?

»Wenn ich nur ...« Guðmundur streicht mit den Fingerkuppen über gestärkte Hemden und weiche Cordhosen.

Wenn er nur was?

Wenn er sich nur aufgerafft und sie gefragt hätte, ob sie wirklich ihre Ehe retten will, anstatt sie derart unter Druck zu setzen und dann allein zu lassen. Wenn er ihr doch nur von seiner Kündigung erzählt und dann vielleicht mit ihr über ihre Trauer, das schwarze Kleid und den Beerdigungsgesang gesprochen hätte. Wenn er ihr das Ticket doch nur einen Tag früher gegeben hätte, damit sie vor seiner letzten Fahrt eine Nacht darüber schlafen, in Ruhe über die Sache nachdenken und ihm eine Antwort hätte geben können.

Wenn er sich doch nur mit ihr zusammengesetzt und sie gefragt hätte, ob sie bereit sei, sich von den Schatten der Vergangenheit zu lösen und wieder mit ihm ins Helle zu kommen, anstatt während des gesamten Landurlaubs zu schweigen und vier kostbare Wochen verstreichen zu lassen.

Was wäre dann?

Dann würde die Ungewissheit nicht tief in seinem Herzen an ihm nagen, wie ein Wurm, der von innen eine Frucht auffrisst.

Aber zwischenmenschliche Beziehungen waren noch nie Guðmundur Berndsens Stärke. Er hat sich am Ruder eines Schiffes immer wohler gefühlt als in Anwesenheit empfindsamer Seelen. Er ist Kapitän, und Kapitäne müssen den sinnvollsten Weg zwischen zwei Punkten finden, Gefahren umschiffen, Kollisionen vermeiden und nur daran denken, ihr Schiff mitsamt Fracht und Besatzung heil über den Ozean in einen sicheren Hafen zu lenken.

So ist es nun mal, so ist es immer gewesen …

Guðmundur Berndsen fängt seufzend an, seine Reisetasche auszupacken.

Er hängt Hemden und Hosen auf Bügel in den Kleiderschrank, legt Unterwäsche in ein Fach und Socken in ein anderes.

»Hm, ja.« Guðmundur Berndsen räuspert sich vernehmlich, bevor er die Tasche weiter ausräumt, ihren Inhalt sortiert und verstaut.

Er wischt sich mit dem rauen, sehnigen Handrücken eine Träne aus dem Augenwinkel, packt dann ein paar T-Shirts aus, legt vier Krawatten aufs Bett und hängt eine leichte Jacke und eine helle Hose auf einen Bügel. Dann ist die Tasche leer, bis auf etwas, das in braunes Wachspapier eingewickelt ist, ganz unten am Boden.

Hrafnhildur hat seine Sachen noch nie in Wachspapier eingewickelt. Ob das ein Geschenk ist? Wohl kaum. Er wird lange vor Weihnachten wieder zu Hause sein, und Geburtstag hat er erst im Mai.

Das wird doch wohl nicht …

Guðmundur spürt einen kalten Stich im Magen und ihm schnürt sich der Hals zu.

Dreißig Jahre lang hat der dunkelbraune Cordanzug im Kleiderschrank der Eheleute gehangen. Es ist der Anzug, den Guðmundur Berndsen bei ihrer Hochzeit getragen hat. Er hat ihn seit bald fünfundzwanzig Jahren nicht mehr angehabt, aber er mag ihn sehr und hat ihn deshalb nie weggeworfen, auch wenn Hrafnhildur ihren Mann beim Ausmisten des übervollen Kleiderschranks jedes Mal angefleht hat, es zu tun.

Aus irgendwelchen Gründen hat sie diesen Anzug nie ausstehen können. Vielleicht, weil er sie an den Tag erinnert, an dem sie Guðmundur Berndsen geheiratet hat, und jetzt schickt sie den Anzug mit auf See, um ihm zu sagen, dass ihre Ehe am Ende ist und er mitsamt seinem albernen Anzug sehen kann, wo er bleibt.

Oder?

Guðmundur betastet die Verpackung, die wächserne Papierwand, die möglicherweise Liebe und Unglück, Vergangenheit und Gegenwart, Ehe und Einsamkeit voneinander trennt.

»Meine Geliebte«, murmelt Guðmundur und nimmt das weiche, knisternde Bündel in seine zitternden Hände.

Meine Geliebte?

Das hat er noch nie gesagt! Hat er das wirklich noch nie gesagt? Nein! Aber warum nicht?

Weil er ein Holzklotz ist!

Ja, ein Holzklotz!

Ein unsensibler Holzklotz, der Frau und Kinder nicht verdient hat!

Wütend auf sich selbst und seine grobschlächtige Art, reißt Guðmundur Berndsen das Wachspapier auf. Er wirft es auf den Boden, nimmt den Anzug und schüttelt ihn auseinander. Der Stoff entfaltet sich und gleitet zwischen seinen dicken Fingern bis auf den Fußboden. Der Kapitän blinzelt mit den Augen, denn der Stoff ist nicht braun, sondern schwarz, und er ist auch nicht aus Cord. Das ist nicht sein Anzug! Er hält ein langes Kleid mit ausgeschnittenem Rücken und kurzen Ärmeln in den Händen.

Hrafnhildurs schwarzes Kleid! Das bedeutet, dass ...

»Sie kommt!« Guðmundur betrachtet das Kleid, das ihm schon so lange verhasst ist. Er lächelt übers ganze Gesicht. Sie haben dasselbe gedacht! Als er beschloss, nicht mehr zur See zu fahren, beschloss sie, nicht mehr für die Toten zu singen.

Aber anstatt sich mit Worten zu verständigen, haben sie einander symbolische Mitteilungen zukommen lassen. Sie hat das schwarze Kleid in braunes Wachspapier eingeschlagen und ganz unten in die Reisetasche gelegt, während er vor seiner Abreise ein Flugticket gekauft und es für sie zurückgelassen hat.

Schon als er Hrafnhildur das Ticket gab, wusste sie, dass sie es benutzen würde, zog es aber vor, nichts zu sagen. Sie wusste, dass Guðmundur, wenn er das schwarze Kleid fände, es als Ja interpretieren würde. Das war ihre Antwort. Das schwarze Kleid auszuziehen ist ihre Antwort: Ja, ich will unsere Ehe retten. Ja, ich werde dich treffen.

Ja!

Also sind sie sich doch einig! Zwei Menschen, die eine Einheit bilden.

Ein Paar.

Wenn er ihr doch nur gesagt hätte, dass er nicht mehr zur See fahren wird! Aber das kann warten. Er sagt es ihr einfach, wenn sie sich in Surinam treffen. Sie wird erstaunt sein. Sie wird sehr glücklich sein.

»Danke, Hrafnhildur! Danke … meine Geliebte!« Guðmundurs heiser krächzende Stimme klingt wie die eines Raben. Er hält das Kleid an den Schultern fest und tänzelt zwei Schritte zurück, dann einen zur Seite. Er möchte tanzen! Er tanzt! Er tanzt mit einem Kleid!

Ein Holzklotz? Wer ist hier der Holzklotz? Er ist der romantischste Mann auf der ganzen Welt!

Guðmundur Berndsen fühlt sich, als würde er schweben, obwohl er wie ein aufgeschreckter Troll durch die Kajüte stapft. Und das Schiff scheint auch tanzen zu wollen! Es bremst ganz plötzlich ab, wie um sich vor einem unsichtbaren Tanzpartner zu verbeugen, neigt sich dann nach Steuerbord, neigt sich weiter und weiter …

Der Kapitän stolpert, fällt hin und stößt mit dem Kopf gegen die Tischkante.

Was ist los?

Er blinzelt und stellt verwirrt fest, dass er die Tischplatte von unten sieht. Blut rinnt aus dem Haaransatz über seinem linken Ohr, und seine rechte Schulter tut weh.

»Was zum Teufel …? Ist das Schiff …?« Der Kapitän krabbelt unter dem Tisch hervor. Etwas ist nicht so, wie es sein sollte. Das Schiff kommt nicht wieder in die Waagerechte, scheint gewendet zu haben und quer vor dem Wind zu treiben. Als ob es …

Guðmundur Berndsen drückt seine Hände in den Teppichboden, spürt aber weder Vibration noch Schläge.

Der Motor ist aus! Das Schiff hat einen Motorschaden!

»Was zum Teufel ist hier los?«, sagt der Kapitän mit bebender Stimme. Er steht auf, wirft das Kleid in die offene Reisetasche und eilt dann über den Kajütenboden, der dreißig Grad Schlagseite nach Steuerbord hat, zur Tür. Er hat sie noch nicht geöffnet, als der Alarm an der Wand zu schrillen beginnt. Ohrenbetäubende Sirenen dröhnen durch das ganze Schiff, wie bei einem nahenden Weltuntergang …

XXVII

14:45

Als der Kapitän die abschüssige Kommandobrücke betritt, versucht Rúnar gerade, im Maschinenraum anzurufen.

»Was ist passiert?«, brüllt Guðmundur ihm schon von der Tür aus zu.

»Ich weiß nicht«, brüllt Rúnar zurück und legt den Hörer auf. »Im Maschinenraum geht niemand ran. Der Heizer ist anscheinend nicht zur Wache erschienen.«

»Bleib du hier!«, befiehlt der Kapitän. »Ich gehe runter. Dieser verdammte Alarm hört nur auf, wenn jemand die Stromzufuhr unterbricht oder den Motor wieder startet.«

Dann stürzt er die Treppe hinunter, während sich der Bootsmann mit beiden Händen am Steuerpult festhält und entsetzt durch die Fenster der Brücke schaut, die frei in der Luft über dem brodelnden Meer zu schweben scheint.

»Was ist los?«, fragt Sæli aufgeregt, als er dem Kapitän auf der Treppe begegnet.

»Du kennst die Vorschriften! Alle Mann rauf zum Bootsdeck!«

»Brennt's irgendwo?« Sæli rudert mit den Armen, um das Gleichgewicht zu halten. »Sinken wir?«

»Ich weiß noch nicht. Der Motor ist ausgefallen und …« Guðmundur bricht mitten im Satz ab, denn der Alarm verstummt. Das bedeutet, dass einer der Maschinisten im Maschinenraum sein muss.

Das Schiff knarrt, und im Frachtraum hallen dumpfe Trommelschläge, wenn mächtige Brecher den stählernen Rumpf treffen. In den Köpfen der Besatzung dröhnt der lang anhaltende Signalton nach, der vom sinfonischen Heulen des Windes abgelöst wird.

»Solange der Motor nicht läuft, haben wir eine Notsituation.« Der Kapitän hält sich am Treppengeländer fest. »Aber anscheinend sind wir nicht in akuter Gefahr, sonst hätte der Alarm nicht aufgehört. Sag den Männern, sie sollen Ruhe bewahren und auf meine Anweisungen warten!«

»Wird gemacht«, erwidert Sæli und lässt sich auf den Boden sinken, bevor er hinfallen kann.

14:51

Jóhann der Riese steht auf dem Gerüst neben dem abkühlenden Hauptmotor und öffnet mit einem Schraubenschlüssel ein Ventil nach dem anderen, während der Kapitän und der Heizer auf seinen Bericht warten.

»Verdammte Scheiße!« Jóhann schleudert den Schraubenschlüssel weg, aber wegen des Ratterns der Generatoren hört man ihn weder landen noch auf dem öligen Boden des Eisenkellers herumrollen. »Sämtliche Kolben sind kaputt. Die kann man unmöglich reparieren.«

»Wie ist das denn passiert?«, fragt der Kapitän und hebt verzweifelt die Hände.

»Ich hab hier gestern jemanden gesehen«, sagt der Maschinenmeister, als er vom Gerüst hinuntersteigt.

»Wen?«, fragt der Kapitän.

»Wo?«, fragt der Heizer.

»Kommt mit!« Jóhann geht vor den beiden anderen her zu der Stelle auf dem Gitterboden, wo er am Abend zuvor auf den Zuckerwürfel getreten ist.

»Hier war jemand.« Jóhann zeigt auf eine Stelle hinter den Generatoren.

»Wer?« Der Kapitän wischt sich den Schweiß aus dem rußverschmierten Gesicht.

»Was hat er gemacht?«, fragt der Heizer.

»Ich weiß nicht. Er ist mir entwischt.« Der Maschinenmeister sucht den Boden mit den Augen ab. »Aber ich hab was gefunden ...«

Er verstummt und macht ein nachdenkliches Gesicht, als sein Blick auf einen Zehnliterkanister fällt, der auf einem Gestell neben einer großen Wasserpumpe steht. Der Kanister ist zur Hälfte mit Öl gefüllt. In der Öffnung stecken zwei schwarze Gummischläuche, die mit Plastikbändern zusammengebunden sind.

»Was hast du gefunden?«

»Ich hab eine Idee.« Der Maschinenmeister steigt über die Wasserpumpe und zieht die Schläuche aus dem Kanister. »Kommt mit!«

Jóhann nimmt den Kanister vom Gestell und geht damit Richtung Kabuff.

»Was für eine Idee?«, fragt der Kapitän, der ihm folgt. »Und was ist das für ein Kanister?«

»Da sind Zusatzstoffe für Schweröl drin«, antwortet der Heizer, der als Letzter geht.

»Na und?«

»Óli, hol die große Pfanne!«, kommandiert Jóhann, als er die Tür zum Kabuff öffnet.

»Okay.« Óli Johnsen läuft los. Der Maschinenmeister redet den Heizer nur mit seinem richtigen Namen an, wenn es um etwas sehr Wichtiges geht.

An der Backbordseite des Maschinenraums stehen verschiedene Gefäße mit Lösungsmitteln und scharfen Laugen, für den Fall, dass Öl weggewischt oder Maschinenteile gesäubert werden müssen. Dort findet der Heizer eine große Blechpfanne, halbvoll mit geronnenem Schaltungsöl. Er wischt sie aus und eilt dann zurück. Als er nur noch wenige Schritte von der Kabufftür entfernt ist, sieht er etwas auf dem Boden liegen. Etwas, das Licht reflektiert und glänzt.

Der Heizer bückt sich und streckt seine schmutzigen Finger nach dem Gegenstand aus, der wie eine Münze aussieht.

Es ist aber keine Münze, sondern ein kleiner Schlüssel.

14:54

»Was ist denn nun in dem Kanister?«, fragt der Kapitän, als der Maschinenmeister die Kabufftür hinter ihnen zugemacht hat.

»Zusatzstoffe für Schweröl«, antwortet Jóhann und schraubt den Verschluss des Kanisters ab. »Die werden mit dem erhitzten Öl vermischt, bevor es in den Motor gepumpt wird.«

»Und du glaubst, dass …«

Der Kapitän bricht ab, als der Heizer die Tür öffnet und Generatorenrattern ins schallisolierte Kabuff dringt.

»Hier, ich hab das Ding erst mal saubergemacht.« Er stellt die große, nach Benzin riechende Blechpfanne ab.

»Gut.« Der Maschinenmeister beginnt, den Inhalt des Kanisters in die Pfanne zu gießen.

»Ich verstehe nicht, was …?«, murmelt der Kapitän.

»Was hast du denn auf dem Gitterboden gefunden?«, fragt der Heizer und schaut abwechselnd auf das Öl und auf seinen Vorgesetzten.

»Guckt mal!« Jóhann stellt den leeren Kanister weg.

»Was?« Der Kapitän beugt sich vor. »Ich sehe nichts.«

»Salz?«, fragt der Heizer.

»Nein. Zucker.«

»Zucker? Wo?« Der Kapitän blickt die Maschinisten fragend an.

»Hier«, sagt Jóhann und zeigt auf kleine helle Tropfen, die wie winzige Sterne in dem dunklen Öl schimmern. »Er hat sich fast aufgelöst, aber er glänzt noch ein bisschen.«

»Sabotage«, murmelt der Heizer. Er setzt sich mit ausgestreckten Beinen auf den Boden.

»Ich verstehe immer noch nicht …«, murmelt der Kapitän kopfschüttelnd.

»Ich bin gestern kurz vor Mitternacht auf einen Zuckerwürfel getreten«, erklärt Jóhann und lässt sich ebenfalls auf den Boden sinken.

»Du meinst, jemand hat Zuckerwürfel in den …?« Der Kapitän bricht mitten im Satz ab, als Sæli von Deck A heruntergerannt kommt.

»Was gibt's Neues?«, fragt er, während er auf der untersten Treppenstufe steht und sich am Türrahmen festhält.

»Nichts!«, antwortet Jóhann. »Was hast du hier zu suchen?«

»Ich wollte nur …«

»Ich hab dir doch gesagt, dass alle die Ruhe bewahren sollen!« Der Kapitän runzelt entnervt die Stirn.

»Ja, aber …«, sagt Sæli und wird rot. »Rúnar hat mich runtergeschickt, um Ísak zu holen, aber Ísak hat nicht aufgemacht, und da dachte ich …«

»Der Motor ist ausgefallen! Das ist eine Notlage!«, entgegnet der Kapitän heiser.

»Was ist denn passiert?« Sæli reißt die Augen auf.

»Das spielt im Moment keine Rolle.« Der Kapitän räuspert sich. »Das Schiff hat einen Motorschaden.«

»Und was machen wir jetzt?« Sæli schaut den Maschinenmeister fragend an.

»Nichts.« Jóhann betrachtet sein Spiegelbild im Öl. »Wir können nur einen Notruf abgeben.«

»Verstehe.«

»Aber die Funkgeräte funktionieren nicht!«, sagt der Kapitän. »Wie sollen wir einen Notruf abgeben, wenn die Antennen kaputt sind?«

»Hinten auf der Außenbrücke ist doch ein Notsender.« Jóhann schaut zum Heizer, der zustimmend nickt.

»Du meinst den weißen Kasten?«, fragt der Kapitän.

»Ja. Wenn das Schiff sinkt, wird die Kiste von der Druckkappe gesprengt, der Notsender schwimmt hoch und sendet Seenotsignale und den Erkennungscode des Schiffes.«

»Können wir den Sender irgendwie anders in Gang setzen? Oder müssen wir dafür die Kiste versenken?«

»Nein.« Der Maschinenmeister schüttelt den Kopf. »Man muss die Kiste nur abschrauben und umdrehen. Der Sender steht nämlich auf dem Kopf. Im Wasser dreht er sich und sendet dann automatisch Funksignale.«

»Das ist es!« Der Kapitän klopft dem Maschinenmeister auf die Schulter. »Sæli! Geh rauf zur Brücke, schraub den Kasten ab und dreh ihn um!«

»Hier, nimm den Schraubenzieher mit.« Jóhann angelt einen mittelgroßen Kreuzschraubenzieher aus einer Werkzeugkiste und wirft ihn Sæli zu, der ihn in der Luft aufschnappt und in seine rechte Hosentasche steckt.

»Sei vorsichtig«, sagt der Kapitän und schaut auf die Uhr. »Um vier halten wir in der Messe ein Krisentreffen ab. Gib auch den anderen Bescheid!«

»In Ordnung.« Sæli nickt, dreht sich um und joggt die steile Treppe hinauf.

»Du hast eben was von Zuckerwürfeln gesagt.« Der Kapitän sieht erst den Maschinenmeister und dann die Pfanne an, die genauso schräg steht wie das Schiff, so dass dickflüssiges Öl über den Rand auf den Fußboden läuft.

»Ja.« Jóhann wirft ein paar schmutzige Lappen auf den schmierigen Ölstreifen. »Der Zucker löst sich in den Zusatzstoffen auf, gelangt in flüssiger Form in den Motor und kristallisiert in der Hitze. Die harten Kristalle greifen die Kolben an, und die brechen dann.«

»So was macht kein Matrose«, sagt der Heizer mit einem vielsagenden Grinsen. »Wenn ich's nicht besser wüsste, würde ich sogar behaupten, dass nur ein Maschinist auf so eine Idee kommen kann.«

»Stimmt genau.« Jóhann nickt.

»Und ein Steuermann?«, fragt Guðmundur Berndsen.

»Nicht ausgeschlossen«, antwortet der Heizer. »Aber bei allem Respekt: Noch nicht mal dir als Kapitän war die Sache klar.«

»Da ist was dran«, entgegnet Guðmundur. »Wenn ich den Motor hätte lahmlegen wollen, hätte ich mir sicher was anderes einfallen lassen.«

»Stimmt«, sagt der Maschinenmeister. »Jeder, der auf der Steuermannsschule war, hat genügend technische Kenntnisse, um auf tausenderlei Art ein Schiff zu beschädigen.«

»Ja, vielleicht«, sagt der Heizer schulterzuckend.

»Wenn wir uns, den Mann in der Back und Jónas ausklammern, bleiben nur noch vier Mann übrig«, rechnet Jóhann vor und steckt sich eine Zigarre in den Mund. »Zu zwei oder sogar drei von denen habe ich absolutes Vertrauen.«

»Und das bedeutet ...?« Der Kapitän schaut fragend zu Jóhann, der ein Streichholz entzündet und Leben in seine Zigarre pafft.

»Das bedeutet, dass nur noch einer übrig ist«, wirft der Heizer grinsend ein.

»Ási vertraue ich voll und ganz, Sæli ist harmlos ... und wenn Rúnar irgendwas mit der Sache zu tun hat, soll mich der Teufel holen!« Jóhann zieht an seiner Zigarre.

»Seh ich auch so.« Der Heizer nickt.

»Dann bleibt nur Ísak übrig«, seufzt der Kapitän. »Ist das denkbar?«

»Das musst du beantworten«, sagt Jóhann und bläst dichten Rauch durch die Nase aus.

»Ja, klar, das muss ich beantworten!«, ereifert sich der Kapitän. »Ich muss Fragen stellen, und es ist meine Aufgabe, Antworten zu finden! Ich bestimme, wer vertrauenswürdig ist und wer nicht!«

»Ja, genau, das war …«

»Besten Dank für die Hilfe!«, fällt der Kapitän dem Maschinenmeister ins Wort, steigt über die Pfanne und geht zur Treppe. »Wir sehen uns um vier in der Offiziersmesse!«

»Okay …«, murmelt Jóhann und bekommt hektische rote Flecken im Gesicht.

»Vergiss eins nicht, Jóhann Pétursson«, sagt Guðmundur und dreht sich auf dem Treppenabsatz um, »als wir vor einer Woche losgefahren sind, habe ich allen Besatzungsmitgliedern vertraut! Allen!«

15:21

Was soll er bloß tun?

Sæli hält sich mit beiden Händen an der Reling hinter dem Deckshaus fest, kneift die Augen gegen den Wind zusammen und starrt auf die weiße Plastikbox, die an der Eisenwand ganz hinten auf der Außenbrücke festgeschraubt ist.

Wenn er die zigarettenkartongroße Kiste auf den Kopf stellt, gibt das Schiff einen Notruf ab – jemand hört den Ruf, kommt her und schleppt das fahruntüchtige Schiff in den nächsten Hafen.

Aber wo ist der nächste Hafen? Es könnte St. John's auf Neufundland, Halifax in Kanada oder Boston in den USA sein. Ist auch nicht weiter wichtig. Wichtig ist das Päckchen, das Sæli in Surinam abholen und nach Island bringen soll. Wenn er das Päckchen *nicht* holt, wird seine Familie dafür bezahlen müssen. Wenn das Schiff nach Nordamerika geschleppt wird, kann er das Päckchen unmöglich in Südamerika abholen. Es sei denn, er fliegt nach Surinam, holt es und fliegt anschließend zurück nach Island. Aber er kann sich kein Flugticket leisten – außerdem könnte er das Päckchen niemals im Flugzeug schmuggeln.

Und was passiert, wenn das Schiff *keinen* Notruf abgibt?

Sie haben mitten auf dem Atlantik bei Sturm und hohem Wellengang einen Motorausfall und keinerlei Funkkontakt. Der Wind hat sich zwar ein wenig gelegt, aber das spielt keine Rolle. Selbst wenn das Schiff auf direktem Weg nach Surinam treiben würde, was es natürlich niemals tun wird, würde das mindestens drei bis fünf Wochen dauern.

Was soll er tun? Von den zwei Übeln scheinen Notruf und Rettung besser, als ziellos auf dem Meer zu treiben. Oder? Wenn das Schiff in den nächsten Hafen geschleppt wird, müssen alle ihre Pässe zeigen. Hat Satan einen Pass dabei? Vermutlich nicht. Also wird er festgenommen. Der Mann, der ihm helfen will, seine Familie aus den Klauen des Geldeintreibers zu retten, würde verhaftet.

Dann wäre Sælis Lage völlig aussichtslos!

Aber wenn ihnen niemand zu Hilfe kommt, ist Satan in einer ebenso hoffnungslosen Situation wie alle anderen an Bord. Wenn es ganz schlimm kommt, steuern sie in eine Katastrophe.

Was soll er bloß tun?

Der kalte Wind fegt durch Sælis Haar, zerrt an seiner Kleidung, peitscht ihm ins Gesicht, trocknet seine Lippen aus und treibt ihm salzige Tränen in die Augen.

Was macht dieser Dreckskerl, wenn Sæli ohne das Päckchen nach Island zurückkommt? Wenn er es wagt, Lára und Egill auch nur ein Haar zu krümmen, dann …

»Wenn du sie anfasst, bring ich dich um, du Schwein!!!«, brüllt Sæli in den Wind, während er sich an die eiskalte Reling klammert.

»Was hast du gesagt? Ist alles in Ordnung?«, ruft Rúnar aus dem Deckshaus.

»Ja, ja, alles in Ordnung«, ruft Sæli zurück und zieht den Schraubenzieher aus der Hosentasche.

Verdammte Scheiße! Er muss diese Kiste losschrauben und umdrehen – das ist ihre einzige verfluchte Chance. Wenn er es nicht tut, sind sie in Lebensgefahr. Scheiße! Sæli bückt sich und versucht, den Schraubenzieher unter der Kiste anzusetzen, ohne die Reling loszulassen. Die Kiste ist an zwei verrosteten Metallwinkeln festgeschraubt, und auch die Schrauben sind mit Rost überzogen. Sæli hat Schwierigkeiten, den Schraubenzieher in die Kreuzschraube zu stecken, und noch größere Schwierigkeiten, die rostige Schraube zu drehen. Jedes Mal, wenn der Schraubenzieher abrutscht, wird die Einbuchtung am Schraubenkopf stärker beschädigt, und Sælis Hand schrappt über die Winkel.

»Mist, es geht nicht!« Er starrt auf seine vor Kälte zitternde Hand, die fahl und mit kleinen Schürfwunden übersät ist. »So eine verdammte Scheiße!«

Wütend rammt Sæli den Schraubenzieher wie ein Messer in den Deckel der Plastikbox. Ein Riss tut sich auf, und der Schraubenzieher bleibt darin stecken. Als Sæli das Werkzeug tiefer hineinschiebt, springt der Deckel in zwei Hälften. Eine fliegt weg, während die andere noch festhängt.

Gar nicht so übel!

Sæli steckt den Schraubenzieher in die Hosentasche, hält sich an der Eisenwand fest und späht in die Kiste. Der Sender liegt waagerecht in einem Fach aus Schaumgummi und sieht aus wie eine Gaskocherpatrone mit Antenne. Sæli greift mit der linken Hand in die Kiste, aber er kriegt das Ding nicht raus. Erst muss er den Deckel ganz abreißen. An der Vorderseite sitzt die Druckkappe, die die Kiste bei einer bestimmten Wassertiefe sprengen soll. Sæli befürchtet, dass sie die unsanfte Behandlung nicht vertragen und ihm mitten ins Gesicht explodieren könnte, aber das Risiko muss er eingehen.

Jóhann hatte jedenfalls unrecht damit, dass der Sender auf dem Kopf steht. Es reicht nicht, die Kiste umzudrehen, um den Notruf auszulösen, denn dann wäre der Sender in einer ähnlich waagerechten Ruheposition wie jetzt. Stattdessen müsste man die Kiste so auf die Seite stellen, dass die Antenne nach oben zeigt.

»Jetzt komm schon«, murmelt Sæli und packt mit der rechten Hand den verbliebenen Deckelrest. Er stützt sich mit der linken Hand an der Wand ab, dreht das Gesicht weg und fängt dann ruhig und gleichmäßig an zu ziehen.

Nichts passiert. Sæli zerrt fester an dem Stück Plastik, bis es plötzlich abreißt. Seine linke Hand rutscht von der Wand ab, und er stürzt der Länge nach hin. Als er das scharfkantige Teil loslässt, sieht er, dass es ihm in die Fingerkuppen geschnitten hat und er blutet. Neben ihm auf dem Boden liegt die runde Druckkappe, während der untere Teil der Kiste noch an der Wand hängt.

»Geschafft!« Sæli steht auf. Er wischt sich das Blut an der Hose ab und hält sich dann links von der Plastikkiste an der Wand fest.

Vorsichtig nimmt er mit der rechten Hand den Sender heraus. Als er ihn so dreht, dass die Antenne nach oben zeigt, beginnt ein rotes Lämpchen am Ende der Antenne zu blinken.

Einmal, zweimal, dreimal …

Der Sender funktioniert! Er ruft nach Hilfe! Das kleine Gerät ist das Schönste, was Sæli je gesehen hat – jedenfalls fast. Nichts ist so schön wie ein neugeborenes Baby, das eigene Kind, aber dieses kleine rote Lämpchen …

BUMM!

Das Schiff stürzt schräg von einem mächtigen Brecher und prallt mit voller Wucht aufs Wasser. Sæli rutscht von der Wand ab und wird nach hinten geschleudert, der Sender hüpft über den grün gestrichenen Eisenboden, dreht sich im Kreis und rollt dann hinters Deckshaus.

»Nein!« Sæli rappelt sich hoch, aber der Sender kullert schon unter der Reling hindurch und wird in die Luft katapultiert.

NEIN!

Sæli rennt über die Außenbrücke, stützt sich an der Reling ab und schaut hinab in die blaugraue Leere.

Aber dort ist nichts zu sehen außer Sturmböen und aufgewühlter See, so weit das Auge reicht. Kein Blinklicht, nichts. Ist der Sender ins Meer gefallen oder auf dem Achtersteven gelandet und in tausend Stücke zerbrochen?

»Ich fasse es nicht!« Sæli krallt sich mit halberfrorenen, blutigen Händen am salzverkrusteten Eisen fest und lässt den Kopf auf die Brust sinken.

16:03

In der Offiziersmesse haben sich sechs Mitglieder der neunköpfigen Crew eingefunden. Am hinteren Tischende sitzt Kapitän Guðmundur Berndsen, rechts von ihm hocken Jóhann der Riese und der Heizer und links von ihm Bootsmann Rúnar und Sæli. Ási steht in der Tür und kaut auf einem Zahnstocher herum.

»Ich mache es kurz.« Guðmundur stützt sich auf die Unterarme, die Hände zu Fäusten geballt. »Das Schiff hat einen Motorschaden. Wir befinden uns in einer Notlage.«

Das Schiff hat einen Motorschaden.

Egal, wie oft Guðmundur Berndsen das auch sagt, er kann sich nicht daran gewöhnen. Es gehört zu den schlimmsten Alpträumen eines Kapitäns, hilflos auf dem offenen Meer zu treiben. Lediglich eine Kollision, ein Brand oder Vereisung könnten schlimmer sein.

Oder eine Meuterei ...

»Lässt sich das nicht reparieren?«, fragt Rúnar nach kurzem Schweigen.

Der Maschinenmeister schüttelt den Kopf.

»In den Motor sind Fremdstoffe gelangt.« Der Kapitän muss aufpassen, dass er nicht laut wird. »Sämtliche Kolben sind kaputt, eine Reparatur ist unmöglich.«

Stille legt sich über die Anwesenden. Sie werfen einander verstohlene Blicke zu, aber keiner traut sich, das auszusprechen, was alle denken:

Sabotage!

»Ja.« Der Kapitän nickt. »Da war ein Saboteur am Werk.«

»Aber ...«

»Der Mann in der Back?«, fragt der Kapitän und zuckt mit

den Achseln. »Ich habe ihn nicht eingesperrt. Sieht so aus, als wäre er unschuldig. Es sei denn, er hat einen Komplizen!«

Stille.

»Wir holen ihn raus, sobald das Wetter besser ist«, sagt der Kapitän und atmet tief ein. »Aber bevor wir nicht in einem sicheren Hafen sind, wird niemand verdächtigt, niemand wird für irgendwas bestraft, und niemand wird irgendwo eingesperrt! Habt ihr das verstanden?«

Der Kapitän haut mit der Faust auf den Tisch.

»Ja«, murmeln die Männer.

»Wir sind alle in Lebensgefahr! Wir müssen zusammenhalten und diese schwierige Situation gemeinsam bewältigen! Wenn wir in einem sicheren Hafen sind, gehe ich vors Seegericht – ob es euch gefällt oder nicht! Aber bis dahin sind wir in Seenot und stellen sämtliche Meinungsverschiedenheiten hintan!«

Die Anwesenden nicken.

»Irgendwelche Fragen?«

Stille.

»Wo ist Ísak?«, fragt Ási, der mit verschränkten Armen am Türrahmen lehnt.

»Scheint krank zu sein«, antwortet der Kapitän. »Wenn er sich bis morgen früh nicht blicken lässt, sind wir gezwungen, seine Kabine aufzubrechen.«

Stille.

»Er ist ziemlich runter mit den Nerven«, murmelt Sæli.

»Schade«, sagt Jóhann und nimmt grinsend die Süßstoffdose in die Hand. »Wo er doch so ruhig geworden ist, nachdem wir ihm hier Ritalin reingefüllt haben.«

Stille.

Ísak. Ísak hat den Motor beschädigt. Ísak hat den Schlüssel im Maschinenraum verloren.

Der Heizer streicht über die rechte Tasche seines Blaumanns und spürt den Schlüssel unter dem dünnen Stoff.

Was ist das für ein Schlüssel? Was ist damit abgeschlossen? Soll er den anderen davon erzählen? Sagen, dass er ihn gefunden hat?

Nein. Es sei denn, jemand fragt danach. Bis dahin wird er ihn aufbewahren, gut aufbewahren.

»Legt sich der Wind langsam?«, fragt er und räuspert sich.

»Ja, sieht so aus«, antwortet der Kapitän und neigt den Kopf. »Gott sei Dank. Bei so hohem Seegang kann das Schiff leicht auseinanderbrechen.«

»Ist der Notruf rausgegangen?«, fragt Jóhann. Er schaut erst zu Sæli, dann zum Kapitän.

»Der Sender ist ins Wasser gefallen«, seufzt Guðmundur. »Aber er sendet natürlich weiter, und wenn wir Glück haben, treibt er in dieselbe Richtung wie das Schiff.«

»Was ist denn passiert?«

»Es war Pech.« Sæli weicht dem Blick des Maschinenmeisters aus. »Die Kiste ist zerbrochen und …« Seufzend zuckt er mit den Schultern.

»Er hat sein Bestes getan!«, sagt der Kapitän. »Wir dürfen nicht verzweifeln! Auf dem Rettungsboot ist natürlich noch ein Notsender, aber den benutzen wir erst, wenn wir an Bord gehen.«

»Warum nicht sofort?«, fragt Rúnar.

»Vielleicht müssen wir ein paar Wochen im Rettungsboot aushalten. Ich will nicht riskieren, dass die Batterie schon vorher leer ist.«

»Und wann gehen wir ins Rettungsboot?«, fragt Ási.

»Wenn der Wind sich komplett gelegt hat«, erklärt der Kapitän ruhig.

»Warum nicht direkt? Wäre das nicht sicherer?«, fragt Rúnar. »Das Schiff kann jederzeit auseinanderbrechen, aber das Rettungsboot ist sehr stabil. Und das Öl sollte für eine dreiwöchige Fahrt reichen, was mehr als genug ist.«

»Das stimmt alles«, wendet der Kapitän ein, »aber bevor wir ins Rettungsboot gehen, müssen wir feststellen, wo wir uns befinden. Sonst wissen wir nicht, welchen Kurs wir nehmen müssen. Wenn das Wetter besser wird, berechne ich unsere genaue Position. Dann können wir Kurs auf den nächsten Hafen nehmen.«

»Ich dachte, du hättest die Position schon bestimmt?«, fragt Rúnar achselzuckend.

»Die Berechnung ist nicht verlässlich genug.« Der Kapitän räuspert sich. »Bei diesem Wellengang ist das alles zu ungenau.«

»Du weißt also nicht, wo wir sind?«, fragt Sæli zögernd.

»Nein.« Der Kapitän reckt wie ein trotziges Kind das Kinn. »Nur sehr vage.«

Stille.

»Bis wir aufs Rettungsboot gehen, bleibe ich in der Brücke. Rúnar und Sæli haben jeweils acht Stunden Wache und wechseln sich mit mir in der Brücke ab – erst acht Stunden Sæli, dann acht Stunden Rúnar und so weiter. Ich selbst ruhe mich alle sechzehn Stunden im Kartenraum aus. Keiner außer uns dreien hat für den Rest der Fahrt etwas in der Brücke zu suchen. Keiner! Wenn jemand mit mir reden will, kann er mich in der Brücke anrufen oder dem Matrosen, der gerade freihat, eine Nachricht mitgeben.«

Stille.

»Wie willst du dich verpflegen?«, fragt Ási.

»Rúnar und Sæli bringen mir alles Notwendige«, antwortet der Kapitän kurz angebunden.

Stille.

»Die Maschinisten machen mit ihren üblichen Wachen weiter, versorgen die Generatoren, die Heizung und so fort. Ási kümmert sich um die Küche und um Jónas, solange er noch ans Bett gefesselt ist. Wer keine Wache hat und nicht gerade isst, bleibt in seiner Kajüte – ohne Ausnahme.«

Die Männer schauen einander ratlos an.

»Warum?«, fragt Jóhann.

»Wenn weitere Gefahren drohen, löse ich Alarm aus. Dann kommen alle aufs Bootsdeck, bereit, von Bord zu gehen. Wenn jemand fehlt, müssen sich die anderen darauf verlassen können, dass er in seiner Kajüte ist und sie ihn dort holen können. Sollte der Betreffende nicht in seiner Kajüte sein, wird nicht weiter nach ihm gesucht. Habt ihr das verstanden?«

»Ja«, murmeln alle.

»Noch irgendwelche Fragen?« Der Kapitän lässt den Blick eindringlich über die Mannschaft schweifen.

Stille.

»Dann ist das Treffen beendet.« Guðmundur steht vom Tisch auf. »Sæli, du hast Wache bis Mitternacht.«

16:27

In der Kombüse stecken Ási, Jóhann der Riese und Rúnar die Köpfe zusammen, bevor die beiden Letzteren in ihre Kajüten gehen, wie vom Kapitän angeordnet.

»So war der Alte noch nie«, brummt Rúnar und trinkt einen Schluck frischen Kaffee. »Ich hab mich kaum getraut, den Mund aufzumachen!«

»Du darfst immerhin rauf zur Brücke«, entgegnet Jóhann und spuckt einen Tabakkrümel aus. »Und mir als zweithöchstem Mann an Bord ist der Zugang zur Brücke untersagt!«

»Er wird schon seine Gründe haben«, meint Ási, während er Apfelkuchen und Schmalzgebäck aus dem Schrank holt. »Unser Gummi ist immer ein umgänglicher, gerechter Chef gewesen. Vielleicht war er ja auch zu nachgiebig. Ich meine, er hat immer zu uns gehalten, unsere Nörgeleien ertragen und uns jede Menge Sperenzchen durchgehen lassen – und wie haben wir es ihm gedankt?«

»Vielleicht hast du recht«, seufzt Jóhann. »Aber *wir* haben schließlich nicht die Kabel auf dem Dach durchgeschnitten und den Motor beschädigt. Wir haben nur einen Verbrecher in die Back gesperrt – das ist alles!«

»Immerhin wollten wir den Motor lahmlegen«, gibt Rúnar zu bedenken. »Im Nachhinein betrachtet eine ziemlich blöde Idee.«

»Ja, aber wir haben es doch nicht durchgezogen.« Jóhann zündet seine halbgerauchte Zigarre wieder an.

»Weil der Alte uns entwaffnet hat.« Rúnar lacht leise.

»Ihr hättet die Waffen nie mit an Bord bringen dürfen«, sagt Ási kopfschüttelnd. »Das hätte ich euch vorher sagen können, dass da nichts Gutes bei rauskommt.«

»Ja, ja«, murmelt Jóhann und bläst den bitteren Zigarrenrauch aus. »Da hätten wir wohl besser den schlauen Ási um Rat gefragt, anstatt auf Ísaks Gerede zu hören.«

»Ísak«, murmelt Rúnar und nippt an seinem Kaffee. »Irgendwas stimmt nicht mit Ísak Sigurðsson.«

»Glaubt ihr, dass er …?« Ási blickt seine Kollegen fragend an.

»Ich weiß es nicht.« Jóhann schüttelt den Kopf. »Aber ich begreife nicht, wie wir …«

BUMM!

Das Schiff knallt quer gegen eine sich auftürmende Welle. Der Aufprall kommt unerwartet und ist so heftig, dass die drei Männer durch die Kombüse stürzen und sich heißer Kaffee, Gebäck, Milch, Zigarrenasche, Glut und Zucker im ganzen Raum verteilen.

16:30

Als das Schiff gegen die Welle prallt, hält sich Guðmundur Berndsen an dem Tisch im Kartenraum fest. Die Brücke vibriert wie ein Hochhaus bei einem Erdbeben. Das Wetterdeck wird überspült, und die Fenster an Steuerbord berühren fast die dunkelgraue Wasseroberfläche, aber dann balanciert sich das Schiff allmählich wieder aus.

»Sæli!«, ruft der Kapitän, als das Schlimmste vorüber ist. »Bist du verletzt?«

»Nein, alles in Ordnung.« Sæli richtet sich auf dem Fußboden auf und blinzelt. Er ist aus dem Kapitänsstuhl geschleudert worden, hat sich überschlagen und ist mit dem Kopf gegen die Tür zur Außenbrücke geprallt.

»Wir setzen uns besser nicht mehr auf den Stuhl, solange das Wetter so unberechenbar ist«, sagt der Kapitän und lässt den Kartentisch los. »Eigentlich ist es sowieso völlig verrückt, hier oben zu sein, aber wir haben keine andere Wahl. Sonst verpassen wir womöglich noch andere Schiffe, denen wir Lichtsignale geben könnten.«

»Ich weiß«, brummt Sæli und postiert sich an Backbord. Breitbeinig steht er am Fenster und hält sich mit beiden Händen an der Kupferstange fest, die am Fensterbrett entlangführt.

Im Kartenraum liegen die Matratze des Kapitäns, eine Bettdecke und ein Kissen. Guðmundur hat alles in die Brücke geschleppt und die Matratze festgebunden.

Dort wird er für den Rest der Fahrt schlafen.

»Ich gehe schnell ein paar Sachen von unten holen«, sagt der Kapitän. Er braucht noch die Seekarten, den Sextanten und den Taschenrechner.

Und die Schrotflinte.

»Kein Problem«, entgegnet Sæli, ohne sich umzudrehen.

20:39

Ási räumt nach dem Abendessen die Kombüse auf. Die Situation an Bord erlaubt keine kunstvollen Speisekreationen, daher hat er einfach nur ein paar Schweinekoteletts in die Pfanne geworfen und sie mit Kartoffelpüree serviert. Keine Soße, keine Erbsen, kein Rotkohl und keine Umstände.

Aber niemand hat sich beschwert. Die Crew hat andere Probleme, und bei vierzig Grad Schlagseite ist es schon schwierig genug, trockenes Fleisch ohne glasierte Kartoffeln, Erbsen und Soße zu verzehren.

Sogar Jónas hat sich mit Tomatensuppe zufriedengegeben, obwohl er seit fast zwei Tagen kaum etwas gegessen hat. Aber solange er hohes Fieber hat und Morphium bekommt, darf er nur flüssige Nahrung zu sich nehmen. Das ist eine Anweisung des Kapitäns, der die Verantwortung für die Gesundheit und Sicherheit jedes Einzelnen an Bord trägt, solange das Schiff noch über Wasser ist.

»Ja, ja, meine lieben Jungs«, seufzt Ási und kaut auf einem Zahnstocher herum, während er die Spülmaschine einschaltet. Wenn der Motor nicht läuft, funktioniert auch der angehängte Generator nicht, aber der Maschinenmeister lässt die Notaggregate auf Hochtouren laufen, damit genug Strom zum Kochen, Kühlen und Waschen da ist.

Ási wischt mit einem feuchten Lappen über die Arbeitsplatte in der Kombüse, schaltet die Kaffeemaschine aus, verriegelt den Kühlschrank, löscht das Licht und schließt die Tür hinter sich.

»Wie geht's dir, mein Freund?«, fragt er, als er das Krankenzimmer betritt.

»Noch nicht besser«, murmelt Jónas und versucht, seine trockenen Lippen zu befeuchten. Er ist verschwitzt und liegt blass und reglos unter der dünnen Bettdecke, das linke Bein mit Druckverbänden auf zwei Kissen gebettet, der linke Arm in einer Schlinge auf dem Bauch.

»Brauchst du noch was für die Nacht?« Ási schiebt den Zahnstocher vom linken in den rechten Mundwinkel.

»Äh, ich muss mal.«

»Klar.« Ási reicht ihm die Urinflasche. »Soll ich dir helfen?«

»Nee, nee, ich schaff das schon«, brummelt Jónas und hantiert mit der Flasche unter der Bettdecke herum.

»Der Sturm lässt langsam nach«, sagt Ási und schnieft.

»Hm …« Jónas verzieht das Gesicht.

»Willst du noch was trinken?« Ási gießt Wasser aus einer Kanne in ein Glas auf dem Nachttisch.

»Ja, danke.« Jónas stöhnt, als der Urin anfängt in die Flasche zu laufen.

»Guter Junge. Soll ich dir für die Nacht noch eine Spritze geben?«

»Nee, lieber nicht.« Jónas verdreht die Augen. »Davon kriege ich nur Alpträume. Lass mir einfach ein paar Schmerztabletten da.«

»Nichts einfacher als das.« Ási holt zwei Streifen Parkodin und legt sie auf den Nachttisch. »Bist du fertig, mein Freund?«

»Ja, ich glaub schon.« Jónas zieht die halbvolle Flasche unter der Bettdecke hervor und reicht sie Ási. »Hier.«

Der Koch mustert die dunkelgelbe Flüssigkeit, bevor er sie in den Ausguss schüttet und die Flasche ausspült.

»Danke«, murmelt Jónas und schließt die Augen.

»Nichts zu danken.« Ási schaltet das Licht aus und öffnet die Tür zum Flur. »Gute Nacht, mein Freund.«

»Ási?« Jónas macht die Augen wieder auf und stützt sich auf den Ellbogen.

»Ja?«

»Lass das Licht lieber an, das ist angenehmer«, murmelt Jónas und lässt sich zurück aufs Kissen fallen.

»In Ordnung«, sagt Ási schulterzuckend. »Gute Nacht.«

»Gute Nacht.«

Ási schlendert hinauf zu Deck C, wo Sæli, Rúnar und er ihre Kajüten haben. Ásis Kajüte liegt an Backbord, Sælis in der Mitte und Rúnars an Steuerbord. Deck C ist das einzige Deck auf dem Schiff, das voll besetzt ist – die Mittelkajüten auf den anderen drei Decks sind leer.

»Rúnar, bist du da?«, fragt der Koch, während er an die Kajüte klopft.

Kurz darauf öffnet der Bootsmann die Tür.

»Ist was passiert?«

»Nee, nee, ich dachte nur, ob du den Kapitän was fragen könntest.« Ási nimmt den angeknabberten Zahnstocher aus dem Mund. »Du hast doch gleich Nachtwache, oder?«

»Ja, ich gehe um Mitternacht rauf«, sagt Rúnar gähnend. »Was willst du denn wissen?«

»Ich hab überlegt, was ich noch aus dem Gefrierraum holen soll. Wenn wir das Schiff sowieso bald verlassen, brauche ich ja nicht mehr Unmengen aufzutauen, oder?«

»Du kannst die Kühlung ruhig ausstellen, Ási«, sagt Rúnar sarkastisch. »Das Schiff ist sowieso auf dem Weg in die Hölle.«

»Dann verlassen wir es wohl sehr bald, was?« Ási steckt sich den Zahnstocher wieder in den Mund.

»Ja«, sagt Rúnar mit einem breiten Grinsen. »Es sei denn, du willst mitfahren.«

»In die Hölle? Nee. Lieber nicht. Aber deshalb stelle ich doch nicht gleich die Kühlung aus.«

»Wie du meinst. Sonst noch was, Ási?«

»Nein, mein Freund«, sagt Ási und schlägt die Hacken seiner Holzpantinen zusammen.

»Gute Nacht.« Rúnar nickt dem Koch zu.

»Schlaf gut!« Ási verbeugt sich vor dem Bootsmann, und Rúnar schließt lächelnd die Tür.

23:47

Sæli steht breitbeinig vor den Fenstern an der Backbordseite der Brücke und starrt hinaus in die Finsternis. Das Unwetter lässt langsam nach, das Schiff hat weniger Schlagseite, und das Wetterdeck ist nicht mehr im salzigen Dunst verborgen. Vorne neigt sich die Back mit dem gefesselten Mann, der keine Ahnung hat, was an Bord los ist, wenn er auch wahrscheinlich merkt, dass das Schiff antriebslos auf dem Meer treibt, anstatt mit einem Ziel vor Augen die Wellen zu durchpflügen.

Ob er Licht hat?

»Wann können wir den Mann holen?«, fragt Sæli und zuckt selbst zusammen, als er seine Stimme die stundenlange Stille durchbrechen hört.

»Direkt morgen früh«, brummt der Kapitän. Er steht am Tisch im Kartenraum und schreibt unter einer niedrigen Lampe etwas in ein Notizbuch: eine Liste der Dinge, die er mit ins Rettungsboot nehmen will. Das Boot fasst achtzehn Mann – es ist also genug Platz für Brennstoff, Kleidung und Lebensmittel.

»Sobald es hell wird«, fügt der Kapitän kurz darauf hinzu, während er »Lesestoff« auf die Liste schreibt. Wenn sie lange im Rettungsboot bleiben müssen, braucht die Mannschaft etwas Ablenkung.

»Verstehe.« Sæli schaut weiter durch die salzverklebten Fenster. Um das erleuchtete Wetterdeck herum sieht er nur schwarzes Meer und endlose Dunkelheit und manchmal, in weiter Ferne, einen einzelnen Stern.

Sterne, die – wie ihm mal jemand erzählt hat – vielleicht schon längst erloschen sind, auch wenn ihr Licht immer noch durchs Universum irrt.

Aber das ist entweder eine Lüge oder irgendeine Weltraumkunde, von der Sæli nichts versteht.

Seine Beine tun weh. Nachdem er fast acht Stunden lang

ununterbrochen gestanden hat, ist der Schmerz zu einem tauben Kribbeln geworden, das eigentlich nicht unangenehm ist. Müdigkeit, an die man sich gewöhnt. Woran man sich nicht gewöhnt, ist, seitwärts zu treiben – ein ähnliches Gefühl, wie wenn man als Beifahrer im Auto seitwärts schlittert, kurz bevor man von der Straße abkommt.

Wird er etwa seekrank?

»Ich glaub, mir wird schlecht.« Sæli lässt die Kupferstange los und stolpert über den schrägen Fußboden nach Steuerbord.

»Warte, bis Rúnar kommt.« Der Kapitän klappt das Notizbuch zu und schaut auf die Uhr. »Es sind nur noch ein paar Minuten.«

»Okay«, nuschelt Sæli und hält sich am Griff bei den Steuergeräten fest. »Soll ich dann das Geschirr mit runternehmen?«

»Nein, nein.« Der Kapitän schaut auf den Boden. Zwischen der Matratze und dem Aktenschrank klemmt ein Tablett mit einem schmutzigen Teller, Besteck, einem Kaffeebecher und einem Glas. »Rúnar kann das morgen früh mitnehmen.«

»In Ordnung.« Sæli holt tief Luft, um das Unwohlsein zu bekämpfen.

»Wirst du krank?«, fragt der Kapitän und schaltet die Tischlampe aus. In dem Moment, in dem das Licht ausgeht, scheint draußen auf der Wasseroberfläche etwas aufzublitzen, nur etwa fünfzig Meter von Steuerbord entfernt.

»Ja, ich …«

»Psst!« Der Kapitän hält sich die Ohren zu und starrt durchs Fenster. »Hast du das gesehen? Da draußen hat irgendwas aufgeleuchtet!«

»Kann das nicht die Lampe gewesen sein?«, fragt Sæli, der nur Schwärze sieht, wohin er auch schaut. »Ihr Licht spiegelt sich in den Scheiben, und als du's ausgemacht hast, hat es aufgeleuchtet.«

»Nein, das war was anderes!« Der Kapitän stürzt zu den Navigationsgeräten. Er drückt auf den Knopf für das Nebelhorn, aber es ist kein Laut zu hören.

Natürlich nicht! Alle Kabel am Mast sind ja durchgeschnitten!

»Verfluchter Mist!« Der Kapitän rennt durch den Raum und öffnet die Tür zur Außenbrücke. »Da draußen ist ein Schiff! Ich bin mir sicher, dass da ein Schiff ist!«

»Warum …?« Sæli tastet sich zur offenen Tür, die den Blick auf das schwarze Meer freigibt. »Pass auf, dass …!«

Der Kapitän reckt sich, greift nach dem Scheinwerfer, der steil nach unten ins Wasser gerichtet ist, und ruckelt daran, bis der Lichtkegel schräg auf die Wasseroberfläche und die wogende Brandung fällt.

»Na, komm schon!« Der Kapitän hängt mit einer Hand am Sockel des Scheinwerfers und starrt auf den endlosen Ozean hinaus.

»Da ist kein Schiff!«, ruft Sæli durch die offene Tür. »Was für ein Schiff soll denn unbeleuchtet durch die Gegend fahren …?«

Sæli verstummt, als sich im Lichtkegel nördlich von ihnen scharfe Umrisse auf der Wasseroberfläche abzeichnen.

Da ist ein Schiff. Ein Schiff ohne Licht.

»Siehst du!«, ruft der Kapitän und ballt triumphierend die Hand zur Faust. »Da ist tatsächlich ein Schiff!«

»Gummi, komm wieder rein! Mir gefällt das nicht.«

»Hol die Notraketen, Sæli!«, ruft der Kapitän zurück. »Wir feuern eine ab! Schnell! Die Signalpistole ist in der Schublade rechts von …«

Der Kapitän bricht ab, als rund um das fremde Schiff Lampen angehen. Aber es sind keine normalen Lampen. Ihr Licht ist grün, und sie beleuchten nicht das Schiff selbst, sondern sind von ihm weggerichtet, so dass es hinter einem giftgrünen Lichtermeer verschwindet.

Grünes Licht? Wer benutzt denn grünes Licht?

Sæli starrt mit offenem Mund auf das ellipsenförmige Lichtermeer, das wie ein Ufo in einem billigen Kinofilm aufleuchtet. »Wer benutzt denn grünes Licht?«

»Sie sind nicht weit zu sehen, sie sind nicht weit zu sehen«, stammelt Guðmundur Berndsen, während er den Scheinwerfersockel loslässt und rückwärts durch die Tür schleicht, ohne das grüne Lichtermeer, das immer näher kommt, aus den Augen zu lassen. »Gütiger Gott! Und ich dachte, es könnte nicht mehr schlimmer werden!«

»Was ist das?«, fragt Sæli mit erstickter Stimme, während er verwirrt beobachtet, wie der Kapitän einen Knopf nach dem anderen drückt und alle Außenlampen löscht, so dass das Schiff langsam in Dunkelheit versinkt.

Zu spät!

»Wir haben nicht viel Zeit.« Der Kapitän schaut auf das Ziffernblatt seiner Uhr, auf dem der Sekundenzeiger begonnen hat, die letzte Minute vor Mitternacht anzufressen. »Geh aufs Dach und schieß eine Notrakete ab. Wenn wir Glück haben, sind hier noch mehr Schiffe unterwegs.«

»Kapitän?«, fragt Sæli mit zitternder Stimme und packt Guðmundur Berndsen am Arm.

»SOFORT AUFS DACH!«, brüllt der Kapitän und versetzt Sæli eine schallende Ohrfeige. »WENN UNS NIEMAND ZU HILFE KOMMT, SIND WIR ALLE TOT, BEVOR ES HELL WIRD!«

23:59

Jóhann der Riese steht mit einem Schraubenschlüssel in der rechten und einem schmutzigen Lappen in der linken Hand vor den Generatoren.

Eine erloschene Zigarre im Mundwinkel, lauscht er auf das rhythmische Knattern der großen Dieselmonstren, während er die Brennstoffzugabe verringert. Da über Nacht nicht viel Strom verbraucht wird, hat er beschlossen, die Generatoren abwechselnd mit halber Kraft laufen zu lassen. Das drosselt den Brennstoffverbrauch, verringert den Verschleiß und beugt einem möglichen Defekt vor.

»So«, sagt Jóhann und streicht über die ratternden Generatoren. Dann legt er den Schraubenschlüssel zurück an seinen Platz, wischt sich die ölverschmierten Finger an dem Lappen ab und trottet ins Kabuff.

Die Abendwache ist zu Ende, und der Maschinenmeister

will ins Bett. Er nimmt den Gehörschutz ab, zieht den Blaumann aus und hängt ihn an einen Haken, schleudert die Arbeitsschuhe von den Füßen und schlüpft in seine Holzpantinen.

Was wohl mit dem Pin-up-Girl passiert ist, das er an die Tür in der Steuerkabine gehängt hatte?

Jóhann reißt ein Streichholz an und erweckt den Zigarrenstummel zu neuem Leben. Dann macht er das Licht aus und geht nach oben.

Vor den Lagerräumen auf Deck A flackert eine Glühbirne, die jeden Moment auszugehen droht. Aber das macht sie schon die ganze Fahrt über.

»Morgen wechsle ich dich aus«, brummt der Maschinenmeister. Auf der Treppe zu Deck B hält er inne, denn auf dem oberen Treppenabsatz taucht ein schwarzer Schatten auf.

»Wer …?« Jóhann der Riese Pétursson kneift die Augen unter den buschigen Augenbrauen zusammen.

Vor dem Schatten blinkt ein Licht. Ein Licht, das an eine Kerzenflamme erinnert, die rasend schnell aufflackert und wieder erlischt.

Das Licht ist von ohrenbetäubendem Lärm begleitet. Rhythmische dröhnende Schläge mit einem metallischen Unterton. Wie eine schwere Eisenkette, die über eine scharfe Kante gezogen wird:

RATATATATA!

Dann Stille, leer wie die Nacht, und ein Geruch nach scharfem Rauch und eiskaltem Blut.

Im ganzen Schiff beginnen Alarmsirenen zu schrillen. Gleichzeitig sinkt der Maschinenmeister langsam nach hinten wie der letzte Baum im Wald.

Das Licht flackert, das Licht wird schwächer, das Licht geht aus.

Das Herz stoppt.

Stopp.

Und alles wird schwarz …

XXVIII

00:00

Kapitän Guðmundur steht auf der Außenbrücke und beobachtet, wie sich fünf schwarzgekleidete Männer in einem Hartboden-Schlauchboot dem Schiff nähern, den Außenbordmotor ausschalten und ein Seil mit einem dreiarmigen Haken aufs Wetterdeck werfen.

Was soll er tun?

Der Kapitän läuft in die Kommandobrücke und holt die Schrotflinte. Er entsichert sie, drückt sie an die Brust und schleicht geduckt zurück auf die Außenbrücke. Als er nach unten schaut, sieht er, dass die Männer das Schlauchboot an der Reling der sich neigenden Bordwand festgebunden haben. Drei sind bereits auf dem Wetterdeck, die beiden anderen klettern gerade aus dem Boot. In schwarzen Armeestiefeln, mit schwarzen Baretten auf dem Kopf und geschulterten Maschinengewehren sehen sie aus wie Untergrundkämpfer.

Der Kapitän erschauert. Er geht hinter der Eisenwand in die Knie und richtet seine Flinte auf die Männer, die hintereinander übers Wetterdeck laufen. Er zielt auf den Anführer. Sein kalter Zeigefinger zittert am Abzug, seine Augen füllen sich mit salziger Flüssigkeit, sein Herz hämmert, Blut pocht in seinen Adern, und er atmet hektisch durch den Mund.

Er kann das nicht! Aber er muss! Er *muss*!

Guðmundur Berndsen drückt ab. Der Schuss geht los, und die Schrotflinte kracht gegen seine Schulter. Einen Moment lang sieht er nur schwarz. Die Zeit scheint stillzustehen, doch dann schlägt er die Augen wieder auf und atmet tief durch. Das Schiff schaukelt. Er hebt die Flinte und späht über die Wand. Auf dem Wetterdeck laufen vier schwarzgekleidete Männer zu ihrem Kameraden, der zusammengekrümmt auf dem kalten Eisenboden liegt.

Ob er tot ist? Egal!

Guðmundur lädt die Schrotflinte nach und zielt erneut. Er muss zumindest noch einen oder zwei erwischen, bevor die

Männer Deck B erreichen. Dort angelangt, sind sie so gut wie im Deckshaus.

Doch bevor der Kapitän erneut abdrücken kann, gellt das monotone Bellen eines schweren Maschinengewehrs, und Bleikugeln schlagen lärmend gegen die Brücke. Funken sprühen in alle Richtungen, es regnet Metallstückchen, Glasscherben und Farbsplitter. Der Kapitän lässt sich bäuchlings auf den Boden fallen und hält sich die Ohren zu, während das Piratenschiff den oberen Teil des Deckshauses unter Beschuss nimmt.

Stille.

Guðmundur lässt die Hände sinken und öffnet die Augen. Neben ihm liegt die Schrotflinte, ebenso wie er selbst mit Glas- und weißen Farbsplittern bedeckt.

Die Sirenen! Er muss den Alarm auslösen! Bewaffnete Männer, die offenbar vor nichts zurückschrecken, haben das Schiff geentert, und das Einzige, was er tun kann, ist, die Crew ins Rettungsboot zu bringen und das Schiff zu verlassen, bevor es zu spät ist.

Der Kapitän nimmt die Schrotflinte und kriecht auf allen vieren in die zerschossene Brücke. Dann stürzt er zu der rot gestrichenen Box, öffnet sie und löst den Feueralarm aus. Im selben Moment beginnen alle Sirenen an Bord zu schrillen.

Guðmundur schaut auf die Uhr:

00:02:30

Er wird zwei Minuten in der Brücke warten, dann zum Bootsdeck runtergehen und als Letzter ins Rettungsboot steigen. Welche Gefahr dem Schiff und seiner Besatzung auch drohen mag – der Kapitän verlässt die Brücke erst im allerletzten Moment. Er geht immer als Letzter von Bord, selbst wenn ihn das sein Leben kosten sollte.

Guðmundur macht ein paar Schritte nach Steuerbord und späht durch die Tür. Auf dem schwarzen Wasser schwimmt ein grünes Lichtermeer, und am dichtbewölkten Himmel leuchtet eine rote Kugel.

Die Sirenen sind so laut, dass man kaum klar denken kann.

Jeder Nerv im Körper glüht wie der Draht in einer Glühbirne. Skuggi hat sich im Kartenraum unter dem Tisch versteckt und ist mucksmäuschenstill.

»KEINE BEWEGUNG!«, ruft jemand hinter dem Kapitän.

Guðmundur umkrallt die Flinte, blickt nach rechts und dreht sich langsam um …

00:00

Sæli steht mit der Signalpistole in der einen und der Patrone in der anderen Hand auf der Plattform hinter dem Deckshaus. Die Signalpistole sieht aus wie eine normale Pistole, nur dass der Lauf etwa so dick ist wie ein Auspuffrohr. Mit zitternden Händen setzt Sæli die Patrone ein. Dann klettert er auf das nasse, glitschige Dach, das beträchtliche Schlagseite nach Steuerbord hat.

Sæli friert, seine Muskeln zucken, seine Zähne klappern, und sein Magen zieht sich zu einem harten Knoten zusammen.

Er muss es schaffen! Er *muss*!

Sæli kriecht aufs Dach, und als er in der Mitte angekommen ist, legt er sich auf den Rücken. Seine Beine zeigen zu dem defekten Radarempfänger, während der Funkmast wie eine übergroße Vogelscheuche hinter seinem Kopf aufragt. Unter dem Matrosen schaukeln viertausend Tonnen kalter Stahl, über ihm ist alles dunkel.

Er hält die Pistole mit beiden Händen fest, den Lauf senkrecht in den lichtleeren Himmel gerichtet. Aber er drückt nicht ab. Er kann nicht abdrücken. Warum soll er abdrücken?

Sie werden sterben! Alle miteinander!

Als der Kapitän auf der Außenbrücke die Schrotflinte abfeuert, zuckt Sæli zusammen.

Was war das?

Doch dann nimmt das Piratenschiff die Brücke unter Beschuss. Sæli gefriert das Blut in den Adern, und seine Seele scheint seinen Körper zu verlassen. Das Maschinengewehr dröhnt, und das Schiff erbebt unter dem schweren Kugelhagel. Zuerst donnern die Kugeln auf die Außenbrücke und gegen die Brückenwand, aber dann hebt der Schütze den Waffenlauf an und feuert auf den Funkmast, so dass der Radarscanner wie ein Hühnerstall in einem Orkan zerfetzt wird.

Plastikstücke, Schrauben und verbogene Metallteile regnen auf den Matrosen, der die Augen zusammenpresst und die Signalpistole wie ein Baby an seine Brust drückt.

Stille.

Sæli schlägt die Augen auf und starrt in die Luft, ohne seinen eigenen Körper zu spüren. Der Mast steht noch, aber die beiden Radarscanner sind nichts als Trümmer und Kabelgewirr.

Die Zeit steht still, die Ewigkeit riecht nach Salz, Qualm und geschmolzenem Plastik.

Der Matrose weiß nicht, was er tut, was er tun soll, was um ihn herum geschieht …

Vielleicht will er einfach nur schlafen und nie mehr aufwachen?

Ja.

Am besten, er versucht zu schlafen.

Plötzlich fangen die Sirenen auf dem ganzen Schiff an zu schrillen, und da blinzelt der Matrose mit den Augen und pustet ein paar Splitter aus der Nase. Er hebt den Arm, richtet die Waffe in den Himmel und drückt ab:

PENG!

Ein lauter Knall ertönt. Der Rückstoß ist so heftig, dass die Pistole fast auf Sælis Gesicht fällt, aber die Leuchtrakete schießt senkrecht in den Nachthimmel. Sie zieht einen weißen Streifen hinter sich her und fliegt höher und höher, bis sie immer langsamer wird, anhält und einen Moment stillsteht. Dann erscheint ein rotes funkelndes Licht und verwandelt die Dunkelheit in ein rosarotes Firmament. Als die Lichtquelle sanft an einem weißen Fallschirm hinabschwebt, wird das Firmament allmählich kleiner …

Der Heizer sitzt, nur mit einer Baumwollhose bekleidet, in seiner Kajüte am Tisch und stopft sich eine Pfeife, als ein grüner Schein auf die beigefarbenen Gardinen fällt.

Ein grüner Schein?

»Was zum Teufel …?« Der Heizer legt die Pfeife und die Alufolie mit der heißen Tabak-Haschöl-Mischung weg, steht auf, läuft über den schrägen Boden, klettert aufs Bett und zieht die Gardinen auf.

Aus nördlicher Richtung nähert sich dem Schiff langsam ein grünes Lichtermeer.

»Piraten!«, murmelt der Heizer und krallt sich an den Gardinen fest. Er hat etliche Bücher über diese nach wie vor allgegenwärtige Bedrohung auf den Ozeanen gelesen …

»Ich muss Satan befreien!« Der Heizer springt vom Bett, öffnet die Tür zum Flur und läuft barfuß und mit nacktem Oberkörper die Treppe hinunter. Auf Deck B biegt er nach rechts ab, rennt am Deckshaus entlang und an Backbord mit drei Schritten die Treppe zum Wetterdeck hinunter.

Zur selben Zeit werfen fünf schwarzgekleidete Männer ein Seil mit einem dreiarmigen Haken über die Reling an Steuerbord.

Als der Heizer über das nasse, eiskalte Deck rennt, feuert der Kapitän einen Schuss aus der Schrotflinte ab, und Jóhann der Riese fällt auf die geriffelten Eisenstufen. Ein paar Sekunden später legt der Schütze auf dem Piratenschiff den Finger an den Abzug eines schweren Maschinengewehrs und lässt Kugeln auf die Brücke hageln.

Der Heizer verzieht das Gesicht und kriecht übers Deck wie ein Soldat im Schützengraben. Als die Salve nachlässt, hat er noch ungefähr ein Drittel der Strecke vor sich. Er kommt auf die Beine und läuft das letzte Stück geduckt und mit eingezogenem Kopf. Als er die Tür zur Back erblickt, wirft er sich auf den Boden.

Dort, vor der ersten Ladeluke, bleibt er einen Moment liegen, ringt nach Luft und dreht sich dann auf den Rücken – genau in dem Moment, als eine Leuchtrakete in den schwarzen Himmel schießt.

»Verdammt!« Der Heizer weiß, dass die Rakete in wenigen Sekunden die Nacht und ihn selbst, der er schutzlos, halbnackt und unbewaffnet auf dem Schiff liegt, in helles Licht tauchen wird.

Warum werden die Scheinwerfer ausgemacht, wenn dann irgendwelche Idioten mit Signalpistolen rumballern?

Der Heizer springt auf die Füße und läuft zu der rot gestrichenen Tür. Mit blanken Händen zerrt er an den rostigen Haspen, doch kurz bevor er die letzte gelöst und die Tür zur Back geöffnet hat, leuchtet die Rakete am Himmel auf, schwebt wie eine Seifenblase an einem imaginären Firmament und wirft einen rosaroten Schein über das Schiff und das umliegende Meer …

»Eins, zwei, drei, vier«, zählt Ási, während er eine rote Spielfigur auf dem Brett vorrückt. Er sitzt allein am Tisch in seiner Kajüte und spielt gegen sich selbst *Mensch ärgere dich nicht*. Die blaue Figur hat zweimal hintereinander eine Sechs gewürfelt, die grüne folgt ihr dicht auf den Fersen, die rote ist gerade losmarschiert und die gelbe immer noch im Häuschen.

»Na, komm schon!« Der Koch schüttelt den Würfel in der rechten Hand, wirft und lässt ihn über den Tisch rollen. Der Würfel ist noch nicht zum Stillstand gekommen, als eine Art Hagelschauer an Steuerbord gegen das Schiff prasselt. Der Stahl hallt wider, und schnelle Schlagwellen durchziehen das Deckshaus, als würde ein großer Hammer gegen das Schiff geschlagen.

»Was war denn das?« Der Koch steht auf und geht zum Fenster, das sich an Backbord befindet und schräg zum Nachthimmel hinausgeht.

Draußen ist alles dunkel.

»Wo waren wir?«, murmelt Ási und setzt sich wieder an den Tisch. Der rote Würfel zeigt zwei schwarze Punkte an. »War der Gelbe dran? Ja, der Gelbe. Gelb geht zwei Felder vor. Jetzt musst du dich aber ranhalten, mein kleiner Freund, was?«

Ási zieht die gelbe Spielfigur zwei Felder vor, dann klopft er eine Zigarette aus einer neuen Packung und zündet sie mit einem Streichholz an.

»Wer ist jetzt dran?« Ási löscht das Streichholz und steckt es zurück in die Schachtel. Er kneift die Augen zusammen, zieht an der Zigarette und bläst den Rauch durch die Nase aus.

»Grün?«

Der Koch nimmt die Zigarette aus dem Mund und schnippt die Asche in eine Blechdose voller Sand und Kippen.

»Nee, der Blaue, oder?«

Gerade ist Gelb wieder an der Reihe, als im ganzen Schiff die Sirenen zu schrillen beginnen.

»Was ist denn das für ein Lärm?«, murmelt Ási und würfelt gedankenverloren weiter. Der Koch ist bekannt für seine außerordentliche Gelassenheit, die fast etwas Autistisches hat.

Vier.

Vor dem Fenster leuchtet ein rotes Licht auf, aber der Koch bemerkt es gar nicht. Er steht auf, geht langsam zur Tür und öffnet sie, als handele es sich bei dem ohrenbetäubenden Schrillen um das Türklingeln eines ungeduldigen Gastes.

Wer ist denn das?

Im Flur steht ein schwarzgekleideter Mann, der sich hastig umdreht, als er den Koch bemerkt, und Ási mit wildem Blick anstarrt.

»Was kann ich für dich tu…?« Bevor der Koch den Satz beenden kann, feuert der Pirat sein Maschinengewehr ab:

RATATATATA!

Ásmundur Sigjónsson von den Westmännerinseln blinzelt, bewegt die Lippen und versucht, sich am Türrahmen festzuhalten, aber seine Finger sind butterweich, und sein Körper ist unglaublich schwer, so schwer, so …

Rúnar sitzt halb aufgerichtet im Bett und liest *Der brave Soldat Schwejk*. Bis auf die Leselampe, die über seinem Kopf brennt, ist es dunkel in der Kajüte. Er sollte schon oben in der

Kommandobrücke sein, aber er muss noch eineinhalb Seiten von Kapitel dreizehn lesen.

Am besten fängt man jedes Mal ein neues Kapitel an, wenn man das Buch aufschlägt.

»*Ich glaub auch, dass es sehr schön is, sich von einem Bajonett durchbohren zu lassen*«, sagt Schwejk im Buch, und da lacht der Bootsmann laut auf. Er kennt die Geschichte fast auswendig, weil er sie bei fast jeder Fahrt in den letzten drei Jahren gelesen hat, aber Schwejks grandiose Possen findet er immer noch lustig.

»*Und es is auch nicht schlecht, eine Kugel in den Bauch zu kriegen, und noch besser is …*«

Als ein grünlicher Schimmer auf die Buchseiten fällt, hört der Bootsmann auf zu lesen.

»Was …?« Rúnar schaut hoch und sieht das geheimnisvolle Licht durch die hellbraunen Gardinen in die Kajüte dringen. Er setzt sich ganz auf, öffnet die Gardinen und blickt durch die beschlagene Fensterscheibe nach draußen.

Ein grünes Lichtermeer?

»Ein Schiff?« Der Bootsmann schirmt die Augen ab, um besser sehen zu können.

Ja, es muss ein Schiff sein. Aber grünes Licht! Wer benutzt denn grünes Licht?

»Teufel noch mal!«, sagt der Bootsmann mit weit aufgerissenen Augen. Hat er eine Halluzination? Nein! Da sind Männer mit einem Gummiboot zum Wetterdeck gekommen! Sie sind schon an Bord! Der Notruf ist also doch gehört worden!

Sie sind gerettet!

»Ich wusste es! Ich wusste es die ganze …« Rúnar drückt das Gesicht ans Fenster und erstarrt, als ein Schuss die Stille zerreißt und der erste der fünf Retter aufs Wetterdeck stürzt.

Was …?

Die anderen vier lassen sich nicht beirren. Sie laufen gebückt zu ihrem Kameraden und steuern dann auf die Treppe zu. Auf dem schwarzen Meer blinken Lichter, und einen Sekundenbruchteil später dringt das laute Gellen des Maschinengewehrs an Rúnars Ohr. Als die Kugeln die Brücke treffen und Eisen, Holz und Glas zersprengen, wirft er sich bäuchlings aufs Bett.

Stille …

Warum kann ich die Augen nicht aufmachen?

»Verdammt«, murmelt Ísak und pult an dem getrockneten Eiter herum, der in seinen Wimpern hängt und seine Augen verklebt.

Nach einer Weile gelingt es ihm, erst ein Auge und dann das andere zu öffnen. Er liegt auf dem Rücken im Bett und schaut im Dunkeln an die Decke.

Welcher Tag ist heute? Wie spät ist es wohl …?

Da ertönt ein Schuss.

Stille.

Dann bellt in der Ferne ein Maschinengewehr, und Schüsse hageln gegen die Steuerbordseite des Schiffes.

»Was ist los?« Ísak richtet sich im Bett auf und reißt den durchnässten Bettüberwurf aus dem zerbrochenen Fenster.

Kalter, frischer Wind schlägt dem Ersten Steuermann ins blasse Gesicht, das vom Schein des Lichtermeers grün erleuchtet wird.

Grünes Licht?

Ísak Sigurðsson steckt den Kopf aus dem Fenster und sieht, wie schwarzgekleidete Männer mit Maschinengewehren gebückt am Deckshaus entlanglaufen.

»Verdammte Reisfresserneger!«, flucht er und springt nackt aus dem Bett. Er tritt auf Glasscherben, die sich durch die Fußsohle ins Fleisch bohren, ist aber zu aufgeregt, um es zu merken.

Er geht ins Bad, spritzt sich kaltes Wasser ins Gesicht und blickt seinem Spiegelbild in die Augen. Sie sind feuerrot und geschwollen, und die Wimpern hängen voller gelber Eiterklümpchen.

Eine Entzündung!

Er hat dem Kapitän gesagt, er hätte eine Entzündung an den Augen, und jetzt hat er eine Entzündung an den Augen!

Was ist hier los?

Ísak Sigurðsson beschmiert den Spiegel mit Seife und spuckt in sein entstelltes Gesicht. Dann zieht er eine Hose an und holt das Gewehr aus dem Kleiderschrank.

»Diese Nigger bring ich um«, murmelt der Erste Steuermann, während er das Gewehr entsichert und den Tragegurt locker um seinen linken Unterarm wickelt. »Ich bring diese verdammten Juden um ... dieses verräterische Ungeziefer, dieses Kapitänsgesocks!«

Kapitänsgesocks? Genau! Wer sonst sollte hinter der ganzen Geschichte stecken? Wer sonst braucht Verstärkung?

Kein anderer als der Kapitän!

»Dass er es wagt!« Ísak grinst empört. Salziger Wind weht durch das Fensterloch herein und treibt dem Ersten Steuermann eine Gänsehaut auf den käseweißen Oberkörper. Er bläht die Nasenlöcher und knirscht wütend mit den Zähnen.

Das Meer ist genauso salzig wie Blut und ...

Plötzlich beginnen im ganzen Schiff Alarmsirenen zu schrillen, und einen Augenblick später taucht ein rotes Licht vor dem Fenster auf.

Das ist das Zeichen!

Ein Zeichen? Welches Zeichen?

»Ach, egal!« Ísak Sigurðsson öffnet die Tür und tritt aus der Kajüte, nur mit der beigen Hose bekleidet. Er hält das Gewehr mit beiden Händen fest und läuft die Treppe hinauf, wobei er auf jeder zweiten Stufe eine blutige Fußspur hinterlässt.

Er wird den Kapitän festnehmen, bevor diese schwarzgekleideten Handlanger der Reederei die Brücke stürmen.

Nein!

Er wird dieses verdammte Schwein nicht festnehmen! Er wird ihm den Kopf wegblasen und zuschauen, wie er stirbt!

Wow! Endlich ist es so weit!

Ein kalter Schauer läuft Ísak über den Rücken. Er schwebt wie im Traum die letzten Stufen hoch und bleibt vor der Tür zur Brücke stehen ...

Rúnar sitzt auf der Bettkante und wiegt sich wie ein Greis vor und zurück.

Was ist da los? Wer sind diese Männer? Was soll er tun? Ruhig bleiben? Zur Brücke raufgehen?

Auf einmal beginnen in jeder Kajüte, in jedem Gang und auf jedem Deck gleichzeitig Alarmsirenen zu schrillen. Brennt es? Oder warnt der Kapitän die Mannschaft? Wenn die Sirenen schrillen, sollen sie sich auf dem Bootsdeck einfinden. Wenn dem Schiff große Gefahr droht, sollen sie es verlassen.

Ich muss …!

Der Bootsmann zuckt zusammen und hält die Luft an, als jemand an der Klinke rüttelt und die Tür aufmacht. Ein schwarzgekleideter Mann erscheint in der Türöffnung.

»NEIN! NICHT! NI…!«, schreit Rúnar Hallgrímsson und schlägt die Hände vors Gesicht, als der Eindringling sein Maschinengewehr abfeuert:

RATATATATA!

Sirrende Kugeln zerreißen Kleidung, Haut, Fleisch und Sehnen, sprengen Eingeweide, Knorpel und Knochen, bevor sie sich durch den Rücken des Bootsmanns bohren, hinter ihm gegen die Wand prallen und blutverschmiert über den Teppich rollen …

Jónas liegt, den Kopf auf ein schweißnasses Kissen gebettet, im Krankenzimmer und starrt verwirrt zur Tür.

Er kann nicht länger auf diesem verfluchten Schiff bleiben, das mit kaputtem Motor ins Verderben treibt. Er kann es einfach nicht! Aber was soll er tun?

Was?

Er könnte zum Bootsdeck schleichen, ins Rettungsboot krabbeln und es zu Wasser lassen. Und dann an Land fahren. Wenn jemand nachfragt, könnte er sagen, das Schiff sei untergegangen und er als Einziger mit dem Leben davongekommen. Wenn er Glück hat, kommt er sogar an Land, ohne bemerkt zu werden.

Er könnte es schaffen. Oder? Rein körperlich gesehen? Wenn er genug Schmerztabletten nimmt, müsste er sich mit der Hand am Geländer abstützen und auf einem Bein die Treppe hinaufhüpfen können.

Obwohl …

Die Schmerzen sind so stark, dass er jedes Mal, wenn er husten muss oder einen Muskelkrampf bekommt, fast ohnmächtig wird.

Und was ist mit seinen Kameraden? Wenn er das Rettungsboot nimmt, sinken ihre Überlebenschancen erheblich. Aber Jónas hat den Motor schließlich nicht lahmgelegt! Warum sollte er sich mit einer Situation abfinden, die andere verursacht haben? Warum sollte er sich über die Überlebenschancen von Leuten Gedanken machen, die keinen Moment über seine Überlebenschancen nachgedacht haben? Warum sollte er, ein schwerverletzter Mann, sich Sorgen um seine kerngesunden Kollegen machen?

Diese Idioten haben ihr eigenes Grab geschaufelt – und da will Jónas auf keinen Fall mit hinein.

Und wer weiß, vielleicht würden sie ihn ja sogar alleine auf dem Schiff zurücklassen! Vielleicht haben sie diesen orientierungslosen Schrotthaufen sogar schon verlassen! Vielleicht ist er die einzige Menschenseele an Bord dieses gottlosen Geisterschiffs!

Nein, das wäre zu schrecklich, um wahr zu sein!

Oder?

»Hallo!«, ruft Jónas und setzt sich im Bett auf. »Ist jemand wach? Hallo! HALLO!«

Ich fasse es nicht! Haben sie wirklich …?

Als im ganzen Schiff Alarmsirenen zu schrillen beginnen, stockt Jónas der Atem. Was ist los? Brennt es? Sinkt das Schiff? Ist …?

»HILFE! HILFE! ÁSI! HILFE!«, brüllt Jónas und schleudert die Bettdecke von sich. »VERGESST MICH NICHT!«

Jónas brüllt sich heiser, aber dann wird ihm etwas klar:

Niemand wird kommen, um ihm zu helfen, ob er nun schreit oder nicht.

Niemand.

»Die lassen einen hier verrecken«, murmelt der Zweite Steuermann und wischt sich den Schweiß von der geröteten Stirn, während er sein rechtes Bein vorsichtig aus dem Bett hebt.

Er muss aufs Bootsdeck! Er muss ins Rettungsboot!

Er muss …

00:02:30

Auf dem ganzen Schiff schrillen die Sirenen. Guðmundur Berndsen schaut rasch auf die Uhr, während er, die Schrotflinte im Arm, mit dem Rücken an der Wand hinunterrutscht.

»Ruhig! Du musst ruhig bleiben!« Der Kapitän hockt auf dem Boden, direkt unter der roten Feuermelderbox, und versucht, tief durchzuatmen. Dann stützt er sich auf die Flinte und steht wieder auf. Er muss auf alles vorbereitet sein. Diese Verbrecher können jeden Moment in der Brücke auftauchen.

Wenn große Gefahr droht, wird das Leben auf einmal so unglaublich wertvoll und so verletzlich wie ein junger Vogel im Schneesturm. Das Einzige, was man in einer solchen Situation tun kann, ist, blind auf das Unwahrscheinliche zu vertrauen, die Augen vor dem Offensichtlichen zu verschließen und dem Schicksal mit Wahnwitz bewaffnet gegenüberzutreten.

Guðmundur macht ein paar Schritte nach Steuerbord und späht durch die Tür zur Außenbrücke. Auf dem schwarzen Wasser schwimmt ein grünes Lichtermeer, und am dichtbewölkten Himmel leuchtet ein roter Ball.

»KEINE BEWEGUNG!«, ruft Ísak Sigurðsson, als er die Kommandobrücke betritt.

Der Kapitän krallt die Hände um die Flinte, wirft einen Blick nach rechts und dreht sich dann langsam um. Der Lärm der Sirenen ist so ohrenbetäubend, dass ein Rudel Nashörner durch die Brücke rennen könnte, ohne dass er es bemerken würde.

Natürlich, der Eingang! Er hätte auf den Eingang achten

müssen! Verdammt! Was, wenn das die Piraten gewesen wären anstatt …

»Bleib ganz ruhig!«, ruft Ísak und richtet das Gewehr auf Guðmundurs Körpermitte.

»Ísak! Dreh nicht den Rücken zur Tür! Die sind auf dem Weg nach oben!«, brüllt der Kapitän und winkt den Ersten Steuermann zu sich.

»Die sind unwichtig! Jetzt geht's nur noch um dich und mich!« Ísak Sigurðsson grinst mit einem irren Funkeln in seinen blutunterlaufenen Augen.

Macht er Witze?

»Ísak! Hinter dir!«, schreit der Kapitän, als ein schwarzer Schatten in der Türöffnung erscheint.

»Keine Spielchen, Alter!«, schreit Ísak Sigurðsson, hört auf zu grinsen und packt sein Gewehr fester.

»ÍSAK!« Der Kapitän zielt mit der Schrotflinte in Richtung des Ersten Steuermanns, der ohne Zögern abdrückt:

PENG!

Der Schuss streift den Kapitän am rechten Ohr. Er zwinkert ein wenig und spürt kaum, dass ihm Blut in den Kragen läuft. Das Einzige, was er sieht, ist Ísak Sigurðssons verwunderter Gesichtsausdruck, als ihn der Pirat von hinten packt und ihm mit einem scharfen Messer blitzschnell den Hals vom linken Ohr bis zum rechten Schlüsselbein aufschlitzt.

Blut pumpt in rhythmischen Stößen aus der Wunde und läuft über die Brust des Ersten Steuermanns, der kraftlos auf die Knie sinkt und dann vornüber aufs Gesicht fällt. Der Pirat steckt das Messer in Sekundenschnelle zurück in die Scheide, reißt das Maschinengewehr herum und feuert die restlichen Kugeln aus dem Magazin:

RATATA … klick, klick, klick!

Doch der Kapitän ist schneller. Er macht einen Schritt zur Seite, zielt, drückt im selben Moment, in dem die Kugeln aus dem Maschinengewehr auf die Navigationsgeräte treffen, den Abzug der Flinte und feuert dem Eindringling mitten ins Gesicht …

00:02:30

Er steht auf einem halbrunden Balkon und blickt in einen erleuchteten Saal, der so groß ist wie ein Frachtraum. Falls dieser Saal einen Namen hat, muss er Goldener Saal heißen. Die Wände sind vom Boden bis zur Decke mit goldenen Vierecken verkleidet. Darauf sitzen kleinere Vierecke, und in der Mitte zwischen ihnen ist eine Lampe, deren Lichtschein auf dem spiegelglatten Gold wie ein Märchenfeuer flackert. An der Decke hängen schornsteingroße Kronleuchter mit länglichen Kristallen. Die Lüster bestehen aus zwei Zylindern, wobei der innere länger ist als der äußere. Das Licht darin bricht und wird zu tausend Lichtern, wie Sterne am Himmel oder Diamanten im Wasser.

Aus der Ferne ertönt altmodische Jazzmusik, obwohl keine Band zu sehen ist.

Er steigt eine breite Treppe hinunter, die in einem sanften Bogen in den Saal führt. Als er den polierten Parkettboden betritt, sieht er, dass an Backbord eine ähnliche Treppe in den Saal führt. Über ihm sind die Balkone, aber dort ist niemand mehr.

Er geht durch den Saal. Rechts und links von ihm stehen festlich gedeckte Tische. Erst geht er an Tischen für vierundzwanzig Personen vorbei, dann kommen Tische für acht, sechzehn und zweiunddreißig Personen. Auf den Tischen sind weiße Tischdecken, schweres Silberbesteck, Servietten in Silberringen, handbemalte Porzellanteller und geschliffene Kristallgläser.

Sehr gut, denkt er, so als trage er die Verantwortung für das Ganze, als sei das alles genau so, wie er es bestellt hat, damit die Gäste nicht enttäuscht oder verunsichert werden.

Ab und an scheint der Raum von Stimmengewirr, fröhlichem Lachen und Gläserklirren erfüllt zu sein. Dann dreht er sich um und heftet den Blick erst auf einen, dann auf den nächsten Tisch. Aber im selben Moment verklingen die Stimmen, und das Gläserklirren erstirbt zwischen den hallenden Wänden.

Oder hat Eisen geknarrt, haben Ketten gerasselt?

Ganz vorne im Saal gibt es eine Cognacstube. Um einen blanken Tisch aus dunklem Holz stehen schwere Lederstühle, auf dem Boden liegt ein dicker Teppich, und die Luft riecht nach Zigarrenqualm, obwohl niemand raucht. Er geht einen breiten Aufgang hinauf zu einer schweren Flügeltür aus Holz, die zu dem hellen Saal hin aufschwingt.

Hinter der Tür liegt ein weiterer Saal – ein muffiger großer Raum, düster, kalt und leer. Erst sieht er gar nichts, so als würde die bodenlose Dunkelheit alles Licht aufsaugen, doch nach und nach zeichnen sich in der Finsternis Bilder ab – wie Wale, deren fahle Körper aus dem schwarzen Wasser auftauchen.

Er sieht Augen, die düstere Löcher sind, weit geöffnete Münder und gummiartige Haut, die sich über fleischlose Knochen zieht. Die Leute singen einen einstimmigen Chor, so ausdruckslos wie das Rauschen des Windes im halboffenen Fenster, sie recken ihre mageren Arme in die Luft, und all diese dürren Arme werden auf dem Boden des Frachtraums zu einem kahlen Wald von Armen, und der Gesang verwandelt sich in ausgedehntes, wollüstiges Stöhnen. Diese lebenden Totenbilder treiben es in der Tiefe miteinander, und die alptraumhaften Gesichter, die zu einer einzigen schrecklichen Hungermaske zusammenfließen, werden dann zum verzerrten Gesicht seiner Tochter, die sich windet und kopuliert, in verrottender Grütze aus kaltem Fleisch, die Fleisch zeugt und …

Ein dumpfer Knall ertönt, er fährt herum und sieht mitten im Goldenen Saal einen Mann auf dem Bauch liegen. Es ist der Heizer. Er trägt einen Frack, ist rasiert und hat frisch geschnittene Haare. Seine Finger zucken, er blinzelt, und sein Schädel ist offen. Dicke Blutgrütze fließt vom Teppich in die Öffnung, die sich langsam wieder schließt …

Papa!

Er spürt kalte Finger an seiner Kleidung zerren. Er verliert das Gleichgewicht und fällt rücklings in die Dunkelheit. Er streckt die Arme aus und tastet mit beiden Händen nach den Kupferknäufen an der Flügeltür, aber er kann sich nicht hochziehen, er kann das Gleichgewicht am Rande des Abgrunds nicht halten. Seine Hände werden länger und länger, er hält sich an den Kupferknäufen fest und schließt die Flügeltür hinter sich wie eine Falltür. Der Spalt wird schmaler, das Licht schwächer, er stürzt in die stockdunkle Leere.

Er stürzt in den Kasten, schweres Eisen wird beiseitegezerrt, Türangeln knarren, und eine Sekunde bevor er auf den harten Boden aufschlägt, ruft jemand:

Satan ...!

00:03:03

Der Sirenenlärm ist ohrenbetäubend ...

Jónas hält sich mit der rechten Hand am Treppengeländer fest. Er ringt nach Atem, versucht, das Muskelzittern unter Kontrolle zu bekommen, knickt dann mit dem rechten Bein leicht ein und hüpft auf die nächste Stufe.

Er trägt nur ein weißes Nachthemd, ist schweißgebadet und bibbert vor Erschöpfung und Schmerzen. Die Verbände an Arm und Bein scheinen mit dem rhythmischen Pochen der Schlagadern anzuschwellen, seine gesamte linke Körperhälfte juckt, und von seinen lädierten Gelenken gehen permanente Schmerzwellen aus. Mit der linken Hand umklammert er vier Streifen Parkodin. Einer fällt auf die Stufe unter ihm, und zwei Stufen weiter rutscht ihm der nächste Streifen aus der gefühllosen Hand. Jetzt sind nur noch zwei übrig, und einer fängt schon an zu rutschen ...

Noch eine Stufe, und noch eine, und noch ...

Er muss es einfach schaffen!

Als er das Bootsdeck endlich erreicht hat, kann er sich kaum noch auf den Beinen halten. Seine kraftlose Hand hält die Ecke des letzten Tablettenstreifens fest, Rotz und Blut laufen ihm aus der Nase, Fingerkuppen, Haut und Augen jucken.

»Weiter, weiter ...!« Jónas hüpft zur Seite und stützt sich

mit der linken Schulter an der Wand ab. Nur einen Moment ausruhen, nur einen Augenblick, ganz kurz …

Die Kajüten von Ási und Rúnar stehen weit offen. Hinter den Türschwellen liegen die beiden Männer in ihrem eigenen Blut auf dem Rücken – erschossen, mausetot!

»Was …?« Jónas blinzelt. Das lähmende Schrillen der Sirenen verleiht dem grauenhaften Anblick etwas Unwirkliches, aber nachdem der Zweite Steuermann seine Kollegen ein paar Sekunden lang angestarrt hat, wird ihm klar, dass es bittere Realität ist.

Auf dem Schiff werden Männer umgebracht!

»O mein Gott …!« Jónas hüpft ein kleines Stück weiter auf die Kajüte des Bootsmanns zu, doch als er jemanden die Treppe hinauflaufen hört, rettet er sich mit letzter Kraft zu der Tür, die auf die Plattform hinter dem Deckshaus führt.

Er lehnt sich mit dem Rücken gegen die Tür und hält die Luft an. Ein schwarzgekleideter Mann mit geschultertem Maschinengewehr betrachtet die Leichen der Seemänner und rennt dann hoch zu Deck D.

Wer …? Sind alle tot?

Jónas greift mit der rechten Hand nach der Klinke, öffnet die Tür und schleppt sich nach draußen. Er hält sich am eiskalten Geländer fest und hüpft rückwärts über den Eisenboden.

Über ihm schwebt eine Leuchtrakete langsam nach unten wie eine winzige untergehende Sonne.

Als er beim Rettungsboot angelangt ist, muss er noch zwei Stufen hinaufhüpfen, erst auf eine Erhöhung hinter dem Boot und dann ins Heck des Rettungsboots, das mit fünfundvierzig Grad Schräglage in den rosaroten Nachthimmel ragt.

Das schweißnasse Nachthemd klebt an der kühlen Haut des Zweiten Steuermanns, frischer Wind fährt seine nackten Beine hinauf, und sein rechter Fuß fühlt sich auf dem harten, kalten Boden an wie betäubt.

Als Jónas es endlich ins Heck des Rettungsboots geschafft hat, merkt er, dass seine linke Hand leer ist. Der letzte Tablettenstreifen ist verschwunden.

Nein!

Er öffnet die hintere Bootstür, indem er zwei Griffe nach oben schiebt. Dann stemmt er die schwere Tür auf. Das alles ist so kräftezehrend, dass er am liebsten einfach aufgeben, sich hinsetzen und heulen würde, aber da er es nun einmal so weit geschafft hat, muss er weitermachen …

Er muss!

Die Tür schwenkt zur Seite, und er steht vor dem offenen Steuerhaus. Wenn Jónas das Gleichgewicht verlieren würde, würde er durch die Tür bis in den Bug stürzen, denn das Rettungsboot steht fast senkrecht.

Aber Jónas kommt durch die Tür, schafft es, sie hinter sich zu schließen und auf den Steuermannsstuhl zu klettern, der höher ist als die anderen siebzehn Sitze und als einziger in Fahrtrichtung zeigt. Das Boot hat einen Aufbau mit vier Fenstern, von denen zwei nach vorne und jeweils eins zur Seite zeigen. Jónas legt den Fünf-Punkt-Sicherheitsgurt an, schaltet die Navigationsgeräte ein und bewegt eine lange Stange vor und zurück.

Mit jeder Stangenbewegung wird das Boot ein paar Millimeter angehoben, und nach und nach gibt der kurze Eisenhalter den kräftigen Stopper unter dem Boden des Boots frei. Als der Stopper aus der Halterung springt, fällt das Rettungsboot vom Gestell senkrecht ins Meer, so dass Wasser meterweit in alle Richtungen spritzt.

Der Aufprall ist so hart, dass Jónas das Bewusstsein verliert …

00:02:33

»Satan!« Der Heizer hat es geschafft, die Back zu öffnen.

»Äh, was?« Satan fuchtelt mit den Händen in der Luft herum, als er aus einem tiefen, alptraumhaften Schlaf hochschreckt. »Wer ist da?«

Wo ist er? Wer ruft ihn? Was …?

Satan schlägt die Augen auf und sieht den schwarzen Schatten eines Mannes, eingerahmt von einer Tür mit abgerundeten Ecken, und dahinter rotes Licht. Der Geruch von

Farbe, Teer und Verdünnungsmittel dringt in seine Nase, er wird hoch- und runtergehoben und in einer engen, unbequemen Kiste durchgeschüttelt. Er hört Wasser gegen Stahl schlagen, Wind brausen und das Heizgebläse leise heulen. Die Einstichstelle an seinem Unterarm brennt, und er spürt, wie sich die Kette in seine Wirbelsäule bohrt …

Das Schiff!

»Lass mich in Ruhe, Mann!« Satan lässt den Kopf auf das gefaltete Sackleinen fallen. »Weck mich erst, wenn wir in Sumerien sind, verstanden?«

»Hoch mit dir!«, brüllt der Heizer und springt über die Türschwelle. Dann senkt er seine heisere Stimme, wie aus Angst, dass ihn jemand hören könnte. »Wir haben einen Motorschaden und Piraten an Bord!«

»Was?« Satan öffnet träge die Augen. »Was hast du gesagt?«

»Wir haben einen Motor…«

»Du hast *Piraten* gesagt, du Idiot!« Satan schnippt mit den Fingern, während er sich in dem Kasten aufsetzt.

»Ja, und sie sind schon an Bord!« Der Heizer tritt von einem Fuß auf den anderen, wie ein kleiner Junge, der pinkeln muss. »Ihr Schiff liegt direkt neben uns und nimmt uns bei der kleinsten Regung unter Beschuss!«

»Endlich passiert mal was auf diesem Kahn!« Satan klettert aus der Kiste, doch als er auf den Beinen steht, strafft sich die Kette um seine Hüften. »Ein bisschen Unterhaltung von außerhalb ist genau das, was diese langweilige Crew braucht. Ich war ihnen irgendwie nicht witzig genug, aber mit bewaffneten Piraten haben wir doch alle unseren Spaß, oder?«

Satan schwankt nach dem langen Liegen, aber seine Neugier ist stärker als alles andere.

»Das ist kein Witz, Mann!« Mit zitterndem Finger zeigt der Heizer durch die offene Tür, wo das Schlauchboot der Piraten auf halber Höhe zwischen der Back und dem Deckshaus auf dem Wasser aufblitzt. »Ich hab eben einen Schuss gehört! Die bringen uns alle um, wenn …«

»Ich hab nicht gesagt, dass ich dir nicht glaube.« Satan hält dem Heizer mit der rechten Hand den Mund zu. »Hast du den Schlüssel dabei?«

»Den Schlüssel?«

»Ja, den Schlüssel!«

»Scheiße, Mann!« Der Heizer starrt auf die Kette. »Wer hat den denn?«

»Dieser Große, Hässliche«, antwortet Satan und fischt ein Päckchen Zigaretten und ein Feuerzeug aus seiner Hosentasche. »Weiß, dumm und lächerlich.«

»Ísak! Natürlich! Scheiße! Warte!« Der Heizer fingert an den Taschen seiner Baumwollhose herum. »Ich glaub, ich ...«

»Was machst du denn da, Mann?« Satan zündet sich eine Zigarette an.

»Hier!«, sagt der Heizer mit einem breiten Grinsen, als er in der rechten Tasche auf etwas Hartes stößt. Dann stülpt er die Tasche um und fängt den Schlüssel auf.

»Tüchtiger Junge!« Satan hebt die Arme und dreht dem Heizer den Rücken zu.

»So, das haben wir gleich.« Der Heizer steckt den Schlüssel ins Schloss, dreht ihn um, das Schloss springt auf, und die Kette fällt mit lautem Scheppern auf den Boden.

»Super!« Satan bläst Rauch durch die Nase aus, während er die Zigarettenschachtel und das Feuerzeug wieder in die Hosentasche steckt.

»Und jetzt?«, fragt der Heizer, der sich an dem Pfosten in der Mitte der Back festhält.

»Mach einfach dasselbe wie ich!« Satan steckt sich die Zigarette zwischen die Lippen, zerrt einen Fünfliterkanister mit Verdünnungsmittel aus einem der in den Boden eingelassenen Kästen und schraubt ihn auf. »Guck mal, ob noch mehr davon da ist.«

»In Ordnung«, murmelt der Heizer und lässt sich auf die Knie fallen, während Satan zur Tür geht und den Kanister in Richtung des Schlauchboots über Bord wirft.

Er könnte natürlich auch auf das Boot schießen, aber es ist ziemlich schwierig, ein bewegliches Ziel aus so großer Entfernung zu treffen – außerdem ist die Munition begrenzt.

Der Kanister landet vor dem Schlauchboot im Wasser, wird aber mit der nächsten Welle wieder aufs Wetterdeck gespült.

»Hier!« Der Heizer reicht Satan einen weiteren Kanister. »Da ist nur noch einer!«

»Schnell!«, herrscht ihn Satan mit der brennenden Zigarette zwischen den Lippen an. Er nimmt den Kanister und schleudert ihn mit voller Kraft nach hinten aufs Schiff. Der Kanister dreht sich in der Luft, so dass Verdünnungsmittel in alle Richtungen spritzt, und landet auf dem Wetterdeck vor den Füßen eines schwarzgekleideten Mannes, der bäuchlings neben der Reling liegt.

Einen hat's schon erwischt!

»Das ist der Letzte!« Der Heizer reicht Satan einen geöffneten halbvollen Kanister.

»Jetzt pass gut auf!«, zischt Satan. Er wartet einen Moment, bis sich das Schiff ein wenig ausbalanciert hat, schleudert den Kanister dann hoch in die Luft und schaut ihm hinterher. Der Kanister fliegt in hohem Bogen übers Wetterdeck und landet in dem unbemannten Schlauchboot, das auf einer Welle nach oben schwappt, wie um ihn in Empfang zu nehmen.

»Wow! Das war echt …!« Der Heizer bricht mitten im Satz ab, als in dem grünen Lichtermeer Mündungsfeuer aufflammt und ein Kugelhagel gegen die Back und die vorderste Ladeluke prallt.

Während die ersten Kugeln funkensprühend auf dem dicken Stahl aufschlagen, dröhnt das Bellen des schweren Maschinengewehrs in ihren Ohren.

Der Heizer schützt seinen Kopf mit den Händen und wirft sich auf die Seite, während Satan durch die Tür hechtet und aus dem Blickwinkel seines Retters verschwindet.

»WARTE! WARTE AUF MICH!«, kreischt der Heizer, stolpert über die Türschwelle und rennt barfuß nach Backbord und von dort über das schräge Wetterdeck nach hinten. Als Satan die halbe Strecke zum Heck zurückgelegt hat, bleibt er stehen und hockt sich, den Rücken an die Ladeluke gepresst, auf den Boden. Er schaut in den Himmel, wo die Notrakete leuchtet, und verflucht leise denjenigen, der sie abgeschossen hat.

Welcher Idiot beleuchtet das Schlachtfeld, wenn der Feind schon so nah ist? Ein Schlachtfeld, das sich auch noch auf dem eigenen Heimatplatz befindet! Die spinnen doch, diese Wichte! Beim Nahkampf ist die Dunkelheit der beste Kamerad – das weiß jeder, der Eier in der Hose hat und ein bisschen gesunden Menschenverstand.

»Was jetzt?« Der Heizer sinkt neben Satan auf die Knie, das Gesicht rot vor Kälte.

»Warte.« Satan zieht an seiner Zigarette, bis die Glut weiß wird, springt dann auf die Füße und schleudert die glühende Kippe über die Ladeluke.

»Verstehe. Du willst das Schlauchboot abfackeln, damit sie nicht wegkommen, wenn …«

»Guck selbst!«, sagt Satan und stößt den Heizer mit dem Ellbogen an.

»Okay.« Der Heizer steht auf und späht über die Ladeluke.

Da bellt das Maschinengewehr erneut, und eine Kugelsalve saust laut zischend durch die Nacht und prallt gegen die Luke.

Der Heizer lässt sich wieder auf die Knie fallen und sieht Satan wortlos an. Er muss nichts sagen.

In seinem unterwürfigen Blick blitzt Enttäuschung auf.

»Feuer oder nicht Feuer, ist doch egal«, murmelt Satan und steht gebückt auf. »Komm! Wir zeigen es diesen Schurken!«

Der Heizer stolpert auf die Füße und folgt Satan übers Wetterdeck.

»Wie viele waren es noch mal?«, fragt Satan, als sie bei der Treppe angelangt sind.

»Keine Ahnung. Aber in das Schlauchboot passen kaum mehr als sechs.«

»Einer hat's schon hinter sich«, sagt Satan und spurtet die Treppe zu Deck B hoch. »Also sind noch fünf übrig. Fünf Mann mit Maschinengewehren! Wird kein Kinderspiel, denen allen eine Kugel in den Bauch zu jagen!«

Satan läuft nach Steuerbord, hockt sich an die weiß gestrichene Wand des Deckshauses und zieht das Jagdmesser aus der Scheide an seinem linken Fußgelenk.

Hinter der massiven Wand schrillen die Alarmsirenen.

»Was hast du vor …?«

»Halt's Maul!« Satan winkt dem Heizer, sich hinter ihn zu setzen, und hält ihm das Messer hin. »Hier, für dich. Wenn du unerwartet in einem Nahkampf landest, musst du Augenkontakt mit dem Gegner aufnehmen, so nah wie möglich an ihn ran und ihm dann das Messer tief in den Bauch rammen. Am besten ist es allerdings, den Feind zu überraschen.«

»Äh, ich …« Der Heizer greift nach dem schweren Messer. »Aber wo soll ich mich …?«

»Bleib hier hinter dem Deckshaus«, sagt Satan und kramt die Socke mit den Patronen aus der Hosentasche. »Wenn jemand durch die Tür kommt oder die Treppe runter, stichst du ihn ab.«

»Okay«, murmelt der Heizer. Er spiegelt sich in der breiten Klinge.

»Und denk bloß nicht an den Tod.« Satan kippt die acht Patronen in seine Handfläche. »Solange du lebst, kannst du andere töten – das ist das Einzige, was zählt. Ein toter Mann hat keinen Nutzen mehr. Deshalb bringt es nichts, an den Tod zu denken, kapiert?«

»Ja, ich glaub schon.« Der Heizer umklammert das Messer mit eiskalter Hand.

»Also, worauf warten wir noch?« Satan zieht den Revolver aus dem Holster an seiner rechten Wade. »Ich gehe rein!«

»Aber was mache ich, wenn …?« Der Heizer kann den Satz nicht zu Ende bringen, denn Satan rennt los und verschwindet um die Ecke des Deckshauses.

Der Heizer steht zögernd auf und späht um die Ecke. Hinter dem Deckshaus ist nichts zu sehen. Nichts Ungewöhnliches. Das Heck ist wie ausgestorben.

Was soll er tun? Wache halten oder …

Plötzlich ertönt ein dumpfer Schlag, und Wasser spritzt übers Deck. Der Heizer kauert sich zusammen, vergräbt den Kopf in der linken Armbeuge und schließt die Augen.

Was war das? Ist er erschossen worden? Ist er verletzt? Ist …

Er blinzelt, lässt den Arm sinken, dreht sich um und schleicht am Deckshaus entlang, den nackten Rücken dicht an der Wand zwischen der Tür und der Außentreppe.

Das Rettungsboot!

Hinter dem Schiff schaukelt es auf und ab. Langsam dreht es sich einmal um sich selbst und treibt dann gemächlich gen Osten vom Schiff weg.

Wer hat das Boot zu Wasser gelassen? Und warum läuft der Motor nicht? Wer ist in dem Rettungsboot? Alle? Keiner? Wollen sie ihn zurücklassen?

»HILFE! HIERHER! DREHT UM!«, schreit der Heizer, während er zum Heck rennt und wie verrückt mit den Armen wedelt. »FAHRT NICHT OHNE MICH! KEHRT UM! NEIN …!«

Das Rettungsboot treibt immer weiter vom Schiff weg und ist schon bald in der Dunkelheit verschwunden.

Das kann einfach nicht sein!

»Verdammte Verräter!«, murmelt der Heizer und geht zitternd zurück zum Deckshaus.

Was soll er tun? Er kann nicht länger hier draußen rumstehen! Er friert sich zu Tode! Aber was bleibt ihm anderes übrig? Wo soll er hingehen? Wo ist er außer Gefahr? Nirgendwo?

Im Maschinenraum! Er kann runter in den Maschinenraum gehen! Da ist es warm, da ist es dunkel, da ist …

Der Heizer öffnet die Tür zu Deck B und schleicht hinein.

Der Lärm der Sirenen ist ohrenbetäubend.

Mit schnellen Schritten geht er zur Treppe und bleibt dann abrupt stehen.

Nein!

Am Fuß der Treppe liegt der Maschinenmeister in seinem eigenen Blut, zusammengekrümmt, starr und blau angelaufen …

00:05:02

Auf sämtlichen Decks schrillen Sirenen und übertönen alle anderen Geräusche.

Satan stürmt mit dem gezückten Revolver in der rechten

und den acht Patronen in der linken Hand die Treppe hoch. Auf jedem Deck dreht er sich einmal um die eigene Achse, um sicherzugehen, dass ihm niemand auflauert.

Wenn nur diese verdammten Sirenen aufhören würden!

Auf Deck C hat er die Leichen des Kochs und des Bootsmanns registriert und ist dann weitergerannt. Falsche Zeit und falscher Ort für Sentimentalitäten. Auf Deck D gab es nichts zu sehen, auf Deck E auch nicht, aber als er sich auf Deck F umschaut, hört er erstmals etwas anderes als Sirenengeheul.

Es sind Stimmen. Stimmen von oben. Aufgeregte Stimmen, die sich in einer fremden Sprache etwas zurufen. Zwei Männer, einer auf dem Brückendeck und der andere auf der Treppe.

Satan presst den Rücken an die Wand, dreht sich dann nach rechts, richtet den Revolver nach oben und feuert drei Schüsse ab:

PENG, PENG, PENG!

Die ersten beiden gehen daneben, aber der dritte scheint den Piraten am linken Unterschenkel getroffen zu haben.

Auf dem Brückendeck schreit jemand.

Satan hält einen Moment inne, macht einen Schritt nach links und zählt im Geiste bis zwei. Dann springt er zur Seite, streckt den rechten Arm aus, zielt auf die Brust des Piraten, der mit der Hand am Abzug seines Maschinengewehrs oben auf der Treppe steht, und feuert zwei weitere Schüsse ab:

PENG, PENG!

Jetzt ist der Revolver leer, und der Pirat ist tot. Er sinkt auf die Knie und fällt kopfüber die Treppe hinunter, wobei er gleichzeitig mehrere Schüsse auf sein eigenes Bein abfeuert:

RATATATA …!

Satan tritt zur Seite, öffnet die Trommel seines Revolvers und lässt die leeren Patronenhülsen herausfallen. Dann lädt er die fünf Kammern mit feuchten, zitternden Händen nach: eine Patrone, zwei, drei …

Die vierte Patrone kriegt er nicht richtig zu packen, sie rutscht ihm durch die Finger und rollt über den Boden.

Verdammt!

Vier und fünf, er schiebt die Trommel wieder zurück, dreht sie und spannt den Hahn. Der Revolver ist geladen, und in Satans linker Hand sind noch zwei Patronen. Macht insgesamt sieben. Das muss reichen.

Er hockt neben dem Treppenaufgang, den Revolver auf das Brückendeck gerichtet.

Dort ist alles ruhig, keine Bewegung, keine Stimmen, gar nichts. Er betrachtet den Piraten, der bäuchlings über ihm auf der Treppe liegt.

»Scheiße!« Satan richtet seine Waffe mehrmals nach unten zu Deck E. Er weiß nicht, ob noch mehr Piraten im Schiff sind.

Zum Teufel! Wie lange soll er noch warten? Er könnte das Brückendeck stürmen, aber es ist taktisch unklug, nach oben hin anzugreifen. Der Kerl, der oben wartet, weiß das. Er wird so lange warten, bis Satan aufgibt und in seinen sicheren Tod rennt.

Es sei denn, der Typ wartet auf Verstärkung von unten! Verdammte Scheiße! Satan kann nicht endlos warten! Entweder rast die Zeit, oder sie steht still – da ist er sich nicht sicher, denn das Schrillen der verdammten Sirenen macht ihn wahnsinnig!

»Komm schon, du Schwein!«, brüllt Satan zum Brückendeck hoch, während er den Blick und den Lauf seines Revolvers nach unten richtet. »Komm her, wenn du dich traust!«

Keine Antwort, kein Angriff, nichts als endloses Sirenengeheul.

Er wartet nicht mehr länger! Er kann nicht länger warten! Er verliert den Verstand, wenn er …

»Wer ist da?«, tönt es plötzlich von oben. Der Mann brüllt

aus Leibeskräften, aber seine Worte dringen gerade mal bis zum Treppenabsatz.

Wer ist das? Jemand von der Brücke? Der Kapitän?

»Kannst du die Sirenen ausstellen?«, brüllt Satan nach oben.

Keine Antwort.

Schweiß rinnt ihm über die Stirn. Er zwinkert und richtet den Revolver mal nach oben, mal nach unten. Sein Rücken und seine Schultern tun weh, er kann nicht mehr viel länger hier stehen.

»Hast du mich gehört?«, brüllt Satan so laut, dass ihm der Hals brennt. »Sag mir, ob du ...!«

Er hört auf zu schreien, denn die Sirenen verstummen plötzlich. Was für eine herrliche Stille ...

00:06:11

Guðmundur Berndsen nimmt in der Brücke hinter einem hohen Schrank Deckung, den Lauf der Schrotflinte über die Tische im Kartenraum hinweg auf die Türöffnung gerichtet.

Guðmundur hat die Tür mit einem Schuss der Länge nach in zwei Hälften gespalten, als einer der Piraten die Türklinke berührt hat. Jetzt warten mindestens zwei Piraten im Flur darauf, dass der Kapitän aufgibt oder dass ihm die Munition ausgeht.

Er hat nicht vor aufzugeben, aber die Munition wird natürlich weniger. In regelmäßigen Abständen schießen die Piraten mit ihren Maschinengewehren durch die Türöffnung, und Guðmundur feuert ein- oder zweimal zurück.

Guter Gott! Wie lange soll er noch in dieser Hölle ausharren? Zehn Minuten? Fünf? Eine? Zu allem Überfluss jault der Schiffshund unter dem Tisch im Kartenraum wie ein hysterisches Weib.

Wo ist der Rest der Mannschaft? Tot? Versteckt? Ins Rettungsboot gegangen und ...?

Die Gedanken des Kapitäns werden von einem Schusswechsel draußen im Flur unterbrochen.

Wer schießt da?

Er spitzt die Ohren, aber außer dem Schrillen der Sirenen ist nichts zu hören. Wenn er doch nur …

»Komm schon, du Schwein!«, brüllt jemand. »Komm her, wenn du dich traust!«

Wer ruft da? Wer ist …

»Wer ist da?«, ruft der Kapitän in Richtung Tür.

»Kannst du die Sirenen ausstellen?«, tönt es zurück.

Die Sirenen ausstellen? Natürlich! Er kann die Sirenen ausstellen!

Der Kapitän schleicht gebückt durch die Brücke, die Schrotflinte auf die Türöffnung gerichtet.

Auf dem Boden zwischen Kartenraum und Tür liegen die Leichen von Ísak Sigurðsson und seinem Mörder – die eine mit aufgeschlitzter Kehle in einer schwarzen Blutlache, die andere ohne Gesicht und mit zertrümmertem Schädel, aus dem das Gehirn hervorquillt.

Die Luft riecht nach Blut, Schießpulver und Wahnsinn, und die toten Körper der beiden Männer schreien stumm nach Aufmerksamkeit, aber der Kapitän senkt den Blick nicht, er darf den Blick nicht senken, er muss die Tür beobachten, er darf die Leichen nicht ansehen, nicht auf die Leichen schauen …

»Jesus Christus, erbarme dich unser«, murmelt der Kapitän und bekreuzigt sich im Geiste.

Er hofft, dass ihn die Piraten nicht beobachten, denn wenn er zur Mitte der Brücke geht, wo der Feuermelder ist, verschwindet die Türöffnung aus seinem Blickfeld. Wenn sie sehen, dass er weg ist, wissen sie, dass sie in die Brücke eindringen können, ohne von ihm bemerkt zu werden, und dann …

Verdammt noch mal! Es bringt nichts, so zu denken!

Guðmundur geht drei Schritte nach rechts, die Türöffnung verschwindet, er steht der grauen Wand gegenüber, und die rote Box ist direkt vor ihm.

Nur auf den Knopf drücken und …

»Hast du mich gehört?«, tönt es von unten. »Sag mir, ob du …!«

Er drückt auf den Knopf, lässt los, es klickt, und die Sirenen verstummen.

»Wer ist da unten?«, ruft der Kapitän und macht wieder drei Schritte nach links. Er kann die Türöffnung sehen, aber in dieser Position ist er dem Feind ausgeliefert. Er muss in Deckung gehen, bevor jemand in die Brücke feuert.

»Wie viele Schwarzjacken sind da oben?«, tönt es von unten.

»Zwei, glaube ich!«, ruft der Kapitän zurück. Er schleicht Schritt für Schritt zurück zum Schrank. Noch zwei Schritte, einer, und er ist in Deckung.

»Ich hab gerade einen erledigt!«

»Dann ist's nur noch einer!«, ruft der Kapitän. »Oder gar keiner mehr. Bist du das, Rúnar?«

Der Kapitän zuckt zusammen, als ein schwarzgekleideter Mann am Eingang vorbeihechtet und die Tür zur Plattform hinter dem Deckshaus öffnet.

Ist das …? War er …?

Guðmundur Berndsen drückt den Abzug der Schrotflinte, doch es klickt nur. Die Flinte ist leer, aber er hat ohnehin viel zu spät abgedrückt …

»Er ist rausgerannt! Er ist weg …!«, ruft der Kapitän und richtet sich auf.

Jemand hastet die Treppe zum Brückendeck hoch, und im nächsten Moment erscheint Satan in der Tür, schwarzgekleidet wie ein Pirat, mit einem irren Glänzen in den Augen, Schweißperlen auf der Stirn und einem Revolver in der Hand.

Er taxiert die Leichen auf dem Fußboden, ohne irgendeine Gefühlsregung zu zeigen, hebt dann den Kopf und entdeckt den Kapitän, der immer noch halb hinter dem Schrank versteckt ist.

»Alle Achtung!« Satan nickt dem Kapitän anerkennend zu. »Ich versuche, den Typen einzuholen, und jage ihm eine Kugel in den Kopf. Bleib du hier und pass auf die Brücke auf.«

»Satan!«, stößt Guðmundur hervor, als er aus seinem Versteck kommt, aber der ist schon verschwunden, hat die Tür zur Plattform hinter dem Deckshaus aufgetreten und rennt mit Skuggi auf den Fersen die steile Eisentreppe hinunter …

00:07:06

Der Heizer geht im Maschinenraum im Kreis herum und denkt an Jóhann, der tot auf Deck A liegt.

Der arme Jóhann …

Das Rattern der Generatoren übertönt sogar den Sirenenlärm. Das ist gut, denn das Rattern gehört zu seinem Arbeitsplatz, während das Sirenengeheul eine Störung ist, maschineller Irrsinn, eine bedrohliche Warnung, ein Gefahrenbote …

Der Heizer bleibt stehen, denn er nimmt eine Bewegung im vorderen Teil des Raums wahr. Er sieht den Schatten eines Mannes bei der Steuerkabine in Richtung Backbord verschwinden, wo die Metallwerkstatt ist.

Wer ist das?

»Jói?« Der Heizer blinzelt, doch als er sieht, dass der Mann ein Maschinengewehr in den Händen hält, klappt er den Mund zu und weicht zurück in die Dunkelheit.

Ein Pirat im Maschinenraum! Was soll er tun? Sich verstecken? Seine Haut retten? Dem Schwein gegenübertreten …

Der Heizer knirscht mit den kaputten Zähnen, packt das Messer fester und schleicht auf Zehenspitzen auf die offene Tür hinter der Metallwerkstatt zu. Dort bleibt er im Schatten eines zwei Meter hohen Gasbehälters stehen und wartet, und wartet …

Die magere Brust des Heizers hebt und senkt sich, bleiche Haut spannt sich über seine Rippen, und die schwarzen Haare um seine braunen Brustwarzen herum richten sich auf. Mit starrem Blick wartet er auf eine Bewegung im Dämmerlicht, seine Nasenlöcher sind geweitet, und durch den schwarzen Vollbart schimmern seine gelbbraunen Zähne.

Das ist das Schwein, das Jói umgebracht hat, das Schwein, das Jói umgebracht hat, das Schwein …

Als der Pirat endlich wieder hinter der Werkstatt auftaucht, entspannt sich der Heizer ein wenig. Sein Atem beruhigt sich, seine Augen verengen sich zu schmalen Schlitzen, und seine ausgetrockneten Lippen schließen sich über die schiefen Zähne.

Er geht zwei Schritte vor und dreht sich nach links. Dann

steht er dem Piraten direkt gegenüber. Der reißt die schräg stehenden Augen auf und starrt die gespenstische Erscheinung, die nur einen Meter von ihm entfernt ist, verwundert und ein bisschen erschrocken an.

Der Heizer achtet darauf, den Augenkontakt nicht zu verlieren, tritt vor, holt gleichzeitig mit dem rechten Arm aus, bereit, dem Mann das Messer in den Bauch zu rammen. Als der irritierte Pirat sein Maschinengewehr abdrückt, ist der Heizer schon aus der Schusslinie.

RATATATA!

Die Kugeln prallen gegen die Wände des Maschinenraums, das Gewehr verstummt, und der Pirat erstarrt, als die Stahlklinge seinen Bauch aufschlitzt, seine Eingeweide zertrennt und von innen gegen die Wirbelsäule stößt. Sein Mund öffnet sich, und aus seinen Augen weicht langsam das Leben.

»Das ist für Jóhann!«, sagt der Heizer, zieht das Messer aus der Wunde und versetzt dem Piraten einen Stoß, so dass er rücklings zu Boden stürzt. Dann kniet er sich auf den blutigen Körper des Mannes und rammt ihm das Messer ins kraftlose Fleisch, wieder und wieder …

00:07:17

Satan wirft sich am Treppenabsatz des Bootsdecks auf den Bauch, als sich der Pirat umdreht und sein Maschinengewehr auf ihn abfeuert:

RATATATATA!

Die Kugeln prallen direkt neben Satan auf, er kauert sich zusammen und schirmt die Augen gegen die Funken ab. Hinter ihm jault Skuggi und dreht sich im Kreis.

Das Maschinengewehr verstummt, Satan öffnet die Augen, kommt auf alle viere, schiebt den Revolver zwischen die Sprossen des Geländers und feuert drei Schüsse auf den Piraten ab, der auf die Treppe zum Wetterdeck zurennt:

PENG, PENG, PENG!

Verfehlt! Mist!

Satan öffnet die linke Hand. Keine Patronen! Er hat sie in der Hektik verloren. Nur noch zwei Patronen im Revolver. Zwei!

Verdammte Scheiße ...

»SCHEISSE!« Er hält sich mit der linken Hand am Geländer fest und springt ohne nachzudenken darüber. Er landet auf beiden Beinen im Heck, stützt sich mit der linken Hand am Boden ab, richtet sich dann auf und rennt dem Piraten hinterher.

Ob das der Letzte ist? Hoffentlich ist es der Letzte!

Als Satan die Eisentreppe zum Wetterdeck erreicht, ist der Pirat schon im Schlauchboot und macht es von der Reling los.

Verdammt!

Satan zielt mit dem Revolver auf das Boot, aber das Schiff schaukelt, und das Boot wippt auf und ab. Der Pirat zerrt am Seilzug des Außenbordmotors. Satans Muskeln spannen sich, er hält den Atem an und drückt ab:

PENG!

Er hat noch nicht mal gesehen, wo die Kugel gelandet ist!

»Mist!«, murmelt er und zielt erneut. Der Pirat zieht wieder am Seilzug, der Außenbordmotor springt an, Satans Zeigefinger krümmt sich am Abzug, und der letzte Schuss geht los:

PENG!

Nichts geschieht! Die Kugel landet im Wasser, der Pirat wendet das Boot und steuert auf das grüne Lichtermeer zu, das die Wasseroberfläche in einem Umkreis von dreihundert Metern erleuchtet.

Skuggi kommt angesprungen und legt sich neben Satan aufs Wetterdeck.

»Ich fasse es nicht.« Satan lässt die Waffe sinken und hebt das Gesicht gen Himmel.

Die Leuchtrakete verglüht langsam, schwebt vom dunkelroten Firmament herab und wird gleich im Wasser landen.

Es sei denn …

Satan verfolgt die Rakete mit den Augen. Sie schwebt quer über das Schiff, wird vom Wind mitgerissen und direkt in das gen Norden brausende Schlauchboot manövriert. Erst passiert gar nichts, aber dann zerreißt es das Boot in der Luft. In Sekundenschnelle steht es in Flammen und hüpft wie ein Feuerball durch die dunkle Nacht.

Dann wird alles schwarz.

»YIPPIEH!«, brüllt Satan über die Bordwand, woraufhin Skuggi neben ihm anfängt zu heulen. »WER IST DER KING? WER IST DER KING? SAGT MIR: WER IST …?«

Die grünen Lichter erlöschen, und gleichzeitig beginnt das schwere Maschinengewehr auf dem Piratenschiff, Flammen auszuspeien.

Satan wirft sich auf den Boden, aber er ist nicht schnell genug. Zwei Kugeln schrammen wie zusammengeschrumpfte Betonlaster in dreifacher Lichtgeschwindigkeit über seinen Kopf …

XXIX

Montag, 17. September 2001.

Es ist kurz vor vier Uhr nachmittags, aber die Welt scheint an diesem Tag nicht erwachen zu wollen. Der Himmel grau, so weit das Auge reicht, das Meer im Osten dunkelgrau und im Westen schwarz, die Brise riecht nach verrottenden Algen, und die Luft ist weder heiß noch kalt. Schwüler Salzdunst liegt über dem Schiff, das laut Kompass nach Süden treibt, quer über hohe Wellen, die sich wie schlafende Berge auftürmen.

Die Steuerbordseite des Schiffes ist nach dem Kugelhagel mit Dellen, Rissen und Löchern übersät, in denen sich Feuchtigkeit sammelt. Nach und nach verdichtet sie sich zu rostbraunen Tropfen, die am kalten Stahl hinunterrinnen.

Im Bug des Schiffes stehen Kapitän Guðmundur und Sæli neben den Leichen zweier Piraten, die mit Kissenbezügen über den Köpfen nebeneinanderliegen. Der eine Bezug ist blutdurchtränkt, aber der andere ist noch weiß, und die Gesichtszüge des Toten zeichnen sich darunter ab. Guðmundur und Sæli haben sich den ganzen Tag um die Leichen gekümmert. Dies sind die beiden letzten, die sie über Bord werfen werden.

Aber erst mal atmen sie tief durch.

Sie haben fast zwei Stunden gebraucht, um die Körper von der Brücke runterzubringen. Sie sind durchgeschwitzt, ihre Lungen brennen, und die Glieder tun ihnen weh.

Dennoch war es ein Vergnügen, sich mit diesen beiden abzumühen – im Vergleich zu der seelischen Belastung, die der Transport von Ási, Rúnar, Jóhann und Ísak bedeutete. Der Kapitän und der Matrose haben die Leichen ihrer Kollegen komplett in weiße Laken gehüllt, bevor sie sie die Treppe hinuntergeschafft haben. Trotzdem war die Nähe zu den toten Körpern so erdrückend, dass ihnen zwischendurch dreimal die Kräfte schwanden. Sie strauchelten unter der Last und brachen in stummes Weinen aus, jeder in seiner Ecke, ohne einander in die Augen zu schauen.

Guðmundur hat den Überlebenden des Überfalls noch nicht von Ísak erzählt – dass Ísak den Verstand verloren und versucht hat, ihn umzubringen. Er ist unsicher, ob er es erzählen soll. Es spielt keine Rolle mehr, deshalb gibt es eigentlich keinen Grund, das Andenken eines guten Mannes herabzuwürdigen, der auf den letzten Metern durchgedreht ist.

Aber es ist schwer, ein solches Geheimnis für sich zu behalten, und das Schweigen über den Wahnsinn des Ersten Steuermanns bedrückt den Kapitän wie ein böser Traum und verstärkt die Trauer, die sein Herz an diesem bleigrauen Montag erfüllt. Jedes Mal, wenn er die Augen schließt, sieht er Ísaks verzerrtes Gesicht vor sich …

»Zigarette?«, fragt Sæli und reicht dem Kapitän eine angebrochene Schachtel.

»Ja, danke.« Guðmundur nimmt eine und steckt sie sich zwischen die Lippen.

Sæli gibt ihm Feuer, das er mit der Hand abschirmt, und zündet sich dann unter dem Revers seiner Jacke selbst eine an.

Sie ziehen an ihren Zigaretten, pusten den Rauch aus und schauen hinaus aufs Meer, tief in Gedanken. Arbeitskollegen bei einer Zigarettenpause.

»Hast du das Spiel gestern gesehen?«, fragt Sæli mit unbewegter Miene. Er weiß selbst nicht, ob er versucht, witzig zu sein, oder einfach nur verrückt wird.

Sie schauen einander in die Augen, körperlich und seelisch mit ihren Kräften am Ende.

»Nee«, antwortet der Kapitän und grinst, während er dem Ersten Matrosen leicht auf den Rücken klopft. »Wie ist es ausgegangen?«

»Keine Ahnung«, murmelt Sæli schulterzuckend.

Sie hören auf zu grinsen – es ist nicht länger witzig.

»Äh, bist du dir sicher, dass es richtig ist, die beiden ins Wasser zu werfen?«, fragt Sæli nach kurzem Schweigen.

»Nein, bin ich nicht«, murmelt der Kapitän, ohne die Männer anzuschauen. »Aber ich will sie nicht auf dem Schiff haben.«

»Verstehe.« Sæli schnippt die halbgerauchte Zigarette über Bord. »Sollen wir?«

»Ja«, sagt Guðmundur. Er zieht noch einmal an seiner Zigarette, bevor er sie ausdrückt und die Kippe in die Tasche steckt.

Der Kapitän packt den ersten Mann bei den Schultern, während Sæli die Beine nimmt. Sie schwingen die Leiche zweimal hin und her und schleudern sie dann über Bord.

Sein Kamerad geht denselben Weg.

»Möge Gott euch am Tag des Jüngsten Gerichts vergeben«, keucht der Kapitän und bekreuzigt sich mit der rechten Hand, »denn bis dahin werdet ihr in der Hölle schmoren.«

»Amen«, murmelt Sæli und spuckt den Leichen hinterher.

Sie treiben vom Schiff weg, schaukeln auf den Wellen und gehen allmählich unter.

»Komm.« Der Kapitän legt Sæli den Arm um die Schulter. »Wir sind so gut wie fertig. Gehen wir einen Kaffee trinken.«

16:01

Satan liegt auf dem Rücken im Bett und masturbiert, während er das Foto des dänischen Mädchens anschaut, das er aus dem Maschinenraum hat mitgehen lassen.

Er schließt die Augen und versucht, an Lilja zu denken, aber Lilja kann in seinem Kopf nicht ruhig bleiben, sie tobt herum und verwandelt sich nach und nach in das dänische Mädchen auf dem Foto.

»Verdammt«, flucht Satan, öffnet die Augen und betrachtet wieder das Bild in seiner linken Hand. Aber seine Augen sind vernebelt, und das dänische Mädchen ähnelt auf einmal seiner blutjungen Tochter …

17:21

Kapitän Guðmundur klopft leise an, bevor er die Tür zum Krankenzimmer aufmacht, wo er Satan schlafend oder halb bewusstlos unter einer schweißnassen Decke vermutet. Als der Beschuss zu Ende war, haben sie seinen blutenden, bewusstlosen Körper ins Deckshaus gezogen, seine Wunden versorgt und ihm Morphium gegeben. Die Kugeln haben die Kopfhaut über seinem linken Ohr zerfetzt und tiefe Striemen an seinem Schädel hinterlassen.

»Hallo?« Der Kapitän schaltet das Licht ein. »Bist du wach?«

Keine Antwort.

Es liegt niemand im Bett, das Zimmer ist leer.

»Verdammt noch mal«, flucht der Kapitän, schaltet das Licht aus und schließt die Tür hinter sich.

Er wirft einen Blick in die Messe und in die Kombüse, aber dort ist niemand.

»Suchst du jemanden?«, fragt der Heizer, der die Treppe von Deck A zu Deck B heraufkommt. Er trägt Holzpantinen und einen schmutzigen Overall und wischt sich mit einem schwarzen Lappen Öl und Ruß von den Fingern.

»Ja und nein«, murmelt der Kapitän und fixiert über die Schulter des Heizers hinweg die mit einer dicken Schicht Spänen bestreute Stelle am Boden, wo Jóhann der Riese gestorben ist. »Wie ist die Lage im Maschinenraum?«

»Stabil«, antwortet der Heizer und zieht die Nase hoch. »Ich lasse die Generatoren abwechselnd mit voller Kraft laufen, kümmere mich darum, dass genug heißes und kaltes Wasser da ist und so weiter. Solange niemand da unten rumspielt, geht alles seinen gewohnten Gang.«

»Ja, klar.« Guðmundur klopft ihm auf die Schulter. »Da spielt niemand rum, kannst dich drauf verlassen!«

»Keiner hat da unten was zu suchen«, sagt der Heizer und kratzt sich am Bart. »Keiner außer mir.«

»Nein, ja, natürlich nicht.« Der Kapitän nickt dem Maschinisten zu. »Ich verstehe deine Einstellung und vertraue dir vollkommen, Óli. Vollkommen.«

»So sollte es auch sein«, murmelt der Heizer und schlurft in die Kombüse, während der Kapitän die Treppe hinaufgeht.

Die Kajüten von Ási und Rúnar auf Deck C sind verschlossen. Drinnen liegen blutige Teppiche in Dunkelheit und Stille. Die Stille ist am schlimmsten. Das Blut kann man auswaschen, die Dunkelheit kann man vertreiben, indem man die Vorhänge aufzieht oder das Licht einschaltet, aber wie viel die Überlebenden auch reden oder wie laut sie auch schreien mögen, wenn niemand zuhört – die Stille, die die toten Kameraden hinterlassen haben, wird sie für den Rest der Fahrt begleiten, womöglich bis ans Ende ihres Lebens.

Stille, die ein Loch ins Leben reißt.

Der Kapitän geht zu Satans Kajüte auf Deck D. Dort ist niemand.

Die Kajüten von Ísak und Jónas auf Deck E sind ebenfalls verschlossen. Ísak ist tot, und niemand weiß, wo Jónas abgeblieben ist. Er ist wie vom Erdboden, oder wahrscheinlich eher vom Meer, verschluckt. Guðmundur geht rauf zum Kapitänsdeck. Dort stößt er mit dem Fuß gegen etwas Kupferfarbenes, das wie ein Steinchen über den Boden saust und dann gegen die Wand prallt. Guðmundur bückt sich und hebt den kleinen zylindrischen Gegenstand auf. Er hat eine Vermutung, wer ihn dort verloren haben könnte. Auf der Treppe liegt ein weißes Laken über der Blutlache des Piraten, den Satan erschossen hat.

Die Kommandobrücke hat keine Tür mehr. Von der Schwelle bis zu den Navigationsgeräten sind weiße Laken auf dem Boden ausgebreitet. Sie liegen dicht aneinander, trotzdem scheinen an einigen Stellen Blut und Gehirnmasse durch.

»Hier bist du also«, sagt der Kapitän, als er die Brücke betritt, die sich, so wie das ganze Schiff, immer noch nach Steuerbord neigt.

Satan sitzt mit einem Kaffeebecher in der einen und einer brennenden Zigarette in der anderen Hand auf dem Kapitänsstuhl. Er trägt nur eine schwarze Jogginghose und ist barfuß. Um den Kopf hat er einen Verband, der seine Augenbrauen und beide Ohren bedeckt und über dem linken Ohr voller Blut ist.

Neben ihm liegt der Schiffshund. Er hebt den Kopf und winselt leise, als der Kapitän die Brücke betritt.

»Ja«, sagt Satan, ohne sich mit dem Stuhl umzudrehen oder einen Blick über die Schulter zu werfen. In Gedanken versunken schaut er durch die zerbrochenen Fenster, wie jemand, der alles beobachtet, ohne sich wirklich dafür zu interessieren, lebenserfahren und lebensüberdrüssig zugleich, wie ein Steuermann oder Kapitän, der sein Leben lang über die sieben Meere gefahren ist.

Es ist üblich, dass die Mannschaftsmitglieder vom Kapitänsstuhl steigen, sobald der Kapitän die Brücke betritt – wenn nicht aus Höflichkeit, dann aus bedingungslosem Respekt gegenüber dem Mann, der die alleinige Verantwortung für das Schiff und seine Besatzung trägt, Lebendige wie Tote. Aber Satan zollt seinem Vorgesetzten noch nicht einmal ein Mindestmaß an Höflichkeit. Er schaut ihn nicht an, grüßt ihn auch nicht wie ein zivilisierter Mensch und macht schon gar nicht den Stuhl frei.

Der Kapitän traut im ersten Moment seinen Augen nicht, aber dann beruhigt er sich schnell wieder. Dies ist wohl nicht die richtige Zeit und der richtige Ort, um jemanden zusammenzustauchen, vor allem nicht so eine Landratte, die die geschriebenen und ungeschriebenen Gesetze der Seeleute nicht kennt – zumal sich der Junge in einer Gefahrensituation als, gelinde gesagt, sehr nützlich erwiesen hat.

Guðmundur geht zu den Navigationsgeräten, stützt sich mit der Hand ab und tut so, als schaue er aus dem Fenster. Dann dreht er den Kopf langsam nach links und mustert Satan unauffällig.

Ein Wilder ist das Erste, was ihm durch den Kopf schießt. Er erinnert sich an ein Buch mit einem Bild von einem Dorfhäuptling auf irgendeiner kleinen Südsee-Insel, ein beleibter Schwarzer, der auf einem Hochsitz aus Bambus sitzt und mit einem Ausdruck kindlicher Einfalt und abgrundtiefer Grausamkeit zugleich über sein ärmliches Königreich schaut. Ein unzivilisierter Wilder, der mehrere Ehefrauen besitzt, seine zahlreichen Kinder auf dem Schoß wiegt, Götzen verehrt und seine Feinde verspeist.

Aus irgendeinem Grund erinnert Satan den Kapitän an diesen Negerhäuptling, der trotz seines albernen Gebarens so mächtig und gefährlich ist, dass sich niemand traut, über ihn zu lachen. Vielleicht liegt es an der Art und Weise, wie Satan auf dem Stuhl sitzt – vollkommen entspannt, aber nicht gleichgültig und stets auf einen Angriff gefasst, wie ein Löwe, der beim Schlafen ein Auge offen lässt. Vielleicht ist es sein nackter Oberkörper, diese geballte Masse, die den Stuhl ausfüllt, bereit zum Kampf. Oder die Augen, diese dunklen Löcher, die …

»Es ist frischer Kaffee da«, sagt Satan, wendet den Kopf nach rechts und schaut dem Kapitän direkt in die Augen. Der zuckt zusammen und senkt den Blick wie ein schüchternes Mädchen, das dabei erwischt worden ist, einen heranwachsenden Jungen angestarrt zu haben.

»Ja, danke, vielleicht sollte ich …«, murmelt der Kapitän und geht hinter dem Stuhl vorbei zur Backbordseite.

»Bring mir auch noch einen mit!« Satan reicht ihm seinen leeren Kaffeebecher.

»Klar.« Der Kapitän wird rot vor Wut, beißt aber die Zähne zusammen und nimmt den Becher entgegen.

Dieser verfluchte …!

»Zwei Stück Zucker und ein bisschen Milch«, sagt Satan, lehnt sich auf dem Stuhl zurück und streckt die Beine aus, so dass das Leder knirscht.

Guðmundur Berndsen ist sprachlos angesichts der Unverschämtheit dieses unreifen Gossenjungen. Hält der sich wirklich für einen erwachsenen Mann? Einen Moment lang droht der Kapitän die Fassung zu verlieren, dann schluckt er jedoch mit Mühe und Not seine Wut herunter, und seinen Stolz gleich mit. Er seufzt, schüttelt den Kopf und zählt im Geiste bis zwanzig, während er Kaffee in die beiden Becher gießt.

Heute nicht. Er wird sich heute nicht aufregen. Nicht an dem Tag, an dem vier Crewmitglieder ermordet wurden und einer verschollen ist. Nicht an dem Tag, an dem er zum ersten Mal jemanden getötet hat …

Die Erinnerung daran ergießt sich langsam über den Kapitän wie kalter, zäher Teer. Er hält sich mit beiden Händen am Rand des Spülbeckens fest, atmet tief ein, hält kurz die Luft an und lässt sie dann langsam wieder entweichen. Seit er den Mann getötet hat, hat er kein Auge zugetan.

»Bringst du den Kaffee?«

Guðmundur öffnet die Augen und strafft den Rücken. Lichtpunkte tanzen vor seinem Gesicht, und ihm schwirrt der Kopf.

Ob der Mann aus der Unterwelt dieses Gefühl kennt? Ob er schon mal jemanden getötet hat? Ob er ihm erzählen kann, wie …

»Komme schon«, murmelt der Kapitän, geht zur Mitte der Brücke und reicht Satan seinen Kaffeebecher. »Bitte sehr.«

»Ich wollte Milch und Zucker!« Satan blickt in den pechschwarzen Kaffee und dann zum Kapitän.

»Ich hab da was von dir«, sagt Guðmundur, setzt sich auf einen Stuhl am Fenster und zieht ein weißes Bündel aus seiner

Jackentasche. Es ist der Revolver, locker in ein Taschentuch eingeschlagen.

»Der ist leer«, murmelt Satan und bläst ein paar Rauchringe in die Luft.

»Ich weiß.« Der Kapitän legt den Revolver auf die Fensterbank.

»Sonst würdest du ihn mir wohl nicht zurückgeben, was?«, fragt Satan – oder stellt es vielmehr fest.

Stille.

»Hast du schon mal, na ja, du weißt schon …«, stammelt der Kapitän. Er schaut durch die Fenster an Backbord nach draußen, die einzigen Fenster in der Brücke, die nicht zerbrochen sind.

»Jemanden getötet?«, fragt Satan und nippt an seinem Kaffee.

»Ja.« Der Kapitän nickt. »Genau das, jemanden getötet.«

»Bist du irgendwie down wegen diesem Dreckskerl, den du umgelegt hast?«, fragt Satan grinsend und schnippt die Zigarettenasche auf den Fußboden.

»Schon möglich.« Der Kapitän räuspert sich. »Das setzt einem schon zu, kann ich nicht leugnen.«

»Entweder du oder er, vergiss das nicht.« Satan führt die Zigarette wieder zum Mund und inhaliert tief.

»Ja, ich weiß, aber ich …«, setzt der Kapitän an, »ich frage mich, ob … ob es nicht besser ist, unschuldig zu sterben, als …?«

»Bist du bekloppt, Mann?«, unterbricht ihn Satan. »Wenn du nicht dankbar dafür sein kannst, dass du noch lebst, solltest du dich lieber aufhängen, anstatt hier rumzujammern wie ein verhätscheltes Blag!«

»Ja, nein, ich … verzeih mir«, murmelt der Kapitän und zuckt mit den Schultern. »Ich wollte nicht …«

»Verzeih mir?«, lacht Satan und bläst Rauch durch die Nase aus. »Sehe ich etwa aus wie Jesus?«

»Nein, ich …«

»Ich weiß, wie's dir geht, Mann!« Satan nippt an seinem Kaffee. »War ganz schön was los letzte Nacht, diese Ballerei, du hast einen Typen umgelegt und … du weißt schon, alles voller Blut und dieser ganze Wahnsinn! Dann ist plötzlich alles vorbei, alles ruhig und so … aber im Kopf geht der Wahnsinn weiter, verstehst du? Wut, Angst, Hass, Tempo, alles, was passiert ist, ist da drinnen, und es passiert wieder und wieder … paff, paff, paff! Aber das hört ganz plötzlich wieder auf, Mann … Ich sag's dir! Und das Leben geht weiter … als wäre nichts passiert!«

»Ja, vielleicht«, seufzt der Kapitän. »Wenn du es sagst.«

»Ich sag's dir, Mann!« Satan zieht an seiner Zigarette und lässt die Kippe dann in den Kaffee fallen. »Nach dem Blutbad kommt der Blues, aber niemand hat Lust, ewig down zu sein … das ist einfach nur total öde!«

Stille.

»Du hast meine Frage nicht beantwortet«, sagt der Kapitän und räuspert sich.

»Du hast mir Kaffee ohne Milch und Zucker gegeben«, entgegnet Satan und zieht die Nase hoch.

Stille.

»Ich weiß nicht, ob du das weißt«, Guðmundur richtet sich auf und erhebt die Stimme, »aber der Stuhl, auf dem du da sitzt, ist der Stuhl des Kapitäns, und der Kapitän ist der höchste Mann an Bord.«

»Exakt«, sagt Satan völlig unbeeindruckt und gähnt wie eine träge Katze. »Hör zu, ich brauche ein paar saubere Klamotten. Glaubst du, dieser Maschinistenriese könnte mir was leihen? Der war der Einzige an Bord, der Klamotten in Erwachsenengröße getragen hat.«

18:45

Als Satan den Maschinenraum betritt, ist niemand zu sehen, aber er weiß, dass sich der Heizer dort irgendwo aufhält.

Es ist ziemlich düster, nur das nötigste Licht eingeschaltet, warm wie an einem schönen Sommertag, und die Generatoren rattern mit ihrem eigenen Echo um die Wette.

Nachdem er die menschenleere Steuerkabine durchquert

hat, schlendert Satan zur Metallwerkstatt im vorderen Teil des Raumes. Er sieht den Heizer mit nacktem Oberkörper auf einem Schemel vor der Werkbank stehen, vor sich einen großen Topf auf einer tragbaren Kochplatte. Er hält den Deckel mit der linken Hand hoch und stochert mit einem gebogenen Draht in dem Topf herum. Dampf steigt daraus auf, und der Geruch in der Werkstatt ist, gelinde gesagt, ekelhaft.

Satan steht in der Tür, hält sich die Nase zu und atmet hektisch durch den halbgeschlossenen Mund, während er beobachtet, wie der Heizer den Draht aus dem Topf zieht, Haarbüschel und irgendwelche Fasern davon abschüttelt und den Deckel dann wieder auf den Topf setzt.

»Ich hoffe, das ist nicht unser Abendessen!«

Der Heizer erschrickt so sehr, dass er mit dem gebogenen Draht in der Hand nach hinten kippt, wobei er fast den Topf mit sich reißt. Er tritt den Schemel um, kreischt wie ein kleines Kind und landet der Länge nach auf dem harten Eisenboden. Dosen, Kanister und Ersatzteile poltern aus dem Regal unter der Werkbank. Der Topf spuckt trübes Wasser, das sich auf der Kochplatte in schwarzen Rauch verwandelt.

»Jói?« Der Heizer blinzelt und dreht sich auf den Bauch.

Nein, das ist nicht Jóhann. Natürlich ist das nicht Jóhann, aber …

»Du hast Jóis Klamotten an!« Der Heizer steht auf und mustert Satan von oben bis unten.

»Ja.« Satan schließt die Tür, wodurch der Lärm der Generatoren um ein paar Dezibel sinkt. Er trägt ein blaukariertes Hemd, eine dunkelblaue Hose aus Synthetikstoff und straff geschnürte Springerstiefel.

»Was machst du hier?« Der Heizer zeigt mit dem gebogenen Draht auf Satan. »Hier hat niemand was zu suchen, niemand, außer …«

»Jetzt halt mal die Klappe!«, fährt Satan ihn an. »Ich brauche irgendwas, womit ich die kaputten Fenster auf der Brücke abdichten kann. Sperrholz, Aluminiumplatten, Plastik oder so. Was ist das eigentlich für ein ekelhafter Gestank hier, Mann? Was zum Teufel kochst du da?«

»Nichts, gar nichts«, brummelt der Heizer. Als Satan ein paar Schritte vorwärts macht, geht der Heizer mit ausgestreckten Armen rückwärts auf die Werkbank zu. »Ich versuche nur, den Dreck von ... von was abzukriegen.«

»Verdammte Lüge!«, sagt Satan, dem von dem penetranten Geruch schon speiübel ist.

»Draußen über dem Waschtisch ist Sperrholz«, sagt der Heizer und stellt sich schützend vor den Topf. »Das kannst du für die Fenster nehmen. Eine Säge liegt neben ...«

Der Heizer stößt mit dem linken Absatz gegen eine Dose mit Schmierfett. Sie fällt gegen einen leeren Terpentinbehälter, der umkippt und über den Boden rollt, und da sieht Satan unter dem Regal Finger liegen.

Finger?

»Was zum Teufel pfuschst du hier rum?« Satan bückt sich und berührt die Finger, die steif, kalt und unter den Nägeln blau angelaufen sind.

»NICHT! NICHT ANFASSEN!«, schreit der Heizer und packt Satans Arm, aber es ist zu spät. Auf dem Boden vor der Werkbank liegt der rechte Unterarm von jemandem, der hoffentlich schon tot war, als der Arm am Ellbogen abgehackt wurde.

»Was hast du gemacht?«, zischt Satan. Er späht unter die Werkbank, und wenn er sich nicht irrt, liegen dort weitere Körperteile versteckt. Er sieht einen Fuß, einen zweiten Arm und ganz hinten etwas Großes, vielleicht einen Rumpf.

»Wer ist das?«, fragt Satan und richtet sich wieder auf.

»Ein Pirat.« Der Heizer kratzt sich am Kopf.

»Hast du ihn umgebracht?« Satan lässt den Blick über die Werkbank schweifen.

»Ja.«.

»Alle Achtung«, stöhnt Satan. Er entdeckt sein Jagdmesser und nimmt es in die Hand. Es ist mit getrocknetem Blut bedeckt, die gezackte Schneide ist stumpf, und zwischen den Zacken kleben Knochensplitter und Fleischfasern.

»Ich wollte ihn nicht ...«, murmelt der Heizer und reibt seine schmutzigen Handflächen aneinander. »Ich wollte nur ...«

»Hör zu!« Satan rammt die Messerspitze in die Platte der Werkbank. »Du wirfst den Kadaver ins Meer! Und dass dich bloß niemand dabei sieht! Hast du das kapiert?«

»Ja, natürlich.« Der Heizer atmet auf.

»Wenn das die anderen sehen würden!« Satan pfeift leise durch die Zähne.

»Ich danke dir, ich danke dir!« Der Heizer schaut Satan mit tränennassen Hundeaugen an. »Du bist der Einzige, der …«

»Hör auf mit dem Scheiß!« Satan schnippt vor den Augen des Heizers mit den Fingern. »Sieh zu, dass der Kadaver verschwindet. Dann machst du mein Messer sauber, schleifst es und gibst es mir zurück, kapiert?«

XXX

21:13

»Let's swim to the moon. Let's climb through the tide …«

Die beiden Matrosen und der Maschinist sitzen schweigend in der Mannschaftsmesse und trinken nach einem späten Abendessen aus Butterbroten, Apfelscheiben und ein paar Schmalzkringeln Kaffee. Satan sitzt am Kopfende des Tisches, rechts von ihm der Heizer, links von ihm Sæli.

»Parked beside the ocean, on our moonlight drive …«

Sæli schnieft und beäugt den Heizer. Dann schaut er blinzelnd zu Satan, der gähnt, Zigarette in der einen, Feuerzeug in der anderen Hand. Unter dem Tisch liegt Skuggi und lässt Satan nicht aus den Augen.

»Was ist eigentlich mit Jónas passiert?«, fragt Sæli, nur um irgendwas zu sagen, und durchbricht damit die drückende Stille.

»Ich dachte, er hat das Rettungsboot genommen«, sagt Satan, hält das brennende Feuerzeug an die Zigarette und zieht an ihr.

»Das ist nur eine Theorie«, entgegnet Sæli schulterzuckend. »Er war ja nicht gerade flott auf den Beinen.«

»Vielleicht hat niemand das Boot genommen«, wirft der

Heizer ein und dreht seinen Kaffeebecher zwischen den Händen. »Vielleicht hat es sich selbst losgemacht. Ich hab gesehen, wie's ins Wasser gefallen ist. Da war niemand am Fenster, der Motor ist nicht angesprungen, und das Boot ist einfach weggetrieben.«

»Und was ist mit dem fünften Piraten?«, fragt Sæli. »Keiner weiß, was mit dem passiert ist. Vielleicht hat der das Boot genommen.«

»Vielleicht ist er auch einfach ins Wasser gefallen«, sagt Satan mit einem Seitenblick auf den Heizer und bläst Rauch durch die Nase aus.

»Ja.« Der Heizer nickt Satan zu. »Ich kann mir gut vorstellen, dass er einfach über Bord gegangen ist.«

»Vielleicht«, seufzt Sæli. »Zumindest hoffe ich, dass er sich nicht irgendwo versteckt hält. Haben wir wirklich überall gesucht?«

»Ja.« Satan zuckt beiläufig mit den Schultern. »So weit wie möglich. Aber wahrscheinlich ist es trotzdem besser, mit verriegelter Tür zu schlafen.«

»Hm.« Sæli nippt an seinem lauwarmen Kaffee. »Falls man überhaupt schlafen kann.«

Stille.

Der Rekorder klackt, als Seite A am Ende angelangt ist, der Antrieb vorspult und sich Seite B in Gang setzt.

»People are strange when you're a stranger, faces look ugly when you're alone ...«

»Also, Jungs«, sagt Kapitän Guðmundur, der mit vier Schnapsgläsern und einer eisgekühlten Flasche Brennivín die Messe betritt. »Stoßen wir auf die verstorbenen Kameraden an.«

Er setzt sich ans andere Ende des Tisches, stellt die Gläser auf die grüne Plastikdecke und schraubt den Verschluss von der Flasche.

»Was hast du denn da?«, fragt der Heizer.

»Hab ich im Gefrierfach gefunden«, sagt der Kapitän, während er die durchsichtige Flüssigkeit in die Gläser gießt. »Scheint echter isländischer Brennivín zu sein.«

Er macht die Gläser randvoll und reicht sie den Kollegen.

»Wir gedenken unserer guten Kameraden Ísak, Rúnar, Jóhann und Ásmundur, die viel zu früh sterben mussten«, sagt der Kapitän und steht mit einem Schnapsglas in der Hand auf. »Aus Achtung vor ihnen neigen wir die Häupter und legen eine Schweigeminute ein.«

Die Crew erhebt sich und senkt die Köpfe.

»I can't see your face in my mind …«

»Gott hab sie selig.« Nach einer Minute blickt der Kapitän auf und hebt sein Glas.

Sie leeren die Gläser und setzen sich wieder hin. Guðmundur schenkt noch eine Runde aus.

»Lasst es euch schmecken, Jungs«, sagt er, während er den Verschluss zuschraubt.

Das Eis an der Flasche ist geschmolzen und tropft auf die Tischdecke.

»Warum haben uns diese Typen angegriffen?«, murmelt Sæli seufzend. »Ich meine, was wollten die eigentlich?«

»Auf dem Schiff liegt ein Fluch!«, sagt der Heizer zähneknirschend. »Ein Fluch, der …«

»Óli! Nicht jetzt!« Guðmundur sieht den Maschinisten so streng an, dass dieser den Blick senkt. Aber Sæli strafft den Rücken und wird auf einmal ganz hellhörig, so als wünschte er sich nichts sehnlicher, als mehr über diesen vermeintlichen Fluch zu hören.

»Wahrscheinlich dachten sie, wir hätten wertvolle Fracht an Bord«, erklärt der Kapitän und tätschelt Sæli die Schulter.

»Hättest du ihnen nicht sagen können, dass der Frachtraum leer ist?«, fragt der Heizer grinsend.

»Oder sie wollten das Schiff stehlen«, sagt der Kapitän und wirft dem Heizer einen bösen Blick zu. »Wir wissen es einfach nicht.«

»Das erinnert mich an etwas, das ich mal gelesen hab.« Sæli sieht die Kollegen aus den Augenwinkeln an, so als wäre er nicht sicher, ob er weiterreden soll.

»Was denn?«, fragt der Kapitän.

»Es gibt da so einen Volksstamm auf den Schwarzen Inseln

in Melanesien«, beginnt Sæli und wiegt sich hin und her. »Das sind primitive Inselbewohner, die glauben, dass ihre verstorbenen Verwandten eines Tages mit einem vollbeladenen Schiff zu ihnen zurückkehren.«

»Ach ja?«, meint der Kapitän breit grinsend. »Und darauf warten sie jahrelang?«

»Ja«, antwortet Sæli und zieht hektisch die Nase hoch. »So ungefähr. Dieser Glaube heißt Cargo-Kult.«

»Die würden sich jedenfalls nicht besonders freuen, wenn wir da stranden würden«, sagt der Heizer leise lachend. »Ein Schiff mit Motorschaden und einem leeren, finsteren Frachtraum!«

»Nee, wahrscheinlich nicht«, murmelt Sæli. »Rúnar hätte die Geschichte besser erzählt. Der konnte so gut Geschichten erzählen. Mit verschiedenen Strängen, die er am Ende wieder alle zusammengeführt hat.«

»Ja, aber der Erzähler ist nicht immer das Wichtigste«, entgegnet der Kapitän und lächelt dem Matrosen väterlich zu. »Das Wichtigste ist die Geschichte. Und die war ziemlich gut!«

»Ja, vielleicht«, murmelt Sæli errötend. »Aber was spielen irgendwelche verdammten Geschichten schon für eine Rolle, wenn das Leben am seidenen Faden hängt?«

»Wir dürfen die Hoffnung nicht aufgeben, Sæli.« Der Kapitän legt dem Matrosen die Hand auf die Schulter. »Ohne Hoffnung sind wir verloren!«

»Was in den Sternen steht, lässt sich eh nicht ändern«, murmelt der Heizer in seinen Bart. »Niemand entkommt seinem Sterbetag.«

»Óli Johnsen!«, knurrt der Kapitän, so dass der Heizer zusammenzuckt und sich unwillkürlich auf die Unterlippe beißt.

»Ob man sein Leben lachend oder weinend lebt – es bleibt trotzdem nur ein Leben«, sagt Satan und kippt sein zweites Glas Schnaps hinunter. Das ist eine der vielen Lebensweisheiten, die seine Mutter ihm in seiner Kindheit den lieben langen Tag eingetrichtert hat.

Stille.

»Wer Waffen trägt, ist kein weiser Mann«, sagt der Kapitän und schaut Satan eindringlich an. »Der Weise trägt keine Waffen.«

Sæli wirft dem Heizer einen fragenden Blick zu, aber der zuckt nur mit den Schultern.

»Auch wer Böses im Schilde führt, dem lässt Gott seinen Willen«, entgegnet Satan grinsend.

»Wer sein Schwert zieht, wird von einem Schwert getötet«, erwidert der Kapitän seelenruhig.

»Die Tatsache, dass man sterben wird, bedeutet, dass man von Geburt an dem Tode geweiht ist. Nur wer tot geboren wird, kann nicht sterben«, entgegnet Satan, ohne mit der Wimper zu zucken. »Nur wer an das Leben glaubt, fürchtet den Tod. Ich bin tot! Ich fürchte mich vor gar nichts!«

»Das höre ich zum ersten Mal.« Der Kapitän lächelt breit, nimmt die Flasche und reicht sie Satan über den Tisch.

»Was war das denn?«, fragt Sæli dumpf lächelnd.

»Danke.« Satan nimmt die Flasche entgegen.

»Liebe Freunde«, sagt der Kapitän, als Satan sein Glas gefüllt hat. »Trinken wir auf uns, die wir noch leben. Ein Prosit auf das Leben! Prost!«

Die drei anderen stimmen ein, leeren ihre Gläser, verziehen die Gesichter und lecken sich die Lippen. In der Ferne stimmen Wale ihren melancholischen Gesang an. Stahl knirscht und ächzt, als der Schiffsrumpf quer von einer Welle kriecht, die ihn in die sternenklare Nacht emporgehoben hat.

»Es sieht nicht gut aus für uns, liebe Freunde, das ist wahr.« Der Kapitän lächelt seinen Leuten zu wie ein Priester bei einer Beerdigung, der verzweifelt versucht, den Trauergästen Mut zuzusprechen. »Aber ob ihr's glaubt oder nicht – ich hab schon mal Schlimmeres durchgemacht.«

Stille.

»Als ich mit der Steuermannsschule fertig war, bin ich durch ganz Europa gereist, hab auf allen möglichen Schiffen angeheuert, um Erfahrungen zu sammeln, und mich zwischendurch an Land umgesehen. Lissabon, Liverpool, Rotterdam, Hamburg. War eine schöne Zeit, Jungs!« Guðmundur hat ein sehnsüchtiges Glänzen in den Augen. »In Estland, das war damals noch kommunistisch, wurde mir schließlich ein Job angeboten, und ich war zu jung und zu dumm, um ihn abzulehnen. Das Einzige, was ich gehört hab, war das Wort Kapitän. Sie wollten mich als Kapitän einstellen! Eine Gruppe von etwa sechzig Flüchtlingen hatte ein Segelschiff gekauft und brauchte jemanden, der sie über den Atlantik bringt – erst rüber nach Schweden und von da nach Nordamerika. Die Leute waren verzweifelt. Eine Frau hat mich geradezu angefleht. Sie hatte einen Säugling auf dem Arm, ein dunkelhaariges Mädchen mit einer Hasenscharte. Wie hätte ich sie abweisen können?«

Guðmundur macht eine kurze Pause, um Schnaps nachzuschenken. Er schaut in die Runde, reicht die Gläser herum und befeuchtet seine Lippen.

»Das Boot war eine Katastrophe. Im Grunde war es ein Verbrechen, mit so vielen Menschen an Bord in See zu stechen – Männer, Frauen, Kinder in einem morschen alten Holzkahn. Erst als es ernst wurde, hab ich begriffen, dass den Leuten nichts anderes übrigblieb, als mich anzuheuern. Sonst hatte sich niemand auf die Sache eingelassen!«

Guðmundur lächelt, aber das Lächeln dringt nicht bis zu seinen Augen vor. Sie stieren in eine ungewisse Ferne.

»Das Deck war undicht, und vor dem Klo, eigentlich eher ein baufälliger Schuppen, bildete sich immer eine lange Schlange. Die Leute haben sich von faulen Kartoffeln ernährt, die in Holzkisten an Deck gelagert wurden. Die Wassertanks sind korrodiert, und die Kinder erkrankten an Ruhr, hatten überall Ausschlag und Wunden. Aber ich hab das alles nicht gesehen, weil ich mich blind auf meine Arbeit konzentriert habe. Ich wollte diesen Leuten helfen, dem Joch des Kommunismus zu entkommen und ein neues Leben zu beginnen.«

Guðmundur leert sein Glas und füllt es erneut. Dann erzählt er weiter.

Die Instrumente, die ihm zur Verfügung standen, waren eine Armbanduhr, ein Sextant, ein Kompass und ein ungenauer Atlas. Aber er schaffte es, über etwa viertausendfünfhundert

Seemeilen den richtigen Kurs zu halten, bis schließlich ein Unwetter aufzog. Nach den Berechnungen des Kapitäns befand sich das Boot etwa elfhundert Seemeilen südöstlich von Florida, als sich bedrohliche Gewitterwolken am Horizont zusammenbrauten. Die Radiobatterien hatten ihren Geist aufgegeben, und es gab noch nicht einmal ein Barometer an Bord. Der Kapitän hatte also keine Möglichkeit, sich hinsichtlich der meteorologischen Lage zu vergewissern.

Am Abend brach das Unwetter über sie herein und hielt vier Tage an. Das Boot brach fast auseinander, und mindestens ein Mann ging über Bord.

Unter Deck kauerten sich die Passagiere in der stickigen, feuchten Luft zusammen. Der Gestank nach Schweiß, Erbrochenem und ungewaschener Kinderkleidung war unerträglich. Mütter und kranke Kinder lagen dicht beieinander in den Kojen, andere mussten stehen. Gischt prasselte auf das Schiff, das sich nach und nach mit Wasser füllte.

Die gnadenlosen Wellenschläge setzten den Planken des alten Schiffsrumpfes derart zu, dass das Segelboot zu lecken begann. Mit vereinten Kräften wurde Wasser geschöpft, die Handpumpe war ständig in Betrieb, dennoch stieg der Wasserpegel im Boot stetig an. Im Maschinenraum spritzte Wasser bis über den Motor, der schon überhitzt war, so dass sich dunstiger Nebel bildete und man die eigene Hand nicht mehr vor Augen sehen konnte. Dort unten wurde ebenfalls Wasser geschöpft. Rußverschmierte Männer reichten Eimer von Hand zu Hand, schweigend und nach vier Tagen ununterbrochener Plackerei kurz vor dem Zusammenbruch. Im Passagierraum stopften die Leute Kleidungsstücke in die Ritzen und legten sich darauf, um das Eindringen des Wassers zu verhindern.

Vier Tage lang aßen sie nur altes, vom Salzwasser aufgeweichtes Brot. Das Trinkwasser war eine Brühe aus Rost und Dreck.

In der Nacht starb ein drei Monate altes Kind. Es war das dunkelhaarige Mädchen mit der Hasenscharte.

Als das Unwetter abflaute, wurden Luken und alles, was

sich öffnen ließ, geöffnet. Die Männer schöpften mit Eimern und die Frauen mit Töpfen und Pfannen Wasser. Decken und Mäntel wurden ausgewrungen, die Ritzen im Rumpf mit Hanf und Teer gestopft. Zwar leckte das Boot immer noch, aber nun reichte die Handpumpe aus.

In den Herzen der Flüchtlinge war die Hoffnung nie gestorben, und allmählich flackerte sie wieder auf.

Ein Großteil der Mannschaft lag erschöpft auf dem Deck in der Sonne. Die kranken Kinder wurden versorgt und erholten sich langsam. Einer der jungen Männer spielte ein melancholisches Volkslied auf seiner Harmonika.

Die anderen stimmten mit ein …

Kapitän Guðmundur hört auf zu reden, schnäuzt sich die Nase, räuspert sich leise und leert sein Glas.

Stille.

»Und dann?«, fragt Sæli zaghaft. »Ist das Boot gesunken?«

»Nein. Nicht, solange ich noch am Steuer stand.« Guðmundur schüttelt bedächtig den Kopf. »Fünf Tage später sind wir in den Hafen von Jacksonville eingelaufen. Dort ist das Boot kurz darauf gesunken. Die Flüchtlinge mussten in Quarantäne, aber nach ein paar Monaten kamen sie frei. Die vierundfünfzig Esten verteilten sich kreuz und quer in ganz Amerika, ein paar landeten sogar in Nordkanada, aber ich bin zurück nach Island gefahren, um eine Erfahrung reicher.«

»Das wusste ich nicht.« Sæli schaut den Kapitän bewundernd an. »Die Geschichte hab ich noch nie gehört.«

»Nein.« Guðmundur schüttelt den Kopf. »Ich hab sie auch noch nie jemandem erzählt.«

»Warum nicht?«

»Warum nicht?«, wiederholt Guðmundur und holt tief Luft. »Weil ich diese Fahrt nie hätte machen dürfen. Wenn ich abgelehnt hätte, wäre es nicht so weit gekommen. Dann würden heute noch alle leben.«

»Du bist ein Held, Mann!«, sagt Satan und lächelt den Kapitän an. »Es ist eine Heldentat, diese ganzen Flüchtlinge in so einer Nussschale heil übers Meer zu bringen – selbst wenn einer oder zwei unterwegs gestorben sind.«

»Da ist vielleicht was Wahres dran«, seufzt der Kapitän und füllt mit zitternder Hand sein Glas. »Aber so wahr mir Gott helfe, mir wäre es tausendmal lieber, jeden Tag meines Lebens bis in alle Ewigkeit immer wieder bei Unwetter zu ertrinken, als auch nur eine Sekunde mit einer Kinderleiche und einer trauernden Mutter an Bord zu segeln. Die arme Frau.«

Stille.

»Aber genug davon! Das Schiff hieß *Lootus*. Das ist Estnisch und heißt Hoffnung.« Der Kapitän hebt sein Schnapsglas. »Jetzt stoßen wir an, Freunde! Trinken wir auf die Hoffnung! Prost!«

»Prost!«

Sie stoßen an. Die Flasche ist leer, und die Schnapsgläser sind klebrig.

»*When the music's over, turn out the lights ...*«

»Ich kann dieses Lied nicht ausstehen«, nuschelt Sæli mit Tränen in den Augen. »Ich kann's einfach nicht ausstehen!«

Er steht auf und drückt wahllos auf den Tasten des Kassettenrekorders herum, ohne dass irgendetwas passiert. Die Kassette dreht sich weiter, und das Lied dringt aus den Lautsprechern:

»*The music is your special friend ...*«

»Verdammte Scheiße!«, flucht Sæli und reißt das Kabel aus der Steckdose, aber auch das ändert nichts. Die Kassette dreht sich, und das Lied geht weiter:

»*Music is your only friend ...*«

»Fahr zur Hölle ...!« Sæli rüttelt an dem Gerät.

»*Until the end ...*«

»Sæli, ist alles in ...?«, setzt der Kapitän an, aber Sæli reagiert nicht, sondern stürmt mit dem Kassettenrekorder aus der Messe.

»Sæli?« Der Kapitän steht auf und schaut dem Ersten Matrosen hinterher.

»Lass ihn«, sagt Satan.

»Das war Rúnars Kassette«, sagt der Heizer und schnäuzt sich. »Ich glaub, der Junge vermisst ihn.«

»Ja, vielleicht«, murmelt Guðmundur und setzt sich wieder

hin. »Ich mache mir Sorgen, dass er was Dummes anstellen könnte.«

»Was Dümmeres, als auf einen Kassettenrekorder loszugehen?«, fragt der Heizer grinsend.

»Ja«, murmelt der Kapitän. »Aber vielleicht ist es besser, ihn in Ruhe zu lassen. Er steht noch unter Schock.«

»Cooler Ausraster«, sagt Satan mit einem leisen Lachen. »Ich meine, es war ja nicht gerade *Killing me softly* oder so, was?«

23:58

Sæli reißt die Tür des Deckshauses auf, springt über die Schwelle, rennt ins Heck und schleudert den Kassettenrekorder in hohem Bogen aufs Meer hinaus.

»When the music's over …«

Das Gerät fliegt durch die Nacht, die Musik wird allmählich leiser, dann platscht es dumpf, und der Rekorder sinkt in die stille Tiefe.

»JETZT HALT ENDLICH DIE SCHNAUZE!«, brüllt Sæli mit tränennassen Augen. Er hält sich mit beiden Händen an der kalten Bordwand fest, beißt die Zähne zusammen und spannt jeden einzelnen Muskel seines Körpers an, so als wolle er über die Brüstung springen.

Das Einzige, was er sieht, ist Dunkelheit, Dunkelheit, so weit die Vorstellung reicht. Tausende Seemeilen Hoffnungslosigkeit, Frust und sicherer Tod, und irgendwo jenseits dieser allumfassenden Leere sind Lára und Egill, in einer hell erleuchteten Wohnung im Þingholtviertel, wie ein verzerrtes Bild hinter Tautropfen, Lichtjahre entfernt.

Wie ein kleiner Stern am Nachthimmel, der sich immer weiter entfernt. Als wären sie nur eine Erinnerung. Etwas, das vergangen ist und nie wiederkehrt. Sie ist glücklich, und der Junge ist noch klein – bis in alle Ewigkeit. Ein Bild im Kopf, sonst nichts. Ein Bild, das mit der Zeit undeutlich wird, fremd und verstörend.

Zu Hause. Was ist das?

Ársæll Egilsson sitzt auf einem Schiff fest, das den Anfang

und das Ende von allem markiert. Das Schiff existiert. Alles andere ist Einbildung. Das Schiff ist zu Hause, und zu Hause ist das Schiff.

Die Männer an Bord des Schiffes könnten sich ebenso gut auf einem anderen Planeten befinden.

Er möchte ins Wasser springen, ohne genau zu wissen, warum. Lockt ihn der Tod oder seine Familie, die just in diesem Moment in der Ferne verschwindet?

Aber er springt nicht. Nicht, weil sein Verstand ihn zurückhält, sondern weil er es einfach nicht kann.

XXXI

32° W 4° N

Nach den Berechnungen des Kapitäns befindet sich das Schiff jetzt unmittelbar nördlich des Äquators. Es ist also von Sonntag bis Dienstag um ein Grad nach Osten und drei Grad nach Süden getrieben. Das ist etwa doppelt so viel Drift nach Süden, wie internationale Rechenformeln durchschnittlich angeben, aber in diesem Gebiet herrschen ungewöhnlich starke Strömungen, die offenbar sämtliche Ergebnisse des Rechenbeispiels verzerren. Es bringt nichts, sich mit statistischem Wunschdenken und ungenauen Prophezeiungen zu trösten, wenn die Tatsachen für sich sprechen.

Das Schiff treibt schnell Richtung Süden, ob es dem Kapitän nun gefällt oder nicht.

Eineinhalb Breitengrade pro Tag. Das sind neunzig Seemeilen. Sechshundertdreißig Seemeilen in der Woche.

»Bin ich schon verrückt?«, murmelt der Kapitän, der verschwitzt und mit gerunzelter Stirn am Tisch in seiner Kajüte sitzt und Zahlen in den Taschenrechner tippt.

Wenn ihnen niemand zu Hilfe kommt, wird die *Per se* in nur drei Monaten bis in die Antarktis treiben! Unglaublich, ja, aber theoretisch möglich!

»So eine verdammte …«, flucht Guðmundur und beugt sich über die Seekarte. Er legt den Zeigefinger auf den Punkt, wo sich das Schiff befindet, und zieht ihn langsam über den zweiunddreißigsten Längengrad westlich von Greenwich nach unten.

Die kommenden drei Wochen werden sie entlang des östlichsten Teils der brasilianischen Küste nach Süden driften. In einer Woche müsste sich das Schiff etwa zweihundert Seemeilen östlich der Hafenstadt Recife befinden. Zweihundert Seemeilen! Auf der Karte wirkt die Strecke so kurz, als wäre es für einen kräftigen Mann kein Problem, sie an einem ruhigen Tag schwimmend zurückzulegen. Aber es sind immerhin hundert Kilometer, also fast dreimal durch den Ärmelkanal.

Das Boot! Sie haben doch ein Schlauchboot an Bord – ein 8-Fuß-Zodiac, nicht unähnlich dem, mit dem die Piraten gekommen sind, allerdings etwas kürzer. Es fasst zwar nur drei Mann, aber der Heizer besteht ohnehin nur aus Haut und Knochen. Das Boot verfügt über einen 5-PS-Außenbordmotor, und sie haben mehr als genug Benzin. Bei gutem Wetter kann man damit problemlos übers offene Meer fahren, selbst wenn es ein bisschen überladen ist.

»Alles wird gut«, seufzt der Kapitän. »Alles wird gut.«

Er schaltet den Taschenrechner aus, klappt die Fahrtenbücher zu, rollt die Seekarte auf und trinkt seinen Becher leer. Der Kaffee ist längst kalt geworden und schmeckt nicht mehr.

31° W 2° N

Der Kapitän und der Maschinist stehen in luftiger Kleidung auf dem Bootsdeck und begutachten das Zodiac, das wie ein Segel bei Flaute in den Befestigungsschlaufen hängt und nach dem Beschuss aus dem Piratenschiff durchlöchert ist.

Ostwind weht über das dunkelgrüne Meer, und die Temperatur beträgt mindestens fünfzehn Grad, Tendenz steigend.

»Kann man das reparieren?« Der Kapitän tippt gegen den luftleeren Schlauch.

»Alles ist möglich«, murmelt der Heizer und kratzt sich am Bart. »Ich hab genug Flickzeug und Klebstoff. Ich bräuchte nur Gummi, um die Löcher auszubessern.«

In den kommenden Tagen wird es von morgens bis abends Schweinefleisch und Hähnchen geben. Er ist der Koch, und er entscheidet. Basta.

31° W 5° S

Kapitän Guðmundur öffnet die Tür zu seiner Kajüte, gähnt und tritt langsam ins Halbdunkel. Da Mondschein durch die Gardinen dringt, schaltet er das Licht nicht ein. Er zieht sich bis auf Unterhose und Socken aus, geht zum Bett und …

Eine eiskalte Pranke krallt sich um sein Herz. Der Schmerz ist heftig und zieht sich bis in seinen linken Arm. Guðmundur röchelt und stiert und kriegt keine Luft mehr …

In seinem Bett liegt ein totes Kind!

Sein Mund ist plötzlich staubtrocken, seine Adern füllen sich mit Säure, und sein Magen brennt wie Feuer.

Ein totes Kind, schon lange tot. Der Körper ist einbalsamiert und in Leichentücher gehüllt, die so alt und spröde sind, dass sie auf der braunen Haut zerfallen. Die Augen sind leer, keine Nase mehr, Zähne, die zwischen eingefallenen Lippen hervorstehen.

Die Hitze aus Guðmundurs Magen steigt in seinen Kopf, er spürt ein Kribbeln zwischen den Beinen und einen warmen Strom aus sich herausfließen, Urin sickert durch die Unterhose und rinnt an seinen Beinen hinunter.

Was ist das für ein Kind?

Er kann sich kaum rühren, schafft es jedoch, den Arm auszustrecken, der wie Espenlaub zittert und im kühlen Mondlicht fahl aussieht.

Ist das seine Tochter? Oder das Mädchen mit der Hasenscharte?

Sein flatternder Zeigefinger nähert sich dem Gesicht des Kindes, dieser zerbrechlichen Schale, die womöglich bei der kleinsten Berührung zerbröselt. Soll er …? Was soll er …?

Das Schiff neigt sich nach Steuerbord, die Gardinen bewegen sich, und Mondlicht fällt auf …

Das ist kein Kind! Das ist …!

Der Kapitän blinzelt aufgeregt und beugt sich vor. Der Sextant. Es ist der Sextant! Er liegt seit heute Mittag dort auf dem Regenmantel!

Guðmundur möchte lachen, aber er kann nicht. Er setzt sich aufs Bett, vergräbt das Gesicht in den Händen und versucht vergeblich, das heftige Schluchzen zu unterdrücken.

30° W 7° S

Im Heck des Schiffes steht der Heizer bei dem aufgepumpten Zodiac, das mit Flicken übersät ist und aussieht wie ein selbstgebasteltes Luftboot in Tarnfarben. Er hat es auf Deck B gebracht und in mühsamer Kleinarbeit das kaputte Gummi zusammengenäht, große Flicken über die Nähte geklebt und alle Verbindungsstellen gelötet. Anschließend hat er das Boot aufgepumpt, aber es ist immer noch an ein oder zwei Stellen undicht.

Der Heizer kreist die Löcher mit Filzstift ein, bevor er die Luft wieder aus dem Boot lässt. Dann schneidet er Flicken aus den Rückenteilen der Regenjacken, schmiert eine dünne Schicht Klebstoff um die Löcher herum und wartet darauf, dass der Kleber antrocknet. In der Zwischenzeit hebt er den Außenbordmotor hoch und befestigt ihn an einer Sperrholzplatte, die er mit Winkeln auf kleine Holzpflöcke geschraubt hat.

»Wie läuft's?«, fragt Kapitän Guðmundur und schaut auf die Uhr: 17:21.

»Ganz gut.« Der Heizer zieht an der Leine des Außenbordmotors, der sofort anspringt und dunkelblauen Qualm ausstößt. »Bin wahrscheinlich heute Abend fertig!«, schreit er gegen den Lärm an.

»Gut!« Der Kapitän kneift die Augen zusammen. »Dann fahren wir morgen früh los!«

»Ja!« Der Heizer macht den Viergangmotor wieder aus, indem er auf einen roten Knopf drückt. »Ich muss noch Benzin in kleinere Kanister umfüllen und eine Abdeckung aus Segeltuch schneiden, falls es regnen sollte.«

»Gute Idee«, entgegnet der Kapitän. »Ist mit dem Motor alles in Ordnung?«

»Ja, ich muss nur noch Öl nachfüllen und ihn richtig einstellen.«

»Ich dachte, mit dem Flicken wärst du fertig?«

»Bin ich auch, so gut wie.« Der Heizer kniet sich hin, legt die vorbereiteten Flicken auf die Löcher und drückt sie mit den Fingerkuppen fest. »Ich pumpe das Boot auf, sobald der Rumpf fertig gelötet ist. Wenn es dann morgen früh noch prall ist, können wir fahren.«

31° W 7° S

Der Heizer trottet in Holzpantinen runter in den Maschinenraum, um einen Schraubenzieher zu holen, mit dem er den Außenbordmotor justieren will. Er trägt einen Blaumann, hat das Oberteil allerdings ausgezogen und sich die Ärmel um die Hüfte gebunden. Obwohl die Sonne schon untergegangen ist, sind es draußen immer noch zwanzig Grad – feuchte Äquatorschwüle, die nach Salz und dem sonnenverbrannten Land in der Ferne riecht.

Er geht über den Gitterboden, schaltet das Licht in der Metallwerkstatt ein, entdeckt den Schraubenzieher, den er gesucht hat, und steckt ihn in die Tasche. Aber er schaltet das Licht nicht direkt wieder aus, denn er hat noch etwas vor. In dem Regal unter der Werkbank läuft ein Heizstrahler auf niedriger Stufe. Davor liegt etwas Schwarzes, Klebriges von der Größe einer Tomate auf einer Tageszeitung. Der Heizer zieht die mit Blut vollgesogene Zeitung aus dem Regal und legt sie auf die Werkbank. Das Schwarze, Klebrige ist das Herz des fünften Piraten. Es ist um die Hälfte geschrumpft und viel dunkler geworden, fühlt sich aber immer noch weich an.

Der Heizer grinst verstohlen und legt die Zeitung wieder ins Regal vor das Gebläse. Wenn das Herz getrocknet ist, wird er es zu feinem Pulver mahlen und in einem Kupferschrein aufbewahren. Das gemahlene Herz eines Seeräubers! Was ein Gramm eines solchen Pulvers wohl auf dem Schwarzmarkt in New Orleans oder Casablanca kosten mag? Falls so etwas dort überhaupt angeboten wird!

Aber er wird diese Kuriosität nicht verkaufen. Nein, er wird ...

Der Heizer schrickt aus seinen Gedanken hoch, als ein dumpfer Schlag an sein Ohr dringt.

Was war das?

Er lauscht, aber außer dem zermürbenden Rattern der Generatoren ist nichts zu hören.

Bumm, bumm, bumm ...

Da!

»Was ...?« Der Heizer schaltet das Licht in der Werkstatt aus und geht in den Maschinenraum. Was sind das für Schläge?

Bumm, bumm, bumm ...

Er geht weiter ins Kabuff. Kommen die Schläge von oben oder ...?

Bumm, bumm, bumm ...

Dann marschiert er in den Heizraum und von dort die Treppe hinauf in die Elektrowerkstatt. Er könnte schwören, dass die Schläge von dort kommen ...

Bumm, bumm, bumm ...

Ja! Er wendet sich nach links in einen Gang, der stockdunkel ist, bis auf ein fahles grünes Licht über der Tür zum leeren Frachtraum. Auf dem kalten Boden sind ölige Pfützen, die Wände sind mit Rost überzogen, und das Klacken der Holzpantinen hallt durch den Gang:

Klack, klack, klack ...

»Ist da jemand?« Der Heizer hat den Grund für die dumpfen Schläge entdeckt. Jemand hat die schwere Eisentür zum Frachtraum offen stehen lassen, und jetzt schwingt sie im Takt mit den Bewegungen des Schiffes hin und her. Ab und zu knallt sie laut gegen den Türrahmen, so dass die Wände erzittern. Das metallische Schlagen wird durch die Leere noch verstärkt.

Wer hat den Frachtraum aufgemacht?

Der Heizer hält mit der linken Hand die Tür fest, fasst mit der rechten an den Türrahmen, steckt den Kopf durch die Öffnung und ruft in das kühle Dunkel:

»Ist da jemand?«

Keine Antwort. Natürlich ist da niemand! Wer soll denn da sein? Jónas? Nein. Die Tür ist von selbst aufgegangen – das ist die einzig logische Erklärung.

»So ein Blödsinn«, murmelt der Heizer und richtet sich auf. Im nächsten Moment wird das Schiff von einem Schlag getroffen, der Heizer rutscht aus, lässt die Tür los, und sie schwingt zu …

XXXII

31° W 8° S

Jetzt oder nie! Na ja, vielleicht nicht unbedingt nie, aber jetzt ist eindeutig der richtige Zeitpunkt, keine Frage. Wenn sie diese Chance verstreichen lassen, besteht so gut wie keine Hoffnung mehr.

Kapitän Guðmundur steht auf der Außenbrücke und schaut nach dem Wetter.

Die Sonne scheint, der Himmel ist klar, und es sind fast dreißig Grad, dabei ist es erst zehn nach acht am Morgen. Guðmundur geht wieder nach drinnen und lässt den Blick über Navigationsgeräte und Tische gleiten. Er hat den Kompass, die Karte, den Taschenrechner und den Sextanten eingepackt. Er hat alle wichtigen Informationen ins Logbuch geschrieben, über das Schiff, die Besatzung und die Ereignisse der vergangenen Tage, auf Isländisch und Englisch. Alles ist fertig. Wenn das Nebelhorn noch funktionieren würde, würde der Kapitän es blasen, zum Zeichen, dass sich die Männer zur Abfahrt bereitmachen sollen.

Aber da das Horn nicht funktioniert, ruft er auf dem Weg zu Deck B immer wieder: »Seid ihr bereit? Wir verlassen das Schiff in zwanzig Minuten! Alle Mann an Deck!«

Als Guðmundur unten ankommt, sind Sæli und Satan schon da, also hätte er sich das Rufen sparen können. Der Heizer ist bestimmt unten im Maschinenraum und holt noch irgendetwas.

»Hallo, Jungs!« Der Kapitän ist aufgeregt und ängstlich zugleich. »Seid ihr bereit?«

»Ja.« Sæli räuspert sich. »Ich denke schon.«

»Wollt ihr etwa mit dem Ding da fahren?«, fragt Satan und tritt gegen das Schlauchboot, das sich auf dem glatten Boden halb um die eigene Achse dreht.

»Ja.« Der Kapitän wirft den beiden Matrosen Rettungswesten zu und zieht dann selbst eine an. »Das Boot ist unsere einzige Hoffnung.«

»Wie weit ist es bis zum Festland?«, fragt Sæli, während er in die Rettungsweste schlüpft.

»Ungefähr zweihundert Seemeilen, vielleicht etwas mehr«, antwortet der Kapitän. »Wenn alles gutgeht, sind wir an Land, bevor es dunkel ist.«

»Ich steige da nicht ein.« Satan schleudert seine Rettungsweste aufs Deck. »Das Ding sinkt todsicher. Ich tausche doch nicht tausend Tonnen Stahl gegen so ein Badewannenspielzeug. Niemals!«

»Du hast keine andere Wahl«, entgegnet Guðmundur und bekommt hektische Flecken um die Augen. »Die *Per se* ist auf dem Weg in die Hölle! Zweihundert Seemeilen ist eine ganz schöne Entfernung, das gebe ich ja zu, aber sobald heute Abend die Sonne untergeht, gibt es keine Hoffnung mehr, dass irgendjemand uns findet. Das Schiff könnte ebenso gut aus der Erdatmosphäre verschwinden – da draußen ist genauso viel Schiffsverkehr wie in der gottlosen Gegend, auf die dieser Schrotthaufen zusteuert. Basta!«

»Kein Grund, sich so aufzuregen, Mann.« Satan kneift die Augen gegen die Sonne zusammen und zündet sich eine Zigarette an. »Können wir nicht einfach Anker werfen und so lange hier bleiben, bis uns irgendein Spanioli findet?«

»Genauso gut könnten wir das Schiff mit Weihnachtsschmuck behängen«, lacht der Kapitän. »Das Meer ist hier ungefähr fünf Kilometer tief.«

»Du machst Witze!« Satan reißt die Augen auf.

Fünf Kilometer! Das ist so weit wie von der Höfðabakki-Brücke bis zur Snorrabraut! Satan schwindelt bei dem Gedanken an ein Meer, das so tief und finster ist, dass es ebenso gut bodenlos sein könnte. Wie lange braucht ein Körper, bis er diese fünf Kilometer bis zum Grund gesunken ist? Sechs Stunden? Zwölf? Vierundzwanzig? Oder würde ihn der enorme Wasserdruck unterwegs in Pastete verwandeln?

»Wenn wir jetzt nicht fahren«, sagt Sæli und klopft auf den Bug des Schlauchboots, »dann fahren wir nie.«

»Alle Mann los jetzt!« Der Kapitän streckt die Hand nach einem der Tragegriffe aus. »Bringen wir es zu Wasser.«

»Scheiße!« Satan schiebt sich die Zigarette in den Mundwinkel, bevor er ebenfalls anpackt. »Meinetwegen helfe ich euch, das Ding zu Wasser zu lassen, aber ich bleibe hier, besten Dank auch! Ihr sinkt garantiert, und ich hab nicht vor, euch dabei Gesellschaft zu leisten. Ich paddele doch nicht tagelang auf dem Meer rum, nur um am Ende von einem Hai gefressen zu werden!«

»Wenn du meinst«, stöhnt der Kapitän, während sie das Boot hochheben und sich damit auf den Weg zum Wetterdeck machen.

»Hier gibt's keine Haie.« Sæli räuspert sich. »Oder?«

31° W 8° S

Wüste und nochmals Wüste, so weit die wirren Sinne reichen, kochend heiße Wüste, gelb und tödlich …

Die Sonne knallt auf Jónas' ausgemergeltes Gesicht, salziger Schweiß rinnt ihm in die Augen, nichts anderes in Sicht als glühender Sand und eine flimmernde Luftspiegelung am Horizont …

Er läuft und läuft, aber er spürt seine Füße nicht …

Vielleicht reitet er auf einem Pferd?

Er weiß nicht, wohin er geht, aber er muss weiter, er kann nicht anders, als weiterzugehen, schwebend wie in einem Traum …

Vielleicht träumt er?

Sengende Hitze, die die Lungen lähmt, die Haut zum Jucken bringt und in den verrottenden Körper eindringt, der wie der Draht in einer Glühbirne glüht …

Als er fast so weit ist aufzugeben …

Aufgeben? Er hat keine Wahl. Er existiert so lange, bis er aufhört zu existieren.

… und zu sterben …

Es ist gar nicht so schlecht, zu sterben. Zumindest, wenn das Leben ein einziges Wüstenfeuer ist. Wenn der Tod kühl und erfrischend lockt, ein Krater, gefüllt mit blauem Wasser.

… sieht er etwas, das sich von den himmelhohen Flammen der Luftspiegelung abhebt …

Es sind Linien, die sich kreuzen …

Ein Haus!

Er erinnert sich an das Haus in Mosfellsbær.

Vor ihm ist ein Haus, und es kommt langsam näher und wird klarer …

Vielleicht eine Oase?

Wasser, Wasser, er braucht Wasser …

Die Hitze ist erdrückend, und die Sonne lähmt. Sie saugt das Leben aus ihm heraus, so wie eine Mücke Blut saugt …

Aber da kommen Leute, da kommen Leute aus dem Nebel! Zwei Männer, die ihm zu Hilfe eilen …

Irgendwo wird eine Tür aufgemacht, Stimmen erklingen und …

»Wasser!«

In seinen Augen ist heißes Meerwasser, seine Beine schleppen sich über den harten Sand. Die Männer heben ihn hoch und tragen ihn zum Haus, das einen dreieckigen Schatten auf den Sand wirft …

Ein Schatten!

Er braucht Wasser! In seinem Kopf lodern rote Flammen, die Sonne hat ein Loch in seine Stirn gebrannt und erleuchtet die Dunkelheit …

Das Haus, das Haus …

Das Haus ist kein Haus, sondern eine Pyramide aus Stahl, die sich zur Seite neigt wie …

Eine rostige Pyramide, die …

Das ist keine Pyramide, sondern der Steven eines Frachtschiffs, der aufragt wie …

»Nein! Nein! Nein! Nicht das Schiff!«

Er versucht, um sich zu treten, aber die Männer lassen ihn nicht los. Er schaut sie an und sieht, dass es keine Männer sind, keine lebendigen Männer …

Zwei Skelette in beigefarbener Kleidung ziehen ihn zum Altar des Eisengottes, der über ihnen aufragt wie ein von Menschen gemachter Berg und mit leeren viereckigen Augen in die Wüste hinausstarrt …

31° W 8° S

Der Kapitän steht im Schlauchboot, das an der Steuerbordseite der *Per se* festgebunden ist, und nimmt den Außenbordmotor entgegen, den Sæli und Satan ihm über die Reling reichen.

»Lass ihn bloß nicht ins Wasser fallen, Skipper«, sagt Satan.

Kapitän Guðmundur hält den Motor wie ein Baby und trägt ihn ins Heck, wo er ihn an der Holzplatte befestigt. Die Matrosen werfen fünfundzwanzig Colaflaschen ins Boot – zwanzig Liter Benzin und fünf Liter Wasser.

»Das ist eine tickende Zeitbombe, Jungs«, sagt Satan. Sein Oberkörper ist nackt, sonnengebräunt und glänzend vor Schweiß.

»Brauchst du Hilfe?«, ruft Sæli dem Kapitän zu.

»Ihr dürft gerne eure Meinung ändern und mit mir auf dem Schiff bleiben.« Satan zündet sich eine Zigarette an.

»Nein, klappt schon«, entgegnet der Kapitän, ohne auf Satans Einladung einzugehen, und wischt sich den Schweiß von der Stirn. »Spring einfach an Bord!«

»Was ist mit dem Heizer?« Satan kratzt sich über dem linken Ohr, wo der Verband schmutzig und schweißnass ist, so dass sich das getrocknete Blut auflöst.

»Den hab ich ganz vergessen!«, japst der Kapitän, während er die Benzinflaschen im Bug des Schlauchboots verstaut. »Was denkt der sich eigentlich?«

»Jungs!« Satan schirmt seine Augen mit der Hand ab. »Seht ihr, was ich sehe?«

Die drei Männer schauen aufs Meer hinaus, wo die Wellen wie Silberberge im grellen Sonnenlicht glänzen.

»Ist das etwa …?« Sæli kneift die Augen zusammen.

»Teufel noch mal!« Der Kapitän richtet sich im Schlauchboot auf.

In etwa hundert Metern Entfernung schaukelt das große Rettungsboot und kommt langsam näher.

»Jungs, springt an Bord!« Der Kapitän zieht das Schlauchboot am Landeseil zur Reling. »Wir müssen weg, bevor das Rettungsboot mit dem Schiff kollidiert!«

»Bist du verrückt?« Satan schnippt seine Kippe ins Wasser. »Warum wollt ihr mit dieser Jolle fahren, wenn ihr das große Boot nehmen könnt?«

»Wir wissen nicht, in welchem Zustand es ist!«, ruft der Kapitän. »Wir fahren jetzt! Das ist ein Befehl!«

»Und der Heizer?« Satan nimmt das Seilende in die Hand. »Willst du den zurücklassen?«

»ALLE MANN AN BORD!«, brüllt Kapitän Guðmundur erregt. »Wenn wir jetzt nicht fahren, sind wir alle tot! Habt ihr das kapiert? Wenn ihr nicht sofort kommt, fahre ich alleine!«

Skuggi läuft auf dem Wetterdeck hin und her, schaut abwechselnd zum Kapitän und zu Satan und jault ununterbrochen. »Gummi!«, ruft Sæli. »Er hat recht! Wir sollten …«

Der Kapitän lässt den Außenbordmotor an und beginnt, das Landeseil zu lösen.

»An Bord mit dir, Junge! Es ist mir egal, was …«

»Jetzt halt's Maul, Alter!«, brüllt Satan den Kapitän an, der verstummt und den Matrosen mit einem hysterischen Ausdruck in den Augen anstarrt. »Du lässt niemanden zurück, und niemand fährt mit deiner Scheißjolle!«

»Du ...«, setzt der Kapitän mit geballter Faust an, klappt dann aber den Mund wieder zu, weil seine Lippen zittern.

»Ich kann nicht schwimmen, verdammt noch mal!«, brüllt Satan. Er spannt seine Brustmuskeln an wie ein wildes, angriffslustiges Tier.

»Guckt mal, da ist Jónas!« Sæli zeigt auf das Rettungsboot, das nur noch zehn Meter vom Schiff entfernt ist.

Hinter dem Fenster sieht man das gespenstische Gesicht des Zweiten Steuermanns in kurzen Abständen aufleuchten. Er scheint bewusstlos zu sein.

»Ist er tot?«, fragt Satan und atmet scharf durch die Nase ein.

»Ich kann's nicht erkennen«, antwortet Sæli.

»Er treibt auf mich zu! Ich hab's doch gewusst!« Der Kapitän steigt aus dem Schlauchboot und hievt sich aufs Wetterdeck. »Lasst ihn nicht gegen das Schlauchboot fahren!«

»Du und dein scheiß Schlauchboot!« Satan klettert auf die Reling, das Seilende über der rechten Schulter, und springt auf den hinteren Teil des Rettungsboots.

»NEIN!«, ruft der Kapitän, als das Schlauchboot zwischen der *Per se* und dem Rettungsboot eingeklemmt wird.

Der Außenbordmotor tuckert vor sich hin, Gummi quietscht, Flicken springen ab, und ein paar Benzinflaschen fallen ins Wasser.

»Fang!« Satan wirft Sæli das Seil zu, nachdem er das eine Ende am Griff einer Falltür hinten auf dem Rettungsboot festgebunden hat.

»Das gibt's doch nicht!« Fassungslos zeigt der Kapitän auf das Schlauchboot, das zu einem luftleeren Bündel zusammengequetscht wird. Dann geht der Motor aus und zieht das Bündel mit sich in die Tiefe.

Sæli bindet das Rettungsboot an der Reling fest und springt an Bord, während sich der Kapitän auf eine Ladeluke sinken lässt und sich mit einem weißen Taschentuch den Schweiß von Hals und Stirn wischt.

»Hallo!« Als Satan gegen das Fenster des Rettungsboots klopft, schlägt Jónas die Augen auf und leckt sich mit der geschwollenen Zunge über die Lippen. »Er lebt!«

»Man kommt von hinten rein.« Sæli krabbelt über das geschlossene, gewölbte Plastikboot.

»Wir fahren heute Mittag!«, ruft der Kapitän von der Ladeluke. »Wir holen Öl und Lebensmittel und fahren heute Mittag!«

»Was ist los mit dir?«, ruft Sæli zurück. »Wir müssen uns um Jónas kümmern!«

»Ich lege mich einen Moment hin.« Guðmundur rutscht von der Ladeluke und steuert auf die Treppe zu. »Wir holen Öl und Lebensmittel und fahren heute Mittag.«

Skuggi legt sich auf die Ladeluke und schaut dem Kapitän hinterher.

»Ich gehe rein und hole ihn, wenn du ihn annehmen kannst«, sagt Sæli und öffnet die Tür zum Innenraum.

»Verdammter Gestank, Mann!« Satan hält sich die Nase zu.

»Wasser«, sagt Jónas heiser, als Sæli ihn in den Arm nimmt.

»Ruhig, Junge.« Sæli schleift den Zweiten Steuermann zum Ausgang. »Du kriegst gleich Wasser.«

»Hab ihn!«, sagt Satan, als er Jónas' Schultern zu packen bekommt.

»Er ist völlig ausgetrocknet.« Sæli hebt Jónas' Beine an und schiebt ihn gebückt durch die Tür des Rettungsboots, das neben dem Schiff liegt und mit dem Heck gegen die Reling oder gegen die Bordwand schlägt, je nachdem wie viel Schlagseite das Schiff gerade hat.

Bei einer günstigen Gelegenheit hieven die Männer Jónas aufs Wetterdeck und schleifen ihn dann in den Schatten des Deckshauses.

»Der Kerl hat sich vollgepisst und vollgekackt«, murmelt Satan und verzieht das Gesicht.

»Ich weiß.«

Kurz bevor sie bei der Treppe angelangt sind, kommt der Zweite Steuermann zu sich, öffnet die geschwollenen Augen und versucht, um sich zu treten.

»Nein! Nein! Nein! Nicht das Schiff!«, krächzt er und wehrt sich mit aller Kraft.

»Hör auf damit, Mann!« Satan schüttelt Jónas, der ihn mit Panik in den glänzenden Augen anstarrt.

In dem Moment prallt eine langsame, schwere Welle gegen das Schiff, es balanciert sich aus und wird auf die Welle gehoben.

»Satan! Guck mal!« Sæli dreht sich um und schaut übers Wetterdeck.

»VERDAMMT, NEIN!«, schreit Satan und lässt Jónas vor Schreck los.

Als sich das Schiff in die Höhe schwingt, wird das Rettungsboot unter die mächtige Bordwand gesogen, das Landeseil hält dem Druck nicht stand, und das 18-Mann-Plastikboot verschwindet aus dem Sichtfeld der Matrosen. Die *Per se* legt sich mit voller Wucht auf das Boot und drückt es tief unter Wasser.

»O mein Gott!« Sæli sinkt auf die Knie. »Ich glaub das nicht …«

Als der Plastikrumpf unter die Wasseroberfläche gepresst wird, ertönt ein ersticktes Explosionsgeräusch, dann brodelt das Meer wie wild, und Luft, Öl und Kleinholz schießen nach oben.

32° W 10° S

»So, jetzt gibt's endlich was zu essen«, sagt Satan, stellt eine feuerfeste Form auf den Tisch in der Mannschaftsmesse, zieht die Ofenhandschuhe aus und setzt sich ans Kopfende bei der Tür. Kapitän Guðmundur sitzt am anderen Ende des Tisches und Sæli in der Mitte der Längsseite rechts von ihm.

»Nehmt euch, bevor es kalt wird«, sagt Satan, während er seinen Teller belädt.

Er hat zwei Hähnchen zerkleinert und sie mit Weißkohl, Zwiebeln und Kartoffeln in eine Tonform geworfen, alles mit

Salz und Pfeffer gewürzt, in den Ofen geschoben und drei Stunden lang gebacken.

Stille.

»Jetzt lasst euch doch nicht so hängen!« Satan löst Fleisch und Kruste von Hähnchenflügeln und -schenkeln ab. »Wenn ihr nicht bald irgendein Lebenszeichen von euch gebt, sperre ich euch in den Gefrierraum zu den anderen Leichen.«

Unter dem Tisch wartet Skuggi darauf, dass Satan ihm die Knochen hinwirft.

»Hm.«

Sæli trinkt einen Schluck Wasser, während Guðmundur eine halbe Hähnchenbrust auf seinen Teller schiebt.

Stille.

»Wenn wir nicht durchdrehen wollen, müssen wir uns zusammenreißen, *no matter what*. Den Tag von A bis Z durchorganisieren und dafür sorgen, dass alle genug zu tun haben, dass alle eine Aufgabe haben und so. Wie im Gefängnis, da harren die Insassen auch so aus, Tag für Tag, Jahr für Jahr«, erklärt Satan, während er genüsslich das fade Essen in sich hineinschaufelt. »Wir wechseln uns mit der Brückenwache ab. Der Schiffsverkehr muss beobachtet werden. Sobald ein Schiff gesichtet wird, muss eine Leuchtrakete abgeschossen werden. Der Heizer ist verantwortlich für den Maschinenraum, Sæli fürs Putzen und ich für die Kombüse. Es gibt auch einiges zu reparieren, zum Beispiel könnten wir mal die Kommunikationsgeräte überprüfen. Ich meine, man braucht doch wohl keinen Experten, um die Funkantenne wieder anzuschließen, oder?«

Stille.

Sæli blickt zum Kapitän, der mit der Gabel in dem Hähnchenfleisch herumstochert.

»Oder?«, wiederholt Satan und wischt sich den Mund ab.

»Nee.« Sæli räuspert sich. »Einen Versuch ist es wert.«

»Natürlich ist das einen Versuch wert!« Satan trinkt einen Schluck Wasser.

Stille.

»Ist Jónas im Krankenzimmer?«, fragt der Kapitän.

»Ja.« Satan nickt. »Da liegt er, der Dreckskerl.«
»Bewusstlos?«
»Er macht die Augen nicht auf«, sagt Satan und zuckt mit den Schultern. »Wahrscheinlich schämt er sich.«
»Warum hat er nur das Boot genommen?«, seufzt Sæli. »Ich versteh das einfach nicht!«
»Und wo ist Óli?« Der Kapitän blickt auf. »Den hab ich nicht gesehen, seit ...«
»Ich hab im Maschinenraum nachgeguckt.« Satan nimmt sich Kohl nach. »Da war er nicht.«
»Sæli, kannst du mal in seiner Kajüte gucken?«
»Kein Problem.« Sæli steht auf.
Er hat sowieso keinen Appetit und ist froh, eine Entschuldigung zu haben, um den Tisch zu verlassen. Der Geruch nach verkochtem Essen verfolgt ihn bis auf Deck C, was seine Stimmung nicht gerade hebt. Aber alles besser, als in der Messe zu sitzen und das farblose Hähnchen zu beäugen, das in fettiger Brühe und Weißkohl schwimmt.
Er klopft zweimal, bevor er die Tür des Maschinisten auf Deck D öffnet.
»Óli, bist du da?« Sæli späht in die düstere Kajüte. Die Luft ist heiß und stickig, und es riecht nach ungewaschenen Füßen und Schimmel. »Schläfst du oder ...?«
Sæli hält sich mit der rechten Hand die Nase zu und drückt mit der linken auf den Lichtschalter.
Nein!
Er weicht zurück, die weit aufgerissenen Augen auf die Scheußlichkeit geheftet, die wie ganz normaler Nippes auf dem Tisch aufgebaut ist, und kotzt auf den Teppich ...

XXXIII

32° W 10° S

»Weißt du, wer das ist?«, fragt Kapitän Guðmundur. Er hält sich ein Taschentuch vor den Mund und mustert den »Gegenstand« auf dem Tisch des Heizers.

»Ja«, antwortet Satan geistesabwesend, während er sich in der schmuddeligen Kajüte umschaut. »Das ist der fünfte Pirat. Ich hab ihm gesagt, er soll ihn ins Meer werfen, aber er hat das da wohl zur Erinnerung behalten. Oder *den* da, besser gesagt.«

Diese leeren Augenhöhlen, dieses verzerrte Gesicht …

Auf dem Tisch liegt der Schädel des Piraten, der immer noch Haare, Muskelstränge in den Kiefergelenken und Zahnfleisch zwischen den Zähnen hat. Er ist von schwarzen, halb niedergebrannten Kerzen umgeben.

»Ich versteh das nicht«, stammelt der Kapitän und schüttelt den Kopf.

»Das musst du nicht verstehen. Ich werfe das Zeug gleich ins Meer«, murmelt Satan und betrachtet den Bilderrahmen, der über dem Kopfende des Bettes an der Wand hängt. »Merkwürdig.«

»Was ist merkwürdig?«

»Nichts.« Satan schüttelt den Kopf. »Geh nur. Ich räume hier auf.«

»Gehst du danach rauf zur Brücke?«

»Ja.« Satan nimmt den Rahmen von der Wand. »Sagt mir Bescheid, wenn ihr den Heizer gefunden habt. Falls ihr ihn findet.«

»Okay«, entgegnet der Kapitän und eilt aus der stinkenden Kajüte.

Merkwürdig!

Satan dreht den geschnitzten Holzrahmen in alle Richtungen, aber er sieht ganz normal aus. Die Nahtstellen, die Glasscheibe, die Rückseite aus brauner Pappe, alles an seinem Platz und unbeschädigt.

Nur die Bleistiftzeichnung ist verschwunden. Da, wo vorher das Bild des Krakenmanns war, ist jetzt nur noch ein cremefarbenes Blatt Papier …

32° W 11° S

»Wir können ihn nirgendwo finden«, sagt Kapitän Guðmundur, als er die Brücke betritt, um Satan abzulösen.

»Irgendwo muss er doch sein«, entgegnet Satan und macht den Kapitänsstuhl frei.

»Hm. Ist Kaffee da?«

»Ja, von dem Gesöff ist noch was da«, sagt Satan und geht über den schrägen Boden. »Gute Nacht.«

Er stapft die Treppe hinunter in seine Kajüte, schaltet das Licht im Bad ein, öffnet den Spiegelschrank über dem Waschbecken und zählt seine Vorräte: vier Päckchen Zigaretten und zweiunddreißig Parkodin-Tabletten.

Mist!

Auf dem Schiff kann man nichts machen, außer Kaffee trinken und rauchen, und seit er den Streifschuss abgekriegt hat, hat er starke Kopfschmerzen.

Satan dreht den Kaltwasserhahn auf und schluckt vier Tabletten. Dann macht er den Schrank zu und betrachtet sich im Spiegel.

Der Verband starrt vor Schmutz, die Augen sind vor Müdigkeit und Erschöpfung gerötet, die Haut wettergegerbt und der Bart ziemlich struppig nach zwei Wochen ohne Rasur.

»Wie ein verdammter Seeräuber.« Satan grinst, verzieht dann aber das Gesicht, denn unter dem Verband fängt es an zu jucken.

So geht das nicht mehr – er muss das widerliche Ding vom Kopf kriegen!

Er zieht das Hemd aus, holt eine Schere aus dem Verbandskasten und beginnt, den Verband um das linke Ohr herum zu zerschneiden. Anschließend entfernt er ihn, bis auf die Stücke, die an den Wunden festkleben. Seine Haare sind nicht nur schmutzig und schweißverklebt, sondern auch am Ansatz dunkelbraun, weil die schwarze Farbe herausgewachsen ist. Satan schneidet alles ab, Strähne für Strähne und Knoten für Knoten, bis nur noch ein Fingerbreit in seiner natürlichen Haarfarbe übrig ist.

Bevor er die restlichen Verbandstücke von den Wunden reißt, befeuchtet er sie mit warmem Wasser, um das getrocknete Blut aufzulösen und die harte Baumwolle zu lockern. Das Herz hämmert in seiner Brust, die Adern im Kopf weiten sich, und Schweiß rinnt ihm in die Augen. Als der letzte Mullrest abgelöst ist, drückt Satan einen kalten Waschlappen auf die Wunden, die wieder aufgegangen sind. Als die Blutung nachlässt, desinfiziert er sie und bindet sich ein rotes Schnupftuch um den Kopf. Irgendwie muss er die Schussverletzungen, die bis auf den Knochen gehen, abdecken. Dieses praktische Tuch hat er in einer Schublade in der Kajüte des Maschinenmeisters gefunden.

Ein rotes Tuch und silberne Ohrringe. Er sieht bestimmt aus wie ein Seeräuber. Ein Seeräuber aus einem Hollywood-Film.

»Könnte schlimmer sein.« Mit zitternden Händen zündet sich Satan eine Zigarette an. Die Schmerzen sind zwar stärker als vorher, aber zumindest juckt es nicht mehr.

Zu dumm, dass nur noch so wenige Zigaretten da sind. Der Gedanke, vielleicht bald keinen Tabak mehr zu haben, ist alles andere als angenehm.

Die Toten müssten doch noch irgendwo ein paar Päckchen haben, und der Heizer …

»Der Heizer«, murmelt Satan und bläst den Rauch durch die Nase aus. Er hat ganz vergessen, dass der Mann verschwunden ist. Wie kann man an Bord eines Schiffes verlorengehen? Nur, wenn man ins Meer fällt. Nein, zum Teufel!

Das Schiff ist zwar groß, aber nicht groß genug, dass jemand einfach …

Plötzlich fällt ihm ein Ort ein, an dem noch keiner gesucht hat: der Frachtraum.

Er könnte in den Frachtraum gestürzt sein! Weit hergeholt, klar, aber Satan ist schließlich selbst schon in dem verdammten Gang da unten durch die Tür gefallen. So was passiert einem erfahrenen Seemann vielleicht nicht, aber es wäre dumm, nicht wenigstens nachzuschauen.

Satan schlüpft in ein blaukariertes Hemd, knöpft es jedoch nicht zu. Er spurtet die Treppe runter zu Deck A, eilt durch die Elektrowerkstatt und dann links in den Gang, der zu der roten Tür mit der weißen Aufschrift *HOLD* führt.

Der Gang ist kalt und finster, die schweren Schritte hallen

von den Wänden, und Satan sträuben sich die Nackenhaare. Die Zigarette klemmt zwischen seinen Lippen, und er muss die Augen gegen den scharfen Rauch zusammenkneifen.

Vor ihm brennt eine grüne Lampe, von der er weiß, dass sie sich über der Tür zum leeren Frachtraum befindet.

Nein.

Die Tür ist zu, so wie er sie zuletzt gesehen hat.

»Ich hab's geahnt«, murmelt Satan und greift mit beiden Händen nach einer der Haspen, aber sie sitzt so fest, dass er sie nicht bewegen kann ...

31° W 11° S

Kapitän Guðmundur hockt in der Brücke und starrt durch eines der unversehrten Fenster nach draußen.

Es ist Nacht. Der abnehmende Mond schwebt in der Ferne wie eine Sichel über dem schwarzen Meer.

Der Kapitän hält sich mit beiden Händen an den Stuhllehnen fest, seine Pupillen sind geweitet, sein Unterkiefer zuckt, er ist leichenblass und sieht im fahlen Mondlicht geradezu gespenstisch aus.

Er hat Unmengen schwarzen Kaffee getrunken, spürt ein Ziehen in der Brust und hat einen bitteren Geschmack im Mund. Langsam dreht er den Kopf und blickt nach rechts, aber die Schrotflinte lehnt nicht mehr am Schrank. Als er zum ersten Mal einen pulvrigen Geschmack auf der Zungenspitze gespürt hat, hat er sie ins Meer geworfen, zusammen mit den Waffen der Piraten.

Das Schiff treibt nach Süden und entfernt sich stündlich etwa zwei bis drei Seemeilen vom südamerikanischen Festland.

Es erwartet sie nichts als ...

Es erwartet sie nichts.

Der Gedanke, sich einen kalten Gewehrlauf in den Mund zu schieben, wird immer verlockender. Der imaginäre Pulvergeschmack ist dem Geschmack von Kaffee im Grunde nicht unähnlich. Der Lauf selbst schmeckt metallisch und kalt, mit einer Spur Ruß und Öl. Die Zähne streifen das Rohr, die

Augen schließen sich, die Finger berühren den Abzug, und das Ende des Laufs schiebt sich in den Rachen …

»Was …!?«

Der Kapitän schreckt aus seinem Wachtraum hoch, seine Finger graben sich in das Leder der Stuhllehnen, seine Beine zucken unkontrolliert, und kalte Schweißtropfen treten auf seine Schläfen …

32° W 51° S

»Generatoren voll aufdrehen! Generatoren voll aufdrehen!«, brüllt der Kapitän ins Walkie-Talkie, aber im Maschinenraum antwortet niemand.

Im Maschinenraum ist niemand.

Guðmundur Berndsen schleudert das Gerät weg und krallt sich am Stuhl fest.

Draußen herrscht Sturm und hoher Seegang. Der Kapitän kann nichts anderes tun, als das Schiff mit der elektrischen Bugschraube durch die Wellen zu lenken.

»Gott im Himmel …!«

Guðmundur kämpft heroisch mit den mächtigen Naturgewalten, die in der Gegend von Kap Hoorn, der Drakestraße und dem Westwindgürtel so häufig toben. Natürlich bangt er um das Schiff und seine Besatzung – dennoch ist sein Kopf völlig leer, während er mit den schlimmsten Feinden aller Seefahrer ringt.

Ein Heldentod ist ehrenhafter als Wahnsinn, Selbstmord oder Verhungern …

Die Brecher rollen über das ächzende Schiff. Durch die Fenster ist so gut wie nichts zu sehen, der Wind heult wie eine Sirene, der Steven pflügt durch die Wellen, und das Wetterdeck steht fast vollständig unter Wasser …

32° W 66° S

Das Schiff fährt noch immer. Es ist beschädigt, voller Rost und vom Wetter gezeichnet, aber es schwimmt noch, obwohl der Frachtraum durch die Ladeluken mit Wasser halb vollgelaufen ist. Die einzige Veränderung besteht darin, dass es keine Schlagseite mehr nach Steuerbord hat, sondern sich jetzt nach Backbord neigt. Der Steven zeigt nicht länger nach Osten, sondern nach Westen. Aber es macht keinen Unterschied, dass sich die Schlagseite von rechts nach links verlagert hat, denn das Schiff treibt immer noch schräg mit den Wellen nach Süden …

Sæli steht breitbeinig auf der unteren Plattform des Radarmasts und versucht, die Kabel der Funkantennen wieder anzuschließen. Er schlingt den linken Arm um den Mast und legt die Enden der durchgetrennten Kabel frei, indem er mit einem Taschenmesser die Isolierung abschneidet und Salz und andere Ablagerungen vom Kupfer schabt. Wenn er herausgefunden hat, welche Drähte zusammengehören, dreht er sie umeinander und umwickelt sie mit Isolierband.

Er trägt eine dicke Jacke und eine winddichte Hose, denn in den letzten Tagen ist es stark abgekühlt. Seine Finger sind rot und steif vor Kälte, aber Sæli ist so in seine Arbeit vertieft, dass er es kaum bemerkt.

Doch als plötzlich ein schwarzer Schatten auf das Dach des Deckshauses fällt, wird er abgelenkt, blickt hoch und …

»Zur Hölle mit diesem …!«

Sæli zuckt zusammen und verliert fast das Gleichgewicht, aber bevor er auf dem glatten Eisen ins Rutschen gerät, fängt er sich wieder und umarmt den Mast wie ein kleines Kind, das seiner Mutter in die Arme fällt.

Was soll er tun? Der Schatten wandert über das Schiff, und plötzlich verschwindet die Sonne hinter …

Er muss den Kapitän warnen! Er muss …!

Sæli stellt sich wieder aufrecht hin, hebt den rechten Arm und stemmt mit der Klinge den Verbindungskasten auf, der direkt über seinem Kopf am Mast befestigt ist.

Welches Kabel gehört …? Und auf welchem ist Strom?

Das Schiff wird von einem heftigen Schlag erschüttert …

Bumm, bumm, bumm …

Schnell!

Er löst zwei blaue und zwei gelbe Kabel, indem er die Messerspitze als Schraubenzieher benutzt, tauscht sie und schraubt sie wieder …

Plötzlich dröhnt das Nebelhorn los:

MBÖHHHHHHH!

Es ist so laut, dass der Mast wie ein riesiges Blechblasinstrument vibriert …

SAMSTAG, 1. DEZEMBER 2001.

Ein Tag gleicht dem anderen – endlos, sinnlos, öde. So wird die Zeit bis in alle Ewigkeit vergehen oder stillstehen, oder was?

Bis der Letzte von ihnen vor Hunger oder bei einem Unfall gestorben ist, oder was?

Und dann fahren sie weiter, immer weiter, als Wiedergänger auf einem Geisterschiff, bis der Fluch von ihnen genommen wird, oder was?

Bis der Fluch von *ihm* genommen wird, besser gesagt.

Wie in der *Ballade vom alten Seemann* von Samuel Taylor Coleridge.

Oder was?

Der Zweite Steuermann sitzt auf der Bettkante in seiner Kajüte auf Deck E und starrt, den Rosenkranz in den Händen, ins Leere.

Der Fluch …

Nein, er hat den Albatros, den Glücksvogel der Seefahrer, nicht getötet, so wie der Seemann in der Ballade. Er hat seiner Frau mit einem Hammer den Kopf eingeschlagen und ihre Leiche am Strand begraben.

Sie, die sein Halt im Leben war, das eigentliche Schiff …

Das Schiff.

Was soll er tun? Nichts? Sich umbringen? Oder auf ein Zeichen von oben warten?

»Gott ist mein Hirte, meine Stütze, mein Licht«, seufzt Jónas.

Mein Licht …

Er trägt nur einen braunen Bademantel, seine wirren Haare sind schmutzig und seine Augen nach vielen Tagen ununterbrochenen Wachseins trüb und geschwollen. Sein linkes Handgelenk ist bandagiert. Es tut immer noch ziemlich weh, der Bruch scheint jedoch zusammengewachsen zu sein.

Aber was spielt der Zustand des Körpers für eine Rolle, wenn sich die Seele im Höllenfeuer windet?

»Im Höllenfeuer«, murmelt Jónas und zwinkert mit den tränenfeuchten Augen. Er knetet die schwarzen Perlen des Rosenkranzes, die langsam ihre Farbe verlieren, und starrt auf die hin und her baumelnde Kette.

Wo endet das alles? Und wann? Sinkt das Schiff, bevor sie an Krankheiten oder vor Hunger sterben, oder wird es von göttlicher Vorsehung gelenkt …

Bumm, bumm, bumm …

Was war das?

Jónas richtet sich auf und lauscht.

Stille.

Bildet er sich das ein oder wird es kalt in …

MBÖHHHHHHH!!!

Jónas umklammert den Rosenkranz und kniet sich aufs Bett.

Das Nebelhorn!

Er zieht die Gardinen auf und drückt das Gesicht an die eiskalte Fensterscheibe. Das, was er sieht, ist so grauenhaft und so schön zugleich, dass er nicht weiß, ob er sich fürchten oder sich freuen soll.

»Gütiger Gott.« Jónas bekreuzigt sich mit zitternden Händen. »Es ist so weit!«

Der Allmächtige ist mit ihm. Gewiss ist er mit ihm! Er hat ihn zu sich gerufen …

13:31
Der Kapitän rührt sich auf seinem Stuhl, als das Schiff auf etwas aufläuft:

Bumm, bumm, bumm …

Was …?
»Was war das?«, murmelt Guðmundur Berndsen. Er setzt sich auf, kommt nach seinem Nickerchen langsam wieder zu sich, gähnt und reibt sich den Schlaf aus den blutunterlaufenen Augen.
Ist das Schiff etwa …?

MBÖHHHHHHH!!!

Als das Nebelhorn dröhnt, ist der Kapitän plötzlich hellwach, und ihm stockt fast der Atem.
Sein Kopf ist leer, seine Augen weiten sich, und sein Herz zieht sich zu einem harten Knoten zusammen.
Er schaut durch die salzverkrusteten Fenster nach draußen und sieht weiß!
»Heilige Mutter Gottes!«
Der Kapitän setzt die Bugschraube in Gang, lenkt das Schiff nach Backbord und kann gerade noch einen Zusammenstoß mit einem Eisberg von der Größe eines achtstöckigen Hauses verhindern …

13:45
Er hat das Nebelhorn wieder abgestellt und ist vom Radarmast geklettert.
Stille.
Sæli steht ganz vorne auf dem Dach des Deckshauses und schaut auf das Weddell-Meer. So weit das Auge reicht, ist es mit Eisschollen bedeckt. Das Wasser ist dunkelblau und so kalt, dass es sich wie Sirup bewegt. Zwischen den Eisschollen sind breite Zwischenräume, aber sie werden schmaler, je näher man der Antarktis kommt. Der

Wind aus Nordwest frischt auf. Ein Wirbelsturm ist im Anzug.

Die Antarktis, überwältigend groß und unendlich weiß …

»Shit!«

XXXIV

Dienstag, 11. Dezember 2001.

Die *Per se* ist vor zwei Tagen in der östlichen Antarktis gestrandet, unweit des felsigen Ufers und etwa hundert Kilometer von zwei Granitgipfeln entfernt, die zu einer mächtigen Bergkette gehören. Die geschätzte Position des Schiffes und seiner Besatzung ist 16° W 72° S, mit einer möglichen Abweichung von zwei Grad.

Da die Ostantarktis der größte, am wenigsten erforschte Teil des antarktischen Kontinents ist, könnten die noch lebenden Crewmitglieder der *Per se* statt im Weddell-Meer ebenso gut auf dem Pluto gestrandet sein. Die Chance, in dieser größten Eiswüste der Welt auf denkende Lebewesen zu treffen, geht gegen null.

Ein Monat ohne Sturm oder ein Jahr ohne Orkan existiert in der Antarktis nur als statistische Möglichkeit. An der Prinzessin-Martha-Küste liegt die Temperatur im Winter bei durchschnittlich zwanzig Grad minus und im Sommer bei durchschnittlich zwei Grad minus. Der Luftdruck ist immer hoch, jeden dritten Tag stürmt es, das ganze Jahr hindurch schneit es an zwei von drei Tagen, Nebeltage gibt es im Schnitt dreizehn pro Monat, dreihundert Tage im Jahr blasen scharfe Winde, und mit Wirbelstürmen muss man jederzeit rechnen.

Und hin und wieder bildet sich hinter den Wolken ein Lichtkreis um die Sonne oder den Mond – ein Vorzeichen für ein Unwetter. Dann dauert es nicht lange, bis sich die spannungsgeladene Flaute, das blendend weiße Eis und die bedrohlichen Berge zu einer einzigen mächtigen, frostigen Stille zusammenschließen, die zugleich lähmt und fasziniert, bedrohlich und unbesiegbar …

Das Schiff ist von großen Eisschollen umringt, die an der Wasseroberfläche driften und Tag und Nacht den verbeulten Stahl bearbeiten. Laut Kalender ist jetzt Hochsommer, aber in diesem frostigen Erdteil herrscht sogar im Sommer Winter. Jener Teil des rostbraunen Schiffsrumpfs, der über Wasser liegt, ist mit einer gräulichen Eisschicht bedeckt. An den Stellen, die Wind und Wetter ausgesetzt sind, ist sie dünn, an den windgeschützten dick. Auf dem Wetterdeck haben sich betonharte Schneewehen gebildet. Von der Reling und vom Radarmast hängen riesige Eiszapfen, während an den Teilen des Schiffes, die am besten vor der Witterung geschützt sind, kunstvolle, an Glaskristalle oder wilde Vegetation erinnernde Eisnadeln aufragen.

Die Lage an Bord ist schlecht. Ein Generator arbeitet zwar noch, aber nur mit halber Kraft, da von den siebentausend Tonnen Dieselöl nicht mehr viel übrig ist. Die Geräte im Heizraum haben Vorrang, denn solange sie noch etwas zu verbrennen haben, gibt es an Bord warmes Wasser. Ohne warmes Wasser könnten die Räume nicht geheizt werden, außerdem hält es das Öl geschmeidig, das sonst dickflüssig und unbrauchbar würde, und es verhindert, dass die begrenzten Wasservorräte gefrieren. Der Generator produziert Strom für die Beleuchtung und etwas Wärme, weshalb die Tür zum Maschinenraum offen bleibt. Der Gefrierraum, die Waschküche und die Kombüse werden nur noch zum Teil mit Strom versorgt. Der Herd erhält eine Stunde am Tag Strom, und alle zwölf Stunden wird Kaffee gekocht, aber alle anderen Elektrogeräte sind abgeschaltet.

Es wird nicht mehr geputzt. An Bord ist es kalt, besonders auf den oberen Decks. Die Kajüten sind feucht und kühl, und in den Fluren liegt die Temperatur nahe null. In der Brücke hält man es nicht lange aus, dennoch gehen die Männer alle zwei Stunden abwechselnd nach oben, um per Funk einen Notruf abzusetzen. Das Funkgerät scheint wieder zu funktionieren, auch wenn es nur ein leises Summen von sich gibt.

Kapitän Guðmundur hält zweimal am Tag eine Gebetsstunde in der Offiziersmesse ab – mittags um zehn vor zwölf und abends um zehn vor sechs. Diese kostbaren Stunden durchbrechen die düsteren Gedanken und schweißen die Überlebenden zusammen. Die Tage sind endlos und eintönig. Es dauert nicht lange, bis Hoffnungslosigkeit und Angst die Willenskraft schwächen und die Gedanken lähmen. Die Offiziersmesse ist der wärmste Raum an Bord. Dort halten sich die Mannschaftsmitglieder mehr oder weniger den ganzen Tag auf und teilen Kaffee, Schweigen und ein paar wenige Worte miteinander. Alle außer Satan, der allein in seiner Kajüte auf Deck D herumhängt oder seiner eigenen Wege geht …

MONTAG, 17. DEZEMBER 2001.

Der Kapitän steht neben dem Generator, der noch arbeitet, und wartet auf das, was unweigerlich kommen wird. Laut Messanzeigen müssten die Dieselöltanks längst leer sein. Es ist, als laufe der Generator allein durch den Geruch des Öls. Die Heizgeräte glühen nicht mehr, das heiße Wasser kühlt rasend schnell ab. Das letzte Öl befindet sich in der Leitung zum Generator. Wenn der Generator absäuft, gehen die Lampen aus.

Dann gehen die Lampen aus …

Wenn er doch nur unrecht hätte! Wenn die Messanzeigen kaputt wären! Wenn das Öl nur noch ein bisschen länger reichen würde! Und wenn es nur …

»Nein! Bitte nicht!«, fleht der Kapitän, als der Generator zu stottern beginnt. Er tritt gegen die Maschine und klopft gegen die Ölleitung, obwohl er genau weiß, dass er weder durch Worte noch durch Taten das Unumgängliche verhindern kann.

Als die Maschine stoppt, scheint das Herz in der Brust des Kapitäns das Gleiche zu tun – so groß ist der Schock, obwohl das Ereignis sich schon lange angekündigt hat. Die Stille ist grauenvoll. Ein paar Sekunden nachdem die Maschine ausgegangen ist, werden die Lampen schwächer.

Nach einer halben Minute gibt es kein Licht mehr, nur noch glühende Drähte in schmutzigen Glühbirnen.

Dann ist auf einmal alles schwarz, und die ölgesättigte Luft im Maschinenraum fängt an abzukühlen. In ein paar Stunden wird es im Schiff genauso kalt sein wie draußen. Es wird nicht mehr lange möglich sein, auf der *Per se* zu überleben.

»Was machen wir jetzt?«, murmelt der Kapitän in die Dunkelheit, die seine Worte verschluckt und in ein metallisches Echo verwandelt. Er steht immer noch neben dem Generator, hält die Handflächen über das Gerät und spürt, wie die Wärme langsam nachlässt.

Er ist in Gedanken versunken und nimmt das seltsame Geräusch, das an sein Ohr dringt, kaum wahr. Es ist schwach, aber dennoch vollkommen klar, fast schneidend. Es lässt den Kapitän zwar nicht aufhorchen, berührt jedoch etwas tief in seinem Unterbewusstsein.

»Ja, ja«, seufzt Guðmundur Berndsen. »Alles in Ordnung, alles in Ordnung. Papa kommt gleich!«

Papa kommt gleich?

Der Kapitän schreckt von seinen schwermütigen Gedanken hoch und lauscht.

Hat er ein Geräusch gehört? Oder …

Wääähääää …

Ja, er hört das Geräusch, und es klingt wie ein weinendes Kind! Ein weinendes Kind! Ist er verrückt geworden?

»Weiche von mir! Weiche von mir, Luzifer!«, ruft der Kapitän und hält sich die Ohren zu. Dann hetzt er über den Eisenboden, ohne die Hand vor Augen sehen zu können, und versucht, die Tür zum Kabuff zu finden …

DIENSTAG, 18. DEZEMBER 2001.

Sæli sitzt in Daunenjacke und mit Kopfhörern auf dem Kopf vor dem Funkgerät in der Brücke und ruft ins Mikro:

»Mayday! Mayday! Echo, Lima, Whiskey, Q, Two! Mayday! Mayday! Echo, Lima, Whiskey, Q, Two! Mayday! Mayday!«

Aber es kommt keine Antwort.

Nur ein knisterndes Rauschen, das in den Ohren kitzelt und den Geist verwirrt. Seine Finger sind schon rot vor Kälte, sein Hintern ist eingeschlafen, und sein Atem gefriert allmählich.

Noch ein letztes Mal!

»Mayday! Mayday! Echo, Lima, Whiskey, Q, Two! Mayday! Mayday! Echo, Lima, Whiskey, Q, Two! Mayday! Mayday!«

Sæli lauscht angestrengt, aber es ist nur Knistern und Rauschen und Rauschen und Knistern zu hören. Doch dann dringen plötzlich eine abgehackte Melodie und stotternder Gesang aus dem Gerät:

»Whe- the m-sic's ov-r, -urn out th- lig-ts …«

Sæli reißt sich die Kopfhörer vom Kopf und schleudert sie von sich.

Was war das? The Doors? Im Funkgerät? Wird er langsam verrückt oder …?

»Es reicht für heute«, murmelt Sæli und schaltet das Funkgerät aus. Er wird diesen Apparat nicht mehr anfassen, nie mehr! Sollen sich doch die anderen um den Notruf kümmern, wenn sie wollen. Oder es einfach sein lassen. Es antwortet sowieso niemand!

Der Matrose verlässt die Brücke und geht die Treppe hinunter. Sie ist mit einer gefährlichen Eisschicht überzogen. An Bord ist es dunkel, obwohl draußen rosarotes Sonnenlicht durch die Wolken sickert. Sæli stützt sich mit beiden Händen am eiskalten Geländer ab und nimmt vorsichtig eine Stufe nach der anderen.

Er muss an Lára und den kleinen Egill denken. Was sie wohl gerade machen? Wissen sie, dass das Schiff verschollen ist? Ob Lára schon einen Babybauch hat? Natürlich hat sie einen Babybauch! Sie ist doch schon im sechsten Monat! Das bedeutet, dass sie in ein paar …

»Ich muss nach Hause«, murmelt Sæli und bleibt auf der Treppe zwischen Deck E und Deck D stehen. Er starrt in die Dunkelheit und lauscht auf seinen eigenen Herzschlag.

Nach Hause.

Wenn er nur …

Wäääbääă …

»Papa kommt gleich!«, sagt Sæli und geht weiter die Treppe hinunter. Dann bleibt er abrupt stehen.

Papa kommt gleich?

Er hält sich am Geländer fest und lauscht.

Kinderweinen? Hat er gerade Kinderweinen gehört? Kann das sein? Aber an Bord ist kein Kind …

Wäääháää …

»Ich komme! Ich komme!« Sæli eilt so schnell er kann die spiegelglatten Stufen hinunter.

Ist er verrückt geworden? Egal! Ob verrückt oder nicht – er kann kein Kind weinen hören, ohne der Sache auf den Grund zu gehen!

»Ich komme! Ich komme!«

Auf Deck C läuft er dem Kapitän direkt in die Arme. Guðmundur ist auf dem Weg nach oben und kann den Matrosen gerade noch aufhalten, bevor er ihn über den Haufen rennt.

»Herrgott, hab ich mich erschreckt!« Sæli blinzelt den Kapitän an, der ihm starr ins Gesicht sieht und seine Arme festhält, wie um sich davon zu überzeugen, dass er ein Mensch aus Fleisch und Blut ist.

»Was ist eigentlich los?«, fragt der Kapitän den atemlosen Matrosen. »Hast du den Verstand verloren, Junge?«

»Hast du nicht …? Hast du nicht gehört?« Sæli ringt nach Atem und versucht, sich ins Gedächtnis zu rufen, was er meint gehört zu haben. »Hast du kein Geräusch gehört?«

»Ich hab dich schreien und rufen hören.« Der Kapitän räuspert sich. »Ich dachte, es wäre … es wäre was passiert!«

»Ich werde verrückt«, murmelt Sæli und blickt dem Kapitän fassungslos in die Augen. »Das ist passiert! Ich habe den Verstand verloren!«

»Nein. Du bist nicht verrückt. Jedenfalls noch nicht.«

»Aber ich hab was gehört …«

»Hör nicht mit dem Kopf, Sæli. Dein Kopf ist müde und verwirrt und kann Richtig nicht mehr von Falsch unterscheiden.« Der Kapitän klopft dem Matrosen im finsteren Flur auf die Schulter. »Hör lieber mit dem Herzen. Das kennt den Unterschied zwischen Wahrheit und Lüge.«

Mittwoch, 19. Dezember 2001.

Jónas liegt unter einer Bettdecke und drei Wolldecken in seiner Kajüte und murmelt im fiebrigen Schlaf etwas Unverständliches vor sich hin. In der Kajüte ist es dunkel und eisig, und Jónas' Atem bleibt in der Luft hängen und verwandelt sich in Eisnadeln, die allmählich zu kleinen Eiszapfen werden.

Wäääháää ...

Der Zweite Steuermann zuckt zusammen, zwinkert mit den Augen und hebt das blasse Gesicht vom eiskalten Kissen.

Wäääháää ...

»Ja, ja«, murmelt Jónas und kriecht unter der Bettdecke und den Wolldecken hervor. »Papa kommt gleich.«

Er steht schwankend auf, in dickem Islandpulli und Wollsocken. Dann marschiert er wie ein programmierter Roboter los, vier Schritte vorwärts und fünf nach links, direkt auf die Wand neben der Tür zu. Als er gegen die Wand prallt, wird er aus dem Halbschlaf gerissen, fasst sich mit der rechten Hand an den Kopf und tastet mit der linken umher.

Wäääháää ...

»María! Meine liebe María!« Jónas befühlt seinen rechten Wangenknochen und Kiefer. »Die Kleine ist aufgewacht! Kannst du ...?«

María?

Aber María ist doch tot! Ich bin nicht zu Hause ...

Das Schiff!

Wäääháää ...

»Hallo! Was? Wer?«, stammelt Jónas, schwankt wie ein Betrunkener zur Tür und drückt auf dem Lichtschalter herum, ohne dass etwas geschieht.

Kein Strom!

Was ist das für ein Geräusch? Wer weint da? Ist ein Kind an Bord? Natürlich ist kein Kind an Bord! Ist er verrückt geworden?

Wäääháää ...

»Sei still! Sei still! Sei endlich still!« Jónas dreht sich in der Finsternis im Kreis und kratzt sich am Ohr, bis Blut in den

Ausschnitt seines Pullovers rinnt. »Lass mich in Ruhe! Hast du gehört? Lass mich in Ruhe!«

DONNERSTAG, 20. DEZEMBER 2001.

Um zehn vor sechs beginnt das gemeinsame Gebet in der Offiziersmesse. Kapitän Guðmundur sitzt am Tischende, Sæli zu seiner Rechten und Jónas zu seiner Linken.

»Liebe Freunde, lasst uns beten«, beginnt der Kapitän, faltet die Hände und senkt den Kopf. »Vater unser, der du bist im Himmel, geheiligt werde dein Name, dein Reich komme, dein Wille geschehe, wie im Himmel so auf Erden. Unser tägliches Brot gib uns heute. Und vergib uns unsere Schuld, wie auch wir vergeben unseren Schuldigern. Und führe uns nicht in Versuchung, sondern erlöse uns von …«

Wäääh ääää …

Der Kapitän bricht mitten im Gebet ab, als das verfluchte Kinderweinen in seinem Kopf erklingt.

Nicht jetzt! Bitte nicht jetzt!

»Und führe uns nicht in Versuchung«, wiederholt er und räuspert sich, »sondern erlöse uns von …«

Wäääh ääää …

Der Kapitän öffnet die Augen und begegnet über den gefalteten Händen den Blicken der beiden anderen.

»Hast du das gehört …?«, fragt Sæli zögernd und bemüht sich, das Zittern seiner Lippen in den Griff zu bekommen.

»Ich höre es«, sagt Jónas heiser und schaut Sæli mit müden, verzweifelten Augen an.

»Was ist das?« Sæli wirft dem Kapitän einen entsetzten Blick zu.

»Ich weiß es nicht.« Der Kapitän schließt die Bibel, die vor ihm auf dem Tisch liegt. »Aber ich habe überall gesucht.«

»Auch im Maschinenraum?«, fragt Jónas.

»Auch im Maschinenraum.«

»Und?«, fragt Sæli hoffnungsvoll.

»Nichts.« Der Kapitän zuckt mit den Schultern. »Ich habe nichts gefunden. Es ist, als würde das Geräusch von draußen kommen.«

»Von draußen?« Sæli reißt die blutunterlaufenen Augen auf.

»Ja«, antwortet der Kapitän und massiert sich die Schläfen. »Oder von drinnen. Was weiß denn ich?«

»Von drinnen?«, fragt Jónas. Er versucht zu schlucken, aber sein Mund ist zu trocken.

Wäääbäää ...

»Ich halte das nicht mehr aus.« Der Kapitän steht auf. »Lasst uns rausgehen.«

18:05

Sie stehen dicht beieinander im Heck des Schiffes, die Rücken dem Nordwind zugedreht, und beten gemeinsam das Vaterunser.

»... und die Kraft und die Herrlichkeit in Ewigkeit, Amen!« Der Kapitän bekreuzigt sich, öffnet die Augen und hebt den Blick.

Stille.

»Und was ist jetzt mit dem Kinderweinen?«, fragt Sæli und vergräbt die Hände in den Jackentaschen.

»Vielleicht ist es ein böser Geist?« Jónas zieht sich die Wollmütze über die Ohren.

»Ich habe nachgedacht.« Der Kapitän presst die Bibel mit beiden Händen an seinen Bauch. »Vielleicht ist das Gottes Antwort auf unsere Gebete.«

»Wie jetzt?«, fragt Sæli skeptisch.

»Es muss ein Wunder geschehen, damit wir hier wegkommen«, erklärt der Kapitän. »Und Wunder geschehen nicht alle Tage. Vielleicht kann Gott uns nicht retten.«

»Gott ist allmächtig!« Jónas wirft dem Kapitän einen strafenden Blick zu.

»Natürlich«, entgegnet der Kapitän und lächelt den Zweiten Steuermann dumpf an, »aber ist es nicht zu viel verlangt, dass er herunterkommt und uns befreit aus dieser ...?«

»Hölle!«, ergänzt Sæli und beißt sich auf die eingefrorenen Lippen.

»Das Weinen, das wir hören, ist vielleicht das Weinen des

Erlösers.« Der Kapitän strafft den Rücken. »Das Jesuskind, das Gott den Menschen geschickt hat. Wir müssen das Kind nur willkommen heißen. Jesus hat gesagt: Bringt die Kinder zu mir, denn ihnen gehört das Himmelreich. Ich sage: Nehmen wir Jesus in Gestalt des Kindes auf, und wir werden erlöst.«

»Aber da ist kein Kind!«, sagt Jónas gereizt.

»Das Kind ist hier«, entgegnet der Kapitän und deutet auf das Herz des Steuermanns. »Heiße das Jesuskind willkommen, und du bist erlöst. Der Körper stirbt, aber er besteht nur aus Staub. Gott sagt: Empfangt meinen Sohn, dann empfange ich eure Seelen.«

Stille.

»Du bist wohl ein bisschen durcheinander«, brummt Jónas. Er sieht den Kapitän aus den Augenwinkeln an.

»Nein, mein lieber Jónas. Ich war nie klarer als in diesem ...«

»Seht mal! Da ist jemand!«, ruft Sæli und zeigt nach Steuerbord über die Reling, wo eine dunkle Gestalt aus dem Nebel anmarschiert kommt.

»Wer ...?« Der Kapitän legt die Hand über die Augenbrauen.

»Die Landgangsbrücke ist unten!« Jónas deutet nach Backbord, wo das obere Ende der Landgangsbrücke durch eine Aussparung in der Reling ragt. »Dann muss es Satan sein!«

»Ja«, sagt Sæli, als die Gestalt deutlicher zu erkennen ist. »Es ist Satan.«

18:31

»Wo warst du?«, fragt der Kapitän, während Satan über die Landgangsbrücke ins Heck steigt.

»An Land.« Satan kratzt sich am Bart, der bis zu den Ohren gefroren ist. »Man kann über die Eisschollen gehen. Sobald der Nebel weg ist, brechen wir auf.«

»Wohin?«, fragt der Kapitän achselzuckend.

»Ich zeig's euch gleich auf einer Karte«, antwortet Satan und wickelt sich einen weißen Stofffetzen vom Hals – ein zerschnittenes Laken, das er als Schal benutzt. »Was macht ihr Mädels eigentlich hier draußen?«

Stille.

»Da weint jemand«, sagt Sæli schniefend. »Kinderweinen.«

»Kinderweinen?« Satan schlägt sich Schnee und Eis von der Jacke.

»Es ist das Jesuskind.« Der Kapitän lächelt wie jemand, der blind auf etwas vertraut, während er sich weigert, den Tatsachen ins Auge zu schauen.

»Oder ein böser Geist!« Jónas schüttelt sich. »Wir dürfen nicht vergessen, dass zwei Kräfte um die Seelen der Menschen ringen.«

»Das Weinen scheint von unten zu kommen«, Sæli räuspert sich, »aus dem Maschinenraum.«

»Da ist nichts im Maschinenraum.« Der Kapitän lächelt immer noch, wenn auch ein wenig matt. »Ich habe überall gesucht und nichts gefunden. Die einzigen unerforschten Orte sind die Herzen der Menschen!«

»Bevor wir uns an denen zu schaffen machen, sehe ich mich da unten mal um«, sagt Satan grinsend.

»Schön und gut«, entgegnet der Kapitän und wirft sich in die Brust. »Aber denk dran: Der Kopf versteht nicht immer alles, was das Herz hört.«

»Du bist echt hinüber, Mann«, sagt Satan kopfschüttelnd, während er im Deckshaus verschwindet.

18:59

Im Maschinenraum ist es kalt, sogar kälter als draußen auf dem Eis, und die Stille, die die Dunkelheit ausfüllt und sich über die Maschinen gelegt hat, ist unangenehmer als das Geräusch, das sie ab und zu durchbricht:

Wääähäää …

Es kann kein Kinderweinen sein, weil sich kein Kind an Bord befindet. Wie für alles andere auch, gibt es für dieses Weinen eine logische Erklärung. Satan glaubt nicht an Gespenster und übersinnliche Wesen. Zumindest fürchtet er nichts, was nicht aus Fleisch und Blut ist. Nur Fleisch und

Blut kann Fleisch und Blut besiegen. Wer sich von Frust und Einbildung aus der Fassung bringen lässt, hat sie nicht mehr alle – so einfach ist das.

Satan geht langsam und mit tastenden Händen über den Gitterboden, bis er an das Geländer hinter dem Hauptmotor stößt.

Wäääbääää …

Er zündet sein Gasfeuerzeug an, und ein trübes Licht fällt auf den Motor, der kalt und schweigend auf dem Schiffsboden steht. In dem Moment, als das Licht aufflackert, verstummt das Weinen – es muss von einem Lebewesen stammen, das seine Nähe spürt.

»Wo bist du, Heulsuse?« Satan beugt sich übers Geländer und späht aufmerksam ins Dämmerlicht. Als nichts geschieht, springt er hoch und landet mit einem lauten Dröhnen wieder auf dem Gitterboden, der einen Moment lang vibriert.

Da verlässt die Kreatur ihr Versteck und huscht hinter den Hauptmotor. Das Einzige, was Satan im trüben Schein des Feuerzeugs sieht, ist etwas Weißes, das davonschießt wie …

»Was zum Teufel war das?« Satan starrt ins Dämmerlicht, aber als die Flamme seinen Finger ansengt, lässt er die Zündung des Feuerzeugs los, und die Flamme erstirbt.

Wäääbääää …

Er schleicht die Treppe zum Hauptmotor hinunter und zündet das Feuerzeug erst wieder an, als er die Stelle, an der er die Kreatur vermutet, erreicht hat. Das Schiff muss irgendwo ein Leck haben, denn auf dem Boden ist eine dicke Eisschicht. Satan hockt sich an die Bordwand und streckt die rechte Hand mit dem Feuerzeug aus.

»Also dann. Eins, zwei und …«, flüstert Satan. Er atmet tief ein und lässt dann den Daumen über das Reibrad des Feuerzeugs gleiten.

Als der Funke des Feuersteins das Gas entzündet, springt die Kreatur aus ihrem neuen Versteck. Satan sieht etwas Weißes mit klitzekleinen rabenschwarzen Augen, ein gelber Schnabel öffnet sich weit, und eine rote Zunge schnellt wie ein Giftstachel hervor …

19:07

»Hier hast du deinen Jesus!«, sagt Satan, als er aus dem Deckshaus tritt und zum Heck geht.

Guðmundur, Sæli und Jónas starren das Tier an, das er am Hals gepackt hat und ihnen vor die Nase hält. Es ist zerzaust und ölverschmiert.

»Eine Möwe«, murmelt Sæli und blickt zu Jónas, der sich mit zitternden Händen eine Zigarette anzündet.

»Bist du sicher …?« Kapitän Guðmundur bricht mitten im Satz ab, als die erschöpfte Möwe einen Schrei ausstößt:

Wääähääää …

»Noch irgendwelche Fragen?« Satan schaut die drei Männer an wie ein Vater, der bewiesen hat, dass sich kein Ungeheuer im Kleiderschrank versteckt.

Stille.

»Dann können wir diesen Unsinn ja wohl beenden«, sagt Satan kühl und schlägt den Kopf der Möwe mit voller Wucht gegen die Eisenwand.

Die drei Männer gehen in Deckung, als hätte jemand einen Schuss abgefeuert, und beobachten entsetzt, wie die Augen der Möwe rot anlaufen und Blut aus dem geöffneten Schnabel rinnt.

»Wollt ihr sie essen?«, fragt Satan und hält ihnen die Möwe hin. Sie weichen zurück und starren den blutigen Vogel an, der noch zuckt und mit den schmutzigen Flügeln schlägt.

Stille.

»War ja nur ’ne Frage«, sagt Satan und schleudert das Tier über Bord.

»Wie ist die eigentlich in den Maschinenraum gekommen?« Sæli guckt über die Reling und sieht, wie die Möwe mit abgeknicktem Kopf und ausgebreiteten Flügeln rücklings aufs Eis klatscht.

»Was spielt das für eine Rolle?«, fragt Satan und fixiert Sæli, als wäre er ein kompletter Idiot. »Kommt mit zur Brücke. Ich zeige euch die Karte, die ich gefunden hab.«

19:43

»Dieses X hier markiert die Position des Schiffes entsprechend den Berechnungen des Kapitäns«, erklärt Satan. Er steht am Tisch im Kartenraum und zeigt mit einem Stift auf eine kleine Antarktiskarte von 1979 im Maßstab 1:40 000 000.

»Du weißt doch, dass meine Berechnungen nicht genau sind«, wirft der Kapitän ein.

»Sie sind das Einzige, worauf wir uns stützen können.« Satan tippt mit dem Stift auf die Karte. »Darf ich weitermachen?«

»Bitte«, murmelt der Kapitän.

»Seht euch das an, und das hier.« Satan zeigt auf zwei schwarze Dreiecke. »Wenn mich nicht alles täuscht, sind das Forschungsstationen. Die hier gehört den Briten und heißt Halley Bay, und die weiter östlich ist südafrikanisch und heißt Sanae. Bis zur britischen sind es sechshundert Kilometer, bis zur südafrikanischen vierhundert.«

»Vierhundert Kilometer.« Sæli wirft dem Kapitän einen Blick zu. »Das ist nicht so furchtbar weit.«

»Eigentlich nicht«, seufzt der Kapitän. »Aber die Karte ist alt und ungenau. Vielleicht gibt es die Stationen gar nicht mehr. Außerdem ist es schwierig, mit einer so ungenauen Karte Entfernungen zu berechnen.«

»Das ist die einzige, die wir haben«, sagt Jónas schulterzuckend. »Damit müssen wir uns wohl zufriedengeben.«

»Die Karte ist völlig in Ordnung.« Satan klopft mit dem Stift gegen die Tischkante. »Ein Zentimeter entspricht vierhundert Kilometern. Es ist ein Zentimeter bis Sanae und eineinhalb bis Halley Bay. Ist das irgendwie kompliziert?«

»Nein«, sagt Jónas und beugt sich über die Karte. »Das ist eindeutig.«

»Gummi?«, sagt Sæli und schaut zum Kapitän.

»Alles klar, wir haben sowieso keine andere Wahl«, stöhnt Guðmundur Berndsen. »Aber ich schlage vor, dass wir eher die britische als die südafrikanische ansteuern.«

»Warum?«, fragt Satan und hebt abwehrend die Hände.

»Möchtest du gerne zweihundert Kilometer mehr laufen? Oder hast du Angst vor den Schwarzen?«

»Die Kilometerzahl alleine sagt noch nichts aus«, erklärt der Kapitän seelenruhig und tippt auf die Karte. »Hast du die Bergkette vergessen? Ich will lieber länger laufen und mein Ziel auch erreichen, als mein Leben im Kampf gegen diese Berge zu lassen. Die sind über zweitausend Meter hoch.«

»Das ist allerdings ein Argument.« Sæli blickt zu Jónas, der mit den Schultern zuckt und zu Satan schaut.

»Es ist doch gar nicht gesagt, dass wir über die Berge müssen. Bestimmt können wir sie auf dem Eis umgehen. Oder wir finden einen Weg durchs Gebirge. Es muss irgendwo einen Pass geben.«

»Ach ja?« Der Kapitän schüttelt den Kopf. »Wir könnten den ganzen Weg bis nach Halley Bay auf dem Eis gehen, immer der Nase nach. Ich verschwende doch keine kostbare Zeit, um einen Weg durch die Berge zu suchen, wenn ich übers flache Eis gehen kann. Vielleicht gibt es gar keinen Pass.«

»Der Kapitän hat recht«, sagt Sæli nickend.

»Das sehe ich aber ganz anders!« Satan tippt mit dem Zeigefinger auf die Karte. »Bei dieser Witterung muss man den kürzesten Weg wählen. Alles andere wäre Wahnsinn. Wenn ein Sturm aufkommt, sind wir auf dem Eis total ungeschützt.«

»Genau!« Jónas räuspert sich. »Ich bin dafür, die südafrikanische Station anzusteuern.«

»Kommt nicht in Frage!«, sagt der Kapitän mit lauter Stimme. »Wir gehen nach Halley Bay, und zwar morgen früh, sobald es hell ist.«

»Ich bin bereit«, sagt Sæli und klopft seinem Chef auf den Rücken.

»Ohne mich.« Satan faltet die Karte zusammen. »Ich gehe über die Berge, aber nicht morgen früh. Das würde ich auch niemandem raten.«

»Und warum nicht, wenn ich fragen darf?« Das Gesicht des Kapitäns ist rot vor Wut.

»Ich würde warten, bis sich der Wind dreht«, erklärt Satan und zieht die Nase hoch. »Auf Nordwind folgt immer Nebel.

Der ist gefährlich, vor allem, wenn man übers Eis geht. Ich warte auf Südwind und klaren Himmel. Südwind gab's in den letzten Wochen höchstens an zwei Tagen hintereinander, und solche klaren Tage sollte man gut nutzen.«

»Mach doch, was du willst!« Der Kapitän zieht sich die Kapuze über den Kopf und geht zur Tür. »Wir brechen jedenfalls morgen früh auf.«

»Kapitän!«, ruft Jónas.

Guðmundur bleibt stehen und dreht sich um. »Ja?«

»Wenn's dir egal ist, schließe ich mich dem Zweiten Matrosen an.«

»Es ist mir nicht egal, Jónas«, seufzt der Kapitän. »Aber wenn dir das lieber ist, werde ich dich nicht davon abhalten.«

»Gut«, sagt Jónas und nickt dem Kapitän zu, der sich umdreht und die Brücke zum letzten Mal verlässt …

23:21

Sæli sitzt in seiner Kajüte am Tisch und packt für den großen Marsch, den Kapitän Guðmundur und er vor sich haben. Sechshundert Kilometer. So weit wie von Reykjavík bis nach Akureyri.

Auf dem Tisch brennt eine Kerze und wirft einen sanften Lichtschein auf die Gegenstände, die der Erste Matrose mitnehmen will oder bei denen er sich noch nicht sicher ist. Er nimmt Nadel und Zwirn mit, falls er unterwegs Kleidung ausbessern muss, aber er weiß nicht, ob er ein Messer braucht. Er weiß, dass Vaseline nützlich sein wird, zum Beispiel gegen Sonnenbrand und als Lippenschutz, aber bei Desinfektionsmittel und Brennspiritus ist er sich nicht so sicher. Er hat alle notwendigen Kleidungsstücke eingepackt, außerdem getrocknete Lebensmittel und Konserven für mindestens eine Woche. All das hat er in eine Sporttasche mit Trageriemen gestopft. Sie ist schon ziemlich schwer, bestimmt acht Kilo, und darf nicht viel mehr wiegen, wenn er sie die ganze Strecke tragen will. Sie können kein Wasser mitnehmen und werden gegen den Durst Schnee essen.

Sæli stöhnt, und sein Atem formt eine weiße Frostwolke.

Er nimmt ein zerknicktes Foto von Lára und Egill in die Hand. Die beiden lächeln ihn aus einer Welt an, die so fern und undeutlich ist, dass sie kaum noch zu existieren scheint. Er küsst das Foto und steckt es durch den Halsausschnitt seiner Jacke in die Brusttasche seines Hemdes.

Dann bläst er die Kerze aus. Er muss schlafen. Er muss sich ausruhen vor dem großen Marsch …

23:54

Kapitän Guðmundur hat aus zwei Ledergürteln Schultergurte für seine Reisetasche angefertigt und sie mit Holzschrauben am Boden der Tasche befestigt. Er hat den einzigen Gaskocher, der zur Bordausrüstung gehört, und zwei zusätzliche Gaskartuschen eingepackt. Außerdem hat er Segeltuch zugeschnitten, es zusammengefaltet und in die Tasche gesteckt. Darin will er Sæli und sich einwickeln, wenn sie sich nachts im Schnee eingraben. Dann werden sie nicht nass, wenn der Schnee durch ihre Körperwärme auftaut.

So wie Sæli drei Decks tiefer, legt der Kapitän bei Kerzenschein in seiner Kajüte letzte Hand an die Reisevorbereitungen. Er muss nur noch zwei Dinge tun, bevor er die Kerze ausbläst und ins Bett geht. Erst spricht er ein kurzes Gebet, küsst die Bibel und packt sie in die Reisetasche. Das Buch wiegt zwar ein halbes Kilo, aber die seelische Kraft, die seine Nähe dem Kapitän gibt, wiegt den Kalorienverbrauch auf, den ihn die zusätzliche Last kosten wird. Dann zieht er die Jacke aus, wickelt sich Hrafnhildurs schwarzes Kleid um die Hüften, zwängt ein Baumwollshirt darüber, zieht die Jacke wieder an und knöpft sie bis zum Hals zu …

Freitag, 21. Dezember 2001.

Satan und Jónas stehen im Heck und blicken den zwei Männern hinterher, die aufs Eis hinausgehen – Guðmundur Berndsen mit einer Reisetasche auf dem Rücken und Ársæll Egilsson mit einer Sporttasche unter dem linken Arm.

Sie drehen sich um und winken, woraufhin Satan und Jónas zurückwinken. Skuggi jault und dreht sich im Kreis.

Ab und zu knarrt der Schiffsrumpf, schaukelt auf dem Riff, auf das er aufgelaufen ist, und versinkt allmählich immer tiefer im Eis.

Als die beiden Wanderer im Nebel verschwinden, stößt der Schiffshund ein lautes Bellen aus, so als wolle er seinen Unmut zum Ausdruck bringen oder die Männer warnen.

»Schnauze!«, befiehlt Satan. Da legt sich der Hund auf den Bauch und knurrt leise.

»Glaubst du, sie schaffen es?«, fragt Jónas und reibt sich fröstelnd die Arme, denn es sind fünf Grad minus.

»Kommt drauf an«, murmelt Satan. Er zündet sich eine Zigarette an, seine fünftletzte.

»Worauf?«

»Es spielt keine Rolle, wohin man will«, sagt Satan und bläst den Rauch durch die Nase aus, »sondern was man bei sich trägt.«

»Aha? Was soll man denn bei sich tragen?«

»Das, was man auch schon zu Beginn der Reise dabeihatte«, sagt Satan und öffnet seine linke Handfläche, auf der eine kupferfarbene Patronenkugel hin und her rollt.

Der Kapitän hat ihm die Kugel zum Abschied wortlos zugesteckt.

»Was meinst du mit ›zu Beginn der Reise‹?«, fragt Jónas und presst die Lippen zusammen, als seine Zähne vor Kälte zu klappern beginnen.

»Komm!« Satan geht zum Deckshaus. »Der Wind kann jeden Moment drehen. Wir haben noch genug zu tun.«

XXXV

Samstag, 22. Dezember 2001.

Satan und Jónas gehen Richtung Norden an der Küste entlang über das knirschende Eis, mit Sonnenbrillen im Gesicht und einer Krankentrage im Schlepptau. Auf der Trage, die aus Fiberglas besteht und aussieht wie ein Schlitten oder ein flaches Boot, liegt ihr gesamtes Gepäck: Kleidung und Decken, Brennmaterial, Gerätschaften und Lebensmittel. Normalerweise ist es für Wanderer leichter, ihr Gepäck zu tragen, als es hinter sich herzuziehen, aber wenn man über Eis und Schnee geht, ist es besser, das Gewicht zu verteilen, damit man nicht einsinkt. Die beiden Männer gehen mit einem Meter Abstand nebeneinanderher. Über ihren Jacken tragen sie Rettungswesten, an deren Rückseiten drei Meter lange Nylonschnüre befestigt sind, die in einem Loch am »Bug« der Krankentrage zusammenlaufen. Ihre Spuren winden sich vom Schiff über das wellige Eis, doppelte Streifen von den Kufen der Trage, rechts und links davon die flachen Abdrücke dicker Schuhsohlen und überall Skuggis Pfotenabdrücke. Aber auf dem Eis verweht der Schnee unablässig, so dass die Spuren innerhalb von einer Stunde verschwunden sind.

Das Schiff ist in der Ferne nur noch ein schwarzer Umriss auf weißem Eis unter weißem Himmel.

Oder ist es umgekehrt?

Jónas wirft einen letzten Blick über die Schulter zurück auf das Schiff, bevor es gänzlich aus ihrem Blickfeld verschwindet. Dabei verlangsamt er automatisch seine Schritte, und das Gewicht der Trage verlagert sich komplett auf Satans Schnur.

»Nicht!« Satan schlägt dem Zweiten Steuermann mit der rechten Hand gegen die Schulter. »Vergiss das verfluchte Schiff! Das kann sehen, wo es bleibt!«

»Kein Grund, sauer zu werden.« Jónas beschleunigt seine Schritte wieder und holt Satan ein, der wie ein hungriger Eisbär vorwärts stürmt. Der Steuermann wird schnell müde. Er ist durstig, konfus und erschöpft. Er hat Schmerzen im Rücken, in den Beinen und in der linken Schulter. Am liebsten würde er umkehren und beim Schiff ausharren, aber er weiß, dass das nicht geht. Er glaubt nicht an dieses Vorhaben. Was hat er sich nur dabei gedacht, dem Kapitän den Rücken zuzukehren? Verdammt! Jetzt ist er diesem Verrückten ausgeliefert!

Jónas bereut zutiefst, nicht auf die Stimme der Vernunft gehört zu haben und mit Sæli und Guðmundur Berndsen nach Süden gegangen zu sein …

23. Dezember 2001.

Sie sitzen sich auf einer vereisten Schneewehe gegenüber – Jónas mit einem kleineren und Satan mit einem größeren Topf. Insgesamt sind sie vier Stunden gelaufen, dies ist ihre dritte Pause. Es ist rabenschwarze Nacht mit starkem Südostwind und schätzungsweise zwölf Grad minus.

Jónas füllt den kleineren Topf randvoll mit Schnee. Dann misst er zwei Plastikbecher Haferflocken und zwei Becher Zucker aus verschiedenen Behältern ab und kippt sie in den Topf.

Satan zieht fünf Streifen dünnen Baumwollstoff aus einer prall gefüllten Plastiktüte und stopft sie in den größeren Topf. Dann dreht er eine in Stoff und Alufolie eingewickelte Zweilitercolaflasche auf und schüttet etwa einen halben Liter Benzin in den Topf.

»Ich bin so weit«, sagt Satan, woraufhin Jónas den kleineren auf den größeren Topf stellt.

Jónas bildet mit den Händen einen Windschutz, während Satan ein Streichholz anzündet und es durch den Zwischenraum zwischen den beiden Töpfen steckt. Eine dumpfe Explosion ertönt, rote Flammen erleuchten die Gesichter der beiden Männer, und schwarzer Qualm steigt auf. Nach einer Minute ist der ganze Schnee geschmolzen, nach zwei Minuten kocht Wasser in dem kleineren Topf, und nach drei Minuten ist das Feuer aus und die Hafergrütze fertig.

»Hier.« Satan reicht Jónas den einzigen Löffel, den sie dabeihaben. Jónas nimmt ihn, isst zwei Löffel von dem Brei und gibt ihn zurück, und auf diese Weise wechseln sie sich ab, bis der Topf leer ist.

»Schmeckt nach Benzin«, sagt Jónas würgend.

»Wenn du das auskotzt, kannst du deine Kotze fressen!« Satan schaufelt zwei gehäufte Löffel in sich hinein, bevor er Jónas den leeren Löffel über den heißen Topf reicht.

»Ich krieg nichts mehr runter«, murmelt Jónas. Er lehnt sich nach hinten, um den heißen Benzingestank nicht einatmen zu müssen. »Nimm du den Rest.«

»Okay.« Satan isst weiter den süßen, benzinverseuchten

Haferbrei. »Aber wenn du schlappmachst, gehe ich alleine weiter.«

»Das glaub ich dir gerne«, entgegnet Jónas, der sich seitlich auf die Schneewehe fallen lässt und die Augen schließt.

»Nicht einschlafen!«, protestiert Satan und versetzt dem Steuermann einen Fußtritt. »Wenn du einschläfst, wachst du nie mehr auf!«

»Na und?« Jónas setzt sich wieder hin. Die von dem abkühlenden Topf ausgehende Wärme tut gut, aber der Gedanke an eiskalten ewigen Schlaf ist noch besser.

»Du hast vier Minuten, um wieder zu Kräften zu kommen«, sagt Satan, leckt den Löffel ab und steckt ihn in die Tasche. »Sobald die Töpfe kalt sind, gehen wir weiter.«

Skuggi jault, und Satan erlaubt ihm, den Topf auszulecken.

»Ich will nur noch schlafen«, murmelt Jónas und schließt die Augen. Oder sind sie noch offen? Es ist schwer, die Augen offenzuhalten, wenn die Dunkelheit um einen herum ebenso finster ist wie die in einem drin …

Heiligabend 2001.

Sie stapfen einen steilen Hügel hinauf, der ihnen ebenso endlos vorkommt wie der Himmel. Der Schnee glänzt in der Sonne, die ihnen direkt ins Gesicht scheint, der Gegenwind ist schneidend und kalt, die Schneedecke an der Oberfläche hart und darunter weich, der Schlitten zerrt an den Schnüren wie ein lahmes Pferd, und die Beine sinken bei jedem Schritt knietief ein …

Die Haut in ihren Gesichtern ist von Sonne, Frost und Wind gerötet, trocken und rissig, die Arme sind steif wie Bretter, die müden, geschwollenen Füße glühen, im Kopf blasen rote Winde, Übelkeit kommt und geht, und der Magen brennt wie ein Topf voll Benzin …

»Guck mal!«, sagt Satan, als sie endlich oben angekommen sind.

»Ich kann nichts sehen«, entgegnet Jónas. Als er stehen bleibt, hat er das Gefühl, sein Körper schwebe schwerelos über dem Boden. Er hebt die Arme, ganz langsam, so als wären es riesige Baukräne, und schirmt die entzündeten, geschwollenen, verklebten Augen ab.

Die Berge! Millionen Megatonnen vorgeschichtlichen Granits, umgeben von einem Meer aus dunkelblauem Gletschereis. Hier wird die Zeit nicht in Jahren und Jahrhunderten gemessen, geschweige denn in Minuten oder Tagen. Hier sind eine Million Jahre ein Tag und tausend Millionen Tage ein Jahr. Die Ewigkeit existiert in dieser rauschhaften Welt nicht, und der Tod ist nur ein Atemzug jenseits von Zeit, Raum und menschlichem Vorstellungsvermögen …

»Bald haben wir die Hälfte geschafft.« Satan klopft dem Zweiten Steuermann auf den Rücken. »Nicht schlecht, Bursche!«

Vor ihnen liegen kilometerweit verharschte Schneefelder und Gletscherspalten, dahinter erstreckt sich der riesige Gebirgszug bis weit ins Land hinein und im Norden bis ans Eis. Zwei der Gipfel ragen auf wie gigantische Dome aus Granit und Eis, zwischen ihnen ein Schatten, der kaum kleiner als Dänemark zu sein scheint.

»Wenn alles nach Plan läuft, sind wir vor Einbruch der Dunkelheit in windgeschütztem Gebiet«, sagt Satan und gibt Jónas ein Zeichen weiterzugehen.

»Können wir uns nicht einen Moment ausruhen?«, fragt der Steuermann, während er seine tauben Füße aus dem verharschten Schnee zieht. Sie sind fünf Stunden am Stück gelaufen und haben ebenso viele Kilometer zurückgelegt. Jeder einzelne Kilometer war die Hölle, jede einzelne Stunde unerträglich und jeder einzelne Atemzug erfüllt von Hoffnungslosigkeit, Entkräftung und Todessehnsucht …

»In zwei Stunden essen wir«, entgegnet Satan und stapft los.

»Wollten wir die Berge nicht umrunden?« Jónas zeigt nach Norden, wo sich das Eis auf dem Weddell-Meer bis in die Unendlichkeit zu erstrecken scheint.

»Nein«, antwortet Satan und steuert direkt auf den Schatten zwischen den Gipfeln zu. »Ich bin sicher, dass es einen Pass gibt.«

»Wenn du meinst.« Jónas hat keine Lust, mit diesem engstirnigen Idioten zu streiten. Warum über etwas streiten, das ohnehin sinnlos ist? Sie sind sowieso bald tot …

XXXVI

»Es begab sich aber, in jenen Tagen erging ein Erlass des Kaisers Augustus …«, liest Kapitän Guðmundur und versucht, die gefrorenen Seiten der Bibel mit vor Kälte schwarzen Fingern umzublättern. »Es begab sich aber, in jenen Tagen …«

»Nicht …« Sæli kauert sich noch kleiner zusammen. »Ich will nicht an zu Hause denken. Das ertrage ich nicht.«

Sie sitzen Seite an Seite auf einer harten Schneewehe auf dem Segeltuch, die Rücken dem auffrischenden Wind zugewandt. Ein Unwetter ist im Anzug, die Sonne versinkt, und es wird schnell dunkel. Seit sie das Schiff verlassen haben, haben sie weder warmes Essen noch Wasser zu sich genommen, denn es ist ihnen nicht gelungen, den Gaskocher zu entzünden. Nachdem sie sich zwei Tage vergeblich damit abgeplagt haben, haben sie beschlossen, die Hälfte des Gepäcks zurückzulassen, damit sie besser laufen können. Dennoch sinken sie immer noch bei jedem Schritt knietief ein …

»Ich kann nicht mehr.« Sæli schließt die Augen.

»Wir ruhen uns aus, bis das Wetter wieder besser wird«, sagt Guðmundur und legt die Bibel weg. »Dann gehen wir weiter.«

»Ja.« Sæli kommt langsam auf alle viere und steht dann auf. »Ich muss nur mal pinkeln.«

»Okay.« Der Kapitän nickt Sæli zu. Er glaubt zu wissen, dass er ihn nie wiedersehen wird, sagt aber nichts.

Er weiß selbst, dass diese Nacht ihre letzte sein wird. Wenn der Schlaf die letzten Zipfel des Bewusstseins besiegt hat, besteht keine Hoffung, noch einmal aufzuwachen. Dafür ist Guðmundur zu müde.

Er zieht die Jacke aus und wickelt das schwarze Kleid von seinem kalten Körper. Kann er aufstehen? Doch, er kann aufstehen. Als er sich von dem Segeltuch erhebt, reißt der Wind es unter ihm weg und wirbelt es wie ein Laubblatt in die Finsternis.

Warum liegend sterben, wenn man die Möglichkeit hat, tanzend zu sterben? Guðmundur nimmt das Kleid in den Arm und versucht, einen Tanzschritt zu machen, aber er ist so steif und der Wind so stark, dass er kaum das Gleichgewicht halten kann.

In den Tod tanzen! Ist er verrückt geworden? Verrückt oder nicht verrückt – was spielt das für eine Rolle? Es sieht ihn ja niemand. Als Guðmundur Berndsen versucht, den gefrorenen Ausschnitt des Kleides an seine gesprungenen Lippen zu führen, wird ihm der Stoff aus der Hand gerissen und in dieselbe Richtung fortgeweht wie das Segeltuch.

»Mein Liebling …«, stöhnt der Kapitän, macht einen Schritt nach vorn und fällt dann in den harschigen Schnee …

Sæli schirmt die Augen gegen den eisigen Wind ab und versucht, die Sonne zu finden, bevor sie hinter den Bergen versinkt. Es ist fast ganz dunkel, doch Sæli sieht in der Ferne noch einen hellroten Streifen. Er wendet das Gesicht der sterbenden Sonne zu, die sich südlich des Äquators gegen den Uhrzeigersinn um die Erde dreht und im Osten untergeht. Dann wendet er sich nach links und geht Richtung Norden.

Island liegt im Norden. Sæli geht nach Hause, bis er zusammensackt …

XXXVII

Erster Weihnachtstag 2001.

Wirbelsturm, Dunkelheit, beißender Frost …

»WO BIST DU?«, brüllt Satan im dichten Schneesturm.

Nachdem die Trage umgekippt war, gegen Skuggi geschleudert wurde und den Hund erschlagen hatte, hat Satan die Schnüre durchtrennt. Die Lebensmittel sind über den brettharten Schnee gerutscht und in Sekundenschnelle verschwunden, und die Trage ist wie ein orangefarbenes Bonbonpapier in den schwarzen Himmel geschossen, wo der Luftdruck sie zerschlagen hat.

»HIER …!«

Jónas liegt nur zwei Meter von Satan entfernt auf dem Bauch im Schnee, aber bei einem solchen Unwetter können die Männer die Hand vor Augen nicht mehr sehen. Das Schneegestöber ist so dicht und die Windgeschwindigkeit so hoch, dass man kaum atmen kann, die Augen blind werden, die Lippen bluten und die Nasenlöcher verstopfen.

Sie waren nur noch einen halben Kilometer vom Fuß des Berges entfernt, als das Unwetter sie überraschte wie der Schatten eines bösen Vogels, der sich plötzlich vor die Sonne schiebt.

Wahres Hexenwetter …

»Komm! Hier ist eine Höhle!«, ruft Satan und kriecht an einer Gletscherspalte entlang. Wenn er sich richtig erinnert, führt die Spalte zum Fuß des Berges, wo er meint, unter einem Felsvorsprung einen Eingang gesehen zu haben. Vielleicht hat er auch nur den Schatten des Felsvorsprungs gesehen, aber das spielt jetzt keine Rolle. Auf dem Schneebrett erwartet sie ohnehin nur ein langer Todeskampf. Der Felsvorsprung bietet möglicherweise Schutz, vielleicht gibt es sogar eine kleine Höhle …

Bei starken Sturmböen krabbelt er auf allen vieren, und wenn der Wind am heftigsten tobt, robbt er auf dem Bauch. Jede Minute ist ein langes Ringen nach Atem, jeder Meter eine fast unüberwindliche Anstrengung. Der Schnee dringt in die Kleidung, der Körper kühlt aus, wird blau, steif und …

Aber er kommt voran, er …

Stille …

Und er stürzt in ein dunkles Loch …

»Bist du da?«

Stille.

»Wer fragt das?«

»Jónas.«

Satan öffnet die Augen, sieht aber nur schwarz. Er erinnert sich, ins Leere gegriffen zu haben, dann …

»Du warst auf einmal weg«, sagt Jónas und kommt aus der Dunkelheit angekrochen. »Du hattest recht. Wir sind in einer Art Höhle.«

»Und wie kommen wir wieder raus?«, fragt Satan, während er sich auf dem vereisten Höhlenboden aufsetzt. Seine Kleidung ist gefroren und hart wie eine Eierschale.

»Nicht auf demselben Weg.« Jónas versucht, das Klappern seiner Zähne zu unterdrücken. »Die Öffnung ist irgendwo über uns. Hörst du nicht den Wind?«

»Doch«, antwortet Satan und lauscht. Er hört den Wind, wundert sich aber darüber, dass er nicht lauter ist. Sollte die Höhle nicht voller Schnee sein und der Wind tosen? Auf dem Boden liegt nur eine hauchdünne Schneeschicht, und die Luft bewegt sich kaum. Wenn überhaupt, scheint ein leichter Luftzug aus dem Inneren der Höhle zu kommen, nicht durch die Öffnung. Warum ist das so?

»Ich schlafe«, sagt Jónas. Er hockt auf dem Boden neben Satan und zittert wie Espenlaub.

»Versuch, noch ein bisschen durchzuhalten«, sagt Satan und schnappt durch seine erfrorene Nase nach Luft. Wie gerne würde er sich eine Zigarette anzünden, um ein bisschen Wärme in den Körper zu kriegen, aber er hat nur noch eine, und die spart er sich fürs Ende auf.

Plötzlich fällt etwas Kaltes, Nasses auf Satans rechte Wange. Es ist ein Wassertropfen, der in den Kragen seiner steif gefrorenen Jacke rinnt.

»Was machen wir jetzt?«, fragt Jónas schläfrig.

»Wir gehen weiter.« Ungelenk kommt Satan auf die Beine. »Hier ist fast kein Frost. Spürst du den Luftzug? Aus der Höhle kommt ein Luftzug. Vielleicht ist Erdwärme unter dem Berg. Vielleicht gibt's einen anderen Ausgang. Wir müssen weiter!«

Stille.

»Jónas?«

»Dann hilf mir hoch«, sagt Jónas, und Satan tastet in der Dunkelheit herum, bis er die steifen Finger des Steuermanns zu fassen bekommt …

»Ich kann nicht mehr«, keucht Jónas eine Stunde später, nachdem sie durch die verwinkelten Gänge der Höhle gelaufen sind und nichts als kalte Felswände und bodenlose Dunkelheit vorgefunden haben. Sie befinden sich jetzt in einer Art unterirdischem Saal oder Gewölbe. Der Raum ist so breit und hoch, dass jedes Geräusch eine ganze Weile von den Wänden widerhallt, bevor es erstirbt:

… nicht mehr … nicht mehr … nicht mehr …

Satan sagt nichts. Was soll er auch sagen? Er hört, wie sich Jónas auf den eiskalten Boden setzt, bleibt selbst aber stehen. Wenn er sich hinsetzt, wird er womöglich nicht mehr aufstehen können. Hände, Füße und Gesicht sind eingefroren. Er hat starke Schmerzen, und sie werden mit jeder Minute schlimmer. Seine Energie schwindet, sein Herz schlägt immer schwächer, Müdigkeit, Hunger und Strapazen verlangen ihren Tribut. Er weiß, dass er nicht mehr lange leben wird, aber er verdrängt dieses Wissen bewusst. Er existiert, solange er existiert, existiert, solange er existiert …

Stille.

»Es ist Weihnachten«, stöhnt Jónas. »Wo sind meine Kinder?«

… meine Kinder … meine Kinder … meine Kinder …

»Ich habe ihre Mutter umgebracht. Ich habe meine Frau ermordet. Hab ihr mit einem Hammer den Kopf eingeschlagen.«

… Kopf eingeschlagen … Kopf eingeschlagen … Kopf eingeschlagen …

»Ich wollte nicht ins Gefängnis. Deshalb hab ich die Funkverbindung gekappt. Ich wollte weg, so weit weg wie möglich von … von dem, was ich getan habe. Ich wollte nicht von den Menschen verurteilt werden. Ich wollte vor Gott stehen dürfen. Gott weiß, was ich getan habe und warum ich es getan habe. Er versteht mich. Er soll über mich urteilen.«

… mich urteilen … mich urteilen … mich urteilen …

Stille.

»Es gibt keinen Gott«, sagt Satan mit tiefer Stimme.

... keinen Gott ... keinen Gott ... keinen Gott ...

»Das stimmt nicht«, murmelt Jónas. Dann holt er den Rosenkranz aus seiner gefrorenen Jacke und fängt an, mit den Holzperlen zu klappern. »Gott existiert. Natürlich existiert er. Sonst wäre das Rettungsboot nicht zum Schiff zurückgetrieben. Aber wie das mit der Gnade ist, da bin ich mir nicht mehr so sicher. Ich verstehe jetzt, was ich getan habe, aber ich verstehe nicht, warum. Ich muss krank sein. Nein, vielleicht bin ich nicht krank. Vielleicht bin ich menschlicher Abschaum.«

... Abschaum ... Abschaum ... Abschaum ...

Stille.

»Ich will nicht mehr einschlafen«, sagt Jónas und schnappt hektisch nach Luft. »Ich will nicht einschlafen! Ich will nicht sterben! Ich kann nicht ...!«

Slrrrrrghhhhh ...

»Was war das?« Jónas tritt mit den Füßen um sich.

... war das ... war das ... war das ...

»Ich weiß nicht«, murmelt Satan und lauscht. »Hat sich so angehört, wie wenn Wasser in einen Abfluss gesaugt wird. Vielleicht gibt's hier irgendwo einen Bach oder eine Quelle.«

... eine Quelle ... eine Quelle ... eine Quelle ...

»Wasser? Das war kein Wasser!« Jónas verschluckt sich fast vor Anspannung. »Das war irgendein ... irgendein Ungeheuer! Eine von diesen Bestien, denen der Heizer heimlich Opfer bringt!«

... Opfer bringt ... Opfer bringt ... Opfer bringt ...

»Du hast den Heizer also auch in seiner Kajüte besucht«, murmelt Satan und geht zwei Schritte weiter.

»Nein ...!«

Slrrrrrghhhhh ...

»Geh nicht weg!« Jónas versucht, Satan festzuhalten, aber er greift ins Leere. »In Gottes Namen, lass mich nicht allein!«

... allein ... allein ... allein ...

»Hier, nimm das«, sagt Satan. »Ich werde sie wohl nicht mehr brauchen. Keine wirklichen Feinde hier.«

... Feinde hier ... Feinde hier ... Feinde hier ...

»Was ist das?«, fragt Jónas, als er den harten, kalten Gegenstand in der Hand hält. »Ein Revolver? Ist das dein Revolver? Was soll ich damit? Mich erschießen?«

... mich erschießen ... mich erschießen ... mich erschießen ...

»Erschieß deine Bestien damit«, sagt Satan, während er weiter in die Höhle hineingeht. »Aber denk dran, es ist nur noch eine Kugel drin.«

... Kugel drin ... Kugel drin ... Kugel drin ...

»Satan! Nein! Ich ...!

... ich ... ich ... ich ...

Als er merkt, dass er allein im Dunkeln ist, verstummt er ...

Satan geht mit langsamen, qualvollen Schritten immer weiter. Der felsige Boden scheint schräg nach unten zu führen, aber er ist sich nicht sicher. Sein Körper wird allmählich gefühllos, seine Gliedmaßen sind vor Kälte fast gelähmt, das Atmen wird schwerer und schwerer, das Herz gerät ins Stocken, und die Gedanken werden immer wirrer.

Als er eine ganze Weile gegangen ist, kommt er an eine steile Felswand, die den Gang vor ihm teilt. Soll er nach rechts oder nach links gehen? Links oder ...?

Slrrrrrghhhhh ...

Das Geräusch scheint von rechts zu kommen, also ...

Peng ... peng ... peng ...

Der Widerhall des Schusses erfüllt die gesamte Höhle und erstirbt dann.

Stille.

Geht er schon seit Stunden oder erst seit ein paar Minuten? Er weiß es nicht. Satan starrt in die Finsternis, ohne irgendetwas zu sehen, und tastet mit den Händen umher. Seine Finger sind blau und schwarz und so gefühllos wie trockenes Holz. Er hat noch zwei weitere Felswände gefunden, die den Gang teilen.

Oder ist es immer dieselbe Wand?

Er geht die ganze Zeit nach rechts, immer nach rechts. So soll man aus einem Labyrinth wieder herausfinden …

Nein!

Das kann doch nicht wahr sein! Der Tunnel ist immer schmaler geworden und war zum Schluss so eng, dass Satan, wenn er die Arme seitlich ausstreckte, die Wände berühren konnte, und wenn er sie hochhob, war er mit den Fingerspitzen an die Decke gekommen.

Aber jetzt …

Vor ihm ist eine Wand. Eine blanke Felswand. Eiskalter Stahl. Die Reise ist zu Ende. Oder? Zum Teufel! Er kann nicht mehr …

Satan gesteht es sich nicht ein, aber in dem Moment, als er die kalte Felswand berührt, erlischt die Hoffnung in seiner Brust wie eine Kerzenflamme. Doch im Schatten der Hoffnungslosigkeit erwacht das Böse aus einem tiefen Schlaf, und das Böse kümmert sich nicht um Leben oder Tod. Es nährt sich selbst und räumt alles andere aus dem Weg. Es verhält sich wie Feuer, das wächst und wächst, bis es so groß und mächtig ist, dass es sich selbst verschlingt und zu Nichts wird.

Das Böse ergreift Besitz von Jón Karl. Es rumort in seinem Kopf, pumpt schwarzen Eiter in sein Blut, dringt in jeden Nerv und will wachsen und gedeihen, sich ausbreiten und erblühen wie ein infernalischer Geist in dem Körper, der das Böse beherbergt, ungeachtet der Folgen.

Das Böse ist von Natur aus unsterblich und hat deshalb auch nichts zu gewinnen und nichts zu verlieren …

Jón Karls Körper ist steif wie ein Brett, aber in seinem Kopf lodert ein Feuer! Er legt die Handflächen an die Felswand und versucht, den Kopf in den Nacken zu legen, aber sein Hals ist starr. Er versucht zu schreien, aber seine Stimme versagt …

ROT! ER SIEHT ROT!

In Satans Kopf steht ein anderer Satan, der seine Handflächen an die rote Wand legt, welche die Innenseite von Satans Schädel ist, jenes Satans, der wie vom Donner gerührt vor der Granitwand am Ende des Tunnels steht. Dieser neue Satan hat einen nackten Oberkörper, langes Haar, ist frisch rasiert und trägt eine schwarze Lederhose. Er ist von glühender Lava und zischenden Feuerzungen umgeben …

Er legt den Kopf zurück, spannt die verschwitzten Muskeln an, heftet die Augen auf die Wand und schaut konzentriert durch sie hindurch. In seinen rasenden Gedanken ist sie nur eine unbedeutende Eierschale …

SATAN, TEUFEL, LUZIFER …!!!

Er zielt mit der Stirn auf einen feuerroten Punkt hinter der Wand, denn da ist keine verdammte Wand! Er brüllt wie ein wildes Tier, wirft sich blitzschnell nach vorn und stößt den Kopf mit aller Kraft durch die dünne Schale …

XXXVIII

Es ist merkwürdig, sich ohne Körper fortzubewegen. Ein Vor-und-zurück-Schlingern wie auf einer Schaukel, nur langsamer, aber auch unangenehme Seitwärtsbewegungen, und dabei immer dieses komische Gefühl, dass der Schwung nach unten länger und tiefer ist als der Schwung nach oben, als stürze die Seele eine Art Abhang hinunter, wie in Zeitlupe, wieder und wieder. Es ist auf meditative Weise beruhigend, aber vor allem ein unendlich lethargisches Gefühl, das immer unwirklicher wird, je länger man in dieser stockdunklen Leere schwebt, die nach Tabakrauch riecht und genauso groß oder klein ist wie der menschliche Geist, genauso tief wie der Hall der langsamen Basstrommeltakte der Band:

Bumm, bumm, bumm …

XXXIX

Durch schwermütige Bluesmusik, Stimmengewirr und beißenden Qualm dringt ein schrilles Läuten, wie von einem Schiff, das im Nebel vor der Küste eines unbekannten Landes herumirrt.

Ein düsteres Läuten, das die Schwelle zum Unterbewusstsein der Stammgäste überschreitet und ihnen kalten Schweiß auf den Rücken treibt.

Ein Déjà-vu.

»In einer Viertelstunde ist Schluss!«, ruft der Wirt und lässt das Band am Klöppel der alten Bronzeglocke los, die einst auf einem holländischen Handelsschiff Dienst getan hat.

In der unteren Etage der Kneipe sitzen Männer an Tischen, rauchen und trinken, einige spielen Schach oder Whist, andere unterhalten sich mit ihren Nachbarn, wieder andere sitzen allein an der Theke und konzentrieren sich auf ihr eigenes Elend und den Alkoholrausch.

So wie der Typ in den Jeansklamotten, der mit glasigen Augen den letzten Rest Bier in seinem verschmierten Glas fixiert und dann auf seine Armbanduhr schaut, die ihm sagt, dass es Viertel vor eins in der Nacht ist, an einem Dienstag: 00:45.

Er ist auf dem Weg zu seiner ersten und letzten Schiffstour. Er fährt mit seinem Schwager nach Surinam, wo er für tausend Dollar Kokain kaufen und nach Hause schmuggeln will. Allerdings wird er es nicht selbst schmuggeln, sondern einer der Matrosen, ohne zu wissen, für wen. Deshalb hat er seinen Schwager Jónas angefleht, ihm den Job zu besorgen. Ihm ist nämlich zu Ohren gekommen, dass ein junger Matrose von der *Per se* in einer Spielhölle hochverschuldet ist – und auch er selbst hat dort seine gesamten Ersparnisse verspielt. Als er den Job gekriegt hat, hat er den Matrosen angerufen und behauptet, für die Spielhölle Geld einzutreiben. Er hat sich als Satan ausgegeben, weil er wusste, dass man dem Matrosen, falls er sich nach dem Namen erkundigte, raten würde zu tun, was der Geldeintreiber verlangt, wenn ihm sein Leben lieb ist. Dann hat er seine Mutter überredet, ihre Wohnung zu verkaufen und ihren Kindern das Erbe auszuzahlen. Er wird ihr dann ein Haus kaufen, später. Er hat gedroht, der Familie des Matrosen etwas anzutun, falls der sich weigert, ein Päckchen in Surinam abzuholen und nach Island zu bringen. Nicht nett von ihm, aber er kann das Risiko, es selbst zu schmuggeln, nicht auf sich nehmen, wo er doch vorbestraft ist. Er wird den Jungen dafür entlohnen, später, wenn er das Koks zu Geld gemacht und sich irgendwo in den Süden abgesetzt hat. Er wird ihn für diesen kleinen Gefallen bezahlen, das hat er sich fest vorgenommen – zumal er dann so reich sein wird, dass es eh nur ein Klacks ist!

»Money in the bank, Mann! Money in the bank!«

Ja, er hat heute Abend ein letztes Mal bei dem Matrosen angerufen, um die Sache fest zu machen, bevor sie in See stechen. Er muss nur noch das Koks da drüben kaufen und es dem Jungen zustecken. Er hat ihn angerufen und ihm gedroht, ha! Seitdem hat er getrunken, gesoffen, gezecht …

Er ist ganz beduselt vom Alkohol und hängt über dem Tresen, scheint sich aber dann auf einmal an etwas zu erinnern, oder ihm kommt aus heiterem Himmel eine Idee, zumindest richtet er sich ohne Schwierigkeiten auf, zieht einen zusammengefalteten Zettel aus der Brusttasche seiner Jeansjacke, faltet ihn auseinander und liest, was er mit blauem Kugelschreiber daraufgeschrieben hat:

555-SCHIFF.

Er steckt den Zettel wieder in die Tasche, trinkt den letzten Schluck aus seinem Glas, drückt die halbgerauchte Zigarette aus und steigt vom Barhocker. Dann torkelt er zu dem runden Tisch hinüber, wo fünf von neun Crewmitgliedern des Frachtschiffes *Per se* sitzen und trinken, klopft den beiden, die ihm am nächsten sind, auf den Rücken, beugt sich zwischen Rúnar Hallgrímsson und Ársæll Egilsson und verzieht das Gesicht mit dem ungepflegten Vollbart zu einem leeren Grinsen.

»Könnt ihr mir einen Zehner leihen, Jungs?«, fragt er und räuspert sich. »Muss mal telefonieren, hab kein Kleingeld.«

»Lass uns in Ruhe, Mann!«, sagt Bootsmann Rúnar, rammt ihm den Ellbogen in den Bauch und stößt ihn vom Tisch weg.

Der Besoffene taumelt zwei Schritte zurück, bleibt dann stehen, kommt mit steifen Bewegungen wieder ins Gleichgewicht und starrt verzückt vor sich hin.

Es ist, als schlafe seine Seele, als habe der Mann seinen betrunkenen Körper verlassen. Die Augen trüben sich und sinken in ihre Höhlen, der Mund steht offen, und einen Moment lang ist kein Leben mehr in dem leichenblassen Gesicht. Nur noch ein mit Haut überzogener Schädel. Der Mann ist leblos, zu einem Geist oder Wiedergänger geworden, aber nur für diesen kurzen Moment. Dann ist es, als explodiere etwas geräuschlos in seinem Inneren:

Bumm, bumm, bumm ...

Die Lungen saugen sich voll Luft, die Augen treten wieder vor, die Finger zucken, und aus dem Hals dringt ein langgezogenes, grauenhaftes Sauggeräusch, wie aus der feuchten Kehle eines Seeungeheuers, das verzweifelt versucht, an Land zu kriechen.

»Slrrrghhh ... vereinigt euch in mir«, nuschelt der Mann mit undeutlicher Stimme. Er starrt ins Nichts, mit Augen, die mehr an Rabenaugen als an den Seelenspiegel eines zivilisierten Menschen erinnern.

Er zittert am ganzen Leib, als würde er frieren, die Haut spannt sich über sein Gesicht, die geweiteten Pupillen füllen seine gespenstischen Augen ganz aus, aus seinen Nasenlöchern tropft dunkelrotes Blut, und aus seinem geöffneten Mund rinnt ein Spuckefaden übers Kinn auf den Boden.

Dann strafft er den Rücken, blinzelt und schaut schnell zum Tisch der fünf Männer.

»Fünf tote Männer«, sagt er mit tiefer Bassstimme und blickt Sæli in die Augen, »davon vier auf einem Schiff.«

»Was?«

Der Mann schwankt über den Holzboden, macht dann kehrt, klettert wieder auf den Barhocker und beugt sich über die Theke.

»Willst du nicht langsam mal bezahlen?«, fragt der Wirt,

während er mit einem feuchten Lappen über den Tresen wischt.

»Warte«, murmelt der Mann und betastet sämtliche Taschen, bis er ein zerknittertes Päckchen mit einer Zigarette in seiner Hosentasche findet. »Noch mal dasselbe. Einen doppelten Whisky auf Eis und ein Glas Wasser. Und ein Päckchen Zigaretten. Rote Prince.«

Der Mann steckt sich die Zigarette zwischen die Lippen und zündet sie mit einem Papierstreichholz aus einem verschlissenen Streichholzbriefchen an, das auf dem Tresen lag. Vorne auf dem Briefchen ist ein schwarz-weißes grobkörniges Foto von einem alten Passagierschiff, das halb gesunken ist, bei Vollmond. Das Schiff heißt *Noon*. Auf die Innenseite des Briefchens hat irgendein Kneipengast geschrieben:

Was ewig schläft, ist nicht tot ...

»Bitte sehr. Sonst noch was?«, fragt der Wirt, als er die Bestellung vor ihn hinstellt.

»Nein.« Der Mann steckt das Streichholzbriefchen ein, bevor er den eisgekühlten Whisky in einem Zug austrinkt.

»Das macht zwölfhundert«, sagt der Wirt. Er wischt sich den Schweiß von der Stirn, während er in seinem Block vor- und zurückblättert, bis er Automaten-Karl findet. »Insgesamt neuntausendeinhundert.«

Der Mann klopft auf seine Jackenaufschläge und hebt den linken an, als er darunter etwas Dickes ertastet. Er entdeckt ein Bündel Dollarscheine, lässt sich aber nichts anmerken. Aus der hinteren Tasche seiner Jeans zieht er ein dünnes Lederportemonnaie und schaut hinein.

»Ich bin im Moment ziemlich blank«, sagt er lächelnd, nachdem er das Portemonnaie durchstöbert und nur lumpige fünfzehnhundert Kronen gefunden hat.

»Aber das geht doch auf deine Rechnung, oder?«, fragt der Wirt gereizt und schaut wütend in die tiefgründigen Augen des Mannes.

»Schreib's einfach an«, sagt der Mann grinsend, während er an seinem Wasser nippt. »Ich zahle morgen.«

»Du hast hier keinen Kredit, das weißt du genau«, sagt der

Wirt kopfschüttelnd. »Entweder du zahlst jetzt, oder ich lasse den Türsteher ...!«

Der Wirt verstummt, denn der Mann packt ihn am Hals und zieht ihn halb über den Tresen. Seine Füße schweben in der Luft, die Adern an seinen Schläfen schwellen an und verfärben sich dunkel.

»Du schreibst mir das an, oder ich bring dich um! Kapiert?« Der Mann verstärkt seinen Griff um den Hals des Wirts, der mit feuerroten Wangen und blauen Ringen um Augen und Nase verzweifelt nickt.

»Ich brauche deinen vollen Namen«, röchelt der Wirt und holt Rechnungsblock und Stift hervor.

»Satan«, entgegnet der Mann. Er schnippt die Asche von seiner Zigarette, steckt das Prince-Päckchen ein und steigt vom Barhocker.

»Satan?!« Der Wirt blickt auf, aber da ist der Mann schon halb durch die Tür.

Vor der Kneipe ist ein kleiner Garten, die Stadt liegt im Dunkeln, und die Luft ist kühl und erfrischend. Neben einem Baum sitzt ein schwarzer Hund undefinierbarer Rasse, der Satan mit seinen braunen Augen anschaut und mit dem Schwanz wedelt.

»Komm mit, Kerlchen!« Als Satan mit der Hand gegen seinen linken Oberschenkel klopft, kommt der Hund zu ihm gelaufen.

Satan bückt sich, die Zigarette im Mundwinkel, und krault den Hund hinter den Ohren. Dann spazieren sie zusammen in die Nacht ...

XL

Er steht auf einem halbrunden Balkon und blickt in einen erleuchteten Saal, der so groß ist wie ein Frachtraum. Falls dieser Saal einen Namen hat, muss er Goldener Saal heißen. Die Wände sind vom Boden bis zur Decke mit goldenen Vierecken verkleidet. Darauf sitzen kleinere Vierecke, und in der Mitte zwischen ihnen ist eine Lampe, deren Lichtschein auf dem spiegelglatten Gold wie ein Märchenfeuer flackert. An der Decke hängen schornsteingroße Kronleuchter mit länglichen Kristallen. Die Lüster bestehen aus zwei Zylindern, wobei der innere länger ist als der äußere. Das Licht darin bricht und wird zu tausend Lichtern, wie Sterne am Himmel oder Diamanten im Wasser.

Aus der Ferne ertönt altmodische Jazzmusik, obwohl keine Band zu sehen ist.

Er steigt eine breite Treppe hinunter, die in einem sanften Bogen in den Saal führt. Als er den polierten Parkettboden betritt, sieht er, dass an Backbord eine ähnliche Treppe in den Saal führt. Über ihm sind die Balkone, aber dort ist niemand mehr.

Er geht durch den Saal. Rechts und links von ihm stehen festlich gedeckte Tische. Erst geht er an Tischen für vierundzwanzig Personen vorbei, dann kommen Tische für acht, sechzehn und zweiunddreißig Personen. Auf den Tischen sind weiße Tischdecken, schweres Silberbesteck, Servietten in Silberringen, handbemalte Porzellanteller und geschliffene Kristallgläser.

Sehr gut, denkt er, so als trage er die Verantwortung für das Ganze, als sei das alles genau so, wie er es bestellt hat, damit die Gäste im Saal nicht enttäuscht oder verunsichert werden.

Ab und an scheint der Raum von Stimmengewirr, fröhlichem Lachen und Gläserklirren erfüllt zu sein. Dann dreht er sich um und heftet den Blick erst auf einen, dann auf den nächsten Tisch. Aber im selben Moment verklingen die Stimmen, und das Gläserklirren erstirbt zwischen den hallenden Wänden.

Oder hat Eisen geknarrt, haben Ketten gerasselt?

Ganz vorne im Saal gibt es eine Cognacstube. Um einen blanken Tisch aus dunklem Holz stehen schwere Lederstühle, auf dem Boden liegt ein dicker Teppich, und die Luft riecht nach Zigarrenqualm, obwohl niemand raucht. Der Heizer geht einen breiten Aufgang hinauf zu einer schweren Flügeltür aus Holz. Er zieht einen rostigen Schlüssel aus der Tasche seines Gewands, steckt ihn ins Schlüsselloch und dreht ihn dreimal gegen den Uhrzeigersinn.

Hinter der Tür liegt ein weiterer Saal – ein muffiger großer Raum, düster, kalt und leer. Erst ist nichts zu sehen, so als würde die bodenlose Dunkelheit alle Helligkeit aufsaugen, doch nach und nach macht sich eine langsame Bewegung in der Finsternis bemerkbar – wie ein unförmiger Wal, der aus dem schwarzen Wasser an Land kriecht. Ein Wal, der ein langgezogenes, schauriges Geräusch von sich gibt:

»SLRRRRRGHHHHH ...!«

»Meister!«, ruft der Heizer, verbeugt sich tief und macht die Tür weit auf ...

ENDE

Danksagung

Den folgenden Personen gilt mein herzlicher Dank: Kapitän Steinar Magnússon und der Besatzung der *Mánafoss*, die der Reederei Eimskip gehört und am 17. September 2004 mit mir an Bord vom Hafen Sundahöfn in Reykjavík in See stach, Guðni Sigurmundsson von der Reederei Eimskip, Valgeir Helgason von der Reederei Nesskip und den holländischen Offizieren des Frachtschiffes *M/S Andromeda*, die ich im Hafen von Grundartangi aufsuchte, Benedikt Blöndal und Vilbergur Magni Óskarsson, Lehrer an der Technischen Hochschule Fjöltækniskóli Íslands (ehemalige Steuermannschule in Reykjavík) und Jaak Oja, Konsul Islands in Estland.

Das Gespräch der beiden Männer in Kapitel V über das Schicksal des Fischerboots *Sjöstjarnan* aus Keflavík beruht auf einem tatsächlichen Ereignis. Die Geschichte der in Seenot geratenen estnischen Flüchtlinge in Kapitel XXX geht auf den Bericht *Sailing to Freedom* von Voldemar Veedam und Carl B. Wall zurück, der 1958 auf Isländisch in dem Buch *Um sollinn sæ* erschien.

Meinen Freunden Sartre, Lovecraft und Morrison klopfe ich auf die Schulter.

Aus Anlass des zehnjährigen Erscheinungsjubiläums meines Romans *Dyrnar á Svörtufjöllum* (wörtlich: Die Tür in den schwarzen Bergen) danke ich besonders dem Godfather S. K., der sich 1970 an die Schreibmaschine setzte und einen namenlosen Revolverhelden, der immer noch kein Ende sieht, auf eine Wanderung durch die Wüste schickte …

Stefán Máni, August 2006.

Die Zitate auf S. 299 stammen aus:

Jaroslav Hašek: *Die Abenteuer des braven Soldaten Schwejk*, Band 1, S. 154. Rowohlt, Reinbek bei Hamburg, 12. Au fl. 1969. Aus dem Tschechischen von Grete Reiner.